40

改革开放
四十年文学丛书

新生代小说

下卷

陈晓明 主编

作家出版社

目 录

吹满风的山谷

衣向东

一

　　大西北的风总是这样粗粗拉拉的，没有一点儿温柔，尤其是三月的风，野了吧唧。我不知道大西北的人是怎么一年又一年在这种鬼风里生活过来的。自然，我是南方人，从江苏常州入伍的。南方的风是什么样子，你们看看我的脸就知道了，被柔和的风抚摸得白嫩的脸就是个活广告。其实南方不只是风比大西北乖巧而细软，别的也自有优势。南方的山眉清目秀，植被浓郁苍翠，大西北的山却袒胸露背，或灰暗或紫红。南方的河水叮咚清丽，温文尔雅，细语缠绵，大西北的河水却总那么放荡不羁，激流澎湃。

　　但是，我在大西北结束了三个月的新兵连生活后，这张南方脸就没了模样，怎么看都像马路边蹲着的大西北男人，没有办法，我只能骂野蛮的风真他妈不讲道理。没想到骂完了，却又被分配到人称"野风谷"的深山军用物资库1号执勤点。虽然我没去过野风谷，但是在新兵连几次听班长讲那里的故事，讲得我们几个新兵私下里开玩笑的时候都说："你不老实，把你发配野风谷。"

　　我当然没想到自己被分到野风谷，我觉得在新兵连的时候和班长排长的关系还不错。班长抽了我一条烟，排长拿走了我一个喝水杯，他们平时对我都挺和蔼的。但是据说正是班长排长向中队推荐我去野风谷的，说我能吃苦能耐得住寂寞，不知是培养我还是整治我。报到那天下午，执勤点的点长陈玉忠下山接我，一个长没长相站没站相的小个子。中队派出唯一的毛驴车送我，并顺便拉去了一桶水。毛驴车是专供给每个执勤点送水的，别的事情一般不允许劳驾毛驴。

毛驴车载着我们从半山腰上的小路走，风就在山顶上盘旋，鬼哭狼嚎的。而且越往山的高出走，风声越紧，黄黄的尘土一拨又一拨地在我面前飞扬，而且没有任何章法，一会儿横着走，一会儿竖着走，怎么侧转身子都躲不开它的蹂躏，好像这世界都是它家的。

赶车的兵是去年入伍的，在我面前算是老兵了，他很想表现出个老兵的样子给我看，就抡着树条抽打毛驴，嘴里还骂："驴东西，不打你就偷懒，想跟我要心眼，你还嫩了点儿。"我心里很不是滋味，倒不是因为赶车的兵说了些指东道西的话，我是可怜毛驴因为我一个新兵的缘故，莫名其妙地挨了抽打。

毛驴弓背沉重地走，车上的大水桶发出晃当的水声。我瞭了瞭远处层层叠叠的群山，又看看眼皮底下拉出吃奶架势的毛驴，问点长："班长，快到了吧?"

点长没有看我，目光仍在山与山之间腾挪，说："还远呢。以后不要叫我班长，我不是班长是点长，一点点的点，三个人的执勤点，用个班长太浪费。"

点长说话的时候，伸出小拇指甲比画着，掐出了小拇指甲的二分之一形容自己。

我又看了一眼毛驴，就跳下车，说："我走一会儿，腿坐麻木了。"

毛驴车的速度立即快了，我的步子跟得很匆忙，肥大的军裤兜满了风，鼓胀着。山路弯曲，毛驴车的干轴发出吱嘎吱嘎的声响，在一道又一道山弯上缭绕。

山谷尽头，出现了三间破败的平房，平房的对面，石头砌成的哨楼像个煤气罐粗矮地矗在山腰上。哨楼的背后，一条窄窄的小路，像一条细细的小溪从山的这边挂到山的那边。哨楼前，一个哨兵持步枪站立，毛驴车还没有走近时，哨兵就举手敬礼。

点长陈玉忠对我说:"那就是第二年的老同志普顺林,他给你敬礼了。"

我慌忙向老兵举手还礼,样子很笨拙。这时候,突然的狗叫把我吓了一跳,举起的手哆嗦着落下,视线从哨楼一下子就切换到狗叫的地方。我看到一条黄狗昂首在平房前,居高临下地虎视着我,凶叫。点长呵斥一声,说阿黄别叫,黄狗哼唧两声,摇摇尾巴追过来。

毛驴车停在了平房前的平地上,平地不大,还搁不下胖人的半拉子屁股,却是山谷唯一平展的地方。我刚站定准备从车上搬下自己的行李,黄狗已经追到我的脚下,很耐心地嗅着我的脚,然后是腿,再之后是臀部。黄狗嗅到我的臀部时,两只前蹄就翘起来,却没有搭在我身上,而是成站立姿势,看样子还要顺着我的脊梁向头部搜索。我吓得身子僵硬着,不敢有一丝的动弹。等到黄狗检查完我的臀部,我才怯怯地说:"点长,狗、狗。"

点长的做法真让我失望,他温和地看着黄狗笑了笑,说阿黄没见过几个新人,见了你高兴呢,瞧这个亲热劲儿。点长没有责备阿黄,好像有意给它个机会,让它从我身上高兴一会儿。于是阿黄依旧亲热着,我就又叫:"点长……"

点长才拉了拉脸,说:"行了阿黄,一边稍息去。"

这个畜生,好像真的没见过什么世面,见了生人还脸红似的,一缩脖子,不好意思地走到旁边蹲下。点长从车上拿下一捆青菜和一块猪肉,赶车的兵已经把一根皮管接到水桶上,朝水窖里抽水。水窖的样子像水井,窖内用水泥抹成个圆形,葫芦状,窖口盖着一块铁皮。我趴在窖口,屁股朝天一撅再撅,把整个头伸进窖内,终于看明白了,问点长:"这水是喝的?"

点长说:"洗脸洗衣服做饭,都用。"

"几天送一次水?"

"半个月。"

"这能吃,还不臭了?"

"有一点,吃习惯了一样。"

我立即感到嘴里有酸臭的味道,像过期了的啤酒,张了张嘴没说出话,呆愣着目送毛驴车返回下山的小路,在昏黄的风中颠簸着消失了。

山谷一下子坠入寂静，四周只听到风的声音，风把我们包裹起来，与外界隔绝。

这时候，点长拎起我的背包准备进屋，我忙问厕所在哪里。离开中队部的时候，我听说野风谷的水奇缺，就多喝了两大杯水，这时候觉得沉甸甸地往下坠，急需疏导掉。点长微笑着，说除了屋前的院子，整个山谷都是。面对着这么开放的厕所，我竟不知在哪儿小解合适了，瞅瞅对面的山根，什么地方都在站哨的老兵普顺林的监视范围内，于是就拐了个弯，朝平房后跑去。点长在我背后喊："别跑远，当心让狼叼了你去。"

我闪到平房后面，回头看不到山坡上站哨的老兵了，就哆嗦着对准一蓬灰绿的草划出亮亮的抛物线。山上的草稀稀拉拉，像皮肤病患者，绿一块裸一块的，而且面黄肌瘦。我的目光正满山遍野地游荡，有一阵强劲的风迎面吹来，把我划出的亮亮的抛物线吹得七零八落，飘洒到我的裤子和鞋上，我不由得"哎哟哟"地叫两声，山谷立即有"哎哟哟"的声音回响。我愣了一下，觉得有趣，就又用力咳嗽两声，山谷也便学着我的样子咳嗽着，声音由近而远，一浪一浪地波去。

我忍不住"咯咯"地笑了。

二

1号执勤点只有我们三个兵，像三颗钉子一样摁在山谷尽头通往山外的入口处。我们看守的山谷下，沉睡着一个接一个的山洞，过去储藏着TNT炸药，后来都运走了。有关单位曾想把闲置的军用物资库租赁给老百姓储存粮食，但离库区最近的村庄也有二十多里路，老百姓嫌太远，说白给都不用，物资库就一直闲置下来。我听了点长陈玉忠给我介绍哨所周围的这些情况后，就一撇嘴，说："啥也没有，还看守什么？"我们南方的兵就是这个样子，说话满不在乎的，而且总是显得很聪明，喜欢问几个为什么，在部队不如北方兵的名声好。部队的干部都喜欢带北方兵，说北方兵不说不讲，老实肯干。我不是替南方的兵打抱不平，其实我们不是说说讲讲的，是喜欢动脑子。

点长一脸的不高兴，说你这个新兵，毛病，上级让我们看守就一定有看守的道理，这些物资库还没有废弃，说不定哪一天打起仗来又派上了用场，你敢说战争永远停止了？点长的目光直截了当地盯在我脸上，滚烫滚烫的。我不习惯别人有意识地看我，我像被灼伤了般摇头，表示赞成点长的观点，点长才收回目光，继续介绍哨所周围的情况。点长说在1号执勤点附近的山群里，还有五个执勤点，都是我们排的，排长住在3号。点长说你看见了吧？就那座最高的山峰下面。我的目光顺着点长的指尖尖投向远处，在那座雾气朦胧的山峰上逗留了很久。

这是我刚到哨所的第一天，点长带领我在屋前屋后简单地转了转，告诉我宿舍左边的一间屋子是仓库，右边的一间是厨房，之后点长就去换岗了。由于点长下山接我，老兵普顺林已经在哨上站了四个多小时了。点长对我说："按说你到执勤点，我们应该给你举行个欢迎仪式，但我们的人太少，就免了。"

点长扎着武装带，在屋子前的平地上整理了服装，然后给自己下达了上哨的口令："向后转，齐步——走！"

我被点长认真的样子弄蒙了。你说在这深山谷里，还这么正规干什么？我惊讶地看着他朝哨楼走去，他爬山的时候仍保持着齐步的要领，腰直挺挺的，结果脚下一滑，差点儿跪倒。我禁不住咧嘴笑。点长走到老兵普顺林面前站定，庄严地敬礼，老兵还礼后，用洪亮的声音说："1号执勤点勤务正常，哨兵普顺林。"我的目光像舞台追光一样追随着点长和老兵的一举一动，端枪、交接、敬礼，不知不觉中，我的身子也站得笔直了。

老兵走下哨位时，点长说："晚饭，加个菜。"

老兵没有回头，齐步走下山。说是齐步，其实只是拉出个齐步的架势，两只胳膊用力甩着，而下面的两条腿却在一弯一曲地走路。我开始觉得他们是故意走给我看的，其实不是，后来我们一直都是这么走的，时间久了，我就觉得挺正常的。

老兵走到我眼前时，我急忙挺了挺身子，说道："老同志好——"

"新同志好。"

"老同志辛苦了！"

老兵突然笑了，拉长声音说："为人民服务——"

我垂了头，有点儿不好意思了。老兵把紧绷绷的身体松弛下来，说："走，帮我做饭。"

太阳开始朝西边的山顶着落，老兵的身子走在圆圆的太阳里，显得很高大。一阵又一阵的风吹来，却吹不走洒在老兵身上的阳光，只掀动了老兵的衣襟，一甩一甩的，使太阳和老兵所构成的画面富有动感。我紧跟在老兵身后走，用力甩着胳膊，走得很踏实，走出了几分幸福感。

我们走进厨房，老兵拎起铁条捅了捅火炉子，添加了煤块，炉子里的火苗就蹿了出来。我说，怎么现在还生炉子？老兵说火炉是两用的，夏天做饭，冬天还可以拎到宿舍取暖。

老兵开始收拾一堆菜，问我："你叫什么？哪儿的？"

老兵和新兵聊天，首先聊的大都是这个话题。我说叫蔡强，江苏常州的。江苏？江苏人爱吃大米，你不会蒸馒头吧？我连忙摇头，说不会，也不会蒸别的，在家没有做过饭。老兵说谁在家里做过？我也没有，但是执勤点就我们三个人，一个人站哨，一个人训练，另一个就要做饭，我们早晚两顿吃馒头，中午吃米饭。我最害怕他们把做饭的任务交给我自己，就说我吃什么都行，就是不会做。

老兵说："去，端半脸盆土来。"

"干什么用？"

"毛病。"老兵瞥了我一眼，说话的口气和点长一样，当然比点长好看多了，说话总是笑眯眯的，让人看了很亲切。他样子虽然生了气，但是嘴角仍挂着笑意，说："你毛病。"

我急忙去端，把半脸盆土递给老兵。老兵不接，说"加水搅和，跟我学揉面"，见我傻愣着没动，老兵就又说："我刚来的时候，也是这样练的。"

我就学着老兵的样子做，说实话，我在家里真的没有做过饭。老兵加两勺水，我加两勺，老兵揉面，我揉土，很卖力。老兵把揉好的面拍得乒乓响，我也急忙拍土，但是泥土没有面那么柔韧，溅了我一脸泥水。老兵嘿嘿笑，我也笑。

老兵在案板上切菜，丢给我一块肉，说："切成细条。"

我拎起肉嗅嗅，问什么肉，老兵说猪肉。猪肉？我闻着像猪肉，于是就把肉扔回案板上，说你切肉我切菜。老兵说你毛病，让你干啥你就干啥？让你切肉你就切肉。

"我是回族。"

老兵"哎呀"一声跳起来，说天哪，又来了个少数民族。老兵是云南哈尼族的，点长是贵州彝族的。老兵说："咱们1号执勤点应该叫民族哨呀，来来来，你切菜，我切、切、切这个东西。"

夜幕笼罩了山谷的时候，我们1号执勤点宿舍的灯忽悠一亮，给黑暗的山谷画龙点睛了。宿舍内的灯光下，我们三个兵坐在马扎上，我和老兵并排而坐，点长坐我们对面。点长说话时先"吭哧"了两声作为前奏曲，样子像鼻子堵塞不畅通，然后才说："今晚开个点务会，算是欢迎蔡强同志……"

我猛地站起来。在新兵连开班务会的时候，班长点到谁的名字，谁就要站起来，点谁的名字，就是表扬谁，因为班长批评谁的时候，一般不直接指名道姓，只说"个别同志要注意了"，弄得我们每个人心里都直敲小鼓，不知道自己是不是"个别同志"，所以我们都希望班长能直接点到自己的名字。如果你在新兵连待过，相信你也一定有这种感觉。我最多的被点到了十二次。

点长见我猛地站起来，吓了一跳，说："坐下吧。蔡强同志来到……"

我又猛地站起来。

点长说："坐下吧，以后点到你的名字不用站起来了。蔡强同志来到1号执勤点，成为我们家庭中的一员，对他的到来，我们表示热烈欢迎。"

点长和老兵鼓掌，我独自坐着感到无所适从，于是也跟着鼓掌。点长和老兵停止鼓掌时，我仍把巴掌拍得呱唧响。点长瞅我一眼，瞅得我很尴尬，忙讪讪地收回了巴掌。

点长继续说："我们三个人来自三个民族，大家要相互尊重各民族的风俗习惯，团结一致，坚守好1号哨所。"

点长的话音刚落，门"吱呀"开了，吓得我打了个哆嗦。不是我胆子小，其实如果换了别人，也一定会打个哆嗦，这深山野谷的，关好的门突然被推开，你不紧张才怪呢。我下意识地说谁呀，扭头看去，见黄狗挤进门缝，和点长并排蹲着，审视老兵和我，看这畜生那气势怎么也是个副点长的水平。我正大惊小怪的时候，发现点长和老兵一动没动，自己却显得冒冒失失的，就立即红了脸，忙坐稳当，等待点长继续讲话。

点长说："我的话说完了，普顺林同志有没有补充？"

老兵咽口唾沫，说："我补充一点，咱们1号执勤点就像一个家庭，三个人彼此之间没有什么值得隐瞒的，我女朋友的来信，你们可以随便看。"说到这里，老兵看了点长一眼，使点长显得很不自在。后来我才知道，普顺林自来到1号执勤点后，就没有看过点长陈玉忠的一封家信，陈玉忠看别人的家信很积极，自己的家信却都藏起来，为此已经复员了的老点长对陈玉忠很不满。老兵继续说："既然是一个家庭，就有父亲、母亲和儿子组成，已经复员了的点长过去充当父亲的角色，我去年本来应该充当儿子，老同志陈玉忠却硬要我充当母亲，现在蔡强同志成为我们家庭中的新成员，我的意见，升为点长的陈玉忠老同志应该顶替老点长的位置。"

我很惊讶地看了看老兵，以为老兵正在开玩笑，但是老兵的表情却很认真，我就又去看点长的脸色，发现点长也那么正经，并且谦虚地说："不，我还当儿子。"

老兵说："你都当两年儿子了，虽然这只是充当角色，可也要有个顺序。"

这个时候我应该站起来表态了，我很有风格地说："点长，我当儿子。"

老兵说这就对了，要不就乱了套。老兵似乎安慰我，说其实没有什么，平时我们不用这个称呼，只是在过节或者谁过生日的时候，我们为了弄出个家庭氛围，才用一次。

但是，点长还是坚持让我当父亲，说自己喜欢当儿子，当儿子有人疼爱。当时我心里很激动，觉得点长就是风格高，什么事情都甘愿吃亏，当了两年儿子了还争着当。即使是假设吧，你愿意总是当儿子吗？于是，我就红着脸说我是新兵，最合适当儿子。

其实，我当时并不了解点长的心情，老兵也不了解。直到点长要复员的时候，我们才知道了他家庭的特殊情况。一旦你了解了他的家庭，就相信他的话是真的，他真心渴望当儿子，希望生活在一个温暖的家里。点长当兵的那年，闹了几年离婚的父母终于分手了，父母把有限的家当很容易地一分为二，但是却不能把点长分成两半。父亲离婚的目的就是要跟另一个女人结婚，所以坚决不要儿子。母亲说离婚后，自己的生活还没有保障，带着儿子怎么过？父母推来推去谁都不想要点长，最后是法院把点长判给了父亲，所以父亲怎么看点长都觉得不顺眼。点长就是为了逃离父亲的目光，才虚报一岁当了兵。当兵的第二年，父母都又组成了各自的家庭，很少问及点长的事。后来，父亲给他来过一封信，总共五十八个字，说点长又改归母亲了。但是不管归谁，在点长的心里，自己已经没有家了，如果说有，部队就是他的家，1号执勤点就是他的家。点长平时和执勤点的兵们什么都聊，就是不提自己的家庭，有兵问他，他三言两语搪塞过去。别的兵谈论自己的父母和女朋友的时候，他坐在一边静静地听，别的兵有家信来，他总想看一看，却把自己很少的几封家信藏起来，兵们自然对他不满。这些情况是我和老兵偷看了点长的家信后，点长才给我们讲的。点长讲完了这些后，就永远地离开了野风谷，离开了他心中温暖的"家"。

后来，老兵普顺林懊悔地说："已经复员了的老点长临走的时候告诉我，说陈玉忠这个兵，太深沉。深沉什么意思？我琢磨了半天没咂出味道来，猜想肯定不是什么好意思，因此对点长还多了几分戒备心。"

大概当时点长一再坚持要充当儿子的时候，老兵又想起"深沉"两个字，虽然弄不明白点长的意图，但是坚决反对点长继续当儿子。点长没有办法，忽然想起自己正主持召开点务会，于是用拍板的口气说，这个事情就这么定了，点务会结束。我不再争辩了，本来我就不喜欢当儿子，当父亲就当父亲。我谦虚地说自己当不好，请点长和老同志多指点。普顺林从马扎上站起来，瞪我一眼，说你真要当？好，我就给你当老婆，看你怎么当父亲。我被老兵激起了一些火气，嘴里就咕噜着说："反正不是真的，小孩子过家家闹着玩的事，又不是没当过。"

三

我到1号哨所的第二天就开始上哨、训练、做饭，之后的日子几乎没有什么大的起伏变化，因此我对自己到哨所后度过的第二天记忆最深，感觉后来的许多日子只不过是对这一天的修修补补。那天早晨，点长起床后就上哨去了，老兵在厨房做饭。我搞完了室内室外的卫生，端了脸盆在院子里洗脸，正刷着牙，黄狗从窝里出来，懒洋洋地伸个腰，一副踌躇满志的样子走到我面前，伸了嘴理直气壮地去脸盆喝水，等到我反应过来已经晚了。我气得"哎呀呀"叫一声，把脸盆里的水泼到院子里，刚要再去水窖取水，发现老兵站在了我眼前，不冷不热地笑，我一时没有弄明白老兵笑的内容，也只好陪老兵笑。

"哟嗬，就这么泼掉了？"

我茫然地眨眨眼。

"看到我的洗脸水倒哪里了？"

我的目光瞅着院子里唯一的一棵树，说是树，其实是灌木型的一株榆树，蓬松地生长着，虽然看上去像刚从被窝里钻出来的女人的头发，乱蓬蓬的，但是在这干旱的山谷里，竟成了香饽饽，我们有一滴干净的剩水都不浪费，要小心地滴在它的根部。现在，老兵浇在它根部的洗脸水已经渗下，泥土湿润着。老兵的目光落在湿润的泥土上，开始教训我，说洗脸不能用肥皂你懂吗？洗脸水可以浇树可以洗菜可以……你懂吗？我慌忙点头，说原来不懂，老同志一教育，我就懂了。老兵见我又点头又弯腰，就满足地走开。瞅着老兵的背影，我忽然觉得老兵是早就料到我要把洗脸水浪费掉，似乎在厨房窥视我很久了。

吃过早饭，老兵上哨，点长带领我训练正步走，走得一步一动。点长下达一个口令，我就动作一下，他发现我踢腿的时候，屁股蛋子左右扭动，他就喊了停的口令。他说你新兵连怎么训练的？扭啥屁股？看我踢，提胯，大腿带动小腿。他做完示范动作，又让我踢，我仍旧扭屁股。我在新兵连踢正步就扭屁股，新训班长都没有给我纠正过来，你点长有这个能耐？点长下达了连续动作的口令，我照样踢，屁股一直扭动到山根下。无路可走的时候，点长还不下达停止的口令，我就自动站住，一只腿仍旧举着，表示自己服从命令坚决。站在半山坡哨上的老兵普顺林就咧嘴笑了，远远地说："点长，你就让他扭，看他能扭出个花花来。"

点长走到我面前，说："行了，你上午就训练到这里，回去做午饭，不会做就问我。"

点长给自己下达口令，独自训练。我走进宿舍才松了一口气，从门缝看点长，嘻嘻笑，小声说："傻孩子，真乖，好好练，我给你做饭去。"

去厨房扎了围裙，淘洗完大米，我端着铝锅跑到点长面前，说点长加这些水行吧？点长说少了。炒芹菜的时候，我又捏着根芹菜小碎步跑到点长面前，问熟不熟。点长含在嘴里咬了咬，说再炒一会儿。但是等到我返回厨房，芹菜干干地粘在锅上，我急忙加了一勺子水，就看到芹菜在水里漂了起来。

虽然米饭和芹菜的水都加多了，点长吃饭的时候却表扬了我，说第一次做饭不简单，多做几次就有经验了。我心里喜滋滋的，匆忙吃完饭，去哨上换岗，并对下哨的老兵说："你去尝尝我做的饭，点长都说不简单呢。"老兵说是吗？老兵下哨直接进了厨房，一看我蒸的米饭，就"咦"地叫一声，对正收拾碗的点长说："这是米饭呀？怎么做成了稀粥？"

点长笑，说凑合吃吧，他还是实习生。老兵又看菜，皱着眉头夹了一筷子尝，立即吐掉，端着菜碗走到哨位上，对我说："你炒得什么菜？比盐水煮芹菜还难吃。"

我立正站着，认真地按照执勤用语回答："对不起，我正在执勤，不便回答你的问题。"

老兵顺手把菜倒在山坡上，说喂狗都不吃。我已经吃了那菜，难道我还不如一条狗？老兵的话真没有水平。但是，我不好直接反驳，就给他诵诗一首："锄禾日当午，汗滴禾下土，谁知盘中餐，粒粒皆辛苦。"

老兵半天没有憋出一句话，气得扭头就走。

其实，白天我们三个兵轮流忙着，说话的机会并不多，只有到了晚上才能聚在一起，却又没有什么事情可做。老兵会下几步象棋，但是只有高兴的时候才走车架炮。那天晚上，我本来想和老兵下象棋，动员了老兵半天，老兵才答应星期天再下，说他今晚要看电视。由于周围重峦叠嶂，而且山高风急，电视屏幕一片雪花。我不停地调频道，弄得电视声音尖叫刺耳，老兵也不着急，仍旧很有兴趣地看，仿佛是在完成一种看的任务，至于看到了什么并不重要。点长歪在床上翻弄一本杂志，是我带进哨所的，已经被他翻弄一遍了，连上面刊登的女人治愈雀斑和隆胸术的广告，都一字不漏地看了。他的目光夹在杂志里对我说，你甭折腾，接收信号不好，没法看。老兵忙说："要看也行，你去屋子顶上扶住电视天线，能清楚一点儿。"

"就一直扶着？"

"对，松了手我就看不清。"

我听明白了，老兵是想让我爬上屋顶调试电视天线。外面的大风呼呼叫着，还不把我吹成腊肉？于是我假装糊涂，说："这么大的风，我扶着你看？"

"你是父亲，应该干最苦的差事。"

一提父亲的事情，我突然生气了。原来你是因为我当了父亲，想成心整治我呀，又不是我想当父亲，我不当了，还是让点长当吧。老兵听我一说，就让步了，说这样吧，咱俩每人上去十五分钟，我先上。老兵这么一主动，我就不好意思咧了咧嘴，说我先上。我就上了屋顶，握住天线的木杆。风很大，眼前的山仿佛被风刮得旋转起来。

老兵在屋子里喊："向右转——再转，好！"

一会儿，电视屏幕又是一片雪花，老兵又喊："向左转——"

我冻得缩着脖子，说时间到了吧？老兵正看得高兴，说还有两分钟。我估计两分钟早过了，又问。当电视屏幕上出现了广告的时候，老兵才爬上屋顶，说时间到了。我欢天喜地进了屋，对着电视上的广告认真看，并也学着老兵的样子，说向左转一点儿再转一点儿。正高兴着，电视上一片雪花，我说怎么弄的？后面的话没有说完，发现老兵已经站在身后了。还差四分钟呢，你怎么下来了？老兵说："不差一分两分的，斤斤计较啥呀。"

然而，当我再次回到屏幕前的时候，发现又是广告，这才惊诧说："哎，又是广告？"

点长在一边笑了，我明白了这是老兵的精明，就哼一声，说广告就广告，坐下继续看，依旧吆喝向左向右转。我总能不看广告让老兵下来吧？再说了，能看看广告也不错，反正看什么都是模糊的。

深山谷里黄豆大的灯光下，围坐着的三个兵虽然弄出了一些动静，但是丝毫没有搅动山谷偌大的一团幽静。时光就这样静静地流逝着。

四

我在1号哨所待了三天，心里就堵得慌，胸口像塞了一团乱麻。我总想找个人说说话，可是点长没事的时候，常常静坐着，瞅对面的山峰。最初我以为山峰上有什么名堂，当点长站起来离去的时候，在泥地上留下一个屁股的轮廓，我急忙把自己的屁股放在轮廓里，然后模仿着点长看山峰的姿势，去审视山峰，却啥名堂也没有看出来，于是心里说，你整天看什么有什么好看的？而老兵闲下来的时候就趴在铺上写信，似乎永远也写不完。好在哨所还有条黄狗，不管它愿不愿意，我就缠住它不放，一会儿骑在它的背上拉出驭马驰骋的态势，一会儿追在它的屁股后面喊叫。黄狗高兴的时候还可以陪我玩耍一阵子，但是懒惰的时候，无论怎么摆弄它就是眯缝着两眼，躺着不动。

好容易熬到星期天，又赶上老兵不上哨，我就铺张开一副笑脸去请求老兵下棋。老兵正在温习女朋友过去的来信，处于一种沉醉状态，就摇头说："我不会下。"

我死皮赖脸地缠住他不放，说："我教你。"

"不下。"

"就下一盘。"

老兵终于被我磨得心烦，就与我下，只几步就输了。我觉得不过瘾，仍要老兵下，老兵说我下得臭，不下了不下了。我慌忙从棋盘上拔掉一个车和一个马，说："让你两个子。"

老兵仍摇头。我又拿掉一个炮，又拿掉一个小卒……棋盘上只稀稀拉拉剩下三五个棋子，老兵仍不愿下。我就说："你不是要看我女朋友的照片吗？陪我下一盘就给你看。"

老兵才来了兴趣，忙说行。但是我让出了许多棋子，已经组织不起有效的进攻，被老兵三下五除二收拾掉了，虽然明知道这不是老兵的真实实力，但是毕竟输了，心里觉得很窝囊，脸色也不怎么明朗。老兵却很开心了，追着要看照片，"说话不算数，就不是男人。"老兵这个人，就喜欢看女孩子的照片，看就看吧，还爱品头论足，所以我是不愿把自己女朋友的照片提供给他评论的。我很不情愿地从一本书里取出藏着的女朋友的照片，女朋友和我一样，出生在江苏小桥流水人家，眼睛里就多了几分灵气。老兵把照片捏在手里反复看，嘴里说哎呀新兵蛋子，看不出你还有两下子。我嘴上嘿嘿笑着，眼睛却很紧张地看着老兵的手反复摸弄照片，说："小心、小心，别折坏了。"

"瞧瞧你这个小气样子，好像世界上就你有个女朋友，你不觉得你女朋友的样子太拘谨了？好像被谁打了一棍子，脑袋快打进肚子里了，缩头缩脑的样子。"

"不是拘谨，你懂什么，她长得古典。"

老兵把自己女朋友的照片拿出来，递给我说："好，你的古典，我的就是浪漫。"

我们两个人开始吹自己女朋友的优点，吹得昏天黑地难分胜负的时候，我就突然问他："老同志，点长有女朋友吗？"

老兵从半敞的门缝朝哨位上瞟一眼，半天才摇摇头。老兵说，点长搞得神秘兮兮的，咱们宿舍谁的抽屉锁着？就他锁。我想也是，不就是防我和老兵吗？有什么值得防的。我和老兵的目光一齐纠缠住点长抽屉上的小锁，蓝色的小铁锁在我们的目光里越长越大。

按照部队的条令规定，星期天晚上要点名，所以吃晚饭的时候，点长就提醒我吃过饭不要乱跑，等待点名。我能跑哪里？还能跑出这个山窝窝？再说了，哨所就三个人，开个点务会就行了，还点啥名呀，真是脱了裤子放屁，多费一道手续。我心里这样想着，行动却很积极，早早地扎了武装带，站在屋子前等待点长点名。

点长抬眼看了看渐浓的夜色，说差不多了，集合吧，老兵普顺林也就紧挨我站定。点长平时说话的声音不大，而且是慢吞吞的，恨不得把一句话拖成两句说。但是，他站在我和老兵前面整队的时候，声音却提高了八度，把隐入夜色的山谷喊得更加寂静。整完队，点长挨着老兵站定，一句话不说了。黄狗在我们身前身后转着，不时地嗅我们的脚，而我们三个人一声不吭一点儿不动地站着。我站得莫名其妙，不知道点长让我们傻站着干什么，要点名就点吧，我和老兵都站在他的旁边，有什么好点的，不就是走个形式。

几分钟后，我听到远处的山谷里突然传来模糊的声音："稍息——

立正！现在开始点名。"我打了个激灵，激动地昂起头，朝远处那座最高的山峰眺望。我明白了，这一定是排长的声音，此时的排长就站在山尖尖上，凝视着我们1号执勤点的方向。远处黑黢黢的，没有一点儿灯火，我的头就极力向前探去，希望能看到些什么。点长和老兵都抻着脖子对山谷答"到"，后来我也似乎听到了由远处传来了自己的名字，但是却愣愣地对着山谷发呆，怎么也张不开嘴。

点长气愤地小声说："点你哩。"

我才结结巴巴地答了声"到"，那声音仿佛不是从自己嘴里发出的。点名完毕，我清醒过来，问点长，排长能听到我的声音吗？老兵抢着回答，说："能，你以后说话少用点儿力气，别让那边的排长听到了。"

点长和老兵进了屋子，我却在外面站着朝远处张望了很久。从此以后，每个星期天晚上的点名，就成为我的一种期待，我期待着一个没有见过的人的声音从远处传来。我甚至想看看排长长得什么样子，听听排长的真实声音……总之，我非常渴望能与排长对话。终于有一天晚上，当排长点到我的名字时，我再也控制不住自己的强烈欲望，竟对山谷喊道："排长——我是蔡强——"

当时，点长和老兵都傻了眼，呆呆地看着我说不出一句话。点名后的点务会上，点长和老兵把我像烙饼一样翻来覆去地批评，折腾了两个小时，最后我在会上做了检查，表示今后再不发生类似的问题，点长和老兵才长叹一声，似乎把胸口憋着的闷气算是顺出去了。事实上，就在我受到批评的两天后的上午，排长走了两个小时的山路，翻过了五座山峰，来到了1号执勤点查勤，并与我们共进了午餐。排长到哨所的具体过程就不必说了，谁都能想象出我们三个兵那种兴奋的样子，就连一向走路沉稳的点长，都由于过度兴奋，脚下一滑摔了一跤。应该说这样的日子在哨所并不多见。只是，后来星期天排长点名的时候，我却不像过去那么激动了，并且失去了过去那种等待星期天晚点名的心情，那是一种激动而幸福的等待呀！于是，我的生活就又平淡了许多。

有一天，我突然生气对老兵说："排长来查勤干什么？"

当然，老兵听不懂我的话，也不可能理解我的心情，他反问我："你说干什么？你都不知道排长为什么来查勤？"

五

　　我发现太阳从东面的山峰上冒出的时间提前了二十分钟的时候，才觉得天亮得早了。就这么个很平常的发现，让我惊奇了好半天，并琢磨着下哨后如何把这个发现告诉老兵。点长和老兵都不戴手表，太阳骑在东边山头上时，他们就说九点三十分了，哨楼的投影与两腿的投影重合时，他们就说该做午饭了……慢慢地，我也很少看手表了，也学会了从太阳的方位和一明一暗的投影里，看时光的流失和阴阳的交替。对于我们来说，早几分上哨或者晚几分下哨都无关紧要，时间仿佛一直围绕着山谷旋转，永远流淌不出去，而这么多漫长的时间又并没有多少用途，所以总也挥霍不尽。按说，现在已经到了换岗的时间，点长和老兵还在训练擒敌技术中的"掏裆砍脖"，你掏我一动我掏你一动，交叉操作。我并不想提醒他们，目光很快从他们身上移开，去看周围一成不变的景物。阳光下，山峰上稀疏而灰白的小草仍是两寸多高，并没有见长。由于严重缺水，它们的身躯生长得干瘦而坚硬。风把它们吹得东张西望。那片陡然耸立的岩石仍是一副思想者的姿态，太阳的光线从它头顶上流泻下来，勾勒出它一阴一阳的面孔。从左边看，它是在平静的思索之中，但是换个角度，我的视线从阴影进入画面，它的表情就显得过分忧伤了。

　　当然，漫过山顶的小草再朝远处看，就是或明朗或灰暗的天空了，除此之外还能看到什么？我收回目光的时候，就自语道："在这山窝窝里待三年，死人也能憋出屁来。"

　　我的话刚说完，就看到了山路上出现毛驴车的影子，立即有了不少的精神。我不急于告诉他们，盯住毛驴车不眨眼地看。毛驴车在我的目光里渐长渐大，隐隐约约听到驴蹄"嘚嘚"的声音了，我才喊道："点长，送水车来了。"

　　点长和老兵停止了"掏裆砍脖"，一齐朝山下张望。老兵看清了毛驴车后，立即跑下山迎接。毛驴车每次送水，都捎来执勤点的报纸、信件和粮油蔬菜。当然，老兵迎接的是封存着他女朋友的甜言蜜语颠簸了几千里的来信。老兵的女朋友和老兵一样爱写信，有时一口气写几封，在信皮外标明序号，让老兵读起来就像读章回小说那么过瘾。

老兵在路上就把女朋友的信拆开，先是粗粗地浏览，目光跳跃在字里行间打捞着实在的内容。老兵看到点长站在路口等待毛驴车走近，老兵就直截了当地说："没有你的，有蔡强的。"

点长虽然知道可能没有自己的信，但是他听了老兵略带讽刺的话后仍有些尴尬，就随手拍拍毛驴的脖子，去向水窖里抽水。

我听到有自己的信，就在哨上着急地问老兵："我的信，哪儿来的？"

"不是你女朋友，放心站岗吧。"

因为看信心切，我就催老兵换哨，说你看看太阳都移到哪里了，还不换哨？老兵习惯地朝太阳瞟一眼，然后怀揣女朋友的信来换岗，脸上挂着笑眯眯的神色。我忍不住问："又是你那个娜娜来信了？"

"不该问的不问。"

"又说想你了吧？"

"不该打听的不打听。"

我和老兵交接完哨，却不肯走开，要看看老兵的那个娜娜在信中说了些什么。老兵说没啥，真的没有说啥。但是我才不信他的话呢，没啥怎么不让看，看一看怕啥？又不是看一眼少一眼，你说点长自私得家信都不让我们看，你不自私你让我看呀，我就不信她能啥都不说，她总要说点儿什么，比如想你、梦到你……老兵禁不住我唠叨，就拿出信交给我，说看去看去，不看能憋死你。我立即喜笑颜开地在阳光下看信，那副陶醉的样子让老兵很不舒服，老兵就说："又不是看自己女朋友的信，带着这么多感情色彩干啥。"我没有理睬他，边看边声情并茂地读道："每当夜晚，柠檬的月色从窗户透进来，我就思念远方的你，我的心就和你走到了一起。你说你们的军营绿树掩映，四周是高楼大厦和宽阔的马路，我多么想和你一起漫步在其中……"我停止读信，抬头看老兵半天，然后打量四周，苦笑着说："乖乖，我怎么就看不到绿树，你吹牛也不怕闪断了舌根。"

老兵不屑一顾地瞅了我一眼，说道："你个新兵，还嫩吧？我如果说这儿是兔子不拉屎的地方，她还不把我看得没一点儿出息？"

"她几次说要来看你，一来不就露馅了？"

"她只是说说，哪有时间来。"

老兵的对象叫赵娜，在饭店当会计，饭店是赵娜的舅开的，据赵娜给老兵的信中介绍，说生意很火爆。老兵以为赵娜有意识向他吹嘘她舅的能力，有一次他给赵娜写信，就说自己复员后也开饭店，一定也会挣大钱，没想到却被她来信批评了一通，说他没有大志，然后鼓励他好好当兵，当出点名堂来。老兵捧着赵娜的信，心想在这山窝里能干出个啥名堂？如果当三年兵复了员，她还会不会和自己谈朋友？想到这些，老兵就烦躁，但是兵还要在野风谷当，日子还要这么过，时间久了，老兵就想："去它的，管它怎么样，先谈着再说，能多谈一天算一天。"

六

别的兵的家信来得多，赶车送水的兵见惯了，并不当回事儿。点长一年没有几封信的，突然有一封，赶车的兵也看着金贵，总是亲自交给点长。这天下午四点多，我站在哨上报告送水车来了的时候，点长正揉馒头准备做晚饭，手上沾着面。点长在厨房听到了我的喊叫却没出来，依旧吭吭哧哧地揉面。老兵照例跑下山去迎接，并且又接到了娜娜的来信，但是他这次没有慌着拆开，而是盯着赶车兵手中的另一封信。老兵说，你给我看看，真是点长的家信？赶车的兵不给，说我骗你干啥，不是你的你看什么。老兵焦急地跟在赶车兵身后走，远远地就喊："点长——你的信！"

点长愣了愣，并没有立即走出来，因为他对老兵的话并不是完全相信，当赶车的兵走到厨房门口，扬了扬手里的信，点长才慌忙搓了搓手上的面疙瘩，接过信。点长飞快地瞟了眼寄信人的地址，就把信塞到兜里，然后向赶车的兵道谢。老兵一直在一边观察点长的动作和表情，见点长并没有立即看信，就问："谁来的？"

"家里，没什么事。"点长平平淡淡地说。

点长感觉到兜里的信沉甸甸的，知道母亲没有重要事情是不会来信的。他草草了事地把馒头蒸上，本来想回了宿舍看信，但是老兵总是在一边斜视着他的裤兜，像个伺机而动的扒手。点长就开始炒菜，显得慢条斯理的。

我下哨后，老兵就把点长来信的消息告诉我，并偷偷指了指点长的裤兜。"点长还没看？"我问。老兵摇摇头，脸上显出过分的惊奇。点长很有耐性地把一封家信揣两个多小时不看，真让我吃惊，同时也给这封信涂抹了一层神秘色彩。晚上，我们三个人坐下吃晚饭的时候，我暗暗地瞟了点长几眼，发现点长的神态并没有什么特别。但是，老兵吃了两口菜就叫起来，用力咂咂嘴，说："哎，这菜……你放了什么里面？"

老兵又夹一筷子菜放嘴里，吧唧吧唧地咂摸。点长也急忙认真品尝，然后忽然开朗地说："呀，放盐放错了，放了白糖。"

点长急忙去挖了一勺子盐，放进菜里搅拌，不好意思地笑，说你看你看，我这老同志也犯低级错误了。按说这样的低级错误是可以开心地一笑，不需内疚和不安，但是，我却忽然间从点长挤出的笑里，发现了异样的表情，那是一种深埋着的烦躁和无奈！

之后点长没有说一句话，吃饭的速度很快，吃完后就起身回了宿舍。老兵对我使个眼色，我们就尾随其后。点长坐在桌子前展开信，匆忙地看，老兵蹑手蹑脚地走到他身后，抓住信的一角大喊："谁来的信，还躲着我们看呢。"

点长反应迅猛，这是我没有料到的，我还是第一次看到他这么冲动。他站起来，抓住老兵的手腕去夺信，并愤怒地说："你干什么你！"

老兵已经显得很尴尬，但是又不能立即松手，那样就更没有趣了，所以老兵勉强地抵抗着，还发出"咯咯"的笑声。点长的动作很粗硬，一下子把老兵搋倒在铺上，去扳老兵的手指。老兵"哎哟"叫一声，松了信，疼痛地甩手腕，愤愤地说："×，不就一封信吗，有什么了不起的？你看别人的行，别人看你的你就急，以后谁也别跟谁掺和！"

老兵一甩手出了屋，门"咣"地带上。点长把信抢回去后，似乎感觉到了自己的过分冲动，一下子愣在那里。我不知道该说点儿什么，尴尬地站了几分钟，然后讪讪地退出去。我看到老兵坐在屋前的山坡上生闷气，就走了过去。我说老同志你的手腕没事吧？老兵头也没抬。我又说老同志你下棋吗？咱俩到厨房下棋吧。很明显，我想安慰老兵，但是老兵却突然把憋着的气撒给了我，说："你滚远一点儿好不好？我说过了，以后谁也别跟谁掺和！"我愣了片刻，心里骂了句"狗咬吕洞宾"，转身回屋。点长已经收起了信，呆坐在桌子前。他见我进屋，看了看我，似乎等待我说点儿什么，而我却啥话不想说，一头倒在铺上。点长在屋子里一定听到了老兵对我说的话，也一定看到了我泪汪汪的眼睛，但是点长没说一句话。

过了很久，老兵才回屋闷闷地脱衣睡觉。点长走到他铺前，内疚地说："弄疼了你的手腕了吧？对不起了。"

老兵不理睬点长，放下蚊帐。点长就又坐回了桌子前。屋子里的气氛很沉闷，任何的一点儿响动都对感觉带来强烈的刺激。我实在受不住这种氛围的压迫，也三下五除二地剥了衣服钻进蚊帐。

点长静坐了一会儿，就展开了信纸，但是却久久没有落笔，此时他的心情有谁能够理解呢？后来，当我和老兵知道了一切的时候，已经无法弥补我们的遗憾了。

在这里，我有必要把点长母亲来信的内容简介一下。本来点长的父亲在点长入伍后的第二年就把点长推给了他母亲，母亲觉得点长人在部队，并不需要她抚养，所以也就默认了。但是，最近她听说点长年底可能复员回乡，她就觉得是个问题了，于是写信给点长，说她将来没有能力为点长盖房子娶媳妇等等。父母离婚的时候，点长还不满十八岁，按照法律程序，已是成人的点长现在还有重新选择一次随父或随母的权利。母亲在信中说："这是关系到你以后生活的大事，一定要考虑周到。"

点长没有选择父亲也没有选择母亲，他在回信中说自己复员后，单独落户。点长什么时候写完信什么时候睡觉的，我和老兵都不知道，我们早已睡熟了，而且那天晚上我还做了一个梦，不是梦见了父母就是梦见了女朋友。点长在我们睡熟的时候做出自己的选择后，他一定很孤独地又静坐了很久，或许还给我们掖了掖蚊帐，然后羡慕地打量了我们幸福的睡态。我在点长复员时知道了他家庭的情况后，就反复地回想这个晚上，试图凭借自己的想象力进入点长当时的那种处境。

七

老兵似乎下了决心不搭理点长，对我也是横眉竖眼的，偶尔跟我说句话，就像冒了个水泡，咕噜一声就完了，让我没有一点儿思想准备，我只能问一句："什么？老同志。"

老兵瞥我一眼，却不肯再重复他的话，让我没完没了地尴尬。

本来哨所就我们三个小卒，而且最初相互见面没有几天，趁着一股新鲜劲，把彼此要说的话很快说完了，之后除了每天彼此必须要说的话外，比如说开饭了、上下哨的交接语等，其他话都很节省。点长和老兵在这儿待久了，已经习惯了这种平静和沉闷，而我却没有磨炼出这种耐性，已经越来越感到了寂寞和无聊。现在，点长和老兵处于"冷战"状态，连一些必说的话也精简了，我就更觉得日子疲沓而漫长了。

点长毕竟是我们哨所的最高领导，政治觉悟高，意识到由于自己的行为，破坏了哨所祥和的气氛，于是就主动向老兵靠拢，希望取得老兵的谅解。但是老兵总是躲着点长，不给他表达的机会。到了星期天，正赶上老兵上午站岗，点长就在山坡上散漫地走，最后转悠到哨楼旁。

老兵的手腕已经贴了膏药，由于穿着短袖上衣，白色的膏药片子就很醒目。点长的目光在膏药上逗留了一下，然后才问："手腕肿了吧？真对不起，我不是故意的。"

老兵不说话，把脸扭向一边。点长很无奈，就在老兵的旁边坐下，捡起泥块朝山坡下掷去，一块又一块，很有节奏。

我不愿看点长和老兵在山坡与太阳之间所构成的画面，这种画面所表达出的意境僵硬而沉闷，时间仿佛被他们固定在那里。我瞅了瞅对面的山峰，有一朵白云正悠闲地在上面浮动。"把它扯下来！"我突然发狠地自语。其实在野风谷里，我始终像一只蝴蝶或者一只蚂蚱，总不能闲静下来。我发疯似的朝山上跑，在地上卧着的黄狗发现了，立即昂起头警觉地观察，然后也弹跳起来，跟在我身后跑，于是我放开喉咙喊："冲呀——"

山谷回响着我的呐喊，山谷在我的呐喊中旋转起来。

黄狗似乎在向我展示它的体力，它快速跑到我前面，然后蹲下，远远地看着我呼哧呼哧爬。在我快要接近它的时候，它便突然跃起，一个急冲锋，又在我前方蹲下来，摇着尾巴欣赏我狼狈的样子。

我一步三磕头地爬上了山顶，身子一仰就躺在地上。清凉的风拂过面颊，爽快惬意，天空上白云悠悠，辽远而宁静。在天空之下，我努力放平了身子，大口喘气，似乎在山谷里憋了很久了，终于畅快地呼吸一次。直到喘气均匀了，我才慢慢仰起身子抬头朝远处看去——我的呼吸立即屏息了，眼前的景象是如此的壮观，令人惊心动魄。层层叠叠的山峰烟雾缭绕，虚无缥缈，由近而远瞭望，"横看成岭侧成峰，远近高低各不同"，那神韵，排山倒海，气势磅礴。

等到我拖着疲惫不堪的身子，兴奋地下山后，点长已经做好了午饭在等我。点长问我干什么去了，我说爬山，"点长，以后我们就不要训练齐步正步，干脆爬山好了。"我本来想把爬山的好处给点长罗列一下，但是发现他的脸色阴暗着，就忙低头吃饭了。我估计点长要说点什么，就等待着，而他却半天不吭气，斜着眼看我，看得我嘴里含着一口饭都不敢咽了，直挺挺地等待他说话，不知道自己犯了什么错误。

后来，他突然用筷子敲了敲碗边，敲得我心惊肉跳，才说："你想到安全了吗？"

我睁大眼看点长，一副茫然的样子。

"这儿的山又滑又陡，摔坏了胳膊腿的，谁负责？你就不能老老实实待一会儿？"

我仍含住一口饭，不吐也不咽，更不说话。点长就停止了批评，说你还不快吃饭？吃完了去换老同志的哨。

大约下午三点钟，点长去接了我的哨。我回宿舍，看到老兵又趴在桌子上写信，就悄悄退出来，却找不到事情做，于是在屋子前坐下，在地上画了一个五子棋盘，独自走五子棋，打发下午剩余的时光。

晚饭轮到我值班，我正在厨房忙活的时候，老兵提着暖瓶去厨房的火炉上取水，看到黄狗在厨房里转悠，就愤怒地踢了它一脚，说："你滚出去，找你的爹去！"

黄狗哼唧一声跑了。这就是老兵不对了，你对点长有气，有本事去踢点长一脚，对着黄狗耍啥威风？黄狗懂什么，踢它一百脚有什么用？再说了，黄狗虽然是点长从路边捡回来的，可也不是他一个人的，是我们整个哨所的呀，它给哨所带来了多少欢乐？它已经算是哨所的"人丁"了。那是去年春上，点长下山去中队部办事，返回时在路边发现了一条小狗，当时正害着眼病，可能是被主人扔出家门的，已经奄奄一息，点长就把它抱回来。哨所的三个兵精心照料，竟把这个小东西救活了，老兵去年还是新兵，对小狗的关照最多，怎么现在却把它算作点长的了?

我在案板上切着土豆,心里正生着老兵的气,一只老鼠从我的脚边大摇大摆跑过去。过去这些老鼠不止一次在我眼前炫耀它们身子的肥硕,我根本不理睬它们。但是今天不行,今天我正生着老兵的气呢。于是,我上前一脚,想踩死它,可是连根老鼠毛也没踩着,老鼠一蹿就没有影了。我继续切土豆继续生气,除去生老兵的气,还生老鼠的气了。然而,只放了个屁的工夫,老鼠又不知从什么地方走出来,牛哄哄的样子,我随手抄起个大土豆,狠劲砸去,老鼠极快地躲进墙角的洞子里,我只好把弄脏了的土豆捡回来重洗。

"好呀,跟我作对是吧?"我觉得不能咽下这口气,换了谁也不会就这么蔫不唧地算了。我弄了半块馒头,抹上了用来灭蚊虫的"敌敌畏"药,放在洞口处,笑道:"来吧,米西米西,小东西!"

折腾了半天,耽误了做饭,我瞅一眼外面的太阳,知道点长快下哨了,于是慌忙拎着水桶去水窖提水。那天下午,黄狗可能是饿了,它瞅见我和老兵都不在厨房,快速跑进去,四处嗅着,终于发现了老鼠洞口的馒头,叼起来溜走。本来黄狗没有这个毛病,但是那几天因为我们三个人之间的紧张关系,似乎都心不在焉,忘了认真地喂它。

我刚做好饭,老兵进了厨房,自己从蒸锅里抓了个馒头,坐下就吃。按惯例,晚饭是我们的团圆饭,三个人要一起吃。我不敢直接提醒老兵,就站在门口瞅了瞅渐黑的天色,说:"点长还有几分钟该下哨了吧?"

老兵斜了我一眼,弄得我挺紧张,急忙说:"你吃老同志,你先吃。"

我看到点长已经从哨楼朝山坡下走,就开始往桌子上端饭。点长还没有走到狗窝,就听到黄狗呜咽的叫声,他便紧张地跑过去,说:"阿黄,你怎么了?阿黄——"

我在厨房听到点长的叫喊,也朝狗窝跑去,老兵捏着半个馒头,站在厨房门口张望。

"蔡强,别靠近!"点长大声说。

我们远远地看着黄狗在地上滚动。片刻,黄狗尖叫着跳起来,朝山上狂奔,我们三个人跟在后面跑,看着黄狗一头栽倒了,然后浑身抽搐,然后一动不动。这个过程中,我们都张大嘴,一句话没有说出来。

最先憋不住喊叫的是我："点长，阿黄死了？"

点长没说话。我问的也是多余，黄狗已经不动了，不是死了是睡着了？

老兵捏着半块馒头，吃惊地说："哎，说死就死了？"

"它得的是急症，好像吃了什么东西？"点长小心地蹲下查看。

我听了点长的话，"哎哟"一声就朝厨房跑，我想起了"米西"给老鼠的药馒头。

我在老鼠洞前傻站着，头蒙蒙的，心怦怦跳，那种感觉是用语言无法表达的。

当然，点长知道了事实真相后并没有责备我，他责备的是他自己。我们把黄狗抬回来，搁在一块木板上，点长的眼窝蓄满泪水，说："都怪我，这几天心情不好，没有喂它。"

我哭着说："都怪我，我该死……"

点长继续说："阿黄跟我快两年了，我原准备复员的时候把它带回家，没想到……"

我跺着脚原地转圈，啊呀呀地甩手大哭。老兵一声不吭，眼圈里含着泪水，蹲在黄狗身边，用手指轻轻梳理它的皮毛。老兵从黄狗进哨所开始喂养它，比我对它的感情还深。后来，我们三个人都蹲在它的身边，抚摸它柔滑的毛发，渐渐地，三双手摸到一起、握住、摇晃，不约而同地抬头相互看着，都一脸愧色。

点长站起来，狠着心说："走，趁晚上有时间，把它埋了。"

老兵看了点长一眼，说："就埋到山顶吧。"

点长和老兵抬着黄狗爬山，这是他们两人多日来的第一次真诚合作。我跟在他们后面，拎着铁锹，扛着一根木棍，木棍上缠着白布，白布在风中招展。

山顶上的夜风吹乱了我们的头发，夜风里我们奋力挖掘好坑穴，然后把黄狗埋进去。点长特意把四个馒头摆在黄狗嘴边，馒头是我晚上蒸的新馒头，白皙而柔软。

我们把缠着白纸条的木棍埋在坟头，坟头渐渐隆起，同时在我们的心里也纠起了一个永远也化不开的情结。我们站在坟头前，夜色把三个人影镶嵌在天边。

山下的平房，亮着灯光，从山上看去，纽扣一样大，像山谷的眼睛。

八

黄狗从山谷消失后，山谷似乎更加寂静了。那天，我和老兵在院子里训练，经常有意或无意地朝山顶眺望一眼，遥望山顶竖立的木棍。白赤赤的阳光下，老兵的口令尽管嘹亮厚重，却失去了穿透力，总是在我们的头顶上回荡不去。

老兵抹了一把额上的细汗，命令休息一刻钟。我和老兵都回宿舍喝水，老兵把点长的杯子递给我，说："去，给点长送去。"

我端着杯子走到哨楼，说点长，老同志让我送的。点长笑了笑，说老同志让你送你才送？我知道点长在逗我，就很认真地点点头，说老同志不让我送我敢送？点长喝完水，把杯子递给我，问道："蔡强，你来执勤点半年了，是不是已经感到这儿单调无聊了？心里有什么想法？"

我极快地观察了点长的脸色，说："啥想法也没有，革命战士是块砖，哪里需要哪里搬。"

"你说实话，别太空洞。"

"点长，你不是正式跟我谈话吧？"

点长挖了我一眼，说："我只是随便聊聊。"

我立即咧嘴笑了，笑着说，那我也是随便说了，我觉得在这儿当兵，比在我们村里还没劲，我当兵原是想出来闯荡闯荡，没想到闯进了野风谷，连个说话的人都没有，整天听风鬼哭狼嚎的。点长虽然说是随便聊，但他仍拉出点长的架子教育我，说野风谷地方是小，可能够锻炼人的耐性，耐性对一个人事业的成功很关键。

我突然问："点长，你有女朋友吗？"

点长愣了愣，摇摇头。你为什么不谈一个呢？我说，我觉得你应该谈了，闲着没事儿，可以给女朋友写写信，再说了，谈恋爱可以调节人的情绪，使人始终保持昂扬的精神状态……在我说话的时候，点长侧着脸很认真地看我，弄得我挺不好意思的，急忙打住话头不说了。

"你像是恋爱专家了。"点长笑着说，"你女朋友来信又说什么了？

让你精神状态这么好？"

我羞涩地低下头。点长说："今晚我们的业务研究，改成读你女朋友的来信。"

我原以为点长是说着玩的，没想到晚上业务研究的时候，他却来真的了。他坐在我和老兵的前面，一本正经地说："咱们今晚的业务研究，改成读情书，蔡强先读，普顺林做准备。"

读就读，我说。点长和老兵坐得很正规，像听首长做报告一样。但是，我刚读了一半，他们就笑翻了身子，老兵还在铺上打了几个滚。点长虽然没在铺上打滚，但是他捂住肚子浑身抖动。自黄狗死了后，点长还是第一次这样开心。我很想让他们继续开心，就故意憋住笑，严肃地读信，把女朋友写的那些软绵绵的话读得有声有色，很像读一篇散文。后来点长笑得肚子疼，就说蔡强我求求你别读了，你想害死我们呀。老兵也笑着骂，说这个新兵蛋子，脸皮比鞋底还厚。

第二天早晨，轮到我上第一班哨，起床后我忙着擦步枪，老兵就拿着扫帚扫院子。老兵扫到狗窝前，看到空空的洞子里被风吹进了些杂物，便随手伸进扫帚扫了几下。突然，一只鸟从洞里飞出来，翅膀扑棱棱地划着老兵的脸而去，老兵禁不住惊叫一声。我拎着武装带跑过去，问："咋啦老同志？一惊一乍的？"

老兵指了指洞口，"一只鸟从里面飞出来，吓了我一跳。"老兵长出了口气。我站在洞口竟有点儿紧张，说狗窝变成鸟窝了？不会吧？老兵猫腰小心地走进狗窝，我提着心跟在他身后。老兵在狗窝内四下查看，终于发现墙壁的凹处有一个鸟窝，探头瞅瞅，"咦"地叫一声："有鸟蛋了——"

我挤上前看，兴奋地说："什么时候筑巢的？怪了！"

我伸手要数一数有几个鸟蛋，被老兵拦住。老兵说："别动，一、二、三……嘿，有五个呀。"

老兵又说："别动，留着孵小鸟，你动了，大鸟能看出来，懂吗？"

"懂，大鸟聪明着哩，对吧老同志？"

我由于太激动，似乎担心老同志发现的鸟蛋不允许我看，所以有点儿拍他的马屁了。我又急忙跑出洞口，对着厨房喊："点长，鸟蛋，五个鸟蛋！"

点长从厨房跑过来，我跟在点长身后又进了洞子，慌忙指给点长看，说在这儿在这儿，是带花纹的鸟蛋。我的样子很像是我发现了的鸟蛋，老兵有些不满，说蔡强你咋呼啥？还不快去上哨。

"你们都别动，孵出小鸟来我们养着玩。"我不放心地回头说。

老兵又劝点长也出去，说大鸟该回来了，别让它发现我们。点长和老兵出去后，就藏在洞口一边观察，等待大鸟回来。老兵说，是只红尾巴鸟，漂亮着呢。点长朝山坡上张望，说你别说话。老兵说，它很快就回来了，你看是不是红尾巴，漂亮不漂亮。点长说，你别说话。

大约过了十几分钟，一只红尾巴鸟从山坡低旋着飞到洞口边，极快地滑入洞内，如果不注意观察，很难看到它美丽的翅膀在空中滑过后留下的痕迹。点长和老兵激动地张大嘴，却不敢发出欢呼声，两个人的目光在洞口盘缠了一阵子，才相互对视，然后很幸福地一笑。

我站在哨上，不停地观察狗窝的方向，担心老兵和点长动了鸟蛋。好不容易等到点长来换哨，就问点长："老同志没动鸟蛋吧？"

点长坚定地说："没有，只是去看了两次，真的没动。"

我下哨后直奔狗窝，看到五个鸟蛋静静地睡着，于是很甜蜜地一笑。其实他们最不放心的是我，老兵总是在我背后窥视，我去解手他都跟着。点长也不例外，老兵去换岗的时候，点长反复问老兵："蔡强没去动吧？你真的看紧了？"

点长下岗后，又要进洞子看看，我坚决拦住他，说大鸟在里面呢，点长你进去干什么？点长笑了笑，说："老同志没动吧？你要看紧他。"

那天晚上，我们躺在铺上很久睡不着，昏暗里反复讨论鸟蛋的问题。老兵肯定地说鸟蛋要等到秋天才能孵化出来，点长坚决反对，说那时候天气凉了，还不把小鸟冻坏了？我立即赞成点长的观点，因为我记得没当兵的时候，夏天经常在山里捡到小鸟。当然，我担心的是小鸟孵化出来后，会不会飞走，我说如果小鸟永远留在洞里多好呀！老兵似乎很生气地说："你懂什么？没听说小鸟总要远走高飞吗？就像你长大了当兵一样，总有一天小鸟要出去闯荡的。"

窗外，流泻着满地的月光，真是一个难得的风平月洁的夜晚。

九

日子由于一窝鸟蛋，突然过得有滋有味了。但是，好景不长，老兵就陷入苦恼之中，自己苦苦挣扎了一个星期，没有得到解脱。那天晚上，老兵坐在铺上发呆，点长走到他眼前，直截了当地问："遇到什么难题了？是不是那个娜娜要凉你的菜？"

老兵叹息一声，说还不到凉菜的地步，不过很危险了，她一定要来。我立即意识到问题的严重性，说道："你不是说她根本没时间来吗？"

老兵哭丧着脸，无奈地说："她是没时间，可是她说时间就像海绵里的水，只要肯挤，还是有的。"

我说："你就劝她别挤了。"

"我劝不住，她要来陪我过'八一'建军节。"

"来就来吧，你紧张什么？"点长说。

"不是紧张，她来我们这地方，就……"

"你别说了"，点长打住老兵的话，说，"我明白你顾虑啥，你放心，是你的跑不掉，不是你的留不住，咱们把仓库收拾出来，欢迎她来，蔡强，别总显示你自己，到时候给老同志捧捧场。"

于是，我们连夜制定了迎接方案，第二天就积极行动起来，把仓库收拾得像洞房。我讨好地对老兵说，老同志，我弄得不错吧。老兵说有点儿意思，我就又说："老同志，你的娜娜来的时候，我帮你接站去吧？"

点长在一边接了话，说："什么事情你都想掺和！"

那天老兵就一个人去接赵娜了。老兵在站台上等待了很久，偏远的小火车站没有几个接站的人，风从站台上掠过，卷起杂草杂物，漫天地飞舞。

火车误了一个多小时才开过来，老兵急忙迎上前，从一节车厢跑到另一节车厢，慌张地寻找。车上没有下来几个旅客，但是老兵却没有看到赵娜，急得喊起来："娜娜——"

赵娜就在他的眼前，她走过去捅了老兵一把，老兵才惊喜地说：

"嘿嘿，一路辛苦。"

赵娜没看老兵几眼的，目光就转向四周，打量连绵起伏的群山。老兵心里凉凉的，又说："一路辛苦。"

"这儿……离部队远吗?"赵娜问。

"远、也不远。"

"车呢?"

老兵的脸就红了，指了指站台唯一的几间平房。这时候，赶毛驴车的兵用树条狠抽了毛驴，毛驴车就欢快地从房子后面跑出来。

老兵说："我们中队就这么一架……车。"

毛驴车走近站台，毛驴用力打了个喷嚏，惊天动地，把赵娜吓了一跳。赶车的兵很热情地上前接过赵娜的提包，说："嫂子上车上车，一路辛苦，哎呀，我和普顺林在这儿等了两个多小时。"

女孩子只要和部队的干部战士搞对象，不管你结婚和没结婚，都统统被叫作嫂子，既顺口又亲热。赶车的兵把一块崭新的白毛巾铺在车帮上，然后对着赵娜傻笑着。赵娜犹豫了一下，上了车，老兵暗暗松了一口气，小心地坐在赵娜的对面。赶车的兵站在车下，用树条抽了毛驴的屁股，说："走嘞——"

毛驴车"嘚嘚"地走，赶车的兵跟在后面跑，尽管跑得呼呼喘，嘴里仍不闲着，说："按说过些日子才给你们送水，正好嫂子来了，我顺便拉了一桶，嫂子你尽管用，洗脸洗脚洗衣服，尽管用，你说是不是普顺林?"

后面没人答话，赶车的兵回了回头，看到普顺林和赵娜沉闷着，表情冷漠，他就急忙闭嘴。毛驴车开始进山，毛驴吃力地奔着，车速缓慢。赶车的兵两手推住车架，和毛驴一齐用力。后来老兵也跳下车，默默地推着车后帮。赵娜独自坐在上面，感到很不自在，看了看毛驴，也要下车，老兵急忙拦住她，说："你别动!"

赵娜执意要下，老兵急得不知如何表达自己的心情，几乎带着哭腔说："你真的别下，你——"

赶车的兵转过身子，一喘一喘地说："嫂子，山路，不好走，你坐着，这驴，有劲。"

赶车的兵说话的时候，老兵死死摁住赵娜的胳膊，弄得赵娜不知所措，就又坐了。老兵松开手，满脸羞红。赵娜就在这个时候认真地看了看老兵，很深情的样子。老兵知道她在看他，老兵埋着头推车，浑身的力气。山路凹凸不平，赵娜的身子随着驴车的颠簸一起一伏，极有韵律。

当然，我们也不比老兵推驴车轻松。老兵走后，我站在哨上，一直盯住通往山外的小路，等待毛驴车的影子出现，眼睛都累酸了。点长忙着准备午饭，把该准备的都准备好了，就站在屋子前朝山下张望，竟站了一个多小时。我想我站在高处，一定能比点长先发现驴车。但是，没想到我眨眼的工夫，毛驴车一下子从远处小路的地平线跳跃出来，速度极快。

点长说："你看蔡强，那是不是……"

毛驴车由我们视线里的一个点，渐渐长大，终于在我们院子停止了。赵娜从驴车上跳下来，打量着四周的群山，目光就盯住山顶上的木棍，惊奇地审视飘扬的白布。她说那是什么？老兵和点长没有吱声，她就又说："山顶上飘了些什么白条条？"

老兵和我有个共同的规矩，就是不准提及黄狗的事情，免得点长伤心。赵娜刚到哨所，就捅了点长的疼处，当时的场面显得有些尴尬，弄得老兵左右为难。老兵忙扯了她的胳膊一下，并且丢了个眼色给她。

大概老兵和赵娜进了家属房，老兵就把黄狗的故事讲给赵娜听了，因此等到点长进家属房叫他们吃午饭的时候，发现赵娜的眼圈红红的。点长以为两个人刚见面就闹了别扭，立即把老兵拉到一边批评，老兵对点长摇头，说没想到她这么感动呢。实际上，赵娜发现了那根竖在黄狗坟前的木棍是件好事，她能够一下子切入哨所兵们的内心世界，从而了解兵们真挚的情感和寂寞的心境。这的确是老兵没有想到的。

下午，赵娜便不顾一路风尘，开始帮助我们洗衣服，弄得点长很不好意思，抱住自己的衣服躲来躲去，赵娜在后面追住他不放，终于把脏衣服夺了去。也就是在那天下午，我们哨所屋子前的晒衣绳上，飘起了一条红裙子，还有一些我们叫不上名字的妇女用品。

野风谷的风，在那个下午突然停止了疯狂地号叫，悠悠地吹。

十

在部队，兵们的亲属来队，没有特殊情况，一般都要给来亲属的兵三天假，让他们陪亲属到部队驻地的风景区转一转。我和点长也商量好了，老兵的女朋友来哨所后，三天不让老兵上哨、做饭。虽然野风谷没有什么景点值得游览的，不过可以让老兵陪女朋友聊聊天，加深加深感情。

但是老兵第二天就要求上哨。点长准备去接我的岗时，老兵也扎着武装带走出家属房，两个人争来争去都不相让，而且声音越来越高，火气越来越大，像山东人刚吃完了大葱就吵架，十足的冲劲。赵娜就从家属房走出来，站在他们俩面前一句话不说，像看热闹一样，两个人立即停止了争论。赵娜才问点长："我来不会影响普顺林的工作吧？"

点长把头摇得像拨浪鼓，说不会不会谁说影响了？我们早就盼你来现在可是把你盼来了。点长的口气很容易让人想起"盼星星，盼月亮，盼来了救星共产党"的台词，于是赵娜"扑哧"一声笑了，说那好，该是普顺林的岗就让他站，这样才是不影响他的工作。点长的嘴张了张，却没有说出话来，心里暗暗赞叹赵娜既明事理又干练聪颖，如果她有一天能和普顺林一个锅里摸勺子，普顺林真他妈福气死了。点长想到这里，就觉得有一种责任落在肩上，自己作为点长，怎么也要想办法让赵娜了解哨所、了解普顺林，点长就觉得今年的"八一"建军节不平常，要过出一种氛围，过出一些特点。

老兵朝点长挤挤眼，说我去了点长，你和赵娜做中午饭吧，不要让蔡强表现了，他的技术不到火候。点长笑了，点点头。

其实我在哨上就想着做饭的事情，琢磨老兵的女朋友喜欢吃什么菜。下哨后，我看到点长正在收拾厨房，赵娜择着青菜。我说，你歇着嫂子，我来干。我又说，点长你也歇着。点长却说："你提水去，中午饭我做。"

"哎，今中午轮我做呀？"

点长直截了当地说："你别显摆了，你做的饭谁吃？"

点长这话说得很没有水平，这不是成心给我难看吗？平时总表扬我做饭的技术像小猴子爬杆，嗖嗖地向上蹿，现在却突然不说实话了。我就有些不高兴，急巴巴地说："嫂子，你等着看，看我炒菜……"

赵娜笑着安慰我，说："你肯定会做饭，咱们一起做，我跟你学行吗？"

她这么一说，我倒有些不好意思了，忙去提水。走到狗窝前的时候，突然想起了鸟蛋，就对着厨房喊："嫂子，你快来——"

赵娜不知道发生了啥事，紧张地跑出来。我招呼她，说你来你来，看看我们的小鸟。她莫名其妙地问什么鸟，小心地跟在我身后进了狗窝。站在哨上的老兵发现了我们的举动，远远地喊："别动呀，只看别动，你这个新兵！"

赵娜看到鸟窝里的鸟蛋，她像孩子一样露出了惊喜，说："哇——"

赵娜情不自禁地伸手去摸鸟蛋，我急忙拦住她的手，说别动别动，大鸟发现有人动过，就把这些蛋丢了。她缩回手，说是吗？我不敢肯定，只说大家都这个说法，咱们还是不动吧。这时候点长在身后说话了，我就知道他沉不住气要跟过来，还是个点长呢，说我什么事情都想掺和，他不掺和别跟过来呀。他说："鸟有时比人还聪明。"

我没搭理点长。我跟赵娜说话，他插一嘴干什么？我继续跟赵娜说话，说等到小鸟孵化出来后，我们养着训练它们，让它们向东飞，它们就向东飞，吹声口哨，它们就飞回来了，你信不信嫂子？赵娜说："信、信。"

走出洞口后，我让点长去做饭，赵娜还没看见大鸟是什么样子，我们在洞口等它回来。点长有点儿不情愿地走开了，他不是会做饭吗？做去吧。我和赵娜躲在洞口一边，终于等到大鸟飞回来。"呀——它的尾巴真好看！"赵娜喊。我就知道她会这么说，于是故意很沉着的样子，说你等看孵化出来的小鸟吧，那才叫好看哩。

点长时不时从厨房探出头，瞅我们一眼，有时还听我们的聊天，跟着傻笑两声，一看就知道他不安心本职工作，正跑偏走神呢。

十一

点长在"八一"的前一天晚上就开了个点务会，布置了我们各自的工作，讲了落实好工作的重要性，其实归纳起来就一句话，把建军节的气氛搞热烈。麻雀虽小五脏俱全，我们三个人的哨所和三百人的兵营一样，工作程序一点儿不少。

按照分工，我负责写标语搞卫生，点长负责做饭，老兵负责布置晚会现场。可是我第二天翻箱倒柜，只找到一小条红纸。我拿着去哨上请示点长，说就这么一绺绺纸，能写啥？点长说有这么个意思就行，写"庆祝八一"四个字。我说没有毛笔和墨汁呀？点长说你猪脑子，不能想办法？

我拎着红纸进了厨房，在火炉下掏了些黑炭盛到盘子里磨碎，加了水，然后把一块布条缠在一根筷子上，制成了毛笔。我刚要泼墨书写，忽然想起了家属房的老兵，怎么也得让老兵在女朋友面前露一次脸呀。我就端着这些物品去了家属房，很谦虚地说："老同志，点长让写标语，我的字很臭，请你写。"

赵娜去看老兵，一脸吃惊的样子。本来这时候老兵应该主动表现一下，但是他却谦虚起来，说我的字不行，不写不写。后来他经不住我的热情劝说，就装模作样地写了四个字。

"哎呀妈呀，这字，绝了！像……伟大领袖毛主席的狂草。"我一惊一乍地说。

赵娜捂住嘴笑。我还想继续吹捧老兵，但是老兵已经受用不住了，挥手示意我快出去贴标语。

我们的活动主要安排在晚上，因为我们晚上能够团圆。点长从半下午就和赵娜操勺子弄盆的，折腾着做饭，到晚饭时，桌子上摆了六菜一汤，是我到哨所后看到的最丰盛的晚餐了。赵娜坐在厨房等我们，而我们却在宿舍里化妆，我用黑炭在唇边画了胡子，装扮成父亲，老兵把赵娜的花手帕扎在头上，穿着赵娜的一件上衣，装扮成母亲，点长脖子上系了红领巾，还把他的军用挎包斜背在身上。我们三个人还没有走出宿舍，就已经笑弯了腰。点长为了控制住局面，对我说："蔡强，从现在开始，今晚我们都听你指挥了，直起腰来别笑了。"

我就指挥大家出场。我在前，老兵居中，点长走后，都憋住笑，一本正经地进了厨房。赵娜被我们这个阵势弄蒙了，愣了半天才发出笑声，说你们没吃饭就要演戏呀。我们并不理睬她，仿佛没有她这么个人存在，仍旧按照已经商定好的程序进行。首先由我讲话，但是我从来连个点务会都没有主持召开过，平时自己还牛哄哄的，现在面对着三个人讲话心里还发慌，嘴里像含了个驴屎球，语句都咕噜不清楚。我说："今天是建军节，让我们热烈欢迎到我们家庭做客的赵娜嫂子，不，点长，应该叫同志吧？"

点长小声提醒我不要叫他点长，说着就和老兵鼓掌。于是我正了正身子，指挥点长给赵娜倒酒，说："你、点长，给客人敬酒。"

点长忍不住批评我了，说："怎么又叫点长，叫儿子呀！连个父亲都不会当。"

起初赵娜直喊"笑破了肚子"，后来弄明白怎么回事后，忽然叹了一口气，说："你们真的像一个家庭。"

之后她的情绪就不太好，弄得我们的晚会都很沉闷，匆匆结束了。然后我们就在家属房看电视，老兵要爬上房顶扶住电视天线，我拽住他，说你去陪嫂子，我上去。但是点长却抢在前面爬上房顶，笑着说："我这个当儿子的应该表现一下了。"

我们就在屋子里看电视，风很大，电视屏幕上模糊着，我不停地喊"向左向右再向左"。但是赵娜却是一副心不在焉的样子，经常朝门外瞅。后来她像征求我们的意见似的，说："看不清，不看了吧？让点长快下来。"

其实我们早就不想看了，都是在陪她，希望她看高兴。她这么一问，老兵忙站起来说："不看了，累眼。"

赵娜迫不及待地走出去，对房顶喊："点长——下来吧，风太大，别受了凉，我们不看了。"

点长却来了积极性，怎么叫都不下来，说："你们继续看，我没事，上面——凉快。"

赵娜连着叫了几声，声音就变了，带了些哭腔，我仔细打量，发现她的眼睛湿润了。我就急了，冲着房顶吼道："儿子哎——你给我滚下来!"

点长在上面愣了愣,慌忙说:"哎——我这就下去。"

"八一"后,赵娜对我们的哨所就有了感情,说我不来你们这儿,还真不知道部队有这么苦的哨所。其实比我们部队艰苦的地方多着哩,在大西北粗野的风里,还有清静的地方?我没事的时候,就把从点长那里听来的故事,讲给赵娜听,并且根据自己的想象力,又添油加醋发挥一下,经常把她感动得眼窝潮湿。

后来,我们在院子训练的时候,赵娜总是站在一边看,弄得我们挺紧张。当然,我们的训练更认真更卖力。有时我站岗的时候,她也站到哨楼旁,问我是否寂寞,我很平淡地说习惯了,还说寂寞了好,可以磨炼人的耐性,你看哪一个成就事业的人没有经过一番寂寞?赵娜连连点头,说对对,宝剑锋从磨砺出。

一天,我在哨上站岗,赵娜正在院子里看点长和老兵训练,忽然间,她看到大鸟从狗窝里飞出,就想起去看看鸟蛋了。她走进洞子,站在鸟窝前专注地看了很久,竟产生了摸一摸鸟蛋的欲望,于是就小心地捡起两个鸟蛋放在手心里,很得意地笑了。这时候,大鸟飞进洞子,她担心被大鸟发现,慌忙把鸟蛋放回鸟窝。然而,仓促中,一枚鸟蛋滑落到鸟窝外面摔碎了,在她的惊叫声中,大鸟扑棱棱飞出洞口。

赵娜知道自己闯祸了,愣愣地看着地上摔碎的鸟蛋不知所措。老兵和点长听到叫声冲进洞内时,她仍旧傻乎乎站着。老兵一看眼前的景象就明白了,气愤地说:"你、谁让你动的?出去!"

赵娜羞愧地跑出去。点长很快镇定下来,捅了老兵一拳,说你嚷什么嚷?不就一个鸟蛋嘛,碎了就碎了。老兵收拾了碎鸟蛋,说大鸟还会回来?点长也不敢肯定,两个人就在洞口外观察,看到大鸟飞了进去,又很快飞出来。老兵就说:"你看你看,它走了吧?"

点长虽然也有些疑惑,但是仍然批评老兵,说现在说不准呢,晚上才能知道它走没走,你咋呼啥?点长批评着老兵,他的心里也是直敲小鼓,担心大鸟真的不回来了,更担心由此给赵娜带来的自责。

天刚黑下来,我们三个兵和赵娜打着手电筒,蹑手蹑脚地走进洞子,每个人心里都满怀了希望又忐忑不安。光线照到鸟窝里,不见大鸟的影子,只有四个鸟蛋静静地卧着。老兵狠狠地叹息一声。

回到家属房，赵娜就抽泣起来。我生气地骂大鸟，说嫂子，没事，它不回来算了，我们把鸟蛋放在被窝里也能孵化出来，你信不信？点长也安慰她，说鸟蛋就放鸟窝里，还会有别的鸟来安家。

老兵始终低头不语，像欠了别人二百吊钱似的，哭丧着脸。我还要劝嫂子，点长暗地里踢我一脚，示意我退出家属房。点长的脚没轻没重的，把我的脚脖子踢了块青紫。

我退出家属房并没有走开，趴在门外朝里瞅，估计老兵要批评女朋友。但是，老兵一直不抬头，赵娜先说话了："过两天，送水的车该来了，我想跟着车走。"

老兵像被灼伤了似的突然站起来，看了赵娜半天，似乎在观察她的表情，然后才说："我这个人的脾气不好，可你不能在这个节骨眼上走。"

赵娜不说话，老兵又说："我们以后就是分手，你也再住几天，你现在走，他俩心里都不踏实，委屈你几天，在这儿装装样子。"

赵娜走到老兵身边，看着老兵的脸说："我现在最好是离开这儿，你不要胡思乱想，我回去等你，一直等下去。"

老兵一下子就哭了，抓过赵娜的手。我急忙走开了，因为我发现自己也哭了。回到宿舍，我立即告诉了点长，希望点长明天劝劝赵娜。他却摇头，说怕是留不住她了。

赵娜真的走了。在她和老兵坐上驴车的时候，点长从狗窝里跑出来，把鸟窝双手递给赵娜。阳光下，四个鸟蛋光滑闪亮。点长说："喜欢，带上留作纪念，别忘了我们哨所，常来信。"

泪水在赵娜的脸上流着，老兵沉默地看了她一眼，急忙把头转到一边，凝望前面的群山。驴车开始朝山下移动，我站在哨上举手敬礼，并大声喊道："嫂子——多保重！"

赵娜把鸟蛋举起来，对着我晃了晃，她已经哽咽得说不出话。然而，她举起的鸟蛋就是一种语言！

十二

赵娜走后，我们哨所那间当作家属房的仓库一直空着，奇怪的是，我们谁也不说是否应该把仓库恢复到原来的样子，于是它就保留着赵娜来住时的原貌，连她使用过的镜子还摆放在桌子上。我它从窗前走过，偶尔还伸着脖子探一眼，自己也弄不明白要看什么。但是那个狗窝却被我们封堵死，我们不谈论黄狗也不谈论鸟蛋也不谈论爱情了。

后来我就学会了看山，像点长那样一看就是一个上午。原来看山是很有意思的，每天的山都在变化，它的颜色随着天气、阳光、季节和你的心情，或浓或淡，或青或紫。我能从山的身上读出浓得化不开的乡情，也能够读出几分忧伤几分迷蒙。当然，我还可以让目光栖息在山坡上什么都不读，任凭思绪天马行空，而山只是目光的载体。

山色在我们目光的审读中，一日日变黄，然后是灰白。风越来越冷，而山上稀疏的杂草也越来越枯硬，甚至能在冷风的撩拨下吹奏出一种凄凉而委婉的曲子。阳光一天比一天缺少温度，野风谷四周山体的阴影部分就显得浓厚而冷漠。如果是星期天，又遇上一个难得的好天气，我通常是和老兵下棋，就坐在哨楼旁边，坐在站哨的点长的脚下。点长常常瞅棋盘几眼，虽然他并没有看出什么玄机，却仍旧弄出一副大吃一惊的神色。我不会再计较一盘棋的输赢了，我只是陪着老兵倒腾棋盘上的那些棋子，有时还能错把老兵的棋子当成自己的使用，并把自己手下的将士斩首。老兵总是心疼他的每个棋子，个个都是他的心头肉似的，吃他一个很不容易，经常是被我吃了吐、吐了吃，一盘棋能走到日落西山。

我已经忘却寂寞了，日子过得从容不迫，并且有滋有味。点长甚至在点务会上还表扬了我，说我能够端正思想，沉得住气，扎得住根，安心艰苦哨所，无私奉献青春之类的。

一天夜里，我起床解手，披了衣服拉开门，迷迷糊糊地打了个冷战，就愣住了，怎么门外白得耀眼？我走出去用脚踩了踩，不是月光是"咯吱"响的雪。返回屋子后，我就捅了捅老兵，说："哎，外面下雪了。"

老兵翻个身子，含混不清地说："别闹，别别……睡觉呢。"

"真的，骗你不是人。"

旁边的点长睁开眼睛，愣了片刻，起身掀开窗帘，惊奇地说："咦，这么早呀？比去年提前了快一个月。"

点长走到屋子当中的火炉旁，打开炉盖看一眼，添加了煤块，钻进被窝，正要拉灭灯的时候，一只老鼠从门缝挤进屋子，蹲到火炉旁。我刚要喊叫，被点长制止了，于是就继续看下去。这时候老兵也已经醒了，我们都趴着身子，静静地看老鼠烤火。这个小东西竟将两只前爪抱于胸前，身子坐立起来，真是人模狗样的，还挺可爱。

窗外，风呼叫着吹过，掠起阵阵碎雪。

落雪后的那个星期天的上午，驴车送水来了，赶车的兵对点长说："点长，指导员让你下山去中队部一趟，跟着车走。"

点长愣了愣，嘴上自语"啥事儿这么急呀"，然后就上了驴车。

晚饭的时候，点长走了一个多小时的路赶回来。他对我和老兵说自己已经吃过饭了，我就和老兵吃饭，说指导员还真够意思，请点长吃了两顿饭呀，其实也应该，我们点长一年才去中队部两三次。但是，老兵只吃了几口饭就搁下了，坐在那里琢磨着。老兵就是老兵，不像新兵那样头脑简单，肠子直通通的不拐弯。他琢磨了一会儿，突然说："点长不像吃了宴席那样开心呀？"

老兵就站起来朝宿舍走，我也跟在他后面去了。我们看到点长仰面躺在铺上，这是过去没有过的动作，他从来不在整好的铺上随便坐卧。老兵上前摸了摸点长的额头，点长看了老兵一眼，并没有说话，让老兵仔细地摸了。老兵问："哪里不舒服，感冒了？"

点长摇摇头。老兵坐下了，挨着点长的身子很近，就像我每次病了后，点长坐在我身边一样那么亲近。"出了什么事情了？"老兵问。

点长没有说话，老兵对我挥挥手，说蔡强同志你吃饭去吧。我明白他是让我先出去一下，而且他使用了"同志"这个称呼。我刚到哨所的时候，他曾这样称呼过我几天，后来就直呼名字了。我立即严肃和庄重起来，说道："是！"

当天晚上，点长坐在桌子前整理抽屉，一直忙到半夜。我纳闷了一个晚上，直到第二天上午点长站哨去的时候，我才有机会凑在老兵身边探听情况。我听了老兵的话，当即跳了起来，说："点长真的要走？"

老兵点头，说没有几天了，真快，一晃就一年，我好像觉得昨天刚把老点长送走。

我和老兵半天找不到话说了，从窗口打量着站在哨位上的点长。当我的目光从点长身上收回来时，突然发现点长抽屉上的锁开着。

"点长的抽屉……"我说。

老兵的目光也落在抽屉上了，后来我们的目光对视一下，立即心照不宣地走过去，我们要看看点长的抽屉究竟锁了些什么宝贝。我从一个小塑料袋里发现了点长的家信，就摊在桌子上和老兵一起看。刚看完一封，我就吃惊地对老兵说："你快看看这封！"

老兵也抖动着他手拿的信，说："你看看这封！"

我们交换着看完。我说怪不得点长不愿让我们看他的家信呀，点长他……老兵呆呆地坐着不说话，我又说，老同志你说点长复员后到哪里？老兵还是不吭气，就像被人兜头砸了一闷罐子，闷头闷脑的了。

没过了几天，点长便开始收拾自己的东西了，把该移交给老兵的交给老兵，把一个日记本送给我，把一双磨破了的黄胶鞋看了一眼又一眼，然后用力抛向山谷。点长很慢地整理物品，有的东西能打量半天才做出处理。我们知道他在梳理当兵三年来的记忆，在把那些难忘的时光整齐地扎结起来，以便带回家乡，供他在以后漫长岁月中回嚼。

我和老兵在一边看，但是我终于憋不住心里的那些翻来滚去的话，就叫一声点长，说："对不起点长，那天你的抽屉没锁，我们偷看了你的家信……"

点长怔了一会儿，才平静地说："是我对不起你们，一直没说实话。"

接下来，点长就把他的家庭情况详细地告诉了我们。当我们了解了一切的时候，我们悔恨过去没能给点长一些温暖，我立即说："点长，你复员后去我家吧。"

老兵瞪我一眼，说道："去你家？你是回民，点长到你们家能吃、吃那个吗？"

老兵又对点长说："到我家吧，我家在镇上，有房子，我今晚就给赵娜写信，让她去车站接你，她几次来信都问你好，如果知道你去，一定高兴呀！"

我有些焦急，反驳道："一国可以两制，一个家庭也可以呀。"

"谢谢你们！"点长叹息一声，说道，"我还要回老家照顾母亲。"

"她都不愿要你，还管她……"我说。

"我母亲很可怜，她是没有办法。"

我的眼睛有些潮湿了，说点长你能不能不复员？再留一年吧。点长微笑着说:"实行新的兵役法后,今年三年的兵必须要走,我也想留一年,继续给你们当儿子……"

我的眼泪就流出来。点长说你看你看,哭什么?还当父亲哩。点长说着,抱住我的肩拍了拍,松开,紧接着又抱住,这一抱似乎永远不想松开,手指紧紧地抠住我的肩头。

老兵哭了。

点长也哭了。

……

十三

点长走的那天,他爬上了山顶,在黄狗坟前站了很久,山顶上粗硬的风很快把他的脸吹成了紫红色。

"阿黄,我回家了,阿黄……"他说。

毛驴车载着点长下山了。在阔的天、高的山、深的谷之下,矮小的点长的影子渐去渐远,终于变成一个点,永远停留在我的视线那端。

大乔小乔

张悦然

一

上瑜伽课前，许妍接到乔琳的电话。听说她到北京来了，许妍有些惊讶，就约她晚上碰面。电话那边沉默了片刻，乔琳用哀求的声音说，你现在在哪里，我能过去找你吗？

她们两年没见面了。上次是姥姥去世的时候，许妍回了一趟泰安，带走了一些小时候的东西。走的时候乔琳问，你是不是不打算再回来了？许妍说，你可以到北京来看我。乔琳问，我难过的时候能给你打电话吗？当然，许妍说。乔琳总是在晚上打来电话，有时候哭很久。但她最近五个月没有打过电话。

外面的天完全黑了，她们坐进车里。照明灯的光打在乔琳的侧脸上，颧骨和嘴角有两块瘀青。许妍问她想吃什么。她转过头来，冲着许妍露出微笑，辣一点的就行，我嘴里没味儿。她坐直身体，把安全带从肚子上拉起来，说能不系吗，勒得难受。系着吧，许妍说，我刚会开，车还是借的。乔琳向前探了探身子，说开快一点吧，带我兜兜风。

那段路很堵。车子好容易才挪了几百米，停在一个路口。许妍转过头去问，爸妈什么时候走？乔琳说，明天一早。许妍问，你跟他们怎么说的？乔琳说，我说去找高中同学，他们才顾不上呢。许妍说，要是他们问起我，就说我出差了。乔琳点点头，知道，我知道。

车子开入商场的地下车库。许妍拉下手刹，告诉乔琳到了。乔琳靠在椅背上，说我都不想动弹了，这个座位还能加热，真舒服啊。她闭着眼睛，好像要睡着了。许妍摇了摇她。她抓起许妍的手，放在自己的肚子上，低声说，孩子，这是你的姨妈乔妍，来，认识一下。

在黑暗中，她的脸上露出微笑。许妍好像真的感觉到什么东西动了一下。像朵浪花，轻轻地撞在她的手心上。她把手抽了回来，对乔琳说，走吧。

许妍捂着肚子蹲在地上。明晃晃的太阳，那些人的腿在摆动，一个个翻越了横杆。跳啊，快跳啊，有人冲着她喊。她用尽全身力气站起来，横杆在眼前，越来越近，有人一把拉住了她……她觉得自己是在车里，乔琳的声音掠过头顶，师傅，开快点。她感到安心，闭上了眼睛。

许妍已经忘记自己曾经姓乔了。其实这个姓一直用了十五年。

办身份证的时候，她改成了姥姥的姓。姥姥说，也许我明年就死了，你还得回去找你爸妈，要是那样，你再改成姓乔吧。从她记事开始，姥姥就总说自己要死了，可她又活了很多年，直到许妍在北京上完大学。

许妍一出生，所有人听到她的啼哭声，都吓坏了。应该是静悄悄的才对，也不用洗，装进小坛子，埋在郊外的山上。地方她爸爸已经选好了，和祖坟隔着一段距离，因为死婴有怨气，会影响风水。

怀孕七个月，他们给她妈妈做了引产。据说是注射一种有毒的药水，穿过羊水打进胎儿的脑袋。可是医生也许打偏了，或者打少了，她生下来是活的，而且哭得特别响。整个医院的孩子加起来，也没有她一个人声大。姥姥说，自己是循着哭声找到她的。手术室没有人，她被搁在操作台上。也许他们对毒药水还抱有幻想，觉得晚一点会起作用，就省得往囟门上再打一针。

姥姥给了护士一些钱，用一张毯子把她裹走了。那是个晴朗的初夏夜晚，天上都是星星。姥姥一路小跑，冲进另一家医院，看着医生把她放进了暖箱。别哭了，你睡一会儿，我也睡一会儿，行吗？姥姥说。她在监护室门外的椅子上，度过了许妍出生后的第一个夜晚。

许妍点了鸳鸯锅，把辣的一面转到乔琳面前。乔琳只吃了一点蘑菇，她的下巴肿得更厉害了，嘴角的瘀青变紫了。

怎么就打起来了呢，许妍问。乔琳说，爸在计生办的办公楼里大吼大叫，保安赶他走，就扭在一块了，不知道谁推了我一把，撞到了门上。许妍叹了口气，你们跑到北京来到底有什么用呢？乔琳说，我只是想来看看你。许妍问，那他们呢，你为什么就不劝一下？乔琳说，来北京一趟，他俩情绪能好点，在家里成天打，爸上回差点把房子点了。而且有个汪律师，对咱们的案子感兴趣，还说帮着联系"法律聚焦"栏目组，看看能不能做个采访。许妍说，采访做得还少吗，有什么用？乔琳说，那个节目影响大，好几个像咱们家这样的案子，后来都解决了。许妍问，你也接受采访吗，挺着个大肚子，不觉得丢人吗？乔琳垂着眼睛，抓起浸在血水里的羊肉扑通扑通扔进锅里。

过了一会儿，乔琳小声问，你在电视台，能找到什么熟人帮着说句话吗？许妍说，我连我们频道的人都认不全，台里最近在裁员，没准明天我就失业了，她看着乔琳，是爸妈让你来的吧？乔琳摇了摇头，我真的只想来看看你。

许妍没说话。越过乔琳的肩膀，她又看到了过去很多年追赶着她的那个噩梦。上访，讨说法。爸爸那双昆虫标本般风干的眼睛，还有妈妈磨得越来越尖的嗓子。当然，许妍没资格嫌弃他们，因为她才是他们的噩梦。

她爸爸乔建斌本来是个中学老师，因为超生被单位开除了。他觉得很冤，老婆王亚珍是上环后意外怀孕，有风湿性心脏病，好几家医院都不敢动手术，推来推去推到七个月，才被中心医院接收。他们去找计生委，希望能恢复乔建斌的工作。计生委说，只要孩子活下来，超生的事实就成立。孩子是活了，可那不是他们让她活的啊。夫妻俩开始上访，找了各种人，送了不少礼，到头来连点抚恤金也没要到。

乔建斌的精神状况越来越糟，喝了酒就砸东西，还伤到自己，必须得有人看着才行。虽然他嚷着回去上班，可是谁都看得出来，他已经是个废人了。王亚珍的父母都是老中医，自己也懂一点医术，就找了个铺面开了间诊所。那是个低矮的二层楼，她在楼下看病，全家人住在楼上，这样她能随时看着乔建斌。乔琳是在那幢房子里长大的。许妍则一直跟着姥姥住。在她心里，乔琳和爸妈是一个完整的家庭，而她是多余的。乔建斌看见她，眼睛里就会有种悲凉的东西。她是他用工作换来的，不仅仅是工作，她毁了他的一切。王亚珍的脸色也不好看，总是有很多怨气，她除了养家，还要忍受奶奶的刁难。奶奶觉得要不是她有心脏病，没法顺利流产，也不会变成这样。每次她来，都会跟王亚珍吵起来。她走了以后，王亚珍又和乔建斌吵。这个家所有人都在互相怨恨。没有人怨乔琳。她是合情合理的存在，而且总在化解其他人之间的恩怨。那些年她做得最多的事，就是劝架和安抚。她在爸妈面前夸许妍聪明懂事，又在许妍这里说爸妈多么惦记她。她一直希望许妍能搬回来住。可是上初中那年，许妍和乔建斌大吵了一架，从此再也没有踏进过家门。

许妍骑着她那辆凤凰牌自行车经过诊所门前的石板路。乔琳从二楼的窗户探出头来，朝她招手。快点蹬，要迟到了，乔琳笑着说。许妍读初中，她读高中，高中离家比较近，所以她总是等看到了许妍才出发。有时候，她会在门口等她，塞给她一个洗干净的苹果。

许妍的手机响了。是沈皓明，他正和几个朋友吃饭，让她一会儿赶过去。许妍挂了电话。面前的火锅沸腾了，羊肉在红汤里翻滚，油星溅在乔琳的手背上。但她毫无知觉，专心地摆弄着碟子里的蘑菇，把它们从一边运到另一边，一片一片挨着摆好。她耐心地调整着位置，让它们不要压到彼此。然后她放下筷子，又露出那种空空的微笑，说刚才是你男朋友吗？许妍嗯了一声。乔琳说，你还没跟我说过呢。你什么都不跟我说，从小就这样。他是干什么的？许妍说，公司上班的白领。乔琳又问，对你好吗？许妍说，还行吧，你到底还吃吗？乔琳说，有个人让你惦记着，那种感觉很好吧？

餐厅外面是个热闹的商场。卖冰淇淋的柜台前围着几个高中女生。许妍问，想吃吗？乔琳摸了摸肚子，好像在询问意见。她趴在冰柜前，逐个看着那些冰淇淋桶。覆盆子是种水果吗？她问。你说我要覆盆子的好，还是坚果的好呢？那就都要，许妍说。我不要纸杯，我想要蛋筒，乔琳笑着告诉柜台里的女孩。

那是九月的一个早晨，许妍升入高中的第一天。乔琳撑着伞，站在校门口。见到她就笑着走上来，你怎么不把雨衣的帽子戴上，头发都湿了。她伸出手，撩了一下许妍前额的头发说，真好，咱们在一个学校了，以后每天都能见到。放学以后别走，我带你去吃冰淇淋，香芋味的。

路过童装店，乔琳的脚步慢下来。许妍顺着她的目光望过去，亮晶晶的橱窗里，悬挂着一件白色连衣裙。发光的塔夫绸，胸前有很多刺绣的蓝粉色小花，镶嵌着珍珠，裙摆捏着细小的荷叶边。乔琳把脸贴在玻璃上，说小姑娘的衣服真好看啊。许妍问，你希望是男孩还是女孩？男孩吧，乔琳说，如果是男孩，说不定林涛家里能改变主意。许妍问，他后来又跟你联系过吗？乔琳摇了摇头。

汽车驶出地下车库。商业街灯火通明，橱窗里挂着红色圣诞袜和花花绿绿的礼物盒。街边的树上缠了很多冰蓝色的串灯。广告灯箱里的男明星在微笑，露出白晃晃的牙齿。乔琳指着他问，你觉得他长得像于一鸣吗？许妍问，你这次来联系他了吗？乔琳说，我没有他的手机号码了。许妍沉默了一会儿，说快到了，我给你订了个酒店，离我家不远。乔琳点点头，双手抓着肚子上的安全带。

于一鸣走过来，坐在了她和乔琳的对面。他T恤外面的衬衫敞着，兜进来很多雨的气味。空气湿漉漉的，外面的天快黑了。于一鸣抹了一把脸上的水，冲她们笑了。他的下巴上有个好看的小窝。

到了酒店门口，乔琳忽然不肯下车。她小心翼翼地蜷缩起身体，好像生怕会把车里的东西弄脏。许妍问，到底怎么了？乔琳用很小的声音说，别让我一个人睡旅馆好吗，我想跟你一起睡……她抬起发红的眼睛，说求你了，好吗？

车子开回到大路上。乔琳仍旧蜷缩着身体，不时转过头来看看许妍。她小声问，旅馆的房间还能退吗，他们会罚钱吗？许妍说，我只是觉得住旅馆挺舒服的，早上还有早餐。乔琳说，我知道，我知道，对不起。

车窗起雾了，乔琳用手抹了几下，望着外面的霓虹灯，用很小的声音念出广告牌上的字。直到车子开上高架桥，周围黑了下去。她靠在座椅上，拍了拍肚子，说小家伙，以后你到北京来找姨妈好不好？许妍没有说话，她望着前方，挡风玻璃上也起雾了，被近光灯照亮的一小段路，苍白而昏暗。

乔琳盯着于一鸣，说你的发型真难看。于一鸣说，我知道你剪得好，可我回去两个月不能不剪头啊。乔琳揽了一下许妍说，来，认识一下，这是我妹妹，亲妹妹。于一鸣对乔琳说，走吧，该回去上晚自习了。乔琳说，你先去，我跟我妹妹坐一会儿，好久没见她了。于一鸣说，咱俩也好久没见了，说好去济南找我也没有去。乔琳笑了，明年暑假吧，我跟我妹妹一起去。于一鸣走了。许妍说，别跟人说我是你妹妹行吗，非得让所有人都知道家里超生的事吗？乔琳垂下眼睛，说知道了。许妍问，你们在谈恋爱？乔琳说没有。许妍说，别骗我了。乔琳说，真的，他来泰安借读，高考完了就走了。许妍说，你也可以走啊。

乔琳笑了一下，没说话。

二

许妍找到一个空车位，停下了车。刚下来，一辆车横在她们面前，车上走下一个戴着黑框眼镜的男人。他说，又是你，你又停在我的车位上了。许妍认出他就住在自己对门，好像姓汤。有一次他的快递送到了她家，里面是一盒迷你乐高玩具。她晚上送过去，他开门的时候眼睛很红。她瞄了一眼电视，正在放《甜蜜蜜》。张曼玉坐在黎明的后车座上。

许妍说，我不知道这个车位是你的，上面没挂牌子。她要把车开走，男人摆了摆手，说算了，还是我开走吧。他钻进车里发动引擎。

乔琳笑着说，他一定看我是孕妇吧。现在我到哪里都不用排队，一上公交车就有人让座，等孩子生下来，我都不习惯了。

许妍打开公寓的门。她的确没打算把乔琳带回家。房子很大，装修也非常奢侈，就算对北京缺乏了解，恐怕也猜得出这里的租金一般人很难负担。但是乔琳没有露出惊讶，也没有发表评论。她站在客厅中间，低着头眯起眼睛，好像在适应头顶那盏水晶吊灯发出的亮光。

过了一会儿，她回过神来，问许妍，你主持的节目几点播？许妍说，播完了，没什么可看的。乔琳问，有人在街上认出你，让你给他们签名吗？许妍说，一个做菜的节目，谁记得主持人长什么样啊。她找了一件新浴袍，领乔琳来到浴室。乔琳指着巨大的圆形浴缸问，我能试一下吗？许妍说，孕妇不能泡澡。乔琳说，好吧，真想到水里待一会儿啊。她伸起胳膊脱毛衣，露出半张脸笑着说，能把你的节目拷到光盘里，让我带回去吗？放心，不告诉爸妈，我自己偷偷看。

乔琳的毛衣里是一件深蓝色的秋衣，勒出凸起的肚子。圆得简直不可思议。她变了形的身体，那条被生命撑开的曲线，蕴藏着某种神秘的美感。许妍感觉心被什么东西蜇了一下。

电话响了。沈皓明让她快点过去。听说她要出门，乔琳的眼神中流露出恐惧。许妍向她保证一会儿就回来，然后拿起外套出了门。

许妍睁开眼睛，看到自己躺在病房里。墙是白的，桌子是白的，桌上的缸子也是白的。乔琳坐在床边，用一种忧伤的目光看着她。许妍坐起来，问乔琳，告诉我吧，我到底怎么了。乔琳垂下眼睛，说你子宫里长了个瘤子，要动手术。子宫？许妍把手放在肚子上，这个器官在哪里，她从来没有感觉到它的存在。乔琳说，你才十七岁，不该生这个病，医生说是激素的问题，可能和出生时他们给你打的毒针有关。

……医生站在床前，说手术很顺利，但瘤子可能还会长，以后可以考虑割掉子宫，等生完孩子。但你怀孕比较困难。他没说完全不可能，但是许妍知道他就是那个意思。

医生走了，病房里很安静。许妍望着窗外的一棵长歪了的树，岔出去的旁枝被锯掉了。乔琳说，我知道我说什么都没用，可是我以后真的不想生孩子。不知道为什么，想想就觉得可怕。

许妍赶到餐厅的时候，沈皓明已经有点喝多了，正和两个朋友讨论该换什么车。上个月，他开着花重金改装的牧马人去北戴河，半路上轮轴断了，现在虽然修好了，可他表示再也无法信任它了。

他们有个自驾游的车队，每次都是一起出去，十几辆车，浩浩荡荡。许妍跟他们去过一次内蒙古，每天晚上大家都喝得烂醉，在草地上留下一堆五颜六色的垃圾。有一天晚上，许妍和沈皓明没有喝醉，坐在山坡上说了一夜的话。他们两个就是这么认识的。许妍跟所有的人都不熟，是另外一个女孩带她去的，那个女孩跟她也不熟，邀请她或许只是因为车上多一个空座位。到了第五天，许妍坐到了沈皓明的那辆车上，他们一直讲话，后来开错路掉了队。两个人用后备厢里仅剩的烟熏火腿和几根蜡烛，在草原上度过了一个难忘的夜晚。

回北京那天，许妍有些低落，沈皓明把她送回家，她看着车子开走，觉得他不会再联系她了。她知道他是那种有钱人家的孩子，周围有很多漂亮女孩，只是因为旅途寂寞，才会和她在一起。也许是玩得太累了，第二天她发烧了。她躺在床上，觉得自己像一根就要烧断的保险丝，快把床单点着了。她感到一种强烈而不切实际的渴望。帮帮我，在黑暗中她对着天花板说。每次她特别难受的时候，就会这么说。

傍晚她收到了沈皓明的短信，问她要不要一起吃晚饭。她摇摇晃晃地从床上爬起来，化了个妆出门了。那不是一个两人晚餐，还有很多沈皓明的朋友。她烧得迷迷糊糊的，依然微笑着坐在沈皓明的旁边。聚会持续到十二点。回去的路上，她的身体一直发抖。沈皓明摸了摸她的额头，怪她怎么不早说，然后掉头开向医院。在急诊室外面的走廊里，他攥着她的手说，你让我心疼。她笑着说，大家都挺高兴的，这是个高兴的晚上，不是吗？

那个夏天，沈皓明时常带她参加派对。那些派对在郊外的大房子里举行，总有穿着短裙的女孩带着她的外籍男友。直到夏天快过完，她才确定自己成为沈皓明的女朋友。那时她已经学会了自己卷头发，并且添置了好几条短裙。到了九月末，她和几个从前要好的朋友坐在路边的烧烤摊，意识到自己以后也许不会再见他们了。来北京八年，一直在认识新朋友，进入新圈子，那种不断上升、进化的感觉，给她带来一些满足。

你想去莫斯科吗，沈皓明扭过头来看着她，春天的时候咱们开车去莫斯科吧？好啊，许妍说。她想到旷野上的星星，以及那些因为喝醉而感觉自由一点的夜晚。

饭局散了，许妍开车把沈皓明送回他爸妈家。当初租房子的时候，他是准备跟她一起住的。后来觉得上班太远，多数时候就还是住在他爸妈家。那边有好几个保姆伺候，饭菜又可心。他爸妈也不希望他搬出来，好像那样就等于认可了他和许妍的关系。

　　你表姐安顿好了？沈皓明忽然问，明天我妈让你来家里吃饭，喊她一起吧。许妍说，不用，她自己有安排。沈皓明说，后天律师所没事，我可以陪你带她转转，买买东西。许妍说好。

　　回到家已经是凌晨一点。乔琳还没睡，正靠在床上看电视。她好像在哭，抹了抹脸，对许妍笑了一下，说你看过这个节目吗，把一个城里的孩子和一个农村的孩子对调，让他俩在对方的家里住几天。结果那个农村孩子把城里的"爸妈"给她买早点的钱都攒下来，想给农村的奶奶买副新拐杖。许妍说，都是假的，节目组安排好的。乔琳说，怎么会呢，那个农村孩子哭得多伤心啊。

　　许妍换上睡衣，在床边坐下，说你怎么会失眠呢，孕妇不是应该贪睡吗？乔琳说，我每天睁着眼睛到天亮，看什么都是重影的，好像那些东西的魂全跑出来了。许妍问，去医院看过吗？乔琳回答，说是精神压力大，可他们不让吃安定。许妍沉默了一会儿，问你后悔吗，把孩子留下来？乔琳笑着说，怎么会呢，我把衣服都买好了啦，白色的，男女都能用。

　　半年前乔琳打来电话，说自己怀孕了。男的叫林涛，比乔琳小两岁。和她在同一家商场当售货员。他父母一直告诫他，不能跟乔琳谈恋爱，沾上她爸妈，一辈子都别想安生。得知乔琳怀孕，他吓坏了，休假躲了起来。乔琳厚着脸皮找到他们家，林涛的母亲给了一些钱，让她把孩子打掉。乔琳爸妈说，怎么能打掉，就去林家闹，还跑到商场去找乔琳的领导。乔琳把工作辞了，跟她爸妈说，你们要是再闹，我就死在你们面前。

　　那段时间，乔琳常常给许妍打电话。她在那边问，为什么我的生活里总是有那么多的纠纷呢？

　　十月的一个早晨，两个女生在学校门口拦住了她，说你就是乔琳的小跟班吗，最好离那个狐狸精远点，别沾得自己一身骚。许妍不算意外。她已经发现乔琳在学校里非常有名，追她的男生很多，背后说闲话的也很多。

放学后她和乔琳碰面，没有提起这件事。走到大门口，那两个女生又来了。她们低着头，哭丧着脸说，我们说错话了，对不起，你千万别放在心上。乔琳皱着眉头，一言不发。

她们又去了冷饮店。于一鸣很快也来了。乔琳瞪着他，你的眼线挺多啊。于一鸣说，怎么了？乔琳说，别装傻，你让王滨去吓唬李菁菁了？于一鸣说，太嚣张了，不给她们点颜色看看怎么行。乔琳说，你要是真拿王滨当哥们儿，就别让他干这种事。他身上背着两个处分，再有一回就得开除。于一鸣说，我绝不允许她们这么败坏你。乔琳笑了笑，我才不在乎呢。

许妍对乔琳说，如果我是你，大概会把孩子打掉。乔琳显得很惊恐，说怎么可能，它是个生命啊。许妍说，这个世界上有很多错误的生命，生下来只会受苦。乔琳说，别说了，我绝对不能那么做。

许妍很清楚，乔琳不能那么做是因为爸妈。他们最初是反对计划生育，后来变成连堕胎也反对。特别是王亚珍，成了这方面的斗士。她经常守在医院门口，拦截去做流产的女人，讲各种怨灵的故事，还去吓唬医生和护士，让他们放下手术刀到寺庙里超度。有那么几个女人听了她们的话，没做流产，生下孩子以后拍的满月照片，被王亚珍扩印得很大，拿在手里到处宣传。她还爱讲自己的故事：我的小女儿，当时被他们逼着流掉，又打激素又打毒针，我有心脏病，差点死在手术台上。可孩子不是照样健健康康地活下来了吗？你们现在什么困难都没有，有什么理由不要孩子？她以后一定也会把乔琳当成单亲妈妈的典范。至于乔琳该如何抚养那个孩子，她根本不去想。这几年一直都是乔琳在养家，现在她还没了工作。

她们的不幸，最终都会变成爸妈上访的资本。就像许妍子宫里生瘤，也被他们到处宣扬，无非是为了多要一笔赔偿金。许妍心里的愤怒，如同休眠的火山，这时又燃烧起来。所以或许并不是完全为了乔琳，更多的是想反抗爸妈的意志，给他们沉重一击——她又给乔琳打了电话。乔琳有点受宠若惊，说你从没给我打过电话。许妍说，你最好再考虑一下，留下这个孩子，一生可能都完了。乔琳说，可它是活的啊，在我身体里动，真的很奇妙，那种感觉你不会懂的……许妍冷笑了一声，是啊，那种感觉我不会懂的。以后你的事我也不会再管了。

乔琳没有再打来电话。许妍偶尔想起来，会在心里算算月份，想一想孩子还有多久出生。

乔琳坐在操场的看台上，咬着一根棒冰，嘴上都是鲜艳的色素。许妍走过去，说你躲到这儿有用吗？乔琳不说话。许妍问，你是不是特别喜欢看男生为了你打架？既然你不想跟他们谈恋爱，为什么还要对他们好，让他们围着你团团转呢？乔琳说，可能害怕孤独吧，她抬起头，咧开橘色的嘴唇笑了，你是不是很讨厌我这样的女孩？

许妍在床上躺下，伸手关掉了台灯。但黑暗不够黑，窗帘的缝隙间夹着一道颤巍巍的光。她正犹豫是否要去消灭那簇光，乔琳的手穿过阻隔在中间的被子，找到了她的手。她说，你还记得吗，从前姥姥生病我把你领回家，咱俩挤在我那张小床上。许妍说，那是很小的时候，上了初中我就没再去过。

乔琳握紧了她的手，说我知道上回我说错话了，一直想给你打电话，可是真怕你再劝我把孩子打掉……许妍说，承认吧，你现在后悔了。乔琳说，没有，我想通了，不管我给这个孩子什么，给多给少，它都是奔着它自己的命去的。你小时候受了不少苦，现在不是也过得挺好吗？许妍问，你自己呢，你是奔着什么命去的，干吗非要背那么重的担子呢？乔琳在黑暗中笑了一声，我爱逞能，老觉得没我不行，其实我有什么用啊？她捏了捏许妍的手心，上访的事我早都不抱希望了，就是跟林涛呕一口气。当时他说，你家里要真是讨到了说法，再也不闹了，我就娶你。其实怎么可能啊，人家肯定早交了新女朋友。

许妍翻了个身，闭上眼睛。她感受着乔琳滞重的呼吸。如同一艘快要沉没的船。一个显而易见的却一直被她忽略的事实是，她的姐姐过得很糟，而且也许再也不会好了。她能帮她做什么吗？

她能。沈皓明自己就是律师，而且热心，爱帮朋友。他爸爸又有很多政府关系。

她不能。她根本无法开口。从一开始她就隐瞒了家里的事，说爸爸走了，妈妈死了，她是跟着姥姥长大的。这不是撒谎，她对自己说，只是出于自保。谁能接受一对不停闹事，总是被保安驱逐和扭走的父母呢？不过，既然她一直说乔琳是她的表姐——是不是可以让他们帮一帮这个表姐呢？但是也有风险，她爸妈曾在采访里提到小女儿的名字，还说她现在在北京生活。一旦那些资料被翻出来，她的身份就掩饰不住了。

许妍勉强睡了几个小时，天快亮的时候醒了。她感觉到乔琳在耳边呼吸，嘴巴里的热气涌到她的脸上。她睁开眼睛，乔琳在曦光中望着自己。她一时想不起来从前什么时候，她也是这样望着自己，用那双圆圆的大眼睛，好像明白了什么重要的事要告诉她。但是她并没有开口。

你看我也是重影的吗？许妍问。

乔琳说，不，我看你看得很清楚。

于一鸣站在她的教室门口。他说乔琳三天没来上课了。许妍说，我爸把腿摔断了，她得照顾他。于一鸣说，你爸妈一有事，她就不能来上课。快考试了，这样下去不行，你带我去找她。

外面下着雪，马路结冰了。他们推着自行车往前走。风很大，雪乱糟糟地降下来，天空像个马蜂窝。于一鸣的头发又长长了，他的脸很白，下巴上有个好看的小窝。他神情凝重地说，帮我劝劝乔琳，让她好好复习，跟我一块儿考到北京。许妍说，她不想走。于一鸣说，她在这里没有出路。许妍问，北京什么样？于一鸣说，北京的马路特别宽，到处都是商店，还有很多咖啡馆。你好好学习，两年以后也考过去。许妍问，我？于一鸣说，是啊，我们在北京等你。

许妍怔怔地看着他。他口中呼出的白气在空中上升，然后散开了。

三

第二天，许妍录节目到下午五点，然后匆匆忙忙赶去买甜点。那家蛋糕店是从巴黎开过来的，最近上了不少时尚杂志。她每次都为带什么礼物去沈皓明家而伤脑筋。

小巧的纸杯蛋糕陈列在玻璃柜里，上面镶着翻糖做的高跟鞋和花环，像是一件件奢华的珠宝。价格当然也贵得离谱，她最终决定买四个。这时乔琳打来电话，问她什么时候回来。许妍说，冰箱上不是有外卖单吗，你先叫东西吃啊。乔琳说，我不饿，你家门怎么锁，我在屋子里喘不上气，想出去走走。许妍把门锁的密码告诉她。她重复了一遍，说要是我等会儿忘了，能再给你打电话吗？

挂了电话，许妍扫视了一圈玻璃柜，目光落在一个有跳舞小人的纸杯蛋糕上。小人单脚支地，抬起双臂，好像正准备起跳，飞离地面。我要这个，她跟柜台里的女孩说。

许妍听到乔琳在身后喊自己。她追上来，把手里的布袋递给许妍，说裙子我帮你借好了，领子有点大，你别两个别针就行了。许妍说，我真的不想主持了。乔琳说，你要是不主持，我就也不跳舞了。晚会咱俩都不参加了。许妍问，干吗要费那么大力气帮我争取呢？乔琳笑了，大乔小乔，要一起出风头才好。当时在学校，已经有很多人都知道她俩是姐妹，并且管她们叫大乔小乔。

保姆开了门，要帮许妍拿东西。许妍捧着蛋糕盒说，我自己拿到客厅吧。三个女人坐在客厅的沙发上喝香槟。其中一个短发女人笑盈盈地看着她，对另外两个说，皓明就喜欢这种瘦瘦高高的女孩。旁边披着披肩的女人说，现在的男孩都喜欢这种身材。

一个八九岁的男孩跑出来，是沈皓明的弟弟沈皓辰。他手里牵了一只短腿腊肠狗。那只狗穿着蓝色羽绒坎肩，背后有个帽子，跑快一点帽子就扣过来，盖住了它的脸。沈皓辰把狗拽到沙发边，向大家介绍，它叫贝利，有点感冒了。挑高细眉的女人问，你上次那条狗呢？沈皓辰说，送走了，妈妈嫌它老翻垃圾桶。短发女人说，你妈一开始可是爱它爱得不行啊。男孩耸耸肩，我妈妈是个很难捉摸的女人。三个女人笑起来。披着披肩的女人说，皓辰，过来，让阿姨抱抱。男孩勉为其难地向前走了两步，把头转向一边，阿姨，我也感冒了。披着披肩的女人摸了摸他的后脑勺，都那么大了，真是有苗不愁长啊。挑高眉毛的女人放下香槟杯说，后悔了吧，当时都劝你跟于岚一起去，还可以做个双胞胎。

谁在说我坏话呢，我可是听到了，一个矮胖的女人走进来，穿着深蓝色香云纱裙子，腰部有一朵白色荷花，是沈皓明的妈妈于岚。你儿子，短发女人说，他说你是个很难捉摸的女人。于岚笑起来，对男孩说，宝贝，你昨天不是还说我不用开口，你都知道我要说什么吗？男孩说，我知道你要说什么，但我不知道你在想什么。挑高细眉的女人说，你儿子是个哲学家。

男孩抬起头问于岚，我能让许妍姐姐陪我去玩吗？于岚说，好啊。她笑吟吟地朝许妍走过来，说我都没看到你来了。许妍微笑着说，我买了甜点，饭后可以吃。太好了，于岚说，那我就不让大李再去买了。许妍在心里飞快地算了一下，四块蛋糕，自己不吃，刚好她们四个女人一人一块。

她跟着沈皓辰来到后院。那里有几簇假山和一个凉亭，前面是一小片结冰的水塘。沈皓辰问，你说贝利能在上面滑冰吗？许妍说，不行，它会掉下去。玩点别的吧，我陪你去插乐高。沈皓辰摇摇头，我想陪着贝利，它太孤单了。许妍说，它感冒了，需要休息。沈皓辰说，都是我妈，非让它睡在花房里。许妍问，为什么不让它到屋子里去？沈皓辰说，我妈说我们还不了解它的脾气，要观察一段时间，惠惠姐姐刚来的时候，她也不让她跟我们一起吃饭，说她嘴巴臭，可能有胃病。

许妍通过这个男孩知道了他们家不少事。包括沈皓明刚和她在一起的时候，于岚还给他介绍一个银行行长的女儿。没准他们见了面，

她没问过沈皓明。以后恐怕还有律师的女儿，医生的女儿，她显然不是理想的儿媳，不过他们也没公然反对。有一次沈皓辰说，我妈说哥哥带什么女孩回来都无所谓，谈谈恋爱又不是当真的。许妍相信沈皓辰不至于蠢到不知道这些话不该讲给她，他是故意的，好让她心里难受。他也会把他妈妈讲保姆小惠的话告诉小惠，然后站在门外听小惠在房间里偷偷哭。这是一种什么爱好，许妍不知道，用沈皓明的话来说，他弟弟是个内心阴暗的小孩。

他们相差十八岁，沈皓辰叼着奶嘴的时候，沈皓明已经系着领结跟爸爸去参加慈善晚会了。他对弟弟没太多感情，一开始甚至忘了跟许妍讲。后来有一次随口讲到他，许妍惊讶地问，为什么？什么为什么，沈

皓明问。许妍说，为什么能生两个孩子。沈皓明说，哦，我爸妈都入了加拿大籍。其实不入也可以，罚点钱就是了。

沈皓明推门走出来，对许妍说，我到处找你呢。他冲着沈皓辰的屁股拍了两下，别老缠着别人，你就不能自己玩会儿吗？沈皓辰哀求道，我们等会儿出去吃冰淇淋吧。沈皓明没理他，拉着许妍走了。

沈皓明的爸爸沈金松和几个男客坐在偏厅的沙发上。沈皓明带着许妍走过去，把她介绍给两个没见过的客人。他爸爸说，皓明，给你李叔叔拿支雪茄来。走出房间，沈皓明咕哝道，他怎么还有脸来。你说谁，许妍问。沈浩明说，那个戴鸭舌帽的男的，做生意把周围的朋友坑了一个遍，大家都不跟他来往了。沈皓明返回偏厅的时候，许妍拉住他，说笑一下。沈皓明皱着眉头，干什么？许妍说，你的怒气都写在脸上，让别的客人看到不好。沈皓明勉强露出一个微笑。许妍也给他一个微笑，进去吧，我去问问你妈妈那边有什么需要帮忙的。

许妍回到大客厅，发现又来了两个女客人。蛋糕不够分了，她有点不安地盯着桌子上的白盒子。开饭了，于岚对她说，我们过去坐下吧。

这种家宴是沈家的传统，每个星期都有一两回。客人彼此相熟，不会感到拘束。许妍环视四周，低声问沈皓明，高叔叔没来？沈皓明说，他要开会，晚点来。披着披肩的女人问，皓辰呢？于岚说，让他跟保姆吃，那孩子絮絮叨叨的，大人都没法好好说话了。

戴鸭舌帽的男人挨着女人们坐，一直保持沉默，每当那碟花生米转到面前的时候，他都会夹起一颗。你的古董店还开着吗？旁边的女人问他。没有，他回答，停顿了几秒说，不过我正打算重新开起来。女人问，还在原来的地方吗？啊，对，他说。一个男客人笑了笑，你确定吗，那一带盖了新楼，租金涨了四五倍。所有的人都看向戴鸭舌帽的男人，屋子里一时很静。许妍觉得自己所分担的那份尴尬比其他人更多。她理解那个戴鸭舌帽的男人，他一定很渴望成功，只是运气差了点。

饭吃到一半，高叔叔来了。许妍也弄不清这个高叔叔到底在政府做什么工作，只知道他权力很大，帮人铲了不少事。戴鸭舌帽的男人忽然来了精神，一直看着高叔叔，听他跟周围的人讲话。他们笑起来的时候，他也跟着笑了。

晚饭结束后，大家移到偏厅喝茶。沈金松和高叔叔去了另外一个房间，戴着鸭舌帽的男人也跟了进去。沈皓明对许妍说，他肯定有事要让高叔叔帮忙。许妍问，他会帮吗？沈皓明说，不知道，我们去看电影吧？许妍说，早走了你妈妈会不高兴。沈皓明说，管她呢。许妍笑了一下，你可以不管，我不能不管。她拉着沈皓明来到客厅，女人们正坐在那里聊天。沈浩明听到她们都在谈论衣服和包，就说我还是去男士那边吧。

许妍在于岚旁边坐了一会儿，发现桌上的水果又不够，就起身去拿。让佩佩把甜酒打开，于岚在她身后说。经过走廊，她看到沈金松他们还在那个房间里，好像在说什么房子的事。

她拿着叉子从厨房出来，听到旁边的房间里传来奇怪的声音。好像是干呕，伴随着细小的嘶叫声。她敲了两下，推开门。是沈皓辰，正仰面躺在地上哭。那间屋子长期闲置，空荡荡的，只有一只书柜立在墙边。她蹲下来，说你可真会挑地方。沈皓辰不理她，闭上眼睛继续哭。许妍问，就因为没陪你去吃冰淇淋？沈皓辰抹了把眼泪，说我早就习惯了。许妍问，为什么不叫你的朋友来家里玩呢？沈皓辰说，你要是整天转学，还会有什么朋友吗？他摇了摇头，说这个家里没有一个人真的关心我。许妍说，不要对别人有什么期望，你自己得变得强大起来。沈皓辰撇了一下嘴，我还是个孩子呀。许妍说，孩子怎么了？沈皓辰哀求道，你能让我自己静一会儿吗，我不想回房间，惠惠姐姐像只鹦鹉，一直说个不停。

许妍带上了房间的门。她确实没想过沈皓辰会有什么痛苦。生在这样的家庭，不是应该从梦里笑出声来吗？但是现在看起来，他或许也是一个多余的孩子。他爸妈要他不过是为了装点生活，其实已经没有耐心再陪他长大一遍了。于岚不能放弃太太们的聚会和旅行，沈金松不能放弃打高尔夫和应酬。沈皓辰总是和保姆待在一起。一任又一任保姆。他满意的他妈妈不满意，他妈妈喜欢的他不喜欢。

许妍回到客厅，她的蛋糕盒子打开了，摊在桌上，里面的蛋糕一个也没有动。有两个上面的花蹭在盒子上，变成了一坨红色烂泥，只有立着跳舞小人的那个仍旧完好。小人踮着脚尖，好像正从一堆废墟里往外爬。

戴鸭舌帽的男人出现在门口，咧开嘴冲着于岚笑了笑，说我来跟你说一声，我要走了。于岚点点头，让司机送你一下？男人说，我叫了辆车，司机好像迷路了。于岚说，坐下等一会儿吧。鸭舌帽迟疑了一下，走过来坐在沙发上。许妍把自己那杯没有动的甜酒放到他跟前，对他笑了笑。

快去把你的貂皮大衣拿来！短发女人把手搭在于岚的肩上。还有那个绝版的蜥蜴皮，挑高细眉的女人说。于岚去取了灰蓝色的貂皮大衣，还有几只包。女人们走上前，有的试穿大衣，有的摆弄着包。只有许妍和鸭舌帽坐在沙发上。鸭舌帽探身向前，目光呆滞地盯着茶几上的东西。他忽然伸出手，拿起那个有跳舞小人的纸杯蛋糕，整个塞进了嘴里。

乔琳走到舞台中央，射灯的光不偏不斜地打在她的脸上。她天生知道光在哪里。她趋着步子，荡着纤长的腿，将裙摆转得飞快。每次她双脚离开地面的时候，许妍都感觉到心里一紧。她不知道自己是在担心，还是在希望发生点什么。直到乔琳平安地弯腰谢幕，她才松了一口气，然后忽然难过起来。她想，很多年后，台下的人不会记得是谁主持了这场晚会，但他们一定记得乔琳跳舞的样子。

十点过后，客人陆续离开。许妍帮保姆收酒杯，被沈皓明堵在厨房门口。他搂了一下许妍的腰，眨眨眼睛，说不如今晚你就睡在这里吧？许妍挣脱开，一脸正色地说，跟我说，你是从多大开始，留女生在家过夜的？沈皓明耸耸眉毛，十七？你爸妈也答应吗？许妍问。沈皓明笑着说，他们到我房间来了好几次，我估计是想看看有没有准备避孕套。你准备了吗？许妍问。沈皓明收住笑容，神情变得凝重，我想向你坦白一件事……其实我有一个……年轻时候总会犯些错误对吧……他低下头，双手捂住脸。许妍想把他的手拉开，他拼命躲闪，直到进发出笑声，他一边笑一边摆手，我实在是憋不住了……许妍推了他一下，自己还觉得演得挺像是吧？沈皓明笑着问，要是我真从外面领回来个孩子，你帮我养吗？许妍说，那得看长得好不好看了。沈皓明说，好看，比我还好看。许妍说，养啊，为什么不养，省得自己去生了。沈皓明伸出双手兜住她，不行，你至少还得生两个。许妍望着他，笑了笑。她说，我还是回去吧，表姐一个人在家。沈皓明说，好吧，我明天陪你们，给你们当司机。许妍说，不用，她脾气怪，你在她会很不自在。

许妍穿上外套，拢了一下头发，转过身来问，对了，刚才那个人找高叔叔什么事？沈皓明说，前些年他在郊区找了块地盖房子，当时和乡政府签过合约，但是不作数，现在地要被收走了……许妍问，这事难办吗？沈皓明说，嗯，不过高叔叔去想办法了。许妍说，所以还是会帮他？沈皓明说，不然呢，他住哪里呢？

回去的路上，许妍在心里掂量，是鸭舌帽拆房子的事难办，还是她爸妈的事难办。他既然连那个名声不好的人都愿意帮，是不是也意味着他可以帮她呢？不，不是她，是她的表姐乔琳。再找机会吧，她想，应该多和高叔叔见几面，让他觉得自己是沈家的一员。

许妍回到公寓，发现乔琳坐在楼下大堂的沙发上。她抬起头，抱歉地冲许妍笑了一下，我把密码忘了，你的手机关机。许妍问她坐了多久。她说没多久，我一直在院子里转悠，把开着的小商店都逛了一遍。这里真好，人都很和气，还借给我厕所用。

许妍看着她，乔琳，你能别把自己弄得那么惨兮兮的吗？

乔琳从三轮车上跳下来，笑着对她说，我把写字台给你拉来了，反正我以后再也不用学习啦。许妍打量着那张写字台，桌腿上的贴画已经斑驳，她还记得贴画刚贴上去的时候，上面那张明艳的赵雅芝的脸。她确实觊觎这张书桌很久。姥姥在窗台上搭了块木板，她一直在那上面写作业。

许妍问，成绩出来了？乔琳吐了吐舌头，连那个破烂煤炭学院也没考上。她们把写字台搬下来，乔琳拍了拍手上的灰，说我已经找到工作啦，明天就去华联商场上班，以后你买"美宝莲"都是员工价。她的手指上涂着藕粉色的指甲油，穿着低腰牛仔裤，长头发在胸前甩来甩去。她身上的美丽还在增加，但她好像并不把自己的美丽当回事。那股潇洒的劲特别令男孩着迷。

四

第二天，十点不到她们就出门了。往常的周末，许妍会和沈皓明在床上赖到十一点，然后去吃个早午餐。但是这一天，天刚亮许妍就醒了。失眠大概传染，她就没见乔琳闭过眼睛。但是乔琳坚持说自己睡了一会儿，还做了梦，梦见自己生了个罐子人。罐子人？许妍皱起眉头。对，乔琳说，就是那种马戏团里的小孩，养在罐子里，手脚都萎缩了，只有头特别大。她打了个激灵，跳下床，说我去做早饭了。

厨房里传出葱油的香味。乔琳用平底锅烙了两个葱花饼。这是小时候最熟悉的食物，许妍来北京以后就没有再吃过。要不是再闻到这股味，她已经忘记世界上还有这种食物了。

许妍想带乔琳先去景山，那附近有一段红墙她很喜欢。街上的车不多，她们静静听着广播里的歌。乔琳抿着嘴唇，似乎很悲伤。许妍说，别想了，那只是个梦。乔琳点点头，知道，我知道。没事的，我在等汪律师的电话，他说今天会打给我的。许妍觉得乔琳在把某种压力传递给自己，这令她感到很烦躁。

车子剧烈地震了一下，许妍回过神来，猛踩刹车，可是已经撞上了前面的车。乔琳拱起身体，护住了肚子。前车的女人对着许妍一通抱怨，然后给交警打了电话。交警来了，许妍把车上翻遍了，也没找到行驶证，只好给沈皓明打电话。过了几分钟，沈皓明拨过来，说在家里找到了，上次司机修车取出来，忘记放回去了。沈皓明说，我给你送过去，你在哪里？许妍沉默了几秒钟，说出了自己的位置。

她回到车里。乔琳头靠着车座，双手还放在肚子上。许妍说，我男朋友正赶过来，我跟他说你是我表姐，你不要提爸妈的事。乔琳点点头，知道，我知道。许妍还想交代几句，见她闭上了眼睛，就没有再说。

沈皓明到了，处理完事故，他坐上驾驶座，侧过头来冲乔琳笑了笑，表姐，我开车可稳了，你安心睡会儿吧。

已经过了十一点，沈皓明提议先去吃午饭。他把车开到附近的购物中心。三楼有家粤菜馆，于岚常约人在那吃早茶。沈皓明把菜单交给乔琳，让她看看想吃什么。乔琳看了一下，又把它递给许妍。许妍低头翻菜单，总觉得乔琳在看自己。一屉虾饺上百块，显然不是白领能负担的。乔琳大概早就把她识破了，借来的车，租的房子，一切都充满破绽。她抬起头来的时候，乔琳微笑着说，我吃什么都可以，辣一点就行。

我就知道许妍得撞，沈皓明说，不撞个两三回哪算真会开车？可是车上坐着你，不能有半点马虎。我早就跟她说今天我来给你们当司机……乔琳笑了笑，已经很麻烦你了。沈皓明说，她以前不也常麻烦你吗，她说上高中的时候你很照顾她，给她买雨衣，陪她打吊针……乔琳淡淡地说，那不算什么。沈皓明说，有时候表亲反倒更亲，我和我表姐的感情就比跟我弟好……乔琳问，你有个弟弟？沈皓明说，对啊，一个爱哭鬼，烦死人了。乔琳说，怎么能生第二个孩子呢？沈皓明笑了，你怎么跟许妍问得一模一样，我爸妈拿了加拿大护照。乔琳喃喃地说，哦，外国人……沈皓明说，以后我跟许妍至少生三个，你的小孩不愁没人玩。乔琳点点头，好啊。许妍埋头吃着刚上来的石斑鱼。生三个？她似乎听到乔琳在心里暗笑。

乔琳的手机响了。许妍很怕她会在沈皓明面前接起电话，但她站起来，离开了桌子。许妍对沈皓明说，下午你不用陪了，我就带她在后海逛逛。沈皓明说，我跟任国栋吃晚饭，上次他女儿百天不是没去吗，没事，五点出发就行。

乔琳回来了，脸色凝重，失神地盯着面前的盘子。她不吃，许妍也不劝。直到听到沈皓明说，那我们走吧，她站起来，驱着腿往外走。沈皓明喊住她，把落在椅背上的羽绒服交给她。

乔琳跟在他们后面，双手抓着她的羽绒服。里子朝外，破了个洞，钻出一簇棉絮。许妍简直怀疑她是故意的，想要他们给她买件新大衣。沈皓明说，我是不是应该给任国栋的女儿买点东西？买什么呢？他们绕着商场走了半圈，沈皓明忽然停住脚步，指着橱窗说，就买这个吧。小小的白色纱裙被云彩簇拥着，跟上回许妍和乔琳看到的那件一模一样。应该是连锁店铺，橱窗布置得也一模一样。沈皓明问乔琳，知道你的宝宝是男孩还是女孩吗？乔琳摇摇头。沈皓明说没事，转身进了那家商店。

乔琳立即告诉许妍，汪律师说他接不了这个案子。她咬了咬嘴唇，又说，他去开会了，我等会儿再打个电话求求他。许妍说，别这样，乔琳，你以前不这样。乔琳眼泪涌出来，说我真没用，什么事也办不成。沈浩明拎着纸袋走出来，把其中一只递给乔琳，说我买了个礼盒，里面什么都有，白色的，男女都能穿。乔琳把头扭到一边，抹着脸上的眼泪。沈浩明尴尬地拿着纸袋。过了一会儿，乔琳才回过头来，挤出一个微笑，说谢谢，真的谢谢你。

他们到后海的时候，天已经很阴。空气中零星飘着一点凉丝丝的小雪。河面结着厚实的冰，是青灰色的。沈皓明说，出来走走心情是不是好点了？乔琳点点头，说谢谢你们。许妍转过脸，朝河的方向看去。河中央有一辆鸭子形状的船，冻住了，船身倾斜，鸭头望着天空。

乔琳说，我们那里也有一条河，叫奈河，比这个还宽。沈皓明说，我以为你们那里都是山呢，我还跟许妍说什么时候去爬一次泰山。乔琳说，小时候有一回，我和许妍亲眼看到一个放风筝的小孩掉到水里，淹死了。他妈妈在岸上大哭，围了很多人。许妍说，我不记得了。乔琳说，你站在那里，我怎么拽都不肯走。一直等到人都散了，你用竹竿把那个孩子的风筝挑下来，拿着回家了。沈皓明问，那个小孩是她朋友吗？她想要那个风筝做纪念？乔琳笑了笑，她就是想要那个风筝。许妍盯着乔琳的脸。乔琳没有看她，好像还沉浸在回忆里，说那孩子的妈妈后来每天在岸边哭，抱着经过的人的腿，求他们去救她儿子。再后来岸边的树都砍了，盖起一排楼房。她沉默了一会儿，对沈皓明说，许妍想要什么是不会说的。沈皓明说，对，她什么都憋在心里不说。乔琳说，不要紧，只要你一直在那里，默默支持她就行了。

许妍看着面前的湖。午后的太阳照着水面，淬起一片金光。于一鸣放下桨，让他们的船在水上漂。乔琳忽然开口说，我看见过水怪。有个放风筝的小孩掉到河里，水面上升起一团白烟。那团白烟朝我们这边飘过来，我吓坏了，拉起许妍的手就跑。可她好像定住了似的，站在那里一动不动。我就也没跑，挽住了她的胳膊，心想要是水怪过来，就把我们一块带走吧。乔琳俯身向湖面，撩了几下水说，于一鸣，什么时候教我们游泳吧。

雪越下越大，河显得更灰了，冻住的鸭子船在身后变小，拐了个弯，看不见了。路边有间咖啡馆，他们决定进去坐一会儿。推开门，里面都是人。沈皓明说，嘿，整个后海的人全都躲到这儿来了。许妍付了钱，在等饮料的地方排队。做咖啡的男孩像是新来的，把热牛奶打翻了。沈皓明从背后戳了戳许妍，说你表姐把手机落车上了，我陪她去拿一下。许妍说，等买了咖啡一起去吧。沈皓明说，没事，很近，然后转身走了。

隔着玻璃窗，许妍看到他们朝来的方向走去，乔琳好像在说什么。她烦躁地看着那个做咖啡的男孩，把手中的收据折成小块，又摊开。

乔琳也许是故意的，汪律师不帮她，她就慌了神，觉得沈皓明没准能帮忙，就想跟他说一说。许妍恨恨地用力一挣，把收据撕成了两半。

做咖啡的男孩拿过撕碎的收据，仔细辨认着上面写的是什么饮料。你们连基本的培训都没有吗？许妍气呼呼地问。她把咖啡放在桌上，拉开椅子坐下。乔琳会跟沈皓明说什么呢？事情万一败露了，她应该怎么解释呢？她脑袋一片空白，什么说辞也想不出来，只是不断去按手机，看时间的数字变化。

他们终于回来了。乔琳没坐下，她看了许妍一眼，说我再去打个电话。许妍看着沈皓明，想从他的表情里读出一点信息。但他一直在低头看手机。许妍碰碰他的胳膊，拿起桌上的咖啡递给他。他喝了一口，皱起眉头说，真难喝。乔琳回来后，脸色依然凝重，她喝了两口水，捧着杯子发愣。沈皓明看了看外面的雪，对许妍说，你就别开了，我让司机来接你们。

车来了，她们先坐上，沈皓明去取了先前在童装店给乔琳买的东西，让司机放在后备厢。他凑到车窗前对乔琳说，表姐，这两天你要是不走，到我家来玩。乔琳点点头，一直望着沈皓明走过去，钻进车里。他人真好，乔琳对许妍说。

路上她们没有说话。司机拐了个弯去加油。发动机熄灭，广播里的音乐停止了。乔琳望着窗外纷飞的雪说，我明天就回去了。许妍说好。

太阳从头顶移开，风吹着湖面，水的气味升起来。船从午睡中醒了过来，一点点动起来。许妍、乔琳和于一鸣不约而同地向后靠，蜷缩着腿躺下去，仰脸望着天空。也许是在等晚霞出现，但是渐渐地不重要了。许妍合上了眼睛。湖水像一双温暖的手臂环绕着自己。它的脉搏一起一伏，节律微小而有力。船在缓慢地动着，可他们没什么地方要去。不去对岸，也不回去。他们三个好像可以一直那么待着，谁也不会离开。

好像什么都不重要了。许妍松开了眉头。她不再计较他们到底有多么爱彼此。她只是知道她爱他们。那股强烈的感情使她觉得自己并不是多余的。她是他们当中的一员，即便是微不足道，可以被舍弃的，她也不在乎。

她睁开眼睛的时候，晚霞已经来过了。只有几块很小的云彩挂在天边。湖面一片金色，望不到尽头。但只是一瞬间，湖水就开始变灰。当她转过脸去的时候，看到乔琳正望着湖面，似乎已经注视了很久很久，又好像是她的目光使湖面暗了下去。于一鸣还没有睁开眼睛，嘴角带着一丝淡淡的笑意。不要睁开眼睛，许妍在心里这样祝福他。因为随即他会发现太阳已经落下去，船要往回开了。他们的旅行结束了。

晚饭许妍叫了外卖。乔琳没怎么吃，她说想去床上躺一会儿。许妍吃完看了会儿电视。她到卧室的时候，乔琳正坐在床上发呆。许妍走过去拉窗帘。路灯下，有个穿着羽绒服的男人在遛狗。是对门那个姓汤的邻居。他仰起头看了一会儿月亮，从地上抱起狗，夹在胳膊底下，走进了楼洞。

许妍听到乔琳在身后轻声问，沈皓明能帮上咱们吗？许妍转过身来看着乔琳，说你自己没问他吗，你们两个去拿手机的时候。乔琳摇了摇头，我什么也没跟他说，他问我想不想来北京工作，他可以安排，我说不用了。哦，许妍应了一声。乔琳说，他是律师，又认识挺多人的，没准还能托上政府的关系……许妍问，你怎么知道他是律师的？乔琳说，他自己说的，我真的什么都没问。她低下头，看着拱起的肚子，汪律师不接我的电话了，电视台那边也没回信，我实在没有办法了。这事折腾了那么多年，总得有个了结……许妍笑了一声，你为我考虑过吗？你是不是觉得我想要什么就有什么，过得很容易？你想过几天安稳日子，我不想吗？你小时候至少有个完整的家，我有什么？她的眼圈红了，这么多年了，你们就不能放过我吗？乔琳也哭了，对不起，对不起，我不该来打扰你……她仰起脸，吸了几下眼泪说，你没看到爸妈现在什么样子，爸早晨醒了就喝酒，手抖得已经拿不住筷子，妈整天守着电脑，到各种论坛发帖子求助，隔一会儿发一遍，那些人骂她是疯子，把她踢出去，她就重新注册了再发……我真的管不了了，我的身体垮了，在街上晕倒过好几回……她停住了，定定地看着前方，好像要把什么东西看清楚。

桌上的台灯照着乔琳，但她的脸是暗的，腮颊被阴影削去了。许妍望着她，她容貌的改变令她感到惊讶。那些青春时的光彩消失了，这也许是必然的，可它们好像从来没有存在过。没有人可以通过这张脸，想象出她少女时代的模样。许妍仿佛从二楼教室的窗户里看到那个总是微微仰起脸的长腿姑娘正穿过校园，她从那扇大门走出去，然后消失了。她去了哪里？

许妍走到床边。握住乔琳的手。那只手很烫，热量从指缝间汩汩流出来。乔琳的手指很长，这肯定不是许妍第一次注意到这一点，或许在漫长的青春期的某一天，她偷偷打量过这双手，暗暗惊讶于它们的美。但是现在，她第一次意识到，这双手很适合弹钢琴，要是它们能在童年的时候遇到一个钢琴老师的话，他肯定会这么说。要是那时候遇到一个舞蹈老师，可能也会说她适合跳舞。这具承载着苦难的身体，或许同时蕴藏着某种天赋。但是天赋不重要，对有些人来说，一生中没有任何一个时刻，会有人坐下来讨论一下她的天赋。许妍想起大三的时候，她得到了去电视台实习的机会，后来被留下了，那个频道的主任对她说，我并不觉得你很有当主持人的天赋，知道为什么选你吗？因为你身上有股劲，想从人堆里跳起来，够到高处的东西。

许妍握着乔琳的手，坐下来。她感觉自己在靠它取暖。但屋子里很热，地板也是热的，一点都不像十二月。她说，我答应你，我会去问问沈皓明。具体怎么说，我要想一想。我这么做不是为了爸妈，只是为了你，你明白吗？许妍攥了一下她的手说，给我一些时间好吗？乔琳点了点头。

十点过后，沈皓明打来电话。他说你猜怎么着，礼物拿错了，给你表姐的那袋才是给任国栋女儿的裙子。许妍夹着手机打开纸袋，解掉奶油色的缎带。那件缀满珍珠的小礼服折叠着，静静地躺在盒子里。要我现在送过去吗？她问。不用，沈皓明说，反正给你表姐买的礼盒任国栋女儿也能用。我打赌你表姐生女儿，他在电话那边笑起来，我买的裙子肯定能派上用场。

五

从北京回去不到一个月，乔琳就生下了一个女儿。比预产期早了一个多月，但是孩子很健康。她发过来几张照片，小小的一团，手脚却很长。沈皓明看了两眼说，跟你长得有点像。

那个月许妍很忙。台里在筹备一个新节目，过年的时候开播。每天连着录十来个小时，一段话反复说。这期间她去过沈皓明家一次，沈金松没在，只有于岚和几个太太在打麻将。许妍替了几圈，输掉六千块。临走时于岚说，咱们过年再打。许妍想，这倒是个讨于岚开心的法子，于是她说服沈皓明过年不去苏梅岛，而是留下陪他爸妈。到时没准还能在家宴上遇到高叔叔。

许妍接到电话的时候是傍晚。还有三天就过年了，下午她和沈皓明去买了一堆烟火。回来的路上有点下雨，据说到了后半夜会转成雪，气温降十度。此前一些天北京都很暖和，让人有一种春天来了的错觉。

手机响了，跳动着一个陌生的号码，当时她正站在沈皓明家的花房里，指挥保姆把兰花搬到屋里去。沈皓辰也被喊来帮忙，许妍觉得让他干点体力活有好处，至少没那么多时间胡思乱想。他撇了撇嘴，说这些花可真丑。她双手叉腰看着他，你觉得什么花好看？假花，他回答。她让沈皓辰把面前这一盆搬到客厅，然后接起了电话。

是她妈妈。在那边大声号哭，告诉她乔琳自杀了，晚上一个人出门，跳进了城边的那条河。还在抢救吗？还在抢救吗？她连着问了好几遍。她妈妈说是昨天的事，人已经没了。许妍挂断了电话。

周围一片寂静。她搓了搓手上的泥巴，搬起一盆兰花往外走。

天气湿漉漉的，好像已经下雪了，有些凉飕飕的东西，仿佛带着爪子，紧紧地揪住了她的头皮。她伸出手，想触碰到空中的雪花。砰的一声，花盆跌落在地上。瓷片在地上打转。嗡嗡，嗡嗡。

沈皓辰走过来，看着她脚边的花盆。哈哈，他有点得意地说，假花就不会摔成稀巴烂。走开，她冲着他喊，蹲下把兰花从碎瓷片里捡起来。沈皓辰吓坏了，站在那里没有动。许妍敛起兰花磕了磕土，抱着它们走了。

她把花放在旁边的座位上，驶出了别墅区的大门。窗外是呼啸的大风，雪花如同决绝的蛾，砸在挡风玻璃上。她紧握方向盘，浑身发抖。泪水在眼眶里转悠，她蹙着眉头，盯着前面的路。为什么乔琳要这样做？她感到很愤怒，在北京的最后一个晚上，她不是答应得好好的，回去等着她的消息。她为什么就不能等一等呢？

车子冲下高速，擦着一辆卡车开过去，横冲直撞地拐了几个弯，在一片空旷的停车场停住。她狠狠地砸着方向盘，喇叭发出尖锐的鸣响，她不是说会想办法的吗，为什么不相信她呢？她靠在椅背上，大声哭起来。

手机在旁边座椅上响了好几遍，是沈皓明。她坐在黑暗里，等屏幕最终暗下去的时候，才对着它喃喃地说，我姐姐死了。

她没有回去参加追悼会。

除夕夜下着小雪。她站在院子门口，看沈皓明点着了烟花。她仰起头，望着光焰绽放，坠落。天空又黑了下去。几片雪落在她的脸上。

她给家里打了个电话。她妈妈一直在哭，不停地说，乔琳为什么那么狠心抛下我们？那边传来婴儿的啼哭，还有她爸爸的咒骂声，盆碗掉在地上，发出叮叮咣咣的响声。她妈妈问，你到底什么时候回来啊？这好像是她第一次对许妍表达需要。再过几天吧，她回答。你永远都别回来！她爸爸吼了一声，电话挂断了。

许妍一直没有回泰安。她心里有股怒气无法消退。她觉得乔琳不理解她，不相信她，甚至根本不希望她过得好。她这么做是为了让她永远感到内疚。在很长一段时间里，这股怒气有效地抑制了悲伤，使她可以正常入睡。

四月的一天，她去沈皓明家吃晚饭。那天只有他们自己家的人，吃了巴黎运回来的生蚝和新西兰鳌虾。于岚抱怨生蚝没有上次的新鲜。你下个月不就去巴黎了吗？沈金松拿着遥控器换台，屏幕上出现了一个穿白色西装的女主持人。她看了一眼手中的稿子，抬起头来：

"一九八八年，在泰安的一家医院里，患有风湿性心脏病的王亚珍生下了第二个女儿。她没有一丝做母亲的喜悦，只是感到很恐慌。在她的身旁，那个只有三斤八两的女婴睁开眼睛，好奇地打量着这个世界。那一刻她是否知道，这个世界等待她的不是温暖的祝福，而是无情的责罚呢？手术室的门外，乔建斌坐在长椅上，一夜没有合过眼。在经历了辗转于计生委和医院之间的几个月后，他已经疲倦不堪。然而他们家的厄运才刚刚开始……"

许妍盯着屏幕，一只手攥着毛衣领口，感觉自己就快要窒息。

这个"聚焦时刻"有时候还能看看，沈金松说。于岚说，有什么可看的，不是钉子户就是超生。妈妈，妈妈，沈皓辰问，你算超生吗？

于岚说，宝贝，生了你加拿大政府还给我奖励呢。

"……记者来到乔建斌家。乔建斌被开除以后，全家人就以这家诊所维持生计。现在门口依然挂着'平安诊所'的招牌，但是已经好几年没有来过一个病人了。一楼的诊断床上堆满了各种保健药。有的早已过了保质期，王亚珍就留给家里人吃。她拿起一瓶药给记者看，这个是帮助睡觉的，我大女儿老睡不着，我就让她吃……在过去二十多年里，乔建斌和王亚珍一直通过各种途径寻求帮助，希望单位能恢复乔建斌的工作……"

镜头掠过他们家。角落里的蜘蛛网，桌子上油腻的桌布，泛着黄渍的马桶，最后停在墙上的照片上。那是一张他们全家的合影，可能也是唯一一张。当时许妍大概四五岁，站在最右边，乔琳的手搭在她的肩膀上。

许妍感觉所有人的目光好像都朝这边涌过来。她几乎就要从座位上弹起来，冲出房间了。

随后，主持人讲述了这些年乔建斌家的生活，也讲到那个超生的小女儿，因为早产和用药的原因导致不孕。但她的去向并没有提及。也没有提到乔琳的女儿，只是说乔琳这些年，一直在为这件事奔波，导致恋爱失败，也失掉了工作。两个多月前，有天晚上她像往常一样，哄孩子睡了觉，然后离开家走到河边，跳了下去。

画面切回演播室。女主持人说，就在自杀的前一天，乔琳还给本节目的编导发过一条短信。在短信里，她这样说："陈老师，我恳求您给我们做一期节目。这不是我们一家人的问题，很多家庭都有类似的遭遇。我相信节目播出以后，一定会引起很大的反响。如果还需要什么材料，您随时找我。给您拜个早年！"主持人垂下眼睛，停顿了几秒："我们将这期迟到的节目献给乔琳，希望她能安息。同时，我们也希望热心的律师朋友能跟乔建斌一家联系，帮助他们走出困境。感谢您的收看，我们下期再见……"

沈皓明气呼呼地说，这也太混蛋了。于岚看了他一眼，你想干吗，这种案子又不是你管的。沈皓明说，我可以去问问我同学，说不定有人愿意接。沈金松说，犯不着打官司，这种事找对了人，就是一句话的事。于岚说，有捐款电话吗，直接给他们过去点钱就是了。

保姆端上水果。电视里已经在播连续剧，但许妍不敢去看屏幕，仿佛先前的画面下一秒就会再跳出来。她缩着肩膀，低头盯着面前的盘子，直到听到沈皓明说，我们走吧，就站了起来，跟随他走出大门。

她抱着自己的包坐进车里，身体一直在发抖。你的外套呢，沈皓明问。她才发现忘记穿了，别回去拿了，她几乎用哀求的语气说。车子停了，她走下来，发觉自己在一个空旷的院子里，周围都是深红色的砖墙。她打了个寒战，问这是哪里？沈皓明说，苏寒有个生日派对，我不是跟你说了吗？

屋子里很吵，拼起来的长桌两边坐满了人。除了苏寒，她一个都不认识。沈皓明挨个介绍，她一直点头，却记不住任何一个名字。这是方蕾，沈皓明指着右边的女孩说，她跟我在英国一个学校，也读法律，算是我学妹。女孩笑了，你没念几天就转走了，也好意思自称是学长？沈皓明说，嘿，学校的校友录可是有我。女孩耸耸眉毛，那是为了让你捐钱好吗？沈皓明笑起来。许妍也跟着笑了一下。笑意在她的脸上一点点消失，泪水突然涌出来。

乔琳拉着她的手往山上走。许妍说，快下雨了，回去吧。乔琳说，你要去北京了，我得给你求个护身符。许妍说，可是摆摊的都回去了啊。乔琳说，再往上走走看嘛。

大雨降下，她们跑进一座庙里。两人抖着身上的雨水，乔琳长头发上的水珠溅在许妍的脸上，她咯咯笑起来。许妍说，严肃点，菩萨会生气的。乔琳收住笑，环视了一圈大殿，低声问，这个庙是求什么的啊？

许妍支起手肘，托住腮悄悄抹去眼泪。沈皓明正在问那个叫方蕾的女孩，你什么时候搬回来的？方蕾耸耸眉毛，你怎么知道我搬回来了呢，我看起来不像是回来度假吗？沈皓明摇了摇头，我才不信你在英国待得下去呢。

她们并排站在大殿中央。菩萨的脖子伸进黑暗里，看不见脸，但许妍能感觉到，有一簇白光从上面照下来。

乔琳小声问，你说那么多人来求她，她能帮得过来吗？许妍说，只帮她喜欢的人吧。乔琳笑了，说那她肯定喜欢我。当时我一直盼着妈妈能把你生下来。而且我还说，想要个妹妹。你瞧，菩萨就把你给我了。许妍说，当时你才两岁，就知道求菩萨了？乔琳说，我说不出来，但心里想的东西，菩萨一定能知道。许妍说，你要是知道后来发生的事，当初就不会那么希望了。乔琳说，我还是会那么希望的。我从来都没觉得不该有你，真的，一刹那都没有，我只是经常在心里想，要是我们能合成一个人就好了。她握住了许妍的手。她的手心很烫，仿佛有股热量流出来。

给我们拍张照片好吗？许妍听到有人在喊自己。是苏寒，她正站在方蕾和沈皓明的身后。许妍接过手机。苏寒笑着问沈皓明，还记得吗，那阵子每个周末我们三个都开车到郊外BBQ。后来过了一个暑假，回来大家都变得很忙，就没有再聚。也可能你们两个聚了，没有叫我。方蕾斜了她一眼，你说对了，我们在瞒着你谈恋爱。沈皓明点点头，后来她把我踹了，我伤心欲绝，就回国了。苏寒笑起来，小心你女朋友当真，回头跟你吵架。沈皓明说，她才不会呢。

大殿里飘过几丝凉飕飕的风，雨好像停了，有个人靠在门边看着她们。那人穿着一件破袄，逆光里看不到脚，还以为是坐着，后来才发现，脚被袄盖住了，他是个矮人。很老，布满皱纹的脸像一团揉搓起来的废报纸。她们往外走，他在一旁开口说，你们想知道自己的命运吗？她们对望了一眼，没停下脚步。他说，不收钱，我就当给自己解闷。

他走到她们跟前，仰起脸盯着乔琳，说你早运不顺，有一些坎，三十岁以后越来越好。乔琳问，怎么个好法？他回答，儿孙满堂，有人送终。乔琳笑起来，有人送终就算是好吗？矮人没回答，把头转向许妍，你啊，想要什么东西，都得跟别人去争。许妍问，那最后能争赢吗？他摇了摇头，说我不知道。许妍问，你也有不知道的事啊？他点点头，有一些。

苏寒用手指戳了戳沈皓明，说你可得劝劝方蕾，她现在是个愤怒少女，什么都看不惯，整天批判社会。沈皓明说，这叫回国综合征，过一段就好了。方蕾问，就像你吗，坦坦荡荡地做着你的沈家大少爷？沈皓明有点激动，说别把我想得那么麻木不仁好吗，我一直都想做点事啊……

然后他讲起出门前看的电视节目来：有对夫妻意外怀了二胎，按规定应该打掉，忘了为什么拖了好几个月，反正不是他们自己的责任，七个月才去引产，孩子生下竟然活着……苏寒感慨道，命可真大。沈皓明说，可是这算超生，男的丢了工作……讲到乔琳自杀的时候，方蕾摇头，这是我觉得最可悲的，因为上一辈的问题，子女的一生都毁了。苏寒说，这个故事有意思的地方是，合法生的姐姐死了，不合法出生的妹妹倒是活下来了。现在他们不就只有一个孩子了吗，还算超生吗？

许妍离开座位，走进洗手间，反锁上门。

乔琳不是不相信她，而是对世界不抱什么希望了。许妍记得最后一次乔琳打来电话，是一天清晨。她说，我今天出月子了。许妍问，你的奶够吃吗，现在能睡着觉了吗？乔琳没有回答，只是说，都挺好的，我就是跟你说一声，你去忙吧。她的声音淡淡的，没有高兴，也没有悲伤，只是有种解脱的感觉。她好像一直在等这一天。等孩子出生，等她过了满月……她那么迫切地希望解决爸妈的事，不是期盼能过什么新生活，只是希望有一个让自己心安一点的结果。如果没有，她也不能再等了。她已经松开了双手。

外面的人在不耐烦地敲门。许妍拧开水龙头，把脸伸到水柱底下。

外面的声音消失了。好像沉入了河中，耳边只有汩汩的水声。我就是想来看看你，乔琳转过脸来笑着说。那双有点发红的眼睛在黑沉沉的水底望着她。然后熄灭了。

许妍回到座位上，跟沈皓明说自己可能着凉了，想先回去。沈皓明说，我们一起走吧。在车上他说，方蕾听我讲了新闻里那个事，也挺来气，说她有几个从国外回来的律师朋友，没准有谁愿意接。我回头再给高叔叔打个电话，让他跟泰安那边的人说一下。这事反响很大，不解决一下，他们自己也难交代。许妍怔怔地望着他，这是乔琳拿命换来的，她想，眼泪掉下来。沈皓明很惊讶，这是怎么了？他抓住许妍的手，你不会是当真了吧，以为我和方蕾谈过恋爱？我们在开玩笑啊。许妍摇头，没有，没有，我只是有点感动，你真的心肠很好，她望着沈皓明，伸过手去，摸了摸他的脸颊。他拿下巴蹭了蹭她的手心，笑着说，我忘刮胡子了。

六

五月初，许妍回了一次泰安。学校已经给乔建斌恢复了工作，按照退休教师的待遇发给他工资。据说那期"聚焦时刻"惊动了北京的大人物，出面给计生委打了电话。但是乔建斌和王亚珍对结果并不满意，因为赔偿金的事没有落实。他们还在继续上访。

自从节目播出以后，他们接受了不少采访。乔建斌的口才练得越来越好，见到摄影机镜头，眼睛就放光。他有些得意地告诉许妍，那些记者都挺佩服我的，觉得这个社会就缺我这种有点轴的人。王亚珍开了个微博，在上面写这些年他们家的遭遇，被几个有名的记者和学者转发了，很多人在下面留言。王亚珍每条留言都会回复，有的谈得来的，还加了QQ。

这些外界的关注使他们一天到晚都很忙碌，暂时缓解了丧女之痛。但是一旦他们回到眼前的生活，意识到乔琳永远不在了，情绪就会再度崩溃。家里的灯坏了，没有人修。冰箱里臭烘烘的，还放着乔琳买的蛋糕和酸奶。桌上的婴儿奶粉敞着盖子，已经结成了疙瘩。一到天黑，蟑螂就变得猖狂，在桌子上到处爬。于是王亚珍又哭起来。乔建斌的情绪比较两极。有时候安静地坐在那里，对着桌上的酒瓶发呆。有时候会暴跳如雷，大骂乔琳没良心，白白把她养到那么大。王亚珍哭完了，就在那台陈旧的电脑前坐下，开始写微博：

"你们不知道我的大女儿有多好，长得漂亮又懂事，性格活泼，所有的人都喜欢她。我难过的时候，她总是安慰我说，妈妈，都会过去的。这个世界上没有过不去的事……"

她写着写着又哭了起来。许妍走过去坐在她的旁边。她转过身，搂住了许妍。许妍轻轻拍着她的背，让她安静下来。电脑发出叮当一声，王亚珍从许妍的怀里坐起来，抹了一把眼泪，有人回复我了，她说，连忙握住鼠标点击了两下。

回来的最初两天，许妍住在附近的旅馆里。第三天晚上，乔琳的孩子有点发烧，她留下来照看她，睡在了乔琳的床上。枕巾没有换过，上面还有乔琳没带走的香波的气味。许妍枕着它，想起小时候的愿望，从未被她承认过的愿望，那就是她可以睡在这张床上，不，不是和乔琳一起，而是她自己。这个破烂不堪的家，对她有一种吸引力，她渴望自己能作为一个合法的女儿，住在这幢房子里。在漫长的童年和青春期，她见过不少优秀的女孩，富有的，美丽的，聪明的，可是她一点也不想成为她们。她只想成为乔琳。她想取代她，占有她所拥有的东西。即便那些东西包含痛苦和不幸，也没有关系。因为她觉得那是本来应该属于自己的东西。如果没有乔琳……她无数次这样想。小时候她和乔琳站在河边，一样的太阳照着她们，可是她感觉到乔琳在阳光里，而自己在阴影里。如果没有乔琳……她可以向右挪两步，走到阳光底下。

小时候的愿望是如此真挚和恐怖，被她一直揣在心里，缓缓向外界释放着毒素。很多年后，它实现了。乔琳不在了。现在她睡在乔琳的床上，作为爸妈唯一的女儿。许妍把脸埋在枕巾里，失声痛哭。她可以撤销那个愿望吗，这一切是否会有不同？乔琳会幸福一点吗，而她是不是能长成另外一个人？乔琳不在了，她并不能走到阳光底下。她将永远留在阴影里。

婴儿发出响亮的啼哭。许妍抱起了她。黑暗中，孩子皎洁的脸上没有泪痕，也没有难过的表情，好像先前发出的哭声只是为了把许妍从痛苦里拉上来。她静静地看着许妍。小巧的眼仁里像蓄满了宽广的海水。许妍想对着它忏悔，但更想把所有的祝福都给它的主人。如果她的祝福也像她童年的愿望一样有法力。她希望她能得到自己和乔琳永远无法得到的幸福。

许妍从于一鸣身旁醒来，时间是凌晨三点钟。旅馆的窗户关不严，寒风钻进来。立冬了，北京很冷。许妍约一鸣吃了晚饭，然后又去喝酒。快结束的时候，乔琳忽然在他们的谈话中消失了。许妍记得于一鸣怔怔地望着自己。随后的记忆一片模糊。许妍不记得自己说了什么，于一鸣说了什么。他们有没有接吻。她好像有点疼，也可能没有，只是她觉得自己应该有点疼。

她把于一鸣叫醒了。他从床上翻下来，抓起地上的衣服。女朋友还在家里等他，喝醉之前他就强调过这一点。他一边穿衣服，一边对许妍说，我知道是因为你刚来北京，有点想家，过些日子就好了。

走到门口，许妍喊住了他，拿起背包伸进手去掏索。他问怎么了。许妍说，乔琳有个东西让我带给你。他站在那里等了一会儿，她还是没有找到。他说，我真得走了，以后再说吧，然后拉开门走了。

那支钢笔一直放在书包的隔层里，许妍前两回见于一鸣总是忘记给。也许是想有个和他再见面的理由。但是现在，她非常想把那支笔给他。她打开灯，把包里的东西倒在地上。

乔琳的孩子特别安静。在度过最初那段离开母亲的日子之后，她很快适应了新生活。每次喝完奶就睡着了，醒来只是轻轻哭几声，然后静静地等着。许妍抱起她来的时候，孩子把头贴在她的胸口，好像在听她的心跳，脸上露出一丝微笑。每次放下她，她都会嘤嘤地发出两声，许妍心里一紧，又把她抱了起来。

外面已经很暖和，她抱着孩子走到太阳底下。槐花开了，地上落了厚厚的一层花瓣，被风吹着，散了又拢到一起。她走到河边，在石阶上坐下，想让孩子睡一会儿。但是孩子不睡，和她一起注视着面前的河。你闻到你妈妈的味道了吗？她问孩子。孩子笑起来。

孩子叫乔洛琪，名字是乔琳取的，但是好像没有人记得她的名字，爸妈都管她叫孩子。乔琳的孩子。他们好像仍把她看作乔琳的一部分。她的圆眼睛和乔琳很像。有时候望着它们，许妍会有一种想和乔琳说话的渴望。但她不知道该说什么，她想说的乔琳应该都知道。现在乔琳知道世界上所有的事。知道许妍回来了，知道她和孩子在一起，知道她很想念她。

离开的那天清晨，许妍又抱着孩子出去散步。路过火车站，她对孩子说，这里面有火车，呜呜呜，汽笛拉响，然后哐当哐当开走了。

以后等你长大了，坐着它去找我，好不好？孩子没有笑，静静地看着她。她心里一紧，攥住了孩子的手。她无法想象孩子如何在那样一个破败的家里长大。

回到家，许妍把晾在门口的婴儿衣服叠起来，放在柜子里。她看到了那只纸盒，压在柜子最底下，露出一个角。打开盒子，那件白色连衣裙和她记忆里的样子不一样，塔夫绸没有那么硬，荷叶边也没有那么复杂。她给孩子穿上，把她抱到窗口。阳光照在胸前的那些小珍珠上，像雀跃的音符。你知道你很漂亮吗？她小声对孩子说。孩子软软地趴在她的肩上，用脸蛋蹭着她的脖子。

许妍坐在火车上，听到鸣笛声一阵心悸。她合上眼睛，想睡一会儿，但是耳边都是嗡嗡的噪音。她心烦意乱地拧开水，咕咚咕咚喝下去，然后盯着窗外飞快掠过的树和房屋。她一点点安静下来，并且做了个决定。回去以后，她要把所有的事都告诉沈皓明。他早晚有一天会知道的。她想跟他商量，等孩子大一些，把她接到北京住。要是有可能，她想收养她。

司机在车站等她，接她去吃晚饭。沈皓明订了一间日本餐厅。刚谈恋爱的时候，他们来过一回，从榻榻米包间的玻璃窗望出去，能看到小小的日式园林，但是现在天色太晚，覆盖着青苔的石头都变黑了。喝点酒吧，她跟沈皓明说。我正想说呢，沈皓明拿起酒单翻看。

清酒端上来，盛在圆肚子的蓝色玻璃瓶里。她和沈皓明碰了一下杯子。沈皓明问，片子什么时候播？她怔了一下。沈皓明说，这次出差拍的片子。她说，哦，下个月吧，还不知道剪出来什么样。然后她问沈皓明，你妈妈去巴黎了吗？沈皓明说，没呢，下周走，她们非要坐徐叔叔的私人飞机。许妍说，挺好，她们四个可以在飞机上打麻将。沈皓明撇了撇嘴说，无聊透了。

窗外园林的轮廓被夜色吞噬，只剩下灯光照亮的一角，石头发出幽绿的光。许妍喝了一杯酒，抬起头看着沈皓明，说你知道吗，我一直觉得你身上有很多可贵的品质……她笑了笑，说你知道我不擅长表达，可我真的觉得你特别善良，有正义感……沈皓明问，你干吗要说这个呢？她说，而且你对我很包容，我们的家庭情况不同，生活习惯也不一样，我身上肯定有很多地方让你不舒服……沈皓明打断她，别说这种话行吗？许妍又给自己倒了一杯酒，把发烫的脸贴在杯子上，说我十八岁来到北京，谁也不认识。课余时间我当家教，做导购，帮人主持婚礼，赚了钱给自己买衣服，去西餐厅吃饭。我就是想过体面一点的生活，你明白吗，我小时候家里什么都没有，连写字台也没有，要在窗台上写作业……我特别珍惜现在的生活，珍惜你，所以我一直……许妍哭了起来。沈皓明蹙着眉头望着她，她心里一凛，不知道怎么说下去。

服务员送进来甜点。两人默默吃着。沈皓明给她倒了酒，又把自己那杯添满。许妍喝了一口，鼓起勇气说，我表姐，冬天来北京的那个……沈皓明啪的一下把杯子放在桌上。许妍愣住了。他沉了沉肩膀，说我这两天，在方蕾那里过的夜，嗯，他又倒了一杯酒，说我本来想过几天再说，可是你把我说得那么好，让我很惭愧，我没打算瞒你，你知道我最讨厌骗人的。许妍茫然地点点头。她攥住酒壶，想再倒一杯酒，但是始终没有把它拿起来。瓶壁上有很多细小的水滴，像一种痛苦的分泌物。她盯着它轻声问，你们俩的事是刚开始，还是已经结束了？沈皓明不说话，点了一支烟，白雾从他的指缝里升起来。许妍用手臂支撑着从榻榻米上站起来，说我先走了，等你想清楚了，告诉我你打算怎么办吧。

她拉开门向外走，沈皓明追出来，把外套披在她身上，说你又忘了穿大衣。然后他张开双臂拥抱了她。这是最后的告别吗？她一阵心悸，推开他跑到路边，拦下一辆出租车。

回到家，她发觉自己浑身滚烫，好像在发烧，就设了闹钟，吞了两片药躺下来。帮帮我，她在黑暗中说。外面天空发白的时候，她感觉乔琳来了，背坐在床边，扭过头来望着自己。她的目光并没有应许什么，却使许妍平静下来。

闹钟响了很多遍，她挣扎着坐起来，看了看另外半边床，很平整，没有坐过的痕迹。她洗了个澡，烤了两片面包。手机上跳出一条短信。她没有看，走过去拉开窗帘，外面下雨了。她把杏子酱涂在面包上，慢慢吃起来。吃完才拿起手机，点开短信。

沈皓明：我们还是分手吧，对不起。

她喝光杯子里的牛奶，拿起伞出门了。

请假十天，积压了很多工作，她一口气录了三期节目。中场休息的时候，编导进来跟她聊节目改版的事：活泼一点，别死气沉沉的行吗？要是收视率再这么低，节目就得停播了。许妍说，那我就去主持一档新闻节目。编导朗朗地笑起来，"聚焦时刻"那种吗？真没看出你身上还有社会责任感。

许妍换了一套衣服，坐在镜子前补妆。她问化妆师，你觉得我剪个短发怎么样？化妆师说，嗯，挺好。别再留齐刘海了，挡着额头影响运势。许妍笑了笑说，听你的。

回家的路上，许妍拐进一家美发店。从那里走出来，天已经黑了。

夏天的风吹着脖子，很凉爽。她去便利店买了两个面包，然后往家走。路边有一家酒吧，或许是新开的。她朝里面张望了几下，有很温暖的灯光。她推开门走进去。

酒吧很小，只有一个男人趴在角落里的桌子上。她坐上吧台，点了一杯莫其托。角落里的那个男人走过来，要添一杯威士忌。是对面那个姓汤的邻居。他冲她点了点头，然后回到自己的座位。

店里放着喑哑的电子乐，像是有什么东西发霉了。喝完第三杯，她觉得自己应该醉一次。她从来没有试过，交过的几个男朋友都很爱喝酒，她必须保持清醒，好把他们送回家。有人在敲桌子。她抬起头来。店主面无表情地说，我要关门了，我女朋友在家等我呢。然后他走到角落里，把她的邻居叫醒，站在那里看着他把口袋里的钱摊在桌上，一张张地数着。

许妍坐在姥姥家门口。明天就要动身去北京，箱子已经装好，还有很多小时候的东西要处理。她把那些纸箱拖到外面，坐在门槛上慢慢挑。乔琳朝这边走过来。风很大，吹起她身上的白裙子。她手里举着两个蛋筒冰淇淋，融化的奶浆往下淌。她走过来，坐在许妍的旁边，把香草的那只递给她。

乔琳说，我买了支钢笔，你帮我送给于一鸣。她们默默吃着冰淇淋。一个住在隔壁院子里的小男孩走过来。约莫十来岁的样子，站在那里看着她们。乔琳指着冰淇淋说，下回我给你买一个，好吗？男孩没说话，仍旧站在那里。地上散着从箱子里拿出来的乱七八糟的玩意儿。装风油精的瓶子，雪花膏的铁皮盒子，一块毛边的碎花布……这些不成为玩具的玩具，曾是许妍童年最心爱的东西。乔琳说，雪花膏盒子好像是我给你的。许妍说，我拿纽扣跟你换的。什么纽扣，乔琳问。许妍说，那是我最喜欢的纽扣，你竟然不记得了。她气呼呼地把蛋筒塞进嘴里，起身进屋洗手，忽然听到背后发出叮咣一声响。

隔壁的小男孩从地上那堆东西里拿起一只风筝，转身就跑。乔琳对她说，走，我们把它抢回来！

男孩到了胡同口，转了个弯，朝大马路跑去。她们给一辆车拦住，等过了马路，落下了很远。但她们还在往前跑。乔琳脚踝上的链子发出丁零零的声响。她的长头发在风里散开了。许妍闻到香波的气味，她伸出手，想抓住一缕飘过来的头发。乔琳笑起来，甩了甩头。小男孩消失在马路的尽头，但她们没有停下。头顶上翻卷着乌云。许妍瞥见了那棵郁郁葱葱的丁香树，恍惚发现这一会儿的工夫，把小时候整天走的那些街都走了一遍。如同是快进的电影画面，一帧帧飞过，停不下来。乔琳忽然拉了她一下，伸手指了指天空。在天空的最远端，一只绿色的风筝，正在一点点升起来。

许妍停下来，和乔琳仰头望着天上。那只风筝垂着两条长长的尾巴，像只真正的燕子。它在大风里探了个身，掠过低处的黑云，又向上飞去。

许妍和她的邻居站在酒吧的屋檐下。邻居说，好像又下雨了。她笑着说，有什么关系呢。邻居说，我希望下雨，这样土能好挖一点。许妍晃了晃她的短发，你说什么？邻居说，我的狗死了，我等会儿去埋它。它现在在哪里，许妍哈哈笑起来，你不会把它冻在冰箱里了吧？邻居的脸抽搐了一下，说我真的不想回家，我们能再喝一杯吗？许妍说，好啊，我家里有酒。邻居问，你男朋友呢？许妍说，分手啦。邻居说，遗憾。对了，什么时候能尝尝你做的饭吗，经常在走廊里闻见，特别香。许妍说，也可能是外卖。邻居说，不是，周围所有的外卖我都吃过。许妍问，你没有女朋友吗？邻居说，我喜欢的都不喜欢我。许妍说，你肯定有很多怪癖。邻居想了想，喜欢在浴缸里泡澡的时候吃橙子算吗？

雨下大了，他们跑起来。许妍踩到一个大水洼，雨水溅了一身。她笑起来。来到屋檐底下，邻居抖了抖身上的雨水，转过头来问，对了，你的表姐怎么样了？她的孩子好吗？许妍不笑了，望着他。

他说，有天晚上我下来遛狗，拿着手电乱扫，结果忽然在灌木丛边看到一个女人，躺在那里跟死了似的。我刚想喊保安，她睁开了眼睛，说没事，我只是晕倒了。我想扶她起来，但她说想再躺一会儿。我也不好意思丢下她，就坐在旁边，陪她聊了一会儿天。许妍问，她都说什么了？邻居说，忘了……哦对，她说，我肚子里的小家伙好像很喜欢北京，不想离开这儿，我就跟它说，你很快会回来的，你以后会在这里长大的……嗯，你表姐还说，让我到时候别忘了带我的狗和她玩……

许妍哭起来。乔琳从未说过要把孩子托付给她。然而她却知道孩子会来北京的，大概是笃信自己和许妍之间的感情，并且因为她了解许妍是什么样的人，也许比许妍自己更了解。那颗在掩饰和伪装中裹缠了太多层，连自己都无法看清的心。

许妍看向天空，好让眼泪慢点掉下来。她点点头说，孩子很快会来的，跟你的狗一起玩……

邻居说，狗死了啊，我今晚要去埋它……

许妍喃喃地说，你不知道那孩子有多乖，一点都不吵，你一逗她，她就咯咯笑个不停，是个女孩，很漂亮，眼睛圆圆的，穿着白裙子，像个小公主……

邻居说，哦，那我再养一条狗吧……

雨声淹没了他的话。许妍站在楼檐底下，静静听着外面的雨。她不知道能否照顾好孩子，以后会不会为了前途想要抛弃她。她对自己完全没有把握。可是此刻，她能感觉到手心里的那股热量。有些改变正在她的身上发生，她的耐心比过去多了不少。也许，她想，现在她有机会做另外一个人了。

姐姐的丛林

笛 安

一　绢姨

我今天要讲的故事，已经结束了三年。三年前的这个季节，姐姐离开了家。那是在秋天，我们从小长大的这条学院路落满了梧桐叶。绢姨抬起头，说："今年的叶子落得真早。"十月的阳光铺满了绢姨的脸，她还是那么漂亮。姐姐像以前那样拥抱了我。姐姐说："安琪，再见。"她露在藏蓝色毛衣领口的锁骨硌了一下我的胸口。

那天晚上我一如既往地失眠。火车在我们这个城市的边缘寂静地呼啸着，比睡着的或睡不着的人们都更执着地潜入黑夜没有氧气也没有方向的深处。我知道姐姐现在也没有睡着，她一定穿着那件藏蓝色的毛衣，半躺在列车的黑夜里。长发垂在她性感而苍白的锁骨上，那是一个应该会有故事发生的画面。如果交给绢姨来拍，她会把姐姐变成一个不知道渥伦斯基会出现的安娜。注意角度就好，避开姐姐那张平淡甚至有点难看的脸。

绢姨一直都用她的职业习惯，裁剪着她的生活。那份她自己都没觉察到的冷酷隐藏在她美丽的眼睛里，我和姐姐不同，我有点怕她。所以我讨厌用她的方式讲故事，我不想给所有的人，包括我自己找任何借口。

我的手机响了。是绢姨。对不起我忘了告诉你们，我叫林安琪，十九岁，在一个离家很远的城市念大学，艺术系，大二。绢姨前年春天去了巴黎，她梦想了很久的地方。

"安琪，我们上个礼拜到布列塔尼去拍大海，太棒了。"

"安琪，你的法语现在怎么样了？"

"安琪，画画一定要到法国来……"

每一次电话她都是这个程序："我们"怎样了，法国多么好，等等。这个"我们"，指的是她和一个叫雅克的法国男人。他比她小十岁，是她的助手——工作室里的和床上的。她是一个阅尽风景的女人，像有些女人收集香水那样收集生活中的奇遇。一直如此。

十年前的某一天，妈妈把她从北京带回来。那一年，她二十二岁，和姐姐离家时一样大。她也是瘦的。和姐姐一样，领口露着苍白而性感的锁骨。可是姐姐的瘦是贫瘠，她的瘦是错落有致。冬天正午的阳光下，她明媚地对我们一笑，那种和我们当时的生活无关的妩媚让九岁的我和十五岁的姐姐不知所措。妈妈安顿她睡下，然后像往常一样走进厨房，水龙头和油锅的声音一点都没变，可是我知道从此有一样障碍横亘在我的生活中，尽管这障碍是一个千姿百态的园林——其实我对这个绢姨一无所知，只知道她是妈妈最小也最疼爱的妹妹。姐姐却浑然不觉，她说："天哪，安琪，她像费雯丽。"

那天晚上姐姐照了很久的镜子，然后轻轻地叹一口气，拧亮台灯，摊开她厚厚的练习题。我蜷在棉被里，看着灯光映亮姐姐的侧影。长发垂在没有起伏的胸前，还有苍白的手背。姐姐很辛苦，她的灯每天都会亮到凌晨。但她永远只是第二名，她不明白自己为什么赢不了那个把大部分时间都交给篮球的男孩。看着姐姐，我想起绢姨。绢姨是个大学生，在中国最棒的外语学院学法语，不过她因为自杀未遂让学校劝退——自杀是因为那个不肯和自己的妻子离婚的老师。妈妈从不把我们当成小孩子，所以我知道了这个故事。我不明白为什么有的人就可以活得这么奢侈——同时拥有让人目眩的美丽、一种那么好听的语言、过瘾的恋情凄凉的结局之后还有大把的青春——连痛苦都扎着蝴蝶结。太妙了。可是我的姐姐，那本《代数题解》已经被她啃了一个月，依然那么厚。

"安琪，你还没睡着？"姐姐回过头，冲着我笑了。灯光昏暗地映亮了她的一半脸，她的笑容因此奇怪而脆弱。那个时候的姐姐几乎是美丽的。可是除了我，没有谁见过她这种难得的温柔。她的脾气坏得吓人，我们俩这间小屋里的每一样东西都曾因为她毫无道理的愤怒遭过殃。

但是，往往是在深夜，她会从台灯下抬起头，看一看被子里的我，笑笑。要是那些在背后嘲笑她的男孩子见过她此时的表情，说不定他们中的某一个会突然想爱她。

姐姐迷恋绢姨。绢姨的美丽，绢姨温柔宁静的语调和有点放荡的大笑都让她惊讶和赞叹。她喜欢跟绢姨聊天，喜欢看绢姨在暗房里冲照片——那个时候绢姨成了一家艺术杂志的摄影记者——喜欢听绢姨讲那些为了拍照而天南海北游荡的故事。绢姨就像一个从天而降的理想，在我们这个贫乏的北方城市里绽放着。我也喜欢绢姨，很喜欢。只不过我讨厌她说："安琪长大了一定是个漂亮姑娘。"因为我知道她心里清楚我永远不会像她一样漂亮。我们三个人成天缩在绢姨的小屋，那里有满墙的照片和厚厚的摄影集，我一张张地抚摸那些铜版纸，还有纸上的风景和凝固在纸上的人们的表情。绢姨打开一页，说："这张照片叫《纽约》。我最喜欢这个克莱因的东西了。"

我清楚地记得那种震撼，尽管我才九岁。那个叫克莱因的外国人，他把那座世界上最繁华的城市拍成了一个寂静而辽阔的坟场。绢姨美丽地叹着气："你们看，多性感。"姐姐惶恐地抬起头，还以为自己听错了绢姨的用词。这时候我们都听见厨房里妈妈的声音："三个小朋友，吃饭了——"

那天晚上睡觉时，姐姐问："安琪，你想变成绢姨那样的女人吗？"我不情愿地点头，姐姐说："我也想。"我不知道姐姐脸上算是什么表情。后来她就开始像做代数题一样认真地画画了——从三年前开始我们俩每周都去一个老师的画室里学画，这是爸爸的意思，但姐姐从来都没有这么投入过，那些石膏像就像情人一样点亮了她的眼睛——她开始努力，就像她努力地要考第一名那样努力地变成绢姨那样的女人，姐姐从小就是一个相信"愚公移山"这类故事的孩子。当老师接过我们的作业时总会说："安琪，你应该像北琪一样努力。"可是我看得出来：老师看姐姐的画时，是在看一张作业；看我的画时，眼睛会突然清澈一下。不过我不会把这件事告诉姐姐。妈妈告诉过我们人不可以欺骗人，但妈妈也说过，有时候隐瞒不算欺骗。

妈妈是个医生，也是个冰雪聪明的女人。虽然她永远也记不住黄瓜多少钱一斤，记不住我和姐姐的生日到底谁的是八月十号，谁的是十月八号；但是她永远微笑着出现在全家人面前，用她看上去敏感而苍白的手指不动声色地抚摸着空气中的裂痕，说话的语气永远温柔安静，让人以为一切都理所当然。我相信能做妈妈的病人，也是种幸运。我常常在饭桌上看着妈妈和绢姨，觉得她俩很像，可是妈妈不像绢姨那样令人眩惑。

绢姨是妈妈的另一个孩子，背着沉重的相机回家时连手也不洗就贪婪地冲到妈妈正在摆的红红绿绿的餐桌旁。爸爸于是就笑："你还不如安琪。"她也笑："我累了嘛。都跑了一天了。"她头发散乱着，笑容好看得要命。她永远需要新奇的风景，也许这就是她的照片永远不能像那幅《纽约》一样打动人的原因。可是她给人留下的那种"追寻"的印象，就像一群突然飞过蓝天的鸽子，生动而美好地撞击人的视觉。也许正是因为这个，她的大学老师才会像拥抱一个假期那样拥抱她吧。可惜那个男人并没陶醉到忘乎所以，他还清楚"假期"在生活中应有的比例。

我似乎说过，绢姨是一个从天而降的理想，在我们这个贫乏的北方城市里绽放着。又一个冬天来临的时候绢姨的个人摄影展也要开幕了。在我们全家的记忆中，那种幸福的忙碌再也没重演过。全家人帮她选照片，给照片起名字，妈妈的同事甚至病人和爸爸带的研究生都被发动了起来。最兴奋的人，当然是姐姐。深夜里我看着她在台灯下，常常对着绢姨的新作发呆。黑白的，彩色的，在午夜的灯光下凝固着。其实最动人的，不是它们，是十六岁的姐姐的眼睛。姐姐考上了一个最棒的高中，她依然辛苦地让台灯亮到午夜或者凌晨，可是这台灯证明的早已不再是当初为了拿到第一名而拼搏的荣耀，姐姐已经变成一个为了勉强维持中等水平而努力的学生。他们说高中很难念，也许是的。经常是在凌晨两点，我迷迷糊糊地醒来，台灯依旧疲惫而衰老地支撑着这个小屋的夜晚，我几乎听得见台灯咳嗽的声音。姐姐瘦了，饭桌上更加沉默甚至僵硬。好多个夜晚我看见她咬着嘴唇把一张张试卷和老师不再给她高分的素描撕得粉碎，我害怕地缩在被子里，听着纸张碎裂的声音，下意识地分辨着姐姐正在撕的是试卷还是素描纸，还有姐姐也许夹杂着哽咽的喘息。那个时候我就想，要是有一个男孩来爱姐姐，她会不会好一些？

绢姨的摄影展代替了我假想中的男孩。除了我，没有谁见过姐姐不美丽的脸和凝视绢姨的照片的眼睛搭配起来是一个怎样的瞬间，还有周围艰难的灯光。那时候我真心实意地祈祷绢姨的影展能够成功，为了姐姐。

我做不到像姐姐一样，我无法百分之百地仰慕绢姨的作品。当我用十九岁的眼睛来打量它们时，看见了一个又一个"优美的沧桑""精致的颓废""美好的悲哀""尊严的贫穷"——这类的偏正短语我相信还有很多。你说世界上没有尊严的贫穷？那你一定没去过西藏。要拍废墟时，绢姨的眼睛就会变成月光，看似温柔地笼罩其实远隔万里；要拍伤疤时，绢姨的眼睛就变成手术刀锋上的那一抹寒光，看似凌厉其实小心翼翼地切去一切不堪入目的部分。它们很美，我承认，可它们没有《纽约》里的那种勇气。但是十六岁的姐姐，她崇拜一切完美。

现在我回想起绢姨开影展的那年冬天，觉得自己的童年，就是在那个季节结束的。

傍晚，妈妈接我从学校回家的时候，我们发现家门居然开着。走进客厅，发现绢姨的房间的门也半开着。从我站的角度，正好可以看到墙上那幅《纽约》，还有爸爸和绢姨。绢姨的脸埋在爸爸的肩头，爸爸的胳膊紧得有些粗暴地搂着她的腰。妈妈从后面捂住我的嘴，她的手上还带着户外的寒气。妈妈在我的耳朵边说："宝贝，爸爸和绢姨都是出过国的，这在西方只是一种礼节。"妈妈的声音里有一种很奇怪的清澈。她已经很久没叫过我宝贝了。

后来我常常想，还好那个时候，姐姐还没有放学。我不知道后来发生过什么，只知道妈妈还是一如既往地安静，生活不动声色地继续着。绢姨的影展意料之中成功了。影展开幕的那一天我第一次看到绢姨浓妆的样子，展厅的灯光恰如其分地铺垫着她周围的阴影，我不知道是她还是她的照片征服了我们这个寒冷和荒凉的城市。她穿着深蓝色的唐装上衣和铁锈红的大裙子，她真的很美。我从来都不能否认这个。影展后不久的一天早上，绢姨在早餐桌上对我们说："安琪，北琪，绢姨要搬出去了。"

"为什么？"姐姐重重地把碗砸在桌上，一声钝响。

"北琪，绢姨有工作。"妈妈把果酱放在桌上，安静地说。

"在家里就不能工作了吗？我不想让你走！"姐姐盯着绢姨，"安琪也不想让你走！对不对，安琪？"姐姐热切地转过了脸。

我低下头的一瞬间，知道妈妈看了我一眼。然后我抬起头，说："可是绢姨一直都嫌咱们家离暗房太远了呀……"我笑着，如果妈妈没有看我那一眼，我也许不会在一秒钟之内想到这个绝妙的理由。

爸爸笑了："北琪，你看，安琪比你小六岁呢。"

姐姐扔下筷子，拎起书包，委屈地冲了出去，重重的摔门声让我打了个冷战。妈妈笑笑："别理她，吃饭。安琪，把牛奶喝完，不可以剩下。"

我喝着牛奶，努力地吞咽着。早上特有的那种像是兑过水的阳光映在玻璃杯的边缘，我听见爸爸喝粥的声音。一切如常，只有我，我成了妈妈的同谋。在一个飘满牛奶、果酱、煎蛋和稀粥香气的早上，我们所有的人都是同谋——科学家管这叫"纳什均衡"。只有姐姐，落入一个不动声色的圈套。她的委屈和愤怒都尴尬地赤裸着，就像一只不断撞击着玻璃窗的飞蛾，不明白自己为什么飞不进去。姐姐是无辜的，只有姐姐一个人是无辜的。我不怪妈妈把我拉了进来，我知道她爱爸爸，她叠我们的衣服时永远不会像叠爸爸的衬衣一样认真；可是没有人能代替我忍受那种蜕变的滋味。

晚上姐姐哭了。她做作业的时候突然扔下了笔，然后我就听见她像是来自体内很深的地方的呜咽。我冲下床紧紧地抱住她的后背，她背上的两块骨头一下一下地刺痛着我。"姐姐。"我叫她。"安琪，为什么，为什么你不帮我把她留下？你讨厌她吗安琪？"我不知道该怎么说。我只好紧紧地抱她，紧得我自己都觉得累。姐姐的眼泪温润地打在我的手背上。我不怪妈妈，如果姐姐没有伸出指尖，轻轻地把她的泪珠从我的手上抹掉；可是她这样做了，她的手指真凉。

绢姨搬走了。妈妈帮她料理一切可以想到的事情，好像她要走得很远，其实不过是几条街的距离。绢姨走的那天，我跑到她住过的小屋里。墙上还挂着几张照片，真好，《纽约》还在。原来我留恋那张《纽约》胜过留恋绢姨。我还是不怪妈妈，我想明白了，因为我也想让她走。

现在网上和一些时尚杂志里似乎有一种潮流，就是一些年龄其实不大的人们争着为"成长"下定义，争着追悼其实还没远去的青春。"成长"就像一面旗帜，庄严地覆盖着"青春"的遗体。当十九岁的我浏览这些精致的墓志铭时，突然恶俗地问自己：我知道什么是"成长"吗？对于我来说，第一次成长是九年前的事儿了。

二　谭斐

爸爸和绢姨的情节只是花边，我的故事里的爱情从这一节登场。

九月的星期天很暖和。我每周的今天都会带着一身的油彩味去上法语课。从画室里出来的时候我会厌恶地闭一下眼睛，心里想的是：太阳真好。我的同学们有的在睡觉，有的去谈恋爱，用功的出去写生——比起写生，我更喜欢坐在空空的画室的地板上，翻阅一本又一本的画册。指尖和铜版纸接触时有一种华丽得近乎奢侈的触觉。我喜欢夏加尔，喜欢梵高，喜欢德拉克洛瓦，喜欢拉图尔，不喜欢莫奈，不喜欢拉斐尔，讨厌毕加索，痛恨康定斯基。姐姐的电话有时会在这个时候打来，问我的画，我的法语，我的男朋友。我没有男朋友，在这个城市里我只有一个可以聊天的朋友。不是美术系里那些自以为自己是有权利用下半身说话的艺术家的男孩，是我法语班里的同学。他叫罗辛，喜欢说"他妈的"，最大的梦想是当赛车手，然后有一天死在赛场上，把自己变成烧掉自己赛车的火焰的一部分。

"要是有一天我能去突尼斯参加拉力赛，一定有成堆的美女追我，到时候我没工夫跟你聊天的话你也一定要理解。"这家伙最大的本事就是用庄重的表情把死人说活。

"要去突尼斯的话为什么学法语？"

"小姐，因为突尼斯是说法语的，谢谢。我听说过你们学画画的都是些文盲，百闻，"他停顿了一下，"果然不如一见。"

我在电话里给姐姐重复我们诸如此类的对话，姐姐总是笑到岔气。姐姐说：你要是能喜欢上他就好了，他真可爱。这个时候我突然发现姐姐变了，以前姐姐喜欢完美的东西，现在，二十五岁的她喜欢干净的。

所以，我决定不告诉姐姐，罗辛笑起来的时候有点像谭斐。

认识谭斐的那一年，我十四岁，正是自以为什么都懂的时候。当然自以为懂得爱情——朱丽叶遭遇罗密欧的时候不也是十四岁吗？所以我总是在晚上悄悄拿出那些男孩子写给我的字条，自豪地阅读，不经意间回头看看熟睡的姐姐。昏暗之中她依旧瘦弱，睡觉时甚至养成了皱眉的习惯。我笑笑，叹口气，同情地想着她已经大二了却还没有人追。我忘了姐姐也曾经这样在灯光下回过头来看我，却是一脸温柔，没有一点点的居高临下。

二十岁的姐姐现在是爸爸的大学里英语系的学生，跟十六岁的时候相比，好像没有太多的变化，混杂在英语系那些鲜艳明亮声势夺人的女孩子里，我怀疑是否有男孩会看到她。偶尔我会幻想有一个特帅特温柔的男孩就是不喜欢众美女而来追善良的姐姐。事先声明我讨厌这样的故事，极其讨厌。只不过姐姐另当别论。可是奇迹意料之中没有发生，姐姐不去约会，不买化妆品，不用为了如何拒绝自己不喜欢的男孩而伤脑筋，唯一的乐趣就是去绢姨的暗房。绢姨搬走后，我们常常去她那里玩，看她新拍的照片，听她讲旅途中或离奇或缠绵的艳遇。二十七岁的绢姨似乎更加美丽，迷恋她的男人从十六岁到六十岁不等。她很开心，很忙，周末回我们家的时候还是记不得帮妈妈洗碗。

谭斐是在一个星期六的晚上跟爸爸一起从学校来到家里的。爸爸其实早就告诉我们星期六晚上会有客人——爸爸在中文系发现的最有前途的学生——来。我的老爸热衷这套旧式文人的把戏。只是这一次有一点意外，我没有想到这个"最有前途的学生"居然这么英俊。他站在几年前绢姨站过的位置，在相同的灯光下明亮地微笑，没有系格子衬衣领口的扣子。那一瞬间我听见空气里回荡着一种倒带般"沙沙"的声音，我想那就是历史重演的声音吧。又是一个站在客厅里对我微笑的人。

饭桌上我出奇地乖，倾听着他们的对话，捕捉着这个客人的声音。偶尔借着夹菜的机会抬一下头，正好撞得到他漆黑而烫人的眼睛。于是我开始频频去夹那盘离我最远的菜，这样我的头可以名正言顺地抬得久一点。他突然微笑了，他的眼睛就像很深很黑的湖，而那个微笑就是丢进湖里的石块，荡起揉着灯光的斑驳，我几乎听得见水花溅起来。他把那盘离我最远的菜放到我的面前："你很喜欢吃这个，对不对？"那是他跟我说的第一句话。

妈妈说:"安琪,你不谢谢哥哥?"然后她说:"谭斐你知道,我这道菜是看着张爱玲的小说学做的。"爸爸笑道:"她喜欢在家里折腾这些东西。"谭斐说:"林教授说,师母还喜欢写小说。"妈妈笑了:"都是些见不得人的东西,我像你们这么大的时候倒是还成天想着当作家,现在,老了。"妈妈叹口气,她有本事在跟人聊天的时候把一口气叹得又自然又舒服。

我忘了说一件事:自从绢姨搬走之后,妈妈业余的时间开始试着写小说。爸爸很高兴地对我们说那是妈妈年轻时候的梦想。我想是绢姨的事情让妈妈发现爸爸偶尔也需要一个奔跑中的女人吧。于是妈妈就以自己的方式开始奔跑,速度掌握得恰到好处。

"我吃饱了。"姐姐说。然后有点匆忙地站起来,还碰掉了一双筷子。"鱼还没上来呢。"爸爸说。"我饱了。"姐姐脸一红。妈妈笑:"我们家北琪还跟小时候一样,认生。谭斐你一定要尝尝我的糖醋鱼。你是南方人对吧?""对,"他点头,"湖南,凤凰城。""谭斐是沈从文先生的老乡。"爸爸端起杯子。"那好,"妈妈又笑,"人杰地灵哦。"

湖南,凤凰城。我在心里重复着,多美的名字。

门铃就在这时候叮咚一响。门开了,绢姨就在这样一个突兀而又常常是女主角登场的时刻出现在我们面前。"有客人呀?"绢姨有一点惊讶。谭斐站起来,他说:"你好。"绢姨笑了:"你是姐夫的学生吧。"他点头,他说:"对,你好。"他说了两次你好,这并不奇怪,百分之九十的男人第一次见到她都会有一点不知所措;可是我还是紧紧地咬住了筷子头。妈妈端着糖醋鱼走了进来,她特意用了一个淡绿色的美丽的盘子。"绢,别站着,过来吃饭。"妈妈看着谭斐,"她很会挑时候,每次我做鱼她就会回来。"绢姨拨一下耳朵边一绺鬓发,瞟了一眼谭斐,微笑:"第六感。"他没有回答,我想他在注视绢姨修长而精致的手指。

绢姨深呼吸,很投入地说:"好香呀。"然后她抬起头,看着爸爸妈妈,认真地说:"姐,姐夫,其实我今天回来是想跟你们说,我可能,当然只是可能,要结婚。"

我像每个人那样惊讶地瞪大了眼睛,仰着脸。谭斐棱角分明的面孔此时毫无阻碍地闯进了我的视线,但是他并没有看我,他望着这个脸色平淡到出一个大新闻的美丽女人。我闻到了一种不安的气味,一种即将发生什么的感觉笼罩了我。就在它越来越浓烈的时候，却意外地听到了里面的门响。"绢姨，你要结婚？"姐姐站在卧室的门口，正好是灯光的阴影中。"奇怪吗？"绢姨妩媚地转过头。"那……和谁？"这个很白痴的问题是我问的。妈妈笑了："安琪问得没错，和谁，这才是最重要的。""当然是和我的男朋友了。"绢姨大笑，和以前一样，很脆，有点放荡，"好了，你们不用这么紧张，其实我也并没有决定好。详细的我们以后再说，今天有客人呢。"她转过了脸，"你不介意的吧，客人？我这个人就是这副德行，想到什么就说什么。"他当然不会介意。她当然也知道他不会介意，所以才这么问的。一个男人怎么会介意一个美丽女人大胆的疏忽呢？果然，他说："我叫谭斐。""挺漂亮的名字呢，客人。不，谭斐！"她笑了。

坐在她的对面，我看着绢姨笑着的侧脸。我知道她又赢了，现在的谭斐的大脑里除了我的绢姨，不会再有别的，更别提一个只知道伸长了胳膊夹菜的傻孩子。绢姨要结婚。没错，不过那又怎样呢？我嚼着妈妈一级棒的糖醋鱼，嚼碎了每一根鱼刺，嚼到糖醋鱼的酸味和甜味全都不再存在，使劲地吞咽的一瞬间，我感觉到它们从我的咽喉艰难地坠落。我对自己说：我喜欢上谭斐了。

那个时候我不懂得，其实十四岁的罗密欧与朱丽叶是真的不懂爱情，懂爱情的，不过是莎士比亚。

我真高兴谭斐现在成了我们家的常客，我也真高兴我现在可以和谭斐自然地聊天，不会再脸红，不会再像以前那样语无伦次。他是个很会聊天的人，常常用他智慧的幽默逗得我很疯很疯地大笑。我盼望着周末的到来，在星期五一放学就急匆匆地赶回家换衣服，星期五是我和姐姐那个小小的衣柜的受难日。所有的狼藉都会在七点钟门铃"叮咚"的一声响声里被掩盖，我很从容地去开门，除了衣柜，没人知道我的慌乱，尤其是谭斐。绢姨现在周末回家的次数明显的多了，不过她有名正言顺的理由——她的婚礼在三个月之后举行。她有时连饭也不吃就跟大家再见——那个男人在楼下的那辆"奔驰"里等着。我们谁都没见过他，所以我们戏称他"奔驰"。绢姨总是说："下星期，下星期就带他回家。"但是这个"下星期"来得还真是漫长，漫长到在我的印象中，"奔驰"已经变成了一样道具，给这个故事添加一个诡秘的省略号。虽然有的时候顾不上吃饭，但跟谭斐妩媚地聊上几句还是来得及。她的耳环随着说话的节奏摇晃着，眼睛总专注地盯着谭斐的脸，偶尔目光会移开一下，蜻蜓点水地掠过别的什么地方。我想我知道为什么古人用"风情万种"这个词形容这样的女人，因为她们不是一种静止，她们在流动，永远是一个过程。

越来越有意思了。我对自己说。绢姨和谭斐——德瑞那夫人和于连？这个比喻似乎不太禁得起推敲，但是很合衬。我知道我赢不了绢姨，确切地说，我不具备跟绢姨竞争的资格。我知道自己是谁。可是我毕竟才十四岁，只要我愿意，我可以认认真真地喜欢谭斐十年或者更久。十年以后我二十四岁，依然拥有青春，我闭上眼睛都猜得到当谭斐面对二十四岁的我，恍然大悟是这个不知何时已如此美丽的女孩爱了他十年——想起来都会心跳的浪漫。但是绢姨你呢？但愿你十年之后风韵犹存。如果你从现在开始戒烟，戒酒，戒情人，那时候的你应该看上去不太憔悴。也但愿你的"奔驰"还能一如现在般忠诚。你们大人还不就是这么回事吗？

仔细想想也许每个女孩都经历过一个只有当初的自己才认为"可歌可泣"的年代。乳房猝不及防的刺痛，刚开始不久的每个月小腹的酸痛，还有心里想起某个人时暖暖的钝痛。碰巧这三种痛同时发生，便以为自己成了世界头号伤心人。有点决绝，有点勇敢地准备好了在爱情这个战场捐躯——以纯洁、纯情和纯真的名义。殊不知所谓"纯洁"是一样很可疑的东西，要么很廉价，要么很容易因为无人问津而变得廉价。可我义无反顾地掉进去了。世界运转如常，没有什么因为一个十四岁的小姑娘的恋情而改变，除了她自己。她开始莫名其妙地担心自己的头发是不是被刚才那阵风吹乱了。万一吹乱了，而她在这个时候突然在街上撞见谭斐怎么办？尽管她自己也知道这种可能性微乎其微，可是喜欢上一个人本身就是一件概率在千分之一以内的事情，所以恋爱中的人都莫名其妙地相信"偶然"。我不知道照这样推理下去，是不是可以得出恋爱中的人都有变成"守株待兔"里的主人公的可能的结论。

可是我还是不敢嘲笑爱情。因为种种症状都淡忘了之后，我画的画依然留着。那个时候我和姐姐的房间分开了，我自己有了一间大约十平方米的小屋。我开始失眠，在凌晨两点钟的黑夜的水底静静地呼吸，闭上眼睛，就看见微笑着的谭斐，或者不笑的。身体在每一寸新鲜的想念中渐渐往下沉，沉成了黑夜这条温暖的母亲河底的松散而干净的沙，散乱在枕上的头发成了没有声音却有生命的水草。突然间我坐起来，打开了灯。我开始画画。不画那些让人发疯的石膏像，我画我的爱情。当我想起星期五就要到了、谭斐就要来了的时候，我就大块地涂抹绿色，比柳树的绿深一点，但又比湖泊的绿浅一点，那是我精心调出来的最爱的绿色；当我想起绢姨望着谭斐微笑的眼睛，我就往画布上摔打比可口可乐易拉罐暗一点，但又比刚刚流出来的血亮一点的红。我画我做过的梦，也画别人给我讲过的梦；我画我想象中的罗密欧与朱丽叶的开满鲜花的阳台——月光流畅得像被下弦月这只刀片挑开的动脉里流出的血，我也画我自己的身体，赤裸着游泳的自己，游泳池蓝得让人伤心，像一池子的化学试验室里的硫酸铜溶液，也像一只受伤的鸟清澈而无辜的眼神。清晨的时候我困倦地清洗着花花绿绿的胳膊，心里有一种刚刚玩完"激流勇进"或者是"过山车"的快乐。

后来有一天，老师看过了我的画之后，抬起头来看着我。

"全是你自己想出来的？"

我点头。

他笑了，他说："有一张真像契里科。"

我问："老师，契里科是谁？"

他又笑了，对我说："安琪，请你爸爸或者妈妈方便的时候来一趟，记住了。"

我想我是在喜欢上谭斐之后才知道自己原来是这么爱着画画。就在那些失眠的深夜里，一开始是为了抗拒以我十四岁的生命承担起来太重了的想念，到后来不是了，我的灵魂好像找到了一个喷涌的出口以及理由。我一直都不太爱说话，所以我不知道自己原来这么想要倾诉，我在调色板面前甚至变得絮絮叨叨，急切地想要抓住每一分哪怕是转瞬即逝的颤抖。我变得任性，变得固执，也变得快乐，我心甘情愿地趴在课桌上酣睡，我高兴地从几何老师手里接过打满红叉的试卷。谁也休想阻止我在黑夜里飞翔，更何况是这落满灰尘的生活，休想。

只有一个人知道我的秘密，就是我的同桌——刘宇翔。他望着政治课上伏在桌上半睡半醒的我，做痛惜状地摇头："唉，恋爱中的女人哪——疯了。"那个时候刘宇翔成了我的画的第一读者。我想那是因为我还是需要倾诉的,他正好又离我最近。他总是夸张地问我:"你白痴吧你,你不知道什么叫'红配绿,狗臭屁'?你大小姐还他妈专门弄出来一天的红再加一地的绿——不过,"他正色,"我也不知道为什么,你这么一画,×,还真是蛮好看的。"其实他是一个跟别人有点不一样的人,因为他总是说我的画"蛮好看的",不像我的那些一起学画的同学,他们总是有点惊讶地说:"林安琪你真酷。"虽然刘宇翔说话满口的脏字,虽然他是个今年已经十七岁的"万年留级生",可我还是愿意把他当成一个可以讲些秘密的朋友。那个年龄的女孩子是最需要朋友的,但是没有多少女孩子愿意理睬我。当然我也懒得理她们,刘宇翔最好,他愿意听我讲谭斐,听我讲那些谭斐和绢姨之间似有若无的微妙,然后评论一句:"×!"

其实直到今天,我也依然无法忘记那些日子里干净而激烈的颜色。生活中的我和一种名叫"堕落"的东西巧妙地打着擦边球。我偶尔逃课跟刘宇翔和他的那些狐朋狗友出去玩,偶尔考不及格——可是我总是无法对那种不良少年的生活着迷,因为我只为我的画陶醉——在深夜一个人的漫游中,我把跟刘宇翔他们在一起时的那种气息用颜色表达出来。那是一种海港般的气息,连堕落都是生机勃勃的。然后我有点惶恐地问自己:难道我经历一切的目的都是为了画画吗?那么"生活"这样东西,对于我,到底有几分真实?但我不会让这个棘手的问题纠缠太久,因为我闭上眼睛都看得到老师惊喜的眼神。老师的那种目光我已经看过很多次了,不过我永远不会对那种目光司空见惯。

昨天我梦见了我的中学教学楼里长长的走廊——就是曾经放学后只剩下我和刘宇翔的空空的走廊,夕照就这样无遮无拦地洒了进来。刘宇翔靠在栏杆上,歪着头,像周润发那样点烟。他说为了这个正点的姿势他足足苦练了三个星期。烟雾弥漫在因为寂静所以有些伤怀的走道里,刘宇翔说:"丫头,还不回家?今天可是周末。"我懒洋洋地回答:"老爸今天中午说了,下午学校开研讨会,谭斐也参加,晚上都不会回来,我那么急着回去干吗?"

"×。"刘宇翔对着我喷出一口烟,"女大不中留。"

"去死。"我说。

"我真想揍那个他妈的谭斐，长得帅一点就他妈不知道自己姓什么——"

"闭嘴！"我打断他，"你说话带一百个脏字都无所谓，可是你叫谭斐的名字的时候一个脏字都不许带，否则我跟你绝交。"

"绝交？"他坏笑，"绝什么交？"

"你不想活了！"我瞪大眼睛。夕阳就像一种液体一样浸泡着我们，坐在地板上的我，还有抽烟的刘宇翔——仔细看看这家伙长得挺帅——我们在那种无孔不入的橙色中就像两株年轻的标本。对呀，夕阳浸泡着的人就像标本，我要把它画下来，用淡一点的水彩，今天晚上就画。

"安琪——"我突然听见姐姐的声音，声音被走廊拉长了。

她的影子投在我和刘宇翔之间。也许是我多心了，姐姐今天看上去有一点阴郁。

"姐？"我有点惊讶。

"妈妈让我来叫你回去吃饭。"姐姐说。

"哦。"我拉住姐姐的手，"刘宇翔，这是我姐；姐姐，这是我同桌，刘宇翔。"

"你好。"姐姐淡淡地笑了。夕阳把她的笑容笼上了一层倦意，她苍白的锁骨变成了温暖的金红色。

刘宇翔有点作秀地把烟扔在地上，歪了一下头，笑笑："你好。"

然后我就跟姐姐走了出去，踩着刘宇翔长长的影子。走下楼梯的时候正好遇到刘宇翔的那群死党从对面那道楼梯喧嚣地跑上来，他们对我喊："林安琪你要回家？你不去啦？"我也对着他们轻松地喊："不去啦，我姐来叫我回家了！"

他们乱哄哄地嚷着：

——是你姐呀！我还以为是高二的那个王什么婷。

——SB！没看见戴着S大的校徽呢。

——我靠！老子就是没看清楚又怎样？

——姐，你好！

——林安琪再见！还有姐，再见……

好像他们不喊着叫着就不会说话一样，可是喧闹过的楼梯突然安静下来，还真有点让人不习惯。姐姐突然说："安琪，告诉你件事，你不可以对任何人说。"

"你有男朋友啦？"我惊讶地笑着。

她不理我，自顾自地说："绢姨怀孕了。"

我一时有点蒙："那，那，也无所谓吧。反正她不是马上就要结婚了。"

姐姐笑了："这个孩子不是'奔驰'的。"

我不记得自己当时在想什么——确切地说，我的思维在一片空白的停顿中不停地问自己：我该想什么，该想什么。

姐姐还是不看我，还在说："我今天到绢姨那儿去了，门没锁，可她不在家，我看见了化验单，就在桌子上。前天，前天她才跟我说，她和'奔驰'从来没有，从来没有，做过。"

"做过"，这对我来说，是个有点突兀的词，尽管我知道这代表什么——我是说，我认为我知道。我们俩都没有说话，一直到家门口，我突然问姐姐："妈知道吗？"

"安琪，"姐姐有些愤怒地凝视着我，"你敢告诉妈！"

"为什么不呢？"我抬高了嗓音，"妈什么都能解决，不管多大的事，交给妈都可以摆平不是吗？"激动中我用了刘宇翔的常用词。

"安琪，"姐姐突然软了，看着我，她说，"你答应我了，不跟任何人说，对不对？"

……

"我知道，我没想说，我不会告诉妈，你放心，"我看着姐姐惶恐的眼神，笑了，"没有问题的，绢姨也是个大人了，对吧。她会安排好。"我的口气好像变成了姐姐的姐姐。

我深呼吸一下，按响了门铃。

餐桌上只有我们四个人：妈妈，绢姨，姐姐和我。四个人里有三个各怀鬼胎——绢姨怀的是人胎。妈妈端上她的看家节目：糖醋鱼。她扬着声音说："难得的，今天家里只有女人。""我不是女人。"姐姐硬硬地说。"这么说你是男人？"绢姨戏谑地笑着。

"我是'女孩'。"姐姐直视着她的眼睛。

"对，我也是女孩，我是小女孩。"我笑着说。这个时候我必须笑。

"好，"妈妈也笑，"难得今天家里只有女人，和女孩，可以了吗？"

"大家听我宣布一件事。"妈妈的心情似乎很好，"今天我到安琪的美术老师那儿去过了。安琪，"妈妈微笑地看着我，"老师说他打算给你加课，他说明年你可以去考中央美院附中，他说你是他二十年来教过的最有天分的孩子。"

"天哪——"绢姨清脆地欢呼，"我们今天是不是该喝一杯，为了咱们家的小天才！"然后她就真的取来了红葡萄酒，对妈妈说："姐，今天无论如何你要让安琪也喝一点。"

妈妈点头："好，只是今天。还有安琪，今天你们班主任给家里打电话了，他说你最近总和一个叫刘什么的孩子在一起，反正是个不良少年。妈妈不是干涉你交朋友，不过跟这些人来往，会影响你的气质。"

绢姨突然大笑了起来。

"你吃你的。"妈妈皱了皱眉。

"姐，你还记不记得，我上中学的时候你跟我说过一样的话。一个字都不差！"

"你，"妈妈也笑，"十四岁就成天地招蜂引蝶，那个时候爸就跟我说，巴不得你马上嫁出去。"

"你还说！"绢姨开心地嚷，"爸最偏心的就是你，从小就是……"

对我而言，所有的声音都渐渐远了，我的身体里荡漾着一种海浪的声音，遥远而庄严地喧闹着。"中央美院附中"，我没有听错，我不惊讶，这一天早就应该来临，可是我准备好了吗？我准备好一辈子画画了吗？一辈子把我的生活变成油彩，再让油彩的气息深深地沉在我的血液中，一辈子，不离不弃？天哪，我就像一个面对着神父的新娘——"新娘"，我想我脸红了。

"嘿——小天才！"我听到那个似乎危机重重的"准新娘"愉快的声音，"是不是已经高兴得头都晕了？绢姨星期一要出去拍照，大概两个星期才会回来。最近我突然想到郊外去逛逛，所以决定用这个周末的时间，带上你和北琪，把谭斐也叫来，明天我们四个一起去玩，怎么样？"

"叫他干吗？"姐姐皱了皱眉。

"你说呢——"绢姨有点诡异地笑着，眨了眨眼睛。

"你们说，"妈妈突然开口了，"谭斐跟我们北琪，合不合适？"

"妈！"姐姐有点惊讶，有点生气地叫着。

"有什么不好意思的吗？"妈妈笑了，"你以为我跟你爸为什么每个礼拜都叫他来？要是你和谭斐——那是多好的一件事情。有你爸爸在，谭斐一定会留在这所大学里，你们当然可以一起住在家里。把你交给谭斐，爸爸妈妈还有什么不放心的？你——"

姐姐重重地放下了碗。她盯着妈妈的脸，一个字一个字地说："你们是什么意思？你们知道我配不上谭斐！"

"胡说些什么！"妈妈瞪大了眼睛。

"什么叫胡说？"姐姐打断了她，"你看得见，长了眼睛的人都看得见，要不是因为讨好爸，他谭斐凭什么成天往咱们家钻？我就算是再没人要，也不稀罕这种像狗一样只会摇尾巴的男人！"

"闭嘴！"妈妈苍白着一张脸，真的生气了。

"北琪。"绢姨息事宁人地叫她。

"你们胡说。"所有的人被这个声音吓了一跳。刚才的那场大人们的争吵中，她们都忘记了我。"安琪这跟你没关系。"绢姨有点急地冲我眨了一下眼睛。

"你们胡说。"我有点恶狠狠地重复着。我绝对，绝对不能允许她们这样侮辱谭斐，没有人有资格这样做。我感觉到了太阳穴在一下一下地敲打着我的神经，我的声音有一点发抖：

"谭斐才不是你们说的那样，谭斐才不是那种人，你们这样在背后说，你们太卑鄙了。"我勇敢地用了"卑鄙"这个词。

"你懂什么？"妈妈转过脸。有点惊讶地望着我的眼睛。我没有退缩，跟她对视着。尽管我知道，也许妈妈会看出来我的秘密，可我还是要竭尽全力，保护我的谭斐。我在保护他的什么呢？我不知道。眼泪突然间开始在身体里回响，就要蔓延的时候我们都听到了电话铃的声音。感谢电话铃，我有了跑出去的理由。

听见妈妈在身后跟绢姨叹气："她们的爸爸把她们宠坏了——"

我拿起电话，居然是刘宇翔。

"林安琪，"他的声音里有一种奇怪的沙哑，"你姐姐叫什么名字？"

"你问这个干什么……"

"麻烦你告诉你姐姐，我要追她。"说完这句话他就挂了，酷得一塌糊涂。

三　刘宇翔

就这样，又一个角色在姐姐的舞台上登场，以一个有点荒唐的方式。

我没有追问刘宇翔为什么喜欢上了姐姐，姐姐也该有个人来追了，虽然这个人有点离谱，也是好的。我没有了关心其他人的心情。原来我搞错了真正的情敌，原来这不关绢姨什么事，他们想把姐姐塞给谭斐。好吧，这下我更不会输了。等一下，如果不是为了绢姨，谭斐为什么总是来我们家？他知道爸爸妈妈心里想的吗？也许。谭斐难道会真的是为了姐姐？不可能的。难道说……我的心就在此时开始狂跳了。不对，林安琪，我对自己说，人家谭斐是大人，你还是个小孩子呢。可是那又怎样呢？世界上没有不可能的事情……天哪，我长长地叹着气：让我快一点长大吧，我就快要长大了不是吗？

我依然在午夜和凌晨的时分画着。大块的颜色在画纸上喧嚣着倾泻，带着灵魂深处颤抖的絮语，我震荡着它们，也被它们震荡着。我听得见身体里血液的声音，就像坐在黑夜里的沙滩上听海潮的声音一样，自己的身体跟这个世界之外某种玄妙而魅惑的力量融为一体。我想如果是绢姨的话，她会用三个字来概括这种感觉："真性感。"性感，是这样的意思呀。

绢姨出去拍照的这一个礼拜，姐姐天天晚上都会到我的小屋来聊天，带着那种我从没见过的红晕。我们天南海北地聊，姐姐总是几乎一字不落地"背诵"她和刘宇翔今天电话的内容。刘宇翔采用的是他惯用的方式，"初级阶段"用比较绅士的"电话攻势"，尤其是对比较羞涩的女孩子。刘宇翔告诉过我："对那些好学生、乖乖女，欲速，则不达也。"

"他问我周末什么时候可以出来，"姐姐扬着脸，对着窗外的夜空，抑制不住地微笑，"我说我下星期要考试了，很忙，你猜他怎么回答我？"姐姐转过脸，眼睛是被那个微笑点亮的，"他说：对不起请你听清楚，我是问你什么时候有时间，不是问你有没有时间。"姐姐笑了，"他还挺霸道。"

鬼知道刘宇翔那个家伙用上了哪部片子的台词。"姐，"我有点不安地问她，"你不是就只见过他一次吗?""对呀，是只有一次，但是我记得他很帅的对吧?""他比你小三岁。""那又怎样?"姐姐问。"而且他是个万年留级生，就知道抽烟泡迪厅打群架。爸爸妈妈准会气疯。""有什么关系吗?"姐姐几乎是嘲讽地微笑了。"我没有问题了。"我像个律师那样沮丧地宣布着，有点不可思议地看着我笑得近乎妖媚的姐姐。

很多年后的今天，我依然记得姐姐夜空下泛红的、可以入绢姨镜头的笑脸。我进了大学，看够了那些才十八岁却拥有三十八岁女人的精明的女孩，看够了她们用自己的头脑玩弄别人的青春，我才知道：那一年，我二十岁的姐姐，为一个十七岁的小混混在夜空下闪亮着眼睛微笑的姐姐，原来这么可爱。

周末姐姐自然是答应了刘宇翔的约会。那天早上我们家的信箱里居然有一枝带着露珠的红色玫瑰。姐姐把它凑到鼻子边上，小心地闻着，抬起头笑了："安琪，我还是更喜欢水仙花的香味。"她的声音微微发着颤，脸红了。"拜托，"我说，"哪有这种季节送水仙花的?""也对。"她迟疑了一秒钟，然后拿起了电话，第一次拨出那个其实早已经烂熟于心的号码，"喂，刘……宇翔吗? 是我。我今天有空。"

星期六的下午我一个人坐在小屋里画画，听见姐姐哼着歌出门。"喜欢看你紧紧皱眉，叫我胆小鬼，我的感觉就像和情人在斗嘴——"姐姐的声音里有种很脆弱的甜蜜。我知道姐姐没看见过刘宇翔紧紧皱眉的样子，只不过在她的想象中，刘宇翔已经成了她的情人。爱情，到底是因为一个人的出现才绽放，还是早就已经在那里寂寞开无主地绽放着，只等着一个人的出现呢? 想象着姐姐和刘宇翔约会的场景，我都替姐姐捏一把汗。她连平时的小考试都会紧张得要死，真不知道她有没有办法来应付刘宇翔那个有的是花招的家伙——比如，他们会接吻吗? 如果刘宇翔坏笑着猛然俯下头去，姐姐懂得自然而然地迎上自己的嘴唇吗? 很难讲，不过要是我的话，如果谭斐在某一天突然吻住我，我是知道自己该怎么办的。会有那一天的，我对自己说。

"早就想看看你的画了。"我被这个声音吓了一跳，怎么会——是谭斐呢。

谭斐对我微笑着——他的脸真的是完美——可那并不是我想要的微笑，"安琪，其实我早就想看看你的画，可以吗?"

"可以。"我自己都不知道自己在说什么。该死，我应该更大胆一点不是吗？

他走了过来，很有兴趣地看着我的画纸。"这么多的蓝色，"他说，"这幅画叫什么名字？"他笑着问我，就像在问幼儿园的小孩儿。

我冷冷地看他一眼，什么都没说。

"我想你画的是大海。对吧？一定是大海。"他依旧是那种语气，好像认为他是在帮助一个叼奶瓶的小朋友发挥想象力。

"将进酒。"我说。

"什么？"他显然是没听清楚。

"就是李白的那首《将进酒》，这些蓝都是底色，一会儿我要画月亮的。我要画的是喝醉了酒的李白眼睛里的月亮。"除了我的老爸和谭斐以外，我最喜欢的男人就是李白。钟鼓馔玉不足贵，但愿长醉不复醒。古来圣贤皆寂寞，唯有饮者留其名。真他妈的性感，"如果我是个唐朝的女孩，"我对谭斐说，"我一定拼了命地把李白追到手。"

"你要画李白吗？"他问我，明显认真了许多。

"不画，只画月亮。因为没有人可以画李白。"我说。

"我可以问，你想把月亮画成什么样子吗？"他专注地看着我，用他很深的眼睛。我低下头，每一次，当他有些认真地看着什么的时候，那双眼睛就会猝不及防地烫我一下。

"裸体。"我的脸红了，"膝盖蜷在胸口的女人的裸体。李白没有爱过任何女人，除了月亮，月亮才是他的情人。"我说得斩钉截铁。我没有告诉谭斐，我的这个感觉来源于一部叫《情人》的电影。是我和刘宇翔他们在一个肮脏的录像厅里看的。他们激动地追随着那些做爱的场面——术语叫"床戏"，可我，忘不了的是那个女孩子的身体，那种稚嫩、疼痛的美丽，苍白中似乎伤痕累累。"可是今天的月亮已经变成《琵琶行》里的那个女人了。弟走从军阿姨死，暮去朝来颜色故。屈原李白杜甫们都死了，天文望远镜照出来她一脸的皱纹，再也没人来欣赏她。她是傻瓜，以为她自己还等得来一个李白那样的男人呢。"

谭斐有点惊讶地望着我。然后他慢慢地说："安琪，你很了不起。"

"画好了以后我把它送给你。"说这句话的时候我的心都快要跳出来了，但还是勇敢地抬起头，注视着他的脸。

"谢谢。"他笑了。尽管那依然不是我想要的那种微笑，但我已经很高兴了。我低下头，装作调色的样子。我绝对不可以让他看出来我的手指在发颤，他会猜出来我喜欢他的。

客厅里一声门响，然后是姐姐的脚步声。

"姐你回来啦——"我叫着。跑了出去。

姐姐脸上没有那种我想象中的红晕，她现在反倒是淡淡的，就好像她是和平常一样刚从学校里回来。"姐，怎么样？"我急切地问。

"挺好。"她笑笑，像是有一点累的样子。

"再讲讲嘛——"

"没什么可说的，就是挺好。"她看着我，眼睛里全是奇怪的温柔。

"北琪今天很漂亮。"谭斐对姐姐说。

"谢谢。"姐姐点点头，没有表情。

姐姐再也没有对我提过那天她和刘宇翔的约会。我不知道他们去了哪里，也不知道他们有没有接吻。只知道从那天以后的一个星期，刘宇翔只打过两个电话。接完第二个电话的那天，姐姐没有吃午饭，妈妈摸摸姐姐的额头："是不是病了？"姐姐把头一偏："没有。"我看见姐姐的眼里泪光一闪。

我拨通了刘宇翔家的电话："刘宇翔，你给我滚到学校来，我在操场等你。"

那是记忆里最漫长的一个下午。春天的风很大。学校的操场上扬着沙。我等了一个小时，两个小时，还差一刻钟就满三个小时的时候，刘宇翔来了。他的头发被风吹乱了。慢慢地，走到我的面前——我就站在国旗的旗杆下面，他一眼就看到了我。我们都没说话，我想如果有人在操场边上的楼里看着我们的话，会奇怪地发现两个在风中沉默的小黑点。

"林安琪……"

"刘宇翔。"我们同时开了口。

他说："你先说。"

"刘宇翔，"我问，"如果你不喜欢我姐姐，为什么要追她？"

"第一次见她的时候，"他慢慢地说，"可能因为是傍晚了吧，光线的关系，觉得她真像吴倩莲。可是真到约会那天，在阳光下看她，发现错了。对不起，我……"他困难地解释着，"我知道我说得不清楚，可是我承认，我承认决定追她是有点仓促了——"

"刘宇翔，"我打断了他，几乎是有点悲愤地打断了他，"我从一开始就有点担心，因为我知道我姐姐不够漂亮，不，不是不够漂亮，是很不漂亮，可是她善良——好像你们男生不太在乎这个。我还以为这一次，姐姐真的找得到一个人来爱她——"我重重地喘着气。

"林安琪，"他说，"只有你这种小孩儿才动不动就爱不爱的。我，"他笑了，"我不知道什么叫爱，我追女孩儿是为了泡，不是为了爱。"

"你浑蛋。"我说。

他看着我："你再骂一句试试看。"

"浑蛋。"我重复。

他走近了两步，低下头，吻了我。一阵短暂的眩晕，远方的天在呼啸。

他放开我，开始点烟。可是风太大了，他按了好多次打火机才点着——他正点的点烟姿势因此变得狼狈。终于点着的时候，他瞟了我一眼——居然有点羞涩。

"刘宇翔你这个王八蛋！"我尖叫着扑了上去，打掉了他的烟和打火机。我不大知道自己在干什么，我骂尽了我知道的脏话。他扭住了我的胳膊，我挣脱不出来，于是我用膝盖狠狠地撞他的肚子。他真的被我激怒了，他开始打我，他的拳头落在我的背上，肩上。我撕扯他的衣服，用尽全身力气咬他的手臂。

有一双陌生的手从后面护住了我的背，把我们拉开。我依旧尖叫着，挣扎着，挥着拳头。我听见一个声音在吼："你这样打一个女孩子你不觉得丢脸！"然后是刘宇翔的吼声："你自己问她是谁先动的手?！"那个陌生人紧紧地抱着我，箍着我的身体，他的大手抓住了我的小拳头。他说："好了，安琪。听话——"我终于安静下来。他不是陌生人，他是谭斐。

眼泪是在这个时候涌出来的。我梦想过多少次，在我无助的时候，谭斐会像从天而降一样地出现在我的眼前。我还以为这种事永远只能发生在电影里，现在这变成了真的：他就在这儿，紧紧地搂着我。他的外套，他的味道，他的体温……可是我把我的初吻弄丢了，那是我留给谭斐的，刘宇翔那个浑蛋夺走了它。我哭着，我从来没有这么委屈、这么难过过。"安琪，乖，好孩子，没事儿了安琪。"谭斐的声音真好听。他理着我乱七八糟的头发，看着我，伸出手抹了抹我的泪脸，然后笑了。我也笑了，是哭着笑的。笑的时候发现嘴角里腥腥的，我想是刚才让刘宇翔的手表划破的。

他捧着我的脸："听我说，安琪，是你爸爸让我来学校找你的。我们必须马上到医院去。你绢姨出车祸了，很严重。"

"她会死吗?"我问。

"还不知道。"他说，"正在抢救，所以你爸爸才会让我来找你。"

我点点头。谭斐拉起我的手，我们走了出去。他的手真大，也很暖和。其实那家医院离我们学校特别近，可是记忆中，我们那天走了好久。是绢姨的灾难把那天的我还有谭斐连在一起的，这样近，要不是绢姨还生死未卜的话，我就要感谢上天了。绢姨的劫难就在这种温暖的瞬间里变得遥远，变得不真实，直到我看见手术室上方的灯光。

妈妈有点异样地望着我的脸。我这才发现原来谭斐一直拉着我的手。

我的手从谭斐的手里坠落的一瞬间，手术室的门开了，惨白的绢姨被推了出来。这么说她没死。我看见姐姐紧握着的拳头松开了，她的眼睛里终于有了一点算得上是"神色"的东西。爸爸妈妈迎上那个主刀的医生。医生白衣，白帽，白口罩，露着那双说不上是棕黑色还是深褐色的眼睛，像个鬼。后来一个身段玲珑的女护士走了出来，袅娜地扭着腰，怀里抱着的白床单上溅满了血。很多血，我奇怪我为什么依然认为我见到的是一条白床单。她心满意足地哼着歌，是王菲的《红豆》。

我走到了洗手间。打开水龙头，把水撩在脸上。从对面脏脏的镜子里看见了窗外的夕阳，火红的。我在自己那么多的画里向它致敬，为了它的化腐朽为神奇——经它的笼罩，再丑陋的风景也变得废墟一般庄严，再俗气的女人也有了一种伤怀的美丽；可是就是它，我爱的夕阳，跟我的姐姐开了这样大的一个玩笑。我模糊地想着，走出那间不洁净的洗手间。谭斐站在绢姨病房的门口，逆着夕阳，变成一个风景。可对我来说，这已经没什么神圣的了。

"安琪。"他有点不安地叫我，"安琪你怎么了?"

我想我快要睡着了。闭上眼睛的一刹那，我的眼前是一片让人目眩的金色，金色的最深处有个小黑点——我一定是做梦了，我梦见我自己变成了一块琥珀。

四　我

我生病了。妈妈说我倒在绢姨的病房门口，发着高烧。病好了回到学校以后，再也没见过刘宇翔，有人说他不上学了，还有人说他进了警校，我倒觉得他更适合进公安局。

绢姨正在痊愈当中。我和姐姐每天都去给她送妈妈做的好吃的。绢姨恢复得不错，只是精神依旧不大好。她瘦了很多，无力地靠在枕上，长长的鬈发披下来，搭在苍白的锁骨上。原来没有什么能夺走绢姨的美丽。我们终于见到了一直都很神秘的"奔驰"——个子很矮、长相也平庸的男人。他站在绢姨的床前，有点忧郁地望着她的睡脸。可是他只来过一次，后来就没有人再提绢姨的婚礼了。这场车祸让她失去了腹中的孩子，倒是省了做人工流产的麻烦，但是"奔驰"知道了她的背叛。还有一个秘密，妈妈说这要等绢姨完全好了以后再由她亲自告诉绢姨：绢姨永远不会再怀孕了。我倒觉得对于绢姨来讲，这未必是件坏事——不，其实我不是这么觉得，我这样想是因为我很后悔。要是我当时跟妈妈说了这件事，也许妈妈不会让绢姨出这趟远门的，至少会……也许这样，绢姨的婚礼就不会取消。想到这里我告诉自己：不，这不关我的事，绢姨本来就是这样的，不对吗？

绢姨出院以后又搬了回来，所以我和姐姐又一起住在我们的小屋里。不过姐姐现在只有周末才会回家。家，好像又变回以前的模样，就连那幅《纽约》都还依然挂在墙上。只不过，星期六的晚餐桌上，多了一个谭斐。妈妈的糖醋鱼还是一级棒，可是绢姨不再像从前那样，糖醋鱼一端上桌就像孩子一样欢呼，只是淡淡地扬一下嘴角，算是笑过了。所有的人都没注意到绢姨的改变，应该说所有的人都装作没注意到。倒是谭斐比以前更主动地和绢姨说话，可是我已经不再嫉妒了。那次手术中，他们为绢姨输了很多陌生人的血。也许是因为这个，绢姨才变得有点陌生了吧。日子就这样流逝着，以我们每一个人都觉察不出来的方式，直到又一个星期六的晚上。

"我跟大家宣布一件事情。"我环顾着饭桌,每个人都有一点惊讶,"我不想去考中央美院附中了。"

寂静。"为什么?"爸爸问我。

"因为,我其实不知道我是不是真的那么喜欢画画。"我说,故作镇静。

"你功课又不好,又不喜欢数学,以你的成绩考不上什么好高中……"

"好高中又怎么样呢?"我打断了爸爸,"姐姐考上的倒是最好的高中,可要不是因为爸爸,不也进不了大学吗?"

"少强词夺理。"爸爸皱了皱眉,"姐姐尽力做了她该做的事情。你呢?"爸爸有点不安地看看姐姐。姐姐没有表情地吃着饭,像是没听见我们在说什么。

"那你们大人就真的知道什么是自己该做的事情,什么是不该做的吗?"

"你……"爸爸瞪着我,突然笑了,"安琪,你要一竿子打死一船人啊?"于是我也笑了。

"先吃饭。"这是妈妈,"以后再说。"

"安琪,"谭斐说,"你这么有天赋,放弃了多可惜。"

"我们家的事情你少插嘴,"姐姐突然说,"你以为自己是谁?"

满座寂静的愕然中,姐姐站了起来:"对不起,谭斐,我道歉。爸,妈,我吃饱了。"

绢姨也突然站了起来:"我也饱了,想出去走走,北琪你去不去?"

"还有我,我也去。"我急急地说。

至今我依然想得起来那个星期六的夜晚。刚下过一场雨,地面湿湿的。整个城市的灯光都变成了路面上缤纷的倒影。街道是安静的——这并不常见。汽车滑过路面,在交错的霓虹里隐约一闪,在那一瞬间拥有了生命。

绢姨掏出了烟和打火机。"你才刚刚好一点。"姐姐责备地望着她。绢姨笑了:"你以为我出来是真的想散步?"打火机映亮了她的半边脸,那里面有什么牵得我心里一疼。

"北琪,"她长长地吐着烟,"知道你有个性,不过最起码的礼貌总还是要的吧?"她妖媚地眯着眼睛。绢姨终于回来了。

姐姐脸红了："我也不是针对谭斐。"

"那你就不该对谭斐那么凶！"我说。

"你看，"绢姨瞟着我，"小姑娘心疼了。"

"才没有！"我喊着。

"宝贝，"绢姨戏谑着，"你那点小秘密瞎子都看得出来。"

"绢姨，"姐姐脸上突然一凛，"你说什么是爱情？"

"哈！"她笑着，"这么深奥的问题？问安琪吧——"

"我是认真的。"姐姐坚持着。

"我觉得——"我拖长了声音，"爱情就是为了他什么都不怕，连死都不怕。"

"那是因为你自己心里清楚没人会逼你去为了他死。"绢姨说。我有一点恼火，可是绢姨的表情吓住了我。

"我爱过两个男人，"她继续，"一个是我大学时候的老师，另一个就是……"她笑着摇摇头，"都过去了。"

"另一个是谁？绢姨？"我急急地问。是那个让她怀了孩子的人吗？现在看来不大可能是谭斐。总不会是我爸爸吧？一个尘封已久的镜头突然间一闪，我的心跳也跟着加快了。

"安琪，问那么多干吗？"姐姐冲我使着眼色。

虚伪。我不服气地想。你敢说你自己不想知道？

一辆汽车滑过我们身边的马路，带起几点和着霓虹颜色的水珠。绢姨突然问："我住院的那些天，他真的只来过一次吗？我是说——后来，在我睡着的时候，他有没有来过？"

"他是谁？"我问。

"没有。"姐姐和我同时开的口，"不，我是说，我没有见到。"

"那个孩子是一个大学生的，"绢姨静静地说，"我们就是一群人去泡吧——我喝多了……本来觉得没什么的，本来以为做掉它就好了……"她眼眶一红。

"绢姨。"姐姐拍拍她的肩膀。

"我太了解他了，"灯光在绢姨的眼睛里粉碎着，"他不会原谅这些。不过这样也好。我就是这样一个女人。要是我们真的结了婚，说不定哪天，他会听说我过去的事情，那我可就真的惨了。"绢姨笑笑。

谁都想到了，就是没有想到他。我还以为绢姨不过是看上了那辆奔驰，我还以为他不过是有了香车还想要美女。那个个子很矮、长相平庸的男人，我的绢姨爱他，我美丽的绢姨。

那天晚上姐姐回学校去了，当然是谭斐陪姐姐回去的。我一个人躺在床上，我睡不着。我也不想画画。这是第一次，在很激动的时候，我没有想到用颜色去宣泄。我知道了一件我从来都不知道的事，它超出了我的边界——就是这种感觉。闭上眼睛，我的眼前就会浮现错落的霓虹中，绢姨闪着泪光的眼。可是姐姐就知道这一切。我想起那天，姐姐告诉我绢姨怀孕时那一脸的忧伤。原来姐姐之所以难过是因为绢姨背叛了她自己的爱情。是从什么时候起，姐姐了解了这么多呢？

妈妈在外面敲着门："安琪，天气热了，妈妈给你换一床薄一点的被子。"

妈妈进来，换过被子以后，她坐在床沿，摸着我的头发："安琪，爸爸和妈妈都觉得，你会更优秀。"

"噢。"我心不在焉地应着。

"安琪，"妈妈继续着，"你发烧的时候，一直在叫'谭斐'。"

我抬起头，愕然地看着妈妈的脸。

"妈妈不知道你为什么不想去考美院附中，但我觉得这和谭斐或多或少有些关系。宝贝，妈妈也有过十四岁——"妈妈笑了，"可是妈妈现在回想起来，觉得如果我真的跟我十四岁那年喜欢的男人结婚，我会后悔一辈子。安琪，爸爸和妈妈觉得你是个有天赋的孩子，你的一生不可能被圈在一个城市里，你应该而且必须走出去；至于谭斐呢，是个不错的年轻人，所以我们很希望他跟你姐姐……但是你，妈妈知道将来安琪的丈夫是个优秀的男人，而不仅仅是'不错'而已，你懂了吗？"

"不懂。"我说。

"我十四岁那年喜欢的是宣传队里一个跳舞的男孩。"妈妈说，"那个时候我只能坐在台下，仰着头看他。妈妈今年四十四岁了，如果我跟他生活在一起，大概今天我不会再抬着头看他，因为一个四十岁的女人，她知道世界上还有你爸爸这样的男人。安琪，爸爸妈妈爱你们，所以我们要为你的前途尽一切力量，我们也要为了你姐姐一辈子的幸福尽一切力量。安琪是好孩子，不要给姐姐捣乱，明白了吗？"

妈妈亲亲我的额头，走了出去，轻轻地关上门。

我最终还是去考了中央美院附中，不过我没有考上。

放榜那天我挤在黑压压的人群里，意料之中地没有找到我的名字。周围有人开始欢呼，有人开始大哭，有人踩了我的脚。一切都变得像个站台。印象中，站台上总是难过的人多些。北京真是个大城市，我想，容得下这么多的人。

回来后我的老师拍着我的肩膀："安琪，这没什么，很多大画家年轻的时候，都不被人赏识。"

这话对我没用，因为就算那些人年轻的时候不曾被人赏识，他们毕竟成了大画家。只有成功的人才有回忆"不堪回忆"的回忆的资格。回到家以后我最不想见的人就是绢姨，因为最终让我决定去考这个倒霉的学校的人，是她。

那是一个碰巧只有我们两个人在家的下午。那段时间我正和爸爸妈妈僵持着，我不肯去美术老师家上课，妈妈只好给老师打电话说我不舒服。就是那个下午，绢姨走到我面前，像所有的人一样问我到底为什么不愿意去考中央美院附中。我已经受够了这个问题，所以我跟她说不考又死不了人。

绢姨看着我，问："你是害怕考试，还是害怕考上？我想是后者，对不对？"

"你为什么这么问？"我盯着绢姨，"你也跟我妈妈一样，以为我是害怕去北京念书就要离开谭斐对不对？"我的声音不知不觉间抬高了，"为什么你们大人都这么喜欢自作聪明呢？你们以为我这些天过得很高兴是不是？告诉你，我不想去考是因为我害怕画画了。再这样画下去，我不知道什么是真的，什么是假的。"眼泪闯进了我的眼眶，可我依然倔强地仰着脸，"我画出来的东西都不是真的，可是我自己画完以后就会觉得它是真的，可是它总归还是假的！我不想变成一个一辈子都分不清真假的人！你们每一个人都要问我为什么，我真的说出来你们会懂吗？"

"这么说，你怕的还是考上？"绢姨的语气依然安静。

"就算是吧。"我几乎是咬牙切齿地说。

"你还没有去考，你怎么知道你一定考得上？"她慢慢地说。

这句话打中了我。

"你知不知道对于很多人来讲，你想的东西都太奢侈了？——因为你从小什么都不缺，你不知道有很多人想要考上这个学校是想改变自己的命运。我在北京拍过那些孩子，从很偏僻的地方来，父母把家里的东西全都卖掉，带着他们到北京租一间十几平方米的小屋子，为了考音乐学院附中和美院附中。跟这种孩子们竞争，你有什么资格这么轻松地担心自己考上之后会怎么样？你从来就没见过这个世界是什么样的，你凭什么以为一切都在你自己的掌握之中？"

我看着绢姨，她从来没有像今天一样让我惊讶。她原来是如此犀利，甚至是凌厉的。她的话像子弹一样击穿我心里一个很深的地方，然后她宁静地微笑，似乎是欣赏她的照片一样欣赏我赧然的表情。我被激怒了，仔细想想那段时间我真像一只很容易就被激怒的小母狮子，我跳起来，对她大声地说："好，我去考！我倒要看看中央美院附中是不是救济院，谁苦谁难谁可怜才会收谁！"然后我就怒气冲天地一边收拾起我的画具，一边告诉绢姨："麻烦你跟我妈妈说，我去老师家上课。"摔门的时候听见绢姨似乎是在给妈妈打电话："姐，没问题了。"

结果是：我知道了中央美院附中不是救济院，虽然它没有收不苦不难也不可怜的我。我不想看见绢姨，但她还总是在家里晃来晃去的，有时还跟妈妈开开玩笑："姐，安琪好像没有原来那么嚣张了。"全家人都不在我面前提中央美院附中的事，这也是最让我恼火的一点。那是记忆里最漫长的一个夏天，我的分数本来只能进我们这个城市最烂的高中，可是我却收到了姐姐那所高中的录取通知——我是作为美术特长生被录取的。大家都很高兴地在饭桌上议论着要把这件事放在我十五岁生日那天庆祝，就连谭斐都跟着起哄。这群无聊的人，这样对我表示一下同情似乎是为了感动他们自己。只有姐姐，有天晚上她走到我的房间里来，跟我乱无头绪地聊了一会儿，突然涨红了脸说："安琪，其实我一直都觉得，你的画很棒。"然后她就手足无措地走出去了。这是我那些天里听到的最舒服的一句话。

我在那个漫长的夏天里冬眠。每天把空调的温度调到很低再裹上大棉被睡长长的午觉。拒绝出门，看着窗外繁盛到让人觉得下贱的绿意，觉得这和自己无关。那个暑假里只完成了一幅画，我把我家的空调画了进来。只不过我把它画成了长满铁锈的样子：巨大的空调，掺着淡金色的灰黑，开着大朵的红色铁锈，庞大的蒸汽发动机连在后面——我画的是十九世纪工业革命时候的空调，如果那个时候有空调的话。我一直都很喜欢工业革命时候的老机器，它们都有很笨拙、很羞涩的表情，就像一只被使用了很久的萨克斯。这个不太灵光的老空调忠于职守得过了分，把整间屋子变成了北极。窗外，还是夏天，我摔打成片的绿色时毫不犹豫，一只熊栖息在夏天的树荫里，望着窗里的空调，还有窗玻璃上美丽绝伦的冰花，一脸莫名其妙的表情——湿漉漉的小鼻头有点忧伤。

这幅画我画得很慢，很艰难，经常是画着画着就必须停下来。因为大脑空了。也许不是大脑，是那从前沉睡着好多颜色的身体最深的地方出了问题。我找不到那种喷涌的感觉——所有的颜色像焰火一样在身体的黑夜里开放——现在我得等。我想是我的身体停电了。可是当我画完最后一笔的时候，我才看出来，这幅画里有一种不一样的地方。这次，我是完全靠自己画完的，我是说没有那个浪潮般的力量的推动，我从来没有像画这只熊一样这么具体地画出一种表情。以前我以为自己不屑于画这种东西，现在明白，我过去不是不想画，是画不出。

血液的温度冷了下来，我冷冷地拒绝刘宇翔曾经的那些死党打来约我出去疯的电话，我冷冷地看着谭斐开始一次又一次地约姐姐出去看电影。姐姐心情好的时候也会答应他的邀请，不过脸上永远是一副在嘲讽什么的表情。只有画着那只熊，我心里才会漾起一些温情。于是我知道，我还是爱画画的。我终于辨别出，曾经我对画画的爱里，原来掺了那么多的虚荣：我想被赞扬，想被嫉妒，想被羡慕，想听掌声。当这一切远离，我才发现不是我选择了画画，是画画选择了我。

某一个午后，谭斐和姐姐一起从外面回来。姐姐在浴室冲澡的时候，谭斐看着客厅墙上的《熊和老空调》。他突然对我说："安琪，你想不想去看看熊？——你不能总这样窝在家里。"于是我们顶着烈日坐上开往动物园的公交车。我们选择了一天中最愚蠢的时候，人的脑袋热成了糨糊。买票的时候我突然问谭斐："你说，开这路公交车的司机会不会很高兴？终点站是动物园，每天都可以拉很多高高兴兴的小孩儿。"谭斐笑着揉揉我的头发："你是日剧看多了吧？"我大声说："对，要让柏原崇来演司机——本来是个大学生，因为失手杀了人才来换一种生活逃避现实！"谭斐笑着接口："要让藤原纪香来演每天坐这班公交车的饲养员——原本是个富家小姐，只是不喜欢那种'被束缚的生活'！""不会吧——你喜欢她？"我叫着。我们一起开怀大笑。很久没有这么开心了。远远地，动物们的气息飘了过来，它们近在咫尺。

"安琪，"谭斐说，"你笑的声音很好听。"

我看着他，脸突然一热。我知道他来这儿完全是为了让我高兴，我说："谢谢。"

那只大熊还在睡午觉，棕色的毛均匀地起伏着。动物园里人很少。知了悠长地叫着，那种声音听多了会觉得悲怆。熊的味道扑面而来，很难闻，可是有一种泥土的气息。我们站在笼子外面的树荫里，静静地看着它。"它会翻身吗？"我小声问谭斐。"会吧。"他的语气一点都不肯定。熊的耳朵灵敏地耸了耸。"被我们吵醒了？"我惊讶地压低了声音。还好它睡得依旧酣畅，让人羡慕。

"谭斐，你有没有看过《恋爱的犀牛》，就是那出话剧。"我问。

"小姐，你忘了我是话剧社的社长？"

"你喜欢那出戏吗？我蛮喜欢那个故事，可是我讨厌那个结局。他居然把犀牛杀了。凭什么呀。可是我爸爸就说是我不懂，他说男主角杀犀牛只是一个象征——那只犀牛是他在这个世界上唯一的希望，那象征着他已经绝望了。可是我就是讨厌他们这样象征。他们有这个权利吗？谁知道犀牛自己想不想死？谭斐你懂我的意思吧？"

"我懂。"谭斐看了我一眼，笑了，"我想那个写剧本的人，一定是从小就生活在大城市里的。如果她像我一样，有过跟大自然很亲近的经历的话，她就不会这样安排结局。"

"那我也是从小在城市里长大。"我不同意地说。

"所以说你很了不起。"谭斐肯定地说。

"你开玩笑吧。"我低下了头，"以前我也以为自己很了不起。其实，根本不是那么回事。我去考试的时候见到了很多人的画。他们才是真的了不起。对于自己落选我一点都不意外。"这是我第一次主动跟人谈起那场考试，"谭斐，可是我喜欢画画，就算永远有很多人比我画得好，我也还是想画画。"我抬起眼睛。他还是用我最习惯的眼神，认真地看着我。我不好意思地笑了，"我就是想找个人说说，说说就好了。"

"谁都得低头，"谭斐说，"不管因为什么。我像你这么大的时候也狂得要命。那是因为我觉得没有人比我更热爱'文学'这个东西。我妈妈是苗族人，她没念过什么书，汉语都讲得不大好，可是她特别喜欢听我给她念我写的东西。她喜欢听我写的我们那个小镇，尽管那是她再熟悉不过的。她听到我写她的时候脸都会红。当然她也喜欢听我写的想象出来的城市，尽管我俩都没去过那么远的地方。我在中学里办文学社，自己走遍了山路去搜集湘西各个民族的民歌。你猜我给校刊起了什么名字？——《山鬼》。"他的眼睛亮了。我想我的也是。

"有一天我走在山路上，走累了，坐下来。你知道，我一直都怀疑这件事是不是我自己搞错了。因为那简直像梦一样。"他眨眨眼睛。

"你快点说嘛！"我急了。

"我听见头顶上有一阵很奇怪的风声，然后我就顺着那棵大树往上看。是一只狼，雪白的母狼。后来没人相信我的话，其实我自己也不太相信。它就在比我高出四五米的石头上卧着，很安静地看我。我连害怕都忘了，因为它看我的眼神简直可以说是'妖媚'。不知道它怎么会是雪白的。然后它就立起来，摆摆尾巴，似乎是笑着看了我一眼，轻轻一跳，就不见了。山鬼，只有这两个字可以形容它。所以我们的校刊才有这个名字。我妈妈说，我看见的是狼神。然后我就写它，写它的时候我真高兴，好像诺贝尔奖就等着我去拿。"他笑了。

"人都会经历这样的阶段。"他正色，"从一开始以为这个世界上只有自己，到明白自己的天赋其实只够自己做一个不错的普通人。然后人就长大了。"

"可是谭斐你一点都不普通。"我摇头。

"谢谢。"他微笑，"做普通人没什么不好。为了变成一个不普通的人，学习做普通人是第一课。你知道吗安琪，大学四年里我很用功，很努力，可我还是费尽心机才考上你爸爸的研究生。你知道我的硕士论文会写沈从文，因为你爸爸最喜欢他；可是我，我喜欢的是郭沫若。应该说，我能理解他。没想到我大三那年暑假跟老师一起去过一个研讨会，吃饭的时候跟你爸爸同桌，他们聊天说起郭沫若，你爸爸说他丢尽了中国文人的脸……"谭斐摇摇头，"我那个时候已经在准备毕业论文了，还好上天可怜我，让我早一点知道不该写郭沫若。"他笑着，"安琪，我尊敬你爸爸，不过有时候他太自信。"

"谭斐。"我突然问，"你为什么要对我说这些？"

他说："因为我们是朋友。还因为——"

"还因为你想告诉我，我终有一天也会发现自己是一个'不错的普通人'吗？"

"不是。"他很认真，甚至是严肃地打断我，"安琪，你不普通。我看你的画的时候就这么想。要说我这个人唯一的过人之处，恐怕是我能在一秒钟之内看出来谁有才华，而谁没有。你总有一天会让所有的人大吃一惊，会远远超过你的绢姨，只不过你还需要时间。"

"你怎么能说这是你'唯一的过人之处呢'！"我热切地望着他的脸。

"因为我见过天才呀。"他又像揉小猫一样揉着我的头发。那只大熊不知什么时候已经醒来了，呆呆地坐在那里，身上沾着稻草，对我们视而不见——也许还在回想刚才做的梦吧。

"春天的时候，你爸爸收到一封信和一篇论文。"谭斐安静地继续着，"那是个太天才的家伙。本科读的是计算机，考了哲学系的硕士，明年又想做你爸爸的学生，读中国现代文学的博士。这在别人几乎是不可能的事情，但，"他笑笑，"我看过那家伙的论文。我必须承认人和人之间有差别。明年我硕士就要毕业了，可是你知道吗，明年你爸爸只会在本校的硕士生里招一个博士生。安琪，我看得出你爸爸有多欣赏他，我也看得出来他已经开始为难了。"他长长地叹了口气。

"所以，你希望在明年之前追上我姐姐，对吗？"我仰起脸。第一次这么无遮无拦地看他的眼睛。他有点不自然地笑笑，转过了视线。"我早就说你了不起，你还不承认。"他避重就轻地调侃着。

"你喜欢我姐姐吗？"我固执地坚持。

"安琪，"他看着我的脸，"我答应你，我不会……我是说，我尽最大努力，不去伤害北琪。不过我倒觉得她不大可能喜欢上我。这样也好。还有，我已经考了托福，申请了几所美国大学的东亚系。我也知道希望不大，尤其是我没有经济来源，只有申请到全额奖学金才有出去的可能，可是……"

"可是一定要试一试！"我激动地打断他，"我相信你……"

"那你也不用这么激动吧。"他戏谑地笑着。

"我——相信你现在会去给我买冰淇淋。"我快乐地叫。

"还吃?!"他瞪大眼睛。

"刚才吃的是巧克力的和柳橙的,还没吃草莓的呢!"

"你赢了。"他开心地叹着气。

我站在七月的阳光里,和孤独的熊一起凝视着你的背影,谭斐。我心里涨满了一点一滴的疼痛。刚才,或者说现在,似乎发生过了一些事情。比方说,我知道了你并不完美——谢谢你这么相信我;比方说,现在的你无心去顾及一个孩子对你的迷恋——但你知道吗?我现在已经不害怕看着你的眼睛了。不过谭斐,看着你挺拔的样子,我还是,好喜欢你。

五　姐姐,姐姐

秋天来了,我变成高中生了。九月里妈妈还是像往常那样买回好多很大很甜的紫葡萄,然后嘱咐我一次不可以吃太多;依然像往常一样,做了好吃的以后让我或是姐姐给绢姨送去——绢姨已经搬回她的小公寓了。只不过有一点不同,我开学以后的第一个星期五,晚餐桌上的谭斐变成了江恒。

七点钟的时候门铃一响,我去开门。可是门外没有谭斐,只有爸爸和一个瘦瘦的、看上去有点高傲的家伙。爸爸不太自然地微笑着,"谭斐说,他今天晚上有事不能来。"

如果我没记错的话,整整一年过去了。一年前的这个时候,我跌进谭斐明亮而幽深的眼神里,再也看不见其他的东西。今天,是这个江恒坐在我的对面,我知道他就是谭斐说过的那个太天才的家伙。我冷静,甚至略带敌意地打量他,他长得没有谭斐一半帅,可是他的眼神里有一种我从没见过的东西。如果把那些骄傲、冷漠,还有我认为是硬"扮"出来的酷一层又一层地剥掉的话,里面的那样东西,我凭直觉嗅得出一种危险。

妈妈也有一点不自然。我看出来的。虽然她还是用一样的语气说着:"江恒你一定要尝尝我的糖醋鱼。"可是她好像是怕碰触到他的眼神一样侧过了头，"绢，要不要添饭？"我想起来了，当他和绢姨打招呼的时候，没有半点的惊讶或慌乱。这不寻常。我想，是因为他不平凡，还是因为我的绢姨已经太憔悴？我想两样都有。

车祸以后的绢姨抽了太多的烟，喝了太多的酒。更重要的是，现在已不大容易听见她甜美而略有点放荡的大笑了。我胡乱地想着，听见了门铃的声音。这一次，是姐姐以一个醒目的方式出现在我们面前。

"你是谁？"姐姐还是老样子，一点都不知道掩饰她的语气。

"江恒。"他冷冷地微笑一下，点点头。

"北琪，坐下。你想不想吃……"

"不用了，妈。"姐姐打断了妈妈，"我要和谭斐去看电影。"

爸爸笑了："噢，原来这就是谭斐说的'有事'。"姐姐看了他一眼，然后对我说："安琪，你想不想去？"

"安琪不去。"还没等我回答，妈妈就斩钉截铁地说，"一会儿吃完饭我要带安琪去我的一个朋友家。"我看见江恒轻轻地一笑。

饭以后我一个人在客厅里看《还珠格格》，爸爸和江恒在书房里说话，我特地把电视机的音量调得很吵。我们当然没去妈妈的朋友家。妈妈和绢姨一起在厨房里洗碗，水龙头的声音掩盖了她们的谈话。我似乎听见绢姨在问妈妈："姐，你看北琪和谭斐，是不是挺有希望的？"妈妈叹着气，什么都没说。

爸爸跟江恒走了出来。我听到爸爸在对他说："跨系招收的学生是需要学校来批准的，不过我认为你有希望。"

"谢谢林老师。"江恒恭敬地说。

妈妈跟绢姨也从厨房里走了出来。"姐，我回去了。"绢姨理着耳朵边的头发。

"你住得离这儿很远？"江恒突然问绢姨。

"不，"绢姨答着，"几条街而已。走回去也就十几分钟。"

"我可以先陪你走回去，再去公交车站。"他不疾不徐地说，望着绢姨的脸。

"不必了。"绢姨勉强地笑着。

"也好。"爸爸说，"这样安全。"

于是他们一起走了出去，然后爸爸妈妈也走到里面的房间。我听见他们在很激烈地争论着什么，客厅里又只剩下了我。我嗅到了风暴的气息。十一点钟，姐姐回来，那气息更浓了。打开灯，我听见自己的心跳。然后我爬起来，画画。我已经很久没有在午夜里恣情恣意地飞了，因为我的作业在一夜之间变得那么多。我表达着这种山雨欲来的感觉，画着鲜艳的京剧脸谱的迈克尔·杰克逊在幽暗的舞台上跳舞，那双猫一样性感而妩媚的眼睛约略一闪，舞台的灯光切碎了他的身体。他微笑的时候唇角的口红化了一点，就像一缕血丝。虽然我自己为不能百分之百地表达杰克逊的魅惑而苦恼，可是老师看过之后，还是决定将它展出。冬天，老师要为他的十几个学生开集体画展，这中间当然有我。

江恒已经变成"星期六晚餐"的常客了。晚餐之后当然还是顺理成章地送绢姨回去。江恒代替了"奔驰"吗？至少我不希望这样。谭斐也会来，他跟江恒"撞车"的时候倒也谈笑风生，不显露一点尴尬。他约姐姐出去的时候总也忘不了问我想不想一起去。对我而言，这已经很幸福了。妈妈已经把他看成是姐姐的男朋友，每次给姐姐买新衣服以后总是问谭斐觉得好不好看。这是一场战争，是江恒和谭斐的，也是爸爸和妈妈的。姐姐倒还是一如既往地平静，就像台风中心那个依然风和日丽的台风眼。饭桌上我依旧很乖，我不愿意抬头，因为一抬头就会看到姐姐和谭斐并排坐着的画面，我不喜欢。那会让我的心里一疼。

在一天傍晚看到谭斐和姐姐一起回来的时候，疼痛突然间绽放的。牵扯着内脏和比内脏更深的地方，有时候它突然咬住某一点狠狠一叮，有时候排山倒海地袭来。我手足无措地咬紧牙忍着。不要紧。我对自己说：谭斐并不是真的喜欢姐姐，不对吗？姐姐也不会喜欢谭斐的，至少现在还不喜欢。这个我看得出来。可是姐姐的脸上已经不是总挂着那种讽刺的微笑了，反倒还有一丝快活，这又算什么，又是为什么呢？

在南方的某个温暖潮湿的傍晚，我给罗辛讲起我们的故事。每一幕都异常清晰，可是讲到这一段的时候，我自己也很糊涂。是因为那些日子里发生了很多事情，还因为我自己变了太多，那些事情在我的心里早就不再是当初的模样。讲述的时候，我常常会有点混乱，正在讲述的，是十五岁的我，还是十九岁的我呢？还好罗辛听得很认真，从不提任何问题。

十一月，天气渐冷。清晨的空气里已经有了冬天的气味。绢姨重新忙碌了起来，也重新美丽了起来。都是拜江恒所赐，忙碌的原因，是她开始为江恒将要出版的诗集配照片；美丽的原因，还用我说吗？不过我还是很高兴地看着绢姨背着沉重的相机，手也不洗就冲到餐桌旁的样子。"安琪，"她快乐地叫着，"你愿不愿意给江恒的诗集画封面？"我本来是不想的，可是当我读到他的诗时，不得不承认，这个家伙的句子让我深深地心动。于是我也忙碌了起来，我画了很多张，可是我总是画不出江恒的诗里那种饱满，还有一种我不了解的东西。"都很好嘛。"绢姨快乐地说。

"不。"我摇头，"不好。都不太像江恒。"

"江恒。"绢姨出神地念着，"江恒。多好听的名字。"我看着她陶醉着，并且娇媚着的脸，知道她的伤痛又痊愈了。

"不如就画一条大江好了，简单点，'江恒'嘛。对不对……"绢姨继续梦游着。我的心里则像触电般如梦初醒：一条大江。我怎么就没想到呢？还是恋爱中的女人最聪明。

于是我花了几天的时间画那条大江。我画得很用心，我在饭桌上甚至肆无忌惮地盯着江恒的脸，想从他的身上听见那条大江的声音。很遗憾，我寻不到任何蛛丝马迹。倒是注意到他现在在饭桌上已经理所当然地坐到了绢姨的旁边。"小丫头，你看上我了？"有次爸爸妈妈都不在座的时候，他戏谑地对我说。

"胡说八道些什么？"绢姨用筷子头打了一下他的手背，斜睨着他的眼睛，然后又用纤细的手指轻轻按着他的手，"没打疼你吧？"这时候妈妈从厨房里走了出来，我看见她轻轻地摇了摇头。

"我想，森林是吸着土地的血才能长大。我家乡的土地很贫瘠，所以我的童年是在一个没有树木的村庄度过的……"上面那句话，出自江恒诗集里的自序，我还记得我第一次读到它的时候心里那种冷冰冰的感动。有一天我和罗辛闲得无聊，我一时兴起就跟他玩了一个游戏，我告诉他我会念四段现代诗，这里面只有一段是个大诗人写的，让他猜是哪一段。但事实上，我念了两句翻译得很烂的波德莱尔还有叶赛宁，念了两句顾城的败笔（我敢保证他从没听过这些名字），最后，我清清嗓子，背出来江恒写的《英雄》。

"我知道你绢姨可以'真心'待任何男人。"爸爸打断了我。

"爸？"我瞪大了眼睛。

"安琪，爸爸当你是大人，所以跟你这么说。我没有权力干涉江恒的私生活。我希望他做我的学生是因为他是个天才，而不是因为他对得起或对不起哪个女人。如果他伤害的是你姐姐，那是另外一回事；可是你的绢姨——安琪，你们小孩子不会懂这些——你绢姨不被人爱是因为她不自爱。她受伤害未必是因为那个男人品质不好。懂吗？"

"可是现在这样姐姐就不会受伤害了吗？爸，你看得见，谭斐已经在追姐姐了——"

"全是你妈不好。"爸冷笑着，"你知道她现在也天天跟我吵。就为了给你姐姐找个丈夫，我就得放弃一个几十年才出一个的人才。何况是个人就看得出北琪跟谭斐不大可能。真不知道这帮女人的大脑是怎么长的。安琪，"爸爸突然很认真地看着我，"爸爸不希望你变成这样的女人。这是大人的事，等你长大以后你就会明白爸爸为什么这么做。"

"爸，"我仰起脸，"谭斐对你，已经没有用了是吗？"

"安琪，"爸爸无奈地笑着，"话不是这么说的。而且我并没有最后决定……"

"你骗人！"我叫着，"那是因为你自己心里也觉得对不起谭斐，你这么说也不过是给你自己找理由！"突然间，我心里很难过，"爸，我不想让谭斐因为这个来追姐姐。我害怕他追上姐姐，也害怕他追不上。爸，"我含着眼泪看着他的脸，"我喜欢谭斐。等我可以结婚了，我就要嫁给他。"

爸爸看着我，他突然笑了一下，揉揉我的头发："爸爸的小安琪也长大了。"

那天的谈话就是这么结束的。然后爸爸拉着我的手，我们去大学对面的那家麦当劳吃的午饭。我吃了一个巨无霸，还有六块麦乐鸡。当然还有薯条可乐。爸说我再这样吃下去就别想让谭斐喜欢上我了。小时候，要是妈妈中午在医院里回不来，姐姐在中学里吃午饭，爸爸就会带我到这儿来。不过那个时候我吃不了这么多。姐姐还生过气，说爸爸偏心，爸爸会说那是因为姐姐的中学离这里太远。现在我才想起，我已经很久没有跟爸爸一起吃麦当劳了。

接下来的日子里，每个人都在忙。我忙着年底的画展，妈妈忙着摄合姐姐和谭斐，绢姨一边忙着江恒诗集的收尾工作，一边借着这份忙碌忘记着江恒。只有姐姐看上去比以往更从容。大四本来就没有多少课了，她有很多时候都留在家里，偶尔周末的时候跟谭斐约会，还常常带上我。现在帮绢姨冲照片成了她的主业。

我常常想起绢姨的暗房——我是说现在。暗房里的灯光是世界上最脏的一种红色。人就像被装在一个用旧了的灯笼里面，变成没有轮廓的、暧昧的影子。那真是偷情的绝好场所。绢姨洁白光滑的脖颈不知被多少男人在暗房的灯光下或如痴如醉、或心怀鬼胎地吮吸过。那可不是一个适合姐姐的地方。

一九九八年年末，很多事情在一夜之间发生。我们的画展是圣诞节后开始的。这本来是个跟我没什么关系的节日，可是平安夜，展厅对面的本城最大的迪厅举行了规模空前的圣诞Party，特邀的香港DJ让这群北方城市里荒凉的年轻人High到了最高点。午夜，城市最北端的天主教堂开始唱圣歌，同一时间，这边的迪厅里人们开始嗑药、裸奔，互相砸啤酒瓶。众神狂欢也好，群魔乱舞也罢，都结束在警车呼啸而来的那一瞬间。警察带走了不少人，重点是，这其中，有江恒。据说警察进来时他正十分豪爽地把啤酒瓶丢向一个人的脑袋，还好没打中。从头到尾他都保持沉默，只是告诉了警察我们家的电话号码。

江恒在这个城市里没有任何亲人，是爸爸去给他付的保释金。我也一起去了。我跟爸爸说我一直都想知道公安局是什么样子，其实我是想看看那个家伙低下他高傲的头颅时是什么样子。可是我很失望，因为他还是没有任何表情，酷得不屈不挠。一个很年轻的警察把他押出来的。我们都愣了一下，那时候这个警察甚至忘了维持自己脸上的威严。"林安琪？"他说。我回答："刘——宇——翔？"这便是一九九八年圣诞节的奇遇了。

后来刘宇翔的一个哥们儿告诉我说，其实平安夜那天，是刘宇翔告诉他的上司应该严密注意那家迪厅，因为这是第一次我们这个城市为了一个Party请来香港DJ。刘宇翔当然最清楚这个群体了。意外的收获是警方还擒获了一个外省走私团伙的小头目。就这样刘宇翔得到一笔不错的年终奖金。

那天晚上我用了整整一夜的时间完成了一幅名叫《背叛》的画——

我用我的方式把这件事全部画下来。离画展开幕还有三天，老师临时决定从展厅里取下一幅他自己的素描，把我的《背叛》送去装画框。老师说："安琪，也许三天之后，会有很多人知道你的。"

江恒还是一如既往地沉默。爸爸也没有再多问这件事，只是说："赶紧把那篇文章写出来，学校那边我会去解释的。"爸爸现在已经开始把原先交给谭斐做的工作分一部分给江恒了。"当天才就是好。"姐姐在饭桌上当着江恒的面调侃着，"做什么都可以被原谅。"有时我真佩服姐姐的胆量。绢姨放声大笑。妈妈皱了皱眉："吃饭。北琪，一会儿你打个电话给谭斐，让他三十一号晚上务必来吃饭。我们要庆祝安琪的画展呢。"爸爸笑着："你倒提前庆祝了，画展还没开，你怎么知道成不成功？""会成功的。"沉默了很久的江恒突然说。

画展那天全家人都去了，还有谭斐。江恒打电话说有事不能来。妈妈知道后笑笑："也好。这样只有我们一家人。"爸爸说："差不多点，谭斐什么时候变成我们家人了？"绢姨笑着："他会是的。对不对，安琪？"大家哄笑。

那天来了很多人。展厅里甚至有点热。快要结束的时候，一个穿一身职业装的女人走到我面前："请问，您是林安琪小姐吗？"还从来没有人这么称呼我。她给我一张名片，然后说："我是'麦哲伦'咖啡馆总店的公关经理。我们老板很喜欢你的画。他很希望你的画能挂在我们的咖啡馆，还有每一家分店。""也就是说……"我有点糊涂。"也就是说，"她笑笑，"我们老板想买你的画。他想跟你见个面，谈谈价格。""价格？""对，价格。这是第一次有人买你的画吗？"我听见一个男人的声音。"他就是我们老板。"公关经理训练有素地微笑着。

我见过这个男人，个子不高、长相也平庸的男人，但是他站在绢姨的病床前忧伤的表情其实还留在我的记忆里。"奔驰。"我没想到会以这样一种方式跟他重逢。他不认识我，毕竟我只在病房外面偷偷地看过他一眼。"麦哲伦。"我重复着，"是那个航海家吗？""没错。"他笑了。"你想要我的哪幅画呢？"我问。他想了想，然后说："《背叛》《空调和熊》《将进酒》。这三幅一定要挂在总店里。至于其他几幅，挂在分店。""你是说，全部吗？你都要？"我瞪大了眼睛。"当然。"他说，"我在这里，还有其他几个城市一共有五家分店，你今天展出来的画一共只有七幅。全买下来都未必够。"我们一起笑了。我想我有一点明白绢姨为什么会爱上这个人。

"安琪，大家都在找你呢。"绢姨向我走了过来，愣住了，"是你？"

"你好。"他笑得有点不自然。

"这是我小姨。"我装作不知道他们认识的样子，介绍着。

"幸会。"绢姨伸出了手。她一向都很有风度。

"不好意思。"当绢姨要带着我离开时，我对他说："我刚才忘记了。那幅《将进酒》我不能卖。真对不起，我答应过一个朋友的，这幅画我要送给他。"

"没有问题。"他的微笑已经恢复了原先的平静。

就这样，我成了那次画展最大的赢家。妈妈高兴得准备了一桌足够二十个人吃的晚饭。那顿晚饭大家都很开心，除了绢姨。她喝了好多的酒，却没吃什么。然后她说："对不起各位，我喝多了些，我想先回去了。""你一个人太危险，我陪你回去。"姐姐站了起来。"你一个人也太危险，"谭斐说，"我们一起去送她。"姐姐淡淡地看了他一眼，我注意到姐姐的眼里有种近似于"厌恶"的东西轻轻一闪，于是我跳起来："我也要去！"

绢姨在路上不停地重复着："我今天真高兴。真的高兴。我们家出了个小天才。你们知道吗？我一直有种预感，我就知道他会喜欢安琪的画，我甚至都觉得他会来看这个画展的。我还以为这只不过是胡思乱想呢，可是居然是真的对不对？他的咖啡馆叫'麦哲伦'，那是因为他从小就羡慕那些能航海的人。本来他想叫它'哥伦布'的，可是注册商标的时候发现已经有酒吧叫'哥伦布'了。我还跟他开过玩笑，问为什么不叫'郑和'……"绢姨第一次这么喋喋不休。她的脸越来越红，眼睛里像含着泪一样，路灯倒映进去，顿时有了月光的风情。回家之后绢姨吐了。姐姐就留下来照顾她，让谭斐送我回去，我终于可以跟谭斐单独待一会儿了。

我们静静地走着，我突然说："谭斐，绢姨很可怜，对不对？"

他说："对。"我真高兴他没像爸爸一样说绢姨是自作自受。然后他说："安琪，恭喜。"

"谢谢。"我低下了头，"还有谭斐，那幅《将进酒》我没有卖——

是留给你的。你记不记得我说过要把它送给你？"

"不好意思。"他笑笑，"我以为你就是随便那么一说。"

"才不会，"我大胆地看着他，犹豫了一下，终于说，"跟你说过的话，我是绝对不会忘的。"

"谢谢。"他说。

"去美国的事情，有消息吗？"我问。

"还没。正在等。"他回答。

"谭斐我不愿意你去美国。"不知是什么东西让我在那天晚上变得那么大胆，"我会很想你的。"

他笑笑，像回避什么似的说："我买了手机，把号码给你。等画展结束以后，你打给我，我去你家拿画。"他把手伸进羽绒衣的口袋，找着："糟糕，我把它忘在你绢姨家了。"

我们又走了回去。我上去拿手机，谭斐在楼下等。

门没有关。谭斐的手机孤单地躺在沙发上。我走进去，绢姨的小卧室的门也没关。绢姨的公寓很小，站在沙发旁边的话什么都看得到。

其实我一点都不意外。她们紧紧地拥在一起。绢姨的脸上全是眼泪，似乎正在入睡。姐姐轻轻地亲吻她的脸，她的泪痕，还有她还残留着口红的嘴。绢姨突然醒了。姐姐微笑，望着她有点诧异的眼睛："绢姨，我说过，我会保护你。""北琪。"她望着她，新的眼泪淌了下来——仔细想想我从没见过绢姨的眼泪，"北琪，男人全是混蛋。"姐姐抱紧了她，直起身子，跪在绢姨的床上。她正好看见我的时候，我也正好看她的脸。姐姐从来没有这么美丽过，像个母亲一样，脸颊贴着绢姨乱乱的头发。我突然转身离开，因为我觉得姐姐不愿让人看到那样的美丽。它来自另外的地方。我突然想起小时候第一次见到绢姨，她站在明亮的客厅里，对我们一笑，我顿时不知所措。原来不是只有绢姨那样的女人才会拥有这种瞬间。

谭斐奇怪地看看我："怎么了，安琪？""没有。"我笑笑，我听见自己的心脏像匹小野马一样狂奔着。我把手机放进他的口袋里，突然发现这个动作有点太亲昵了，可是我不愿意把手抽出来。我离他这样近，我的手指触得到他的气息。他眼睛望着前面的路灯，他的大手也放进了口袋里，然后，他的手握住了我的。他说："忘戴手套了吧，冷吗？"路的尽头，烟花升上了天空，一九九九年来临。我说："谭斐，新年快乐。"

一九九九年，全人类都在欢天喜地地迎接新世纪，地球并没有如诺查丹玛斯说的那样Game over，在我们的城市，任贤齐的《伤心太平洋》唱遍了大街小巷。年底的时候，一个似乎从好莱坞电影里窜出来的杀人狂搅得人心惶惶——全城的中学取消了晚自习。这就是我记忆中的一九九九。

三月七日，既不考研也不忙着找工作的姐姐跟绢姨一起去了贵州。在山明水秀的自治乡里拍摄那些唱山歌的姑娘。回来后，路途的劳顿反而让姐姐胖了一点，更加神采奕奕。她说那真是世外桃源。

四月十五日，博士考试结束。谭斐和江恒的成绩不相上下。爸爸选择了江恒，不过江恒这种跨专业的学生需要学校的审核和特别批准——所以从理论上说，结果还算悬而未决。不过我们家倒是已经阵线分明。妈妈那天没做晚饭，所以我和爸爸又去了麦当劳。想叫姐姐一起去的，可她忙着在暗房帮绢姨冲照片，没空。

五月四日，谭斐收到美国中西部一所大学东亚系的全额奖学金通知。

六月七日，星期六。夏天来临。

爸爸在学校里有学术研讨会，谭斐跟江恒都参加。晚餐桌上，又只剩下了女人以及女孩儿。只有四双碗筷的餐桌看上去难得的清爽。最后一道菜上桌，妈妈的心情似乎很好。"喔——"绢姨叫着，"真可惜姐夫不在。""不在更好，"妈皱着眉头，"省得我看他心烦。"我和姐姐相视一笑，姐姐淘气的表情令人着迷。

"绢，你跟她们说了没？"妈妈放下胡椒瓶，问道。

"还没。"绢姨还是淡淡的。

"说什么？居然不告诉我？"姐姐装作生气地瞪着眼睛。

电话铃响了。妈妈接完以后对我们说："有一个病人情况突然恶化了，我得去看一下。你们慢慢吃。半个小时以后别忘了把炉子上的汤端下来。"于是只剩我们三个面对这桌菜，有种寡不敌众的感觉。

"开玩笑，"绢姨说，"谁吃得了这么多？"

"妈做七个人的菜做习惯了。"姐姐笑。

"也对。"绢姨也笑，"不过以后谭斐是不大可能再来了。我想姐也不会愿意邀请江恒。"

"安琪，"姐姐转过脸，"怎么办？谭斐不会再来了。"

"讨厌！"我叫着。

"别戳人家小姑娘的痛处。"绢姨也起着哄。

"讨厌死了！"我继续叫。

"不过话说回来，"绢姨叹口气，"我以后一定会想念姐做的菜。鬼知道我会天天吃什么。"

"你，什么意思？"姐姐问。

"安琪，北琪，"绢姨换了一个严肃的表情，"有件事情还没跟你们讲。绢姨要到法国去了。"

"姐姐也一起去？"我问。

绢姨还没回答，姐姐就站了起来。"这是什么意思？"姐姐问。

"北琪，"绢姨拿出打火机，开始在口袋里摸索烟盒，"别这么任性。"

"我听不懂你在说什么！"姐姐喊着，"你为什么不告诉我？"

"我正在告诉你。"绢姨淡淡地说。

"不对！"姐姐的声音突然软了。"不对。"她重复着。我在她脸上又找到了当时她在台灯下撕那些试卷和素描纸的表情。我低下头，不敢看她的脸。"不对，你说过，你忘了，在贵州的时候，你说过。等我大学毕了业，我们就到那里租一间房子，住上一年，你想拍很多那里的照片。你还说——"

"北琪，我们都是成年人，不是孩子，对不对？"绢姨的眼睛里，有泪光安静地一闪。

姐姐跳起来，冲进了她的房间，我们听见门锁上的声音。不知道过了多久，绢姨按灭了手里的烟："安琪，绢姨回去了。"我想问她你是不是该解释点什么，可是我说："用不用把这些菜给你带一点？"她说不用。我一个人坐着。姐姐的房间里出奇地安静。我不时望望她的门，不敢望得太久，就好像那里面有炸弹，看一眼就会引爆一样。菜全都凉了，空气里有一种分子在跳舞般"沙沙"的声音。我想把一片雪花落地时的声音扩大一千倍的话，就应该是这个了。门铃一响。我有点心慌。如果爸爸或妈妈回来，如果他们问起姐姐，我会说姐姐睡了。还好，是谭斐。

"就你一个人在家？"他有点惊讶，"我是来拿画的。"

我笑了："你吃不吃饭？妈妈今天做了好多呢，都没人吃。"

他也笑："是吗？我还真饿了。"他晒黑了，这反倒让他的笑容更明朗了。他吃得很开心，问我："你不要？"我摇摇头，我真喜欢看他吃东西的样子。

"你们真幸福，"他说，"有这么能干的妈妈。"

"我……"我鼓足了勇气，说，"我也可以学做菜。"

"你，"他笑，"等你学会了，我早就在美国了，也吃不到。"

"等我上完大学也去美国，你就吃得到。"

"等你上完大学，"他说，"我就该回国了。"

"那更好，我就省得去那么远。"

"好！"他用筷子敲敲我的头，"我记住了。"

"可要是……"我低下头，犹豫着。

"要是什么？"他问。

"要是那个时候，你有了女朋友，那怎么办？"我说。

"有什么怎么办？你做给我们两个吃啊。"

"不，"我看着他的脸，"不管怎么样，我学做菜是为了做你的女朋友。"我觉得说这句话的时候，我的心脏差不多不跳了。

安静。然后他夸张地说："小家伙——"

"我又没说现在，我是说等我长大了以后嘛！"我跟他一起笑了，突然觉得无比轻松，都快忘记刚才姐姐的事情了。

姐姐。我看看那扇门，还是老样子。可是门里面的姐姐呢？

十点了。家里没有人回来。谭斐走了以后，我就学着妈妈的样子把所有的菜用保鲜膜套好放进冰箱。我幸福地做着这项工作，心里又浮现出谭斐刚才吃得开心贪婪的样子，突然想：结婚，是不是就是这个样子的？

一声门响，姐姐站在灯光下面。

"姐？"我叫她。

"她走了吗？"姐姐面无表情地问我。她的脸很白，倒是找不到眼泪的痕迹，可是那种消失很久的累累的僵硬又占据了她脸上每一寸肌肤。

"走了。"

她沉寂了一秒钟。"安琪,我要出去一下。"

"你别去。"我说。

"很快就回来。"她往门边走。

我拦住她:"不行,别去。"

"让开。"姐姐说。

"不。"我说。于是她推我,大声地喊:"我叫你让开!"

我也推她。她看上去很凶的样子,其实早已没什么力气了。"我知道你要去干什么,"我说,"你要去找她,我知道。你不要去,没有用。"

"这不关你的事!"她吼着。

"姐,"我的背紧紧地贴着门,"我不想——你,你这是自取其辱。"我终于找到了这个词。"她会走的。姐姐,她不可能把你看得比她自己重要。"

"可是我就是把她看得比我自己重要。"姐姐看着我,她哭了。

我抱紧了姐姐。就像以前那样,紧得我自己都觉得累。我知道姐姐现在只有我。还好只有我。

六月八日,姐姐回学校了,一如既往地沉默。妈妈只是很奇怪地问她为什么这么热的天气还要去住宿舍。

六月十三日,传来谭斐被美国大使馆拒签的消息。对于办美国的学生而言,这当然不新鲜。距离爸爸系里博士生录取最后结果的公布,还剩三天。

六月十四日,晚餐。

绢姨在饭桌上正式宣布了要去法国的消息。爸爸于是提议开一瓶酒。绢姨跟江恒碰杯的时候,两个人都还是一如既往地有风度。跟姐姐碰杯的时候,姐姐一口气喝干了它。爸爸说:"今年夏天还真是闲不下来。这个学期刚刚完,又得准备八月份的研讨会——江恒,那篇报告应该开始了吧?""是。"江恒回答,"其实就用您这本书里的第六章就可以。""我也这么想。"爸爸说。"还有林老师,"江恒的嘴角又浮起一抹冷冷的微笑,"我看过谭斐写的那几节,我想重写。""用不着重写,"爸爸说,"修改一下就好。谭斐一向很严谨,这你可以放心。""可是林老师,"江恒坚持着,"第六章是整本书的重头戏,应该更精彩。"爸爸笑了:"七月五号就要提交提纲,来得及吗?""没有问题。"江恒很肯定。

我把筷子摔在了桌上。"这么大的人了，连个筷子都拿不好？"爸爸微笑地看着我。我不知道该说什么，我也不懂什么专著报告研讨会的，我只知道那些东西都是谭斐从图书馆搬回摞起来比他都高的资料，辛辛苦苦写好的。

"得意不要忘形。"姐姐说。大家都吓下了一跳。姐姐深深地看着江恒的脸，"我是说你。"

"北琪！"爸爸严厉地呵斥了一声。

"吃饭。"妈妈安静地说。爸爸收敛了神色，对江恒苦笑着："我的这两个女儿都是被宠坏的。"我看见绢姨的眼里有一点不安。

晚饭后我很郁闷地窝在沙发里，看那些弱智的电视节目。妈妈走进厨房洗碗的时候还说："安琪，都快期末考试了，也不知道复习。"我懒洋洋地回答反正复习不复习都还是垫底。听见妈妈在跟绢姨叹气。绢姨说："总归是要考美院的，由她去吧。"妈妈说："也不知道怎么搞的，北琪最近也是阴阳怪气的。反正这两个没一个让人省心。"

电话响了，是谭斐。

"安琪，你好。"他的声音里有种难说的东西，"我要跟你姐姐说话。"

"说吧。"我听见了姐姐的声音，她拿起了房间里的分机。她的声音里现在也有了一种陌生的东西。我知道这不道德，但是我没有放下手里的电话。我尽力地屏住了呼吸，而事实上这两个人并不在乎我是否在听。他们无心在乎这个。对于谭斐来说，他只剩最后一张牌。

"北琪，你好吗？"

"好。"

"我现在就在你家楼下，我想见你。"

"见我？"

"对，想见你。"

"谭斐你喜欢我吗？"

"北琪？"

"谭斐，你见我是不是想要跟我说，你喜欢我？"

"……"

"然后呢谭斐？要是我说我也喜欢你，你会怎么办？我们一起去见我爸爸妈妈，告诉他们我们要结婚，这样你就赢得了江恒了，对不对？

可是你会毕业的，几年以后也许你会走得更远，那个时候你就觉得我扯你的后腿。然后呢？我们到那个时候再分开吗？何必这么费事？"姐姐笑了，"谭斐，其实我早就看出来，你眼睛里只有安琪，可是你运气不好。你以为我爸爸妈妈会把安琪交给你吗？不可能的。他们只希望我和你。我也不知道在他们的心里，什么样的男人才配得上安琪。你懂了吗？再见谭斐，我很高兴我认识过你。"

他们俩几乎同时挂上电话。窒息的一秒钟过去之后，我跳起来，打开门，往楼下冲。他说过，他就在楼下；姐姐说过，他眼睛里……

真的只有我吗？可是我看不到他的眼睛。背影还是谭斐挺拔的背影，我叫着他，他停下了，可是没有回头。我冲上去，紧紧抱住了他。多少次，幻想过这个场景的紧张和甜美，但不是那么回事。没有电影里的心跳，激动，甜蜜，没有任何一种我熟悉的符号般的情感。我就是想紧紧地抱他，有多紧就抱多紧，疼痛而幸福地嵌进他的血肉，变成他的一部分。

"谭斐，你别走。"我说，"我喜欢你。"

我终于说了。没有想象中那么紧张。

我听见他从胸腔里发出的声音："走开。"

我坐在研究生宿舍楼门口的台阶上。等着他回来。天早就黑了，灯光就像浮出水面般亮起来，照亮来来往往的人，他们都奇怪地看看我。后来灯光像泡沫一样熄灭的时候，他回来了。

他站在我的面前，低下头。我已经闻到他身上的酒气。我站起来。他说："安琪？"我看着他的脸，我告诉他："我想你。"然后我们接吻。

一九九九年六月十五日凌晨一点左右，我变成了女人。

那天夜里下着暴雨，电闪雷鸣的。雷雨把整个世界变成一个巨大的迪斯科舞厅。闪电切割着黑暗的形状，树木在纷乱地舞蹈。我们脱掉了彼此的T-shirt和牛仔裤。他突然说："不行。"他说我送你回家，他还说等你清醒了以后你会后悔。我不理他，我抚摸他和——它。它乖乖地在我的指尖下面颤动着，就像是阳光下的小动物。原来它是自己有生命的，它是个敏感的小生命。我笑了，我想：好孩子。

我和谭斐疼痛地飞翔。后来我感觉到了它的眼泪。它哭了，因为就连它也知道，可能我和谭斐再不会相逢。我也哭了，我说："谭斐，我爱你。"

"安琪，"他吻着我，"我现在连自尊都没了，你真傻。"

我心疼地看着他。他不是什么白马王子，杀魔鬼救公主的勇气对他而言太奢侈了。他只不过是小王子——没法面对玫瑰花的小王子，星球上甚至放不下一只绵羊。可是这根本改变不了我对他这么深的心动，我知道这就是爱。

"安琪，"他说，"我怎么现在才想明白，其实不念那个博士，又有什么大不了的？老天很公平，我现在有你。"

"嗯。"我点头。

"宝贝。"他抱紧我，"我想去上海，或者再往南走。等我闯出来——"

"我就嫁给你。"我说。我站在那一天的晨光中，觉得自己的身体睁开了一只眼睛。这个世界的阳光和声音深深地涌了进来。我和我生活的世界建立了更彻底的联系。我想这就是变成了女人吧。我不知道我和谭斐是不是真的有那么一个美丽的未来。以前人们总说："这种事电影里才会有。"可现在，越来越多的电影都愿意走"写实"路线，不再安排大团圆的结局。不过我终究相信着一个连电影都正在怀疑的结尾。让聪明的人尽情地嘲笑吧。我是比他们幸福的傻瓜。

"你去哪儿了？"姐姐问我。她背对着我，眼睛看着窗户外面。"你一整夜不回来，把爸爸妈妈都急疯了。"

我不说话。

"你还不快点给爸妈打电话，告诉他们你回来了。我想他们多半是正在报警。"姐姐的声音没有起伏，我看不到她的脸。

"知道。"我说。

"你和谭斐在一起？"姐姐说，"放心，我什么都没说。"

我也什么都没说。我看着姐姐的背影，我发现她瘦了。我是说更瘦了。她穿着白色衬衣的肩膀看上去就像一张纸片。窗户开着，风吹进来，纸片在抖。不对，是姐姐在哭。

"姐。"

"安琪。"她的声音还是没有起伏，"我马上就要毕业了，我想去一个远一点、风景不错的地方。比如说贵州。我喜欢那儿，真是漂亮，可是有很多地方很穷，小孩子需要老师。其实这个世界上没什么世外桃源。都是骗人的。"

"姐。"

电话铃在响。姐姐说："你去接。准是爸妈。"这个时候她终于转过了头，脸上全是眼泪，宁静地笑着。

结　局

结局由很多次的告别组成。

八月的时候，江恒死了。他从一座十二层的楼上飞下来，把自己变成这个城市上空一笔潦草的惊叹号。原因是他得到曾跟他同居了七年的前女友嫁人的消息。我不知道他原来还是个情种。不，我还是应该尊重死者。反正他就是一个天生能轻而易举得到太多别人费尽心机也得不到的东西的人，所以他有资格活得这么奢侈——好听一点，叫浪漫。

谭斐赢了。虽然赢得莫名其妙。爸爸跟他讲这件事时脸上的表情有点尴尬。他听完，很自然地一笑："林老师，我是来辞行的。"

他说："我觉得我自己不适合做学术。谢谢林老师。"

爸爸有点惊讶："你有什么打算吗？"

"我想去南方。"他说。

"我在南边有几个朋友，待会儿我把他们的电话抄给你。"

"不必了，谢谢您。"谭斐笑笑。

"那，保重。"爸爸看着他的眼睛。他们对望时的眼神就像金庸的小说的场景，我想。谭斐终于选择了一个最漂亮的方式退场。

姐姐是在十月初的时候离开的。回到这个故事开头的地方，我记得我说过姐姐离开家的那个秋天很美丽。不过我没说过，妈妈在姐姐临走的前一天晚上来到姐姐的房间，对她说："北琪，你是个好孩子。妈妈还真担心过你不会清醒呢。她是艺术家，她可以离经叛道，但你不行。还好——"我得声明我是无意中听到的。

第二年年初，绢姨走了。

再后来，我也离开了家。我故事里的角色就像化学实验里的分子一样被震荡到我们彼此都不熟悉的地方。还有一件事必须说：后来我和谭斐分手了。没有什么为什么。靠着长途电话维系的爱情未免脆弱。聪明的人们可以暗自庆幸，你们的经验是正确的。这个世界上的确存在某些规则。要想打破它，除非你有足够的力量。比方说：绢姨那样的美丽，妈妈那样的聪明，江恒那样的挥霍，总之你就是不能只有体温。可是我真高兴我们都反抗过了。姐姐，我，还有谭斐——我爱过，可能依然爱着的男人。

我生活在这个南方的城市里，已经两年。逐渐习惯了炎热、潮湿和寂寞。在姐姐或爸妈或绢姨的电话里想念北方的四季分明。还学法语。跟法语班上一个叫罗辛的家伙是好朋友。因为我也想到法国去，去画画。

来南方以后，我发现我使用颜色的习惯都在改变。我原先可不太喜欢参差的对照，现在却不太多画大红大绿了。昨天我又接到了绢姨的电话，她在电话里哭。因为那个法国男人跟另一个女孩一起到南美洲去了。她说："安琪，男人全是浑蛋。"我没有提醒她她跟姐姐说过一样的话。我没有说她本来有过机会不再做"假期"，"奔驰"给过她机会，姐姐也给过。

上个月，得到谭斐就要结婚的消息。那天我问罗辛愿不愿意逃课。然后我们在这个城市游手好闲地逛。直到晚上，我给罗辛讲了这个故事。听完后他问我："你很难过？"我说怎么会。他说那就好。他还说："林安琪，等我们都到法国了以后，我第一件事，就是追你。"然后他低下头，可我没有让他顺理成章地吻我。"罗辛，"我说，"我们还是做好朋友吧。"

那天晚上回到学校，我钻进了空荡荡的大画室。木头地板凉凉的，飘满石膏像和油彩的气息。我翻开那些厚厚的、精致的画册，那些大师们手下美丽的女体。我问自己：会是哪个画家的女体更像谭斐的妻子？她是个什么样的女人？应该是个有时温柔有时强硬的率性女子，聪明，善良。我不知不觉睡着了。在画室的地板上，我梦见姐姐打来的那个电话。

是姐姐告诉我谭斐要结婚的消息的。我真高兴是姐姐来告诉我。姐姐说："安琪，你要好好的。"我说当然。姐姐说："过些天，五一放长假的时候，我去看你。"姐姐现在是贵州北部一个风景如画的小镇的中学老师，教英语。姐姐是个很受欢迎的老师，因为她对那些基础奇差的学生都有用不完的耐心，还因为她总是宁静地微笑着。后面那条原因是我自己臆想出来的。

"姐，"我说，"你，也要好好的。"

"我当然好了，"姐姐笑着，"比以前要好太多了。"

"那就好。"

"安琪，你会再碰到一个人的。你会像喜欢谭斐一样地喜欢他。"

"姐，"我说，"你也一定会碰到一个人的，这个人会把你看得比他自己重要。"

我被地板的温度冻醒，醒来时听见自己的手机在响。

"安琪，我是谭斐。我听说你要去法国？"

"我听说你要结婚。"

"对。"他笑笑，"明年一月。"

"我，"我也笑了，"我也是明年一月走。"

"安琪，"他说，"我，我现在在火车站，你能来吗？"

"你是说……"我提高了声音，"我们这儿的火车站？"

他站在人群里，我一眼就看见了他。他依然英俊，瘦了些，脸上有种时间的气息。我迟疑了片刻，又犹豫了一下，又看到他脸上的微笑时，我跑了过去，我们紧紧地拥抱。

"安琪，"他的声音离我这样近，"长大了。"

亲爱的朋友，如果你碰巧生活在这个南方城市里，如果你碰巧在今年四月二十号上午九点左右到过火车站，你是否想得起你看见了一对年轻的男女，在站台上忘形地拥抱着。——我承认这个风景在火车站并不特殊。可能你认为，这不过是一对就要离别或刚刚重逢的情人。你想的没错，但事实，又远非如此。

驮水的日子

温亚军

上等兵是半年前接上这个工作的。这个工作其实很简单，就是每天赶上一头驴去山下的盖孜河边，往山上驮水。全连吃用的水都是这样一趟一趟由驴驮到山上的。

在此之前，是下士赶着一头牦牛驮水，可牦牛有一天死了，是老死的。连里本来是要再买一头牦牛驮水的，刚上任的司务长去了一趟石头城，牵回来的却是一头驴。连长问司务长怎么不买牦牛？司务长说驴便宜，一头牦牛的钱可以买两头驴呢。连长很赞赏地对司务长说了声你还真会过日子，就算认可了。但他们谁也没有想到，这驴是有点脾气的，第一天要去驮水时，就和原来负责驮水的下士犟上了。驴不愿意往它背上搁装水的挑子，第一次放上去，就被它摔下来。下士偏不信这个邪，唤几个兵过来帮忙硬给驴把挑子用绳子绑在身上，驴气得又跳又踢。下士抽了驴一鞭子，骂句："不信你还能犟过人。"就一边抽打着赶驴去驮水了，一直到晚上才驮着两个半桶水回来，并且还是司务长带人去帮着下士才把驴硬拉回来的。司务长这才知道自己图省钱却干了件蠢事，找连长去承认错误并打算再用驴去换牦牛。连长却说还是用驴算了，换来换去，要耽搁全连用水的。司务长说这驴不听话，不愿驮水。连长笑着说，它不愿驮就不叫它驮？这还不乱套了！司务长说，那咋办？连长说，调教呗！司务长一脸茫然地望着连长。连长说，我的意思不是叫下士去调教，他的脾气比驴还犟，是调教不出来的，换个人吧。连长就提出让上等兵去接驮水工作。

上等兵是第二年度兵，平时沉默寡言，和谁说个话都会脸红，让他去调教一头犟驴？司务长想着驮水可是个重要岗位，它关系着全连一日的生计问题，这么重要的工作交给平时话都难得说上半句的上等兵，他着实有点不放心。可连长说，让他试试吧。

上等兵接上驮水工作的第一天早上，还没有吹起床哨，他就提前起来把驴牵出圈，往驴背上搁装水的挑子。驴并没有因为换了一张生面孔就给对方面子，它还是极不情愿，一往它身上搁挑子就毫不留情地往下摔。上等兵一点也不性急，也不抽打驴，驴把挑子摔下来，他再搁上去，反正挑子两边装水的桶是皮囊的，又摔不坏。他一次又一次地放，用足够的耐心和驴较量着。最后把他和驴折腾得出了一身汗，可上等兵硬叫驴没有再往下摔挑子的脾气了，才牵着驴下山。

连队所在的山上离盖孜河有八公里路程，八公里在新疆就算不了什么，说起来是几步路的事。可上等兵赶着驴，走了近两个小时，驴故意磨蹭着不好好走，上等兵也是一副不急不恼的样子，任它由着自己的性子走。到了河边，上等兵往挑子上的桶里装满水后，驴又闹腾开了，几次都把挑子摔了下来，弄得上等兵一身的水。上等兵也不生气，和来时一样，驴摔下来，他再搁上去，摔下来，再搁上去。他一脸的惬意样惹得驴更是气急，那动作就更大，折腾到最后，就累了。直到半下午时，上等兵才牵着驴驮了两半桶水回来。连里本来等着用水，司务长准备带人去帮上等兵的，但连长不让去。连长说叫上等兵一个人折腾吧，人去多了，反倒是我们急了，让驴看出我们拿它没有办法，不定以后它还多嚣张呢。

上等兵回来倒下水后，没有歇息，抓上两个馒头又要牵着驴去驮水。司务长怕天黑前回不来，说别去了。可上等兵说今天的水还不够用，一定要去。司务长就让上等兵去了。

天黑透了，上等兵牵着驴才回来，依然是两半桶水。倒下水后，上等兵给驴喂了草料，自己吃过饭后，牵上驴一声不吭又往山下走。司务长追上来问他还去呀？上等兵说今天的水没有驮够！司务长说，没够就没够吧，只要吃喝的够了，洗脸都凑合点行了。上等兵说，反正水没有驮够，就不能歇。说这话时，上等兵瞪了犟头犟脑的驴一眼，驴此时正低头用力扯着上等兵手里的缰绳。司务长想着天黑透了不安全坚决不放上等兵走，去请示连长。连长说，让他去吧，对付这头犟驴也许只能用这种方法，反正这秃山上也没有野兽，让他带上手电筒去吧。司务长还是不放心。连长对他说，你带上人在暗中跟着不就行了。

上等兵牵着驴，这天晚上又去驮了两次水，天快亮时，才让驴歇下。

第二天，刚吹起床哨，上等兵就把驴从圈里牵出来，喂过料后，就去驮水。这天虽然也驮到了半夜，可桶里的水基本上是满的。一连几天都是如此，如果不驮够四趟水，上等兵就不让驴休息，但他从没有抽打过驴一鞭子。驴以前是有过挨抽的经历的，不知驴对上等兵抱有知遇之恩，还是真的被驯服了，反正驴是渐渐地没有了脾气。

连里的驮水工作又正常了。

连长这才对司务长说，怎么样，我没看错上等兵吧，对付这种犟驴，就得上等兵这样比驴更能一磨到底的人才能整治得了。

为此，连长在军人大会上表扬了上等兵。

上等兵就这样开始了驮水工作。刚开始他每天都牵着驴去驮水，慢慢地，驴的性格里也没了那份暴烈，在上等兵不愠不怒、不急不缓的调教中，心平气和得就像河边的水草。上等兵在日复一日的驮水工作中，感觉到驴已经真心实意地接纳了他，便对驴更加亲切和友好了。驴读懂了他眼中的那份亲近，朝空寂的山中吼叫几声，又在自己吼叫的回声里敲着鼓点一样的蹄音欢快地走着。上等兵感应着驴的那份欢快，明白驴对自己的认同，就更加知心地拍拍驴背，然后把缰绳往它的脖子上一盘，不再牵它，让它自己走，他跟在一边，一人一驴，走在上山或者下山的小道上。山道很窄，有些地方窄得只容一人通过，上等兵就走到了驴后面。时间一长，驴也熟悉了这种程序，上等兵基本上是跟在驴后面，下山上山都是这样。有时候，驴走得快了，见上等兵迟迟未跟上来，就立在路边候着，直到上等兵到它跟前，伸手摸摸它被山风吹得乱飞的鬃毛，说一声走吧，才又踢踏踢踏地往前走。到了河边，上等兵只需往驴背上的桶里装上水就行，水装满了，驴驮上水就走。到了夏天，盖孜河边长满了草，上等兵就让驴歇一歇，吃上一阵嫩嫩的青草。他躺在草地上，感受盖孜河湿润的和风，看着不远处驴咀嚼青草，被嚼碎的青草的芳香味洋溢着喜悦一瓣一瓣又掉入草丛。他闭上眼睛，静静地听着一些小昆虫振翅跳跃，从这棵青草跳到另一棵青草的声响，还有风钻入草丛拱出一阵的声音。他那么醉心地聆听着，竟隐隐约约地捕捉到一些悠长的牧笛声。他蓦然睁眼，那悠长的声音没有了，只有夏日的阳光宁静地铺洒着，还有已在他近处的驴咀嚼着青草，不时抬头凝视他，那眼神竟如女人一般，湿湿的，平静中含着些许的温柔和多情。每当这时，上等兵就从草地上坐起来，看着驴吃青草的样子，想着这么多日子以来他和驴日渐深厚的情谊。他和驴彼此越来越对脾气了，他说走驴就走，说停驴就停，配合得好极了，他就觉出驴的可爱来。

上等兵觉出驴可爱的时候，突然想着该给这头驴起个名字了。每天在河边、山道上，和驴在一起，他叫驴走或者停时，不知叫什么好，总是硬邦邦地说"停"或"走"，太伤他们之间的感情了。起个名字叫着多好。有了这样一个念头，上等兵兴奋起来。他一点都没有犹豫，就给驴起了个"黑家伙"的名字。上等兵起这个名字，是受了连长的影响。连长喜欢叫兵们这个家伙那个家伙的，因为驴全身都是黑的，他就给它起了"黑家伙"。虽然驴不是兵，但也是连队的一员，也是他的战友之一，当然还是他的下属。这个名字叫起来顺口也切合实际。

上等兵就这么叫了。

起初，他一叫，"黑家伙"还不知道这几个字已是它自己的名字，见上等兵一直是对着自己叫，就明白了。但它还是不大习惯这个名字，对上等兵不停地"黑家伙""黑家伙"的呼叫显得很迟钝，总是在上等兵叫过几遍之后才反应过来。但随着这呼叫次数的增多，它也无可奈何，就认可了自己叫"黑家伙"。

上等兵每天赶上"黑家伙"要到山下去驮四趟水，上午两趟，下午两趟，一次驮两桶水，共八桶水。其中四桶水给伙房，另外三桶给一、二、三班，还有一桶给连部。一般上午驮的第一趟水先给伙房做饭，第二趟给一班和二班各一桶，供大家洗漱；下午的第一趟还是给伙房，第二趟给三班和连部各一桶。这样形成了套路，慢慢地，"黑家伙"就熟悉了，每天的第几趟水驮回来给哪里，"黑家伙"会主动走到哪里，绝不会错，倒叫上等兵省了不少事。

有一天，上等兵晚上睡觉时肚子受了凉，拉稀，上午驮第二次水回来的路上，他憋不住了，没有来得及喊声"黑家伙"站下等他，就到山沟里去解决问题。待他解决完了，回到路上一看，"黑家伙"没有接到叫它停的命令，已经走出好远，转过几个山腰了。他赶紧去追，一直追到连队，"黑家伙"已经把两桶水分别驮到一班和二班的门口，兵们帮着把水桶卸下了，"黑家伙"正等着上等兵给它取下挑子吃午饭呢。

司务长正焦急地等在院子里，以为上等兵出了什么事，还想着带人去找呢。

上等兵冲到"黑家伙"跟前。"黑家伙"以为自己做错了事，扑闪着大眼睛看着上等兵，等着上等兵给它不高兴的表情。上等兵不但没有骂它，反而伸手细细抚着它的背，表扬它真行。"黑家伙"冲天叫了几声，它的兴奋感染得大家都和它一块儿高兴起来。

有了第一次，上等兵就给炊事班打招呼，决定让驴自己独自驮水回连。他在河边装上水后，对"黑家伙"说声你自己回去吧。"黑家伙"就自己上山了。上等兵第一次让"黑家伙"独自上路的时候，还有点不大放心，悄悄地跟在"黑家伙"的后面，走了好几里路。弯弯曲曲的山路上，"黑家伙"不受路两旁的任何干扰。其实也没有什么可以干扰"黑家伙"的东西。上等兵就立着，看"黑家伙"独自离去。上等兵远远地看着，发现"黑家伙"稳健的身影，竟是这山中唯一的动点。在上等兵的眼中，这唯一的动点，一下子使四周沉寂的山峰山谷多了些让人感动的东西。但究竟是什么样的感动，上等兵却又说不来。上等兵就那样看着"黑家伙"一步一步走远，直到消失在他的视线里。视野里没有"黑家伙"的影子了，上等兵才一下子感到心里有点空落，四面八方涌来的寂寞把他从那种无名的感动中揪了出来，他抖抖身子，寂寞原来已在刹那间浸淫到他的全身。上等兵这才明白，原来"黑家伙"已在他的心中占了一大块位置。在平日的相处中，他倒没有太大在意，而一旦"黑家伙"离开了他，哪怕像现在这样短短的离开，他的失落感便像春日的种子一样迅速钻出土来。上等兵望眼欲穿地盼着山道上"黑家伙"的身影出现。

过了一个多小时，果然"黑家伙"不负他望，又驮着空挑子下山来到河边。上等兵高兴极了，扑上去竟亲了"黑家伙"一口，当场表扬"黑家伙"的勇敢，并把自己在河边等"黑家伙"时割的青草奖赏给它。嫩嫩的青草一根一根卷进"黑家伙"的嘴中，"黑家伙"吃着，还不停地甩着尾巴，表示着它的高兴。

上等兵托人从石头城里买了一个铃铛回来，拴到"黑家伙"的脖子上。铃铛声清脆悦耳，陪伴着"黑家伙"行走在寂静的山道上。"黑家伙"喜欢这铃铛声，它常常在离上等兵越来越近的时候，步子也越来越快，美妙的铃铛声也就越加的响亮，远远地传到在盖孜河边等候着它的上等兵耳朵里。到了山上，负重的"黑家伙"脖子上的铃铛声也可以早早地让连队的人意识到"黑家伙"回来了。上等兵每天在河边只负责装水，装完水，他很亲热地拍拍"黑家伙"的脖子，说一声"黑家伙"，路上不要贪玩。"黑家伙"用它那湿湿的眼睛看一看上等兵，再低低叫唤几声，转身便又向连队走。上等兵再不用每趟都跟着"黑家伙"来回走了。

为了打发"黑家伙"不在身边的这段空闲时间，上等兵带上课本，送走"黑家伙"后，便坐在河边看看书，复习功课。上等兵的心里一直做着考军校的梦呢。复习累了，他会背着手，悠闲地在草地上散散步，呼吸盖孜河边纤尘不染的新鲜空气，感受远离尘世、天地合一的空旷感觉。在这里，人世间的痛苦与欢乐，幸福与失落，功利与欲望，都像融进了大自然中，被人看得那样淡泊。连"黑家伙"也一样，本来充满对抗的情绪，却慢慢地变得充满了灵性和善意。想到"黑家伙"，上等兵心里又忍不住漫过一阵留恋。他知道，只要他一考上军校，他就会和"黑家伙"分开，可他又不能为了"黑家伙"而放弃自己的理想。上等兵想着自己不管能不能考上军校，他迟早都得和"黑家伙"分开，这是注定的，心里好一阵难受，就扔开书本，拼命给"黑家伙"割青草。他想把"黑家伙"一个冬天甚至几个冬天要吃的草都割下、晒干、预备好，那样，"黑家伙"就不会忘记他，他也不会在分离的日子里倍感难受。

在铃铛的响声中，又过了一年。这年夏天，已晋升为下士的上等兵考取军校。接到通知书的那天，连长对上等兵说，你考上了军校，还得感谢"黑家伙"呢，是它给你提供了复习功课的时间，你才能考出好成绩的。

上等兵激动地点着头说，我是得感谢"黑家伙"。他这样说时，心里一阵难过，为这早早到来的他和"黑家伙"的分手，几天里都觉得心里沉甸甸的。临离开高原去军校前的那一段日子，他一直坚持和"黑家伙"驮水驮到了他离开连队的前一天。他还给"黑家伙"割了一大堆青草。

走的那天，上等兵叫"黑家伙"驮着自己的行李下山，"黑家伙"似乎预感到什么，一路上走得很慢，慢得使刚接上驮水工作的新兵有点着急，几次想动手赶它，都被上等兵制止了。半晌午时才到了盖孜河边，上等兵给"黑家伙"背上的挑子里最后一次装上水，对它交代一番后，看着它往山上走去，直到"黑家伙"走出很远。等他恋恋不舍地背着行李要走时，突然听到熟悉的铃声由远及近急促而来。他猛然转过身，向山路望去，"黑家伙"正以他平时不曾见过的速度向他飞奔而来，纷乱的铃铛声大片大片地摔落在地，"黑家伙"又把它们踩得粉碎。上等兵被铃声惊扰着，心不由自主地一颤，眼睛被一种液体模糊了。模糊中，他发现，奔跑着的"黑家伙"是这凝固的群山中唯一的动点。

大老郑的女人

魏微

一

算起来，这是十几年前的事了。

那时候，大老郑不过四十来岁吧，是我家的房客。当时，家里房子多，又是临街，我母亲便腾出几间房来，出租给那些来此地做生意的外地人。也不知从哪一天起，我们这个小城渐渐热闹了起来，看起来，就好像是繁华了。

原来，我们这里是很安静的，街上不大看得见外地人。生意人家也少，即便有，那也是祖上的传统，习惯在家门口摆个小摊位，卖些糖果、干货、茶叶之类的东西。本城的大部分居民，无论是机关的，工厂的，学校的……都过着闲适、有规律的生活，上班，下班，或有周末领着一家人去逛逛公园，看场电影的。

城又小。一条河流，几座小桥。前街，后街，东关，西关……我们就在这里生活着，出生，长大，慢慢地衰老。

谁家没有那些陈芝麻烂谷子的事，说起来都不是什么新鲜事，不过东家长西家短的，谁家婆媳闹不和了，谁离婚了，谁改嫁了，谁作风不好了，谁家儿子犯了法了……这些事要是轮到自己头上，就扛着，要是轮到别人头上，就传一传，说一说，该叹的叹两声，该笑的笑一通，就完了，各自忙生活去了。

这是一座古城，不记得有多少年的历史了，项羽打刘邦那会儿，它就在着，现在它还在着；项羽打刘邦那会儿，人们是怎么生活的，现在也差不多这样生活着。

有一种时候，时间在这小城走得很慢。一年年地过去了，那些街道和小巷都还在着，可是一回首，人已经老了。——也许是，那些街道和小巷都老了，可是人却还活着：如果你不经意走过一户人家的门口，看见这家的门洞里坐着一个小妇人，她在剥毛豆米，她把竹筐放在膝盖上，剥得飞快，满地绿色的毛豆壳子。一个静静的瞬间，她大约是剥累了，或者把手指甲挣疼了，她抬起头来，把手甩了甩，放在嘴唇边咬一咬，哈哈气……可不是，她这一哈气，从前的那个人就活了。所有的她都活在这个小妇人的身体里，她的剥毛豆米的动作里，她抬一抬头，甩一甩手……从前的时光就回来了。

再比如说，你经过一条巷口，看见傍晚的老槐树底下，坐着几个老人，有一搭无一搭地聊着什么。他们在讲古诚。其中一个老人，也有八十了吧，讲着讲着，突然抬起头来，拿手朝后颈处挠了几下，说，日娘的，你个毛辣子。

多少年过去了，我们小城还保留着淳朴的模样，这巷口，老人，俚语，傍晚的槐树花香……有一种古民风的感觉。

另一种时候，我们小城也是活泼的，时代的讯息像风一样刮过来，以它自己的速度生长，减弱，就变成我们自己的东西了。时代讯息最惊人的变化首先表现在我们小城女子的身上。我们这里的女子多是时髦的。不记得是哪一年了，我在报纸上看到，广州妇女开始化妆了，涂口红，掸眼影，一些窗口单位如商场等还做了硬性规定，违者罚款。广州是什么地方，可是也就一年半载的工夫，化妆这件事就在我们这里流行起来了。

我们小城的女子，远的不说，就从穿列宁装开始，到黄军服，到连衣裙，到超短裙……这里横躺了多少个时代，我们哪一趟没赶上？

我们这里不发达，可是信息并不闭塞。有一阵子，我们这里的人开口闭口就谈改革，下海，经济，因为这些都是新鲜词汇。

后来，外地人就来了。

外地人不知怎么找到了我们这个小城，在这里做起了生意，有的发了财，有的破了产，最后都走了，新的外地人又来了。

最先来此地落脚的是一对温州姐妹。这对姐妹长得好，白皙秀美，说话的声音也温婉曲折，听起来就像唱歌一样。她们的打扮也和本地人有所区别，谈不上哪有区别，就比如说同样的衣服穿在她们身上，就略有不同。她们大约要洋气一些，现代一些；言行淡定，很像是见过世面的样子。总之，她们给我们小城带来了一缕时代的气息，这气息让我们想起诸如开放、沿海、广东这一类的名词。

也许是基于这种考虑，这对姐妹就为她们的发廊取名叫作"广州发廊"。广州发廊开在后街上，这是一条老街，也不知多少年了，这条街上就有了新华书店，老邮局，派出所，文化馆，医院，粮所……后来，就有了这家发廊。

这是我们小城的第一家发廊，起先，谁也没注意它，它只有一间门面，很小。而且，我们这里管发廊不叫发廊，我们叫理发店，或者剃头店。一般是男顾客占多，隔三岔五地来理理发，修修面，或者叫人捏捏肩膀、捶捶背。我们小城女子也有来理发店的，差不多就是洗洗头发，剪了，左右看看就行了。那时，我们这里还没有烫发的，若是在街上看见一个自来卷的女子，她的波浪形的头发，那真是能艳羡死很多人的，多洋气啊，像个洋娃娃。

广州发廊给我们小城带来了一场革新。就像一面镜子，有人这样形容道，它是一个时代在我们小城的投影。仅仅从头发上来说，我们知道，生活原来可以这样，花样百出，争奇斗艳。是从这里，我们被告知关于头发的种种常识，根据脸形设计发型，干洗湿洗，修护保养，拉丝拉直，更不要说烫发了。

等我知道了广州发廊，已经是两三年以后的事了。有一天放学，我和一个女同学过来看了，一间不足十米见方的小屋子里，集中了我们城里最时髦漂亮的女子，她们取号排队，也有坐着的，也有站着的，或者手里拿着一本发型书，互相交流着心得体会……我有些目眩，到底因为年纪小，胆怯，踅在门口看了一下就跑出来了。

我听人说，广州发廊之所以生财有道，是因为不单做女人的生意，就连男人的生意也要做的。做男人的生意，当然不是指做头发，而是别的。这"别的"，就有人不懂了，那懂的人就会诡秘一笑，解释给他听：这就是说，白天做女人的生意，夜里做男人的生意。听的人这才似懂非懂，恍然大悟，因为这类事在当时是破天荒的，人的见识里也是没有的。因此都当作一件新奇事，私下里议论得很有劲道。

倘若有人怀疑道，不可能吧？派出所就在这条街上……话还没说完，就会被人"嘻"的一声打断道，派出所？怎见得派出所里就没她们的人？说着便一脸的坏笑。或者由另外的人接话道，你真是不灵通，现在都什么年代了，这事在广东那边早盛行了。

大老郑是在后些年来到我们小城的，他是福建莆田人，来这里做竹器生意。当时，我们城里已经集聚了相当规模的外地人，就连本城人也有下海做生意的，卖小五金的，卖电器的，开服装店的。

广州发廊不在了，可是更多的发廊冒出来，像温州发廊，深圳发廊……这些发廊也多是外地人开的，照样门庭若市。那温州两姐妹早走了，她们在这里待了三四年，赚足了钱。关于她们的传言没人再愿意提起了，仿佛它已成了老皇历。总之，传言的真假且不去管它，但有一点却是真的，人们因为这件事被教育了，他们的眼界开阔了，他们接受了这样一个现实。一切已见怪不怪。

大老郑租的是我家临街的一间房子。后来，他三个兄弟也跟过来了，他就在我家院子里又加租了两间房。院子里凭空多了一户人家，起先我们是不习惯的，后来就习惯了，甚至有点喜欢上他们了，因为这四兄弟为人正派乖巧，个性又各不一样，凑在一起实在是很热闹。关键是，他们身上没有生意人的习气，可什么是生意人的习气，我们又一下子说不明白了。

就说大老郑吧，他老成持重，长得也温柔敦厚，一看就是个做兄长的样子。平时话不多，可是做起事来，那真是既有礼节，却又不拘泥于礼节，这大概就是常人所说的分寸了。当年，我家院子里结了一株葡萄，长得很旺盛，一到夏天，成串的葡萄从架子上挂下来，我母亲便让大老郑兄弟摘着吃。或者她自己摘了，洗净了，放到盘子里，让我弟弟送过去。大老郑先推让一回，便收下了；可是隔一些日子，他就瓜果桃梨地买回来，送到我家的桌子上。又会说话，又能体贴人，说的是：是去乡下办事，顺便从瓜田里买回来的，又新鲜，又便宜，不值几个钱的，吃着玩吧……一边说，一边笑，仿佛占了多少便宜似的。

他又是顶勤快的一个人。每天清晨，天蒙蒙亮就起床了，开门第一件事就是扫院子，又为我家的花园浇浇水，除除草……就像待自己家里一样。我奶奶也常夸大老郑懂事，能干，心又细，眼头又活……哪个女人跟了他，怕要享一辈子福呢。

大老郑的女人在家乡，十六岁的时候就嫁到郑家了，跟他生了一双儿女。我们便常常问大老郑，他的女人，还有他的一双儿女。但凡这时候，大老郑总是要笑的，不说好，也不说不好……总之，那样子就是好了。

我们说，大老郑，什么时候把你老婆孩子也接过来吧，一起住一段。

大老郑便说好，说好的时候照样还是笑着的。

有很长一段时间，我们都信了大老郑的话，以为他会在不经意的某天，突然带一个女人和两个少年到院子里来。尤其是我和弟弟，整个暑假慢而且昏黄，就更加盼望着院子里能多出一两个玩伴，他们来自遥远的海边，身体被晒得黝黑发亮，身上能闻见海的气味。他们那儿有高山，还有平原，可以看见大片的竹林。

这些，都是大老郑告诉我们的。大老郑并不常提起他的家乡，我们要是问起了，他就会说一两句，只是他言语朴实，他也很少说他的家乡有多好、多美，但是不知为什么，我的眼前总浮现出一幅和我们小城迥然不同的海边小镇的图景，那儿有青石板小路，月光是蓝色的，女人们穿着蓝印花布衣衫，头上戴着斗笠，背上背着竹筐……和我们小城一样，那儿也有民风淳朴的一瞬间，总有那么一瞬间，人们善良地生活着，善良而且安宁。

我不知道，我为什么会有这样的想象，也许这一切是缘于大老郑吧。一天天的日常相处，我们慢慢对他生出了感情，还有信任，还有很多不合实际的幻想。我们喜欢他。还有他的三个弟弟，也都个个讨人喜欢。就说他的大弟弟吧，我们俗称二老郑的，最是个活泼俏皮的人物，又爱说笑，又会唱歌。唱的是他们家乡的小调：

姑娘啊姑娘

你水桶腰　水桶腰

　　腔调又怪，词又贫，我们都忍不住要笑起来。有一次，大老郑以半开玩笑的口吻，托我母亲替他的这个弟弟在我们小城里结一门亲事，我母亲说，不回去了？大老郑笑道，他们可以不回去，我是要回去的，是有老婆孩子的人呢。

　　大老郑出来已有些年头了，他们莆田的男人，是有外出跑码头的传统的。钱挣多挣少不说，一年到头是难得回几次家的，我母亲便说，不想老婆孩子啊？大老郑挠挠腮说道，有时候想。我母亲说，怎么叫有时候想？大老郑笑道，我这话错了吗？不有时候想，难道是时时刻刻想？我母亲说，那还不赶快回去看看。大老郑说，不回去。我母亲说，这又是为什么？大老郑笑道，都习惯了。他又朝他的几个兄弟努努嘴，道，这一摊子事丢给他们，能行吗？

　　大老郑爱和我母亲叨唠些家常。这几个兄弟，只有他年纪略长，其余的三个，一个二十六岁，一个二十岁，最小的才十五岁。我母亲说，书也不念了？大老郑说，不念了。都不是念书的人。我母亲说，老三还可以，文弱书生的样子，又不爱说话，又不出门的。大老郑说，他也就闷在屋子里吹吹笛子罢了。

　　老三吹得一手好笛子，每逢有月亮的晚上，他就把灯灭了，一个人坐在窗前，悠悠地吹笛子去了。难得有那样安静惬意的时刻，我们小城仿佛也不再喧闹了，变得寂静，沉默，离一切好像很远了。

　　有一阵子，我们仿佛真是生活在一个很远的年代里，尤其是夏天的晚上，我们早早地吃完了饭，我和弟弟把小矮凳搬到院子里，就摆出乘凉的架势。我们三三两两地坐着，在幽暗的星空底下，一边拍打着蒲扇，一边听我父母讲讲他们从单位听来的趣闻，或者大老郑兄弟会说些他们远在天边的莆田的事情。

　　或有碰上好的连续剧，我们就把电视机搬到院子里，两家人一起看；要是谈兴甚浓的某个晚上，我们就连电视也不看的，就光顾着聊天了。

　　我们说一些闲杂的话，吃着不拘是谁家买来的西瓜，困了，就陆续回房睡了。有时候，我和弟弟舍不得回房，就赖在院子里。我们躺在小凉床上，为的就是享受这夏夜安闲的气氛，看天上的繁星，或者月亮光底下梧桐叶打在墙上的影子；听蛐蛐、知了在叫，然后在大人窃窃的细语中，在郑家兄弟悠扬的笛声和催眠曲一样的歌声中睡去了。

似乎在睡梦之中，还能隐隐听到，我父亲在和大老郑聊些时政方面的事，关于经济体制改革，政企分开，江苏的乡镇企业，浙江的个体经营……那还了得！——只听我父亲叹道，时代已发展到什么程度了！

我们两家人，坐在那四方的天底下，关起院门来其实是一个完整的小世界。不管谈的是什么，这世界还是那样的单纯、洁净、古老……使我后来相信，我们其实是生活在一场遥远的梦里面，而这梦，竟是那样的美好。

二

有一天，大老郑带了一个女人回来。

这女人并不美，她是刀削脸，却生得骨骼粗大。人又高又瘦，身材又板，从后面看上去倒像个男人。她穿着一身黑西服，白旅游鞋，这一打眼，就不是我们小城女子的打扮了。说是乡下人吧，也不像。因为我们这里的乡下女子，多是老老实实的庄稼人的打扮，她们不洋气，可是她们朴素自然，即便穿着碎花布袄，方口布鞋，那样子也是得体的，落落大方的。

我们也不认为，这是大老郑的老婆，因为没有哪个男人是这样带老婆进家门的。大老郑把她带进我家的院子里，并不做任何介绍，只朝我们笑笑，就进屋了。隔了一会儿，他又出来了，踅在门口站了会儿，仍旧朝我们笑笑。

我们也只好笑笑。

我母亲把二老郑拉到一边说，该不会是你哥哥雇的保姆吧。二老郑探头看了一眼，说，不像。保姆哪有这样的派头，拎两只皮箱来呢。

我母亲说，看样子要在这里落脚了，你哥哥给你们找了个新嫂子呢。二老郑便吐了一下舌头，笑着跑了。

说话已到了傍晚，天色还未完全暗下来，从那半开着的门窗里，我们就看见了这个女人，她坐在靠床的一张椅子上，略低着头，灯光底下只看见她那张平坦的脸，把眼睛低着，看自己的脚。她大约是坐得无聊了，偶尔就抬起头来朝院子里睃上一眼，没想到和我们其中一个的眼睛碰个正着，她就又重新低下了头，手不知往哪里放，先拉拉衣角，然后有点局促的，就摆弄自己的手去了。

她的样子是有点像做新娘子的，害羞，拘谨，生疏。来到一个新环境里，似乎还不能适应。屋里的这个男人，看上去她也不很熟悉，也许见过几次面，留下一个模糊美好的印象，知道他是个老实人，会待她好，她就同意了，跟了他。

那天晚上，她给我们造成了一种婚嫁的感觉，这感觉庄重，正大，还有点羞涩，仿佛是一对少年夫妻的第一次结合，这中间经过媒妁之言，一层层繁杂的手续……终于等来了这一天。而这一天，院子里的气氛是冷淡了些，大家都在观望。只有大老郑兴兴头头的，在屋子里一刻不停地忙碌着，他先是扫地、擦桌子……当这一切都做完的时候，他犹豫了一下，在离她有一拳之隔的床头坐下了。他搓着手，一直微笑着，也许他在跟她说些什么，她抬起头来看他一眼，就笑了。

他起来给她倒了一杯水。

再起来给她搬来一只放杯子的凳子。

那么下面还能做些什么呢？想起来了，应该削个苹果吧，于是他就削苹果了。他把苹果削得很慢很慢，像在玩一样技艺。有时他会看她，但更多的还是看我们，看我和弟弟，还有他家的老四。我们这几个半大不小的孩子，就站在院子正中的花园里，一边说着玩着笑着，一边装作不经意地探头看着……隔着花园里的各种盆盆罐罐，两棵冬青树，我们看见大老郑半恼不恼地瞪着我们，他伸出一只腿来把门轻轻地挡上了。

那天晚上，这女人就在大老郑的房里住下了。原先，大老郑是和老四住一间房，后来，老四被叫进去了，隔了一会儿，我们看见他卷着铺盖从这一间房挪到另一间房，他又嘟着嘴，好像很不情愿的样子，我们就都笑了。

那天的气氛很奇怪，我们一直在笑。按说，这件事本没有什么特别可笑的地方，因为我们小城的风气虽然保守了些，可是在男女之事上，也有它开通豁达的一面。大约这类事在哪里都是免不了的，一个已婚男子，老婆又常不在身边，那么，他偶尔做些偷鸡摸狗的事也是正常的。我父亲有一个朋友，我们唤作李叔叔的，最是个促狭的人物，因常来我们家，和大老郑混熟了，有一次他就拿他开玩笑说，大老郑，给你找个女朋友吧？

大老郑便笑了，嗫嚅着嘴巴，半晌没见他说出什么来。李叔叔说，你看，你长得又好，牙齿又白，还动不动就脸红——

我母亲一旁笑道，你别逗他了，大老郑老实，他不是那种人。

可是那天晚上，我母亲也不得不承认道：这个死大老郑，我真是没看出来呢。她坐在沙发上，很笃定地等大老郑过来跟她谈一次。她是房主，院子里突然多出来一个女人，她总得过问一下，了解一些情况吧。

原来，这女人确是我们当地的，虽家在乡下，可是来城里已有很多年了。先是在面粉厂做临时工，后来不知为什么辞了职，在人民剧场一带卖葵花籽。我母亲说，我们也常去人民剧场看电影看戏的，怎么就没见过你？

女人说，我也常回家的。——当天晚些时候，大老郑领女人过来拜谒我母亲，两人坐在我家的客厅里，女人不太说什么，只是低着头，拿手指一遍遍地划沙发上的布纹，她划得很认真，那短暂的十几分钟，她的心思都集中到她的手指和布纹上去了吧？大老郑呢，只是一个劲地抽烟，偶尔，他和我母亲聊些别的事，常常就沉默了。话简直没法说下去了，他抬头看了一眼灯下的蛾虫，就笑了。我母亲，你笑什么？

大老郑说，我没笑啊。

这么一说，禁不住女人也笑了起来。

女人就这样来到我们的生活里，成为院子里的一个成员。这一类的事，又不便明说的，大家也就睁一只眼闭一只眼的，就此混过去算了。我母亲原是极开明的，可是有一阵子，她也苦恼了，常对我父亲嘀咕道，这叫什么事啊！家妻外妾的，还当真过起小日子来了。——又是叹气，又是笑的，说，别人要是知道了，还不知该怎么嚼舌呢，以为我这院子是藏污纳垢的——

其实，这是我母亲多虑了。时间已走到了1987年秋天，我们小城的风气已经很开化了。像暗娼这样古老的职业都慢慢回头了，公安局就常下达"扫黄"文件，我父亲所在的报社也做过几次跟踪报道。当然了，我们谁也没见过暗娼，也不知她们长什么样子，穿什么样的衣裳，有着怎样的言行和做派，所以私下里都很好奇。我母亲笑道，再怎么着，大老郑带来的这个也不像。我奶奶说，不像，这孩子老实。再则呢，她也不漂亮，吃这行饭的，没个脸蛋身段，那股子浪劲，那还不饿死！我父亲笑道，你们都瞎说什么呢？

总之，那些年，我们的疑心病是重了些，我们是对一切都有好奇、都要猜忌的。那的确是个与众不同的年代吧，人心总是急吼吼的，好像睡觉也睡不安稳。一夜醒来，看到的不过还是那些旧街道和旧楼房，可是你总会感觉到，有什么东西变了，它正在变，它已经变了，它就发生在我们的生活里，而我们是看不见的。

无论如何，女人就在我家的院子里住了下来。起先，我们对她并不友善，我母亲也有点忌讳她和大老郑的姘居关系，可是她又不能赶的，一则和大老郑的交情还不错，二则呢，这女人也着实可怜，没家没道的。乡下还有个八岁的男孩，因离了婚，判给前夫了。

她待大老郑又是极好的，主要是勤快，不惜力气。平时浆洗缝补那是免不了的，几个兄弟回来，哪次吃的不是现成饭？还换着花样，今天吃鱼明天吃肉的，逢着大老郑兴致好了，哥几个呷二两小酒也是有的。他们一家子人，围着饭桌坐着，在日光灯底下，刚擦洗过的地面泛着清冷的光。

有时候，饭是吃得冷清了些，都不太说话，偶尔大老郑会搭讪两句，女人坐在一旁静静地笑。有时却正好相反，许是喝了点酒的缘故吧，气氛就活跃了起来。老二敲着竹筷唱起了歌，他唱着哩哩啦啦的，不成腔调，女人抿嘴一乐道，是喝多了吧？

老三说，别理他，他一会就好了。

两人都愣了一下，可不是，话就这么接上了，连他们自己都不提防。郑家几个兄弟都是老实人，他们对她始终是淡淡的，淡不是冷淡，而是害羞和难堪。就比如说她姓章，可是怎么称呼呢，又不能叫嫂子或姐姐的，于是就叫一声"哎"吧，"哎"了以后再笑笑。

女人很聪明，许是看出我们的态度有点睥睨，所以轻易不出门的。白天她一个人在家，她把衣服洗了，饭做了，卫生扫了，就坐在沙发上嗑嗑瓜子，看看电视。看见我们，照例会笑笑，抬一下身子，并不多说什么。从她进驻的那一天起，这屋子就变了，新添了沙发、茶几、电视……她还养了一只猫，秋天的下午，猫躺在门洞里睡着了，下午三四点钟的太阳照下来，使整个屋子洋溢着动物皮毛一样的温暖。

有一次，我看见她在织手套，枣红色的，手形小巧而精致，就问，给谁的？织给儿子的吗？她笑道，儿子的手会有这么大？是老四的。她放下手里的活，找来织好的那一只放在我手上比试一下，说，我估计差不多，不会小吧？

几个弟弟中，她是最疼老四的，老四嘴巴甜，又不明事理，有一次就喊她做"姐姐"了，她愣了一下。一旁的老二老三对了对眼色，竟笑了。没人的时候，老四会告诉她莆田的一些事情，他的嫂子，两个侄儿。他们镇上，很多人家都住上小楼了，她就问，那你家呢？老四说，暂时还没有，不过也快了。

她又问，你嫂子漂亮吗？这个让老四为难了，他低着头，把手伸进脖颈处够了够，说，反正是，挺胖的。她就笑了。

她并不太多问什么的，说了一会儿话，就差老四回房，看看他二哥三哥可在，老四把头贴在窗玻璃上说，你待会儿来打扫吧，他们在睡觉。她笑道，谁说我要打扫，我要洗被子，顺带把你们的一块儿洗了。

她虽是个乡下人，却是极爱干净的，和几个兄弟又都处得不错，平时帮衬着替他们做点事情。她说，我就想着，他们挺不容易的，到这千儿八百里的地方来，也没个亲戚朋友的，也没个女人。说着就笑了起来。她的性格是有点淡的，不太爱说话，可是即便一个人在房间里坐着，房间里也到处都是她的气息。就像是她把房间给撑起来了，她大了，房间小了。

也真是奇怪，原来我们看见的散沙一样的四个男人，从她住进来不久，就不见了，他们被她身上一种奇怪的东西统领着，服从了，慢慢成了一个整体。有一次，我母亲叹道，屋里有个女人，到底不一样些，这就像个家了。

而在这个家里，她并不是自觉的，就扮演了她所能扮演的一切角色，妻子，母亲，佣工，女主人……而她，不过是大老郑的萍水相逢的女人。

她和大老郑算得上是恩爱了。也说不上哪里恩爱，在他们居家过日子的生活里，一切都是平平常常的，不过是在一间屋子里吃饭，睡觉。得空大老郑就回来看看，也没什么要紧事，就是陪陪她，一起说说话。她坐在床上，他坐在床对面的沙发上。门也不关。——门一不关，大方就出来了，就像夫妻了。

慢慢地，我们也把她当作大老郑的妻子，竟忘了莆田的那个。我们说话又总是很小心，生怕伤了她。只有一次，莆田的那个来信了，我奶奶对大老郑笑道，信上说什么了？是不是盼着你回去呢？我母亲咳嗽了一声，我奶奶立刻意识到了，讪讪的，很难为情了。女人像是没听见似的，微笑着坐在灯影里，相当安静地削苹果给我们吃。

也许我们不会意识到，时间怎样纠正了我们，半年过去了，我们接受了这女人，并喜欢上了她。我们对她是不敢有一点猜想的，仿佛这样就亵渎了她。我母亲曾戏称他们叫"野鸳鸯"的，她说，她待他好，不过是贪图他那点钱。后来，我母亲就不说了，因为这话没意思透了，在流水一样平淡的日子里，我们看见，这对男女是爱着的。

他们爱得很安静，也许他们是不作兴海誓山盟的那一类，经历了很多事情了，都不天真了。往往是晚饭后，如果天不很冷的话，他们就出去走走，我母亲打趣道，还轧马路？怎么跟年轻人似的。他们就笑笑，女人把围巾挂在大老郑的脖子上，又把他的衣领立起来。有时候他们也会带上老四，老四在院子外玩陀螺，他一边抽着陀螺，一边就跟着他们走远了。

或有碰上他们不出去的，我们两家依旧是要聊聊天的，说一说天气，饮食，时政。老二倚在门口，说了一句笑话，我们便"哧"的一声笑了。也是赶巧了，这时候从隔壁的房间里传来一声清亮的笛音，试探性的，断断续续的，女人说，老三又在吹笛子了。我们便屏住了声息，老三吹得不很熟练，然而听得出来，这是一首忧伤的调子，在寒夜的上空，像云雾一样静静地升了起来。

我家的院子似乎又恢复了从前的样子，甚至比从前还要好。一个有月亮光的晚上，人们寒缩，久长，温暖。静静地坐在屋子里，知道另一间屋子里有一个女人，她坐在沙发上织毛线衣，猫蜷在她脚下睡着了。冬夜是如此清冷，然而，她给我们带来了一种岁月悠长的东西，这东西是安稳，齐整，像冬天里人嘴里哈出来的一口热气，虽然它不久就要冷了，可是那一瞬间，它在着。

她坐在哪儿，哪儿就有小火炉的暖香，烘烘的木屑的气味，整间屋子地弥漫着，然而我们真的要睡了。

有一阵子，我母亲很为他们忧虑，她说，这一对露水夫妻，好成这样子，总得有个结果吧？然而他们却不像有"结果"的样子，看上去，他们是把一天当作一生来过的，所以很沉着，一点都不着急。冬天的午后，我们照例是要午睡的，这一对却坐在门洞里，男人在削竹片，女人搬个矮凳坐在他身后，她把毛线团高高地举起来，逗猫玩。猫爬到她身上去了，她跳起来，一路小跑着，且回头"喵喵"地叫唤着，笑着。

这时候，她身上的孩子气就出来了，非常生动的、俏皮的，像一个可爱的姑娘。她年纪并不大，顶多有二十七八岁吧。有时候她把眼睛抬一抬，眼风里是有那么一点活泼的东西的。——背着许多人，她在大老郑面前，未尝就不是个活色生香的女人。

逢着这时候，大老郑是会笑的，他看她的眼神很奇怪，是一个男人对女人的，又是一个长者对孩子的。他说，你就不能安静会儿。

她重新踅回来坐在他身后，或许是拿手指戳了戳他的腰，他回过头来笑道，你干什么？她说，没干什么。他们不时地总要打量上几眼，笑笑，不说什么，又埋头干活了。看得多了，她就会说，你傻不傻？大老郑笑道，傻。

这时候，轮着他做小孩子了，她像个长者。

三

第二年开春，院子里来了一个男人。这男人大约四十来岁吧，一身乡下人的打扮，穿着藏青裤子，解放鞋。许是早春时节，天嫌冷了些，他的对襟棉袄还未脱身，袖口又短，穿在身上使他整个人变得寒缩，紧张。

按说，我们也算是见过一些乡下人的，有的甚至比他穿得还要随便，不讲究的，但没有像他这样邋遢、落伍的……他又是一副浑然无知的样子，看上去既愚钝又迂腐，像对一切都要服从，都能妥协的。那些年，我们这里的乡下人也多有活络的，部分时髦人物甚至胆敢到城里来做买卖的，开口闭口就谈钱，经济、回扣，十足见过世面的样子。可这个男人不是，看得出来，他是属于土地的，他固守在那里，摆弄摆弄庄稼……这大概是他第一次进城吧？

他像是要找人的样子，有点怯生生的，先是站在我家院门外略张了张，待进不进的。手里又攥着一张皱巴巴的纸条，不时地朝门牌上对照着。那天是星期天，院子里没什么人，吃完了午饭，大老郑携女人逛街去了，其余的人，或有出去办事的，到澡堂洗澡的，串门的……因此只剩下我和母亲在太阳底下闲坐着。老四和我弟弟伏在地上打玻璃球。

这时候，我们就看见了他，生涩地笑着，瑟缩而谦卑，仿佛怕得罪谁似的。我母亲因勾头问道，你找谁？他低下头，微微弯着身子，把手抄进衣袖里说道，我来找我的女人。我母亲说，你女人叫什么？并向他招招手，他满怀感激地就进来了，轻声说了一个名字，我母亲扭头看了我一眼，噢了一声。

他要找的是大老郑的女人，这就是说，他是女人的前夫了？

我们再也不会想到，这辈子会见到女人的前夫，因此都细细地打量起他来。他长得还算结实，一张红膛脸，五官怕比大老郑还要精致些，只是肤质粗糙，明显能看出风吹日晒的痕迹，那痕迹里有尘土、暴阳，田间劳作的种种辛苦……也不知为什么，这乡下人身上的辛苦是如此多而且沉重，仿佛我们就看见似的，其实也没有。

他一个人站在我家的院子里，孤零零的，显得那样的小，而且苍茫。春天的太阳底下，我们吃饱了饭，温暖，麻木，昏沉，然而看见他，心却一凛，陡地醒过来了。我母亲说，要么，你就等等？他笑笑。我母亲示意我进屋搬个凳子出来，等我把凳子搬出来时，他已贴着墙壁蹲下了，从怀里取出烟斗，在水泥地上磕了磕。

毋庸讳言，我们对他是有一点好奇的。比如说，我们不知道他为什么来找女人，是想重修旧好吗？他们现在还有密切的联系吗？他们又是怎么离的婚？我们对女人是一点都不了解的，只知道她的好，他也是好的……可是两个好人，怎么就不能安安生生过日子呢？

起先，他是很拘谨的，不太说什么。可是也就一袋烟的工夫，他就和我母亲聊上了。原来，他是极爱说话的，他说话的时候有一种沉稳又活泼的声色，使我们稍稍有些惊诧，又觉得他是可爱的。他说起田里的收成，他家的一头母猪和五头小猪，屋后的树……总之加起来，扣除税和村上的提留，他一年也能挣个几百块钱呢！——不过，他又叹道，也没用处，这几百块钱得分开八瓣子用，买化肥和农药，孩子的书学费，他寡母的医药费……所以，手里不但落不下什么钱，反倒欠了些债。

我母亲说，这如何是好呢？

他没有答话，把手伸进腋窝里挠了几下，拿出来嗅嗅，就又说起他们村上，有两家万元户的，他们凭什么？不就因着手里有点余钱，承包个果园，鱼塘……他哼了一声，看得出有点不屑了。他们丢了田，他咕哝道，天要罚的。他说这话时有一种平静的声气，很忧伤，而且悲苦。

我母亲打趣道，依我看，你要解放思想，那田不种也罢。

他打量了我母亲一眼，瓮声瓮气说道，种田好。

我母亲笑道，怎么好了？种田你就当不上万元户。

他的脸都涨红了，急忙申辩道，种田踏实。自从盘古开天以来，哪有农民不种田的，你倒跟我说说！也就是这些年——可这些年怎么了，他一下子又说不出来了——再说，我不当万元户，也照样有饭吃，有衣穿，也能住上新瓦房。不过——他想了想，把手肘压在膝盖上，突然羞涩地笑了。他承认道，造瓦房的钱主要是女人的，她在城里当干部，每月总能挣个三四百，够得上他半年的收入了。

我们都愣了一下，我母亲疑惑道，当干部？当什么干部？我一个月都挣不了三四百，问问这城里，除了做生意的——再说，不是离婚了吗？

离婚？他扶着膝盖站起来了，睁大眼睛说道，你听谁说的？

看他那眉目神情，我们都有点明白了，也许……我们应该怀疑了，什么地方出问题了，我们被蒙蔽了。他不是女人的前夫，他是她的男人。我母亲朝我努努嘴，示意我把老四和弟弟领到院外去，她又笑道，瞧我说的这是哪门子胡话，因不常见着你，小章又一个人住，就以为你们是离了婚的。

男人委屈地叫道，她不让我来呀。再说了，家前屋后的也离不开人，要不是细伢子的书学费……这不，都欠了一个月了。老师下最后通牒了，说是再不交就甭上学了。也是赶巧了，那天二顺子进城，在这门口看见了她，要不我哪里找她去？

他絮絮地说着，抱怨起这些年他的生活，又当爹又当妈的，家也不像家了；但凡手里宽绰些，他也不会放她出来。当什么干部？——他哧的一声笑了，我还不知道她那点能耐？双手捧不动四两的，也就混在棉织厂，当个临时组长罢了。

我和母亲面面相觑。面粉厂，棉织厂，人民剧场卖葵花籽……这么一说，都是假的了。我母亲且不敢声张，又拐弯抹角地问了他一些别的。总之，事情渐趋明朗了，它被撕开了面纱，朝我们最不愿意看到的那个方向转弯了。

男人一说竟滑了嘴，收不住了。那天晌午，我们耳旁嗡嗡的全是他的声音。那是怎样的声音啊……一说起他的婆娘，他显得那样的啰唆，亲切而且忧伤。他时常想她吗？夜深人静的时候，他是否常常就醒过来，看窗格子外的一轮月亮。一天中难得有这样的时刻，能静下来想点事情吧？白天下田劳作，晚上锅前灶后地忙碌，一年年地，他侍候老母，抚养幼子……这简直要了他的命！他的女人在哪儿？这当儿，她也睡了吧？一想起她在床上的熊样子，他就想笑。想得要命。她是顾家的，哪次回来没给他捎上好的烟叶，给儿子买各式玩具，给婆婆带几样药品？可他不如意，也不知为什么，有时简直想哭。他就想着，等日子好了，他要把她接回来，安排她做分内的事，让家里重新燃起油烟气。

呵，让家里燃起油烟气。那一刻，他坐在正午的太阳底下，慢慢地眯起了眼睛。

他停顿了一下，许是说累了，不愿再说下去了。在那空旷的正午，满地白金的太阳影子，我家的院子突然变得大了，听不到一点声音，人身上要出汗了。——再也没有比这更寂寞、荒凉的一瞬间，我们一点点地沉了下去，在太阳地里坐得久了，猛地抬起头来，阳光变成黑色的了。

丈夫最终没能等来他的女人，他兴高采烈地回去了。他知道，隔几天他的女人就会把工资如数上交，他要用这笔钱给细伢子交书学费。他又从门洞里拖出半袋米，托我们转交，说，这是好米，在城里能卖不少的价钱呢，留着她吃吧；我们在家里的，能省些则省些。

女人是在晚上才回的家，她跟在大老郑的后头，手里提着大包小包的。我母亲趋前问道，都买了什么？大老郑笑道，随便给她买了些衣服。女人立在床头，把东西一样样地抖出来，皮鞋，衣裙……又把一件衣料放在膀子上比试一下，问我母亲道，也不知好看不好看？我就嫌它太花哨了，都是他主张要买。大老郑笑道，这几样当中，我就看中这一件，花色好，穿上去人会显得俏丽。

平心而论，女人的做派和先前没什么两样，可是我们都看出一些别的来了。就比如说她是细长眼睛，大老郑说话的当儿，她把眼睛稍稍往上一抬，慢慢地，又像是不经意的……反正我是怎么也描述不出来，学不出来的。——就这么一抬，我母亲拿手肘抵抵我，耳语道，真像。

原来，我母亲早就听人说过，我们城里有两类卖春的妇女，说起来这都是广州发廊以后的事了。就有一次，有人指着沿街走过的一个女子，告诉她说这是做"那营生"的。那真是天仙似的一个人物，我母亲后来说，年轻且不论，光那打扮我们城里就没见过；我母亲因问道，不是本地人吧？那人淡淡笑道，哪有本地人在本地做生意的？她们敢吗？人有脸，树有皮，再不济也得给亲戚朋友留点颜面，万一做到兄弟、叔伯身上怎么办？

还有一类倒真是我们本地人，像大老郑的女人，操的是半良半娼的职业。对于类似的说法，我母亲一向是不信的，以为是谣言，她的理由是，良就是良，娼就是娼，哪有两边都沾着的？殊不知，这一类的妇女在我们小城竟是有一些的，她们大多是乡下人，又都结过婚，有家室，因此不愿背井离乡。

这类妇女做的多是外地人的生意，她们原本良善，或因家境贫寒，在乡下又手不缚鸡，吃不了苦，耐不了劳；或有是贪图富贵享乐的；也有因家庭不和而离家出走的……凡此种种，不一而足。她们找的多是一些未带家眷的生意人，手里总还有点钱，又老成持重，不寒碜，长得又过得去，天长日久，渐渐生了情意，恋爱上了。

她们用一个妇人该有的细心、整洁和勤快，慰藉这些身在异乡的游子，给他们洗衣做饭，陪他们说话；在他们愁苦的时候，给他们安慰，逗他们开心，替他们出谋划策；在他们想女人的时候，给他们身体；想家的时候，给他们制造一个临时的安乐窝……她们几乎是全方位地付出，而这，不过是一个妇人性情里该有的，于她们是本色。她们于其中虽是得了报酬的，却也是两情相悦的。

若是脾性合不来的，那自然很快分手了，丝毫不觉得可惜；若是感情好的，那男人最终又要回去的，难免就有麻烦了，总会痛哭几场，缠绵难分，互留了信物，相约日后再见的，不过真走了，也慢慢好了，人总得活下去吧？隔一些日子，待感情慢慢地平淡了，她们就又相中了一个男子，和他一起过日子去了。

做这一路营生的妇人，多由媒人介绍来的，据说和一般的相亲没什么两样，看上两眼，互相满意了，就随主顾一起走了。而这一类的妇人，天性里有一些东西是异于常人的，就比如说，她们多情，很容易就怜惜了一个男子；她们或许是念旧的，但绝不痴情。她们是能生生不息、换不同男子爱着的……或许，这不是职业习性造就的，而是天性。

和我们一样，她们也瞧不起娼妓，大老郑的女人就说过，那多脏，多下流呀！而且，也不卫生。她哧哧地笑起来，那是早些时候，她的"前夫"还未出现。她们和娼妓相比，自然是有区别的，和一般妇女比呢，就有点说不清楚了。照我看来，唯一的区别就在于，在通过恋爱或婚嫁改善境遇方面，她们是说在明处的，而普通妇女是做在暗处的。因此，她们是更爽利，坦白的一类人，值不值得尊敬是另一说了。

我们家对过，有一户姓冯人家的老太太，我们都唤作冯奶奶的，最是个开朗通达的人物。长得又好，皮肤白，头发也白，夏天若是穿上一身白府绸衣褂，真是跟雪人一般。这老太太是颇有点见识的，大概因她儿子在监察局做局长、女儿在人民医院做护士长的缘故吧，她说起天文地理来，那是能让人震一震的。常常是坐在自家门口剥毛豆米，隔着一条马路就朝我奶奶喊过来，你家今天吃什么？两个老太太一递一声地说着话，末了她端着一个竹筐子，一路颠颠地就跑过来了。看见我，就笑道，阿大下学堂了？看见我弟弟，就说，小二子，今天挨没挨先生批？她是很得人缘的一个，凡是认识她的没有不尊敬她的。她的风流事在我们这一带是传遍了的，年轻时因男人跑台湾，单单丢下她娘儿三个，两张嗷嗷待哺的嘴，怎么活呀？就找相好呗，也不知找了多少个，才把这两个孩子拉扯大，出息了，成家了。倘若有人跟她做媒，她但凡是回绝的，说的是，她男人一天不死，她就要等他回来。有人背地里取笑她，这叫什么等？比她男人在时还快活。无论如何，她是抚养了两个孩子，不是含辛茹苦，而是快快乐乐。

我们无论如何也说不清，在大老郑的女人和冯奶奶之间，到底有何不同，可是我们能谅解冯奶奶，而不能谅解大老郑的女人。我母亲很快下了逐客令，当天晚上，她就找大老郑过来摊牌了，大老郑如实招供，和我们了解的情况没什么出入，不过他说，她是个好人。我母亲通情达理地说，我知道。你也是好人，可是这跟好人坏人没关系，我们是体面人家，要面子，别的都好说，单是这方面……你不要让我太为难。

我母亲又说，你是生意人，凡事得有个分寸，别让外人把你的家底给扒光了。大老郑难堪地笑着，隔了一会儿，他搓搓手道，这个，我其实是明白的。

大老郑携女人走了，为眼不见心不烦，我母亲让他的几个兄弟也跟着一起走了。从那以后，我们再也没见过他们，也没听到过他们的任何讯息了。

这一晃，已是十五年过去了，我们也不知道，大老郑和他的女人，他们过得还好吗？他们是不是早分开了？各自回家了？在他们离开院子的最初几个年头，每到夏天，我们乘凉的时候，或是冬天，我们早早缩在被子里取暖的时候，就会想起他们，那是怎样安宁纯朴的时光啊，像我们幻想中的莆田的竹林，在月光底下发出静谧的光……现在，它已经遥不可及了；或许，它压根儿就没存在过？

而这些年来，我们小城是一步步往前走着的，这其中也不知发生了多少事；有一次，我父亲因想起他们，就笑道，这叫怎么说呢，卖笑能卖到这份儿上，还搭进了一点感情，好歹是小城特色吧，也算古风未泯。我母亲则说，也不一定，卖身就是卖身，弄到最后把感情也卖了，可见比娼妓还不如。

唉，这些事谁能说得好呢？我们也就私下里瞎议论罢了。

一个人的张灯结彩

田耳

老黄每半月理一次头，每星期刮两次脸。那张脸很皱，像酸橘皮，自己刮起来相当麻烦。找理发师帮着刮，往靠椅上一躺，等着刀锋柔和地贴着脸上一道道沟壑游走，很是受用。合上眼，听着胡楂儿自根部断裂的声音，能轻易想起自己以前在农村割稻的情景。当时他插秧和割稻都很里手，腰一弯就是一天，偶尔抬起来，看见风吹稻浪，看见弯下腰的人们往天上翘去的臀部……睁开眼，仍看见哑巴小于俊俏的脸。哑巴见老客睁开了眼，她眉头一皱，嘴里咿咿呀呀，仿佛询问是不是被弄疼了。老黄讪然一笑，用眼神鼓励哑巴继续刮下去。这两年，他无数次地想，老天爷应是个有些下作的男人——这女人，这么巧的手，这么漂亮的脸，却偏偏叫她是个哑巴。

又有一个客跨进门了，拣张条椅坐着。哑巴嘴里冒出哑哑的声音，像是空气中蹿动的电波。老黄做了个杀人的手势，那是说，利落点，别耽搁你生意。哑巴摇摇头，那是说，没关系。她朝后脚跨进店门的人努了努嘴，显露出亲密的样子。

老黄两年前从外地调进钢城右安区公安分局。他习惯性地要找妥一家理发店，这样才能继续享受刮胡须的乐趣。老黄到了知天命的年纪，别的癖好一概没有，就喜欢有个巧手的人帮他刮胡须。他试了很多家，慢慢地才选定笔架山公园后坡上这个哑巴。这理发店位置太偏，老黄第一次来，老远看见"哑巴小于理发店"几个贴在简易灯箱上的字，心里顿生一片恓惶。他想，在这地方开店，能有几个人来？没想店主小于手上的活不错，不少熟客长年光顾。小于招徕顾客的一道特色就是慢工细活，人再多也不敷衍，一心一意修理每一颗脑袋，刮净每一张脸，像一个雕匠在石章上雕字，每一刀都有章有法。后面来的客人，她不刻意挽留，等不及的人，去留自便。

小于在老黄脸上扑了些爽身粉，再用毛巾掸净发楂，捏着老黄的脸端详几眼，才算完工。刚才进来的那年轻男人想接下家，小于又努努嘴，示意他让另一个老头先来。

老黄蹀着步走下山去，听见一阵风的蹿响，忍不住扭转脑袋。天已经黑了。天色和粉尘交织着黑下去，似不经意，却又十分遒劲。山上有些房子亮起了灯。因为钢厂不远，这一带的空气里粉尘较重，使夜色加深。在轻微的黑色当中，山上的灯光呈现猩红的颜色。

在办公室，零乱的摆设和年轻警员的脚臭味相得益彰。年轻警员都喜欢打篮球，拿办公室当换衣间。以前分局球队输多赢少，今年有个小崔刚分进来，使整个情况有所改观。他个头不高，司职后卫，懂得怎么把一支球队盘活，使全队胜率渐渐增多。年轻人打起篮球就更有瘾头了。老黄在办公室里不断抽烟，一不小心一包烟就烧完了。后来想想，烟瘾是屋子里的鞋臭味熏大的。

那一天，突然接警。分局好几辆车一齐出动，去钢都四中抓人。本来这应是年轻警员出警，都去打球了，于是老黄也得出马。四中位于毗邻市区一个乡镇，由于警力不够，仍划归右安区管理。那是焦化厂所在地，污染很重，人的性子也烈，发案相对频多。报案的是四中几个年轻老师，案情是一个初三的学生荷尔蒙分泌太多，老去摸女学生。老师最初对其进行批评教育，要其写检讨，记过，甚至留校察看。该学生性方面早熟，脑袋却如同狗一样只记屎不记事，胆子越摸越大。这天中午，竟爬进单身女教师宿舍，摸了一个在床上打瞌睡的女老师。女老师教音乐的，长相好，并且还没结婚。这一摸就动了众怒，男老师直接报了警。

人很容易就逮着了。警察把车开进四中，才发现那初三学生根本不是想象中的细嫩模样，个子高大板实，和篮球队的前锋差不多，而且老皮老脸。警察来了，这家伙竟然敢跑，身材矫健动如脱兔，眼看着就蹿到篮球场边的围墙处了。围墙很高，但他要翻过去并不难。有个警察情急生智，学港产片的腔调说，站住，要不然就开枪啦。小孩毕竟受不住恐吓，赶紧缩成一团，不再动弹。

一路上，那小孩畏畏葸葸，看似一个好捏的软蛋蛋。带到局里以后，他态度忽然变得强硬，说自己什么也没干，是别人冤枉他。他嚷嚷说，证据呢，你们有什么证据？

老黄没有作声，看年轻人审。小孩显然是港产片泡大的，但还别说，港产片宣扬完了色情和暴力，又启发一些法律意识，像一个神经错乱的保姆，一勺砂糖一勺屎地喂养着这些孩子。小孩不知道，警察最烦的就是用电影里趸来的破词进行搪塞。问了半天，小孩也不怕招式用老，呼天抢地地要证据。有个警察按捺不住，拢过去想给小孩一点颜色。老黄拽住他说，小坤，你还有力气动手呵，先去吃吃饭。

老黄这一拨人去食堂的时候，打球的那一帮年轻警员正好回来。来之前已经吃过饭的，他们去了钢厂和钢厂二队打球，打完以后对方请客，席间还推杯换盏喝了不少。

当天，老黄吃饭很没胃口。饭吃了一半，他听到开车进院的声音，大概是那帮打球的警员回来了。老黄的神经立时绷紧，又说不出个缘由，继续食之无味地往嘴里扒饭。吃完了回到办公室，他才知道刚才自己在担心什么。

但还是晚了些。

那帮喝了一肚子酒的警察，回来后看见关着的这孩子身架子大，皮实，长得像个优质沙袋，于是手就痒了。那小孩不停地喊，他是被冤枉的。那帮警察笑了，说看你这样就他妈不是个好东西，谁冤枉你了？这时，小孩脑子里突然想到一个词，不想清白就甩出来，说，你们这是知法犯法。那帮警察就更笑了，说小孩，你懂得蛮多嘛。小孩以为这话奏效了，像是黑暗中摸着了电门，让自己看见了光，于是逮着这词一顿乱嚷。

刘副局正好走进来，训斥说，怎么嘻嘻哈哈的，真不像话。那帮警察就不作声了。小孩误以为自己的话进一步发生了效用，别人安静的时候，他就嚷得愈发欢实。刘副局掀着牙齿说，老子搞了几十年工作，没见过这么嚣张的小毛孩，这股邪气不给他摁住了，以后肯定是安全隐患。说着，他给两个实习警员递去眼神。那两人心领神会，走上前去就抽小孩耳光。一个抽得轻点，但另一个想毕业后分进右安区分局，就卖力得多，正反手甩出去，一溜连环掌。小孩确实不够聪明，被打了也不晓得消停，一张臭嘴嚷得更凶。这时刘副局已把上下两排牙的缝隙箆了一遍，嘴巴舒服了，耳朵更觉聒噪。他又说，拍花脚蚊子啊？没吃饱饭啊？将分配到别处的那个警员留了心眼，说，刚才打球，手脱臼了。另一个正好挣挣印象分，胳膊抡圆了往那小孩脸上甩去，嘴里说，继续叫啊，继续……小孩的脑袋本来就很大很圆。那实习警察胳膊都抡酸了，眼也发花。小孩脑袋越看就越像一只篮球，拍在上面，弹性十足。那实习警察打得过瘾，旁边掠战的一帮警察，看着看着手就更痒了，开始挽袖子。小崔也觉得热血上涌，两眼潮红。这时老黄跨进来了，正好看见那个实习警察打累了，另几个警察准备接着来。老黄扯起嗓门说，小崔，小许，王小贵，还有小舒，你们几个出来一下，我有事。刘副局扭头看了看老黄，抄着手站在原地。几个正编的警察碍于老黄的资历，无奈地跟在后面，出了办公室向上爬楼梯。老黄也不作声，一层层往上爬，直上到顶层平台。后面几个人稀稀拉拉跟上来。老黄仍不说话，掏出烟一个人发一支，再逐个点上。小许憋不住，问他到底什么事，他就说，你们喝多了，上来吹吹风。小许打岔说，我没喝多少。老黄瞪他一眼，说，你没喝多？你看看，你脑袋上的毛都被酒泡软了，打起了卷。众人就呵呵哈哈地笑起来。小许的头发自来卷，怎么拉也拉不直。等抽完了烟，老黄才说，他们实习的，可以拍屁股走人，你们要在这里待下去。手痒了的话去训练房打沙袋，那东西不晓得疼，懂吗？几个年轻的警察在风里晾上一阵，头脑冷静许多，明白老黄是什么意思。

星期六，老黄一觉醒来，照照镜子见胡楂儿不算长，但无事可做，于是又往笔架山上爬去。到了小于的店子，才发现没开门。等了一阵，小于仍不见来。老黄去到不远处南杂店买一包烟，问老板，理发那个哑巴小于几时才会开门。南杂店的老板嘿嘿一笑，说小哑巴蛮有个性，个体户也上行政班，一周上五天，星期六星期天她按时休息，雷打不动。老黄眉头一皱，说这两天生意比平时还好啊，真是没脑筋。南杂店老板说，人家不在乎理发得来的几个小钱，她想挣大钱，去打那个了。老板说话时把两手摊开，向上托举，做出像喷泉涌动的姿势。老黄一看就明白了，那是指啤酒机。啤酒机是屡禁不绝的一种赌法，在别的地方叫开心天地——拿三十二个写号的乒乓球放在摇号机里，让那些没学过数学概率的人蒙数字。查抄了几回，抄完不久，那玩意儿又卷土重来，像脚气一样断不了根。局里针对这种赌场，采用春种秋收的办法对付，放松一阵，再抄下来重罚。老板也认罚，反正罚得再重，也没有赚得多。他们就是在一次次查抄和罚款中发了家。

小崔打来电话，请老黄去北京烤鸭店吃烤鸭。去到地方，看见店牌上面的字掉了偏旁，烤鸭店变成"烤鸟店"，老板懒得改过来。小崔请老黄喝啤酒，感谢他那天拽自己一把，没有动手去打那小孩。小孩第二天说昏话，发烧。送去医院治，退烧了，但仍然满口胡话。实习的小子手脚太重，可能把小孩的脑袋进一步打坏了。但刘副局坚持说，小孩本来就傻不啦唧，只会配种不会想事。他让小孩家长交罚款，再把人接回去。

烤鸟店里的烤鸭味道不错，老黄和小崔胃口来了，又要些生藕片蘸卤汁吃。吃差不多了，小崔说，明天我和朋友去看织锦洞，你要不要一块儿去？我包了车的。那个洞，小崔是从一本旅游杂志上看到的。老黄受小崔感染，翻翻杂志，上面几帧关于织锦洞的照片确实养眼。老黄说，那好啊，搭帮你有车，我也算一个。

第二天快中午了，小崔和那台车才缓缓到来，接老黄上路。进到车里，小崔介绍说，司机叫于心亮，以前是他街坊，现在在轧钢厂干扳道轨的活儿。小崔又说，小时候一条街的孩子都听于哥摆布，跟在他屁股后头和别的街道的孩子打架，无往不胜。于心亮扭过脑袋冲老黄笑了笑。老黄看见他一脸憨样，前额毛发已经脱落。之后，小崔又解释今天怎么动身这么晚——昨天到车行租来这辆长安五铃，新车，于心亮有证，但平时不怎么开车。他把车停在自家门口时，忘了那里有一堆碎砖，一下子撞上了，一只车灯撞坏，还把灯框子撞凹进去一大块。于心亮赶早把车开进钢厂车间，请几个师傅敲打一番，把凹陷那一块重新敲打得丰满起来。

老黄不由得为这两个年轻人担心起来，他说，退车怎么办？于心亮说，没得事，去到修车的地方用电脑补漆，喷厚一点压住这条缝，鬼都看不出来。但老黄通过后视镜看见小崔脸上的尴尬。车是小崔租来的。

车子不慌着出城，绕到钢厂家属区八区，又有一堆人上车，超了定员，把车内壁都撑大了些。于心亮说，崔大明，都是以前一条街的，还记得吗？小崔事先不知道，但人都上来了，他也只能一脸欢笑地打招呼，并聊起童年趣事。老黄静默地听着。从那些人的七嘴八舌中他听出来，小崔小时候是个好孩子，年年三好，所以老被别人欺负。现在小崔当了警察，这些熟人都蛮奇怪。

到织锦洞有多远的路，小崔并不清楚，问于心亮，他也从没去过。先前打电话问了一个人，那人含糊地说三小时路程。但这一路，于心亮车速放得快，整整用了五个半小时才到地方。天差不多黑了。一问门票，一个人两百块。这大大超过了小崔的估计。再说，同行还有六个人。于心亮说，没事没事，你俩进去看看，我们在外面等。小崔老黄交流一下眼神，都很为难。把这一拨人全请了，要一千多块。但让别人在洞口等三个小时，显然不像话。两人合计一下，决定不看了，抓紧时间赶回钢城。路还很远。

几个人轮番把方向盘，十二点半的时候总算赶回钢城。于心亮心里歉疚，执意要请吃羊肉粉。闷在车里，是和走路一样累人的事，而且五个半小时的车程，确实也掏空了肚里的存货。众人随着于心亮，去到了笔架山的山脚。羊肉粉店已经关门了，于心亮一顿拳脚拍开门，要粉店老板下八碗米粉。老板说，亮脑壳，你也真是霸得蛮，我这里火都撤了，怎么帮你煮？店子里没有液化气。于心亮抽汽油洒在煤饼上，以最快的速度引燃。这是司机们都掌握的小窍门。折腾一阵，每个人都吃上了热腾腾的羊肉粉。

老黄吃东西嘴快，七几年修铁路时养成的习惯。他三两口连汤带水吸完了，去到店外吸烟。笔架山一带的夜晚很黑，天上的星光也死眉烂眼，奄奄一息。忽然，他看见山顶上有一点灯光还亮着。夜晚辨不清方位，他大概估计了一下，哑巴小于的店应该位于那地方。然后他笑了，心想，怎么是哑巴小于呢？今天是星期天，小于要休息。

钢渣看得出来，老黄是胶鞋帮的，虽然老了，也只是绿胶鞋。钢城的无业闲杂们，给公安局另取了一个绰号叫胶鞋帮，并且把警官叫黄胶鞋，一般警员叫绿胶鞋。可能这绰号是从老几代的闲杂嘴里传下来的。

现在的警察都不穿胶鞋了，穿皮鞋。但有一段历史时期，胶鞋也不是谁都穿得起，公安局发劳保，每个人都有胶鞋，下了雨也能到处乱踩不怕打湿，很是威风。

钢渣是从老黄的脑袋上看出端倪的。虽然老黄的头发剪得很短，但他经常戴盘帽，头发有特别的形状。戴盘帽的不一定都是胶鞋，钢渣最终根据老黄的眼神下了判断。老黄的眼神乍看有些慵懒，眼光虚泛，但暗棕色的眼仁偶尔闪过一道薄光，睨着人时，跟剃刀片贴在脸上差不多。钢渣那次跨进小于的理发店撞见了老黄。老黄要走时不经意瞥了钢渣一眼，就像超市的扫描器在辨认条形码，迅速读取钢渣的信息。那一瞥，让钢渣咀嚼好久，从而认定老黄是胶鞋。

在哑巴小于的理发店对街，有一幢老式砖房，瓦檐上挂下来的水漏上标着1957年的字样。墙皮黢黑一片。二楼那间房，房主私自做了改造，本来有单元楼梯可走，却从阳台上焊一道铁梯直走楼下。钢渣和皮绊租住在这间屋里。他的目光探得进哑巴小于的店子。钢渣三十岁以前屁股长针，坐不得板凳；三十以后反过来了，屁股上仿佛抹着 AB 胶，一黏在板凳上，就能坐一天。他喜欢摆出想事的模样，但钢渣一旦想事，就会流露出一脸蠢相。犹如皮绊说的：钢渣，你的嘴脸是拿去拱土的，别想事。

去年年底他租下这屋。这一阵他本不想碰女人，但坐在窗前往对街看去，哑巴小于老在眼前晃悠。他慢慢瞧出一些韵致。再后来，钢渣心底的寂寞像喝多了劣质白酒一样直打脑门。他头一次过去理发，先理分头再理平头最后刮成秃瓢，还刮了胡子，给小于四份钱。小于是很聪明的女人，看着眼前的秃瓢，晓得他心里打着什么样的鬼主意。

多来往几次，两人就关上门，把想搞的事搞定了。果然不出所料，小于是欲求很旺的女人，床上翻腾的样子仿佛刚捞出水面尚在网兜里挣扎的鱼。做爱的间隙，钢渣要和小于"说说话"，其实是指手画脚。小于不懂手语，没学过，她信马由缰地比画着，碰到没表达过的意思，就即兴发挥。钢渣竟然能弄懂。这套不规则的手语钢渣学起来也快，基本上不用重复，小于就能揣摩出他的意思。钢渣像掌握了一套新的语言，非常有成就感。他不喜欢说话，但喜欢和小于打手势。在即兴发挥表达相对复杂的意思时，钢渣感觉自己是有想象力和创造力的。他最喜欢小于说"我爱你"。小于先往自己鼻头一指，再用双手拇指食指捏出个心形贴在左胸前，最后指一指钢渣。每看到这组手势，钢渣会无声地笑起来。小于急于表达"爱"有多么深，所以那个心形也尽量拿捏得大。钢渣宁愿龌龊地去领会小于的意思，于是有了这样的理解：我的乳房很大，给你吃个够。

有一次，小于问钢渣为什么发笑？当她说"我爱你"的时候，不希望他回馈笑的嘴脸。这是严肃的事。钢渣照他故意曲解的意思说了。小于显出愤怒的样子，板起脸要打钢渣。两人扭在一起，彼此缠绕得不可开交。

皮绊"咣"的一声把门踢开。小于听不见，她是聋哑人。皮绊背着个编织袋，一眼看见棉絮纷飞的破沙发上那两个光丢丢的人。钢渣把小于推了推，小于才发现有人进来，赶紧拾起衣服遮住两只并不大的乳房。钢渣很无奈地说，皮脑壳，你应该晓得敲门。皮绊嘻哈着说，钢脑壳，你弄得那么斯文，声音比公老鼠搞母老鼠还细，我怎么听得见？重来重来。皮绊把编织袋随手一扔，退出去把门关上，然后笃笃笃敲起来。钢渣在里面说，你抽支烟，我的妹子要把衣服穿一穿。小于穿好了衣服还赖着不走，要看电视。没有电。这一带坡头，断电是常有的事。于是她抓起一本电子类的破杂志翻起来。钢渣希望她走人。虽然她耳聋，但他和皮绊说话时，旁边端坐着一个活人，感觉总是不太好。他用自创手语跟她说，你还看什么书啰，认字吗？小于嘴巴喝了起来，拿起笔在桌子上从一写到十，又工整地写出"于心慧"三字。钢渣笑了，估计她只认得这十三个字。他把她拽起来，指指对街，再拍拍她娇小玲珑的髋部，示意她回自己店子里去。

皮绊打开纺织袋，里面有铜线两捆，球磨机钢球五个，大号制工扳手一把。钢渣睨了一眼，嘴角咧开了挤出苦笑，说，皮脑壳你这是在当苦力。皮绊说，好不容易偷来的，现在钢厂在抓治安，东西不好弄。钢渣说，不要随便使用"偷"这个字。当苦力就是当苦力嘛，这也算偷？你看你看，人家的破扳手都捡来了。既然这样了，你干脆去捡捡垃圾，辛苦一点也有收入。皮绊的脸唰地就变了。他说，钢脑壳，我晓得你有天大本事，一生下来就是抢银行的料。但你现在没有抢银行，还在用我的钱。我偷也好，捡也好，反正不会一天坐在屋里发呆——竟然连哑巴女人也要搞。钢渣说，我用你的钱，到时候会还给你。那东西快造好了。皮绊说，你造个土炸弹比人家造原子弹还难。不要一天泡在屋里像搞科研的样子，你连基本的电路图都看不懂吧？钢渣说，我看得懂。那东西能炸，我只是要把它搞得更好用一些。这是炸弹，不是麻将，这一圈摸得不好还可以摸下一圈。皮绊就懒得和钢渣理会了，进屋去煮饭，嘴里嘟嘟嚷嚷地说，饭也要我来煮，是不是解手以后屁股也要我来擦？

天黑的时候两人开始吃饭。皮绊说，我饭煮得多，你把哑巴叫来一起吃。钢渣走到阳台上看看，小于的店门已经关了。当天的菜弄了好几盆。皮绊弄菜还算里手，比他偷东西的本事强一点。他应该去当大厨。钢渣吃着饭菜，脑壳里考虑着诸如此类的事情。

钢脑壳，你能不能打个电话把哑巴叫来？晚上，借我也用用。皮绊喝了两碗米酒，头大了，开始胡乱地想女人。他又说，哑巴其实蛮漂亮。钢脑壳你眼光挺毒！

你这个猪，她是聋子，怎么接电话？钢渣顺口答一句，话音甫落，他就觉得不对劲。他严肃地说，这种鸟话也讲得出口？讲头回我当你是放屁，以后再讲这种话，老子脱你裤子打你。皮绊自讨没趣，还噘嘴说了一句，你还来真的了，真稀见。你不是想要和哑巴结婚吧？说完，他就埋头吃饭喝汤。皮绊打不赢钢渣，两人试过的。皮绊打架也狠，以前从没输过，但那时他还没有撞见钢渣。在这堆街子上混的人里头，谁打架厉害，才是硬邦邦的道理。

那个姜黄色的下午，钢渣和小于一不小心聊起了过去的事。那是在钢渣租住的二楼，临街面那间房。小于用手势告诉钢渣，自己结过婚，还有孩子，两个。钢渣问起小于离婚的原因，小于的手势就复杂了，一大堆，串联在一起，钢渣没法看得懂。小于很有耐性，一遍一遍重复着手势。钢渣仍看不懂，眼睛花了，最后摆摆手，意思是你不要说了，就当我看懂了吧。

小于反过来问钢渣的经历。钢渣脸上涌起惺忪模样，想了一阵，才打起手势说，在你以前，我没有碰过女人。小于哪里肯信，她尖叫着，扑过去亮出一口白牙，作势要咬钢渣。即便是尖叫，那声音也很钝。

天色说暗便暗淡下去，也没个过渡。两人做出的手势在黑屋子里渐渐看不清。小于要去开灯，钢渣却一手把她揽进怀里。他不喜欢开灯，特别是搂着女人的情况下。再黑一点，他的嘴唇可以探出去摸索她的嘴唇。接吻应当是暗中进行的事，这和啤酒得冰镇了以后才好喝，是一个道理。

对面，在小于理发店前十米处有一颗路灯，神经错乱似的亮了。以往，它有时候也亮，但大多数时候是熄灭的。钢渣看见一个人慢慢从坡底踅上来。窗外的那人使钢渣不由自主靠近了窗前。他认出来是那个老胶鞋。老胶鞋走近理发店，见门死死地闩着。小于也看见了那人，知道是熟客。她想过去打开店门为那个人理发，刮胡子。但钢渣拽住她。不须捂她的嘴，反正叫不出声音。那人似乎心有不甘，他站在理发店前抽起了烟，并看向不远处那盏路灯。

……是路灯让这个人误以为小于还开着店门。钢渣做出这样的推断。他叫一声，皮脑壳！皮绊便从另一间房走过来。他正刮着胡子，嘴角有白沫。他不耐烦地问什么事。钢渣指了指路面上那抽烟的男人，说，你把那人仔细看看。皮绊一说话，剃须膏的泡沫就飞溅。他说，我为什么要看那个男的？除非他是个女的。钢渣恨其不争地说，我让你看，是正儿八经的事。皮绊看不出有什么蹊跷，那男人站在理发店门口，抽着烟，仅此而已。他问，是哑巴的男人？年纪也太大了，像哑巴的爹。钢渣说，你这猪！那是胶鞋。要不然我不会叫你过来看。皮绊说，胶鞋？看上去有点呆。钢渣说，你自己呆，反倒觉得别人呆。这只胶鞋不是简单的角色，以后，只要他在小于店里，你就不要过去。皮绊撇了撇嘴，没有作声。

那人走后，小于把钢渣摁到板凳上。她拿来了剪子和电推，要给他理发。钢渣的头发只有一寸半长，可以不剪，但小于要拿他的头发当试验田，随心所欲乱剪一气。她不能在顾客头上乱来，现在钢渣是她情人了，她觉得他应该满足自己这一愿望。钢渣不愿逆了她的意思，把脑壳亮出来，说你随便剪，只要不刮掉我的脑壳皮。当天，小于给钢渣剪了一个新式"马桶盖"，大是得意。接下来小于又看上了皮绊那一脑壳青丝。但皮绊不肯理发。皮绊虽然沦落到捡破烂的地步，但他很爱惜自己的头发，经常买软包装的劣质洗发水洗，照样油光可鉴。钢渣一直就对皮绊有意见，他心里想，你这猪头狗脑的人物，怎么还有闲心打理自己头发？你以为晚上会上钢城电视台做报告？钢渣把皮绊扭住，任其扯了嗓门怪叫，也要让小于剪皮绊的头发。小于把皮绊的头发摸了摸，觉得发质非常好，不忍心轻易下剪刀。她轻手轻脚给皮绊剪起来。几刀下去，皮绊领会到小于是认真在弄，就坐正了身子，任她剪。

那一天，老黄出来遛街，走到笔架山下，看见理发店那里有灯光。他走了上去，想把胡子再刮一刮。到地方才发现，是不远处一盏路灯亮了，小于的理发店关着门。他站一阵，听山上吹风的簌簌响声。要走时，他隐约听见男人嘀咕的声音，左右看了看，不远处那幢楼，漆黑一片。这时，又是小崔打来电话，问他在哪里。他说笔架山，过不了多久小崔便和于心亮开一辆的士过来了，把老黄拉下山去喝茶。

钢城的士大都是神龙富康，后面像皮卡加盖一样浑圆的一块，内舱的面积是大了些，但钢城的人觉得这车型不好看，有头无尾。于心亮的脸上有喜气，老黄一上车就觉察了出来。有喜气的人，会向周围传递热烘烘的气息。小崔说，于哥买断工龄了，现在出来开出租，跑晚上生意。于心亮也说，我就喜欢开车。在钢厂再扳几年道轨，我即使不穷疯，也会憋疯。于心亮当晚无心载客，拉着老黄小崔在工厂区转了几圈，又要去一家茶馆喝茶。老黄说，我不喝茶，喝了晚上睡不好觉——到我这年纪，失眠。你有心情的话，我们到你家里坐坐，买瓶酒，买点卤菜就行。他是想帮于心亮省钱。于心亮不难揣透老黄的心思，答应了。他家在笔架山后面那座矮小的坡头，地名叫团灶，是钢厂老职工聚居的地方，同样破蔽不堪。于心亮的家在一排火砖房最靠里的一间，一楼。再往里的那块空隙，被他家私搭了个板棚，板棚上覆盖的油毛毡散发出一股臭味。

钢厂工人都有改造房屋的嗜好。整个房子被于心亮改造得七零八乱。后墙捣了个门，出门是铁焊的楼梯，通到一块无主的空地上。那里被整平了，种下几畦菜。菜地旁边的垒坎上铺了石板，摆下一张铁皮桌子。三人穿过屋子，来到这块菜地喝酒。老黄刚才已经把于心亮的家用心打量了一下，这一家人口很多，挤得满满当当。坐下来喝酒前，老黄似不经意问于心亮，家里有几口人。于心亮把卤菜包打开，叹口气说，太多了，有我，我老婆，我哥，我父母，一个白痴舅舅，还有四个小孩。

你怎么有四个小孩？老黄觉得蹊跷。

我哥两个，我一个，我妹还有一个。

你妹自己不带小孩？

那个骚货，怎么跟你说呢？于心亮脸色稀烂的。没有灯，这里的照明，倚赖不远处钢厂高塔里冒出的钢蓝色火焰，隐隐约约布下光泽。如果是月圆之夜，那会更亮一点。于心亮不想说家里的事，老黄也不好再问。三个人喝酒。菜地很静，有虫鸣，下面的房子里，是于心亮的老父亲在看电视。那搭建的板棚里有机磨声音，于心亮的哥哥和母亲在磨豆子。他们干打豆腐的营生。

老黄喝了些酒，又忘了忌讳。老黄说，小于，你哥哥是不是离了？

离了。你怎么知道？

你刚才报人口的时候，我听出来的。

唉。于心亮叹着气说，我哥是哑巴，残疾，结了婚也不牢靠，老婆根本守不住……他停顿了，似乎愿意说下去。但老黄没问，于心亮也就不说了，端起杯子敬过来。

当天喝的酒叫"一斤多二两"，是因为酒瓶容量是六百毫升。钢城时下流行喝这个，实惠，不上头。老黄不让于心亮多喝，于心亮只舔了一两酒，老黄和小崔各自喝了半斤有多。要走的时候，老黄注意到菜地旁边还有一间私搭的板棚，上着锁。他指了指那间板棚问于心亮，那是厕所？于心亮说，解手是吧？外面有公用的，那间不是。

那里谁住？老黄的眼光透过微暗的夜色杵向于心亮。于心亮说，我妹妹。老黄明白了，说，她也离了？

离了。那个骚货，也离了。帮人家生了两个孩子，男孩归男方，她带着个女儿。

老黄又问，怎么，她还没回来？于心亮说，没回来。她有时回来，有时不回来，小孩交给我妈带着。我妈欠她的。

呃……老黄心里有点发酸。囿于生计，于心亮家板棚后面还养着猪，屋里弥漫着猪潲水的气味，猪的气味，猪粪的气味。现在，除了专业户，城里面还养着猪的人家，着实不多了。天热的时候，这屋里免不了会有很多蚊子苍蝇，甚至臭虫。

走到客厅，于心亮的父亲主动打招呼，把老黄叫作老狼（梁？）。老黄估计这老头认错人了。于心亮的父亲不算太老，但已是两眼昏花，不停地咳嗽。

那件事到底闹大了。由此，小崔不得不佩服老黄看事情看得远，钢都四中的那小孩被实习警察打坏了。实习警察都是刘副局从公专挑来的。刘副局有他自己的眼光，看犯人看得多了，往那帮即将毕业的学生堆里瞟几眼，就大概看得出来哪些是他想要的人。他专挑支个眼神就晓得动手打人的孩子。刘副局在多年办案实践里得来一条经验：最简便易行的办法，就是打。——好汉也挨不住几闷棍！刘副局时常开导新手说，这些犯了事的家伙，不打是撬不开口的。但近年来，上面发下越来越多的文件，禁止刑讯。正编的警察怕撞枪口，不肯动手。刘副局只好往实习警察身上打主意。这些毛孩子，脑袋里不想事，实习上班又最好表现，用起来非常合心。

四中那小孩被揍了以后，第二天通知他家长拿钱领人。小孩的老子花一万多才把孩子取回去，带到家里一看，小孩有点不对劲，哭完了笑，笑完了又哭。老子问他怎么啦怎么啦，小孩翻来覆去只晓得说一句话：我要嘘嘘，我要嘘嘘。我要嘘嘘！

老子帮儿子脱了裤子，那东西已经很粗壮了，像个大号水嘴，但尿不出来。一连几天，这老子别的事没干，帮儿子脱裤子穿裤子就忙不赢。小孩顺顺当当把尿尿出来的情况不多，基本是在谎报军情，但有两次沉默的时候，却又把尿撒在裤子里面。他老子满心烦躁，这日撇开儿子不作理会，衣服里掖一把菜刀，奔钢都四中去了。他要找当天报案的那几个年轻老师说理，但那几个老师闪人了，一个副校长，一个教导主任和两个体育老师出面和这老子说理。这老子提出索赔的要求，说是儿子打坏了，学校有责任。分局罚了一万二，他要求学校全部承担。校方哪肯应承，他们只答应出于人道，给这小孩支付一千块钱的医药费。两边报出的数额差距太大，没有斡旋的余地。这老子一时鼻子不通，抽出菜刀就砍人。两个体育老师说是练过武术，却没见过真场面，三下两下就被砍翻在地上。这老子一时红了眼，见老师模样的就追着砍，一连砍伤好几个。

分局的车开到时，凶手已经跑出校区。坐车赶往案发现场的时候，刘副局还骂骂咧咧，说这狗日的，专拣软壳螺蛳捏。他儿子是我们打坏的，有种就到分局来砍人嘛。刘副局鼻孔里哧哧有声，扭过头又对后排的老黄说，人哪，都是憋着尿劲充硬屌，都是软的欺硬的怕。哧！两个实习警察和老黄坐一排。刘副局这话讲得也没意思，但他俩却一脸讨好地笑起来，仿佛刘副局摆了个荤段子。老黄苦笑起来，心说，你们两个嫩伢子还笑得出来，回头就晓得厉害了。老黄当警察这么多年，这情况见过不止一两次了。

凶手捉到后，刘副局还吩咐先让当地联防承头，拎着人在钢都四中及焦化厂一带游街。这一带的小青年太爱寻衅滋事，借这个机会，也杀鸡儆猴，让他们明白，分局里的人可不是光晓得打篮球。

再后来，上面调查刑讯的事，刘副局果不然把两个实习警察抛出来挡事。那天，老黄看见他俩哭了，一把鼻涕一把泪。虽然有些慌惜，但老黄知道，这号谁拽着就给谁当枪的愣头青，不栽一两回跟头，是长不大的。这次事情着实严重，动手最狠的那个，几年警校算是白读了。

小崔拽着老黄走在路上，聊得起劲，后面响起了车喇叭声。于心亮就是这样的人，只要看见小崔老黄，他就把生意甩脱了，执意要送他们一程。于心亮虽然日子过得紧巴，却不把钱看得太重，喜欢交朋结友。认准了的人，他没头没脑地对你好。有两次，老黄独自走在街上，于心亮见到了，一定要载他回家。老黄自己都觉得不好意思，他和于心亮不是很熟。但于心亮却说，黄哥，我一见到你，就觉得你是最值得交的朋友。老黄听了这番话，头皮就紧。于心亮这种性情的人，老黄是一分为二来看的：能为朋友两肋插刀的角色，一旦翻脸，就极有可能插朋友两刀。相对而言，老黄更愿意和那些性情恬淡、面相懒散的家伙相处。

这次，于心亮硬是把小崔拽上了车，问两人要去哪儿。小崔随口就说，去烤鸟店。于心亮也晓得那家店——"鸭"字掉了半边以后，名声竟莫名其妙蹿响了。三个人在烤鸟店里等到一套桌椅，坐下来喝啤酒。老黄不停地跟于心亮说，小于，少喝点，等下你还要开车。于心亮却说，没事，啤酒不算酒，算饮料。说着，于心亮又猛灌一口。几个人说来说去，又说到于心亮的家事。那天在于心亮家里，老黄不便多问，之后却又好奇。于心亮真要说起话来，也是滔滔不绝。他日子过得憋闷，闷在肚皮里发酵了，沤成一箩筐一箩筐的话，不跟别人倾倒，会很难受。

首先说到他自己。于心亮觉得自己倒没有什么好说的，无非日子过得紧巴点。年轻十岁的时候，他敢打架，不想事，抓着什么就拿什么砸向对方。比如说拿啤酒瓶敲人脑袋，敲多了都有了经验，要不然玻璃碴子容易划伤自个的手。现在，不敢打了，因为坐过牢，也怕花钱赔别人。他拿不出这钱，人就老实许多了。于心亮嘿嘿一笑，说起了自己的哥哥，是打链霉素导致两耳失聪的。又说起了妹妹，也是被该死的链霉素搞聋的。老黄就不明白了，说既然你哥已经打那针打坏了，妹妹怎么还上老当？于心亮拽着酒杯说，这要怪我妈，她脑袋不灵便，干傻事。算我小时候身体好，从来不打针，要不然我这一家全是聋哑，讲个什么事，每个人都张牙舞爪。说到这里，于心亮脸上有了苦笑。他继续说自己妹妹：她蛮聪明，比我聪明，但是聋了。我爸嫌她是个女的，聋了以后不让她去特校学手语，费钱。她很恨老头子。十几岁她就跟一个师傅学理发，后来……后来那个师傅把她弄了，反赖是她勾引人家。她嘴里咿里哇啦说不清楚。后来生了个崽，白花花一大坨，生下来就死掉了……为什么要讲这些屁事呢？不讲了。

老黄说，好，不讲了。他蓦地想到在笔架山公园后门开店的小于。但是，小于和于心亮长得实在太不像了，若两人是兄妹，那其中肯定有一个是基因突变。

不说了不说了……哎，说说也没关系。于心亮自己憋不住，要往下说。

……后来她结了婚，但那个男的在外面乱搞，到家里就问她要钱。她的理发店，以前就在团灶。她手艺好，人性子也好，所以店面一天到晚人都不会断。她男人拿着她的钱去外面弄女人。有一次，有个野女人还闹到家里来。我赶过去，女人晓得我厉害，掉头就跑。我觉得这事我应该管管。谁叫我是她哥哥，而她又残疾了呢？过去把她男人收拾几回，她男人正好找这借口离婚。所以，她很恨我。但这能怪我吗？你再怎么离不开男人，也得找个靠得住的啊。说她聪明，毕竟带了残疾，有时候想事情爱钻牛角尖。

于心亮歇嘴的时候，老黄就说，小于，你那妹妹，是不是在笔架山上开理发店？于心亮眼珠放亮了，说你认识啊？老黄说，她刮胡子真是一把好手。于心亮咧嘴一笑，说，是的哩，那就是我妹妹，人长得漂亮，不像我，长得像一个莴苣。小崔说，于哥，你长得不像莴苣，像葫芦瓜，上大下小，一看就挺能喝酒。于心亮大气地说，我长什么样都没关系。我妹妹长得好，我就高兴。

老黄说，今天别开车了，等下你回去休息。于心亮说没事，又撮了个响榧子，要了三瓶啤酒。各自喝完一杯，于心亮眼里明显有些泛花。老黄只有提醒自己少喝，等下帮他把车开回去。老黄的车开得很好，但出了个事故，后来不想开了。

于心亮忽然说，黄哥，听崔老弟说你离婚了，现在一个人过？老黄眼皮跳了起来，预感到这浑人要借酒劲说浑话，赶紧支开话题，拽出局里那档子事说。他说，小于，钢厂四中昨天出了案子，你听说了吗？于心亮说，别打岔哥哥，你真是个聪明人，我屁帘子一撩，你就知道我要往哪路放风。于心亮龇牙一乐，又说，你人稳重，我知道你是好人。我妹妹虽然两只耳朵配相，但她年轻，懂味。你对她好，她就会满心对你好……

也不看看我什么年纪。我的女儿都够结婚年龄了。老黄说，小于你喝多了，讲酒话哩。于心亮说，我怎么讲酒话了？小崔说，于哥，你确实讲酒话哩。于心亮酒醉心明，觑了一眼，见老黄的脸板了起来，舌头赶紧打了个转，说，不是酒话哩，今天搭帮你们请，吃多了烤鸟，一口的鸟话。

钢渣这一阵很充实，把造炸弹的事先放一放，转而去跟哑巴老高学手语。哑巴老高是卖手切烟丝的。钢渣喜欢买他切的白肋烟，抽着劲大，一来二去算是熟人了。老高认字，钢渣翻着新华字典，要问哪个词，就指给老高看，老高便把相应的手语做出来。钢渣觉得手语比较好学，因为形象啊。他甚至怀疑，手是比嘴巴更能表意的东西。从老高那里回来，钢渣就把手语现买现卖地教给小于。小于乐意学。她自创的手势，表意毕竟有限。比如说，小于指一指钢渣，钢渣就知道是在叫自己。但如果小于想亲昵一点，管他叫"亲爱的"呢？若不学手语，这就是很麻烦的事。但钢渣教给小于两种手势，都可以表达这种意思。其一：双手握拳拇指伸直并作一起，绕一个圈；其二：右手伸开，轻抚左手拇指的指背。小于有她的选择，觉得第二种有些暧昧了，不像是说亲爱的，倒像是暗示对方上床做爱去。小于倾向于使用第一种手势。一个拇指代表一个人，两个有情的人挨得近了，头脑必然会有发晕的感觉——这真是很形象呵。

钢厂有个电视台，除了每两天播放十分钟的新闻，其余时间都在播肥皂剧和老电影。钢厂台片源有限，一个片子会反复播放。小于记性特别好，片子里的情节即使再复杂，她看一遍就全记下来了，下次看见重播，她会抢着给钢渣描述下一步的剧情。她最喜欢看年代久远的香港武打片，看里面的人死得一塌糊涂。她要表达杀人的意思，就化掌为刀作势抹自己的脖子，然后一翻白眼。钢渣从老高那里学来的标准手语，应该是左手食指伸长，右手做个扣扳机的动作。但小于嫌那动作麻烦，她宁愿继续抹脖子。她对钢渣教给她的手语，都是选择性接受。

钢渣越来越喜欢这个哑巴女人了。她身上有一些说不清道不明的东西，使得他对她迷恋有加。他时常觉得不可思议，再怎么说，他钢渣也不是没见过女人的人，到头来却是被一个哑巴惹得魂不守舍。

小于仍然喜欢拿钢渣的脑袋当试验田，剪成自己在破杂志上看到的任何发型。每回见面，她总是瞅瞅钢渣的头发长得有多长了，要是觉得还行，就把钢渣摁在板凳上一阵乱剪。钢渣拿她没办法，只有配合。这天，钢厂电视台播放了一部外国片子，《最后的莫希干人》。小于看见以后，两条蚯蚓一样的目光又往钢渣的头皮上蠕动了。钢渣的头发只长了寸把长，按说不适合打理成莫希干头，但小于手痒，一定要试剪那种发型。这发型很容易弄，基本上像是刮秃瓢，但中间保留三指宽的一线头发。没多久，大样子就出来了。发型改变了以后，钢渣左脑半球上有一块疤，右边有两块，都暴露出来了。这是许多年前被人敲出来的。

钢渣递给小于五十块钱，要她给自己买一顶帽子和一副墨镜。她下到山脚，买来这两样东西。帽子有很长的鸭舌状的帽檐，但并非鸭舌帽；墨镜是地摊货，墨得厉害，随便哪个时候架在鼻梁上，就看见夜晚了。

皮绊进屋的时候，看见钢渣正在整理帽子。皮绊说，捂痱子啊。钢渣没有作声。皮绊又看见那副墨镜，仿佛明白了。钢渣当然不会是去旅游。皮绊恍然大悟地说，钢哥，炸弹弄出来了？要动手了？

弄出来个鸟。钢渣掀开了帽子，皮绊这才知道误会了。他说，这叫鸡冠子头？钢渣告诉他，什么鸡冠子？这叫莫希干头。皮绊说，怪名字。我还以为你准备动手了。钢渣的脸色一青，说，你不要慌，也快了。皮绊说，你一直都在往后拖，皮沓得很，就像当了钢厂的领导一样。——皮绊这么说，是有原因的。六七年前，他老子被钢厂的车轧了，除了赔医药费，皮绊的老子还要求钢厂解决皮绊的工作。钢厂领导嘴上答应，一晃这么多年过去，还是用空话来搪塞。

钢渣也挺无奈。他时不时去回忆，身上捆炸药包去银行抢钱的想法，是怎样形成的呢？一开始，无非是酒后讲讲狠话，然后皮绊当真了，老是问他几时干。钢渣又不好意思向他承认：我这是喝酒时讲的酒话。多扯了几次，造炸弹抢银行的事竟然越来越清晰了，从玩笑话嬗变成了具体的行动。而钢渣，他感觉自己像是被扭紧了发条一样。扭发条的人显然不是皮绊，那又是谁呢？

皮绊这一根筋的家伙好几次对他说，钢渣，你莫不是故意讲狠话吓别人吧？你打架厉害，但打架厉害的，未必个个都不要命。钢渣嘴是很軰的，面对皮绊的质疑，依了他的性子，只会死争到底。他说，炸药还没造出来，他妈的，造炸药总比煮饭耗时间吧？总比种双两大更要技术吧？要不然你来弄，我等着。你哪时造好我们哪时动手。皮绊就没话说了。他虽然老嫌钢渣的手脚慢，但换作他，肯定一辈子也造不出比鞭炮更有杀伤力的炸弹。现在，研制炸弹的事已经弄得差不多了，说不定哪天，就得绑在身上，拿出去用一用。所以，待在房里，钢渣乐得享受眼下平静的时光。这又用不了什么钱，只要买包烟，沏一杯又浓又酽的茶水。

炸弹过不多久就会弄好。虽然有几个技术点需要攻关，那也是指日可待的。钢渣心里很明白。

那天，钢渣看见有人在找小于的茬儿，赶紧戴上帽子下了楼，横过逼仄的马路，拨开那个男人。一问，才知道是小于的前夫。男人说小孩病了，要跟小于弄点钱看病。那个男人单薄无力，钢渣很想轻轻松松地揍他一顿。但这解决不了问题。孩子病了，小于免不了是要往外掏钱的。小于的脸上的眼泪有黄豆大，很着急。她无助地看着钢渣，那男人就明白了，这男人是小于新的相好，显然惹不起。那男人也不再问钱的事，转身要走，但钢渣拽住他。钢渣说，你狗日的，就是砸锅卖铁，先把治病的钱凑上，回头我再给你拿去。那男人连声说好。小于也关了店门，跟着那男人去看小孩。下坡路段，那男人一路疾走，小于却穿了高跟鞋，上坡没事，下坡就困难了。那男人蛮心焦，搂着小于的肩头一起往下面走。

钢渣认为那男人的爪子没理由再搭在小于的肩上，追过去，把那只爪子从小于肩头掰开。有辆的士正好开过来，钢渣扬起手替小于打的。

第二天，钢渣没见小于来开店门。他一直坐在窗前，看马路对面的理发店。皮绊又拖了一袋东西回来，解开绳系，里面叮叮当当滚落出许多小件的物品，竟然还夹杂着一两个空啤酒瓶。钢渣本来想揶揄两句，却没能张开口。他心里忽然涌起一阵难过。

炸弹造得怎样了？皮绊扔来一本书，竟然是七十年代初出版的"青年自学丛书"中的一本，基层民兵的国防知识教材。封面上还拓着一个章：皮至下乡知识青年小组。皮绊说，你看看有没有用。里面印的有炸弹的图，从中间切开了。炸弹能从中间切开吗？

皮脑壳，那叫解剖图。哪儿捡来的？这书没用，就好比把《地雷战》看上二十遍，你同样造不出地雷。摸着这本年代久远的书，钢渣心情愈加黯淡。他真想揪着皮绊的耳朵灌输他说，现在人类跨入二十一世纪了，凡事要讲科学，讲技术，就是造土炸弹，也需要很高的工艺水平，车钳铣铆焊样样活都要里手，电工知识更要滚瓜烂熟融会贯通。但是皮绊这号人，他如果能理解，还至于在捡啤酒瓶的同时揣着一堆发财梦吗？最后，钢渣总结而得一个认识：如果以后和小于生了一个孩子，定要让他好好学习天天向上。

皮绊坐下来，剥开一包软装大前门，抽了一口，打商量地说，钢哥，也不一定要造炸弹，我们先从小事做起……那口烟雾很饱满，皮绊说的每一个字，都拌和着烟雾往外蹦。钢渣看着皮绊，觉得他表情和以往不同。皮绊又说，我想了好久了，除了抢银行，别的事也可以干，而且还会容易一点。比如说去铁路割电缆，去搞空调机挂在屋外的那一大坨，去货站搞锌锭。虽然一手搞不到很多，但还算安全，可以聚少成多。钢渣皱了皱眉头。他从来没想过去做这些小事，现在也提不起兴趣。皮绊继续往下说，要不然，我们可以去搞的士司机的，这些家伙，身上一般都揣千把块钱，搞得好，拿刀子一比，他们就老老实实把钱交出来。李木兴得手好几次，小范那苕人也干这事。钢渣觉得这事稍微靠谱一点。再说他不能老是对皮绊说不，说得多了，皮绊会认为他胆怯。

钢渣忽然问，皮脑壳你会开车吗？皮绊说，我会。我拖拉机开得很好。钢渣说，开拖拉机有什么用？皮绊说，钢脑壳，你没开过车不知道，拖拉机开顺手了，别的车，就更不在话下。只是我还没搞驾驶证。

你这猪。开抢来的车还要什么驾驶证？钢渣笑了，说，不如现在我们就出去转几圈？他来到窗前，看看窗外的午后天光。他很想见见小于。小于的店门仍是关着的。过得不久，雨就开始下起来了。

案发现场在右安区和大碇工业园之间的一段，四车道公路旁斜逸而出一条窄马路，傍溪流往下走。沿这路前行两里，现出一片河滩。尸体被抛在河滩一处凹槽里。被警戒线一勾勒，案发现场有了更多的沉重感。车顶灯还在忽闪着。这样的早晨，空气尤其黏稠。老黄坐的车半路抛锚，慢了十来分钟。到地方，老黄瞥见小崔的脸上有泪水淌过的痕迹。一个男人一旦流泪，即使擦拭再三，脸上也现出大把端倪。这跟女人不同。

怎么了？隔着三五步的距离，老黄开口问话。小崔被老黄的询问再次触动，眼窝子又润起来，没有说话。老黄拢过去看。尸体保持着发现时的状态，脸朝上面翻，表情和肢体都凝固成挺别扭的样子。老黄感受到这人死得憋屈。死者的面相，看着熟悉。因为死亡，人的脸会乍然陌生起来。老黄再走近几步，才确认死者就是于心亮。

现场勘验有条不紊地进行着，一拨人呈篦状梳理这片河滩，仔细寻找着指印、足迹、遗留物以及别的痕迹。老黄发觉自己有些多余，走到近水的地方，在一块卵石上坐下来，摸出烟卷。他看见一辆警车顶灯打着旋，晃进眼目。雾气正从河滩一堆堆灌木丛中升起，并散逸开去。他点了烟，随意地瞟几眼，就大声招呼就近的那个警员前来拍照。再一想，光拍照还不够，老黄补充说，把石膏取来，要做个模。他身边不远处的草皮上，土皮松软，遗留有单个足印。在办案方面，老黄轻易不开口表态，一旦说了话，年轻警员会拢过来按他意思办。在足印勘验方面，老黄称得上是专家。分局调他过来，看中的也是这一点。

接着老黄又在一丛骨节草里发现两枚烟蒂，一并取走。水边有一溜脸盆大小的卵石，是专让人坐着休憩的。他想，屁股的坐痕没什么价值，否则应显个影。他能断定，案犯在这里坐过——把尸体抛弃以后，案犯在河中洗去血迹，感到累了，就坐着抽烟。杀人之后，凶手通常会感到前所未有的疲累。河面宽泛，但河水很浅，要不然，尸体不会搁置在河滩上。

老黄用石膏做模时，好些年轻警员围了上来。一开始做模，总不得要领，能看到老黄这号专家现场操作，自然要多留些心眼。老黄把可调围带围着足迹绕几圈，并清理其中的细小杂物。对于足迹不清晰之处的轻微整理，只能是老手凭经验把握的事。老黄把石膏浆徐徐灌注进去，偏着脑袋看年轻警员绷紧的脸，心里淌过些许得意。适当纵容心里那份得意，能获得上佳的工作状态。

紧接着的现场分析会，刘副局首先发言。刑事重案基本上由刘副局主抓。他的办法老旧，不计物力人力，搞大规模的查缉战，但总是能收到效果。

死者的身份得到确认以后，刘副局就认定这是一桩抢车杀人案。去年以来，钢城的抢车、盗车案频发，背后肯定隐藏着一个团伙。市局已经做了整盘的战略部署，重点抓这案子，目前处于搜集线索筛查信息阶段。网张开了，收口尚待时日。刘副局把这起案件归口并入盗车团伙的案件，看上去也是顺理成章。再者出租车是抢盗的重点，因为款式常见，价位不高，有利于盗车团伙成批地卖出去。抢车盗车团伙经过若干年发展，零售生意做起来不过瘾，喜欢打批发。

在此之前，抢车盗车案里没有伴发命案。刘副局既然把这起杀人案并入其中，就有理由认定盗车团伙的案情正在升级，市局的全盘部署有必要做出相应调整，应多抽调警力，加大盘查力度。刘副局把他的意思铿锵有力地说了出来。他说话时，习惯性把手中纯净水胶瓶捏来捏去，使之不断地瘪下去又鼓起来，发出碎裂的声音。

有时老黄想跟刘副局讨论讨论办案成本的问题，话到嘴边又憋住了。他知道，刘副局的脑袋装满既定经验，这辈子也不会理解诸如"办案成本"之类的概念。抓得住老鼠才是好猫，但抓鼠的时候撞碎了一柜子碗碟，那是主人家考虑的事情。

现场分析会，正是坐在那一圈卵石上召开的，石面沁凉，冷气幽幽蹿进肛肠。这次老黄站起来发了言，陈述个人观点。他认为，把这案子并入抢车、盗车系列案件为时过早。刘副局不吱声，眼神杵了过来。他不喜欢在自己话音甫落之时，就有人道出完全相反的意见。老黄说，这起案件和以往团伙盗车案件，特征上有明显的不同。首先，以前的抢车案，从未并发命案，顶多只是用钝器敲击车主，致使车主昏厥以便实施抢夺。那个集团的案犯主观上一直不存在杀人动机。但这起案件，凶犯持锐器作案，一动手就直逼要害，取人性命……

年轻人都听得认真。刘副局眼光扫了一遍，撇撇嘴，又捏瘪了胶瓶，但胶瓶已经漏气，没有冒出声音。他问，还有吗？

老黄笑一笑，仿佛等着刘副局有此一问。他把刚倒成的石膏模拿出来，摆在众人中间，指着上面相应的部分说事。……这个鞋印，我看未必能用常用公式套算身高。现场采集的案犯鞋印，纹路有两种，物象型、畦埂型。鞋码都较大，套公式算，这两个人都是一米八以上的高个。本地人普遍个矮，两个一米八以上的高个碰在一起并不多见。真是这样，案件反而有了重大的突破口。但从那丛灌木（老黄说话时用手指一指方向）后面取得的成趟足印可以看出来，步幅合不上这种身高。从这模型上进一步印证了，案犯是有意穿大码子的鞋，进行伪装，误导刑侦方向。所以说，我们要是按常规算，鞋码放余量的估计肯定不准确。

老黄把鞋模子举起来示意众人，接着说，案犯两人应都是三十以上的壮年男人，足印具有这个年龄段的典型特征，有明显的擦痕、挑痕和耪痕。按说足印前端的蹬、挖应该很浅，但这个足印，前端几乎不受力，向上翘起，不符规范。这一点进一步印证，案犯的鞋超出脚码一截，前端塞有软物，但踩在地上是虚飘的……

那又怎样？刘副局岔进来一句。

老黄拧开一瓶水，拖拖沓沓地喝了几口，往下说，穿超脚码的鞋作案，显然不利于行走。盗车团伙的成员作案多了，即使要伪装，要反侦破，也不会在鞋码上做文章，给自己不方便。这起案的两个案犯，显然作案不多，所以在伪装上用力太猛，太想伪装得周全。我认为，可以和盗车团伙的案件明显区分开，这起案件应单独侦破。

……你也不要把话说得太满。刘副局说话时脸皮已垂塌下来，吐字像鲫鱼鼓水泡，一个个往外迸。他说，我看不妨两条腿走路，暂且归入系列抢车、盗车案，借市局的整体部署，进行大规模缉查。这案件有特殊的地方，再指派专人调查。刘副局当了多年领导，这时已拿出了毋庸置疑的语气。老黄不再往下说了，怕他当自己在抒倒毛。

撤离现场时，老黄叫小崔还有另两个年轻警员挤进一辆车，脱离大部队一路缓慢行驶。他希望这一路上能找到别的线索。把案发现场处理完毕，再沿路寻查一番，是老黄多年形成的习惯，且屡有收获。再说，在现场脑子狂转半天，也需要坐在慢车上舒缓地看着沿途景物，放松自己。路边的草总是乱的，有些被风吹出形状，像用发胶固定的发型。有的地方，草开始发黄。

老黄忽然叫停，跳下车去往十丈开外的一个黑斑走去。小崔问，怎么了？他回答，说不清楚。就想过去看看。

老黄走得不徐不疾，折回来时手里多了一顶帽子。那是年轻人常戴的帽子，黑色，帽舌很长，内侧贴有美特邦品牌的标识。

一顶帽子。小崔说。他拿过来看了看，没有什么特别。老黄问他，对，一顶帽子，你看看有什么不同？小崔就有些紧张了，非常想一口蒙出老黄心里的标准答案。但他端详半天，始终没有看出端倪。老黄说，你肯定想深了，往浅里走，还不行，就把你自己的帽子脱下来比对一下。小崔照做了。但拿自己的盘状警帽和这顶遮阳帽做比对，又有什么意义？老黄也不想为难他，最后呵呵一笑，指着遮阳帽的内侧口沿说，看这里。这顶帽子还没浸得有脑油，肯定刚戴了不久。

怎么肯定是案犯的呢？

这顶帽子一看就是正牌货，值大几十块钱，估计是被风掀掉的。要是不是案犯作案时时间仓促，哪有不把帽子捡起来的道理？

呃。小崔在老黄一再启发下，慢慢找到些感觉了。他说，那么案子应该是在这段路做下的，这才是第一现场？

小崔的目光沿着公路前后延展，灰色的公路阒寂得犹如一条死蛇。老黄没有回答，他把帽子戴在自己头上。这样，他就闻到帽子里面逸出的爽身粉气味。现在，头发剪成型后，帮顾客头上扑些爽身粉的理发师，差不多都退休了。

在团灶，追悼会总是开得很热闹，这破蔽的地方，人却很多。老黄小崔各买一面花圈，上面写着祭奠的文字。钢厂和于心亮熟识的人来了一坪，围了好多张桌子打纸牌或者搓麻将。老黄在一个角落里拣张凳坐下。旁边那桌，一个打牌的人接了个电话要走，招呼老黄过去接几圈。他说，老哥，替我打两圈。老黄点点头，挤到牌桌边。这一桌的几个人都是三级牌盲，厕所打法，每一级输赢五角钱。老黄有点索然无味，一边赢钱，一边还漫无边际地走神。

晚九点，他看见了哑巴小于。据说白天家里人去找她，把笔架山前后翻个遍，都没能把人翻找出来。现在她自己来了，穿得很素，眼泡子在来之前就哭红了，有些发肿。走到于心亮的遗像前，小于开始哭泣。小于的哭声听着瘆背，像被人捂死了嘴，行将窒息前迸出的最后一丝声音。很多人抽出脑袋看向小于。小于很快哭塌了，被亲戚架着。

老黄勾下脑袋甩牌。小于哭够了以后，慢慢踅向这个方向，在老黄刚才坐的那张椅子上坐下。老黄瞥了她一眼，她好半天才回瞥一眼，认出这是个老顾客。她抹着眼睛勉强笑一笑。转瞬，她又恢复了哭丧的表情。

凌晨两点，一个长鱼泡眼的年轻人走进灵堂，径自走到小于面前。那时小于趴在自己膝盖上睡过去了，鱼泡眼把她拍醒，示意她出去说话。老黄下意识把鱼泡眼打量一番，最后免不了看向那人的鞋子。这也是职业习惯，老黄看一个人，目光最终会定格在对方的脚下。水泥地面太硬，刚扫过，没有积灰，所以也没留下鞋印。那一瞥过去，凭着经验，老黄脑袋里自动地生成如下信息：认脚鞋、扁头、加厚掌底、鞋底缝割成型、交织型纹；运步平稳、中速、步角增大，蹬痕重，行走时身体较前倾；有明显擦痕、耠痕……牌友提醒他一声，他重新看向牌面，砸下一组三联对，然后等着别的三个人稀里哗啦地给自己送分。

他记起自己二十啷当岁时，在公社开拖拉机。一天偶然看到一本书，写的是解放初西北地区有一个叫马玉璋的人，在辨认鞋印、追踪案犯方面有天生禀赋，异常神奇地搞下一个个谜案。老黄看得心驰神往，那以后开拖拉机就不来劲了，一心要干公安。真进了公安局，他发现这也跟开拖拉机一样，只要有心、耐烦、勤学苦练，迟早能打磨出一技之长。他把心思专注于足印勘验，久而久之，终有所成。

老黄余光往灵堂外瞥去，小于已随着鱼泡眼去到看不见的地方。外面，钢城的夜晚巨大而又黢黑。

钢渣这一晚很是烦乱，他后悔杀了人，不但没抢到几个钱，而且杀掉的那家伙竟是小于的哥哥。钢渣恨恨地想，这么狭长，这么宽阔的钢城，事却偏偏这么巧合？杀人的当时，他看了看那司机的嘴脸，根本没法和哑巴小于联系起来。哑巴小于长什么样，她哥哥就偏不长什么样，两兄妹的面相拗上了似的。当晚，去到停灵的地方，他叫皮绊进去把小于带出来。小于出来后，他看见小于单薄的身体在夜风中略微发颤。钢渣迎上前去，捏着她的手递去力量，以示安慰。他拽着小于沿一条胡同走，皮绊知趣地消失了。在一盏路灯底下，他摘下帽子，搔了搔头皮，用手势询问小于，你什么时候走的？也不说一声。家里出什么事了？

小于天黑以后才发现店子门板上被人贴了字条。当时她像往常一样，和钢渣在出租房里掐来抱去，相互调情。房间太小，两人的闹劲却太大，弄着弄着就挨近窗子。外面那盏路灯突然亮了，小于得以看见店门上贴了条。她拧开钢渣，下楼走向对街。其实钢渣下午听见有人在外面拍小于的店门，但他正和小于缠绵得紧，没告诉她。杀了人后，他心里很紧张，对小于有了无比强烈的依恋，一刻也不想她离开。小于把字条揭下来，拿给他看。他告诉她，上面写的是一条谶语，是一对年轻的夫妇禁不住婴儿夜哭，写了这符谶到处贴，想多睡几个安稳觉。小于不太肯信，她觉得这不像符谶。八点多，钢渣睡去了，正碰上皮绊回来，小于就拿着字条问皮绊。皮绊把纸条一看，打手势告诉她，纸条上写着：家里出事，速归！

小于赶紧往屋里赶。天很黑，这山上没有车，她只好脱了高跟鞋走下山。

钢渣翻转个身，扑了个空，人就醒了过来。本该是小于躺下的地方，只剩一团黏稠的空气。他恨恨地站起来，踢门进到皮绊的房间，问皮绊是不是把小于放走了。皮绊把实话告诉他，他就甩给皮绊一耳光。他现在性欲炽烈，不能没有小于。于是他拽着皮绊往小于家里去。

在胡同的路灯底下，钢渣用手势问她，是不是你哥哥死了？钢渣非常清楚，于心亮确实是被抹了脖子死去的。小于没有做手势，眼泪再次溢出。她两眼紧闭，却禁不住自己的泪水。在淡白路灯光的照耀下，小于紧闭的两眼像两道伤口，液体不断地泌出来。钢渣记起自己在林场割枞树脂的情景，在树身割一刀缝，枞树脂也是这么晶莹剔透地泌出来。

钢渣帮小于抹去眼泪，从裤袋里掏出几张老头票，横竖塞进她手里，并做手势说，不要太难过了，还有我。小于强自笑了，把即将夺目而出的眼泪呛回眼槽子。钢渣被小于的微笑再次打动，把她抱到背光的地方，狠狠地吻她。他用的吸力太大，结果发现她的舌头老长老长，几乎探进自己喉咙。他把她舌头吐出来，情欲已经不要命地勃发了。他打一辆车，去到笔架山上，把她拽进租住的房间。一阵零乱的抚摸过后，钢渣明显感觉到小于的身体正在发潮，发黏。他不敢开灯，因为知道她表情必然是左右为难的，是惘然无措的。

漫长的做爱过程中，钢渣听见远处不时有鞭炮声响起来。也许，同一晚，偌大一个城区会有多处停灵，那鞭炮也不一定是放给于心亮的。

刘副局暂调市局主抓抢车盗车团伙的案件。这事下的力度很大，调查取证还算顺利，套用开会时的俗常语，说是"取得阶段性成果"应不为过。几个主要案犯已悉数进入掌控。在市局的会议上，刘副局表明了自己态度，认为应该提前收网，不求一举抓获所有案犯，而是重点击破，然后查漏补缺，到第二阶段再把那堆虾兵蟹将一个个刨出来。市局肯定了刘副局的意见，但这网口太大，甚至要跨省寻求兄弟单位联动，前期工作必须做得扎实周密。

最近刘副局不大看得见人，几乎都在外面跑联络工作。时而回分局了，也是一身时髦便装，腋窝里随时夹着个锃亮的皮包，看着像广东来的商人。分局里的人抽走一些，随刘副局跑外线的联络工作。剩下的一帮警员办起案来，都肯去老黄那里讨主意。老黄往人堆里一站，分明就是主心骨的模样，但他偏偏生就了闲性子，谁找他拿主意，他就说，你自己看着办。老弟，车有车路马有马路，我看你主意比我还多。

老黄把注意力放在那顶帽子上。他也不事声张，只叫了三名警察搞这个事。搭帮刘副局外出，老黄得以放开手脚。揪住这细微线索摸排查找，小崔等年轻警察都觉得玄，觉得从半路捡来的一顶帽子切入，似乎太不靠谱。钢城说大不大，人口也上了百万，狭长的城市被割成若干区。这顶帽子再常见不过，找起来，摆明是大海捞针。再说，帽子跟案情有无关系，根本确定不了。老黄脸上总是钝钝的微笑，跟他们说，未必然。事情没做之前，是难是易没个准。很多事做起来要比料想的难，更多的事，做起来会比料想的容易。摸排也是这样，难以预料，所以不妨说它是有挑战性的。

事情上手一做，年轻警员果然觉察到了自己的先验意识有偏差。确认这顶帽子是美特邦品牌的正品货以后，所有的批发市场、路边店、地摊都可以排除了。美特邦在钢城的专卖店有五家连锁，找到总代理商一统计，该型号是去年上市的主款型，整个钢城走货量是一百七十四顶。有发票和收据（必须事先向店主申明是公安局办案，与工商局无涉，店主才会亮出收据）记录的计五十一顶。小崔打算循着发票收据先查访那五十一人，但老黄说，这五十一人先撂在一边，进一步缩小范围，查另外的一百一十二三人。店主和店员循着记忆向警员描述这款帽子的顾客，像羊拉屎一样，这次想起一两个，下次又想起一两个，稀稀拉拉。到这阶段，开始磨炼几个警察的耐性了，他们频繁光顾那五家店铺，搜集新近回忆到的情况。小崔用电脑记录下对每一个顾客的描述。这事情干了一阵，反而摆脱最初的枯燥感，品出一种缺油淡盐的滋味。

帽子的事还没有眉目，市局已制定好对盗车团伙收网围捕的部署。所有分局都为此忙碌起来。刘副局已回到分局，脱下老板装束，重新示人以警服笔挺的模样。老黄只好把那案子放一放，投入市局整体部署中。

统一行动前，所有参战警员都到市局大会议室里集中。场面有点像劫匪自助餐式打劫，进去的人首先取一对联号标签，签上大名，其中一张标签拴在手机天线上。接着，几个女警员煞有介事地拿出不锈钢托盘，在座位间齐头并进。大家都把手机放到托盘里面。场面显得很凝重，但小崔看见老黄的表情有些促狭。小崔就奇怪了，老黄平时总是一本正经，今天大家都摆出严肃样，他却自得其乐。等一个女警员走近，老黄把自己的手机搁进托盘，小崔就明白了。他第一次看见老黄用的手机，竟然是五年前的款型，诺基亚5110，非常巨大，像个榔头。那手机往托盘里一放，端盘女警员的胳膊似乎都压弯了一些。然后她走向后面，后面的警察看着托盘，忍不住哧的一声。老黄那手机和别的手机搁在一起，分明就是像入猪群。

行动那天，老黄有些打不起精神。小崔却是一股子劲，因为动员会已经激出了他的临战状态。那天晚上的行动，却显得寡淡，定了点去捉人、找车，感觉像在自家地里刨红薯一样。老黄小崔这组负责抓一个姓全的案犯，在黄金西部大酒店二楼洗浴中心的一个包间。两人进到里面抓人时，重脚踹开塑钢门，见那家伙躺在一只农村用来修死猪的木桶里，倚着一个姑娘，正舒服得哼哼唧唧，每个毛孔都摊开着。见有人举着枪进来，姓全的案犯神情笃定，一派处惊不乱见多世面的模样。等小崔挨近他身边，他忽然脸一变，扯开嗓门号啕大哭起来。小崔厌恶地吐一口唾沫，觉得真他妈没劲，神经绷紧了老半天，却撞到这样一个蔫货。

另一队派往氮肥厂旧仓库查车的警察，得以见到非常壮观的情景：拉开仓库门，里面整整齐齐堆垛着长十来丈宽四五丈高一丈余的化肥袋子。但把表面一层化肥袋搬开，里面竟全是车，堆叠着码放。车有偷来的，也有报废的车。该团伙的信誉还蛮好，把报废车维修一下，再喷涂翻新，拿出去当赃车卖，以次充赃，从中赚一份差额。

老黄自始至终只关心一件事：有没有于心亮的那台车。这次行动，没有找到。之后个把月里，市局顺藤摸瓜扩大战果，跨省追回了四十余辆卖出去的赃车，这其中也没有于心亮的羚羊3042。

庆功会如期进行，刘副局那天很抢眼，嘴巴前面杵着或长或短的话筒，简直像一堆柴。刘副局说了好多的话，都有些说醉了。当晚，分局的人被刘副局拉去K歌。老黄小崔随了前面的车一路走，再次来到黄金西部大酒店。里面有很多妹子，行尸走肉般来去穿梭，一眼便可瞥出来，都是卖肉的。小崔觉得这有些滑稽，怎么偏偏来这地方呢？他睃了老黄几眼，想知道他的看法。但老黄似乎很麻木，话筒递到他手上，他唱起了《有多少苦同胞怨声载道》。本来是两个人的唱段，一帮年轻的警察蛋子哪配得上腔？老黄只好一人两角，既唱李玉和，又扮磨刀人。

老黄看得出来，小崔心中有疑惑。他又怎么好告诉他，这家大酒店，刘副局参着暗股。把皮条生意做到如此规模，如果没有公安局的人参暗股，可以说，一天都开不下去。当然，老黄是听熟人说的，也不能确定。虽然这样的事熟人不可能胡乱开口，但老黄作为一个警察，更相信证据。

既然这次行动没有找到于心亮的车，老黄就可以跟分局提出来，把于心亮那案子单独办理。这件事自然由他主抓。他点了几个人。其实这一拨人，早就确定了的。

这以后不久，小崔从美特邦团灶店得来一个消息，有个女哑巴也曾来买过这款型的帽子。该店员请假刚回来，她把买帽子的女哑巴记得很牢靠。要是一个正常人买一件小货，很难记得牢靠，或者张冠李戴，本来是买裤衩却记成了帽子。但一个女哑巴来买男式便帽，店员就留心了。女哑巴用手势比画着跟店员讨价还价，该店员好半天才跟她说通，店里一律不打折，这和地摊是不一样的。店员以为哑巴若得不到打折就不会买，但她还是买了。小崔记录着女哑巴的体貌特征，又听见店员说，时不时还看见那哑巴从店门前走过去。

小崔把那条记录给老黄看，问老黄想到了谁。老黄眼也不眨，第一时间就想到了小于。小崔也点点头。于是老黄蹙起眉头，说，是不是，小于买给她哥的？难道这顶帽子是戴在于心亮头上？于心亮没有戴帽子的习惯啊。小崔认为有这可能。他说，于心亮不是跑出租了嘛。司机一天在外面跑，都喜欢戴顶舌檐长的帽子。小于要送她哥哥一顶，完全说得过去的。

为确认那个哑巴，小崔在美特邦团灶店枯坐几天。直到一个下雨的午后，那店员忽然在他肩头一拍，说，就是她，就是她。

循着指向，小崔果然看见了哑巴小于。

小崔认为帽子这条线索应予作废——很明显，小于买帽子是送给于心亮的，因此帽子是从于心亮头上掉落的。老黄的意思是，不忙惊动小于，观察她一阵，看看她平时跟哪些人接触。

次日小崔去了笔架山，以小于店面为圆点，观察周围情况。对街有一栋漆黑肮脏的楼房，五层高。他爬到楼顶平台，在一间用油毡盖顶的杂物间找个观察点，待在里面向下看。杂物间的主人进来找盒子装狗，撞上了。小崔掏出证件跟他说明来意，并嘱他保密。那人来了兴致，每天把狗抱上来，跟小崔闲聊。他平时狂爱看侦探小说。

在小崔看来，小于的生活再简单不过，每天开门关门，有的晚上会去赌啤酒机。她两天挣的钱，只够买五六注彩。在场子里，小于基本上是用眼睛看别人赌。有一天她押中一个单号，赢了三十二倍，其后一整天她都没有营业，全待在场子里，直到把钱输光。

第四天，小崔看见小于搬来很多东西堆到自己店子里。看情形，她打算吃住都在店里，不回家了。抱狗的人每天找小崔说话。小崔烦躁得紧，而且也断定小于身上不可能有什么问题。他下了楼，走过街进入小于的店子，看她有什么要帮忙的。小于认得小崔，知道是哥哥的朋友，在干警察。她把东西堆在屋子里，不做整理，脸上挂着呆滞的表情。小崔把那顶帽子拿出来让小于看，小于眼泪扑簌簌流了出来。不用问就知道，这帽子是她送给于心亮的。她想把帽子取回去，做个纪念，但小崔摇了摇头。

这条线索断了，几个人都不免沮丧。在这件事情上，众人花费的时间太多，却是这样的结果。小贵忍不住说了一句，怎么早没想到，帽子有可能是死者戴过的。老黄没有作声。他自嘲地想，也许，我也就懂观察脚上的鞋呵，观察帽子又是另一种思路了。

当晚，老黄坐在家里，看电视没电视，看书也看不进去，把玩着那顶帽子，发现左外侧有一丁点不起眼的圆形血斑，导致帽子布面的绒毛板结起来。帽子是黑色的，沾上一丁点血迹，着实不容易辨认。

他赶紧拿去市局技术科，请求检验，并要跟于心亮的血液样本进行比对。他也搞不太清楚，这么一丁点血迹能否化验。技术科的人告诉他，应该没问题。结果出来了，报告单基本能认定，血迹来自心亮。老黄更蒙了。尸检显示，于心亮的鼻头被打爆了，另一处伤在颈右侧，被致命地割了一刀。

他想，如果是于心亮自己的血，怎么可能溅到自己的帽子上呢？血斑很圆，可以看出来是喷溅在上面的，而不是抹上去的。中间有帽檐阻隔，血要溅到那位置，势必得在空中划一道曲度很大的圆弧，这弧度，贝克汉姆都未必踢得出来。

那天，钢渣打开房门要从公共的楼梯下楼，见一个人正在上楼梯。这人显然不是这里的住户，他一边爬楼梯一边不停地仰头往顶上面看。这人行经钢渣身边时，钢渣朝门角的垃圾篓吐一口唾沫，然后缩回房间去。他一眼看出来，这人也是个绿胶鞋——他左胯上别着家伙，而手机明明拽在手上。钢渣去到朝向小于理发店的那扇窗户前，用镜面使阳光弯折，射进店子里，晃动几下。小于发觉了，刚站到门边，钢渣就用手势告诉她，不要过来，晚上他会去找她。

当晚小于去到啤酒机场子，果不然，那个绿胶鞋后脚跟来了。钢渣愈发认定，这胶鞋是冲自己来的。直到小于离场，胶鞋还后面跟着走了一段。十一点钟样子，胶鞋看了看表，离开小于，循另一条道走了。

钢渣叫皮绊在外面把风，然后把小于拽到租住的房子里，又是一阵疾风暴雨地做爱。小于对这种事的疯劲，总是让钢渣的情绪持续高涨，他喜欢被女人掏空的感觉。事毕他亮开灯，抱着她放在靠椅上，同她说话。他告诉她，自己要离开一段时间。

小于很难过，她觉察到钢渣这一走时间不会短。若是两三天的外出，他根本不会说出来。但以前两三天的分别，也足以让小于撕心裂肺地痛起来。她的世界没有声音，尤其空寂，一天也离不开眼前这个男人。她认识他以后，很多次梦见他突然消失，像一缕青烟，飘飘摇摇，直至遁入无形。

小于做着手势，焦虑地问他，你说实话，是不是以后再也不来了？钢渣一怔，他也有这种怀疑。自己毕竟沾了命案，这一去回不回来，能一口说准吗？他跟她说，时间较长，但肯定要回来。小于的眼神乍然有了一丝崩溃，蜷曲在钢渣怀里，眼角发潮，喉咙哽噎起来。他抱了她无数次，这一次抱住她，觉得她浑身特别黏糊，像糯米团子。他喜欢她的这种性情，一点也不掩饰自己，不晓得矜持两字怎么写。她没受过一丁点教育，所以她天生与大部分女人不同。

钢渣没有像以往一样，长久地拥抱她。她忽然打手势说，到底什么时候回来？说一个准确的时间。他想了想，燃起了一支烟。他用右手夹烟，左手四指握起来，拇指跷起。这个手势可以代表很多个意思，但钢渣把烟蒂朝拇指尖轻轻一杵，并迅速把五个手指摊开，小于就理解了。钢渣打的意思，是说放鞭炮。她双手抱拳，做庆贺状。手语里，这就是"春节"的意思。钢渣知道她明白了。他用力点了点头，嘴角挂出微笑。她破涕为笑。他继续说，到那一天，把店面打扮得漂亮一点，贴对子挂灯笼，再备上一些鞭炮。到时他一定来看她。他还跟她诅咒，如果他不来，那就……他化掌为刀，朝自己脖子上抹去。她赶紧掰下他做成刀状的那只手，一个劲点头，表示自己相信。

一顿话说完了，钢渣要小于离开出租屋。以往，钢渣肯定会把小于留下来。

当晚钢渣就和皮绊转移了地方。

大碇东边的水凼村，有一个不起眼的水塘，水面不宽，只十来亩样子，但底下水深。秋后一天，有个钓鱼的人栽下去死在水里，却不见尸体。其亲人给水塘承包人付了钱，要求把水放干寻找尸体。水即将抽干那天，水凼村像是过了年，老老小小全都聚集到水塘周围，想看看水底是怎么个状况。他们在水凼生活了这么久，从来没有看见过水塘露底。再说，起码下面还有一具尸体。尸体总会惹人好奇心的，村里人想看看那尸身被鱼吃成什么样了。

塘里的水被上抽下排，水底不规则的形状逐渐显露。当天阳光很好，塘底暴露出来的部分，表面的塘泥很快被晒干，呈暗白色。尸体慢慢就出现了，头扎在淤泥里，脚往上面长，像一株水生植物。水线褪下去后，尸体的脚失去浮力，一截一截挂下来。人们正要看个仔细，注意力却被另一件东西拽了过去。

一辆车子，车顶有箱式灯，跑出租的。

人们就奇怪了，说这人明明是钓鱼时栽下去的嘛，难道是坐着车飙下去的？那这死人应该是淹在车里啊。村支书觉悟性高，觉得这要报警，里面八成有案情。但他一时记不住号码，问了村长，是110还是119？村长也记不清楚，说，随便拨，这弟兄俩是穿连裆裤的。

这次，老黄坐的车跑在前头，最先来到水塘。一下车就忙碌起来，拉警戒。警戒线不够用，围不住水塘，老黄就请村长去村农资店买了几卷尼龙线。老黄好半天才下到塘底，淤泥齐腰深。走过去，把车牌抹干净了一看，正是于心亮的3042。

老黄从底下上来，整个人分成了上下两截，上黑下黄，衣袖上也净是塘泥。小崔叫他赶紧到车上脱下裤子，擦一擦。老黄依然微笑地说，没事，泥敷养颜。他站在一辆车边，目光朝水塘周围巡行，才发现村里人都在看他，而且清一色挂着浅笑。老黄勾头往自己身上看，是呵，两种颜色把他划分为两截。他觉得自己像一颗胶囊。同时，他心底很惋惜，这一天聚到水塘的人太多。水塘周围的泥土是松软的，若来人不多，现场保留稍好，那么，沿塘查找，可能还会看见车辙印。顺着车辙，说不定会寻到另一些有价值的东西。但这么多人，把整个塘围都踩瓦泥似的踩了一遍，留不下什么了。

去到村里，老黄把村长、村支书还有水塘承包人邀去一处农家饭庄，问些情况。他问，这水塘，外面知道的人多吗？村长说，每个村都有水塘，这口塘又没什么特别。老黄问承包人，来钓鱼的人多不多？承包人说，我这主要是搞养殖。地方太偏了，不好认路进来，只是附近几个村有人来钓鱼。再问，有没有人看见那车开进村？村支书说，村子很少有车进来。这车肯定是半夜开来的，要不然，村里肯定有人看见。

一桌饭菜就上来了。几个人撑起筷子，发现老黄不问问题了，有些过意不去。这几句回答就换来一桌酒菜，几个人觉得老黄亏大了。承包人问，警察同志，还有什么要问的？老黄想了想，问他，晚上怎么不守在塘边啊？承包人舒了口气，说，是这么回事。鱼已经收了一茬，刚投进鱼苗，撒网也是空的，鱼苗会从网眼漏掉。老黄又问，哪些人知道你刚换苗，晚上没人守塘？承包人回答，村里的人知道，常来钓鱼的也知道。

村长也想表现好一点，再答几个问题，但老黄说，行了，够多了。然后举起酒杯。

老黄和小崔去户籍处调取水凼村及周边七个村二十至五十岁男性的户籍资料，筛查一遍再说。八个村在这个年龄段的男人，统共才两千人不到。如果小崔一年前面对这样的工作量，会觉得那简直要把人压垮。很奇怪的，到现在，他觉着查两千人的资料不算太累的事。小崔小朱小贵三人各花三天时间，把户籍资料仔细过一遍，先是打五折筛出九百三十人，然后进行二道筛，在这个基础上再打五折，筛至四百四十人左右，然后拿去让老黄看一遍。

老黄打算用五天时间筛人，但第二天一大早，他打开的头一页，就浮现出一个长鱼泡眼的男人，心里忽然有了抵实感。他清晰记得，是在于心亮灵堂上见到过鱼泡眼。那人当晚把小于叫了出去。

鱼泡眼叫皮文海，三十二岁，离异，有过偷盗入狱的记录。老黄突然想到了小于，感觉很怪异。他想，是不是因为她是一个残疾人，所以先验地以为她过得比一般人单纯？她与这个命案，有着什么样的联系？老黄思路暂时不很清晰，但有一种锐痛。

笔架山他爬了许多次，一路上想着小于的刀锋轻轻柔柔割断胡髭的感觉，总有一份轻松惬意。但这一次他步履沉重。秋天已经接近尾声，一路更显静谧，少有人来。小于的店子没有人。老黄踯躅了一阵正要走，小于却从旁边一间小屋冒出来，招呼老黄。她打开店门拧亮灯。老黄这才想起小崔说过，小于把过日子的东西都搬上山了。

刮胡子时，老黄一反常态，睁着眼。小于一脸悲伤，似乎刚刚哭过，眼窝子肿了，还不止哭过一两回。弄完老黄的这张脸，小于又把店门关上了。她去了特教学校，请一个老师教她标准的手语。不识手语，一直是小于的遗憾，老想学一学，却老是拖。这一段时间，她忽然打定了决心。

星期天，小于照例没开店，去学手语。老黄小崔去到山上，打算在小于理发店对面那幢楼里找一个观察点。花点钱无所谓，小崔上回图省钱去顶楼杂物间，没什么效果。这样，两人就在电线杆上看到了一则招租广告，位置正是在小于理发店对街那幢楼的一单元二层——简直没有比这套房更好的观察角度了。老黄叫小崔拨电话给房主，要求看房。老黄尽量不把自己的手机亮出来。

房东是一个秃顶的中年人。他拧开房门，里面还没有打扫过，原住户的东西七零八落散在地上。他说，在你们前面，也是两个男的租我这房。租金够低的了，才他妈一百二，还月付。但这两个家伙拖欠了房钱不说，突然就拍屁股走人了。真晦气。老黄没有搭腔，自顾去到临街方向的窗前，往对面看，一清二楚。房东又絮叨地说，其实他们走人了也好。我是个正经人，跟那些人渣打交道，委屈得很。他俩什么人？租了我这房，竟然把对街那个哑巴也勾引了过来，天天在我房里搞。……对面那个理发的女哑巴，彻头彻尾一个骚货，不要去碰。

哦？老黄的眼睛又亮了起来，看向秃顶的房东。房东一边说话，一边用鞋把地上的垃圾拢成一堆。老黄觉得这房子已经用不着租了，亮出工作证，并出示皮文海的照片，问他，是不是这个人？

房东看得一阵，点点头。老黄追问，另一个人长什么样？房东的眼神就呆了，说，每次付房钱，都是这个人来交，另一个，我不怎么见过。

不怎么见过还是根本没见过？

没见过。

那你怎么知道有两个人？

这个人（房东指了指照片）跟我说的，说他哥也住里面，脾气不好，叫我没事别往这边串。他保准月底把房钱交到我手上。

老黄又问，那他们两个人，到底是谁和理发的小于有接触？

房东摇摇头，他确实不知道。

老黄叫小崔就在进门处站着，自己把屋内两间套房都搜了一遍。钢渣心思缜密，当然不会留下什么物证。问题出在两个男人都不注意卫生，屋内好久没有打扫了，老黄得以从积灰中提取几枚足印，鞋码超大，从印痕上看，鞋子是新买的，跟抛尸现场的鞋印吻合。皮文海的身高是一米七不到，纵是患了肢端肥大症，也不至于穿这么大的鞋码。

哑巴小于这段时间换了一个人似的，学得些哑语，整个人就有了知识女性的气质，穿起笔挺的职业女装，去别人店里做头发。还有，脸上忧郁的气色，以前也是难得一见的，且久久不见消退。老黄看得出来，小于爱上了一个男人，现在那男人不见了，她才那么忧伤。他记得于心亮说过，哑巴小于离不开男人。按于心亮的理解，这分明有点贱。但实际上，因为生理缺陷，小于也必然有着和别人不一样的需要。

询问小于，老黄是使了计策的。他请了一个懂手语的朋友帮忙，事先合计一番，再去到小于店里一起刮胡须。两个人两张脸都刮净了，不慌着离开，坐下来和小于有一搭无一搭地闲扯。店上没来别的顾客，小于乐得有人闲聊，再说有个还会手语。她刚学来些手语词汇，憋不住要实际操作一番。但一旦用上规范的手语，她就不能自由发挥了，显得特别用力，嘴巴也咿呀有声。

那朋友以前在特教学校当老师，手语熟练得很，轻易揣得透小于的意思。等小于对自己不再生分以后，他按照老黄的布置，猜测她的心思。他问她，是不是什么朋友离开了，所以开心不起来？小于眼睛亮了，使劲点头。于她而言，有人这么短时间内对自己有所了解，并猜中心思，不啻是个奇迹。她看着他，瞳仁仿佛都扩张了两圈。这朋友以前和聋哑人多有接触，知道像小于这样的女人内心有多孤独，对性伴有多依赖。他说，你可以把他的照片拿出来，挂在墙上，每天看几眼，这样就会好受一些。小于还没有学到"照片"这个词。他把两手拇指、食指掐了个长方形，左右移了移，她不知道是什么东西。他灵机一动，取过台子上的小镜子照照自己，再用手一指镜面，小于就明白了。

她告诉他，没有那人的照片。她显然觉得他的建议有道理，脸上的焦虑纹更深了。他早就知道该怎么说了。他告诉她，另有个朋友会做相片，只要你脑袋里有这个人的模样，他就能把脑袋里的记忆画成相片。

小于瞪大了眼，显然不太肯信。

他向她发誓这是真的，而且可以把那个朋友带来帮忙，但到时候，小于要免费帮那个朋友理发。小于就爽朗地笑了。

隔一天，会手语的朋友就把市局的人像拼图专家带去了。老黄也跟着去，带着装好程序的笔记本电脑。一路上老黄心情沉重。小于太容易被欺骗了，太缺乏自保意识，甚至摆出企盼状恭迎每个乐意来骗她的人。既然这样，何事还要利用她？但有些事容不得老黄想太多。他是个警察，知道命案是怎么回事，有着怎么样的分量。那天风很大，车到山顶，几个人下来，可以看见一些风的旋转结构，在地上一溜一溜游走。进到理发店里，看见小于今天特意化妆了。理发店也打扫了一番，地面上的发毛胡楂儿都被扫尽。台子上插着一把驳杂的野菊花。

拼图专家打开笔记本，另一个人就用手语询问起来，先从轮廓问起，然后拓展到每个细部特征。正好小于觉得老黄的脸型和钢渣有点像，就拿老黄做比，两手忙乱开了。拼图专家经验老到，以前用手绘，或者用透明像膜粘来粘去，现在有电脑，方便多了。每个细部，无非多种可能。小于强于记忆，多调换几次，小于就看出来哪一种最接近钢渣的模样。钢渣的模样已经刻进她的头脑。程序里一些设置好的图，活脱脱就是从钢渣的脸上取下来的。

随着拼图渐趋成型，老黄看见小于的脸纹慢慢展开，难得地有了一丝微笑。

老黄与钢渣只是脸廓长得像，别的部位不像。所以，老黄只在拼图开始时帮一会儿忙，后面就不管用了。他走出理发店，信步往更高处蹀去，抽烟。天开始黑了起来，他看见风在加大。他叫自己不要太愧疚，这毕竟是工作。他想，小于喜欢那个男人，是不是遭到了于心亮的反对，甚至威胁？杀人动机，也就这么捋出来了。

里面忽然传来一声闷响——其实是小于的尖叫，但不是声带弄出来的，而是喉咙把强气流挤压形成的。老黄明白，那人的模样拼好了，在小于眼里，那显然就是拿相机照钢渣本人拍下来的。

又一次专项治理的行动布置下来。每年市局都要来几次大动作，整肃不法之徒，展示市局整体作战能力。这次打击的面，除了传统的黄赌毒非，侧重点是年内呈抬头趋势的两抢。所有警员统一部署，跨区调拨，以撕破业已形成的关系网。老黄负责的这个办案组，只好暂时中断手头的工作。小崔觉得很不爽，工作失去了连贯性，是很痛苦的事。老黄只粲然一笑，说，等有人把你叫作老崔的时候，你就晓得，好多事根本改变不了。改变不了的事，不值得烦恼。

　　老黄把皮文海和另一个人的头像复印了很多份，正好向市局申请，借这次行动，在全市范围内查找这俩人。老黄说，倒过来想想，这其实也是机会。他的脸上有了诡谲的笑容。老黄就是有这样的能耐，以变应变，韧性十足地把自己的事坚持下去。

　　老黄小崔被调到雨田区，那里远离钢厂，高档住宅小区密集。晚上，要轮班巡夜。把警车撂在路边，老黄小崔便在雨田区巷道里四处游走，说说话，同时也不忘了拿眼神朝过往行人身上罩去。老黄眼皮垂塌，眼仁子朝里凹进，总像是没完全睡醒。小崔和他待久了，知道那是表象。老黄目光厉害，说像照妖镜则太过，说像显微镜那就毫不夸张。两人巡了好几条街弄，小崔问，看出来哪些像是抢匪吗？老黄摇了摇头说，看不出来，他们抢人的时候我才看得出来。

　　走到警车边，两人接到指挥台的命令，赶紧去往雨城大酒店抓嫖客。抓嫖这事一直有些模棱两可，基本原则是不举不抓。要是接了举报不去抓，到时候被指控不作为，真的是很划不来。于是只好去抓一抓。老黄一遇到这事就头疼，小崔却是很兴奋，他觉得抓嫖比打击两抢更来劲。

　　花了十几分钟，集结一批警察，就朝着雨城开拔。抓嫖没有太多悬念，可以想象，门被重脚踹开以后，进到大厅举枪暴喝一声，莺声燕语的场面马上一片狼藉，伴之以声声尖叫；再去到一个个老鼠洞一样的小包间，踹开了，里面两只蠕动的大白鼠马上换种喘法，浑身筛抖。小崔自小就是好孩子好学生，被五讲四美泡大的，认识的人都夸过他。只有他知道，骨子里也有恶作一把的心思，正好，抓嫖的时候，可以名正言顺地发泄出来。刨包间时，小崔拿出百米冲刺的速度，急先锋似的，刨得比任何人都多。

收获是蛮大的。警察把那些男女拨拉开，分作两堆，在大厅里各自靠着一侧的墙蹲下，呈集体撒大条状。两拨人中间隔着几米宽，可以相对而视。小崔暗自想，只这一会儿的工夫，刚才是谁和谁抱对儿，他们彼此还能认出来吗？

举报的是雨城大酒店旁边那栋楼的一个普通女住户。她发现十来岁的儿子老喜欢趴在阳台上朝那边张望。她也张望了一番，原来是很多包间的布帘子不愿拉下来，里面乱七八糟的事，就像在给自己儿子放电影。她担心这会对儿子造成不良影响，去跟雨城大酒店的经理商量，说帘子要拉上才是。但顾客有曝光癖，不喜欢拉帘子，经理也没办法。眼下房价飞涨，女住户没有能力学孟母三迁，只好拨个电话把雨城举报了。

刘副局匆匆地赶来，隔老远就冲老黄说，误会，误会，这是我一个熟人开的……老黄慵懒地看着他，说，呃，是吗？他知道往下要做的事，只能是卖个人情放人。他没必要在这枝节问题上和刘副局拗。老黄本来就对抓嫖一事不感兴趣，觉得是狗抢了猫饭碗，多管闲事多吃屁。

刘副局着便装，腋下夹着皮包。前一阵工作做完，他就喜欢打扮得像个老板。他知道，凭老黄蔫巴拉唧的性子，没理由和自己对着搞。眼看事情又摆平了，刘副局吐一口浊气，往左侧那一堆女人瞟去。正好一个女人抬起头，把刘副局看了个清楚。她嚼着口香糖，嘴巴一咧，当场举报说，警察大伯哎，这老东西老来嫖我，我认得，我举报。大厅里本来窸窣声不断，突然一下就死寂一片。所有警察都听得分明，却都怀疑自己耳朵听错了。那女人见所有警察都盯着她，又嘟哝说，本来嘛，他肋巴骨上有刀疤，尺多长，难看死了。

刘副局的脸唰地就青了，迅速向女人靠拢过去。老黄来不及阻拦，刘副局已经飞起一脚把女人狠狠地踹在墙皮上。女人嗓子眼一堵，想要惨叫，一口气却憋了七八秒钟。老黄这才得以揪住刘副局。他另一只脚已经起了势，指不定踹在女人哪块地方。他嘴里抽搐地吼着，婊子，你晓得我是谁？

女人缓过神，扑过来把刘副局咬了一口。刘副局还想动手，才发现老黄力气蛮大，把他两只手箍死了。其实，小崔也早站在一边，发现老黄一人够了，就没动手。小崔心里说，这下好，终于拔了一个大萝卜。

过不了两天，刘副局完好无损地出来了，雨城倒是没有保住，停业整顿。老黄再带着小崔出去巡夜时，发觉小崔老打不起精神，盐腌过一样。老黄只好安慰他说，年纪轻轻，你怕个鸟？老刘不会把你怎么样。

两人在雨田区巡了好长时间，一次也没撞上两抢案情，心里窝火。这天撞了个正着，看见一个十五六岁的后生在前面跑，后面有个四五十岁的女人穷追不舍。老黄小崔心中暗喜，猛然发力侧面逼近那个后生，伸长手一拽，后生就吃受不住趴在地上。后面那女人撵上来，手里拿着一条夹衣，一看老黄把后生扭住了，心疼得不行。原来她是他的妈，天气冷了，后生老不肯穿夹衣，要风度不要温度，把他妈急成这样。老黄感到很晦气，跟那做母亲的说，妹子，以后别再在大马路上玩了。也别太操心这些猴崽子，冷不住了他自己晓得加衣。中年女人一个劲地点头，拽着她的半大崽子往家里去。老黄小崔面面相觑，两张脸都稀烂的。

这天天还没黑，老黄和小崔便装继续巡行在雨田区老城厢一带，密如蛛网的街巷里。徜徉其中，老黄有一种从容，慢慢地抽烟，慢慢踱开步子。路边有一处厕所，小崔便意突然来临了。他问老黄有手纸没有。老黄把所有算是纸的东西都掏给他，并用手一指前面一条岔道，说，我去那边等你。

岔道里有一家杂货店，店主很老，货物摆得很零乱。到得店前，老黄突然想给女儿打个电话，他记起这一天是女儿生日。但杂货店的电话不但接不通，而且计价器照跳不误，连跳了两次。老黄无奈地付了六角钱。

他只有掏出手机拨打，忽然发现这条巷子更深的地方钻出一条汉子，鱼泡眼。他把那人的模样记得相当熟悉，余光一瞥，已经确定是谁。然后，他发现裤腰上并没有别着小手枪——以往他都别着的，一直没摸出来用过。今天早上偷了懒。

他朝鱼泡眼皮文海走去。皮文海人高马大，身体板实，没有手枪光靠自己两只老手，怕是拿不下来。老黄来不及多想，看看手里拽着的诺基亚5110，没有一斤也有八两重，坚固耐用。原装外壳早就漆皮剥落，他看着几多烦躁，前不久花三十块钱换成个不锈钢的壳。

挨鱼泡眼越来越近了。对方显然什么也没察觉，走路还吹口哨。老黄没有拨号，嘴里却是有模有样地与空气嘘寒问暖。

两人擦身而过时，老黄突然起势，大叫一声皮文海。那人果然扭头看过来。老黄扬起手机，猛然砸向对方脑袋——这时候，只要拽着比拳头硬的东西，就尽量不用拳头。老黄本想砸致人昏厥的穴位，但他年岁大了，砸得偏了几分。他赶紧往前欺了一步，扬起手机再砸，这次是用手机屁股敲去的，力道用得足够，皮文海应声倒在地上。

小崔循声赶到地方，老远就冲老黄喊，怎么，又跟人打架了？老黄扭头一笑，说你看看，地上趴着的是谁？小崔认出了那个人。老黄的老手机也光荣地散架了，铁壳脱落，部件被皮绊的脑壳震碎，散成一摊。老黄并不急于把皮绊扭上警车，而是把小崔的手机拽了来，呼叫指挥台，要求马上调人手封锁、排查这片区域。他估计另一个家伙也藏在这一带。皮绊在地上软成一团。将他拍醒了，老黄拿出钢渣的头像问他话。皮绊一张嘴还是蛮硬的，什么东西也撬不出来。

老黄安排小崔继续盘问皮文海，自己则抬起头往周围看看。这一带都是私房，两层楼或者三层楼，贴着惨白的瓷砖。在瓷砖的映衬下，零乱的电杆和电线暴露出来，上面停着一些傻鸟，呈假寐状。局里增援的人很快过来了，老黄当即安排封锁这一带的路口，每人拽一张钢渣的模拟画像，一户一户排查。警察们早把钢渣的模样记得烂熟于心，只要钢渣头皮上一团发毛进入视野，肯定能顺势捋出全须全尾。把整个街区篦了数遍，也没有找到钢渣这个人。

天已黑下了，皮绊被扔进车里。隔着不锈钢隔栅，皮绊依然松散地堆在车座上。老黄看着被胡同一一吐出来的同事们，蔫头耷脑，知道今天是逮不了那个人了。再一扭头，往车里睨去，皮绊嘴角似乎挂着嘲笑。

钢渣老是不能把那颗炸弹彻底造好，但炸弹的雏形已经有了，显现出能炸塌一整栋楼的凶相。在雨城区，为了省钱，钢渣和皮绊共同租用一间房。皮绊对桌子上那颗铁疙瘩过敏。他老问，钢脑壳，你那炸弹不会抽风吧？钢渣笑了，向他保证，这铁疙瘩虽然差几步没完成，但很安全，用香烟戳都戳不燃。皮绊当时松了一口气，但晚上睡觉以后噩梦连连，睡不踏实。一连几天都是这情况，皮绊的眼便有些肿，翻开眼皮，眼白上爬满了血丝。钢渣就说，原来是个没成色的。皮绊有些不好意思，嘴上挺硬，说死是可以的，但不能死得冤枉，被你那烂东西走火炸死了，实在是不划算。

那天一早，皮绊爬起来就给钢渣出主意说，钢脑壳，你还是到郊区租农民房，一百块钱能租上三间平房，前带院后带园，你在那里搞核爆试验都没人管。钢渣把脑袋仰过来问他，你怕了。皮绊承认说，是，老睡不着。钢渣看看皮绊，这几日下来，他两眼熬得外黑内红，仿佛是带聚能环那种电池的屁股。钢渣正想着换个地方。出租屋太过狭窄，光线也暗，他干起活来感到不爽。郊区有很多人去楼空的农民房。农民举家出去打工了，房子让亲戚看管，稍微把一点钱，就能租下。他租了一套，把炸弹拿到里面。关于引爆系统，他怎么弄都不称心，有一两个细枝末节老是和自己的构想有差距。他这才发现，自己竟然还是个精益求精的人。

那天，他在郊区农民房忙活一阵，挤专线车去到雨田区。走进巷子，天已经黑了，他闻见一股烂鱼的味道。烂鱼的味道揉烂在巷子发浊的空气里，用力一吸，却又没有了。钢渣脑壳皮一紧，马上警觉到一种不祥。他没往里走，赶紧抽身。快上到马路上的时候，他看见一长溜警车缓缓驶过，有些车亮着顶灯，有些车则很安详。那一刹，他准确地猜到，皮绊肯定是暴露了，被扔进刚才过去的某辆警车里。

钢渣缓过神，慢慢才记起来，两人的钱都攥在皮绊手里。平时，他把皮绊当管家婆用，省事，放心。但现在，钢渣暗自叫苦。他把四个兜里的钱都掏出来看看，数了两至三遍，还是凑不足十块钱。他返回郊区睡了一夜，次日用一个蛇皮袋把未成型的炸弹装好，再和另一个装了衣物用具的蛇皮袋绑在一起，挂在脖子上，看着像褡裢。他想，我也不能在这农民房住了。皮绊虽然不知道我具体租了哪间，却知道大体上在这一片。谁知道他们撬不撬得开他的嘴？

进到城里，钢渣忽然很想见小于一面。他搞不清楚，有多长时间没见到可爱的小哑巴了。想起她，钢渣心头就一漾一漾波动起来。他经历了不少女人，何时只有这哑巴让他牵肠挂肚呢？这个问题，钢渣搞不通透，那比炸弹的引爆系统更复杂。

想去也就去了。他花一块钱搭乘七路车，售票员让他为两只蛇皮袋加买一张票。他据理力争半天，才省下一块钱，看看车内的人，心情糙了起来。他想，要是炸弹上了弦，不如现在就拨响它。妈的这日子过得，太没有人样了。想到小于，他才宁静下来。到了笔架山，隔着老远，钢渣手搭荫棚往小于的店里张望。那店门一直是关着的。

那一把零票，毕竟不经用，即使天天就凉水吃馒头，第三天一早也花光了。钢渣肩头挂着两只鼓鼓囊囊的蛇皮袋，想着兜里没钱，心里发虚。他甚至想，这颗炸弹，如果谁要买，说不定能值几百块钱。

钢渣晃荡着来到东台区。以前他没来过这片区域，陌生，也就多了几分安全感。有一家超市刚开张业，铜管乐队吹吹打打的声音把钢渣从老远的地方拽了过去。人像潮水一样往新开张的超市里涌。钢渣被前后左右的人裹挟着往超市里去，超市拱形大门，像一张豁了牙的嘴。他忽然想起皮绊说过，超市新开张，有很多东西可以品尝，脸皮厚点，完全可以混一顿饱食。钢渣正要走上传送带，有个保安过来把他拦住。他心里一紧，然后才看清那是小保安，半大孩子。保安说，先生，请你把包放进贮物柜。钢渣只有照办。但贮物柜小了几寸，钢渣没法把蛇皮袋塞进去。那保安跟过来，想要帮钢渣一把。保安试了几个角度，自然也塞不进去。他说，那你摆在墙角，我帮你看着。钢渣不愿意，他挎着蛇皮袋要走。那保安忽然拽住蛇皮袋，拍拍未成型的炸弹，问那是什么。

钢渣晃晃脑袋，微笑着告诉小保安，没什么，只不过是一颗炸弹而已。

小保安还来不及惊愕，钢渣就已把他摁倒在地，用脚踩住。他迅速从蛇皮袋里扯出两股线，一股缠在左手拇指上，一股缠在左手中指上。然后他把小保安提起来，用右胳膊将其夹紧，作为人质。超市顿时乱作一团，所有被吸进来的人都被吐了出去。钢渣奇怪地看着这有如退潮的景象，难以相信，竟是由自己引发的。人退出去以后，地上丢弃着零乱的物品，包括吃食。钢渣尽量放平目光，不往地上看。看见吃食，他肚子就会蠕动得抽搐起来。钢渣想，必须动手了，要不然，饿上几顿，连动手的力气都没有了。

本来，东台区汇佳超市的突然案件用不着老黄插手。那脑门溜光的家伙挟持一个人质，跟围过来的警察讨价还价。他开列出来的条件之一就是，要把前几天拎进公安局的皮绊放出来。那一圈警察没反应过来，皮绊是谁？当天，老黄依然巡行在雨田区的街巷，听说东台区有案子了，脑子里就隐隐地有预感。打电话过去问熟人，听到皮绊这个名字，老黄就活泛了。小崔问，怎么啦？他分明看见老黄的眼底闪过一丝贼亮的精光。老黄说，皮绊就是皮文海。记得了吗？小崔说，什么也不要说了，上车。

到地方，老黄拨开堵在外边的重重叠叠的看客，很奇怪这个区的同行怎么没有疏散群众。他很想操一把喇叭告诉这些人，里面那家伙身上绑着炸弹，当量不得而知，搞不好会炸死所有的人。他提醒东台区的老计，得把围观者驱散。老计这人有些犯迷糊，被老黄一点拨，醒了，赶紧去找喇叭。一阵喊话过后，人就慢慢地少了。老黄给老计拨一支烟，问他打算怎么搞下这光头。老计用齿缝筛着烟，说还能怎么样？耗下去，他背的是一坨炸弹，又不是可以拿来填饱肚皮的粑粑，饿瘪了自己会软下来。老黄说，那要多久？老计说，不晓得。找来两个神枪手，射击点位也找好了，但不敢开枪。什么他妈的神枪手？老计一边说一边微笑着，很无奈。老黄说，那这样，你把这个人让给我——他本来就是我案子里的人。老计佯作不快地说，什么你的我的，一伙兄弟不讲这屁话。到时你请客，馆子我挑。老黄也把烟牙露出来，深深地一笑，算是敲下一笔挺不错的买卖。

进到超市的厅里，老黄终于看到那人。那人也一眼瞥见了老黄。老黄进来以后，钢渣就感受到自门洞处卷进来一股锐利的风。他眼前是呈弧状排列的一溜绿胶鞋，他的目光得越过这些人，才看得见最后蹅进来的那个老胶鞋。他心里暗自说，果然，我早晚会和这个老胶鞋撞面。

……我认得你。你经常去笔架山小于那里刮胡子。钢渣用凶悍的眼神示意挡在他和老黄之间的那个年轻胶鞋挪一边去。他只想跟老黄说话。老黄回应说，我也认得你。钢渣说，把我的兄弟放了。你知道他是谁。老黄说，我当然知道，皮文海是我抓到的。

他妈的。钢渣恨恨地说，果然是你。

没有回答，只有老黄一贯以来似看非看的眼神。他本该盯着钢渣，然后两人的眼神形成对峙——钢渣为此做好了心理准备，一定要用眼神抢先压制住这老胶鞋，要不然自己很快就会崩溃、完蛋。但老黄显得不大集中得了精力，心有旁骛，目光落在一些莫名其妙的角落。

小伙子，你的炸弹有几斤重？老黄冷不防抛去一句话。

钢渣一愣，他没将这炸弹放在秤盘上称过。老黄笑了，说，瓢子里灌几斤药，壳子用几斤钢材，未必你都没有称过？钢渣老半天才说，等下弄响了，你不要捂耳朵。小保安在瑟瑟发抖。钢渣能理解这个小孩，看模样二十岁不到，说不定还没有把女人碰过一回，当然极不情愿去死。钢渣心里说，不要抖，你他妈不要抖了！但他抖得越来越厉害，甚至像抽风。钢渣对他很不满，他想，要是老这么抖下去，自己迟早也会被动地抖起来。那是很糟糕的事，而且也很丢面子。他冲小保安轻轻呵斥道，别抖了，你他妈别抖了。小保安的表情非常无奈，有些歉疚。到这份儿上了，他不想拂逆这光头大爷的意思，但浑身就是不管不顾地抖个不停。

老黄看了看四周，他认为这个厅里没必要站这么多警察。他点了几个面相年轻的，要他们守在外面。那几个警察心领神会地走出去。然后他又把走出去的警察叫回来一个，抹一张十元钞给他，要他代买一包烟。那警察买了一包蓝壳白沙，整十块。老黄暗暗叫苦，只怪自己没交代清楚。他的意思是来包盖白就行，还能回找五块五角钱。他不但自己抽了起来，还把烟杆凌空扔过去，让那几个警察接住，一齐吞吐烟雾。有那么一两个人，手僵了，没接住烟。

小保安不抖了。他抖了好大一阵，已经抖不动了，神经也稍稍麻痹起来。一个人，不可能长时间处于高度紧张状态。但钢渣仍然冲小保安咆哮着说，你他妈不要抖了！说完这话他才意识到，人家并没有抖，而是自己脚跟一浪一浪地传来细密轻微的战栗。一抬头，他看见那老胶鞋狡黠的微笑。老胶鞋叼着烟，满嘴烟牙充斥着揶揄的意味。钢渣觉得不对劲，厉声说，你往后退，别以为我没看见，你他妈往前跨了两步。老黄说，你看见鬼打架了，我本来就站在这里。钢渣有些发蒙，进而也怀疑自己看错了。他暗自问，老胶鞋原先是站得这么近吗？这时他清晰地看见，老胶鞋又往前跨了一脚。他眨了眨眼，暗自地说，我没看花眼，这老胶鞋……

老黄注意到光头的眼神出现恍惚。他左手已经下意识地擎高了，整个暴露出来。老黄看见一股红线缠在这人左手的拇指上，而绿线缠在同一只手的中指上。他显然没有精心准备好，两股线都缠绕得粗糙，而且线头剥除漆皮露出金属线的部分也特别短。这使老黄的信心无端增添几分。老黄突然发力，猛然蹿过去。他的眼里，只有光头的那只左手。挨近的时候，老黄手臂陡然一涨，正好捏住那只左手的虎口。老黄用力一捏，听见对方手骨驳动的响声。钢渣的手肉很厚实，也蓄满了力气，老黄差点没捏住。

钢渣错就错在，低估了这老胶鞋的速度，还有他的握力。老黄满嘴烟牙误导了钢渣。钢渣满以为这老胶鞋除了一颗脑袋还能用，其他的器官都开始生锈了。他满以为老黄会张开黑洞洞的嘴跟他罗列一通做人的道理，告诫他说坦白从宽抗拒从严。没想到，这半老不老的老头竟然先发制人，卖弄起速度来。钢渣发现老胶鞋捏住自己的手了，也没有别的办法，只好用力将两股线头并上。这老胶鞋力气大得惊人，一只手看似干枯，却像生铁铸的。

那一刹，老黄也惊一头的汗，分明感觉到光头力气比自己足，幸好他挟持小保安耗去不少力气，而且，早上似乎没吃饱饭。

别的几个警察手里还夹着烟，烟卷正燃到一半。他们也没想到，右安区过来的痕迹专家老黄，性子竟比年轻人还火爆，在年轻人眼皮底下玩以快制快。这好像，玩得也过于玄乎了，不符合刑侦课上的教案啊。一众警察赶紧把烟扔掉，把枪口杵向钢渣那枚锃亮的光头。

把光头带到市局，扔进审讯室，他整个人立时有些委顿，老半天才张开眼皮往对面墙上睃了一眼。审讯室的墙壁从来都了无新意，雷打不动是那八个字。

老黄正哑着嘴皮要说话，光头却率先开口了，问，我会死吗？

你心里清楚。你手上有人命的。老黄不想骗他，然后撂话说，你看看，还有什么想说的？钢渣觉得老胶鞋也是个痛快人。只有痛快的人，眼神才会这样毒辣。一支烟的工夫，钢渣就承认了杀于心亮的事。这反倒搞得老黄大感意外。杀人的事呵！他原本憋足了劲，打算和这个光头鏖战几天几夜，抽丝剥茧，刨根问底。

为什么要杀他？

……本不想杀他。钢渣的眼皮重新垂塌下去，要烟。老黄递过去一支。他接着说，本来不想抢车，开出租的看着光鲜，其实那车未必是自己的。本来不想抢车，但没条件抢银行。钢渣哑起了烟，说话就放慢了。平时他讲话，舌尖弹得飞快，让人觉得这人很不耐烦。现在，他心情不一样了，他觉得以前说话很少，而今有了说话的心思，却已时日不多了。他看看眼前这老胶鞋，忽然想起来，在小于的店子里第一次见到他，就有同他说说话的意思。老胶鞋让他很直接就感受到一种压抑。很少有人能够传递给钢渣这样的感觉。往下他又说，那晚上我们说要去大碇，好几个司机都不接生意。也是的，要是我开车，见两个男的深更半夜跑这么远，也不会接生意。……实在太穷了，不瞒你说，我差点就去捡破烂了，又放不下这张脸。这么穷的光景，我他妈偏偏和一个女人搞上了，我缺钱。那个女人，你认识。

老黄没有说话，看看这个男人。他不知道他为什么讲得这么详细，而且慢条斯理。他见过一些杀人犯，逻辑往往有些紊乱，说话总是磕磕巴巴。但也听说过意外的情况：有个卷巴子，说话老是被人模仿。有一天他为此杀了人。但杀了人以后，他卷巴的毛病突然好了，舌头异常利落。

……本来也不知道要撞上哪个倒霉鬼。司机都太警醒，我跟皮绊那晚没什么指望了，站在三岔口抽烟，抽完了就准备回去睡觉。这时候羚羊3042主动开过来揽生意，问我们是不是要去大碇，还说不打表五十块钱搞定。我看他的驾驶室，没有装保险杠，估计这人是新手，家里缺钱，见到生意就捡。既然他送上门了，我们就坐进去。我没看出来他是小于的哥哥，他俩长得不像。他妈的，既然是兄妹，就应该长得像一点。这不是开玩笑的事。

钢渣很快抽完了一支，又要了一支。接下来又说，开到半路上，我告诉他，把钱拿出来，不为难你。这家伙竟然当我是开玩笑，骂了句粗话，说他没带钱。皮绊说，找零的钱应该有吧？要不然，我给你一百块钱，你怎么破开？他说，要给老头票，我就从正中撕开，收一半，正好可以算五十。我受不了这个人，他有些呆，老以为我们是在跟他打哈哈，怎么也不肯相信我们真的在抢钱。我照他面门砸一拳头。他鼻子破了，往外面喷血，才晓得我不是开玩笑。他一脚踩死刹车想跟我打架。但他身架子虽大，却没真正打过架。他操起一只铁杯想砸我，我脑袋一偏，那块车玻璃却砸碎了。我弄他几下，他就晓得搞不赢我。我晓得他摆钱的地方，司机都把钱摆在格子里。有差不多三百块。我让他继续往大碇开。他一路上老是说把钱留一点，别拿完。我有些烦躁。要是他有一千块钱，我说不定会给他留一百。但他只有这么一点钱，我们已经很不划算了……

为什么要杀他？你已经抢到钱了。

……本来不想杀他，我俩脸上都黏了胡须，轻易认不出来。开车跑了一阵，我才发现帽子丢了，应该是从车窗掉出去的。我头皮有几道疤，脑门顶有个胎记，红色，还圆巴巴的——我名字就叫邹官印。我落生时，我老子以为我将来会当官。可他也不想想，他只是个挑粪淤菜的农民，我靠什么去当官？我头皮上的这些记号，想必司机都看见了。要是我长了头发，那还好点，但我偏偏刮了青头皮，帽子又弄丢了。当时我心里很乱，觉得还是不留活口为好。我叫他停车，然后拿刀在他脖子上抹一下，他就死了。皮绊没杀人，人是我杀的。

然后呢？

司机的帽子和我那顶差不多。我拿过来看看，真他妈是完全一样的，很高兴，就罩在自己头上。

什么时候开始戴帽子的？

本来我不戴帽，但哑巴小于在我脑壳上乱剪发型，那次剪了个莫……钢渣眼神呆滞了一阵，想不起那个外国名字，于是说，就是火鸡头。我觉得丑，没法走出去见人，就叫她给我去买顶帽子罩住。

原来是这样。老黄心里暗自揣度，是不是，小于给钢渣买了帽子以后，觉得不错，回头又买了一顶一模一样的？给情人和亲哥哥买相同的帽子，是否暗合了小于某种古怪的心思？一刹那，他非常清晰地记起了小于的模样，还有那种期盼眼神。

老黄又问，你抢他的那顶帽子呢？

洗了，晾竹竿上，还没收。

为什么要洗？

毕竟是死人戴过的，想着有点晦气，洗衣服时就顺便洗了。

话问完，老黄转身要出去，钢渣却把他叫住。这个粗糙的家伙声调突然柔和起来，问，老哥，现在离过年还有多久？老黄掐指算算，告诉他说，差不多两个月。想到过年了？你放心，搭帮审判程序有一大堆，你应该还能过这个年。

不是。钢渣认真地说，老哥，能不能帮我一个忙？

你先说。

我答应哑巴，年三十那天晚上和她一起过。但你晓得，我去不了了。他妈的，我答应过她。到时候你能不能买点讨女人喜欢的东西，替我去看她一眼？就在她店子里。这个女人有点缺心眼，那天要是不见我去，急得疯掉了也不一定。

老黄看着钢渣，好久拿不定主意。最后他说，到时再看吧。

技术鉴定科的人事后说，那炸弹内部构造非常精巧，专家水平，但引爆装置的导线没有接好，就像地雷没有挂弦，只能拿来吓吓小孩。老黄即便不捏死钢渣的手，炸弹照样点不燃。领导知道以后不以为然，说当时老黄可不知道那炸弹竟然是个哑巴。老黄听得一肚子晦气，在心里给自己打了折扣。既然有了英勇行径，排除了险情，他自然希望那时那地，险情是足斤足两的。

破下于心亮的命案以后的那个把月还算清静，老黄闲了下来，但没往笔架山上去。要理发或者刮胡须，他另找一家店面，手艺也说得过去。他害怕见到小于。

十二月底的某天，接到一个老头举报，说有人在卖假证。问是什么假证，那老头说，蛮奇怪的，我带的有一本样品。说着他从一个塑料袋里掏出一个红皮本。负责接待的小朱本来一脸严肃，一看红皮本本上的字，冷不防笑得呛出鼻涕来。

老黄刚好进屋，见小朱一脸反常，提醒他说，笑可以，掉脱鼻涕则不行，哎，你是警察哩。他把红皮本拿过来，封面有几个烫金字。上面一行呈弧形排列，字体稍小，狭长：中华人民共和国国务院特赦办；下面垂着五个大几号的宋体字：特别赦免证。

都什么乱七八糟？老黄也有些搞蒙了。这连假证也不够格，纯粹臆造品。打开里面看，错字连篇。老头说，他昨天刚买的，花一千八百八。卖证的人说这是B证，大罪从轻小罪从免。要是买了A证，得要两千八百八，那证作用更大，死罪都可以从无。老头一早拿了这证去市监狱，满心欢喜地想把自己儿子接出来。他儿子按算还要服刑两年，这B证一买，算下来减一天刑只合三块钱不到，捡了天大的便宜。但狱警说这证没用，还派个车把老头直接送右安区分局，督促他报案。

分局当即出警办这事。老头记性不太牢靠，绕一个多小时兜四五个圈，终于能确认地方了。那是一栋两层楼的私宅。老头说那几个卖证的人全窝在二楼。老黄和另两个警察早换了便装，从楼道上去。拍拍那扇门，里面是外地佬的声音，谁？老黄说，介绍来的，业务。一个家伙大咧咧地把门敞开了，还满脸堆着笑地说，欢迎，里面坐。老黄真想点拨他说，既然要愣充国务院的，级别那么高，应该扁着脸，态度适当地冷漠，完全用不着服务热情待客周到的虚套路。三个便衣都揣着看把戏的心思进到里面，准备听几个骗子天花乱坠吹一番，然后动手抓人。

没想到里面有个熟人。哑巴小于静静地坐在床沿的一张矮凳上，正看着一个女骗子指手画脚。那女骗子估计也不懂手语，即兴发挥，哑巴的钱也照赚不误。老黄看见女骗子做出一个化掌为刀抹脖子的动作，紧接着又用同一只手摆了摆。那意思谁都能看明白：死罪可免。这时小于瞥见了老黄，她显得很紧张，做出一串手势。里面的一帮人看明白了，哑巴说来人是警察。三个便衣只得把看把戏的心思掐灭，当即动手，把屋里两男一女三个骗子全部铐住。

那一屋人全被带进了分局。很快，老黄又把小于带出来，放她走。小于裤兜里装了一沓老头票。裤兜太浅，老黄忍不住提醒她把钱藏好。只差个把月就要过年了，满街的扒手急疯了似的作案。小于把钱往里面掖了掖，怨毒地盯老黄一眼，走了。

老黄站在原地，虽然很冷，却不急着进去。他觉得小于其实蛮聪明，很多事都明白。比如刚才，那女骗子吹得再玄虚，小于似乎不信，脸上没有喜悦。但看情况，她仍打算扔几千块钱买这注定没用的A证。她心里是怎么想的呢？老黄记起了钢渣说的那番话。年夜眼看着近了，老黄倏忽紧张起来。

其后几天，刘副局要调动了，平调，去到另一个市。临行前，他请分局的人一块去吃馆子。老黄不想去，但不好不去，刘副局要走了，换了一个人似的，邀请谁都显得万分真挚，让人难以推托。当晚果不其然喝多了。老黄头一次看到刘副局喝醉酒的德行，跟街上荡来荡去的小青年差不多，哭丧着脸，一个一个地找碰杯，并且说，对不起了，兄弟！喝了酒，人就千姿百态了，有哭的闹的，站桌上撒尿的，拦在街心摸女人屁股的，这都不奇怪，老黄见过了。刘副局跟每个人都说了对不起，还不过瘾，又站在饭厅中央说，现在光吃饭不管用，明天正好休息，我弄辆车，大家找个地方狠狠地玩……去哪里，刘副局一时想不出来，他还残留有几分清醒，知道不能带同志们去搞异性按摩。沉默一会儿，忽然有个人说，去织锦洞怎样？看了个报道，说织锦洞是全国最好的洞，二十几位洞穴专家评出来的。刘副局拿眼光找说话的人，没找准，嘴里说，洞穴专家？比我刘某人还专吗？那洞有多远？那人说，大概四个小时。刘副局说，行，就去那里，明天我请兄弟们去逛仙人洞。那人纠正说，刘副局，那叫织锦洞。刘副局大手一挥，说，差不多，反正都是洞。

本来大伙也没当真，以为刘副局喝多了说酒话。第二天一早，刘副局叫人逐家挂电话，说是紧急集合。去到分局，一辆豪华大巴已经停在门口了。老黄和小崔坐一排，感觉有点堵，相互觑了几眼。一说话，不可避免地提到于心亮。上次也是有心去看洞，于心亮带一大帮子人陪同，搅了局。回头想想，那事情还近在眼前；游洞不成，于心亮抱愧的模样也历历在目。这一次，朗山到岱城的高速公路修好了，车程几乎减半，只三个多小时，车就到了织锦洞前。老黄小崔逛洞时却把心情全丢了，纯粹是那个导游妹子的跟班。刘副局心情不错，从洞里出来，他又拉了这一车人去到更远的一个县份，说是二十年前吃了当地有名的心肺汤，至今记忆犹新，想请大伙去试试口味。

那天本可以早点回来，但一顿心肺汤磨蹭了几个小时，回到钢城，又是半夜。众人都说饿，得找一家店子吃碗米粉，要不然瘪着肚皮睡不踏实。好不容易找到一家店。刘副局和老黄对面坐着，一个人捧一大碗米粉，上面铺了一层酱牛肉。一到晚上，人就特别有胃口，这和科学的饮食习惯是反着来的。刘副局刚扒了几筷子，忽然说尿憋，赶紧走了出去。公厕离得有几里路，豪华大巴停在路的另一面。街灯全熄了，大巴银灰的外壳进入视野，有些虚幻。刘副局憋得不行，绕到车后头搞事。

老黄看着刘副局急匆匆的样子，又勾下头专心地吃起来。外面风声大了，漫天盖地，时不时像远处飘来兽物的嘶吼。他仿佛听到一声闷哼，但没有留意。在巨大的风声里，别的声音夹杂进来，容易让人误以为是幻听。老黄把碗里的油汤喝尽，才发现刘副局一直没有回来。抬头看，别的人自顾哑着汤水。冬夜里喝一碗热腾腾的牛肉汤，会让人整挂大肠都油腻起来，暖和起来。

他问他们，刘副局呢？大伙这才发现少了一个人。老黄明明听刘副局说是尿憋，难道却在撇大条？他走出小店，大声地冲车的方向大叫刘副局，连叫几声，没见回应。老黄太阳穴上的青筋猛地一抽，知道出事了。绕到车后头，刘副局果然躺在地上，看似喝醉酒的姿态，其实胸窝子上插了一把刀，刀身深入，只剩刀柄挂在外头。

老黄一惊，很快意识到要保护现场，也没有立即叫人。他独自蹑手蹑脚走过去，探一探老刘的鼻息，确定他已经死僵了。

这件案子顺理成章地由老黄负责侦破。有了案子，时间就会提速。年前那一个月，老黄是连轴转忙过来的。女儿打个电话，提醒他年夜在即。老黄只有一个女儿，在老远的城市，是否嫁人了，老黄都搞不清楚。她说今年又不能回来陪他了，有公务。老黄也乐得清闲。这么多年了，他看得清白，女儿回来住几日，也是于事无补的。年三十一早起来，老黄就想起钢渣说过的话。本来，他早已在这天的剥皮日历上记下一笔：晚上去笔架山看小于。他上街，不晓得买什么东西能讨小于喜欢，就成捆地买烟花，不要放响的，而是要火焰喷起来老高的，散开了以后颜色绚烂的。晚九点，天色漆黑，他走路往笔架山上去。有些憋不住的小孩偶尔会燃起一颗烟花，绽开后把夜色撕裂一块，旋即又消失于夜空。一路往山上去，老黄明显感觉到气氛的梯级递变，越往上人户越少，越显得冷清。路灯有的亮有的不亮，毫无章法。他尽量延宕，不敢马上就见到小于。上面的风声越来越大了，他把领子竖起来。这时他开始怀疑，自己有没有勇气进到小于的店里，跟她共同度过这个年夜。她又会是什么样的态度？

老黄有些恨钢渣，把这样的事情交到自己手里。走近了，他就知道钢渣和小于的约定，像铁打的一样牢靠。小于果然在，那简陋的店面，这一夜忽然挂起一溜灯笼。山顶太黑，风太大，忽然露出一间挂满灯笼的小屋，让人感到格外刺眼。

离小于的店面还有百十米远，老黄就收了脚，靠着一根电杆搓了搓手。他往那边望一望，影影绰绰，哪看得见人？点烟点了好几次，才点燃。风太大了。老黄弄不清自己能在这电杆下挺多久，更弄不清自己最终会不会走进那间迸着暖光的理发店。

一岔神，老黄想起了手头正在办理的案子。本来他以为刘副局的案子应该不难办，现场保留得很好，还找到一溜清晰的鞋印。但事情常常出离他的想象，一个月下来，毫无进展。刘副局生前瓜葛太多，以致他死后被怀疑的对象太多，反而没能圈定重点疑凶。

这个冬夜，老黄身体内突然窜过一阵衰老疲惫之感。他在冷风中用力抽着烟，想想刘副局的案子，开始失去信心。在以前，很少有这种心情，但现在，老黄在办案中往往抱定"尽人事听天命"的态度。他往不远处亮着灯笼的屋子看了一阵，之后眼光向上攀爬，戳向天空。有些微微泛白的光在暗空中无声游走，这景象使"时间"的概念在老黄脑袋中具体起来，倏忽有了形状。

一晃神，脑袋里还是摆着那件案子。老黄心里明白，破不了的案子其实蛮多。天网恢恢疏而不漏，那是源于人们的美好愿望。当然，疏而不漏，有点像英语中的一般将来时——现在破不了，将来未必破不了。但老黄在这一行干得太久了，他知道，把事情推诿给时间，其实是非常油滑，话没说死，等于什么也没有说。因为，时间是无限的。时间还将无限下去。

喊　山

葛水平

一

太行大峡谷走到这里开始瘦了，瘦得只剩下一道细细的梁，从远处望去拖拽着大半个天，绕着几丝儿云，像一头抽干了力气的骡子，肋骨一条条挂出来，挂了几户人家。

这梁上的几户人家，平常说话面对不上面要喊，喊比走要快。一个在对面喊，一个在这边答。隔着一条几十米直陡上下的沟声音倒传得很远。

韩冲一大早起来，端了碗吸溜了一口汤，咬了一嘴右手举着的黄米窝头冲着对面口齿不清地喊："琴花，对面甲寨上的琴花，问问发兴割了麦，是不是要混插豆？"

对面发兴家里的琴花坐在崖边边上端了碗喝汤，听到是岸山坪的韩冲喊，知道韩冲断顿了想绕着山脊来自己的身上欢快欢快。斜下碗给鸡们泼过去碗底的米渣子，站起来冲着这边上棚了额头喊："发兴不在家，出山去矿上了，恐怕是要混插豆。"

这边厢韩冲一激动又咬了一嘴黄米窝头，喊："你没有让发兴回来给咱弄几个雷管？獾把玉茭糟害得比人掰得还干净，得炸炸了。"

对面发兴家里的喊："矿上的雷管看得比鸡屁眼还紧，休想抠出个蛋来。上一次给你的雷管你用没了？"

韩冲咽下了黄米窝头口齿清爽地喊："下了套子，收了套就没有下的了。"

对面发兴家的喊："收了套，给我多拿几斤獾肉来啊！"

韩冲仰头喝了碗里的汤站起来敲了碗喊："不给你拿，给谁？你是獾的丈母娘呀。"

韩冲听得对面有笑声浪过来，心里就有了一阵紧一阵的高兴。哼着秧歌调往粉房的院子里走，刚一转身，迎面碰上了岸山坪外地来落户的腊宏。腊宏肩了担子，担子上绕了一团麻绳，麻绳上绑了一把斧子，像是要进后山圪梁上砍柴。韩冲说："砍柴？"腊宏说："呵呵，砍柴。"两个人错过身体，韩冲回到屋子里驾了驴准备磨粉。

腊宏是从四川到岸山坪来落住的，到了这里，听人说山上有空房子就拖儿带女的上来了。岸山坪的空房子多，主要是山上的人迁走留下来的。以往开山，煤矿拉坑木包了山上的树，砍树的人就发愁没有空房子住，现在有空房子住了，山上的树倒没有了，獾和人一样在山脊上挂不住了就迁到了深沟里，人寻了平坦地儿去，獾寻了人不落脚踪的地儿藏。腊宏来山上时领了哑巴老婆，还有一个闺女一个男孩。腊宏上山时肩上挑着落户的家当，哑巴老婆跟在后面，手里牵着一个，怀里抱着一个，哑巴的脸蛋因攀山通红透亮，平常的蓝衣，干净、平展，走了远路却看不出旅途的尘迹来。山上不见有生人来，惹得岸山坪的人们稀罕得看了好一阵子。腊宏指着老婆告诉岸山坪看热闹的人，说："哑巴，你们不要逗她，她有羊羔子疯病，疯起来咬人。"岸山坪的人们想：这个哑巴看上去寡脚利索的，要不是有病，要不是哑巴，她肯定不嫁给腊宏这样的人。话说回来，腊宏是个什么样的人——瓦刀脸，干巴精瘦，痘痘眼，干黄锈色的脸皮儿上有害水痘留下来的痘窝窝，远看近看就一个字，"贼"。韩冲领着腊宏转一圈子也没有找下一个合适的屋。转来转去就转到韩冲喂驴的石板屋子前，腊宏停下了。

腊宏说："这个屋子好。"韩冲说："这个屋子怎么好？"腊宏说："发家快致富，人下猪上来。"韩冲看到腊宏指着墙上的标语笑着说。标语是撒乡并镇村干部搞口号让岸山坪人写的，当初是韩冲磨粉的粉房，磨坊主要收入是养猪致富，韩冲说："就写个养猪致富的口号。"写字的人想了这句话。字写好了，韩冲从嘴里念出来，越念越觉得不得个劲，这句话不能细琢磨，细琢磨就想笑。韩冲不在里磨粉了，反正空房子多，韩冲就换了一个空房子磨粉。韩冲说："我喂着驴呢，你看上了，我就牵走驴，你来住。"韩冲可怜腊宏大老远的来岸山坪住，山上的条件不好，有这么个条件还能说不满足人家。腊宏其实不是看中了那标语，他主要是看中了房子，石头房子离庄上的住户远，抬头低头的能不多碰见人最好。

住下来了，岸山坪的人才知道腊宏长得一副鸡头白脸相不说，人很懒，腿脚也不勤快。其实靠山吃山的庄稼人只要不懒哪有山能让人吃尽的！腊宏常常顾不住嘴，要出去讨饭。出去嘛大都是腊月天正月天，或七月十五，八月十五的，赶节不隔夜，大早出去，一到天黑就回来了。腊宏每天回来都背一蛇皮袋从山下讨来的白馍和米团子，山里人实诚，常常顾不上想自己的难老想别人的难，同情眼前事，恓惶落难人。哑巴老婆把白馍切成片，把米团子挖了里边的豆馅，摆放在有阳光的石板上晒，雪白的白馍，金黄的米团子晒在石板地上，走过去的人都要回过头咧开嘴笑，笑哑巴就是聪明，知道米团子是豆馅，容易早坏。

腊宏的闺女没有个正经名字，叫大。腊月天和正月天这几天，岸山坪的人会看到，腊宏闺女大端了豆馅吃，紫红色的豆馅上放着两片儿酸萝卜，韩冲说："大，甜馅儿就着个酸萝卜吃是个什么味道？"大以为韩冲笑话她就翻韩冲一眼，说："龟儿子。"韩冲也不计较她骂了个啥往她碗里夹两张粉浆饼子。大扭回身快步搂了碗进了自己的屋子。一会儿拽着哑巴出来指着韩冲看，哑巴乖巧的脸蛋儿冲韩冲点点头，咧开的嘴里露出了两颗豁牙，吹风露气地笑，有一点感谢的意思。

韩冲说："没啥，就两张粉浆饼子。"

韩冲给岸山坪的人解释说："哑巴不会说话，心眼儿多，你要不给她说清楚，她还以为害她闺女呢。"

挖了豆馅的米团子，晒干了，春夏煮在锅里吃，米团子的味道就出来了。是什么味道呢？是那种小年的味道。哑巴出门的时候很少，基本上不出门。岸山坪的人觉得哑巴要比腊宏小好多岁，看上去比腊宏的闺女大不了几岁，也拿不准到底小多少岁。哑巴要出门也是在自己的家门口，怀里抱着儿，门墩上坐着闺女，身上衣服不新却看上去很干净，清清爽爽的小样儿还真让青壮汉们回头想多看几眼睛。两年下来，靠门墩的墙被抹得亮汪汪的，太阳一照，还反光，打老远看了就知道是坐门墩的人磨出来的。

岸山坪的人不去腊宏家串门，腊宏也不去岸山坪的人家里串门。腊宏有时候打老婆打得狠，边打还边叫着"你敢从嘴里蹦一个字出来，我要你的命"。岸山坪的人说：一个哑巴你到想让她从嘴里往出蹦一个字？

有一次韩冲听到了走进去，就看到了腊宏指着哆嗦在一边的哑巴喊着："龟儿子，瓜婆娘。"看着韩冲进来，反手捏了两个拳头对着韩冲喊起来："谁敢来管我们家的事情，我们家的事情谁敢来管！"腊宏平常见了人总是笑脸，现在一下板了脸，看上去一双痘痘眼聚焦在鼻中央怪阴气的。韩冲扭头就走，边走边大气不敢出地回头看，怕走不利索身上沾了什么霉事。事情过后腊宏见了韩冲照样笑，韩冲就不大乐意看他那笑，岸山坪的人也就不大愿意管他们家的事了。

韩冲驾了驴准备磨粉。他先牵了驴走到院子一角放松驴吧嗒两粒儿驴粪，后又给驴套上嘴护捂了眼罩驾到石磨上。用漏勺从水缸里捞出泡软的玉茭填到磨眼上，韩冲拍了一下驴屁股，驴很自觉地绕着磨道转开了走。

韩冲在岸山坪磨粉。因为山上穷，三十岁了没有说上媳妇，想出去招女婿，出去几次也没有弄对个合适家户，反复几年下来就这么耽搁了。也不是说韩冲长得不好，总体看上去比例还算匀称，主要问题是山上穷，迁不到山下户，哪个闺女愿意上来？次要问题是他和发兴老婆的事情，张扬得山下一平川风声，这种事情张扬出去不是落到了尘土里了，落入了人嘴里，人嘴里能飞出什么好鸟吗？

头一道粉顺着磨缝挤下来流到槽下的桶里，韩冲提起来倒进浆缸，从墙上摘下箩开始筲了粉箩，韩冲一边箩，一边擦着溅在脸上的粉浆，白糊糊的粉浆像梨花开满了韩冲的衣裳。韩冲想：都说我身上有股老浆气，像裹脚老婆的脚臭味道，女人不喜欢挨，我就闻着这个味道好，琴花也闻着这味道好。一想到琴花，想到黑里的欢快，韩冲就鸟儿一样吹了两声口哨。韩冲罗下来的粉叫第二道粉，也是细粉，要装到一个四方白布上，四角用吊带挽起来吊到半空往出淋水，等水淋干了，一块一块掰下来，用专用的荆条筐子架到火炉上烤。烤干了打碎就成了粉面，和白面豆面搭配着吃，比老吃白面好，也比老吃玉茭面细，可以调换一下口味。

甲寨和沟口附近的村子，都拿玉茭来换粉面。韩冲用剩下来的粉渣喂猪，一窝七八头猪，猪的饭量比人的饭量大，单纯喂粮食喂不起，韩冲磨粉就是为了赚个粉渣喂猪。做完这些活，韩冲打了个哈欠给驴卸了眼罩和护嘴，牵了出来拴到院子里的苹果树上。眯了眼睛望了望对面崖边上，远远地他就看到了他现在最想找的人——发兴老婆琴花。

"韩冲，傍黑里记着给我舀过一盆粉浆来。"

琴花让韩冲舀粉浆过去，韩冲就最明白是咋回事了，心里欢快地跳了一下，他知道这是叫他晚上过去的暗号。

没等得韩冲回话，就听得后山圪梁的深沟里下的套子轰的响了一下，韩冲一下子就高兴了起来，对着对面崖头上的琴花喊："日他娘，前晌等不得后晌，崩了，吃什么粉浆，你就等着吃獾肉吧!"

韩冲扭头往后山跑。后山的山脊越发的瘦，也越发的险，就听得自己家的驴应着那一声儿欢快"哥哦哥，哥哦哥——"地叫。

韩冲抓着山体上长出来的荆条往下溜，溜一下屁股还要往下坐一下。韩冲当时下套的时候，就是冲着山沟里人一般不进去，獾喜欢走一条道，从哪里来到哪里去，一点弯道都不绕。獾拱土豆，拱过去的你找不到一个土豆，拱得干干净净，獾和人一样就喜欢认个死理儿。韩冲溜下沟走到了下套的地方，发现下套的地方有些不对劲。两边上有两捆散开了的柴，有一个人在那里躺着哼哼。韩冲的头霎时就大了，满目金星出溜出溜往出冒。

炸獾炸了人了! 炸了谁了?

韩冲腿软了下来问："是谁?"

"韩冲，龟儿子，你害死我了。"

听出来了，是腊宏。

韩冲奔过去看，看到套子的铁夹子夹着腊宏的脚丢在一边，腊宏的双腿没有了。人歪在那里，两只眼睛瞪着比血还红。韩冲说："你来这里干啥来了？"腊宏抬起手指了指前面，前面灌木丛生，有一棵野毛桃树，树上挂了十来个野毛桃果，爆炸声早过去了，有一个小松鼠瞅这边看，实在是瞅不见有什么好景致，小松鼠三跳两跳地抓着树枝跳开了。韩冲回过头，看到腊宏歪了一下头不说话了。韩冲过去把腊宏背起来往山上走，腊宏的手里捏了把斧头，死死地捏着，在韩冲的胸前晃，有几次灌木丛挂住了也没有把它拽落。

韩冲背了腊宏回到岸山坪，山上的男女老少都迎着韩冲看，看背上的腊宏黄锈色的脸上没有一丝儿血色。把他背进家放到炕上，他的哑巴老婆看了一眼，紧紧地抱了怀中的孩子扭过头去弯下腰呕吐了起来。听得腊宏轻轻地咳嗽了一声，韩冲把他搬过来放到了炕上，哑巴抬起身迎了过来，韩冲要哑巴倒过来一碗水，哑巴端过来水似乎想张个嘴叫，腊宏的斧头照着哑巴就砍了过去。腊宏用了很大的劲，嘴里还叫着："龟儿子你敢！"韩冲看到哑巴一点也没有想到要躲，要他砍。腊宏的劲儿看见猛，实际上斧头的重量比他的劲儿要冲，斧头"咣当"垂直落地了。哑巴手里的一碗水也垂直落地了。腊宏的劲儿也确实是用猛了，背了一口气，半天那气丝儿没有拽直，张着个嘴歪过了脑袋。韩冲没敢多想跑出去紧着招呼人绑担架要抬着腊宏下山去镇医院。岸山坪的人围了一院子伸着脖子看，对面甲寨崖边上也站了人看，琴花喊过话来问："对面？炸了谁了？"

这边上有人喊："炸了讨吃了！"

他们管腊宏叫讨吃。

对面的人说："炸了个没用人，说起来也是个人。"

琴花喊："炸没人了？还是有口气？"

这边上的说："怕已经走到奈何桥上了。"

韩冲他爹扒开众人走进屋子里看，看到满地满炕的血，捏了捏腊宏的手还有几分柔软，拿手背探到鼻子下量了量，半天说了声："怕是没人了。"

"没人了。"话从屋子里传出来。

外面张罗着的韩冲听了里面传出来的话，一下坐在了地上，驴一样"哥哦哥，哥哦哥——"地号起来。

二

炸獾会炸死了腊宏，韩冲成了岸山坪第二个惹了命案的人。

这两年来，岸山坪这么一块小地方已经出过一桩人命案了。两年前，岸山坪的韩老五外出打工回来，买了本村未出五服的一个汉们的驴，结果驴牵回来没几天，那驴就病死了。两人为这事麻缠了几天，一天韩老五跟这汉们终于打了起来。那韩老五性子烈，三句话不对，手里的镰刀就朝那汉子的身子去了，只几下子，就要了人家的命。山里人出了这样的事都是私下找中间人解决，不报案。他们知道报案太麻缠，把人抓进去就是毙了脑袋，就是两家有了仇恨，最终顶个屁？山里的人最讲个实际，人都死了，还是以赔为重。村里出了任何事，过去是找长辈们出面，说和说和，找个能接受的方案，从此息事宁人。现在有了事，是干部出面，即使是出了命案，也是如法炮制。两三年前，韩老五还不是最终赔了两万块钱就拉倒了事。

如今腊宏死了，他老婆是哑巴，孩子又小，这事咋弄？岸山坪的说，人死如灯灭，活着的大小人儿以后日子长着呢，出俩钱买条阳关道，他一个讨吃的又是外来户，价码能高到哪里去。

这天韩冲把山下住的村干部一一都请上来。干部们随了韩冲上了岸山坪，一路上听韩冲汇报事情的来龙去脉，等走上岸山坪时，已经了解得八九不离十了。

看了现场，出门找了一个僻静的地方站下来。商量了一阵子，觉得这个事情不能报案，现在讲得个安定团结，安定不团结不行，团结不安定也不行，咱这沟里多少年来除了上边有指示发动不安定，咱们永远都是安定的。现在报案等于说我们自己给自己找麻烦，看电视动不动有些部门因为腐败就一窝儿端了，咱们不能因为炸獾误炸了一个没用人集体跟着倒霉。认为最好的办法是还按老规矩办。他们责成会计王胖孩来当这件事情处理的主唱：一来他腿脚轻；二来这种事情不是什么好事，一把二手不便出面；三来他的嘴比脑子翻转得快。

返进屋里坐下，王胖孩用手托着下巴颏和腊宏的老婆哑巴说："你是个哑巴，是不是？我们也没有把你当会说话的人看。腊宏因为砍柴误踩了韩冲的套子，也就是说，他人是已经死了，死而不能复生。"咳嗽了一声，旁边的一个突然想起了什么，有些摸不着深浅地问："你是哑巴？都说这哑巴十哑九聋，不知道你是听得见，还是听不见？要是听见了，就点一下头，要是听不见，说也白说，是对牛弹琴。"村干部和韩冲的眼光集体投向哑巴，就看到那哑巴居然慌怵怵地点了一下头。

干部们惊讶得抬直身体"嗷"了一声。王胖孩舔了舔发干的嘴片子尽量摆正态度把话说普通了："这么说吧，你男人的确是死了……不容置疑。"

说到这里就看到腊宏老婆打了个激灵。王胖孩长叹一声继续说："真是生死由命，富贵在天啊。你说骂韩冲炸獾炸了人了吧，他已经炸了，你说骂腊宏福薄命贱吧，他都没了。这事情的不好办处就是活的人活着，死的人他到底死了，活的人咱要活，死的人咱要埋，是吧？这事情的好办处是，你不是一个不讲道理的妇女，你心明眼亮可惜就是不会说话。我们上山来的目的，就是要活的人更好地活着，死的人还得体面地埋掉。你一个哑巴妇女，带了两个孩子，不容易啊。现在男人走了，难！咱首先解决这个难中之难的问题，就说腊宏的事情。人是死了，先埋人后解决问题，相信我这个村干部，就让韩冲埋人，不相信我这个村干部，你就找人写状字，告。但是，你要是告下来，韩冲不一定会给腊宏抵命，我们这些村干部因为你不是岸山坪的，想管，到时候怕也不好插手了。说来你娘母们还是个黑户嘛！"

腊宏的哑巴老婆惊讶地抬起头瞪了眼睛看。王胖孩故意不看哑巴扭头和韩冲说："看见这孤儿寡母了吗？你好好的炸屎什么獾吗！炸死人啦！好歹我们干部是遵纪守法爱护百姓一家人的，看你凿头凿脑咋回事儿似的，还敢炸獾！赶快把卖猪的钱从信用社提出来，先埋了人咱再商量后一步赔偿问题！"

哑巴像是丢了魂儿似的听着，回头望望炕上的人，再看看屋外的屋内的人，哑巴有一个间歇似的回想，稍倾，抽回眼睛看着王胖孩笑了一下。

这一笑，让有强烈的表现欲望的王胖孩沉默了。哑巴的神情很不合常理，让干部们面面相觑不知道她到底笑个啥！

干部们做主韩冲把他爹的棺材抬出来装了腊宏。事关重大，他爹也没有说啥。韩冲又和他爹商量用他爹的送老衣装殓腊宏。韩冲爹这下子说话了："你要是下套子炸死我了倒好说，现成的东西都有，你炸了人家，你用你爹的东西埋人家，都说是你爹的东西，你爹的东西，埋的不是你爹，比埋你爹的代价还要大，我×！"

韩冲的脸儿埋在胸前不敢答话。他爹说："找人挖了坟地埋腊宏吧，村干部给你一个台阶还不赶快就着下，等什么？你和甲寨上的你小娘混吧，混得出了人命了吧？还搭进了黄土淹没脖子的你爹。你咋不把脑袋埋进裤裆里！"说完，韩冲爹从木板箱里拽出大闺女给她做好的送老衣，摔在了炕上。

棺材准备起了，四个后生喊："一二，起！"抬棺材的铁链子突然断了。抬棺材的人说："日怪，半大个人能把铁链子拉断，是不是三天家里不见个哭声，伤了过了？"

哑巴因为是哑巴哭不出声，女儿因为小，不知道哭。王胖孩说："锣鼓点儿一敲，大幕儿一拉，弄啥就得像啥！死了人，不见哭声叫死了人吗？还以为村干部的工作没有做到。去甲寨上找几个哭妇来，村里花钱。"

马上就差遣人去甲寨上找哭妇。哭妇不是想找就能找得到，往常有人不在了，论辈分往下排，哭的人不能比死的人辈分大，现在是哭一个外来的讨吃，算啥？

女人们就不想来，韩冲一看只好一溜儿小跑到了甲寨上找琴花。进了琴花家的门，琴花正在做饭。听了韩冲的来意后，琴花坐在炕上说："我哭是替你韩冲哭，看你韩冲的面，不要把事情颠倒了，我领的是你韩冲的情，不是劳什子村干部的情。"

韩冲哭丧着脸说："还是你琴花好啊。"

看到门外有人影儿晃，琴花说："这种事给一头猪不见得有人哭。这不是喜伤，是凶伤。也就是韩冲要是旁人我的泪布袋还真不想解口绳哩。"

门外站着的人就听清了：韩冲给琴花一头猪让琴花哭。琴花哭一回讨吃赚一头猪，这可是天大的价码。

琴花见韩冲哭丧着个脸，一笑，从箱子里拽了一块枕巾往头上一蒙，就出了门。

走到岸山坪的坡顶上看了一眼黑压压的人群，就扯开了喉咙："死得冤来，死得苦，讨吃送死在了后梁沟——"

村干部一听她这么样的哭，就要人过去叫她停下来。这叫哭吗？硬邦邦的没有一点儿情感。哭妇琴花马上就变了一个腔哭："水流千里归大海，人走万里归土埋，活归活啊，死归死，阳世咋就拽不住个你？呀喂——呵呵呵。"

琴花这么一哭把岸山坪的空气都抽拽得麻怵起来，有人试着想拽了琴花头上的枕巾看她是假哭还是真笑，琴花手里拄着一根干柴棍抢过去敲在那人的屁股蛋上。就有人捂了嘴笑。琴花干哭着走近哑巴看到哑巴不仅没有泪蛋子在眼睛里滚，眼睛还望着两边的青山隐隐赏看。琴花哭了两声不哭了，你的汉们你都不哭，我替你哭好歹也应该装出一副丧妇样来吧。

埋了腊宏王胖孩要韩冲叫几个年长的坐下来商量后事。一干人围着石磨开始议事，比如，这活人谁来照顾，当然是要韩冲来照顾了，怎么个照顾法？都得有个字据。韩冲说："最好说断了，该出多少钱我一次性出够，要连带着这么个事，我以后还怎么样讨媳妇？"大伙研究下来觉得是个事情，明摆着青皮后生的紧急需要，事儿是不能拖泥带水，得抽刀斩水了。

一个说："事情既出由不得人，也是大事，人命关天，红嘴白牙说出来的就得有个理道！"

一个说："哑巴虽然哑巴，但哑巴也是人。韩冲炸了人家的男人了，毕竟不是韩冲想炸人家男人，既然炸了，要咱来当这个家，咱就不能理偏了哑巴，但也不能亏了韩冲。"

一个说："毕竟和韩老五打架的事情不是一个年头了，怕不怕老公家怪罪下来？"

一个说："现在的大事小事不就是俩钱吗，从清光绪年到现在哪一件不是私了！有直道儿不走偏走弯道儿。老公家也是人来主持吗？要说活人的经验不一定比咱懂多少！舌头没脊梁来回打波浪，他们主持得了这个公道吗！"

王胖孩说："话不能这么说，咱还是老公家管辖下的良民嘛！"

王胖孩要韩冲把哑巴找来，因为哑巴不说话，和她说话就比较困难。想来想去想了个写字，却也不知道她认识字不。王胖孩找了一本小学生写字本和一根铅笔，在纸上工工整整写了一行字，递过去要哑巴看，哑巴看了看取过笔来也写了一行字递过去。韩冲因为心里着急伸过去脖子看，年长的因为稀罕也伸过脖子看，发现上面的第一行是村干部写的："我是农村干部，王胖孩，你叫啥？"后一行的字不大工整，歪歪扭扭写了："知道，我叫红霞。"

所有的人对视了一下，稀罕这个哑巴不简单，居然识得俩字。

"红霞，死的人死了，你计划怎么办？要多少钱？"

"不要。"

"红霞，不能不要钱。社会是出钱的社会，眼下农村里的狗都不吃屎了，为什么？就因为日子过好了啊，钱是啥？是个胆儿，胆气不壮，怕米团子过几天你娘母们也吃不上了。"

"不要。"

"红霞妇女，这钱说啥也得要，只说是要多少钱？你说个数，要高了韩冲压，要少了我们给你抬，叫人来就是为了两头儿取中间主持这个公道。"

"不要。"

小学生写字本上三行字歪歪扭扭看上去很醒目，大伙儿觉得这个红霞是气糊涂了，哪有男人被人搞死了不要钱的道理？要知道这样的结果还叫人来干啥？写好的字条递给韩冲，要他看了拿主意，使了一下眼儿，两个人站起来走了出去。收住脚步，王胖孩说："她不是个简单的妇女，不敢小看了，她想把你弄进去。"韩冲吓了一跳，脚尖踢着地面上的土张开嘴看王胖孩。王胖孩歪了一下头很慎重地思忖了一下说："哪有给钱不要的道理？你说？她不是想把你弄进去是什么？嗯呐，很有可能。"韩冲越发不知道该说什么了。王胖孩指着韩冲的脸说："要给她热爱，暖化她的心，打消她送你进去的念头，不然你一辈子都得背着个污点，有这么个污点你就甭想说上媳妇。"韩冲闭上嘴，咽下了一口唾沫，唾沫有些划伤了喉咙，火辣辣地疼。

"这几天，你只管给哑巴送米送面。你知道，我也是为你好，让老公家知道了，弄个警车来把你咕嘎咕嘎地带走，你前途毁了事小，我们面子上挂不住事大。趁着对方是个哑巴，咱把这事情就哑巴着办了，省了官办，民办了有民办的好处。明白不？"韩冲点了头说："我相信领导干部！"

两个人商量了一个暂时的结果，由韩冲来照顾她们娘母仨。返进屋子里，王胖孩撕下一张纸来，边念边写："合同。甲方韩冲，乙方红霞。韩冲下套炸獾炸了腊宏，鉴于目前腊宏媳妇神志不清的情况，不能够决定自己的赔偿问题，暂时由韩冲来负责养活她们母子仨，一日三餐，吃喝拉撒，不得有半点不耐烦，直到红霞决定了最后的赔偿，由村干部主持，岸山坪年长的有身份的人最后得出结果才能终止合同。合同一方韩冲首先不能毁约，如红霞提出韩冲有不愉快的地方，红霞有权告状，最后责成处理方式加倍罚款。"

合同一式两份，韩冲一份，哑巴一份。立据人互相签了字，本来想着要有一番争吵的事情，就这么说断了，岸山坪人的心里有一点盼太阳出来阴了天的感觉，心里结了个疙瘩，莫名地觉得哑巴真的是傻。互相看着都不再想说话了。

送走王胖孩，韩冲折叠好条子装进上衣口袋，哑巴前脚走，韩冲后脚卸了炉上的粉走进了哑巴家。

进了哑巴家韩冲看到哑巴的房梁上吊下来两个箩筐，箩筐下有细小的丝线拉拽着一条一条的小虫子。韩冲知道那箩筐里放的是讨来的晒干了的米团子和白馍。哑巴没有停下手里的活。她手里正拿了一捧米团子放在锅台边，一块一块往下磕上面生了的小虫子，磕一块往锅里煮一块，锅台上的小虫子伸展了身子四下里跑，哑巴端下锅，拿了笤帚，两下子就把小虫子扫进了火里，坐上锅，听得噗噗的响。

韩冲眯缝着眼睛歪着脖子说："这哪是人吃的东西。"提下了它走出去倒进了自己的猪圈里，猪好久没有换口味了，咂巴着嚼着干巴硬的米团子，吐出来吞进去，嘴片子错得吧唧吧唧响。韩冲给哑巴提过来面、米。哑巴拉了闺女和孩子笑着站在墙角看韩冲进进出出。韩冲想，你这个哑巴笑什么，我把你汉们炸了你还和我笑，不敢多说话光顾了一个埋头干他的活儿。

这时候就有人陆续走上岸山坪来看哑巴和孩子，有的想收留哑巴的孩子，有的干脆就想收留哑巴。韩冲装作看不见，想，要是有人把哑巴收留走才好。她这么着一走我就啥也不用赔了。哑巴这时候面对来人却很决绝地把门关上了。

王胖孩又来到了岸山坪。要韩冲叫了年长的和有些身份的人走进了哑巴的家。王胖孩坐下来看着哑巴说："可怜的人啊，就是不会说话。"韩冲坐到门墩上琢磨着这个事情该怎么开头，说什么好。就听得王胖孩说："咱打开天窗说亮话，不绕弯子了，这理说到桌面儿上是欠了人家一条命，等于盖屋你把人家的大梁抽了，屋塌了。现在，你一个孤寡妇女，又是哑巴，带着俩孩子，容易吗？要我说就一个字——难。红霞，老话重提，你提出个数字来，要多少？"

哑巴抬起头拿过一根点火的麻秆在石板地上写了俩黑字："不要"。村干部接过麻秆来，大大的在地上写了两个字"两万"。韩冲低下头看。请来的也低下头看。抬起头互相点了点头，大意是有了老龙嘴的事情在前面做样板，这样的处理结果倒也说得过去。韩冲说话了："胖孩哥，两万块暂时拿不出，能不能分期付？定分不行，就得给我政策，让我贷。"

王胖孩想了半天说："上头的政策主要是鼓励农民贷款致富，哪有让你贷款用来买命的？这事要说也没有个啥，摆到桌面上就是个事。你是不是到对面的甲寨上找一找发兴，他儿在矿上，煤炭现如今像烧燃了的旺火一样，他家里想来是有货的，借一借吗？琴花虽然是出了名的铁公鸡，毕竟是喝过你的粉浆，吃过你的獾肉，还被你压过的女人，脸红什么啊？你炸死的这个人用的雷管还是她提供的，咱嘴上不说，她是脱不了干系的。"

韩冲不好意思地低下了头。

事情说到这里，王胖孩和哑巴红霞说："按我的意思来，你不要，不等于我们不懂，我们不懂就是欺负你这个弱者，这不符合山里人的作风。等韩冲凑够了钱，我再到这山上来亲手递给你。咱这事情就算结束，你也好准备你的退路。一个妇道人家没有汉们帮衬，哪能行啊！韩冲，话说回来大家是为了你办事，光跑腿我就跑了几趟，你小子懂个眼色不懂？"

韩冲大眼儿套小眼儿看着王胖孩，王胖孩举起手里的麻秆说："这，缩小了像给啥？"韩冲想，像给啥？哑巴看了看从王胖孩手里拿过麻秆来掰下前面点黑了的一小截，叼在嘴上吧嗒了两口，韩冲明白了，胖孩干部是想要烟哩。稀罕得岸山坪的长辈们放下手中的旱烟锅子看哑巴，哑巴看得不好意思了低下了头，把想要说"不要"的话就忘了。

韩冲赶紧出去到代销点上买了两条烟递给了王胖孩，王胖孩说："这是啥子意思吗？乡里乡亲的弄这？既然买了，我不拿也说不过去，我要不拿吧，是冷落了你韩冲一片心意，我就只好拿了。"掰开一条烟给坐着的长辈一人发了一包，自己把剩下的夹在腋窝下起身重复了几句前几次说的话走了。

长辈们看着手里的烟，咧开嘴笑着，心里却不是个滋味，啥也没表态走了两步路就赚了一包烟，很是有点不好意思。韩冲说："算个啥嘛，都是德高望重的人，就是没事我韩冲也应该孝敬你们!"

三

借钱的事情很简单，也很复杂，简单得就像大上的一颗太阳，无际蓝天，没有鸟儿飞翔，看上去空旷，空旷。复杂得突然就乱云飞渡，飞渡的云不是瓦片和挠钩状儿，是黑云压山，风生悲，兜头浇得韩冲凉唰唰的。

韩冲去对面的甲寨上要下了沟绕出山再转回来上对面，大约要一个半钟点。

这地方的人叫吃亏，不叫吃亏，叫吃夹事。韩冲这一回借钱就吃了大夹事。

走到甲寨上人们就说："韩冲，还敢不敢下套子了，胆子大啊，那讨吃下那深沟做啥去了，活该要他的命。"韩冲挠了挠头发，"呵呵"笑了一下，很不舒展。不断有人问，韩冲就不断地很不舒展地"呵呵"。

走进发兴家的院子，看到发兴坐在小马扎上抽旱烟，烟锅子在地上磕了一下子，说："韩冲，稀客。有啥事不喊要过沟来说？我可是头一回见你大白天闪亮儿登场。也是的，炸獾咋就炸了人了？坐。"

韩冲说："话不能这样儿说，大白天不来搭黑来干啥？老哥你就不要瞎猜了，人倒霉了放个屁都砸脚后跟。我也思谋着他下那沟做甚了，两捆柴好好地摔在一边，手里握着一把斧头不丢，看见我眼睛瞪得快要出血了，恨不能把我吃掉，我×。不过话说回来，咱是断了人家哑巴的疼了。"

琴花撩开碎布头拼成好看的门帘出来，说："韩冲，以后不要下套子了，那獾又不是光吃你的玉茭，你把人炸了，亏得他是外来的，要是本地的，不让你抵命才怪。"

韩冲低下头看着自己的脚尖，鞋是一双解放球鞋，因为穿得旧了，剪了前边和后边，当凉鞋穿。韩冲看着看着就想把过来的意思挑明。韩冲说："我过来是有个事情想求你们两口子帮忙。"

琴花返进去从屋子里端出一罐头瓶水来递给韩冲说："帮啥忙？跑腿找人的事发兴能帮得上就一定帮。这两天架驴磨粉了？你不要因为这事把猪饿了，该做啥还做啥，腊月里我大儿要订婚，还想借你一头猪下酒席呢。你要赶不上喂，赶过来我喂，秋口上卖了咱二一添作五分。"

韩冲抬起头看琴花，琴花脸上挂着笑，嘴角角上的一颗黑土眼（痣）踧起来顶在鼻子边，韩冲想，琴花脸上的这个黑土眼坏了她好几分人才。

发兴说："事情最后怎么处理了，说了个甚解决办法？听说有人上来说哑巴，女人要是没有了男人，小腰就断了，就拖不动腿了，也怪可怜的。"

琴花说："傻哑巴不知道哭，看来是真有病，山下有人要她，收拾走算了，省了你来照顾。"

韩冲鼓了鼓勇气说："不满你们两口子说，我今儿过来这甲寨上就是想和你们打凑俩钱，给哑巴。救个急，误不了你娶媳妇，我韩冲是说话算话的。"

一听说是借钱，琴花就示意发兴闭嘴。琴花走到韩冲的面前看着韩冲说："说起来是应该帮忙，出了这么大的事情，啊呀，我当时就不敢过去看死鬼讨吃，听人说，下半截整个都没了？吓死了。事情是出了，有事说事，按道理是得赔人家，是不是？按道理谁能帮上忙就要帮忙，乡里乡亲的，抬头不见低头见，谁家不出个事。古话说了，有啥别有事，没啥别没钱，两件事都让摊上了。可有些事情摊上了，还真是帮不上你这个忙。我给你说吧，腊月里要给大儿订婚正月里不娶，明年秋口上也得娶，如今说个媳妇容易吗，屁股后捧着人家还要脱落，敢松口气？我要是真有钱我还真舍得借你，不怕你不还，可就是没钱，活了个人带了个穷命。韩冲，难啊。"

韩冲看着琴花的嘴一张一合的，想自己还亲过这张嘴，嘴里的舌头滑溜溜的，有时候也咬一下韩冲的下嘴片子，到韩冲的高兴处会说，韩冲人家都穿七分裤了，你也给我买一条穿穿，我是二尺四的腰，要小方格子的面料。韩冲会说，穿那干啥，不好看，憋得屁股和两瓣蒜一样。琴花说，你不买，你就下来，我看你哪头难受！韩冲说，买买。韩冲你给我买一盒舒肤佳香胰子，韩冲你给我看看我的肚皮是不是松得厉害了，我也想买条裹腹裤穿。韩冲，我除了不和你住一个屋子，住一个屋子里干的事，咱都干了，也就等于是一家人了，你赚了钱就给我花，我从心里疼你哩……

韩冲看着看着眼睛就花了，琴花身上穿的从里到外哪一样不是我韩冲买的，你琴花疼我了，疼我什么了？关键的时候，琴花你就不和我一起了。

发兴说："这事情不是帮忙不帮忙的事情，是帮不了这忙，是人命关天。小老弟，都怪你炸屎什么獾吗！"

韩冲想，也就是啊，炸屎什么獾吗！

韩冲收住自己的思维回到现实里，看到琴花的短腿直着一条，斜着一条，直着的硬邦邦站着，斜着的抖抖的闪，闪得人心中想生气。韩冲说："看在以往的面子上，你们就帮我一回吧，我炸死人，要不是你给我雷管，我拿什么炸他。"琴花一下把斜着的那条腿收了回来指着韩冲说："以往怎么啦，以往就吃了你几次粉浆，当是有什么好东西，给猪吃的东西，从崖下吊给我吃，讨你什么便宜了？韩冲，不是说不借给你钱，是没有东西借给你，你当是清明上坟托鬼洋，八月十五打月饼，找个模子就现成？我是给你雷管了，我叫你韩冲炸人了？你炸死人怨我雷管，笑话！既然说到这份儿上了，我哭讨吃的那头猪不要了，落得送你给人情。"

韩冲说："我多会儿说要送你一头猪了？"

发兴说："装傻，谁都知道你要给一头猪！要说讨便宜，韩冲你是讨了大便宜了，别说是一头猪，十头猪你也不吃夹事。别人不知道，我是心知肚明。"

琴花打断了发兴的话："你心知个啥，肚明个啥？不会说不要抢着说。"

韩冲端起罐头瓶一口喝了瓶里的水说："我也就是到了困难的时候了吧，才找你们来张嘴，张一回嘴容易吗？张开了难合住，给个面子，没多总有个少吧？这沟里就你们还有俩钱，我也是屎憋到屁股门上了，我要有二指头奈何也不会张嘴求人，琴花求你了！"

琴花看到大门口有人影儿晃，人影儿一晃，简单的事情就要复杂了。

琴花说："韩冲，我是真想帮你这个忙，可就是心有余而力不足，十块八块的又不顶个事情办，三千两千我还真没有见过，要有就借你了，丑话说到头了，你走吧，甲寨上的人在大门外看咱的笑话哩。"

韩冲站了起来要走，琴花又说话了："你欠我多少，不是一头猪能还得了的，走归你走，但你得记清楚了。"这一句话说得不是时候，琴花的本意是想说，要是还想着我，你就来，来就得带零花儿来。可说这话儿不是个地方，韩冲都快急得火烧眉毛了，他哪里能转得过弯来。

韩冲一下站住了说："两清了。这钱我不借了，你有本事继续耍你的本事，隔着崖，你是甲寨上的，我是岸山坪的，井水不犯河水。发兴，你老婆本事大啊。"

琴花的脸霎时就青了，这叫人话吗，得了便宜卖乖，不借你钱，舌头就长刺了，是你韩冲上来甲寨来找我的，现在对了人来揭我疤，别人揭倒好说，你韩冲揭！这就让琴花难咽这口气了。

琴花说："站住，韩冲！"一下就扑了上来照着韩冲的脸跳起来掴了一个巴掌，韩冲没有防备吓了一跳，看清楚是琴花掴他，他一下就瘪症了，回头看着琴花不知道她为啥要来这一手？

韩冲说："不借钱就算了，你还打我，我打你吧，我不君子，不打你吧你太张狂了，跳起来打，不够三尺高的人就是毒。我拿雷管炸了人，那雷管我有吗，还不是你给的！就是你给的！"

发兴站起来拖住进一步想往前跑的琴花，琴花兜头给了发兴一个巴掌，跳着脚跑出院外，甲寨上看热闹的人自动让了个场地看琴花表演："你给缺德鬼，你害了死人害活人，你炸獾咋就不炸了你，讨吃哪天说不定就来勾你命了，你等着吧，不在崖下在崖上，不在明天在后天，你死了也要狼拖狗拽了你，五黄六月蛆拱了你！"

　　韩冲听着身后的叫骂声，踢着地上的石头蛋走，脑子里轰轰响，石头蛋掀了脚指甲盖，也不觉得疼，自己说得好好的，这个傻×就翻了脸，真是人小鬼大难招架。我×！

四

　　哑巴脑海里像一只悬空的瓦壶，空荡荡的。甲寨上有叫骂声传过来，叫骂声也像经过几重水波传播似的听不大真切。不过对于哑巴来说喧嚣是短暂的，更多的是大片的长久的孤独。倘使没有天光的明晦转暗，几乎难以觉察时间的无声流逝。哑巴想是不是自己就和以前不一样了呢，她决定出去走走。这是哑巴第一次出门，她把孩子放到院子里，要"大"看着，她走上了山坡。熏风温软地吹拂，她走到埋着腊宏的地垄头上看了看，坟堆堆有半人多高，她一屁股坐到坟堆堆上，坟堆堆下埋着腊宏，她从心里想知道腊宏到底是不是真的去了？一直以来她觉得腊宏是活着的，阴暗的东西在她的心里根深蒂固得很，她不敢出门，腊宏不要她出门，今儿，她是大着胆子出门的，出了门，她就看到了鸟雀清脆的啼叫声从山上的树林子里传来。

　　哑巴绕着坟堆堆走了好几圈，用脚踢着坟上的土，嘴里喃喃地说着一串儿话，是谁也听不见的话。然后坐到地垄上哭。岸山坪的人都以为哑巴在哭腊宏，只有哑巴自己知道她到底是在哭啥。哑巴哭够了对着坟堆堆喊，一开始是细腔儿，像唱戏的练声，从喉管里挤出一声"啊"，慢慢就放开了，唢呐的冲天调，把坟堆堆都能撕烂，撕得四下里走动的小生灵像无头的苍蝇一样乱往草丛里钻。哑巴边喊边大把抓了土和石块砸坟头，坟头下的人让她悚然而栗，她要砸出他来问问他，是谁给他权力要让她这么无声无息地活着。

　　远远地看到哑巴喊够了像风吹着的不倒翁回到了自己的院子里，人们的心才稍稍放到了肚子里。哑巴取出从不舍得用的香胰子，好好洗了洗头，洗了脸，找了一件干净的衣服换上出了屋门。哑巴走到粉房的门口，没有急着要进去，而是把头探进去看了半天。看到韩冲用棍搅着缸里的粉浆，搅完了，把袖子挽到臂上，拿起一张大箩开始罗浆。手在箩里来回搅拌着，落到缸里的水声哗啦啦，哗啦啦啦响，哑巴就觉得很温暖，很温暖。哑巴大着胆子走了进去，地上的驴转着磨道，磨眼上的玉荽塌下去了，哑巴用手把周围的玉荽填到磨眼里，她跟着驴转着磨道填，转了一圈才填好了磨顶上的玉荽。哑巴停下来抬起手闻了闻手上的粉浆味儿，是很好闻的味儿，又伸出舌头来舔了舔，是很甜的味道，哑巴咧开嘴笑了。

这时候韩冲才发现身后不对劲，扭回头看，看到了哑巴的笑，水光亮的头发，白净的脸蛋，她还是个小女孩嘛，大大的眼睛，鼓鼓的腮帮，翘翘的嘴巴。韩冲把地里看见的哑巴和现在的哑巴做了比较，觉得自己是在梦幻里，用围裙擦着手上的粉浆说："你到底是不是个傻哑巴。"哑巴惊惊地抬起头看，驴转着磨道过来用嘴顶了她一下，她的腰身呛了一下驴的鼻子，驴打了个喷嚏，她闪了一下腰。哑巴突然就又笑了一下，韩冲不明白这个哑巴的笑到底是羊羔子疯病的前兆，还是她就是一个爱笑的哑巴。

大搂着弟弟在门上看粉房里的事情，看着看着也笑了。

哑巴走过去一下抱起来儿子，用布在身后一绕把儿子裹到了背上走出了粉房。

岸山坪的人来看哑巴，觉得这哑巴的羊羔疯子病犯得日怪。腊宏活着时不见犯病，腊宏死了犯了，犯了病反倒好，到比腊宏活着时更鲜亮了。韩冲罗粉，哑巴看磨，孩子在背上看着驴转磨咯咯咯笑。来看她的人发现她并没有发病的迹象，慢慢走近了互相说话，说话的声音由小到大，什么事让一些女人笑起来，压腰叠肚地笑。谁也不知道哑巴心里想着的事，是很简单的事，就是想听她们说话。

哑巴的小儿子哼唧唧地要撩她的上衣，哑巴不好意思抱着孩子走了。边走孩子边撩，哑巴打了一下孩子的手，这一下有些重了，孩子哇的一声哭了起来。孩子的哭声挡住了外面的吵闹声音，就有一个人跟着她进了她的屋子，哑巴没有看见，也没有听见。哑巴埋着头在胸脯上抽泣，孩子抓着她的头发一拽一拽地要吃奶，哑巴让他拽，你的小手才有多重，你才能拽妈妈多疼。哑巴把头抬起来时看到了韩冲，韩冲端着摊好的粉浆饼子走来放到了哑巴面前的桌子上。说："吃吧，断不得营养，断了营养，孩子长得黄寡。"

哑巴指了一下碗，又指了一下嘴，要韩冲吃。韩冲拿着铁勺子"梆梆"磕了两下子鏊盖，指着哑巴说："你过来看看怎么样摊，日子不能像腊宏过去那样儿，要来啥吃啥，要学着会做饭，面有好几种做法，也不能说学会了摊饼子就老泻了水摊饼子，你将来嫁给谁，谁也不会要你坐吃，妇女们有妇女们的事情，汉们种地，妇女做饭，天经地义。"哑巴站起来咬了一口，夹在筷子上吹了吹，又在嘴唇上试了试烫不烫，然后送到了孩子的嘴里。哑巴咬一口喂一口孩子，眼睛里的泪水就不争气地开始往下掉。韩冲把熟了的粉浆饼子铲过来捂到哑巴碗里，就看到了梁上有虫子拽着丝拖下来，落在哑巴的头发上，一粒两粒，虫子在她乌黑的头发上一耸一耸地走。孩子抬起手从她的头上拽下一个虫子来，"噗"地一下捏死了它，一股黄浓一样的汁液涂满了孩子的指头肚，孩子"呵呵"笑了一下抹在了她的脸上。哑巴抹了一下自己的脸搂紧孩子捏着嗓子哭起来。

哑巴一哭，韩冲就没骨头了。眼睛里的泪水打着转说："我把粮食给你划过一些来，你不要怕，如今这山里头缺啥也不缺粮食。我就是炸獾炸死了腊宏，我也不是故意的，我给你种地，收秋，在咱的事情没有了结之前，我还管养活你们。你就是想要老公家弄走我，我思谋着，我也不怪你，人得学会反正想，长短是欠了你一条命啊！你怕什么，我们是通过村干部签了条子的。"

哑巴摇着头像拨浪鼓，嘴里居然还一张一合的，很像两个字："不要！"

岸山坪的人哑巴不认识几个，自打来到这里，她就很少出门，日子过得穷苦不说，一个不会说话的人前后路都是黑啊。她来到山上第一眼看到的是韩冲，韩冲给他们房子住，给他们地种，给大粉浆饼子吃，腊宏打她韩冲进屋子里来劝，韩冲说："冲着女人抬手算什么男人！"女人活在世上就怕找不到一个好男人，韩冲这样的好男人，哑巴还没有见过。哑巴不要韩冲钱的另一层意思就是想要韩冲管她们娘母仨。

韩冲背转身出去了，哑巴站起来在门口望，门口望不到影子了，就抱了儿子出来。她这时看到韩冲的粉房门前站了好多人，手里拿着布袋取粉面，看到韩冲走过去一下围住了他。有一会儿，先进去的人扛了粉面出来走了，后边的人嚷嚷着，就看到了一个女人穿着小格子裤也拿着一个布袋从崖下走上来。女人走起路来一摆一摆的，布袋在手里晃着像舞台上的水袖。女人用手扶着一块石头歇下来，一条腿搁在石头上面，一条腿支在地上。长长出了口气，看了看韩冲粉房门前的人，歪了一下脖子瘪了一下嘴一撅屁股双手托了一下膝盖，整个人就举了上来，就跨到了平地上来。哑巴看清楚是甲寨上哭腊宏的琴花，琴花替她哭腊宏了，她应该感谢这个女人。

琴花上来了，韩冲他爹在家门口也看见了。昨天韩冲去和她借钱受了羞辱，今日里她倒舞了个布袋还好意思过来，一个韩冲怎么能对付得了她？我的儿三门亲事黄了，为了啥，就为了她。人家一听说韩冲跟甲寨上的琴花明里暗里地好着，这女人对他还不贴心，只是哄着想花俩钱儿，谁还愿意跟韩冲？名声都搭进去了，还不明白就里，我就这么一个儿，难道要我韩家绝了户！韩冲爹一想到这里火就起来了。他从粉房里把韩冲叫出来，问他："你欠不欠你小娘的粉面？"韩冲说："不欠。"韩冲爹说："那你就别管了，我来对付这娘们儿。"

琴花过来一看有这么多人等着取粉面，她才不管这些，侧着身子挤了进去。琴花看着韩冲爹说："老叔，韩冲还欠我一百五十斤玉茭的粉面，时间长了，想着不紧着吃，就没有来取，现在他出事了，来取粉面的人多了，总有个前后吧，他是去年就拿了我的玉茭的，一年了，是不是该还了？"

韩冲爹抬头看了一眼琴花就不想再抬头看第二眼了。这个女人嘴上的土眼跳跃得欢，欢得让韩冲爹讨厌。韩冲爹头也不抬地说："人家来拿粉面是韩冲打了条子的，有收条有欠条，你拿出来，不要说是去年的，前年的大前年的欠了你了照样还。"

琴花一听愣了，韩冲确实是拿她一百五十斤玉茭，拿玉茭，琴花说不要粉面了，要钱。韩冲给了琴花钱。琴花说："给了钱不算，还得给粉面。"韩冲："发兴在矿上，你一个人在家能吃多少，有我韩冲开粉房的一天，就有你吃的一天。"琴花隔三岔五取粉面，取走的粉面在琴花心里从来不是那一百五十斤里的数，一百五十斤是永远的一百五十斤。孩子马上要订婚了，不存上些粉面到时候吃啥，说不定哪天他要真进去了，我和谁要去？

琴花说："韩冲和我的事情说不清楚，我大他小，往常我总担待着他，一百五十斤玉茭还想到要打条子？不就是百把斤玉茭，还能说不给就不给了？老叔，你也是奔六十的人了，韩冲现在在哪里，叫他来，他心里清楚。他要是真有个三长两短，你说我这粉面你还真是想要昧了我的呢。"

韩冲爹说："我是奔六十的人了，奔六十的人，不等于没有七十八十了，我活呢，还要活呢，粉房开呢，还要开呢！"

看着他俩的话赶得紧了，等着拿粉面的人就说："不紧着用，老叔，缓缓再说，下好的粉面给紧着用的人拿。"说话的人从粉房里退出来，觉得自己在这个时候来拿也没有个啥，要这女人一点透似乎真有些不大合适，不就是几斗玉茭的粉面嘛。

琴花觉得自己有些丢了面子了，她在东西两道梁上，啥时候有人敢欺负她，给她个难看！她来要这粉面，是因为她觉得韩冲欠她的。不给粉面罢了，还折丑人哩？

琴花说："没听说还有活千年蛤蟆万年鳖的，要是真那样儿，咱这圪梁上真要出妖精了。"

韩冲爹说："现在就出了妖精了还用得等！哭一回腊宏要一头猪，旁人想都不敢想，你却说得出口，今儿是新闻联播接续哩。"

琴花说："我不和你说，古话说，好人怕遇上个难缠的，你叫韩冲来。我倒要看他这粉面是给还是不给？"

韩冲爹说："叫韩冲没用。没有条子，不给。"

琴花想，和他爹说不清楚，还不如出去找一找韩冲。

琴花用手兜了一下磨顶上放着粉面的筛子，筛子哗啦一下就掉了下来。琴花没有想那筛子会掉下来，只是想吓唬一下老汉，给他个重音儿听听，谁知道那筛子就掉了下来。满地上的粉面白雪雪地扬了一地。琴花就台阶下坡说："我吃不上，你也休想吃！"

韩冲爹从缸里提起搅粉浆的棍子叫了一声："反了你了！"上去就要打，被人拦住了。

事情的发展常常不是按预想的来，一个小细节突然就转了事情的舵。

琴花此时已经走到院子里，回头一看韩冲爹要打她，马上就坐在了地上喊了起来："打人啦，打人啦，儿子炸死讨吃了，老子要打妇女啦！

打人啦，打人啦！岸山坪的人快来看啦，量了人家的玉茭不给粉面还要打人啦，这是共产党的天下吗?!"

韩冲爹一边往出扑一边说："共产党的天下就是打下来的，要不怎么叫打江山，今儿我就打定你了！"

哑巴不明白发生了什么事，端了碗站在院边上看，碗里的粉浆饼子散发出葱香味儿，有几丝儿热气缭绕得哑巴的脸蛋水灵灵的，哑巴看着他们俩吵架，哑巴兴奋了。她爱看吵架，也想吵架，管他谁是谁非哩，如果两个人吵架能互相对骂，互相对打才好。平日里牙齿碰嘴唇的事肯定不少，怎么说也碰不出响儿呀？日子跑掉了多少，又有多少次想和腊宏痛痛快快吵一架，吵过吗？没有，长着嘴却连吵架都不能。妇女们千娇百态为了谁呢？还不是为了个张扬个性。她们笑得前仰后合，那是她们其中有一个人讲了笑话，她们把快乐传递给了哑巴，他们现在吵架，那是因为他们需要吵架来发泄心中的愁苦。哑巴笑了笑，回头看每个人的脸，每个人看他们吵架的表情都不同，有看笑话的，有看稀罕的，有什么也不看就是想听热闹的，只有哑巴知道自己的表情是快乐的。

琴花在韩冲的粉房门前还在号，看的人看她干号，就是没有人上前去拉她。琴花不可能一个人站起来走，她想总有一个人要来拖她起来，谁沾着拖她了，她就让谁来给她说理，来给她证明韩冲该她粉面，该粉面还粉面，天经地义。恰恰就没有人来拖她，她眯着眼睛哭，瞅着周围的人看谁有那个意思来，真真的就看到了一个人过来了。这一下她就很踏实地闭上了眼睛等那个人来拖她。过来的那个人是哑巴。哑巴端了碗，碗里的粉浆饼子不冒热气了。哑巴走到琴花的面前坐下来，两手捧着碗递到埋着头的琴花脸前，哑巴说："吃。"

这一个字谁也没有听见，有点跑风漏气，但是，琴花听见了。

琴花吓了一跳，止住了哭。琴花抬起头来看周围的人群，看谁还发现了哑巴不是哑巴，哑巴会说话。周围的人看着琴花，不知道这个女人为什么突然噤了声！

琴花木然地接过哑巴手里的碗，碗里的粉浆饼子在阳光下透着亮儿，葱花儿绿绿的，粉饼子白白的，琴花的眼睛逐渐瞪大了，像是什么烫了她的手一下，她叫唤了一声："妈呀！"端碗的手很决绝地撒开了。地上有几只闲散的走动的觅食的鸡，发现了地上的粉浆饼子，小心地走过来，快速叼到了嘴里，展开翅膀跑了。琴花站起身，看着哑巴，看了半天，哑巴咧开嘴笑，用手比画着要琴花回她的屋里去。琴花又抬起头看周围的人群，人们发现这琴花就是坏，连哑巴都懂得情分，可她琴花却不领情，把哑巴的碗都摔了，人家哑巴还笑，你琴花到像母鸡叫鸣儿，乱了阵营，不知道自己是啥角儿了。

琴花弯下腰拣起自己的面口袋想，是不是自己听错了？却觉得自己是没有听错，害怕了，一溜儿小跑下了山，岸山坪的人想：这个女人从来不见怕过什么，今儿个怕了，怕的还是一个哑巴。真正是不明白。琴花屁股上的土灰，随着琴花摆动的屁股蛋子，一荡一荡地在阳光下泛着土黄色的亮光，弯弯绕绕地去了。

五

炕上的孩子翻了一下身子蹬开了盖着的被子，哑巴伸手给孩子盖好。就听得大从外面蹦蹦跳跳地进来了。大说："我有名子了，韩冲叔起的，叫小书。他还说要我念书，人要是不念书，就没有出息，就一辈子被人打，和娘一样。"哑巴抬起头望了望窗外，黝黑的天光吊挂下来，她看到大手里拿着一包蜡烛，她知道是韩冲给的。

用麻秆点燃了蜡烛找来一个空酒瓶子把蜡烛套进去，有些松。她想找一块纸，大给她拿过来一张纸，她准备卷蜡烛往里塞时，她发现了那张纸是王胖孩给她打的条子，上面有她的签字。她抬起手打了大一下，大扯开嗓子哭，把炕上的孩子也吓醒了，也开始哭。哑巴不管，把卷在蜡烛上的纸小心缠下来，又找了一张纸卷好蜡烛塞进酒瓶里，放到炕头上。拿起那张条子看了半天抚展了，走到破旧的木板箱前，打开找出一个几年前的红色塑料笔记本，很慎重地压进去。哑巴就指望这条子要韩冲养活她娘母仁哩，哑巴什么也不要！哑巴反过来摸了大的头一下，抱起了炕上的孩子。这时候就听得院子里走进来一个人，不可能是其他人，是韩冲。韩冲用篮子提着秋天的玉米棒子放到屋子里的地上，韩冲说："地里的嫩玉米煮熟了好吃，给孩子们解个心焦。"

韩冲说完从怀里又掏出半张纸的蚕种放到哑巴的炕上，韩冲说：

"这是蚕种，等出了蚕，你就到埋腊宏的地垄上把桑叶摘下来，用剪刀剪成细丝儿喂。"蚕种是韩冲给琴花定下的。琴花说："韩冲，给我定半张秋蚕，听说蚕茧贵了，我心里痒，发兴不在家，你给我定了吧。"韩冲因为和琴花有那码子事情，韩冲就不敢说不定。琴花就是想讨韩冲的便宜，人说讨小便宜吃大亏，琴花不管，讨一个算一个，哪一天韩冲讨了媳妇了，一个子儿也讨不上了，韩冲你还能想到我琴花?! 现在秋蚕下来了，韩冲想，给你琴花定的秋蚕，你琴花是怎么样对我的，还不如哑巴，我炸了腊宏，哑巴都不要赔偿，你琴花心眼小到想要我猪啦，粉面啦，我见了猪，猪都知道哼两哼，你琴花见了我咋就说翻脸就翻脸了呢?

韩冲说："一半天蚕就出来了，你没有见过，半张蚕能养一屋子，到时候还得搭架子，蚕见不得一点儿脏东西，哑巴，你爱干净，蚕更爱干净，好生伺候着这小东西。"韩冲说完走了。

哑巴想，我哪里还知道什么叫干净呀，我这日子叫爱干净吗？

夜暗下来了，把两个孩子打发睡下，哑巴开始洗刷自己。木盆里的水气冒上来，哑巴脱干净了坐进去，坐进木盆里的哑巴像个仙女。标标致致的哑巴躬身往自己的身上撩水，蜡烛的光晕在哑巴身体上放出柔辉。哑巴透过窗玻璃看屋外的星星，风踩着星星的肩膀吹下来，天空中白色的月亮照射在玻璃上，和蜡烛融在一起，哑巴就想起了童年的歌谣：

天上落雨又打雷，
一日望郎多少回，
山山岭岭望成路，
路边石头望成灰。

蜡烛的灯捻哔剥爆响，哑巴洗净穿好衣服，找出来一把剪刀剪掉了蜡烛捻上的叉头，灯捻不响了。摇曳的灯光黄黄的满铺了屋子。倒出去木盆里的脏水，看到户外夜色深浓，月亮像一弯眉毛挂在中天上，半明半暗的光影加上阒寂的氛围，让哑巴有点黯然伤心起来，潜沉于被时间流走的世界里，哑巴就打了个颤抖，觉得腊宏是死了，又觉得腊宏还活着，惊惊地四下里看了一遍，她的思维在清明和混沌中半醒半梦着。走回来脱了衣裳，重新看自己的皮肤，发现乌青的黑淡了，有的地方白起来，在灯光下还泛着亮，就觉得过去的日子是真的过去了。哑巴心头亮了一下，有一种新鲜的震惊，像一枚石头蛋子落入了一潭久沤的水池子，泛了一点水纹儿，水纹儿不大，却也总算击破了一点平静。

现在的季节是秋天，刚入秋，天到晚上有点夜凉，白天还是闷热的。摸索着从窗台上找到一块手掌大的镜子来，举起来看，看不清楚，镜子上全部是灰。下地找了块湿布子抹了两下，越发看不清楚了。一着急就用自己的衣裳抹，抹到举起来看能看到眉眼了，走过去举到灯影下仰了看。慢慢地举了镜子往上提，看到了自己的脸，好久了不知道自己长了个啥样，好久了自己长了个啥样并不重要，重要的是挨了上顿打，想着下顿打，眼睛盯着个地方就不敢到处看，哪还敢看镜子吗，那个是要找死呃。

突然听得对面的甲寨上有人筛了铜锣喊山，边敲边喊："呜叱叱叱——呜叱叱叱——"

山脊上的人家因为山中有兽，秋天的时候要下山来糟蹋粮食兼或糟蹋牲畜，古时传下来一个喊山。喊山，一来吓唬山中野兽，二来给静夜里游门的人壮个胆气。当然了，现在的山上兽已经很少了，他们喊山是在吓唬獾，防备獾乘了夜色的掩护偷吃玉荄。

哑巴听着就也想喊了。拿了一双筷子敲着锅沿儿，迎着对面的锣声敲，像唱戏的依着架子敲鼓板，有板有眼的，却敲得心情慢慢就真的骚动起来了，有些不大过瘾。起身穿好衣服，觉得自己真该狂喊了，冲着那重重叠叠的大山喊！找了半天找不到能敲响的家什，找出一个新洋瓷脸盆。这个脸盆儿是从四川挑过来的，一直不舍得用。脸盆的底儿上画着红鲤鱼戏水，两条鱼儿在脸盆底儿上快活地等待着水。哑巴就给它们倒进了水，灯晕下水里的红鲤鱼扭着腰身开始晃，哑巴弯下腰伸进去手搅啊搅，搅够了掬起一捧来抹了一把脸，把水泼到了门外。哑巴找来一根棍，想了想觉得棍儿敲出来的声音闷，提了火台边上的铁疙瘩火柱出了门。

山间的小路上走着想喊山的哑巴，滚在路面上的石头蛋子偶尔磕她的脚一下；偶尔，会有一个地老鼠从草丛中穿过去；偶尔，凄惶中的疲惫与挣扎，让哑巴想惬意一下，哑巴仰着脸笑了。天上的星星眨巴了一下眼睛，天上的一勾弯月穿过了一片儿云彩，天上的风落下来撩了她的头发一下，这么着哑巴就站在了山圪梁上了。对面的铜锣还在敲，哑巴举起了脸盆，举起了火柱，张开了嘴，她敲响了：

"当！"

新脸盆儿上的碎瓷裂了，哑巴的嘴张着却没有喊出来，"当！"裂了的碎瓷被火柱敲得溅起来，溅到了哑巴的脸上，哑巴嘴里发出了一个字"啊！"接着是一连串的"当当当——""啊啊啊——"从山圪梁上送出去。哑巴在喊叫中竭力记忆着她的失语，没有一个人清楚她的伤感是抵达心脏的。她的喊叫撕裂了浓黑的夜空，月亮失措地走着、颠着，跌落到云团里，她的喊叫爬上太行大峡谷的山骨把山上的植被毛骨悚然起来。直到脸盆被敲出了一个洞，敲出洞的脸盆儿喑哑下来，一切才喑哑下来。

哑巴往回走，一段一段地走。回到屋子里把门关上，哑巴才安静了下来。哑巴知道了什么叫轻松，轻松是幸福，幸福来自内心的快乐的芽头儿正顶着哑巴的心尖尖。

六

韩冲赶了驴帮哑巴收秋地里的粮食。驴脊上搭了麻绳和布袋，韩冲穿了一件红色球衣牵了驴往岸山坪的后山走。这一块地是韩冲不种了送给腊宏的，地在庄后的孔雀尾上，腊宏在地里种了谷。齐腰深的黄绿中韩冲一纵一隐地挥舞着镰刀，远远看去风骚得很。看韩冲的人也没有别的人，一个是哑巴，一个是对面甲寨上的琴花。琴花自打那天听了哑巴说话，琴花回来几天都没有张嘴。琴花想，哑巴到底不是哑巴，不是哑巴她为啥不说话？琴花和发兴说。

发兴说："你不说没有人说你是哑巴，哑巴要是会说话，她就不叫哑巴了，人最怕说自己的短处，有短处由着人喊，要么她就是个傻子，要么就像我一样由了人睡我自己的老婆，我还不敢吭个声。"

琴花从床上坐起来一下搂了发兴的被子，说："说得好听，谁睡我了？我还不是为了这个家，你少啥了？到有你张嘴的份儿了！你下，你下！"琴花的小短腿小胖脚三脚两脚就把发兴蹬下了床。发兴光着身子坐在地上说："我在这家里连个带软刺儿的话都不敢说，旁人还知道我是你琴花的汉们，你倒不知道心疼，我多会儿管你了？啥时候不是你说啥就是啥，我就是放个屁，屁眼儿都只敢裂开个小缝，眼睛看着还怕吓了你，你要是心里还认我是你男人你就拽我起来，现在没有别人，就咱俩，我给你胳臂你拽我？"

琴花伸出脚踢了发兴的胳臂一下，发兴赶紧站了起来往床上爬，琴花反倒赌气搂了被子下了床到地上的沙发上睡去。琴花憋屈得慌就想见韩冲，想和韩冲说哑巴的事情。

琴花有琴花的性格，不记仇。琴花找韩冲说话，一来是想告诉他哑巴会说话，她装着不说话，说不定心里沤着事情呢，要韩冲防着点；二来是秋蚕下来了，该领的都领了，怎么就不见你给我定的那半张？站在崖头上看韩冲粉房一趟，哑巴家一趟，就是不见韩冲下山。现在好不容易看到韩冲牵了驴往后山走了，就盯了看他，看他走进了谷地，想他一时半会也割不完，进了院子里挎了个篮子，从甲寨上绕着山脊往对面的凤凰尾上走。

韩冲割了五个谷捆子了，坐下来点了根烟看着五个谷捆子抽了一口。韩冲看谷捆子的时候眼睛里其实根本就看不见谷捆子，看见的是腊宏。腊宏手里的斧子，黄寡样，哑巴，大和他们的小儿子。这些很明确的影像转化成了一沓两沓子钱。韩冲想不清楚自己该到哪里去借？村干部王胖孩说："收了秋，铁板上定钉。"韩冲盘算着爹的送老衣和棺材也搭里了。给不了人家两万，还不给一万？哑巴夜里的喊山和狼一样，一声声叫在韩冲心间，韩冲心里就想着两个字"亏欠"。哑巴不哭还笑，她不是不想哭，是憋得没有缝儿，昨天夜里她就喊了，就哭了。她真是不会说话，要是会，她就不喊"啊啊啊"，喊啥？喊琴花那句话："炸獾咋不炸了你韩冲！"咱欠人家的，这个"欠"字不是简单的一个欠，是一条命，一辈子还不清，还一辈子也造不出一个腊宏来。韩冲狠狠掐灭烟头站起来开始准备割谷子。站起来的韩冲听到身后有沙沙声传过来，这山上的动物都绝种了，还有人会来给我韩冲帮忙？韩冲挽了挽袖管，不管那些个，往手心里吐了一口唾沫弯下腰开始割谷子。

韩冲割得正欢，琴花坐下来看，风送过来韩冲身上的汗臭味儿。琴花说："韩冲，真是个好劳力啊。"韩冲吓了一跳抬起身看地垄上坐着的琴花。琴花说："隔了天就认不得我了？"韩冲弯下腰继续割谷子，倒伏在两边的谷子上有蚂蚱蹦起蹦落。琴花揪了几把身边长着的猪草不看韩冲，看着身边五个谷捆子说："哑巴她不是哑巴，会说话。"韩冲又吓了一跳，一镰没有割透，用了劲拽，拽得猛了一屁股闪在了地上。韩冲问："谁说的？"琴花说："我说的。"韩冲拾起屁股来不割谷子了，开始往驴脊上放谷捆。韩冲说："你怎么知道的？"琴花说："你给我定的半张蚕种呢？你给了我，我就告诉你？"韩冲说："胡尿日鬼我，你不要再扯淡！咱俩现在是两不欠了。"

韩冲捆好谷子，牵了驴往岸山坪走。琴花坐下来等韩冲，五个谷捆子在驴脊上耸得和小山一样，琴花看不见韩冲，看见的是谷捆子和驴屁股。看到地里掉下的谷穗子，捡起来丢进了篮子里。想了什么站起来走到韩冲割下的谷穗前用手折下一些谷穗来放进篮子里，篮子满了，看上去不好看，四下里拔了些猪草盖上。琴花想谷穗够自己的六只母鸡吃几天，现在的土鸡蛋比洋鸡蛋值钱，自己两个儿，比不得一儿一女的，两个儿子说一说媳妇，不是个小数目，现在就得一分一厘省。

韩冲牵了驴进到哑巴的院子里，哑巴看着韩冲进来了，赶快从屋子里端出了一碗水，递上来一块湿手巾。韩冲摸了一把脸接过来碗放到窗台上，往下卸驴脊上的谷捆。这么着韩冲就想起了琴花说的话：哑巴会说话。韩冲想试一试哑巴到底会不会说话。韩冲说："我还得去割谷穗，你到院子里用剪刀把谷穗剪下来，你会不会剪？"半天身后没有动静。韩冲扭回头看，看哑巴拿着剪刀比画着要韩冲看是不是这样儿剪。韩冲说："你穿的这件鱼白方格秋衣真好看，是从哪里买来的？"哑巴不好意思地低下头，抬起来时看到韩冲还看着她，脸蛋上就挂上了红晕，低着头进了屋子里半天不见出来。韩冲喝了窗台上的水，牵了驴往凤凰尾上走。韩冲胡乱想着，满脑子就想着一个人，嘴里小声叫着："哑巴，红霞。"就听得对面有人问："看上哑巴啦？"

一下子坏了韩冲的心情。韩冲说："你咋没走？"琴花说："等你给我蚕种。"韩冲说："你要不害丢人败兴，我在这凤凰尾上压你一回，对着驴压你。你敢让我压你，我就敢把猪都给你琴花赶到甲寨上去，管她哑巴不哑巴，半张蚕种又算个啥！"

琴花一下子脸就红了，弯腰提起放猪草的篮子狠狠看了韩冲一眼扭身而去。

　　韩冲一走，哑巴盘腿裸脚坐在地上剪谷穗，谷穗一嘟噜一嘟噜脱落在她的腿上脚上，哑巴笑着，孩子坐在谷穗上也笑着。哑巴不时用手刮孩子的鼻子一下，哑巴想让孩子叫她妈，首先哑巴得喊"妈"，哑巴张了嘴喊时，怎么也喊不出来这个"妈"。哑巴低下了头嘤嘤哭了起来。哑巴的思想又回到了十年前，或者还要远。

　　哑巴小的时候，因为家里孩子多，上到五年级，她就辍学了。她记得故乡是在山腰上，村头上有家糕团店，她背着弟弟常常到糕团店的门口看。糕团子刚出蒸笼时的热气罩着掀笼盖的女人，蒸笼里的糕团子因刚出笼，正冒着泡泡，小小的，圆圆的，尖尖的，泡泡从糕团子中间噗地放出来，慢吞吞地鼓圆，正欲朝上满溢时，掀笼盖的女人用竹铲子拍了两下，糕团子一个一个就收紧了，等了人来买。弟弟伸出小手说要吃，她往下咽了一口唾沫，店铺里的女人就用竹铲子铲过一块来给她，糕团子放在她的手掌心，金黄色透亮的糕团子被弟弟一把抓进了嘴里烫得哇哇喊叫，她舔着手掌心甜甜的香味儿看着卖糕团子的女人笑。女人说："想不想吃糕团子？"她点了一下头。女人说："想吃糕团子，就送弟弟回去，自己过来，我管饱你吃个够。"她真的就送回了弟弟，背了娘跑到了桥头上。

　　桥头上停着一辆红色的小面包车，女人笑着说："想不想上去看一看？"她点了一下头。女人拿了糕团子递给她，领她上了面包车。面包车上已经坐了三个男人了。女人说："想不想让车开起来，你坐坐？"她点了一下头。车开起来了，疯一样开，她高兴得笑了。当发现车开下山，开出沟，还继续往前开时，她脸上的笑凝住了，害怕了，她哭，她喊叫。

　　她被卖到了一个她到现在也不清楚的大山里。月亮升起来时一个男人领着她走进了一座房子里，门上挂着布门帘，门槛很高，一只脚迈进去就像陷进了坑里。一进门，眼前黑乎乎的，拉亮了灯，红霞望着电灯泡，想尽快叫那少有的光线将她带进透亮和舒畅之中，但是，不能。她看到幽暗的墙壁上有她和那个男人拉长又折断的影子。她寻找窗户，她想逃跑，她被那个男人推着倒退，退到一个低洼处，才看到了几件家具从幽暗处突显出来，这时，火炉上的水壶响了，她吓了一跳，同时看到了那个男人把幽暗都推到两边去的微笑，那个男人的眼睛抽在一起看着她笑。她哆嗦地抱着双肘缩在墙角角上，那个男人拽过了她，她不从，那个男人就开始动手打她——红霞后来才知道腊宏的老婆死了，留下来一个女孩——大。大生下来刚半年了，小脑袋不及男人的拳头大，红霞看着大想起了自己的弟弟。红霞在这个小村庄被禁锢的屋子里开始了一个女人的生长和怀念。她百般呵护着大，大是她最温暖的落脚地，大唤醒了她的母爱。红霞知道了人是不能按自己的想象来活的，命运把你拽成个啥就只能是个啥，她记忆着大和自己的成长，记忆着腊宏的拳头，她想人的记忆里要是能记起一些美丽的事情多好，然而，没有。后来是一件什么事情让她不说话了呢？她哆嗦了一下。

那是一座深宅老院，高高的院墙，厚重的大门，破落的房屋，一脚踏进这座老房子，红霞就出不来了，她成了比自己大二十岁的腊宏的老婆。她记得是一个晚上，是秋天的一个晚上，她晃悠悠地出来上厕所，看到北屋的窗户亮着。大睡下了，北屋里住着腊宏妈和他的两个弟弟。北屋里传出来哭声，是一个老妇人的哭声，她很好奇地走过去，看不见里面，听得有说话声音传出来。是腊宏和他妈。

腊宏妈说："你不要打她了，一个媳妇已经被你打死了，也就是咱这地方女娃儿不值钱，她给咱看着大，再养下来一个儿子，日子不能说是坏日子，下边还有两个弟弟，你要还是打她，就把她让给你大弟弟算了，娘求你，娘跪下来磕头求你。"果真就听见跪下来的声音。红霞害怕了，哆嗦着往屋子里返，慌乱中碰翻了什么，北屋的房门就开了，腊宏走出来一下揪住了她的头发拖进了屋子里。

腊宏说："龟儿子，你听见什么了？"

红霞说："听见你娘说你打死人了，打死了大的娘。"

腊宏说："你再说一遍！"

红霞说："你打死人了，你打死人了！"

腊宏翻转身想找一件手里要拿的家伙，却什么也没有找到，看到柜子上放着一把老虎钳，顺手够了过来扳倒红霞，用手捏开她的嘴揪下了两颗牙。红霞杀猪似的叫着，腊宏说："你还敢叫？我问你听见什么了？"红霞什么也不说，满嘴里吐着血沫子说不出话来。

还没有等牙床的肿消下去，腊宏又犯事了。日子穷，他合伙和人用洛阳铲盗墓，因为抢一件瓷瓶子，他用洛阳铲铲了人家。怕人逮他，他连夜收拾家当带着红霞跑了。卖了瓷瓶子得了钱，他开始领着她们打一枪换一个地方。腊宏说："你要敢说一个字儿，我要你满口不见牙白。"

从此，她就少言寡语，日子一长，索性便再也不说话了。

哑巴听到院子外面有驴鼻子打"特儿儿"的响声，知道是韩冲割谷穗回来了。站起身抱着睡熟了的孩子卧回炕上，返出来帮韩冲往下卸谷捆。韩冲说："我裤口袋里有一把桑树叶子，你掏出来剪细了喂蚕。"哑巴才想起那半张蚕种怕孩子乱动放进了筛子里没顾上看。掏出叶子返进屋子里端了筛子出来，看到黑得像蚂蚁的蚕蛹一躬一躬的，像电视里运动员劈腿的动作。哑巴把剪碎的桑叶撒到上面，心里就又产生了一种难以割舍的心痒。游走在外，什么时候哑巴才觉得自己是活在地上的一个人儿呢？现在才觉得自己是活在地上的一个人儿！心灵深处汩汩奔涌的热流，与天地相倾、相诉、相容，哑巴想起了小时候娘说过的话：天不知道哪块云彩下雨，人不知道走到哪里才能落脚，地不知道哪一季会甜活人儿呀，人不知道遇了什么事情才能懂得热爱。

哑巴看着韩冲心里有了热爱他的感觉。

七

蚕脱了黑，变成棕黄，变成青白，日子因蚕的变化而变化。眼看看一概肉乎乎蠕动的蚕真的发展起来，就不是筛子能放得下了。韩冲拿来了苇席，搭了架子，韩冲有时候会拿起一只身子翻转过来的蚕吓唬哑巴，哑巴看着无数条乱动的腿，心里就麻抓而慌乱，绕着苇席轻巧快乐地跑，笑出来的那个豁着牙的咯咯声一点都不像个哑巴。韩冲就想琴花说过的话："哑巴她不是哑巴。"哑巴要真不是哑巴多好？可不是哑巴她却又不会说话，不是哑巴她是啥！哑巴不看韩冲，看蚕。蚕吃桑叶的声音：沙沙，沙沙，像下雨一样，席子上是一层排泄物，像是黑的雪。

韩冲端了一锅粉浆给哑巴送。送到哑巴屋子里，哑巴正好露了个奶要孩子吃。孩子吃着一个，用手拽着一个，看到韩冲进来了，斜着眼睛看，不肯丢掉奶头，那奶头就拽了多长。哑巴看着韩冲看自己的奶头，不好意思地背了一下身子。韩冲想：我小时候吃奶也是这个样子。韩冲告诉哑巴："大不能叫大，一个女娃家要有个好听的名字，不能像我们这一代的名字一样土气，我琢磨着要起个好听的名字，就和庄上的小学老师商量一下，想了个名字叫'小书'，你看这个名字咋样儿？那天我也和大说了，要她到小学来念书，小孩子家不能不念书。我爹也说了，饿了能当讨吃，没文化了，算是你哭爹叫娘讨不来知识。呵呵，我就是小时候不想念书，看见字稠的书就想起了夏天一团一蛋的蚊子。"

韩冲说："给你的钱，我尽快给你凑够，凑不够也给你凑个半数。不要怕，山沟里的人实诚，不骗你。你以后也要出去和人说说话，哦，我忘了你是不会说话的。琴花她说你会说话，其实你是不会说话。"

哑巴就想告诉韩冲她会说话，她不要赔偿，她就想保存着那个条子，就想要你韩冲。韩冲已经走出了门。看到凌乱的谷草堆了满院，找了一把锄来回搂了几下说："谷草要收拾好了，等几天蚕上架织茧时还要用。"

说完出了大门，韩冲看到大爬在村中央的碾盘上和庄上的一个叫涛的孩子下"鸡毛算批"。这种游戏是在石头上画一个十字，像红十字协会的会标，一个人四个子儿，各人摆在自己的长方形横竖线交叉点上。先走的人拿起子儿，嘴里叫着鸡毛算批，那个"批"字正好压在对方的子上，对方的子就批掉了。鸡毛算批完一局，大说："给？"涛说："再来，不来不给。"大说："给？"涛说："没有，你不下了，不下了就不给。"大说："给？"涛学着大把眼睛珠子抽在一起说："给？"说完一溜烟跑了。韩冲走过去问大："他欠你什么了？我去给你要。"大翻了一眼韩冲说："野毛桃。"韩冲说："不要了，想要我去给你摘。"大一下哭了起来说："你去摘！"韩冲想，我管着你娘母仁的吃喝拉撒，你没有爹了我就是你的临时爹，难道我不应该去摘？韩冲返回粉房揪了个提兜溜达着走进了庄后的一片野桃树林。野桃树上啥也没有，树枝被害得躺了满地。韩冲往回走的路上，脑海里突然就有一棵野毛桃树闪了一下，韩冲不走了，仄了身往后山走。拽了荆条溜下去，溜到下套子的地方，用脚来回扫了一下发现正前方正好是那棵野毛桃树。韩冲坐下来抽了一根烟，明白了腊宏来这深沟里干啥来了。

来给他闺女摘野毛桃来了。

韩冲想：是咱把人家对闺女的疼断送了，咱还想着要山下的人上来收拾走她们娘母仨。韩冲照脸给了自己一巴掌，两万块钱赔得起吗？搭上自己一生都不富余！韩冲抽了有半包烟，最后想出了一个结果：拼我一生的努力来养你娘母仨！就有些兴奋，就想现在就见到哑巴和她说，他不仅要赔偿她两万，甚至十万，二十万，他要她活得比任何女人都舒展。

天快黑的时候，从山下上来几个警察。韩冲没有往自己身上想，抬头看了一眼，觉得不对。韩冲下意识就抬起了腿想跑，其实他不可能跑，往哪里跑？也不计划跑，就是下意识地抬了一下腿。两个警察闪了一下向鹰一样扑过来掀倒了韩冲，听到胳臂上的关节咔叭叭响，韩冲就倒栽葱一样被提了起来。一个警察很利索地抽了他的裤带，韩冲一只手抓了要掉的裤子，一只手就已经戴上了手铐。完了完了，一切都他妈的完蛋了。

审问在韩冲的院子里开始，韩冲的两只手铐在苹果树上，裤子一下子就要掉下来，警察提起来要他肚皮和树挨紧了。韩冲就挨紧，不挨紧也不行，裤子要往下掉。一个男人要是掉了裤子，这一辈子很可能和媳妇无缘了。苹果树旁还拴了磨粉的驴，驴扭头看着韩冲，驴想：不知道因为什么韩冲会和自己拴在一起。驴嘴里嚼着地上的草，嘴片儿不时还打着很有些意味的响声。

警察问了："你叫腊宏？"

韩冲说："我叫韩冲，不叫腊宏。我炸獾炸死了腊宏。"

警察说："这么说真有个叫腊宏的？他是否是四川过来的？"

韩冲说："是四川过来的。"

警察说："你只要说是，或者不是。你炸獾炸死了人？"

韩冲说："是。"

警察说："为什么不报案？"

韩冲看着警察说："是或者不是，我该怎么说？"

警察说："如实说。"

韩冲说："獾害粮食，我才下套子炸獾。炸獾和网兔不一样，獾有些分量不下炸药不行，我下了深沟里。那天我听到沟里有响声泛上来，以为炸了獾，下去才知道炸了人。把他背上来就死了。人死了就想着埋，埋了人就想着活人，就没有想那么多。况且说了，山里的事情大事小事没有一件见过官，都是私了。"

警察说："这是刑事案件，懂不懂？要是当初报了案，现在也许已经结了案，就因为你没有报案，有可能把你带走。你们这一伙愚蠢的家伙！"

韩冲傻瞪了眼睛看，看到岸山坪的几位长辈和警察在理论。

警察被这一帮"愚蠢的刁民"惹火了，抬起韩冲的裤带照着韩冲的头挥了过去，韩冲把头歪在树侧，弓起肩，牛皮裤带上的铁嘴儿抽在韩冲肩上"当，当"响。

韩冲斜眼看到岸山坪的人围了一圈，看到他爹拄了拐棍走过来，韩冲爹看到打韩冲，脸上霎时就挂下了泪水，韩冲一看到他爹哭，他也就哭了，抽泣着，脸上的泪水掉在溅满粉浆的衣裳上。韩冲说："爹，我对不住你，用你的棺材埋了人，用你的送老衣送了葬，临捎末了，还要让老公家带走，我对你尽不了孝了。爹呀，你就当没有我这个儿子算了。"

韩冲爹用拐杖敲着地说："我养了你三十年，看着你长了三十年，你娘死了十年，我眼看着养着个儿，说没有养就没有养，说没有长就没有长了？你个畜生东西！怨不得警察打你！"

韩冲看到王胖孩大步走小步跑的迎过来。边走边大声问："哪个是刑警队长同志，哪个是？"

看到韩冲旁边站着的警察赶快走过来一人递了一根烟，点了点腰说："屋里说，屋里说。"一干人就进了韩冲的粉房。

韩冲搂着苹果树，看身边的驴，耳朵却听着屋子里。屋门口围了好多大人小孩，屋外的警察走过来把他们驱散开，韩冲不敢扭头看，怕一下子扭不对了裤子会掉下来。就听得屋子里的人说："我们是来抓腊宏的，你把腊宏的具体情况说一下。"村干部说："这个腊宏我不大清楚，毕竟他不是我的村民，我给你们找一个人进来说。"村干部王胖孩走出来，踮着脚尖瞅了一圈岸山坪的人，指着韩冲爹很是神秘地说："你，过来。"韩冲爹就走了过来。王胖孩小声说："不是抓韩冲，误会了，是抓腊宏。逃亡在外的大杀人犯，炸死了，韩冲说不定还要立功。你进去反映一下腊宏的情况，如实的基础上不妨带点儿色。"重重拍了拍韩冲爹的脊背。

俩人走了进去，接下来的话就有些听不大清楚。隔了一会儿又听得有话传出来："真要是说上边查下来，你这个代表一级政府的村干部也得玩完。""是是是！"外面的人吵得乱哄哄的，有说腊宏是在逃犯，有说韩冲炸他炸对了，就把屋里的说话压了下去。听不见说话声，韩冲就看驴，驴也看他，互看两不厌。

　　韩冲想：驴就是安分，人就不如驴安分，驴每天就想着转磨道，太阳落了太阳升，太阳拖着时间从窗户上扔进来，驴傻傻地转着磨道想太阳闪过磨眼了，落下磨盘了，驴蹄踩着太阳了，摘了捂眼就能到苹果树下吃料了，青草儿青，青草儿嫩啊。驴也想韩冲，别看他平日里嘘呼我，现在和我一样儿拴在树上了，我的四条蹄子还可以动一动，他连动都不敢动，他一动旁边的那个人就用他的裤带抽他。哈哈，人和驴就是不一样，驴不整治驴，人却整治人，以前你韩冲嘘呼我，可算是有人要嘘呼你了，替我出了恶气。驴这么着想着就想叫，就想喊了。

　　"哥哦哥，哥哦哥，哥哦哥——"

　　驴不管不顾不看眼色地喊叫，带动着万山回应，此起彼伏，把人的说话声压了下去，良久方歇。

　　不大一会儿，粉房里的人都出来了。警察递给村干部韩冲的裤带，村干部王胖孩走过去给韩冲塞到裤襻里，紧了裤，韩冲才离开了紧靠着的苹果树。一个警察过来打开了韩冲的手铐，并没有放韩冲，而是让他从树上脱下手来，又铐上了，要韩冲走。韩冲知道自己是非走不行了。走到爹面前停下来，腿不由自主地跪下了，安顿了几句粉房的事情，最后说："哑巴的蚕眼看要上架了，上不去的要人帮助往上拣，她一个妇女家，平常清理蚕屎都害怕，爹，就代替我帮她一把，咱不管他腊宏是个啥东西，咱炸了人家了，咱就有过。"

　　韩冲爹说："和爹一样，嘴硬骨头软，一辈子脖子根上就缺个东西，啥东西？软硬骨头。"

　　韩冲抬了脚要下岸山坪的第一个石板圪台的时候，身后传来一声喊儿："不要！"

　　岸山坪的人齐刷刷把小脑袋瓜扭了过来，看到了哑巴抱着孩子，牵着小书往人跟前跑。

　　警察不管那个女人是什么样的女人，只管带了人走。韩冲任由推着，脑海里就想着一句琴花的话：哑巴她会说话！哑巴她真会说话！

八

哑巴手里拿着那张条子，走过去拽住村干部王胖孩。

哑巴比画着的意思是：你打了条子的，怎么说把人带走就带走了，要你这村干部做啥？

王胖孩说："说，说！你明明会说话，要我拐着弯子办事，你要是早说话，咱还用打条子？"

哑巴半天憋得脸儿通红了才憋出一个字："不。"

王胖孩说："那你现在是哪里在发声儿？"

哑巴就哭了，低着头看着自己的脚尖尖，十年了，哑巴失语了，很难面对一张嘴巴迎出一句话来，她的话被切断了，十年来过的日子可以用两个词来概括：疼痛和绝望。韩冲爹走过去拉了小书的手和王胖孩说："要她跟着个杀人犯逃命，还要说话，绝了话就好！"

外面传得哑巴会说话，但哑巴还是不说话。

韩冲爹找来村上的一个人要他来看一天粉房，他想进城里去看看韩冲。

韩冲爹说："你只用把火看好，不要让火灭了，火好粉才好干透，下来的粉面才不怕老浆臭，老浆臭的粉面不出货，还不够筋道，谁也不想要。午后喂一次猪，七八头猪要吃三桶粉渣，你做好这两项就好了，我搭黑就会回来。"

韩冲爹第二天就进了城里。在看守所里见到了韩冲，知道还在调查中。韩冲的雷管从哪里来的？琴花给的。琴花的雷管从哪里来的，发兴从矿上取回来的。发兴从矿上哪里拿的，从他的保管儿子的仓库里找的。这样下来一件事情就拉长了战线。现如今才调查到了矿上，发兴的儿也被看守起来了。

韩冲问他爹粉房的事情，他爹说："好好，都好。那哑巴是真会说话。"

韩冲说："会说话就好。"

韩冲爹瞅了韩冲一眼没吭声。

韩冲觉得有一句话憋在嘴里想说，却又不知道该怎么说，就说了："回去安顿哑巴，就说我要她说话！"

韩冲爹啥话也没有说，点了一下头扭身走了。

回到岸山坪，看到家户都黑了灯了，唯有粉房亮着灯，村人正把火上烤的粉往下卸，一块一块地打碎。村人的身影映在墙上像个小山包。一伸一缩的，在黑黝黝的山梁上看着这么点儿光亮，这么点儿晃动的影子，心里酸酸的，那个人就是我啊，我在替我儿子还债呢。

韩冲爹掏出两盒烟走进门放到磨顶上，说："小老弟，舀一锅浆拿两包烟，我搭黑了，你也辛苦了。"村人说："谁家里不遇个难事，说啥客气话嘛。"

韩冲爹觉得门外有个东西晃，反身走出去，看到是哑巴。韩冲爹看着哑巴半天说了一句："韩冲要你说话。"

月光下，哑巴的嘴唇嚅动着，她感到了一种前所未有的东西撞击着她的喉管，她做了一个噩梦，突然就被一个人叫醒了，那种生死两茫茫的无情的隔离随即就相通了。

秋天的尾声是悄无声息的。蚕全部上了架，蚕在谷草上织茧，哑巴看蚕吐丝看累了想到外面走走。因为长年闭门在家，很少到山间野地晃荡，深秋是个什么样子她还真是不怎么知道。山头上的阳光由赤红褪成了淡黄，抱了孩子站在崖头上望，看到所有在地里劳作的农民脸上挂了喜悦色彩。哑巴想，在地里劳动真好啊。四处看去，但见天穹明净高远，少许白云似有若无，望过去显得开阔而清爽。之后山风涌动凉意渐生。她在粉房里看着驴磨着泡软的玉茭从磨眼里碎成浆磨下来，就是看不到韩冲。看到岸山坪的人一挑一挑地往家挑粮食，就是没有韩冲。哑巴的心里颤颤的有说不出来的东西鲠在喉头。哑巴回头教孩子说话，哑巴说："爷爷。"

孩子说："爷爷。"

秋雨开始下了，绵绵密密地下个不停，泥脚、墙根、屋子里淤满霉味和潮气。天晴的时候，屋外有阳光照进来，哑巴不叫哑巴了，叫红霞，现在红霞看到外面的阳光是金色的。

吉祥如意

郭文斌

　　五月是被香醒来的。娘一把揭过捂在炕角瓦盆上的草锅盖，一股香气就向五月的鼻子里钻去。五月就醒了。五月一醒，六月也就醒了。五月和六月睁开眼睛，面前是一盆热气腾腾的甜醅子。娘的左手里是一个蓝花瓷碗，右手里是一把木锅铲。娘说，你看今年这甜醅发的，就像是好日子一样。六月看看五月，五月看看六月，用目光传递着这一喜讯。五月把舌头伸给娘，说，让我尝一下，看是真发还是假发。娘说，还没供呢，端午吃东西可是要供的。五月和六月就呼地一下子从被筒里翻出来。

　　到院里，天还没有大亮。爹正在往上房门框上插柳枝。五月和六月就后悔自己起得迟了。出大门一看，家家的大门上都插上了柳枝，让人觉得整个巷子是活的。五月和六月跑到巷道尽头，又飞快地跑回。长长的巷道里，散发着柳枝的清香味，还散发着一种让他们说不清的东西。雾很大，站在巷子的这头，可以勉强看到那头。但正是这种效果，让五月和六月觉得这端午有了神秘的味道。来回跑的时候，六月觉得有无数的秘密和自己擦肩而过，嚓嚓响。等他们停下来，他又分明看到那秘密就在交错的柳枝间大摇大摆。再次跑到巷道的尽头时，六月问，姐你觉到啥了吗？五月说，觉到啥？六月说，说不明白，但我觉到了。五月说，你是说雾？六月失望地摇了摇头，觉得姐姐和他感觉到的东西离得太远了。五月说，那就是柳枝吗，再能有啥？六月还是摇了摇头。突然，五月说，我知道了，你是说美？这次轮到六月吃惊了，他没有想到姐姐说出了这么一个词，平时常挂在嘴上，但姐把它配在这个用场上时还是让他很意外，又十分地佩服。自己怎么就没有想到它呢？随之，他又觉得自己没有想到这个词是对的，因为它不能完全代表他感觉到的东西。或者说，这美，只是他感觉到的东西中的一小点儿。

等他们从大门上回来，爹和娘已经在院子里摆好了供桌。等他们洗完脸，娘已经把甜醅子和花馍馍端到桌子上了，还有新下来的梨、大枣，在蒙蒙夜色里，有一种神秘的味道，仿佛真有无数的神仙在他们看不见的地方等着享用这眼前的美味呢。

爹向天点了一炷香，往地上奠了米酒，无比庄严地说：

> 艾叶香/香满堂/桃枝插在大门上/出门一望麦儿黄/这儿端阳/那儿端阳/处处都端阳//艾叶香/香满堂/桃枝插在大门上/出门一望麦儿黄/这儿吉祥/那儿吉祥/处处都吉祥……

接着说了些什么，五月和六月听不懂，也没有记住。爹念叨完，带领他们磕头。六月不知道这头是磕给谁的。想问爹，但看爹那虔诚的样子，又觉得现在打扰有些不妥。但六月觉得跪在地上磕头的这种感觉特别的美好。下过雨的地皮湿漉漉的，膝盖和额头挨到上面凉津津的，有种让人骨头过电的爽。

供完，娘一边往上房收供品，一边说，先垫点底，赶快上山采艾。说着给他们每人取了一碗底儿。然后拿过来花馍馍，先从中间的绿线上掰开，再从掰开的那半牙中间的 Hong 线上掰开，再从掰开的那小半牙上的黄线上掰开，给五月和六月每人一牙儿。他们拿在手上，却舍不得吃。这么好看的花馍馍，让人怎么忍心下口啊。可是娘说这是有讲究的，上山时必须吃一点供品。五月问为什么。娘说，讲究嘛，一定要问个子丑寅卯来。六月说，我就是想知道嘛。娘说，这供品是神度过的，能抵挡邪门歪道呢。六月说真的？娘说当然是真的。六月说，那我们每天吃饭都供啊。娘说，好啊，你奶奶活着时每天吃饭就是要先供的。

甜醅子是莜麦酵的，不用吃，光闻着就能让人醉。花馍馍当然不同于平常的馍馍了，是娘用干面打成的，里面放了鸡蛋和清油，父亲用面杖压了一百次，娘用手团了一百次，又在盆里饧了一夜，才放到锅里慢火烙的。一年才能吃一次，嚼在口里面津津的，柔筋筋的，有些甜，又有些淡淡的咸。让人不忍心一下子咽到肚里去。

接着，娘给他们绑花绳，说这样蛇就绕着他们走了。六月问为什么。娘说蛇怕花绳。六月就觉得绑了花绳的胳膊腕上像是布下了百万雄兵，任你蛇多么厉害老子都不怕了。绑好花绳后，娘又给他们每人的口袋里插了一根柳枝。有点全面武装的味道，让六月心里生出一种使命感。

五月和六月在雾里走着。在端午的雾里走着。六月不停地把手腕上的花绳亮出来看。六月手腕上是一根三色花绳，在蒙蒙夜色里，若隐若现，让人觉得那手腕不再是一个手腕。是什么呢，他又一时想不清楚。六月想请教姐姐五月。可当他看见姐姐时，就把要问的问题给忘了。因为姐姐在把弄手里的香包。六月一下子就崩溃了。他把香包给忘在枕头下面了。六月看着姐姐五月手里的香包，眼里直放光。六月的手就出去了。五月发现手里的香包不见了，一看，在六月手上。六月看见姐姐的脸上起了烟。忙把香包举在鼻子上，狠命地闻。五月看见，香气成群结队地往六月的鼻孔里钻，心疼得要死，伸手去夺，不想就在她的手还没有变成一个"夺"时，六月把香包送到她手上。五月盯着六月的鼻孔，看见香气像蜜蜂一样在六月的鼻孔里嗡嗡嗡地飞。五月把香包举在鼻子前面闻，果然不像刚才那么香。再看六月，六月的鼻孔一张一张，蜂阵只剩下一个尾巴在外面了。五月想骂一句什么话，但看着弟弟可怜的样子，又忍住了。就在这时，香包再次到了六月手里。六月一边往后跳，一边把香包举在鼻子前面使劲地闻，鼻孔一下一下张得更大了，窑洞一样。五月被激怒了，一跃到了六月的面前，不想就在她的手刚刚触到六月的手时，香包又回到她手里。

嘿嘿。五月被六月惹笑了。这时的六月整个儿变成了一个大大的鼻子，贪在那里，一张一合。五月的心里又生起怜悯来。反正肥水没流外人田，要不就让他再闻闻吧。就把香包伸给弟弟。不想弟弟却摇头。五月说，生姐姐气了？六月说，没有，香气已经到我肚子里了。五月说，真的？六月说真的。五月说，你怎么知道到了肚子里？六月说，我能看见。五月说，到了肚子里多浪费。六月想想，也是，一个装屎的地方，怎么能够让香委屈在那儿呢。要不呵出来？五月说，呵出来也浪费了。

我可以呵到你鼻子里啊。六月为自己的这一发明兴奋不已。五月也觉得这是一个好主意。就把嘴大张了，蹲在六月的面前。六月就肚皮用力，把香气一下一下往姐姐鼻孔里挤。

但六月却突然停了下来。六月看见，姐姐闭着眼睛往肚里咽气的样子迷人极了。那香气就变成一个舌头，在五月的额头上亲了一下。

妈哟，蛇。姐姐跳起来。六月向四周看了看，说，没有啊。姐姐说，刚才明明有个蛇信子在我头上舔了一下。六月说，大概是蛇仙。五月说，你看见是蛇仙？六月点了点头。五月问，蛇仙长什么样儿？六月说，就像香包。五月看了看手里的香包，说，难怪你这么喜欢它，原来它成仙了。

做香包讲究用香料。五月和六月专门到集上去买香料。五月说她要选最香最香的那种。要把六月的鼻子香炸。六月说把我的鼻子香炸有啥用，我又不是你女婿。五月说，反正香炸再说。二人乐颠颠地向集上走去。

集上的香料可多了。五月到一个摊上拿起一种闻闻，到一个摊上拿起一种闻闻，从东头闻到西头，又从西头闻到东头。把整个街都闻遍了，还是确定不下来到底哪一个最香，拿不定主意买哪一种。五月犯愁了。这时，过来了一个比五月大的女子选香料，五月的眼睛就跟在她的手上。五月问六月，你看这个人像不像是新媳妇？六月看了看，屁股圆圆的，辫子长长的，像。五月说，那她买的，肯定是最香的。五月就按刚才那个新媳妇买的买了。

山上有了人声，却看不见人。五月和六月被罩在雾里，就像还没有出生。六月觉得今天的雾是香的。不知为何，六月想起了娘。你说娘现在干啥着呢？六月问。五月想了想说，大概做甜糕呢。六月说，我咋看见娘在睡觉呢。五月说你还日能，还千里眼不成，怎么就看见娘在睡觉呢。六月说，真的，我就看见娘在睡觉呢。五月说那你说爹在干啥呢？六月说，爹也在睡觉呢。五月说，我们走时他们明明起来了，怎么又睡觉呢。六月说，爹像是正在给娘呵香气呢。五月说，难道爹也把娘的香包给叼去了？六月说，大概是吧。

突然，六月说，那是我的香包。说着往回跑。五月一跃，像老鹰抓鸡似的把六月抓在手里，说，你走了，我怎么办？六月说，我拿了香包就回来。五月看了看六月，解下脖子上的香包给六月，说，我把我的给你。六月犹豫着，没有动手。五月就亲自给六月戴上。六月看见，胸前没有了香包的五月一下子暗淡下来，就像是一个被人摘掉了花的花秆儿，看上去可怜兮兮的。但他又没有力量把它还给五月。六月想，人怎么就这么喜欢香呢？是鼻子喜欢还是人喜欢呢？

然后他们去挑花绳儿。街上到处都是花绳儿，这儿一绺那儿一绺的，让人觉得这街是谁的一个大手腕。六月和五月每人手里攥着两角钱，蜜蜂一样在这儿嗅嗅，在那儿闻闻，还是舍不得花。直到集快散了，他们才不得不把那两角钱花出去。他们的手里各拿着五根花绳儿。那个美啊，简直能把人美死。

路上，六月问五月，你说谁的新媳妇最漂亮？五月说，你的啊。六月说，好好说啊。五月说，你说呢？六月说，要说，肯定是街的新媳妇最漂亮啊。五月一惊，看着六月，问，为什么？六月说，他的一个大胳膊上就戴了那么多的花绳儿，腔子上戴了那么多的香包，身上有那么多的香料，你说不是他还能是谁？五月把眼睛睁得像铜锣一样，贴向六月的脸，笑了一下，说，怪死了怪死了，你怎么有这样一个奇怪的想法，街怎么能娶新媳妇，要是街娶了新媳妇，那该是怎样的一个女子才配呢？六月说，你就配啊，我知道你想配呢。五月哈哈哈地大笑起来。那姐就是这个世界上最幸福的人了。六月说，那我就是街的大舅舅了。五月说，那我们就有用不完的花绳和香包了。

雾仍然像影子一样随着他们。六月的目光使劲用力，把雾往开顶。雾的罩子就像气球一样被撑开。在罩子的边儿上，六月看见了星星点点的人。六月给姐说，你看，他们早已经上山了。五月说，这些扫店猴，还扇得早得很。说着，二人加快了脚步，几乎跑起来。

到了一个地埂下，六月说，这不是艾吗？五月上前一看，果然是艾。一株株艾上沾着露水豆儿，如同一个个悄悄睁着的眼睛。五月看了看山头，说，他们怎么就没有看见？六月说，他们是没有往脚下看。五月说，他们为什么就不往脚下看？六月说，他们没有想起往脚下看。五月觉得六月说得对，欣赏地看着六月说，你就怎么想起往脚下看？六月说，我本来也想着山顶呢，我也不知道咋就往脚下看了一下。五月说，山上那些人多冤枉。六月说，但我还是想上山。五月说为啥，这里不是有艾嘛。六月说，我想看大家采艾，我也想和大家一起采。五月说，那姐采你看不就行了？六月说，你一个人采，有啥看头。五月说，可是万一路上碰上一个蛇呢？六月说，我们不是绑了花绳儿吗？我们不是吃过供了的花馍馍了吗？五月说，那就到山顶吧。五月想，其实她也想到山顶呢。人怎么就那么喜欢到山顶上去呢？脚下明明是有艾的，却非要上到山顶去。

五月缝香包时，六月就欺负她。噢噢，给她女婿缝香包着呢。噢噢，给她女婿缝香包着呢。五月追着打六月。六月一边跑一边说，养个母鸡能下蛋，找个干部能上县。但五月总是追不上六月。这连她自己都奇怪。平时，她可是几步就一把把六月压到地上了。后来，她发现自己其实是有私心的。她就是不想追上。她只是喜欢那个追。说穿了，是喜欢六月一边跑一边这么喊。羞死了，羞死了。六月跑一跑，停下来，把屁股撅给五月，用手拍拍。跑一跑，停下来，把屁股撅给五月，用手拍拍。五月就真羞了。就装作生气的样子回到屋里，把门关上。任六月怎么敲也不开。六月就在外面给他一遍又一遍地下话，一遍又一遍地保证不再欺负她。五月就好开心。她喜欢六月这样哄她。之前，每当六月欺负她，她总是像猫扑老鼠一样抓住他，拧他耳朵，听他告饶。但现在她不喜欢那样了。她觉得这样躲在门后听六月下话，感觉真是美极了。

上到半山腰，六月就跟不上了。六月说，姐，慢点行吗，我走不动了。五月回头一看，笑笑。这时，五月发现雾的罩子破了一条口子，从口子里看去，村子像个香包一样躺在那里。五月的舌头上就泛起一种味道，那是娘捂在盆里的甜醅子。五月想回家了。但艾还没有采上呢。这是一年的吉祥如意呢。五月就叫六月快走。不想六月索性蹲下了。

哎哟蛇。五月突然叫了一声，跑起来。六月在后面拼命追。不一会儿就超过姐姐，跑在前面，并且一再回头催姐快跑啊。跑了一会儿，五月的腿就不听话了。就索性一屁股坐在路上，出着粗气大笑。六月回头，看见姐坐在那里大笑，上气不接下气地问，你真看见蛇了？五月说真看见了。六月说，蛇是啥样的？五月说，就像个你。六月说，才像你呢，你就是一个美女蛇。五月说，你不是说一点都走不动了吗，怎么跑起来还比姐快。六月就看见他的心被姐的话划开了一条缝儿。是啊，当时明明走不动了嘛，怎么姐一声蛇，自己反而就跑到姐前面去了呢？

哎哟你看蛇。五月却坐在那里不动。六月装作真的样子跑了几步。回头看姐，姐还是坐在那里不动。五月说，娘说了，蛇是灵物，只要你不要伤它，它是不会咬人的。娘说，真正的毒蛇在人的心里。六月说，娘胡说呢，人的心里怎么能有毒蛇呢。五月说，娘还说，人的心里有无数的毒蛇呢，他们一个个都懂障眼法，连自己都发现不了呢。六月就信了，就在心里找。找了半天，也没有找到。最后，他发现问题不是有没有蛇，而是他压根就不知道心在哪里。问五月。五月也说不上来。六月的心里就有了一个问题。

娘说香包要缝成心形，心肩上吊三色穗子，心尖上吊五色穗子。一般情况下，每年的香包都是没有过门的新媳妇做好了让人送给婆家的。六月家没有没过门的新媳妇，就只能是娘和姐姐自己做了。这让五月六月心里多少有些遗憾。但五月比六月看得远，五月说，其实没关系，娘年轻的时候不也是咱们家的新媳妇嘛。六月一下子对五月佩服得了不得。六月说是啊，可是她是谁的新媳妇呢？五月都笑死了。五月说，你说是谁的？六月想了想，没有想出个所以然来。五月说，爹啊，你这个笨蛋，明明是爹的新媳妇啊，还能是别人的不成？六月恍然大悟。经五月这么一说，六月突然觉得娘和爹之间一下子有意思起来。还有五月，今年已经试手做了两个香包了。娘说，早学早惹媒，不学没人来。五月就 Hong 着脸打娘。娘说，男靠一个好，女靠一个巧，巧是练出来的。五月就练。一些小花布就在五月的手里东拼拼西凑凑。

但六月很快就忘了这个问题。因为五月真的看见了蛇。六月从五月的脸色上看到，这次姐不是骗他。五月既迅速又从容地移到六月身边，把六月抱在怀里，使劲抓着六月的手。然后用嘴指给六月看身边的草丛。六月就看见了一个圆。姐弟二人用手商量着如何办。六月说，我们的手腕上不是绑了花绳儿了吗，我们不是吃了供过的花馍馍了吗？五月说，娘不是说只要你不伤它它就不会伤你吗？六月说，娘不是说真正的蛇在人的心里吗？难道草丛就是人的心？或者说人的心就是草丛？五月说，人心里的那是毒蛇，说不定眼前的这条不是毒蛇呢。这样说着时，六月的身子激灵了一下，接着，他的小肚那儿就热起来。五月瞥了一眼六月。六月的脸上全是蛇。

就在这时，那圆开始转了，很慢，又很快。当他们终于断定，它是越转越远时，五月和六月从对方身上，闻到了一种香味，一种要比香包上的那种香味还要香一百倍的香味。直到那圆转到他们认为的安全地带，五月和六月的目光相碰，然后变成了水，在两个地方流淌，一处是手心，一处是六月的裤管。

娘教五月如何用针，如何戴顶针。五月第一次体会到了用顶针往布里顶针的快乐，把针穿过布的快乐，把两片布连成一片的快乐。五月缝时，六月趴在炕上看。真是奇怪，这么细的一个针，屁股上还有一个眼儿，能够穿过去线，那线在针的带领下，能够穿过去布，那布经线那么一绕一绕，就连了起来，最后成娘说的"心"。有意思。手就痒了。就向姐要针线。拿我也试试嘛。娘说，男孩子不能拿针的。六月问为什么。娘笑着说，男孩子要拿大针呢。六月问啥叫大针。娘说，等你长大就知道。六月复又躺在炕上，在心里描绘那个大针。有多大呢？五月戴的是娘的顶针，有些大，晃晃荡荡的，针就不防滑脱，顶到肉里去，血就流出来。五月疼得龇牙咧嘴。六月急着给她找布包。娘却没事一样。娘说，这一开始，就得流些血。六月就觉得娘有些不近人情。再看娘手中的针，简直就像是她干儿子一样听话。它在娘手里就怎么那么服帖呢？

山顶就要到了，五月和六月从未有过地感觉到"大家"的美好。每一个人看上去都是那么可爱。即使是那些平时他们憎恶得瞅都不愿意瞅一眼的人。六月给五月说了自己的这一发现，六月悄悄说，我怎么现在就看着地生不憎恶呢。五月悄悄地说，我也是。

噢噢，噢噢。你看六月像不像一个新女婿。地生说。大家说，像极了。忙生说，还领着一个新媳妇呢，脖子里还挂着Hong呢。六月有些羞，又有些气，却没有发火。五月说，我们刚才看见蛇了。地生说真的？六月自豪地说，当然是真的。地生说，别吹牛了，如果真看见，早尿裤裆了。六月的脸就Hong了。

五月护短说，你才尿裤裆呢。如果是你，说不定都吓死了。地生说，如果是我，我就把它抓了烧着吃。五月说，吹老牛。地生说，不信你找一个来试试啊。白云说，闭上你的臭嘴，我奶奶说，蛇可灵呢，它能听见呢。我奶奶还说，蛇是不咬善门中的人的。地生问啥叫善门中的人。白云说，就是一辈子做好事的人家，还不吃肉，不吃有臭味的东西。白云接着说，我奶奶说，那时村子里发生蛇患，人们晚上想方设法关紧门窗，蛇也常常钻到被窝里，有许多人都被蛇咬死。唯独李善人每晚开着门睡大觉，蛇却从来不去找他。六月说，真的？我奶奶说，千真万确，说着，上前拿起六月的香包看。

喜欢就送你吧。六月没有想到自己会说出这么大方的一句话。白云惊讶地看着六月，就像是发现太阳从西边出来了。六月接着说，喜欢就送给你。白云说，真的？五月咳嗽了几声。不想六月还是说，真的。说着拿下来给白云。白云迟疑着接过，有点担当不起的样子，又有点不相信这是真的样子。

噢噢，白云是六月媳妇。噢噢，白云是六月媳妇。

地生和忙生拍着手喊。太阳就从六月和白云的脸上升起来了。

爹让六月舂香料。六月拿起石杵一舂，香料就捣蛋地跳出来。五月说让她试试吧。爹说女孩子不能干这个活的。五月问为啥。爹说不为啥。五月的嘴就噘起来了。不为啥又为啥不让人舂。爹拿过杵给六月示范。那香料一点儿也不捣蛋了。六月再试，它们还是跳出来。五月说，就那么点香料，都让六月糟蹋完了。爹一边往石窝子里捡跳到地上的香料，一边说，爹刚学时，也是这样，得摸索，说不清的。六月听爹刚学时也是这样，就大了胆子舂，直舂得香料在石窝子里乱开花。舂着舂着，那香料就服帖了。六月奇怪，当你小心翼翼地舂时，它反倒要跳，可当你不管它三七二十一，不怕它跳时，它反倒不跳了。这一发现让六月激动得头皮一阵阵过电，像是谁伸手一下子把他心里好多窗子都打开了。六月看五月，五月一脸的羡慕。六月就又心疼姐姐。有些事你是永远不能干的。突然，六月发现这家里是分着两派的，爹和他是一派，娘和姐是一派。你看，这娘教姐学针，却不让他学。这爹教他拿杵，却不让姐拿。莫非这杵，就是娘说的大针？

姐无望地看着他舂香料，终于觉得这事和自己无缘，就拿了花布开始缝香包。随着六月杵子的一上一下，屋子里渐渐地充满了香味儿。

雾渐渐散去。山上的人一点点清晰起来，就像一个个鱼浮出水面。六月东瞅瞅，西瞅瞅，心里美得有些不知所措。六月向山下看去，村子像个猫一样卧在那里。一根根炊烟猫胡子一样伸向天空。娘和爹还在睡觉吗？娘和爹多可惜啊，不能看到这些快要把人心撑破了的美。

不觉间，太阳从东山顶探出头来，就像一个香包儿。山也过端午呢，山也戴香包呢。六月想。再看大家时，大家就像听到太阳的号令似的一齐伏在地上割艾了。六月问姐姐为什么不等到太阳晒会儿把艾上的露水晒干了再采。姐姐说，这艾就要趁太阳刚出来的一会儿采，这样采到的艾既有太阳蛋蛋，又有露水蛋蛋。这太阳蛋蛋是天的儿子，露水蛋蛋是地的女儿，他们两人全时，才叫吉祥如意。六月奇怪姐姐怎么把太阳和露水说成蛋蛋。蛋蛋是娘平时用来叫他们的。姐姐这样一说，六月就蹲下来，拿出篮子里的刀子准备采艾。但是六月却下不了手。一颗颗玛瑙一样的露珠蛋儿被阳光一照，让人觉得它不再是露珠，而是一个个太阳崽子。六月一下子明白了姐姐为什么要用蛋蛋来称呼太阳和露珠儿。这样，一刀子下去，就会有好几个太阳蛋蛋死掉。五月说你发什么愣，还不趁着露珠蛋蛋刚醒来赶快采。六月说，我下不了手。五月问为什么。六月说，我觉得这露珠儿太可怜了。五月就扑哧一声笑了，我还以为是你觉得艾可怜呢，真是个二愣子。这露珠儿有什么可怜的。你不采，太阳一出来，它们也得死。它们就是这么个命。但是它们又没有死，明天早上，它们又会活来。六月想想也是。接着心里升起对姐姐的崇拜来。他没有想到姐会说出这么大的道理来。

但六月还是下不了手。姐姐又笑了，说，如果你觉得它们可怜，你可以先把它们摇掉啊，让它躺到地里慢慢睡去，你再动手啊。六月觉得这个主意好，就动手摇。不想又把六月的心摇凉了。这一摇，让六月看见了一个个美的死去原来是这样简单的一件事。他第一次感到了这美的不牢靠。而让这些美死去的，却是他的一只手。六月看了看他的手，突然觉得它不单单是一只手，它的里面还藏着一些深不可测的东西，是什么呢？他又一时想不明白。但他又不甘心，这分明是我自己的手，怎么连自己都看不明白呢？六月第一次对自己开始怀疑起来。

六月开始采艾。采着采着，就把露珠儿的问题给忘了，把手的问题也忘了。六月很快沉浸到另外一种美好中去。那就是采。刀子贴地割过去，艾乖爽地扑倒在他的手里，像是早就等着他似的。六月想起爹说，采艾就是采吉祥如意，就觉得有无数的吉祥如意扑到他怀里，潮水一样。

一山的人都在采吉祥如意。

多美啊。

娘教五月如何往香包里放香料：把香料均匀地撒在新棉花上，然后把棉花装进香包里，然后封口。娘说，这样香包就既是鼓的，又是香的。六月问娘，为啥要鼓。娘笑笑说，就你问题多。你说为啥要鼓？六月说，叫我姐说。五月说，又不是我问的问题。六月说，鼓了我姐夫喜欢。五月就打六月。娘笑得嘴都合不上了。六月说，我看地生对我姐有意思呢。娘说，是吗，让地生做你姐夫你愿意吗？六月说，不愿意，他又不是干部。娘说，那你长大了好好读书，给咱们考个干部。六月说，那当然。等我考上干部后，就让我姐嫁给我。五月一下子用被子蒙了头。娘哈哈哈地大笑。六月说，就是嘛，我爹常说，肥水不流外人田，我姐姐为啥要嫁给别人家？娘说，这世上的事啊，你还不懂。有些东西啊，恰恰自家人占不着，也不能占。给了别人家，就吉祥，就如意。所以你奶奶常说，舍得舍得，只有舍才能得，越是舍不得的东西越要舍。这老天爷啊，就树了这么一个理儿。六月说，这老天爷是不是老糊涂了。娘说，他才不糊涂呢。

等地娘娘把他的女儿全部从艾上收去时，大家开始收刃。六月站起来，看见姐姐的花袄子被露水打得像个水帘。姐姐把他采的艾拿过去，用草绳束了，给他。然后用草擦刃子上的泥。太阳照在擦净的刃面上，扑闪扑闪的。姐姐翻了一下刃面，那扑闪就到了她的脸上。不知为何，六月觉得这时的姐姐就像一株艾。如果她真是一株艾，那么该由谁来采呢？六月被自己的这一想法吓了一跳。这一采，不就等于死了吗？可是，大家分明认为死是一件吉祥的事呢，要不怎么会有一山头的人采艾呢？六月又不懂了。

路上，六月看到别人采的艾要比他们姐弟采的多得多，就觉得他们家小孩太少了。六月突然想到，爹和娘怎么不上山采艾呢。问姐姐。姐姐说，因为爹和娘不是童男童女。六月问什么叫童男童女。姐姐想了想说，大概就是铜做的吧？六月觉得不对，分明是肉，怎么说是铜做的。六月问，不是铜做的为啥就不能采艾？五月说，不知道，爹这样说的，你看，这上山采艾的，都是童男童女。六月的脑瓜转了一下。不对，这童男童女，是没有当过新娘和新郎的人。五月被六月的话惊了一下，回头看路后边的人，发现真是这么回事。看弟弟，弟弟的神情是一个等待。五月用一个揽的动作表达了她的夸奖。六月就感到了一种童男童女的自豪和美好，也感到了一种不是童男童女的遗憾。

现在，六月和五月的怀里每人抱着一抱艾，抱着整整一年的吉祥，走在回家的路上，走在端午里。他们的脚步把我的怀念踩疼，也把我心中的吉祥如意踩疼。

淡绿色的月亮

须一瓜

一

不是谁都能看到淡绿色的月亮的，它只是有的人在有的时候能够看到。

芥子在那天晚上看到了。她是在钟桥北的汽车里看到的。桥北到机场接回了回娘家一周的芥子。然后，他们停好汽车，手牵手开门进屋。桥北在开门的时候，顺势低头吻咬了芥子的耳朵。

保姆睡了。她把房间收拾得很干净，能发亮的物件都在安静地发亮。玄关正对着大客厅外的大落地窗，阳台上的风把翡色的窗帘一阵阵鼓起，白纱里子就从翡色窗布的侧面，高高飞扬起来。卧室在客厅侧面隐蔽的通道后面。

芥子的头发还没吹干，桥北已经在床上倒立着等她了。说是倒立健脑，桥北还有很多健身的方式，比如，每天坚持的两千米晨跑，周末三小时的球类运动。桥北无论生活还是工作，都充满创意。比如，做爱。近期，桥北在玩一种花生粗细的红缎绳。芥子叫它中国结，桥北不厌其烦地纠正说，叫爱结。红缎绳绕过芥子的漂亮脖颈，再分别绕过芥子美丽的乳房底线，能在胸口打上一个丝花一样的结，然后一长一短地垂向腹深处。桥北给全裸的芥子编绕爱结的过程，也是他们双方激情燃烧的美妙过程。芥子喜欢这个游戏。

入睡的时候大约是十二点。芥子一直毫无睡意，起来服用安定的时候，她不敢看钟。再次醒来的时候，她第一感觉是谁在喊叫。有一只人高的小白兔站在她床前。眼睛很涩，她睁开眼睛马上又想闭上，可是，她突然打了个激灵，一下从床上坐了起来。

是的，不是做梦，真的有人站在她面前，手里有刀！桥北不在身边。那人脸上戴着小白兔面具，白兔一只耳朵翘起，一只耳朵折下来；客厅灯亮着。芥子一张嘴就想喊桥北，小白兔一下捂住了她的嘴，刀尖差一点就要扎在芥子的鼻子上。芥子闻到那只陌生的粗糙的手心上的汗味混合什么的怪味。

小白兔的表情始终是得了大萝卜的高兴表情，可是面具后面的人挥着刀，手势十分凶狠：敢喊，我就不客气！喊不喊？

芥子慌忙摇头。小白兔用力捏了下芥子的脸颊，拿开了他的手，但刀没移远。出去！那人说。

芥子下床。她穿着冰绿色的细吊带丝质睡裙，睡裙长达脚面，可是胸口比较低，所幸爱结还在脖颈上，松松垮垮地吊着，芥子觉得多少掩饰了一些空当。

桥北在客厅，他被绑在一张餐椅上，一个带着大灰狼面具的人站在他身边。没有看到保姆。一见到芥子，桥北就做了个没有食指配合的"嘘"的表情。芥子知道桥北要她安静、镇静，可是，芥子克制不住地颤抖、想哭，也想叫喊。小白兔晃了一下耳朵，大灰狼就过去拖过一张餐椅。大灰狼去拖餐桌椅的时候，芥子发现他是个不太严重的瘸子，不知想平衡，还是想掩饰，大灰狼用跳跃的方式行走。

大灰狼把椅子放在沙发前，离桥北四步远的地方。芥子被小白兔用力按坐了下去。大灰狼马上拿着不知从哪里拿出来的棕绳，要绑芥子。芥子尖叫起来，小白兔一巴掌就甩了上来，芥子噤声，转头看桥北。桥北没什么表情，似乎闭了下眼睛，还是要芥子安静的意思。芥子的一颗眼泪掉下来。大灰狼就把芥子的手熟练地反绑在后面了。桥北对芥子说，别紧张，没事，他们不是有困难，不会到我们家的。是吧？兄弟，看喜欢什么，你们拿好了，我们也不报警，只请你别伤害我们。

桥北的包、芥子的包、两人的手机都在沙发前的大茶几上。小白兔子示意大灰狼看好两人，他开始搜包，两人包内每一个夹层的东西都倒出来了，大小面额的钱、购物发票、优惠卡、会员卡、身份证、医疗卡、口红、粉盒、卫生护垫倒了一大摊，桥北的包竟然只有一个旧的电话本和一个摩托罗拉V998手机，和两块电池；小白兔在一个夹层中找到五十元和包着它的一张发票；芥子的包内东西占了一大堆，可是，这一大堆里的钱只有两百多元。桥北现在使用的黑包不在。

芥子在想幸好把两千元钱给了妈妈，还有桥北现在用的黑包肯定是落在车上了，这个是他已经不用的旧包呢。小白兔突然冲到桥北面前，一把揪起桥北的睡衣前襟：还有钱在哪儿！

桥北说，我也不清楚。包不是都翻了吗？三把手机你们都拿走吧，请把SIM卡留下好吗？

大灰狼瓮声瓮气地说，这手机当然是我们的。还有钱呢？

小白兔面具的眼睛窟窿位置，射出非常阴冷的光。显然他是主谋。你们俩住这样的房子，不是只有这点钱的人！快点！我没时间！

大灰狼面具嘴巴窟窿，能隐约看后面的人脸上有一副挺长的龅牙，人脸瓮声瓮气地说话，可能是想把牙齿遮盖得好一点，以至于养成了习惯。他说我大哥一旦见了血，就收不住手了。你们最好不要让他见血。

桥北说，到卧室的床头柜抽屉里看看吧。

二

歹徒是凌晨五时离去的。他们在用人房找到了被毛巾堵嘴、捆绑得快死过去的保姆。桥北说，他们大约是凌晨四时左右进来的。开门进来，钟桥北说他是在卧室卫生间听到客厅好像有异常动静，于是，走到通道观察的时候就和两名劫匪相遇了。月亮非常亮，西斜的月光洒过阳台，透过白纱窗帘，照在沙发上。小白兔和大灰狼的黑影就突兀在沙发前。然后他们扑了上来。

歹徒总共得到了五千二百元现金，其中五千是银行卡上根据密码到柜员机上连夜提的款；四万元航空债券，再过两个月到期；两个戒指、一条白金项链；三把手机，其中桥北的是才买一个月的商务通手机，价值近五千元。

警察接到报警电话就来了。先是两个，后来来了好几个，乱哄哄的。芥子想想就想哭。警察分别给桥北和芥子、保姆做了笔录，不同的警察，问的问题差不多，但是，他们还是一对一对地反复提问、记录。警察似乎越来越怀疑保姆，有关她的问题，问得越来越细。

钟桥北和芥子离开刑警中队的时候，已经十二点半了。保姆要稍后问完。他们就先走了。也许受了警察影响，钟桥北也开始分析保姆作案的种种可能性，但芥子不想参与分析，她不想说话。就是不想说话。桥北说，你怎么啦？

芥子小声说，很累。

两人到牛排馆随便吃了点午餐。桥北说，回家睡一下就好了。别难过。钱毕竟身外物。想开点，好吗。

芥子还是不想说话。桥北说，这案子你说能破吗？

一块牛排被芥子割得稀烂，她只是吃了一个煎鸡蛋。桥北已经明显感到芥子情绪低落。他动手用自己的叉子叉了一块牛肉往芥子嘴里送。芥子扭过头，不接。芥子说，他们都比你个子小很多，其中有个人是瘸子。

桥北愣了愣，可是，桥北说，他们手上有刀。对不对？

芥子点头。

桥北是当晚七时的飞机。飞大连，有个展览会。他不知道芥子午睡也失眠，芥子当时尽量不动地躺在桥北身边，桥北打呼噜的时候，她悄悄爬起来，一到客厅，凌晨四时发生的一切又历历在目。歹徒是开门进来的。她不知道桥北是和歹徒怎么遭遇的，她对她醒来的前面，一无所知。只是警察进门之前，他们说了几句。桥北说，我一看见陌生人，就什么都明白了。我马上说，你们要什么就拿吧。我不反对，大家出来混也都不容易。桥北说，幸好我反应快，开了灯我才发现他们手里有刀！

五时许，桥北提着行李出门。三分钟后，他又回来了。他说，你情绪很差，要不我叫我妹妹来陪你？芥子说不要。芥子不喜欢钟桥南，桥南是那种直爽和无耻分不清界限的人。

你开门。

芥子把防盗门打开。桥北进来，放下包，用力抱了抱芥子。你行吗？桥北说，我不放心。芥子说，你走吧，我不害怕。你快走吧，赶不上飞机了。

芥子是站在窗后看着桥北下楼后，穿过后围墙被人图走近道而拆毁的铁栅栏，走到马路对面的停车场的。桥北的确非常帅气，高大结实，开车的样子也像个赛车手。芥子站在窗前回忆，小白兔和大灰狼好像都和她差不多高，应该在一米六七左右。

保姆怨气冲天地煮了两份面条。她说她都快被坏人弄死了，到现在胳膊还在痛，那些警察到底会不会破案，一直问我们有什么用啊。她把面条放在桌上，就翻起衬衫给芥子看她被捆得发青的绳痕。

芥子说，要不要涂什么药？保姆哼了一声，说又没破。那两个坏蛋如果抓住了，我要亲口咬死他！芥子说，收拾好了，你早点睡吧。昨天没睡好。

芥子临睡前又把门和窗看了一遍。都是反锁反扣好的，如果没人配合，外面的人是进不来的。可是，芥子在床上还是翻来覆去睡不着。她爬起来，想象凌晨四时的情景。她先到卧室的卫生间。桥北站在卫生间听到了外面的异常动静，然后，他怎么走过两米多的通道呢？客厅里站着两个陌生动物，其中一个还匆匆调整了一下面具。桥北没有扑过去，如果扑过去会怎么样呢？桥北反应过人、孔武有力。可是，桥北没有扑过去，而是矮小的入侵者向高大的桥北扑来。

芥子开着灯，在沙发上久坐。保姆出来了，揉着眼睛说，为什么不睡呀，睡吧，没事了，你到自己房间把门反锁好就行了。要不要我陪你？

芥子忽然感到了真正的恐惧，谁是真正的敌人啊。芥子站起来，说，我没事，我这就去睡，你也睡吧。芥子连忙进了房间，把门反锁后又检查了两遍，整个晚上睡不好。

次日一早，警察上门请走了保姆。芥子吃过麦片，靠在沙发上竟然睡了过去，直到电话响起来。桥北说，你没事吧？

芥子想哭，可是她感到自己不想让桥北知道她想哭了。她说，我没事。飞机很顺利是吗？桥北说，很顺利，进城安顿下来太迟了，没敢去电话，怕吵你。芥子，听我一句话，钱是身外物，你别看不开。破财消灾，懂吗？

我知道。芥子低声说。她本来想说，这不是钱的事。但芥子说，那你什么时候回来？桥北说，七八天吧。有事打小王的手机，我都和他在一起。你记下他的手机号好吗？

芥子说好，你说吧。其实，芥子手上没有纸也没有笔。桥北在电话里三个三个一组地报号码，芥子三个三个地重复着，但什么也没记下来。

三

芥子到她的"芥子美剪"美发店的时候，早班的员工都到了，几个洗头工在叽叽喳喳地议论芥子家的事。因为昨天芥子跟师傅阿标说了几句，就到警察那里忙了大半天，一整天没过来看店。阿标手艺不错，就是见人就黏糊，店里的洗头小女工被他泡得争风吃醋，吵来吵去，可是，很多女顾客喜欢阿标料理头发。阿标的大腿会讲话，手上的剪刀不停，动作准确，腿上的膝头也善解人意地和女顾客促膝谈心。钟桥南最会骂阿标，可是，她指定阿标做她的头发，不管是剪还是染，非阿标不干，再迟也等。

钟桥南来做头发倒是都付钱的，她说亲兄弟明算账，可是，她要是带朋友来弄头发，就非常豪迈。走时，照例喊一声，多少钱？芥子照例说，算了算了，自家人你干什么呀？

钟桥南就说，那好吧。或者转身就对朋友说，怎么样，下次还来找芥子、阿标吧？我叫他们优惠。

芥子就笑着送客。阿标有时会撒娇，拦着不让桥南走。因为他是靠抽成的。他说，姐姐，我欠房租了，你不付钱苦了我啦，要不我晚上睡你身上？桥南伸手就狠捏阿标无肉的腮帮，阿标就顺势矮下来，杀猪一样叫唤：啊，姐姐！那你睡我吧！姐姐！睡我吧，怎么睡都行！

阿标一看到芥子进来，就拨开了身边的女孩，站了起来。他说，怎么样啊，老板？有希望破案吗？芥子说，天知道。反正都抢走了。阿标说，真的是好几万吗？芥子不想多说，她说，前天毛巾谁洗的，一股味道，客人提意见了。不是说过，这些小节要注意吗？阿标你查一下，扣钱。

正说着，桥南进来了。桥南像一个两头尖的大柠檬，她理着板寸头，金色的头发，穿着青黄色的大号T恤，下面是一条牛仔热裤，短得到了大腿根，衣服一盖，就像没穿裤子。阿标一见就哇哇大叫起来，姐姐，我受不了你啊，求你穿上裤子再来吧！桥南二话不说，一屁股坐到了阿标的腿上，还用力蹾了一下。

桥南说，怎么回事？芥子，我哥给我打电话了，让我来看看你。真是怪了，肯定是你保姆里应外合干的！

芥子虽说是嫂子，可是，桥南比她大四岁，平时都是桥南说话，没有芥子多说的份儿，芥子也不喜欢和桥南抢说什么。芥子说，警察还没破案呢，我也不知道是怎么回事。

桥南说，我分析呀，就是那个保姆。我平时看她就贼眉鼠眼的。他们带刀是吗？听说连脸都不敢露出来，肯定是熟人！芥子认为有道理。

他们怎么进来的，个子高吗？什么口音？桥南像侦探一样发问。芥子就她知道的部分，粗略地说了一下，因为她不愿意在店里谈这些问题，尤其是小工这么多的情况下。

桥南不管。桥南说，没错，那个保姆最值得怀疑。苦肉计嘛，谁都会！我早就跟我哥说过，芥子你记得吧，我早就说过换掉她。我哥那人，唉，傻×一个！平时整天跑步健身什么的，好像牛得不行，结果，真的来了劫匪，扯！和他们谈判！卖家求和！要是我啊，非和他们拼了不可！在自己家，谁怕谁啊，他们心虚得脸都不敢出来，要我先一把扯下它！再用凳子砸，动静一大，吓都把他们吓跑啦！

姐姐啊，你是孙二娘啊。怪不得我怕你。

桥南瞪了阿标一眼，去！闲着就给我洗洗头、吹吹。我没空和你啰唆。快点，用沙宣。

芥子说，可是，他们有刀。

刀？刀算什么？关键是他们做贼心虚！你一凶他们就软了，你反抗他们就怕了，他们还会用好刀吗？我哥腿那么粗，一脚就踢飞他的狗屁刀。天下歹徒都一样，唉，你们两个窝囊哪，尤其是我哥，真没劲！我要在你家，一棍子劈死他们！

正在给桥南满是泡泡的头发上抓洗的阿标，听了哧哧笑。

四

晚上回到家就十点半了。是阿标提醒芥子要不要先走，他来顾店，并说要不要送送她。芥子说很近路灯又亮，就先走了。保姆真的被警察留住了，接下去不知道会怎么样。想起保姆前一段和芥子聊天时说，看到什么什么地方的人，因为面对歹徒不肯交钱，结果被砍了二十多刀。真是不值得，人嘛，把钱看得比命还重是傻瓜。芥子说，是啊，命比钱重要。

现在回想起来，这保姆真的像同伙，是不提前做思想工作来着？芥子进屋，仔细检查门窗后，开始洗澡。关掉客厅的灯回卧室的时候，她发现客厅月光明亮。她站了一下，不由又站到了桥北听到动静后出来的位置，是啊，看客厅非常清楚，两个小个子歹徒目测是一目了然的。桥北说什么，他说他幸好反应快，马上就说，要什么你们拿去，你们出来混也不容易，喜欢什么就拿吧。

是这样说吗？是这样说的。后来开灯才发现，他们有刀。就是说，还没看见刀的时候，桥北就妥协了。对吗？

昨天凌晨的事态中，芥子有三次感到强烈委屈。一是，桥北说我不知道钱在哪儿，那一瞬间，芥子感到压力特别大。是啊，很多人家都是女人管钱的，也许歹徒家也是；后来，桥北让芥子指引歹徒到卧室床头柜开抽屉。

抽屉的钥匙在书房第三格书架的杂物盒里。小白兔解开芥子和椅子绑在一起的绳子，但还是反绑住她的双手。他要她带他们拿钥匙、开抽屉。在桥北无奈和鼓励的眼神下，芥子乖乖地带着他们取钥匙。就是这次，他们找到了银行卡和债券还有首饰。

他们重新回到客厅。这一次没有再把芥子和椅子绑在一起，小白兔让芥子坐在沙发上。他把银行卡拿在手上晃动，说，说出密码！

桥北和芥子互相看着。小白兔站起来，用刀在桥北的脖子上划了一下，芥子瞪大了眼睛。看上去不重，可是，有一颗血珠在桥北脖子划痕的下端慢慢大了起来。芥子又开始颤抖。桥北说，告诉他吧。

小白兔点头。似乎是赞同，也似乎是明白了：是这女人管家。

小白兔坐到了芥子身边。沙发陷了陷。芥子尽力挺直胸，想让衣服和身体接触密实，因为只要两肩一松，旁边人就很容易从胸口看到乳房，甚至透过乳沟看到小腹。桥北确实是不知道这张银行卡的密码，可是，芥子还是再次感到委屈。

芥子报出的是错误密码。小白兔看了芥子好一会儿，似乎在断定她有没有撒谎。芥子低下头。小白兔起身再次检查了桥北的绑绳，让大灰狼飞快地出门找柜员机提款去了。

小白兔更近地挨着芥子坐下。芥子想站起来，被他一把拽下，几乎跌在小白兔子怀里。再不老实，把你再绑到椅子上！芥子感到面具后面的人脸不怀好意地笑了一下。小白兔子重新把放在茶几上的刀拿在手上把玩。

别那样！桥北说，大哥，不是要什么都让你拿了吗？

小白兔这回笑出了声。真的吗？

他用刀尖把芥子脖子的爱结，小心翼翼地挑了出来，端详着，兔子的耳朵碰到了芥子的脸。芥子努力往后，小白兔突然用力使劲扯了红绳子一把，芥子栽向他，然后，他把爱结掉个头，长带放在脖颈后面，似乎换一个角度欣赏着，可突然从背后猛提起绳子。芥子的脖子一下被卡得火辣辣，舌头被勒得伸了出来。可是，小白兔马上把手松了。芥子剧烈咳嗽，她闭上眼睛。她觉得自己差点就死了。

小白兔又把红绳子掉转回头。芥子抖得无法克制，可是，她知道桥北救不了自己，所以就不肯睁开眼睛。小白兔坐在了芥子大腿上，然后不是用刀，而是用手，把爱结轻轻放回原来的地方。他的手食指少了一节，好像是被切断重长的，因此，指甲变形、指尖圆大得像个肿瘤。那手送红绳子进去后，就停在她的乳房上。芥子觉得，那只肮脏的手，停着，开始慢慢地用力，她不由全身绷紧了。就在这时候，门外响起了大灰狼的脚步声，小白兔像弹簧一样，高高跳离了芥子。

芥子睁大眼睛看桥北，桥北也大睁着眼睛看她。芥子大睁着眼睛，泪水就越过睫毛掉了下来。

芥子在月光明亮的客厅内走动，桥北的位置、她的位置、小白兔的位置，还有大灰狼的位置。她一一都走到位，停留，昨天晚上的一切历历在目。她到烘干的衣服里找到了爱结，看了很久，然后，找出剪刀，在茶几上，把它一节一节地剪碎了。

还是睡不着觉。什么人都没有的房间不时发出咔啪嗒的细微响声，像有人从隐蔽的角落出来，不慎碰到了什么。芥子感到害怕，而且越来越怕。她把灯打开，又把卧室的门锁检查了一遍。快十一点四十了。桥南本来说要来陪她睡，可是她不肯，说自己一点也不怕。现在，给谁打电话呢？没想到，她拿起电话就按了谢高的号码。

谢高说，是你。有事吗？

芥子说，噢，没事。听说你通知明天下午开业主会议？

是啊，居委会综治小组长都通知了吧。你自己来吧？要整治发廊秩序了，有些新规定。

我自己来。会开很久吗？

不会。说说整治计划，签个责任状就好了。你就这事啊？

嗯。我问问。那再见吧。

过了两分钟，电话响了。芥子以为是桥北，却是谢高的。谢高说，我知道你家出事了。钟桥北做完笔录出差了。你是不是一个人害怕？

没有。我不害怕。

你是害怕。要不我过去陪陪你？今天我值110。

我不害怕。

谢高很轻地叹了一口气，说，你自己关好门，我叫联防队员巡逻时多到你那段走走。好好睡吧，不可能再发生一次的。没这个概率。

五

谢高是这个辖区的治安警察，专门管特种行业的，什么发廊啊按摩院啊，洗脚城还有歌厅舞厅娱乐的。很多小业主都巴结他，可是谢高总是神情郁闷。他郁闷着脸到处转悠，看到不顺眼的张口就骂、抬脚就踢。今年特种行业放开了，不需要公安审批，申请人只要完成工商、税务登记什么的，就能开张。一时之间，这条街上冒出了十几家发廊，还不算小巷深处的。如果五十米内有六家发廊，你说靠什么竞争呢？实际上，这六家可能都不是发廊了，可能合起来，都找不到一个正规师傅，甚至一把剪刀。你叫它色情按摩院也对，尤其是偏远一点的小店。

在芥子美剪的后面拐角一个叫"情思"的发廊，水平不怎样，可是生意兴隆。每天都有几个乳房都快跌出小衣服的小姐，坐在店门口，飞着媚眼，打捞路过的男人。两对男女被突然行动的谢高他们逮个正着，两个正在从事色情摸弄的小姐都是包着毯子押出来的。阿标他们看到了。芥子后来问谢高为什么，谢高说，一穿上衣服，她们就什么都不认账了。没办法。

还是抓不过来。这个情思关了，还有更多的"情思"缠绵着开。谢高他们挺烦的，大骂工商闭着眼睛审批，根本不看市场需求，人为恶化治安环境；可是，工商那边也不含糊，说不是一切由市场调节吗？谁要管那么宽，经营不下去，自然就倒了。爱开谁开。

等黄了一条街的时候，人民群众当然大骂警察笨蛋，有人往市人大、政协写信，信访件一层层转下来，谢高他们就要一件件去文字说明情况。谢高就经常恼火，看到张店光线不良、李店小姐媚笑，甚至偷做隔间，就气不打一处来，态度十分恶劣。而他已经无权封他们的店了。

但是，谢高对芥子非常友好。芥子一向守法经营，芥子有阿标这样的小有名气的两位大师傅，还有两个小师傅，还有六名基本安分守己、技法熟练的洗头工，芥子还有一大群的固定顾客，因此，从来不给谢高他们添乱。认识谢高的时候，谢高还是责任区警察。两个喝多的东北人，一头撞进店内，开口就要小姐。值班师傅说这里没有，他们竟然就把师傅痛殴了一顿，把店里砸得乱七八糟。通过那事，来处理案件的谢高就认识芥子了。

同行竞争难免飞长流短，就有人说，芥子是靠谢高的保护伞发财的，说芥子和谢高关系很那个。芥子自己的员工有的也这么偷偷议论，有些洗头工流动性大，流来流去说只看见谢高在芥子面前会有笑容。芥子不管它，她爱桥北，桥北也知道，桥北从来不把发廊里那些东西当回事，比如，那个不男不女的阿标，而一个小警察，桥北就是听到什么，也断然不屑放在心上。他们互相认识，桥北对谢高十分客气，见面总说，谢谢老哥关照；谢高对桥北也非常礼貌，谢高对芥子说，你老公挺不错，又帅。

会议在街道办三楼小会议室开。谢高主持的，他们所领导也来了。街道分管治安的副书记、街道综治办主任及各居委会综治小组长都来了。美容美发行档小老板、小业主都来了。讲了辖区治安情况、讲了精神文明、讲了发案率，点名批评了不良发廊，表扬了包括"芥子美剪"在内的守法经营店家。然后，各家签下治安责任状，发誓保证本店文明守法，并积极检举揭发他店破坏治安的不正当竞争行为。举报有奖。

散会的时候，谢高叫住芥子帮他收拾会场。谢高说，晚上一起吃饭好不好？反正你保姆出不来了。

芥子说，我的保姆真的有问题？

你以为我们总是乱抓人吗？

芥子说，去哪儿呢？我是说吃饭。芥子突然很想和谢高待在一起，她否定是情感上寻找依靠，她认为她只是想知道一些关于这起入室抢劫案的内幕。所以，芥子说，我请你好吗？

谢高笑起来。好啊，你不怕别人说你拍我马屁？

我又不干坏事，我拍警察干吗？

谢高到所里换下警服，就和芥子一起走了。

六

"茉莉苑"是利用一栋旧别墅改建的酒家，外墙和内部装潢都非常温馨怀旧，就像别人的温暖的家的感觉。老板是个男人，打扮得像刚从高尔夫球场归来。看到谢高，奔过来就拥抱，好像久别重逢。谢高没有表情地和他拥抱一下。他们互相拍了拍对方的后背。原来这是谢高过去在这里做责任区警的朋友。谢高说有包间吗？拐角那个小间的。

老板看着芥子，暧昧地说有有有，给你留着呢。谢高也不怎么笑，说，菜快点上好吗？我中午没吃饭。芥子觉得谢高真的脸都郁闷，好像没什么人能令他愉快，不过谢高看到桥北真的非常友好，虽然他们毫无友谊可言，这样说来真是可贵。三楼拐角的小包间，是利用小阳台改建的，玻璃墙看出去就是微波荡漾的茉莉湖，垂柳弯弯的，扶桑花在水边的柳丛下，火一样，一团一团的。景致很深远。

这间还只能坐两个人。谢高说，喜欢吗？

芥子说，真没想到。以后我还来。她本来想说，下次我要和桥北一起来，可是话到嘴边就不想说了。谢高说，我喝点啤酒，你要不要？或者点果汁。芥子说，我也喝酒吧。

两人就没话了。芥子第一次单独和谢高一起吃饭，本来有很多话想说，可是，一时不知如何开口，只好等谢高问。她以为谢高会问前天晚上的事，可是，谢高不说话了，只是抽烟。

芥子尴尬起来。点菜的小姐怎么还不来？她说。

谢高说，不用点，他们知道我爱吃什么。你今天就陪我吃我爱吃的吧，好不好？钟桥北什么时候回来呀？

七八天吧。芥子说。谢高轻轻笑了，你老实说吧，昨天半夜打电话是不是吓到了？芥子摇头。谢高点头笑了笑。

我的保姆真的是一伙的？

我不知道。案件不是我办的，但他们不会抓错人的。

你是不是不想对我说真实情况？

你要知道什么真实情况？

我家的事。我不知道保姆说了什么？你们抓她是发现了什么不对头的地方吗？还有同案的人在哪里？

我真的不知道，即使我知道，可能也不便告诉你，因为现在案件还在侦查审理中。你别想这个事好不好？

小姐端来一个小瓦斯炉，原来全部是吃蛇。蛇皮蛇肉分开了，切装了十几个小碟，白的肉、黑花的皮，还有棕色的调味酱、芫荽、青瓜什么的摆了一桌。蛇骨不知怎么团成一个圆圈，正放在汤里熬。

谢高说，我听说过你吃蛇。吃吧，降火。你上火了。

芥子会吃蛇，但不爱吃蛇。谢高说她上火，她就想自己一直没睡好。谢高替她舀了蛇汤，然后把白白的蛇肉片放进沸腾的小锅中。等水一开，他就把烫熟的蛇肉放在芥子碗里，教她蘸着调味酱吃。

芥子说，如果歹徒是到你家，你会怎么样？

谢高惊讶地扬起脸，我？没想过。

那你想想吧。情况和我家的一样。两个小个子进来了，谢高你有多高？

一米七九，比你老公矮。

你家突然出现的两个歹徒，只有我这么高，有一个还是瘸子，不过他们手上有一把匕首，像一本书那么长，很尖。你会怎么办呢？

我不能回答好。也许我会本能地抵抗，制服他们；也许我被砍伤砍死了；也许我把钱给他们，就像你们做的那样。

你为什么要给他们钱？

因为他们可能丧心病狂，我不是对手。其实这个问题，一定要看具体的情景，你在当时会形成具体的感觉，并判断什么反应是最正确的。你为什么问这个？

要是我们就是不合作呢？

那我可能已经见不到你了。谢高笑了笑，你为什么一直问这种傻问题。告诉你，你碰到的歹徒是新手，如果是老手，早就搞定了，没必要拖那么久，危险性大大增加了。还被你蒙骗错误密码，来来去去的。

你知道案情呀。

快吃吧，清凉降火。我也饿了，你老问话，我才吃了两块。

过了一阵子，芥子忍不住又说，你真的会妥协吗？可你是警察啊！

警察也是人啊。别想这事了，案件有希望。办得快的话，东西都能找回来。谢高边说，一边站起来，不断往芥子碗里放烫熟的蛇肉。

如果我现在和你穿过茉莉湖，碰到歹徒，你会怎么办？

唉，又来了。打得过就打，打不过就给钱。如果还要人身侵害，比如劫色，只好和他们拼了。

但是，那时候你已经被打坏了，或者被绑起来了，因为你一开始就不反抗。

你能不能不说这个问题啊。要不，我们现在就下去走走，看看有没有歹徒出来，让我们实验一下？你这是怎么啦？

我觉得一般人都会认为和警察在一起比较安全。

看到谢高的脸色阴郁下来，芥子闭嘴。开始自己打捞蛇肉。谢高不再回答问题。芥子也不敢再问了。谢高后来意识到了什么，说，喝酒吧，芥子。我们说点轻松的，免得你晚上又睡不好。来，多喝点，晚上好睡觉。等会儿我送你回去，好吗？

七

桥北回来的前一天，案件告破了。办案刑警叫芥子前往指认。芥子其实认不清楚作案人的脸，因为他们始终戴着面具，她是凭他们的身形辨认的。大灰狼有点瘸，没错；小白兔的手很粗糙短小，左手的食指第一节缺失，而食指尖变得像蛇头一样尖圆。保姆确实和他们是一伙的，在警所，警察把戴着手铐的保姆带过芥子身边时，保姆冲着芥子笑，还想用手拉芥子，芥子惊叫一声。警察呵斥着保姆，推她走。

手机三把销赃出一把，是芥子的三星；首饰和航空债券都未及出手，现金5200元只剩几百元。警察说，要等开退赃大会的时候，一起领。

桥北在电话里知道案件告破非常高兴，说回来请警察吃饭。桥北回来的时候，直接进了家，然后给店里的芥子打电话，要芥子回来。芥子说，买点菜吗？每次从外面回来，你不是想吃稀饭？

桥北说，保姆不在不方便。我们上街找稀饭吃。

在无名指吃饭的时候，桥北说，我再给你买把手机吧。你高兴吗？等会儿就上手机店挑去。

芥子说好。桥北说，这件事把你胆子练大了。我本来以为你会不敢一个人待着。桥南却说你一点都不怕。

是谢高说，不可能再发生第二次的。

回头你跟谢高说，明天我请他和他的办案兄弟们喝酒。请他帮忙招呼。谢高人不错啊。他到我们家过吗？陪你？

没有。他让联防队员巡逻的时候，多巡我们这一带了。谢高说，如果那事发生在他家，他可能会抵抗，制服他们；也可能像我们一样，把钱给他们。

他毕竟是警察，和我们不一样。我要是警察，保姆她敢叫同伙来试试。

芥子说，要是你一开始就反抗会怎么样？

桥北停下来，看着芥子。芥子把眼睛转开了，看大街上。

一开始我冲过去了，我踢倒了一个。桥北说，可是我被茶几绊倒了，他们两个就扑过来，压住我。我的脖子被踩住了，后腰被踢了，第二天青了一片，现在都褪色正常了。我知道他们会玩命的，所以我说，要什么你们拿，别这样吓人，我不会报警。你吃了安眠药，你什么动静都听不到，等你出来就看到我被绑在椅子上了。对吗？

芥子点头。

谢高叫了两个承办刑警过来，其中一个是陶峰，是他的同学、好朋友。桥北也叫了公司两个朋友过来，因为在桥北走后，他们都很关心朋友妻子，桥北不在的时候，总是来电关心问需要什么帮助。

陶峰很爱说话。大家喝着酒，吃着螃蟹，吹着海风，听陶峰主说。原来是这样，保姆的丈夫就是小白兔，而大灰狼是保姆的亲弟弟，实际上就是姐夫和小舅子的搭档配。桥北公司的朋友笑着说，原来两匪互为中纪委啊。大家笑，桥北也笑。芥子看到，谢高看了她一眼。谢高本来就不喜欢笑。芥子也没有笑，她在想那只曾经放在她乳房上的手。这一节，做笔录的时候，第一次她有含糊说到，第二次以后，就不愿意再说了，每次都跳过去。她也不知道为什么。桥北当然看得很清楚，但是，桥北会说吗？应该也不愿说。

如果他们不是姐夫小舅的搭档配，接下去会发生什么呢？芥子突然一阵反胃，呕了一把，她慌忙用手堵嘴。耳朵下的皮肤和手臂外侧，激起一片鸡皮疙瘩。桥北说，你没事吧？

桥南说，食物中毒啰！说完自己哈哈大笑。芥子也笑了笑，说，吞了一个甲锥螺了。桥北拍了拍芥子的背，说，好，算我们补钙。

大家喝了酒，随便一句话都滥笑。谢高喝了很多酒，但很少笑。

晚上芥子又是失眠。她以为桥北睡着了，便爬起来吃药。以前桥北总是一沾枕头就睡的。可是，今天芥子刚吞下药的时候，桥北背对着她说，我给你按摩一下，好吗？

芥子有点反应不及，说不出话来。桥北从来没有躺下这么久没有入睡的。所以，芥子说，你怎么没睡呀？

你怎么又服药呢？桥北说，你不是说是偶尔一两次吗？或者喝浓茶、做爱太兴奋。昨天我们没有做爱，可是你也服了，我并没睡着；今天也是，你怎么又服呢？你这样会上瘾的。

我不知道。越急越睡不着，所以我就……

我走的这八天，你是不是天天失眠？我看到你的药瓶了，一下少了那么多。

芥子爬到床上。桥北伸出胳膊把她搂向自己：我告诉你，你不能这么脆弱。这事已经过去了，永远过去了。没有什么大不了的，大部分东西不是都在吗？

芥子点头，说，我没有想这事了。

那你刚才想什么？说真话。芥子看到桥北的眼睛闪烁着暧昧的意思，可是，她不需要。桥北开始抱紧她，芥子把他胸口推开，说，我头发晕。桥北伸出手，手掌盖在她脸上，大拇指和无名指分别按摩她的太阳穴。我跟你说啊，芥子，人家说破财消灾，还有塞翁失马，焉知祸福，知道吗？我知道你不是小心眼的人，不是爱钱如命的人，你只是惊吓过度，对吗？现在我回来了，天天在你身边，你看，你伸手一摸，我就在你旁边，热乎乎的。你还担心什么呢？

如果，芥子在他手掌下面说，如果他们两个不是那种关系，你说，他们会怎么样？

谁？他们啊，反正钱是少不了的。怎么分赃是他们内部的事。

我不是说这个。

为什么要找难受呢？你这个傻瓜。现在不是一切都挺好？睡吧，要我抱着吗？如果再不睡，明天我开车会危险的。

八

开退赃大会的时候，桥北正好又出差了。骑着警用摩托的谢高在公安分局门口看到芥子，说，噢，退赃会。钟桥北呢？

芥子说，他出差了。谢高说，细软很多吧？上来。我送你的宝贝回家。

到宿舍楼，芥子邀请谢高上楼到她家去。谢高有点意外，几乎有点不好意思。他有点口吃起来，我，还有事，要不，我陪你上去一下。

新保姆到位了，可是还不是太利索，洗个水果又把盘子给打了。芥子赶紧去帮忙，她怕慢了，谢高要走。谢高在她家走动着，四处观看，似乎非常欣赏。然后谢高就坐在沙发上，就是那天晚上芥子和小白兔并肩坐的位置。

挺漂亮的，你家。谢高说。

芥子说，陶峰那人很有趣啊。你们两个很合得来呀。

我们当年住在一个宿舍。他很讨女孩子喜欢，也很能干。

我还不知道你是调过来的，我还以为你和陶峰他们一样，是分配过来的。调过来不容易吧？

在那边混不下去了，死活得调过来。再不容易卖人卖血也得调。

现在你坐的位置，就是那天晚上我坐的位置，那里的窟窿就是被刀扎的。桥北在那儿，他被绑着和椅子连在一起，不能动，站不起来了。后来，一个歹徒坐在我身边。

谢高眼睛一眨不眨地盯着芥子，芥子突然明白，谢高什么都知道，于是她停了下来。谢高开始吃阳桃，他小心地用小叉子，一片片叉起来送进嘴里。芥子看着谢高。谢高说，你来一片？很甜。

芥子说，要是那两个人不是姐夫和小舅子，你说会发生什么？

你比我清楚。谢高说。

我不要这个结果。我们真的什么也不能改变吗？

谢高叹了一口气。你是我见过最固执的女人了。想听警察的忠告吗？警察从来不鼓励受害人蛮干硬顶，尤其是力量悬殊的时候。生命是无价的，最值得珍惜的只有它。美国警察告诉市民，身上最好放一点小钱，是的，就是花钱消灾用的。你可以尽量记住犯罪人的特征，随后报警，为警察提供最好的线索。要知道，你是老百姓，首先要爱护自己。

那见义勇为怎么办？报纸上还不是总是报道那些不畏强暴、勇敢的人。

那是报纸。不过，我从心底也敬重那些不畏强暴、见义勇为的人。可我是警察，警察要保护老百姓，所以，我们首先希望老百姓都能平安。

求你查个问题，好吗？

谢高说，只要我能办到。你说吧。

出事那天晚上，我因为用药，醒来之前发生什么事，我都不清楚。我很想知道前面的事。我想，你帮我了解一下好吗？

钟桥北不是醒着吗？

芥子点头。可是，我还想知道他们两个是怎么说的。有的事桥北也不知道。我想看他们的口供笔录。

看笔录，这不可能。你查问这有什么意义呢？你听不懂我的话，唉，我有点明白你是怎么回事了。但我真的不希望你这样固执。

你帮不帮我？你不帮我我就直接去找陶峰。

谢高不说话，看着芥子。你真的很傻。谢高站了起来。

芥子一把拉住谢高的手：帮我！好吗？悄悄的。

九

连续一周，芥子有空就给谢高打电话。谢高总说忙。芥子说，那你就在电话里告诉我，他们两个说了什么？

开始谢高说，他还没看笔录，后来说找不到陶峰他们，后来又说电话上不好说，其实情况就那样，和你知道的差不多。芥子就拿着电话不说话。谢高停了一下，说，你生气了？芥子还是不说话。谢高说，下午我来你店里吧。芥子说，我下午不去店里，到我家好不好？芥子是不愿意店员们听到什么，到店外说话，又怕大街上闲言碎语。

谢高犹豫了一下，说，我四点来吧。有变我打电话。

谢高很准时。才坐下，芥子就说，他们两个怎么说，是不是一致的？

差不多。大约凌晨三点半左右，保姆把门打开，然后，他们进了保姆房间，捆绑、堵毛巾，把床翻乱，椅子放倒，制造现场完，然后戴上面具。

谢高述说的时候，芥子慢慢把大拇指甲竖在唇边，她的眼睛睁得很大，她在咬指甲。

他们来到客厅，小舅子拔电话线的时候，碰倒了那盆龟叶菊盆上放的电蚊拍，之后，走到前面的姐夫把这个放杂志报纸的杂物夹给踢倒了。这时，卧室通道有光射出来，卧室开门了，随后，桥北走出来查看。桥北个子很大，小舅子想跑回保姆房拿忘在那里的刀。

他是瘸子。

对。关于这一节，两人供述不一致。姐夫说小舅子吓了一下，想逃跑，小舅子说是想去找刀。接下来供述又是一致的，姐夫一见桥北就马上扑上去了。桥北闪身说，别这样！我配合！想要什么你们就拿吧。这工夫，小舅子从后腰踹了桥北一脚，桥北身子一歪，他们两个趁势扑了上去，压住了桥北并捆绑。桥北很生气，桥北说，兄弟，你紧张什么？我不是让你拿吗？我也知道，你们不是有困难，不会来找我。大家都不容易，喜欢什么就拿吧。拿了就走。

捆好桥北，小舅子就赶紧去保姆房拿刀。姐夫接过刀，要小舅子看着桥北。他收拢客厅找到的你们的包和外衣，然后，姐夫提着刀往卧室走去。桥北大喊一声，钱都在包里！小舅子甩了桥北一巴掌。

谢高突然伸手打掉了芥子放在嘴里使劲嗞啃的手。芥子愣了愣，说，后来呢？

后来你醒了。发现两只大动物在你家。

那灯什么时候开的？我醒来时，客厅灯是亮着的。

我忘了注意了。亮着就亮着吧。也许他们控制了钟桥北胆子就大了。

他们两个真的都是那么说的？

口供基本相吻合。应该就是事实了。

那桥北是怎么跟你们说的呢？关于这一段。

基本差不多，区别在钟桥北说他一眼就看见了他们有刀，他感到极大的威胁。

我是说，桥北他有反抗吗？比如打他们、踢他们？

谢高又开始看芥子，他停下不说了。芥子说，我想听下去呀。

谢高说，我记不住了。钟桥北跟你是怎么说的呢？你说说，我也许能回忆起来。

我忘了。芥子说。你下次再帮我查看一下吧。

谢高轻轻地笑起来。你是傻瓜，这样做，你会后悔的。

芥子不说话。芥子后来说，你走吧。

谢高走后，芥子一个人坐在沙发上发了很久的呆，新保姆从厨房跑过来，迟疑地为她开了灯，又问要不要开电视。其实遥控器就在芥子手上把玩。芥子说，给我一杯冰橙汁吧。保姆说好，转身进厨房没十秒钟，只听当啷一声，她又把什么给打破了。新保姆上任一周，已经打破包括汤匙在内的六七样器皿了。芥子懒得进去，连问也不愿意。过了一会儿，新保姆脸涨得红红地出来，双手递过一杯冰橙汁，说，对不起，杯子滑掉了。芥子摇摇头，说，没事。

小白兔押着芥子去卧室开床头柜抽屉取东西出来，桥北说，喝点什么吧，冰箱有啤酒和橙汁，你们要吗？

歹徒没有搭理桥北。

大灰狼一瘸一瘸气急败坏地进来，说密码是错的！小白兔就把刀子一刀扎进真皮沙发上。他站在桥北和芥子之间：谁告诉我正确的？我只问一次！

桥北说，让她再想想！你们吓着她了。芥子！再想想！别紧张，钱赚了就是大家花的，对不对？你们二位喝点什么吧？让她想一想。

芥子竟然又报出了错误密码。当大灰狼第二次气急败坏一歪一歪地地冲进来时，还没说话，小白兔就一把将扎在沙发上的刀，拔了出来。

告诉他们！桥北低声喊，芥子！别孩子气！求求你了！

十

桥北经常冲着新保姆发脾气。那个有刀伤的棕色大沙发，他要求保姆去找一个好师傅，尽量不露痕迹地缝合好，可是，保姆找来的师傅，开价又贵脾气又大，还竟然把一块浅棕色的皮垫补了下去。看那沙发就像画上了一个嘴巴，比以前的伤口还醒目。桥北回家，站在沙发面前，瞠目结舌了好一会儿，猛然挥手，大吼一声：给我拆了！再不行，把沙发换了！新保姆当场要哭出来。

当他发现芥子屡屡失眠，而且再也找不到制作爱结的红缎绳时，他就经常一个人看电视到深夜，或者很迟回家。终于有一次，他问芥子，我们的红绳子呢？

芥子说，不知道。看到桥北有点锋利的目光，芥子说，也许保姆收到哪儿去了，或者会不会洗了被风吹走了？要不我们再买一条吧？

桥北不说话，但他再也不提红绳子的事了。

有一天，芥子独自在家看片子《纽约大劫案》，桥北回来，看了一眼，就走开了；后来有一次在音像制品店，两人发生小小争议，因为，芥子很想买《石破天惊》《生死时速》。桥北说，你别那么孩子气，美国拼命树立孤胆英雄只是为了票房价值。就骗你这样傻瓜的钱。你以为是真的？

又有一天，他们在家正吃晚饭，桥南带着儿子来了。然后报告社会新闻。桥南说，前天晚上在小伊甸园那个景区，一个大学生，遇到两个抢钱的坏人，就和他们打起来了，那个男学生被砍了十几刀，血淋淋地到一个公用电话报警，结果，警察在轮渡口把两个歹徒都抓住了。早上在出租车上听广播说，连医务人员都很感动。很多市民带着花篮、水果篮去看望那大学生，嗨，我想主要是老阿婆老阿公啦，谁那么有空。

他个子很大吗？芥子脱口而出。桥南说，我怎么知道？要不你也去看看那个勇士？哎，钟老哥，那天你要是反抗了，会不会也被砍十几刀啊，我的天哪，那我们家也出英雄啦！

桥北笑了笑，说，我已经被砍死了！我的傻老妹，你还想当英雄的妹妹啊。就你这样疯疯癫癫的，我真担心你儿子被你带傻了。小鱼头，跟舅舅过吧，舅舅带你坐飞机去，来，我们现在就去！

桥北把孩子抱到阳台上去了。桥南追了过去，声音又响又亮：想儿子自己生去！又不是生不动；生不动，小鱼头就送给舅舅舅妈好啦！

桥北的公司的岛外，那天晚上，桥北来电话，说有一担出口业务要谈，不回来了。芥子洗了澡早早上睡，胡乱看着电视，不知怎么就睡过去了。迷糊中，感到脖子发痒，翻了个身，痒的范围更大了。是有人在轻轻地抚摸她。

芥子睁开眼睛。是桥北躺在身边。对不起，桥北轻声说，我不想弄醒你的，可是，看你睡熟的可爱样子，无忧无虑的，忍不住想亲亲你，我马上就睡……

芥子把手伸给了桥北，抱住了桥北的脖子。你不是说不回来吗？

是的，桥北的脸在芥子的颈窝里，他像在呜咽一样地说，我改变主意了。芥子的敏感部位，桥北很清楚，但是，现在好像它们转移到桥北不知道的地方了。芥子不安了，小声说，对不起。桥北说，没关系。放松，你放松，慢慢放松，我等你。

芥子还是不行。越急越不行，她无法集中感觉。对不起。芥子说。桥北把她的嘴吻住了，一直摇头，示意她闭上眼睛。

现在行了，芥子说，你上来好吗？

芥子从卧室的卫生间出来，桥北把她搂在怀里：弄疼你了是吧？

没有。怎么会呢？

你骗不了我。你在假装。

不是这样。

就是这样。

第二天一早，桥北就走了。芥子醒来的时候，只看到他喝剩的奶杯，他最喜欢吃的大理石蛋糕，一点都没动。新保姆去买菜了。这是他们最后一次做爱。阳光洒在了芥子的床尾，芥子忽然想起那天晚上看到的淡绿色的月亮。

十一

桥北似乎开始千方百计地出差，把别人的活儿都揽过来做了。他南征北战地到处飞，接单、谈判、巩固客户关系，每一次都带小礼物给芥子，他们说话和以前一样的和气温馨，但是，他们和过去的生活有点不一样了。

谢高似乎也尽量回避芥子，芥子经常看不到他，有时他经过店里，也是例行公事地转转，就走了。芥子到底忍不住，那天，叫住了正要离开的谢高。

你欠我的事呢。

谢高不说话。芥子看他胸部深深地起伏了一下，知道他在叹气。晚上我请你喝咖啡，好吗？芥子说。谢高说，怎么说你才明白呢，你在糟蹋自己的生活啊！

你去不去？

几点？最好别在我们辖区。

在山楂树咖啡馆的水幕玻璃墙下面，他们坐在带绳索的摇椅上。面对面。芥子不喝咖啡，要了芦荟牛奶，换穿便衣的谢高不喝咖啡也不喝茶，只要了钻蓝色的蓝珊瑚，又要了红粉佳人冰淇淋。

谢高说，老实告诉你，我不想做那事了。案件卷宗我实在不想再去看。讲个故事给你听吧。芥子神情黯然，说我知道，你不愿意帮我了。你现在老回避我。

我回避你干吗呀，这不是小事一桩吗？这我就要回避，我当什么警察啊，比这麻烦讨厌的事多着呢，我回避得了吗。喂，听不听故事？

芥子看着谢高，谢高不等她表态，就说了。从前啊，沙漠上有一只聪明的猴子，它过着无忧无虑的快乐生活。可是有一天，它在一块大石头下面，突然看到一条毒蛇，猴子当场就吓晕过去了。它知道那块石头下面有条蛇后，每一次经过那里，都忍不住想翻开石头看看，可是，每次翻开石头，它都看见了那条毒蛇，结果，每次他都会被吓晕过去。即使这样，每次路过，它还是想看石头下面的东西……

你在说我。芥子说，我像个傻猴子，是吗？

原来的生活不是挺好吗？石头下面有什么和你有什么关系呢？不该探究的，就要学会放过去。你这个样子很折磨人。折磨男人，也折磨警察。

怎么会呢？我怎么会折磨……还，折磨到你？

对。你不了解我。你的确在折磨我。听我一句话，不要再看石头下面的东西了，好吗？那并不影响你的生活。

你不了解我的感受。那天晚上我多次想哭，不是因为害怕。你知道我的意思吗？我知道你懂很多东西，我看得懂你不说话的眼神，可是，你不明白我的感受。你真的不明白。因为你是男人。

我肯定明白。就是因为我是男人，我是警察，所以我太明白你的感受。可是，那没有意义呀。你真的就绕不过那块石头吗？

我不知道……女人总希望男人是勇敢的，他有勇气、有能力保护自己的家，保护自己心爱的一切。桥南都说了，那天晚上她在，她会一棍子劈死他们的。

谢高笑起来。桥南是个二百五，是个大三八，难道你不知道吗？谢高说完又笑，态度很轻蔑。芥子不再说话。谢高说，你有没有想过，那天晚上，如果桥北动手了，可能惹来杀身之祸，结果仍然是，他保护不了包括你在内的任何东西。这样的结果你愿意看到吗？

芥子摇头。不愿意，我爱他。芥子说，可是，我真的很想看到他不是那样……芥子想说窝囊，但不肯说出口，她说，我心目中的人和那天晚上的突然不一样了，就是不一样了，再也不一样了，我回不去了，我也不愿意这样，可是我回不去了……

泪水忽然就溢出了芥子眼眶。谢高把头转向窗外行人。

十二

怀孕太让芥子意外了。医生说去做孕检，芥子脱口而出：不可能！我没有……填化验单的医生很不友好地瞪了她一眼，想想，抬起头，又瞪了她一眼。小便化验是明白无误了。拿着报告单，芥子懵里懵懂地站在妇科门口，她在想肯定就是那次不愉快的做爱了，也就是他们最后一次的做爱。每次做爱都有安全保障的，但有时会出点技术偏差。

她本来就和桥北说好，过两年再要孩子，而现在纷乱心绪中，她更是一点思想准备都没有，胎儿来得太匆忙，不请自到，好像是来赶来弥合什么缝隙的，也许就像赶来补那个受伤豁口的沙发。这么想着，芥子更加难以适应。她给桥北打电话，桥北在上海，马上要飞去日本，可是，拨到最后一个号，她又放下了电话。

芥子突然想起来，一个月左右她因为感冒咳嗽，吃了一些药，还拍过X光胸透片。她打电话给桥南。桥南一听，就说，打掉！万一生个有毛病的，你们这辈子就完啦。马上打掉！我给你联系好医生。

芥子说，你哥要是不同意怎么办？

不可能！拍过X光的胎儿，要长恶性肿瘤的！他怎么会那么傻。我哥聪明人哪！再说，你要等他半个月从日本回来决定，就太大了。不行不行！我决定了。听我的，我这就联系一个非常好的医生。是我同学的妈妈。

桥南办事快刀斩乱麻，第二天就把芥子弄到妇产专科医院。等桥北回来，已经过去半个月了。桥北又带了礼物，每个人都有份，包括小鱼头的。桥北一直对小鱼头非常疼爱。看到桥北像没长大的男孩一样在反复端详小鱼头的礼物，芥子怎么也开不了口，她不敢说。第一天过去了，第二天晚饭后，他们一起到桥南家去送礼物。在路上，芥子开始担心桥南那个快嘴，肯定要告诉桥北，她想可能还是她自己先说比较好，可是，桥北在车上，一边开车，一边一直在接一个什么电话，听上去事情有点棘手，他在训什么人，有时声音很大。

芥子想在车上给桥南打电话，但马上觉得不可能了，桥北就在旁边。她一心指望能一到桥南家，就能悄悄拉过桥南请她干脆不要提那事。没想到，一进去，桥南就奔过来咋咋呼呼地喊，哈，老哥你要感谢我，你看芥子这小月子做得多好，这气色多水灵。我们小鱼头还亲自去给舅妈送过一只土鸡呢，儿子哎，快来看！舅舅给你带日本礼物来啦！

桥北瞪着眼睛看芥子，又看桥南。芥子说，那个，不行……

桥北根本没听明白，连芥子自己也不明白自己说了什么，但是，桥北点了点头，就脱鞋进去了。他和小鱼头一起拆礼物包装纸，然后，对着礼物，和小鱼头一起振臂发出"耶—耶！"的欢呼声，什么异常也看不出来。桥南说，我哥越来越不行啦，老啦，慈祥啦，想要小孩啦。桥北还是笑眯眯地和鱼头一起组装玩具。

桥南过去踢了桥北屁股一脚，哥！要是这次不流掉，你想要男的还是女的？

芥子紧张得不敢呼吸。可是，桥北笑嘻嘻地说，当然是儿子，不过女儿也不错。我会有一个漂亮的女儿的，芥子会把她打扮得像小天使，对吗？桥北回头看芥子。芥子连连点头。

回去的路上，桥北一句话也没有说。他一直专注地开车，好像车上只有他一个人。芥子感到了巨大的压力，可是，她不知道压力从哪里来，桥北的反应，让她完全不适应，甚至她有点侥幸地推想，桥北也许也根本没有要孩子的思想准备，这事可能就这样过去了。

到家后，芥子洗了就到床上去了，桥北在客厅看大电视，好像在频繁换台；芥子在卧室看小电视，本来想选个DVD好片子看，又觉得心里毛躁，就没看；桥北一直没进来，也不洗澡，他接了两个电话，大约在十二点的时候，把电视关了，芥子以为他接下来会进卧室，或者去冲澡。可是，电视声音一停，客厅非常安静。

芥子起床，轻轻走到门口，走到通道口。桥北头枕着两臂，仰面躺在沙发上，眼睛在看天花板。芥子走到他身边，桥北没动，芥子蹲在他身边，开始用手摸桥北的脸，头发。桥北闭上眼睛说，你把孩子流产了？

因为不知道怀孕，上次感冒吃了药，还拍了胸透……

芥子看着桥北，有点结结巴巴：他们说这样的孩子不好……会畸形……长肿瘤，我就……

为什么不告诉我？

怕你……生气……

孩子多大？

四十多天吧。

桥北坐了起来。可你的胸透是两个月前做的。我陪你去的，我记得时间，因为正好接了一个出口大单。

芥子也觉得好像真是两个月前做的。她困惑慌张地看着桥北。

你是故意的，你不想要我的孩子。桥北站起来，走到窗前。芥子跟了过去，她站在桥北的后面。芥子说，我不是故意的，我知道这不好，但我不知道这么严重，我只是……

桥北猛然转过身，眼睛喷火：你！你杀我的儿子！

不是这样，我真的不是……

芥子第一次看桥北眼眶里闪出泪光，她自己霎时也不住泪水直淌。

桥北一下就恢复了正常。桥北把手搭在芥子的肩头，他不是我的孩子，对吗？

十三

桥北连续八天都没有回来睡觉。他说公司事情太多，因为准备到大连参加一个投洽会。桥北岛外公司是有宿舍，但都是单身公寓，要是午睡，桥北都是睡在自己办公室沙发上。芥子到衣服柜里看了看，也看不出桥北有没有拿走衣服，平时这些都是保姆打理的。

但桥北几乎每天都会打个电话来，简单说了一两句。芥子觉得很奇怪，原来桥北也会在电话里简单说一两句什么，听起来特别体贴，现在好像话也差不多，可是，再也没有原来那种感觉。究竟是谁的问题呢。

这期间，芥子碰到谢高两次。一次是谢高到店里视察，芥子跟他笑笑。谢高说，老板，你可真憔悴啦。谢高就走了。芥子天天在镜子里看自己，因为店里到处是镜子，所以，她倒不觉得自己脸色异常。谢高走后，她悄悄叫过阿标。阿标，芥子坐在一张空椅子上，看着镜子：我最近很瘦吗？

芥子声音很小，阿标声音却很大，阿标说，不是瘦。是气色很不佳。你熬夜太多啦。两个正在焗头发、耳朵又尖的熟客就嗤嗤笑起来。阿标说，我请你去吃药膳吧，我请客，你买单。我保证挑一份最合适你的。

第二次碰到谢高是在街头大药房门口，人家不卖那么多的安定给芥子。一次只能给四片。芥子讲了一大堆谎言，无人采信。谢高正好就从马路对面过来。他看到了芥子。芥子如见救星。谢高一说，大药房主任就给了芥子一瓶。

桥北离家第九天的早上，芥子手机的短信息响了。她没看，磨磨蹭蹭起来洗漱吃饭，后来就忘了。她也没在店里待多久，照例打的到几个大商场闲逛。桥北这八天不在家，她至少买了四千元左右的衣服和皮鞋。也不知道为什么，就是要买，买。已经有两件，还没到家就送给店里的小妹了。

大约是傍晚的时候，她提着三袋购衣袋坐在巴黎春天的咖啡座上。这种设置在商场里夹层的咖啡房，大约专为购物狂休息小憩而设的。电话又响了。是谢高。谢高说，生日快乐。

芥子大吃一惊。谢高怎么知道，而桥北怎么忘了打电话，这两个问题交织在一起，使她脑子混乱，一下子什么也说不出来。最近是有点恍惚，她也忘了自己的生日。

芥子说，我想见你。你来找我好不好？我不给你添麻烦。

谢高说，你在哪儿呢，我来接你。我开着朋友的车呢。

谢高在巴黎春天的咖啡座上找到芥子时，一边走近一边就看见正看着他的芥子，脸上的泪水成串地跌落下来。谢高快到她面前时，芥子用双手掩住了脸。她非常安静，肩头也不抽动，谢高只看到泪水不断地顺着芥子的手往下流，流到咖啡桌上。

谢高说，到我车里去吧。谢高提起她脚边的购物袋。芥子就掩着脸，低头跟着走了。

早上就给你发了短信，祝你生日快乐。

芥子掏出手机，这才打开短信。芥子说，你怎么知道我生日？

不是让你们填过平安共建表吗？去哪里？

我不想回家。还去茉莉苑吧，不，去茉莉湖划船，我不想吃东西。

不，我要先吃饭，我饿了。在茉莉苑吃了饭，再去划船，万一碰到歹徒，我有点力气总好。芥子通过后视镜，看谢高不像是刺激她，可是，心里还是有点难受，想多了，又有点想哭。谢高非常敏感，他冲着后视镜说，你哭起来真难看。别再哭了。

谢高，你停一下好吗？

谢高瞪着后视镜，又干脆转过头来，看到芥子神色确实异常，就把车靠路边，停下。他转身看着后排座上的芥子。芥子说，抱我一下，好不好？我想有人抱抱我。谢高似乎想从车子中间跨过去，考虑个子太大，他跳下汽车，拉开了后车门。

谢高踏上车，芥子往旁边让了点，谢高抱住了芥子。芥子嘴一撇，终于爆发了。她把脸藏在谢高的怀里，非常失态地号啕大哭。谢高说，小声点好吗？让你哭够了再走。芥子哭得很痛快，把眼泪、清鼻涕流擦在谢高胸口一大片。爆发了一分钟，哭声渐渐小了下来，变成一串串轻轻的、呼吸不畅的抽噎。她呜咽着说，桥北……呜…可是……我还是…爱他的啊……

谢高眼神里是我知道的表情，可是他沉默着。

你知道选调生吗？谢高看着车窗外的行人，就是政府组织部门到大学考核后挑选出来的、认为品学兼优、具有绝对培养价值的大学生，可以说是凤毛麟爪、前程锦绣。我有一个同学，大学毕业时就是作为选调生分配在省公安厅，后来安排他先在一个基层单位锻炼。很多同学非常羡慕，他自己也很珍惜机遇，非常努力。没有多久，责任区群众对他好评很多。在一起追捕网上通缉犯中，他受伤了。手术的时候，辖区很多老百姓自发去看望他。送水果，送土鸡，熬营养粥，因为秩序不良，老百姓和护士还差点吵架。当年度，这个选调生就被评为区人民满意好警察，并记三等功一次。给一个新警察这样的荣誉是很少见的。他真是太走运了。

可是，现在，你想知道这个人怎样了？他早就放弃了锦绣仕途，甚至不愿再做警察。

十四

芥子停止了抽泣。谢高拧开一瓶矿泉水，递了给芥子。芥子喝了一小口，将水倒在纸巾上，开始洗脸。谢高默默抽着烟，散漫地看着打开的窗外。

芥子说，后来呢？他为什么要放弃这么好的开始呢？

谢高喝了几口水，似乎有些倦怠。芥子说，你把故事说完，好吗？芥子不想马上出现在餐厅，她不希望有人发现她哭过。谢高说，第二年的春末，那个选调生利用一个出差的机会，回老家去看望父母。当时，回程上火车的时候，他穿的是警服。本来非工作场所，大家都不会穿的，可是，那次没带换洗衣服，又嫌家里过去的衣服不好看，就又穿上出差用的警服。后来，他非常后悔。他说，如果那天我不是穿警服，情况肯定就不是那样了。就是说，如果他不是穿着警服，那么他现在还在省厅，肯定早就提拔了。因为起点本来就确实和普通警察不一样。

这个同学穿着警服上了火车。他是中铺。下铺是个好像生病的女人，由上铺的一个大学生模样的女孩在一路照顾她。他对面下铺和中铺，是一对退休的老夫妇，再上铺可能是个生意人。列车的终点站就是省城，晚上十二时到站。大约是晚上十一点左右，我同学坐在靠过道的窗前的翻夹椅上。忽然车厢就骚乱起来，那个同学站了起来，马上就有两个男人挥着刀，直冲他而来，一左一右站在他身边。同学看见车厢一前一后门都站着拿马刀的男人，还有三个人挥舞着枪，不知道是真是假的枪。有个女人尖叫了一声，但马上就被什么掐掉似的虎头蛇尾，突然就没了。

有个男声撕裂喉咙似的吼喊，都别动！谁动就打谁！

车厢里顿时鸦雀无声。站在那个同学左右的男人说，小警察，听好了！你不管，大家都好，你敢动，现在就试试！

两把刀都顶在他的腰上。回去后，他看见两侧都刺破了，有点血，但他说当时并不觉得痛。可他不知道他为什么就那么快就做出了决定。他说，好，我不动。但是这对母女，还有这对老夫妇都是我们领导的人，我必须完整带他们下车。

两个男人眼珠子交换了一下，一起点头说，行。你坐铺位里边去！

那个同学遵从了。车厢里的人，很多人都在看他，整个车厢安静极了。开始的巨大安静是迫于恐惧和震慑，后来的安静，这个同学明白，是因为期待和困惑。很多人被逼出钱后，还频频往他这边看，是的，他们和警察同车，他们有理由感到安全；在受到侵害的时候，他们有理由无法理解。他们不断看我们的同学这边，他们摘下首饰、交出钱包之际，都在往这边看。因为他们以为奇迹总会发生的，就像电影上演的那样。

可是我的同学，一动都没动。车厢像死亡一样安静，脸色惨白的人们就像在哑剧中。他听到咣当咣当的巨大的火车声几乎碾轧了一切。但他自己心脏，却在耳膜上像击鼓一样猛烈跳动。歹徒守信了，他们略过了他的上铺下铺，略过了对面的老夫妇，可是，他们照样洗劫了他对面上铺的那个像做生意的中年男子。中年男子的一个不起眼的黑塑料袋中，被歹徒搜出了可能有两万块钱。

那个同学很意外他有那么多钱，但他也没有动。

七八名歹徒动作很快，他们洗劫了除协定保护之外的所有乘客。只有一个有点酒意的乘客，因为配合动作慢，小臂上被划了一刀。

歹徒们在省城站的前一个小站下车，然后迅速消失在夜色中。同学一直站在窗前，他看着恶徒们的背影远去消失。随后，他身后就像发生了大爆炸，哭声、叫骂声、歇斯底里的尖叫声爆起。那个同学始终面对着车外，突然，有人用劲把他推倒了，他不知道是谁，回过头，看见中年男子，也就是那个像生意人的男人，把一瓶喝了一半的啤酒瓶，猛地摔砸在那个同学头上。血从头上流下来，没有人说什么，只有那个生病的女人有气无力地说，别打他，他只是一个人呀。

他听到非常多的声音：警察！这种见死不救的警察养着干吗！打死他！还有人喊出了警匪一家！说不定就是他勾结的！很多人在喊，有几个妇女把甘蔗段和鸡蛋摔在他身上。很多人围了过来。他们非常冲动，这种情况下，你不可能指望他们冷静。很多人扑了过来。愤怒像火山爆发，人们把财产损失、把所有的愤怒全部转泄到那个同学头上。那个同学事后说，好在空间小，要不打死我我觉得很正常。他们实在还没怎么解恨呢。

我的同学无话可说。他的肋骨被打断了两根，多处软组织挫伤，轻度脑震荡。他咳了很长时间的血。最后是他对面的两个老人哭着跪下来求大家住手，老人说，他们真的都不是我的熟人。

下车的时候，全身的伤痛使那个同学几乎拿不了自己的行李，没有任何人帮助他。应该的，对吗，因为他在他们最需要警察帮助的时候，警察却在袖手旁观。他是在人人侧目之下艰难地离开了车站。这一夜，那个同学真是一夜扬名。很多人记住了他的警号，投书报社、投书公安督察，他住院也瞒不了任何人。第三天至少有两家报纸，没有采访他就将此事报道出来。他臭名远扬。他们找到了这个社会正不压邪的原因。

芥子完全被故事吸引了。谢高停下来，默然地看着芥子。芥子等了一会儿，推了他一把，后来呢？

谢高说，你说，如果他们真来采访了我……那个同学，他又能说什么呢？你连你丈夫都不理解，普通群众为什么要理解一个警察呢？对吗？芥子，你也认为他活该，你也一定认为他当时就应该冲上去，和他们拼个鱼死网破。对吗？

芥子摇头。缓缓摇头。你是这样想的。谢高扳正芥子的脸，我知道，你宁愿看到烈士，也不愿意看到你的英雄梦破灭。是啊，你们有理由这样。

会不会……如果你同学动手了，会……带动其他乘客一起抵抗……

有可能，但是，老百姓的损失可能会更大，流血、甚至严重伤亡。你说，作为势单力薄的警察，两害取其轻，是不是更正确的抉择？

后来呢？

后来那个同学快崩溃了。单位虽然没有处分他，但是领导们只愿意在非正式的、甚至私人场合口头肯定他，认为他尽了最大的、也是最理智的努力。此外，局里、厅里的领导，也无法招架媒体的攻势，警方非常被动。唯一令他安慰一些的是，同车的两位老人还有那个大学女生，他们终于主动来做了证明。

他现在在哪里，真的不当警察了？

不知道。但我知道他过得很不好。因为还有更多的像你这样的人，永远永远都不会原谅他。他的压力太大了，经常彻夜失眠。在那个特定的场合，他知道他对不起很多人，所以，他很想忘了那些事。可是，每天都会有人提醒他，煎熬着他。他想忘也忘不了了。他不愿看到石头底下的东西，可是别人会翻给他看。他只能远离沙漠，逃离那块石头。

那他现在好过了些吗？

我不知道。但我现在想，即使他不当警察了，肯定也过不好，比如，他做了你丈夫。

他真的问心无愧吗？芥子小心翼翼地说。

你说呢？要是你，你问心有愧吗？

十五

芥子站在茉莉苑门口，谢高在拐角钟楼的芒果树下泊车。芥子的电话响了。一看电话是桥北的，芥子有点轻微的紧张。拿着电话，她手指迟疑着按下通话键。她不敢肯定桥北会不会说生日的事，也有点害怕他问她在哪里。所以，接电话的时候，她一直感到口干。桥北说，你在哪儿？紧接着他说，我回来了，在盲人按摩中心门口。你来放松一下好吗？我来接你。

芥子在干巴巴地吞咽不存在的口水。停好车的谢高正在走近，芥子看着谢高，说，我在……买衣服……，吃过了……我过来吧，我打的来……

谢高看定芥子的脸色。在茉莉苑三角梅爬满的门廊外，在那半明半暗的光线中，谢高似乎古怪地笑了一下。转身又走向汽车。芥子跟了过去，芥子在他身后小声说，桥北回来了，你送我到盲人按摩中心好吗？

谢高发动汽车，然后打开了汽车音响。汽车主人听的是《天鹅湖》。两人不再说话。行驶了好一会儿，谢高把音乐调低，说，他是回来陪你过生日的。

芥子不说话，她不愿意说，桥北已经忘了今天是她生日了。他是叫她过去按摩的。他们有年卡，平时两人不定期会过去。看芥子不说话，谢高又把音量调高。再也没有人说话。快到路口的时候，谢高说，要不要送到中心大门口？不方便你就现在下吧。芥子说，方便。我买衣服啊，半路碰到你了。

老远就看到桥北和一个朋友站在按摩中心门口，没有看到他的车，可能在地下停车场。谢高下车的时候说，生日要快乐啊，别做小猴子。

桥北迎上来接过芥子手上的购物袋。他邀请谢高一起上去按摩。谢高说，还有活要做。欠我一次吧。

三个人被领到有六张床的按摩房。桥北点的号，都是中心几个最好的盲人按摩师，每次，他给芥子点的都是93号。93号被人一牵进来，桥北就说，失眠，她最近失眠很厉害。

93号笑了，说，两位好久没来了。你颈椎好点吗？他开始像按一只足球一样，在按芥子的脑袋。

芥子敷衍地说，好点了，手指没怎么发麻了。等会儿请你再帮我牵引一下。

93号经络摸得特别准，可是下手也特别狠，经常把芥子按得哀叫。93号从来不为所动，我不能让你花冤枉钱。93号说，看你这经络都紧结成球了，不想松开它你就别来这保健按摩啊！你花血汗钱，我挣血汗钱才心安。

能说会道心狠手辣的93号瞎子，经常逗得桥北哧哧笑。如果，芥子忍不住抬手阻挠按摩师的手，隔壁床的桥北就会伸手抓牢她的手。但是，今天桥北始终闭着眼睛，那个朋友也像睡过去一样，接受一个戴墨镜的老姑娘按摩。按摩房里非常安静，只有低低的背景音乐弥漫如淡雾。是卡朋特的《昨日重现》。

后脑风池穴，被93号按得令芥子疼出薄汗。芥子尽量忍着。这么多年来，桥北好像是第一次忘了芥子的生日。生活确实是发生很大改变了。芥子感到越来越复杂的失落感。这种情绪从桥北离家就弥漫起来了。是开始害怕失去吗，是害怕不该失去的正在失去吗？今天，芥子又被谢高的故事，搅乱了脑子。如果谢高是正确的，桥北就是正确的，对吗？桥北的应急反应，是一个成熟的男人最正常的、最出色的反应，对吗？

桥北和朋友到地下停车场取车，芥子上一层就出了电梯，到左边的大门等候。桥北的汽车开了过来，靠近石阶边。他并没有像往常那样，为提着购物袋的芥子拉开车门。芥子慢吞吞地拉开车门，车门一开，车顶灯就亮了，就在她抬腿跨上去的时候，她左眼角似乎扫到了什么异常的东西，随着车门拉上，车内灯黑了，但空气中有清甜的气息。芥子迟疑了一下，疑惑着又扳开车门扣，借着骤亮的车顶灯，她扭头朝后排座看了一眼——

后排座上，整个后排座上，满满当当，全部是花！是百合花！至少有上百枝的百合花，怒放的、含苞的，绿叶掩映中葱茏蓬勃地一直铺到后车窗台上；雪白的、淡绿着花心的百合丛中，插着几枝鲜红欲滴的大瓣玫瑰。车顶上还顶着好多个粉色氢气球，飘垂着条漂亮的带卷的粉黄丝带，每一条丝带上都写着，生日快乐！我的朋友。

芥子在发愣。她慢慢抬手，捧住了自己的脸。这就是钟桥北，永远和别人不一样的钟桥北啊。

桥北倾过身替她把车门关上，随即打开车灯，同时发动了汽车。

你好吗，今天？桥北说，我没有忘记你的生日，可是，我忘了今天是几号。最近这一段，日子过得很恍惚。下午在健身馆，突然在墙上看清了今天是你的好日子。

芥子伸手摸了摸桥北的脸。芥子说，如果你不知道今天是几号，那么，你健身完会回家吗？

桥北扭过脸，看芥子。他没有回答。

芥子说，往左吧。

家在右边方向。但芥子说，芥子轻轻地说，去那个店。我们去过的那个手工店。我想再买两条中国结。

桥北迟疑了好一会儿，说，快十一点了，关门啦。芥子说，不，我知道店主的家就住那上面。我们去敲门。

芥子真的用力在敲人家没关死的卷帘门。戴着眼镜的店主，可能是用遥控器把门打开了。卷帘门才升卷起半人高，芥子就弯腰进去了。站在柜台后面的店主说，不是从下面看到你是女人，我可不开门。要什么吗？

芥子指那种最粗的红缎绳子。芥子说两米四，一米二一条。店主把绳子放在玻璃柜台边沿上刻好的尺度，边量边问，门都要打破了，干吗呢。

桥北笑着，绑住——爱。懂吗？

十六

　　不是任何人在任何时候都能看到淡绿色的月亮的。那天晚上，桥北载着芥子开往回家途中，芥子躺在后排百合玫瑰的鲜花丛中，透过车窗灰绿色的贴纸，她看到了沿路的路灯，一盏盏都飘拉着青蓝色，或者橙色的丝般的长光，把夜空装饰得像北极光世界，去了两盏又迎来了两盏，逶迤的光束不住横飘天际，这个时候，芥子又一次看到了淡绿色的月亮。

　　红绳子绕过芥子光滑美丽的脖子，慢慢地勾勒出一对美丽青春的乳房，在那个雪白细腻的胸口上，红缎带正一环一环、一环一环地盘丝般，构造一个爱之结。

　　芥子的后背在微微出汗。因为她感到慌张。出汗，是因为害怕让桥北觉察到她的慌张。其实，桥北所有的手势动作和过去一样吧，可是，芥子感到自己的身体和过去，就是不太一样了。因为觉察到不一样，觉察到自己身体对红丝带反应迟钝，心里就更加慌乱了，而身体就更加木然。她被绝望地排斥在情境之外。猴子看到了沙漠石头下的蛇，就晕倒了；猴子不应该有这样的反应，这是错误的，猴子应该快乐地跳跃过去，奔向快乐的远方。身体看到红丝带，也不应该有错误的反应，红丝带是你熟悉的，它不是石头下面的东西，是激情的火苗啊，是燃烧的欲望，它是快乐的远方啊，是平时一步就能到达的仙境，不是吗，你怎么统统忘了呢？

　　芥子绝望地闭上眼睛。她的脑海中一片黄沙，荒凉无际。她的全身，都变成了干涸绝望的大沙漠。

　　桥北终于住手，闭上了眼睛。

伴宴

鲁敏

一

看来这一次是让不过去了，得找她"谈话"。

仲熙半是期望半是忧焦——说实话他是最愿意找她"谈话"的，哪怕是为着一个注定不欢而散的题目。

她姓宋，单字一个琛。以"王"作偏旁的字，通常与玉器有关。仲熙明明知道，还是特地翻了字典：琛，"珍宝"之意。这位珍宝姑娘是琵琶手，据说祖辈是大家，族中弟子好玩，器乐上个个都有专擅，若能同堂，拉出来起码能站满半边台子。包括一干亲戚，也大多与民乐沾边，最不济的，也是调音师或在器乐厂做松香。

仲熙的扬琴，高二才学，后来虽然进了艺院，专业上只能算个半调子。所以，对宋琛这种带有童子功的世家出身，总觉得有些神秘，况且，宋琛这个人，怎么说呢，她真是不好说的一个人。

她模样挺好看，但这好看颇有争议，因她眉眼较硬，五官十分浓烈，总之相当西化，若走在繁华大街，十分相宜。但她是弹琵琶的呀，这味道就明显不对了，往台上一亮相，是要减分的。

她业务也好，是团里一顶一的"大牌"，从省市到国家，能拿的奖都拿过，除了德艺双馨奖——就算她有一天资格够老，也绝不会拿到。不知怎么搞的，宋琛的人缘相当不好。这大概缘于她对个人隐私莫名其妙的高度屏蔽：她在团里，没有要好的女友；平常与众人对话，从不推心置腹，永远保持在社交寒暄的尺度，有时甚至连寒暄也省略，只说些必要的工作之事。这就叫人不舒服了，业务好就可以这样拒人于千里之外吗？所以，连带着，人们对她的业务，也不大肯褒扬了。

同时，由于她的冷淡，还造成了一种奇怪的陌生感，人们天天见她，却总说不上是真正认识她，比如，她的私人状况。除了年龄，去年二十八、今年二十九、明年三十，这个是清楚的，可控的，但别的却一概囫囵：有男友否？已婚否？已离婚否？在分居吗？另有新男友吗？可真气人，这方面的来往与离合，她从来只字不提，填表时碰到婚否之类的格子，亦毫不理会地空着；家庭成员一栏，永远只写父母二人。若有人故意问起，她要么轻蔑一笑，要么信口胡说，用很低级的谎言来敷衍，像是着意嘲弄对方的智力与好奇心。这一切就让人更加愤然了：有什么不能说的啊，谁比谁更金贵啊。你当你是生活在西方啊，一个搞民乐的，怎么着也该讲点中国的人情世故吧。

仲熙从文化局调到民乐团时，宋琛就是这么个背景与现状。介绍别的乐手，钱主任最多花五分钟，但讲到宋琛，钱主任倒足足说了半个钟点。所以，从一开始，仲熙就记下她了，不过，对她的这种种作为，倒也没大惊小怪。仲熙前几年在文化局，跟各色各路的艺术界人士打交道多了，他是知道的，这种"夹生"（金陵土语，不合作之意），乃艺术人士的专利，算不上什么大毛病。再说，也正因为人与人各不相同，这世界才有点意思嘛！

此外，还有一个小小的原因：仲熙三年前的离异，除了至交亲朋，一般人，他也是从不提起。所以，某种程度上，他理解宋琛，说不定，私生活上，她也的确是有难言之处吧。

真正一起共事，仲熙慢慢发觉，这个宋琛，虽然有点怪气，但总的来说，很讲道理，合情合理的分内事，她十分认真；反之，则寸步不让。仲熙其实倒喜欢如此，怕就怕那种忽左忽右、缺乏原则的人物。

直到碰上她拒绝"伴宴"，仲熙才意识到，宋琛，是个问题。

二

何为"伴宴"？这是团里约定俗成的简称，详指"给宴会伴奏"。具体说来，就是一席或数席的重要宴请，主办者邀请民乐团现场演奏一台音乐会，以助清雅之兴，使吃饭活动成为更艺术的娱乐、更高档的社交……若干年前，伴宴一般都是政治任务，级别约莫为市宴、省宴，在座的总有党和政府的领导人物，且半数涉外，有展示民族艺术瑰宝之意，乐手甚至要政审，众人为此突击排练、加班迟归，皆无怨言，反倒甚觉荣耀，因为日后说起，他们曾经为"某某""某某某"或"某某·某某某"奏过一曲。

但近年情况有变，因体制改革，民乐团得自己"找饭吃"——这个比喻，简直全无斯文，仲熙十分反感，但上上下下各种场合反复提及，他也就渐渐麻木了认同了，何况他还得带头去"找饭吃"——替团里上下的工资、奖金寻到出处！

唉，说实话，民乐的饭食，难找极了，现今谁有工夫、谁又有那个静气坐下来听一曲《渔樵问答》或《蕉窗夜雨》！到各处去联系演出，十有八九都是婉谢的，要么就问他有没有"十二乐坊"那样可以在台上边拉边扭的女队班子？唉，这当中的辛酸与委屈，不说也罢。总之，到最后，贵贱不遑挑，细小不敢舍，连"伴宴"也成为乐团上下老小的"饭食"之一种——企业主的周年庆，多金者的婚庆典，谈判方的鸿门宴，等等，只要有钱，民乐团无不贴身而上，弦动琴响，务求主客尽欢。

而伴宴一旦落到此等地步，对乐手们的自尊，便有了普遍意义上的打击，特别是碰上那些宴客，他们不再是从前的宴会聆乐者——吃饭几无声息、曲终必要礼节性拍手、只在两曲之间才相互致敬。而今，他们是各席面间奔走不息（名为"打的敬酒"）、或数人同时敲桌干杯（名为"集体过电"），同时大声倾谈，以段子取乐，击掌哄然大笑，更不要说接电话、喝交杯酒、醉了乱嚷的，总之其景堪比闹市，全然不管台上的弦唱箫吟。

也曾有乐手为之冲冠一怒、抱琴而去，但又怎么样呢？隔几天还是要捏着鼻子上台。故而，大部分乐手都还是"懂事"与"配合"的，放下小我，服从大局，以"找饭吃"为第一要务，上了台只管垂着眼皮伴装自我沉醉。况且，也就是一台拼盘音乐会嘛，曲子都是经典选目，大家早已熟腻之极，真正奏来，并不耗费多少精力。算了，世事已至此，不独民乐，各样自命或被命为"高雅""严肃"的艺术，都是曲中求直、苟且偷生的，还有什么好说的。

也只有她，这个宋琛，从头至尾，一直是固执地保持着"大牌"的底线，抵死不肯"伴宴"。谁也说不动她，提到那两字，简直像剥了她的面皮、折了她的风骨。好在团里另外还有两个琵琶手，也能应付过去了，反正谁上台谁拿演出费呗。

这样，过往所有的伴宴，包括大小商演，从上一任团长手里就开始默认了——不喊她。只是，从组织纪律、集体主义的角度来看，作为一个业务尖子，她这等于是在公然对抗"创收"，把自己与众乐手拉开层次，总之，影响不大好。况且，目前的问题是：周五的这次伴宴，负责付钱的客户点明就要宋琛登台参演。

三

"客户？"坐到仲熙的办公室里，才听了半句，宋琛就冷笑起来，果真是大牌的脾气。"也对，所以我们团还有市场开发部、第三产业，而乐队呢，干脆叫流水车间好了。您呢，就是老总、CEO，可别再说自己是团长。"

仲熙望望她，就让她说两句吧，只要最终能答应就好。这次的客户，真的很有意思，说只要宋琛肯出来，他们还会介绍许多圈内的老总们来"照顾"民乐团。同时，在谈好的"伴宴"费之外，还特别暗示，会另外给宋琛本人一个大红包。换作别人，这"红包"会算个砝码，但她这里，仲熙决定提都不提，难保那只会把她推得更远——跟宋琛打交道，有种与众不同的挑战感，这反倒给了仲熙一种莫名的兴奋，要真能说得动她该多牛气！

"人家老总点明要听你的《十面埋伏》，说明是个行家呀，是个知音！自古以来，士为知己、女为……"仲熙开始编，这个角度肯定比"红包"更适合宋琛，许多恃才傲物的人，都会对知音网开一面。

"哼，这也叫知音？那全中国人都是我知音。不论谁，初次见面的，只要一听说我是弹琵琶的，对方就会一边点头一边说，哦，《十面埋伏》！《十面埋伏》！蛮好听蛮好听！"宋琛活灵活现地模仿起那种假充内行的神态，逗得仲熙差点笑起来，同时也暗自后悔，刚才该讲她的得奖曲目《霓裳羽衣》或《飞花点翠》就好了。

"你知道吗？那公司，不是一般的气派，人家本来打算请省歌舞团弦乐队伴宴的，那边连曲目单都准备好了，全是崇洋媚外的世界名曲，多亏我们这边的钱主任会办事，中国气派呀、民族精粹呀、传统经典呀一通轰炸，总算把这笔业务给抢了过来。"仲熙知道搞民乐的往往会跟西洋乐较劲，他便故意无中生有，想激发宋琛的好战心。"而且，钱主任还跟我说，这家公司，因为是总部，所以每年都要搞元旦迎新、中秋茶会、新春团拜、VIP感恩宴之类，若这次伴宴弄得好了，会成为一个长期的高端客户，最起码，咱们每个月的福利就有了呀！"仲熙知道自己满嘴商业气味，但这会儿是故意如此，他就不相信，这个宋琛真是个不食人间烟火的，下个星期就是端午节了，到时发嘉兴肉粽与高邮双黄蛋她会不拿？

"反正我不会去的。"宋琛突然收了话题，全然不顾仲熙方才的一通说教还余音未绝。她站起身，仲熙以为她要告辞，她却站到窗户边往院子里看。

那个位置，仲熙也经常站。

民乐团的院子原本就小，加之现在有不少乐手买了车，里面更是挤挤挨挨，有人甚至嚷着要把两棵长了多年的柏树给移走。唉，每次站在这个窗口，看到那些锃亮的车子以及匆匆来去的乐手，仲熙心中也说不清是喜是忧，总的说来，民乐团是庙穷和尚不穷，很多乐手都在私下里带学生，虽然课金比西洋乐要低不少，但若是有些名气，也肯吃苦，外快还是可观的。搞创作的人呢，则在外面替人编曲子，节会庆典、店歌会歌之类——真正临到自己团里交代的差使，反倒成了兼职似的，草草应付了事。这些公私夹缠的情况，仲熙心中十分清楚，但也不忍下快刀禁行。说到底，他感到自己并无充分的理由与充分的底气，就算众人每天八小时齐齐坐在团里，又哪里去找那么多的演出项目、保证大家的荷包呢？民乐呀，有时狠心想想，真像个老妇人，唉，本便是一日闲过一日、一日枯似一日的。

大约是见仲熙一直没有回答，窗前的宋琛又不咸不淡地加了一句："我之所以不去，也不是冲着你，是冲着外面。"

"外面是哪里？"仲熙倒也不急了，不知为什么，他总还存着一种朦胧的希望，觉得自己最终是可以说服宋琛的。

"于我而言，琵琶之外，都是外面。"宋琛顿了一顿，却又另外讲起别的。"唉，乐是什么？你一定知道这句：'王宫悬、诸侯轩悬、卿大夫判悬、士特悬。'从小，家里人就跟我讲这些，我也一向信以为真，所以，是无论如何不肯走下来去伴宴的，请你理解。"

仲熙知道宋琛讲的是周代礼乐制度——悬，大略是指编钟之类的古乐。周代等级森严，"乐"乃至高享受，不可随便举之，什么人可听什么级别的"乐"，都有严格规定。宫悬，即四面挂，此为王者特权；次之，为轩悬，即三面挂，是赐予诸侯的；而判悬（对挂）与特悬（独挂）则是分别为大夫与士所定的界限，万不可逾越……

仲熙听得明白，宋琛此话听上去是像是自我辩解，其实，当是在讥讽自己吧——把民乐自高堂大雅弄得如此不堪，乃至侍奉起一帮大嚼大吃的酒囊饭袋。可是，这又哪里是仲熙的错，由来已久矣，这"礼崩乐坏"连孔子都徒唤奈何呀。

但仲熙也不愿辩解，最主要的，他能感到，她对民乐的挚情，完全偏执于高雅一端，要让她转了弯上台伴宴，确乎是难于上青天。就好比让一个专门吟诗作赋的人去搞有偿报告文学，完全说合不了的。

但不行，今天还是得说合！仲熙暗中咬牙，不是怨她，而是恨自己，为什么偏偏是个狗屁团长呢，得说各种言不由衷之辞、做各种不情不愿之事——这是世上每个人都会面临的迷局。况且，就算他肯让步，团里也没有人可以宽容她的洁身自好。凭什么为了她一个人的坚守，就要碍了整个团的利益？这对别的乐手而言，是不公平的。技艺虽有高下，但当初，哪个不是夏练三伏冬练三九过来的，从汗到泪到血，谁没流过？谁不想堂而皇之地万众瞩目、扬名立万！而今，别人都放下身段了，她怎的就不能放下！

想了一想，仲熙决定还是找她的软肋处说："其实，宋琛，我懂得你的意思。但我们的民乐，不是要你这样去关起门来殉情的。你得先让她活才对，她活了你才能活。你若真把民乐当了你的命本，什么伴宴不伴宴，商演不商演，这些牛角尖都不必钻。君子能屈能伸，大道迂回求索。我觉得你的想法，太过狭隘了！你再考虑考虑吧！"

宋琛此时已走到门口，听了这话，停下站了一会儿，却没回头，终于还是走了。

她的这一停，让仲熙感到：可能还有希望。

四

仲熙复又站到窗口，看宋琛青灰色的裙子从排练房廊下一直消失在器乐室之后。她的背影，值得长时间盯着看——比看她的正面要安全得多。仲熙早注意到，宋琛不喜欢明媚的颜色，哪怕是演出服，也是冷色调，红、黄、橙这些从不上身。一直看到那青灰色的身影消失，仲熙忽然间若有所思，想到个小主意。

他便把钱主任喊了来，后者一进门便眼巴巴地盯着他，见仲熙的表情，绝望地叹口气："没谈拢？真是的，连你的账也不买！怎么一点人味没有呢，有本事她住到月亮上去！"

仲熙摇摇手，让钱主任介绍介绍这个点明要宋琛上台的客户。钱主任先是不解，只喃喃地开始絮叨："哎，是的呀，我当时也奇怪，就算宋琛在咱们圈子里算个名家，但社会上一般的人，哪里会知道她。不过我见到的人也不是老总，是秘书，小年轻儿，一开口就问我们团是不是有个叫宋琛的，我说有是有，但她不伴宴。于是这小家伙就买东西一样跟我讨价还价，中途出去接了个电话，回来后口气更牛，说只要宋琛肯出来，便如何如何，许下一串诺言。反之呢，就什么都不要谈了。没办法呀，我只有答应下来，人家出的那个价钱，多好的一块大肥肉！我要拒绝了简直就是犯罪呀！咦，对了，仲团长，莫不是，那家单位的老总看上宋琛了？"钱主任脑袋忽然一低，面上露出一种通用的亲狭表情。

仲熙一阵不快，被冒犯了似的，又觉得自己莫名其妙，何况未见得钱主任就是妄加猜测，于是也就顺势往下说："这样，你的人脉一向最广，去打听打听，到底怎么回事，弄清楚了我们也好主动一点……"

"万一就是那么个情况，这不等于就是宋琛给我们惹的事情嘛。这样，我们反倒可以拿住她，上台还是不上台，她直接去跟对方谈好了，省得我们为难！"钱主任太聪明了，聪明的话这么多，说得准确而露骨，让仲熙都替自己的念头害臊起来。唉，许多事，想得，做得，偏说不得。多少人，在世间痴滚了几十个年头，都弄不好这个分寸。

仲熙想起方才与宋琛的对话，她倒是"会"说话的，一百句里，肚子先吃掉九十九句，只把最后一句，骨头一样吐出来。要有机会，仲熙真想与她好好长谈一下，恐怕她不会相信，他仲某对民乐的爱之深、痛之切，并不比她少。

五

当初在艺院，仲熙的方向是音乐史与理论研究，除了扬琴，别的也玩过几样，均是粗通而不精。但那几年里，终日浸淫，或听或赏，对民乐的喜欢，已深入骨髓。无数个清风明月之夜，他在校园里独自走路，远远地听各处传来的缥缈乐声，总是慨然系之。京胡的愤而激越、箫的无限留白、梆笛的哑涩胆怯，哪怕就是木鱼的"笃笃"两声，都让仲熙为之牵肠挂肚、心神俱往——民乐的大底子，是一个淡墨写就的悲字，如同老人回首世事，欲说还休；但细节的表现与起承上，却又吵闹亮丽，有种随意的天真之气。尤其是这几年，经过了婚姻离合之变、事业起伏之变，仲熙的心境，越发沉郁，越觉得这民乐里的好，与自己的人生哲学颇为贴合，其妙处，难与人细说。

故从文化局下来主持这日渐式微、摇摇欲坠的民乐团，别人只当是他是遭到发配、事业进入低谷——多少学民乐的都在往外转，他反从机关大院往里转，仲熙却感到别样的称心，满心期望就手按照自己的理解去革新民乐，使之起死回生、大放异彩……但没过多久，他即意识这一雄心的浅薄：民乐，如仅仅作为个人之好，仍可以像最初一样美轮美奂；但若作为一个乐团、以物质实体的形式来求生存，就不对了，甚至，仲熙总时不时感到一种似曾相识的暮夕之气，那是什么？

仲熙揩着脑袋想，对，在文化局，有一阵子，他曾经参与过"申遗"工作，看了不知多少早已死去、正在死去以及必将死去的"非物质文化遗产"：高台狮子戏、手工骨牌灯、雕花天鹅绒、阳腔目连戏等等好几十项，各处报来的介绍，均写得密密麻麻，真正下去一看，能知晓会演做的，大都已是豁牙瞽目之老人，就算尽力补救，所得的约乎也仅是片鳞只爪或以讹传讹、将错就错之作，最可叹的是，"抢救"下来之后，仍不免束之高阁、录于典籍，并未获得生存与流传的新生。

对此，仲熙总存有深深的迷惑。固然，祖上所玩耍戏弄的各样奇巧技艺，做子孙的应当谨严收录不误，就算画虎成猫，也算是一种心理安慰，毕竟人类受文明教化甚深，已无法忍受任何艺术的失去，故而各地皆执念于"申遗"，并以为是功德无量之举。但有一点也要清楚，艺术的此消彼长，也循着物竞天择、适者生存的理数，一个时代便有一个时代的欢娱，失去了彼时的土壤与情境，就好比没了魂魄，再怎么勉力维护，还是一团枯槁的肉身，离祖上那清新活泼的乡野真趣已是天壤之别！

民乐里，仲熙也同样感觉到这种逼近而来的暮夕之气，所以，他一直拼着命地接洽各种商演，表面上是为了生存与经济，实际上，也是一种恐惧与抵抗。他宁可民乐这样粗俗泼辣、不尽如人意地活着，也好过于无人问津、孤芳自赏中凄惨地死去！

唉，有机会跟宋琛说这些吗？如果她真能理解到仲熙之一二，也许反倒可以明白，那以退求进的"伴宴"，其无奈与必要……

六

仅仅一天后，钱主任就带来了打探得来的结果，其时仲熙正在审定节目单，下面报来的单子上已赫然把宋琛的琵琶独奏排在第二位——第一曲通常是合奏，在宴席开始之前就要出来的，相当于暖场，第二曲才是主角。

钱主任拖着步子进来，虽是邀功但也显得失望："关于那个老总，我费了不少劲，转弯抹角，查是查到了，可是……"他居然卖起关子。

仲熙不答话，只盯着钱主任。他不喜欢这个关子，因为他的确想买这个关子。

为什么会这样？仲熙自问，真要为着伴宴本身，他大约不至于此吧。是的，承认吧，比起团里其他人，自己可能更加好奇宋琛的情感生活，甚至想透彻地研究、进入她的内心世界，了解她的爱恨，看到她私下里放松恣情的真面目……那么，这是有点喜欢她？他诘问自己，很快发现这个问题毫无意义。

虽然自己而今复又单身，但宋琛的具体状况不明，况且她对自己，大约并无特别的好感；最要紧的，就算她有好感又如何？自己在机关里混迹数年，此刻又身为团长，要懂一切的利害与原则——与一个富有争议的大牌乐手，怎么可能！

但是，唉，人之为人啊，总有情难自禁地向善向美之心，而宋琛，她的模样，她的脾性，她的格格不入与固执行事，就恰好这样吸引他！此种情感的真实灿烂，正与其微小与虚无相当——只需暗中收藏，不必求对方任何的确认与回馈。有时候，人与人之间，就有这种若有若无的东西吧？这也正是生活比较有滋味的一部分。

只是，那个客户，真的会是宋琛的一个追求者吗？甚而用上了这种老派而蹩脚（叫堂会？赏红包？）的套路。这让仲熙泛上奇特的感觉，在瞧不起与嘲笑之后，他又希望那人"是"！这就说明宋琛的魅力、琵琶的魅力、民乐的魅力，一切美好事物击中世俗的魅力。

仲熙走神了，走了一个挺漫长的神。

终于，钱主任自己沉不住气，把嘴一撇说道："没什么！那家公司的老总是个女的，四十多岁，没什么特别的。并且，据我掌握的情况，她压根不喜欢民乐，女强人嘛，一心扑在事业上的那种……"

仲熙有些愣住了，一个女的？这里面会有什么吗？奇怪呀！

算了不必追究，有时候人就得相信简单，迷信简单！

仲熙说服了自己，同时也松一口气，这样也好，免得真要去跟宋琛谈论她一直避讳莫深的情感生活。再说，那些所谓的情感瓜葛，未必真就能"胁迫"到宋琛，说不定反而会让她彻底翻脸，把合作搞砸了，不仅她不上台，整个团都上不了台，演出费全泡汤……这样倒好，装个直心肠子，就当那客户只是心血来潮、附庸风雅吧。

钱主任耐心等仲熙消化完这消息，又另换了略显诡谲的表情，递上来几页文件。仲熙一看，是市里的"五个一重点人才"推荐表——如若被荐上，会拿到专业津贴、组织出国考察、脱产培训之类，有若干的好处。每隔三年才会分到小小民乐团一个名额，也算是政府对民乐人才的一种"泽被"吧。

钱主任把表放到桌上，见仲熙视若无物，于是又重新拿在手上，不吐不快的样子："也是巧，今天刚收到这个通知！仲团长，从专业水平看，宋琛是团里的头号人选，虽然她群众基础差一点，但瑕不掩瑜，所以呢，我建议，咱们团就报她，但有个条件，让她小小地回报一下团里……"

仲熙埋着头听，完全听懂了钱主任的话外音。唉，这么明显的交易！对方可是宋琛啊。

其实，这次伴宴，宋琛若真不肯去，这笔业务黄了，也就算了，强扭上去，反是弄巧成拙影响演出效果——有些事，必要时，不如抱着顺遂的心态，退一步便罢了。

但想想钱主任吧，当初为了"拉"到这笔业务，多不容易。即将得到的丰硕收益，一下子栽倒在宋琛手上，不仅他要跳脚，全团上下也会升腾起各样怨气，这对宋琛将大不利——仲熙实在不愿意那样。无论如何，大家现在都同在这民乐的小船上，只可一心一力才对。

这样一想，对钱主任提出的"建议"，也只有默认了，如果处理得当，不那么赤裸裸的，也未尝不是个办法。再说，这样，他又可以有事由找宋琛"谈"一次"话"了，不是吗？

也奇怪，就算经常会在团里见到，他竟仍然有些想念，想与她独处。

七

料想不到的是，这第二次"谈话"，倒是宋琛主动约的仲熙，以一个简慢的方式：快到十一点，才打个电话，问是否有空中午在民乐团附近的茶馆见面。

仲熙自然是答应了，同时又觉得失落——这种仓促的约见，说明自己在她心目中完全没有分量。唉，她将永不会知道，自己竟会那么在意她。

宋琛仍是一身不起眼的灰绿色衣裳，但她五官鲜明，反而另有一种特别的味道。没有常见的寒暄与矜持，宋琛自作主张要了两份简餐。她显然是有话要说。

仲熙随身带上了"五个一"人才申报表及伴宴节目单，像是两份指向同一标的的合同似的，只觉得放在口袋里十分别扭。他暗自慨叹：要是这会儿，能以另一种身份、另一种心境，与这个引人遐思的女子这样临窗静坐，随便聊聊他最喜欢的敦煌古曲，会多么好……

令他略感安慰的是，宋琛的确是个很好的谈话对象。比如下面的开头，就像一篇文章的引子，顿时让仲熙感到和风扑面，心境为之跃然。

"其实，你到我们团之前，我就听过你一曲《苏武》。"仲熙一听连忙摆手，差不多要脸红了。他知道宋琛有个舅舅专司扬琴，自己跟他那人家是根本没法比的，而且，他回忆，那支曲子，当众敲得很少，可能是某次同学会上的即席之奏，完全登不得大雅之堂，哪晓得她当时正在座下。

宋琛等他说完一堆表示惭愧和谦虚的话，忍不住笑了："咦，我刚才只说听过，并没有夸你敲得好啊。"

见仲熙更加不安，宋琛连忙往下继续："不过，你敲得很有风韵。我舅舅常说，扬琴这个器，一般人都以为，关键是在节奏快慢、点子的切分，对准确性的技术要求高过其他器乐。其实，真正的妙处恰在准与不准之间，其快与慢，要与曲子的意境相贴——欢腾畅快处，奏者一味求精准，反显得蠢相；滞重沉郁处，就算慢上八分之一拍，也是好的。这是我舅舅的歪歪理……而你那天敲的《苏武》，手一听就生，还有几处错音，但好就好在，如同水墨画的写意，里面的意思你'写'到了，复古拟古，曲风纯正。所以，我当时回去还跟舅舅说，今天倒看到一个懂得民乐的。"

仲熙被夸得有些醺然，内心十分高兴，因为刚才性急多话，这回索性只以一笑回应。

"所以，不用你多说，我也能理解，你到了团里，带着他们一起折腾，弄些钱、弄些市场、弄些影响，也是为了救民乐于濒亡。可是，我总觉得这样子下去，是背道而驰，对民乐的伤害多于补救，反会使之愈发地低廉轻贱……"

"愿闻其详。"仲熙想，这顿便饭，宋琛是要给他洗脑了。

"也没什么详。"宋琛却又把另外九十九句给咽下去了。吃了一会儿菜，她摸摸左手几个指肚上的老茧，也不看仲熙，像是自言自语，"从小到大，没有游戏，没有电视，没有伙伴，永远都是一天六个小时的练，除了年初一与生日可以放假半天。这么些年，只与琵琶守在一处，虽是小了点，但心反而大了。许多事情，比如打扮、吃喝、金钱，于我而言，也只是清水穿肠，不留痕迹。总之，我什么都不在意的。"

仲熙留心听，她方才，只说"打扮、吃喝、金钱"，却没提到"男女"，他真有心想问一问，那方面如何呢，也是清水穿肠吗？

他想起她在台上的演出，黑漆漆的舞台，只一束白光打在琵琶上，她的演出服是冰蓝的长纱裙，如一朵莲花缀于天幕。她双目微闭，脸色处于半明半暗中，全部的精力只在十指。一曲《诉》里，具有多么惊人的柔情蜜意啊！若胸中没有缠绵，绝不可能奏出那样的衷肠！其实，这曲子是近人据《琵琶行》所作，重在技法繁复，夹弹、半轮、带起、泛音、绞弦，但意境稍弱，失之凄切，可宋琛指端的流淌，却让仲熙怦然心动、为之神往。这样的女子，什么样的人才能走到她的心中并占有一个小小的位置啊！仲熙记得自己当时呆立于台下，心中长叹不已。

现在瞧瞧，她这双修长的、弹尽婉转与崎岖的手，可不就在眼前么！他多想轻轻地握上一握、亲上一亲啊！这不是亲她本人，而是亲一种与她相关的东西；这跟肌肤无关，只是一种情绪，一种需要！

见仲熙表情异样，宋琛似觉察到了什么，抬起头，把眼睛对着仲熙亮了一下。奇怪，她什么都没说，可仲熙却清清楚楚地感到，那亮，正是明确地要驱散他任何的胡思乱想！瞧这女子，多聪明，会巧妙而友善地阻止那个种子发芽。

宋琛继续正襟危坐："哦，刚才扯远了。其实，我就是想跟你说，这器乐，有三相：声、音、韵，这三者，有境界上的递进关系，可谓发乎心、忘乎情、得乎性。但你让他们整日价去敷衍那些闹哄哄的场面，能弹出来什么？下面又能听到什么？只能是'声'，连'音'都谈不上，所谓'知声者众，知音者稀'，更不要讲'韵'了！这哪里对得起祖宗传到我们手里的器！"宋琛似有一点激动，说罢往后一靠，像完成了此行的既定任务似的。

仲熙给她续了点水，一边点头。真要反驳宋琛，他同样可以讲出一百个理由来，可是他知道宋琛的，根本不必长篇大论，不如学着她，咽下九十九句，也只挑最要害的来说吧。

"你说的，都对。我只问你一句，若你是团长，一团人的工资福利、吃喝用度摆在跟前，还有离退休干部的工资与高额医疗费等等，你还可以这样关起门来，以乐为食，追求最深的精髓？宋琛啊，皮之不存，毛将焉附？我得先把这一大家口养起来再说啊！弄不好，这里上顿不接下顿，这小小的民乐团是会解体的！到时，我们恐怕连白日梦都无处寄托！"

宋琛虚虚地盯着仲熙，似有一点小小震动。

走之前，仲熙把列有宋琛节目的伴宴节目单递给了她："你看看，合不合适？"他自认为这话说得有些技巧——不合适的，可以是排序，可以是曲目，也可以是演奏者，就看宋琛怎么改了。

"五个一"人才推荐表他仍旧捂着。这两个东西他真没法同时拿出来；或许，他是有些天真的自我期许，他对她，是以情动之，以理动之，大可不必以利诱之。

八

一般来说，两个人的争辩，最后发言并结尾的那个似乎能占到一点记忆惯性的便宜——以此来说，中午在茶馆的谈话，仲熙并不能算是输在宋琛手下。可是，真奇怪，整个下午，他却都在想宋琛的那段话。关于器之"三相"，她所讲的，像一根小肉刺，让他百般不适……

他想起团里的另一个"创收"项目：《古都雅韵风情音乐会》。

这是通过文化局向旅游局好不容易争取到的一笔大"生意"，而后者也是特意照顾"没米下锅"的民乐团——让《古都雅韵风情音乐会》

作为本地旅游项目的一个保留节目，只要是跟旅行社来的外地游客，都会被组织统一观看，逢上旅游旺季，每日两场，就算是淡季，一周也要三场。仲熙对这个长期而稳定的业务还是比较满意的——全团工资有二分之一要指靠它呢。

有时他也会到现场转转，情形当然不太乐观：那些衣着花花绿绿的各地游人，总是抱着骚动兴奋的过客心态，全然没有安坐的心情，他们最大的乐趣便在拍照与交谈，并东张西望目尽所见，以不枉此行。更有孩子四处乱跑，家长勉强拉住，用那种勤于教诲的口气指点台上：喏，记住，那个圆圆的有洞的是"员"（是埙，许多人只念半边字），那个叔叔吹的叫小号（其实是唢呐）……仲熙往往看得气闷，便转目至台上。

这一看，更糟，连再看第二眼的勇气都没了——即便是那短短的一眼，他已能强烈地感觉到，乐手们是怀着怎样木然的心情在演奏，不，可能比木然还糟，是压抑与恶心。这怨不得他们，每天三次啊，像磁带一样，永远是那一套经文化局、旅游局共同钦定的保留曲目：《茉莉花》《春江花月夜》《姑苏行》《金蛇狂舞》……再好再好的东西，就算是天下最美的那三个字，无穷无尽翻来覆去每天只用同一种音调在规定的时间用规定的方式说出来，且倾听的那一方完全无动于衷，谁不会发疯啊！

仲熙索性闭了眼，是啊，如果是外行，如果粗心一点听，所有的曲子都是驾轻就熟、流丽婉转的，可是他知道，那早已不是音乐了，只是一堆声音，正如宋琛如说，是器之三相里最低的一层。正是这种谋求稻粱的惨淡经营，让数千年来绵延下来的民乐仅留一个下"声"的外壳！

这样一想，仲熙不禁悲中从来，又伤心又激愤，在一种自我惩罚的情绪之下，他忽然觉得，宋琛去不去伴宴，此一步甚为关键，是关乎气节、关于精神的大事，往左走往右走，有巨大的隐喻与象征。

那么好吧，就这么定了，不管后果如何，同意她不去，支持她不去，永远不参加任何廉价或不廉价的商演，就让她作为最后一朵自由的小白花吧，孤傲地别在民乐团寒凉的衣襟上！

——此决定一做，仲熙反倒觉得一阵轻松，心情如暴雨突降后的澄明。他决定暂且不想该如何向钱主任自圆其说，解释自己的反水。

九

可哪知，仲熙这里刚刚艰难转身，宋琛却也兀自回头了。送回节目单时，她用与拒绝"伴宴"同样轻巧和目中无人的语气："那个，我去了。"只在用词上，还不肯提"伴宴"二字。

仲熙吃惊地看她，她却不回看，只顾低头用手指点节目单，欲与仲熙讨论节目的顺序与内容。那意思是，她既是参加了，就希望一切都像点样子。

宋琛用铅笔做了一些修改，她认为这节目单不能算一篇好作文——一场音乐会，也是要求"豹头猪肚凤尾"的："两头的吗还行，但中间的几支曲子，怎么都那么绵啊，虚飘飘的，完全撑不住嘛。

"噢，那个啊。"也是，她这是头一次参加伴宴，不知道具体情况。仲熙压下心中的其他疑惑，先对她解释："伴宴，就要讲究一个'伴'字，开始的曲目自然要先声夺人，主客双方往往在此际步入宴会现场，但一旦客人酒杯端起，我们这里就是奏仙乐也入不了他们的耳啊。故而，中间的曲子就以慢曲为主，音色轻柔，恰如背景乐一般，若有若无，绝不可喧宾夺主，有扰客人的胃口。这样一直奏下去，直到快要终席，人家吃得差不多了，才会有闲情把注意力转到我们这边，他们会点些曲子，甚至会是通俗歌曲，也有时是我们自己来一个高潮，比如《花好月圆》或《步步高》，最后皆大欢喜……"这里面的小小门道，仲熙一直在做，并没有谁要听他解释，但今天这样明白地说出来，心里还真是有些酸楚，看看，这都落到什么份儿上了！

宋琛边听边点头，倒也不见得怎么样感触："想不到有这些讲究。那么，除了《十面埋伏》，我还得另备一两支曲子，以防到后面被点到是不是？"看来这个宋琛，一旦决定要做什么事了，这个认真劲儿！可这种事，放在她身上，多么令人惭愧！心里真觉得对不起她！

仲熙就势把话说回来："怎么回事？你为什么又改变主意了……其实，我后来也想通了，我们堂堂一个民乐团，总得坚持点什么对吧？如果那个客户真喜欢你的琵琶，就应当专门去听你的音乐会才对……"

宋琛摇摇头迅速笑了一下："呃，这个，乐舞侍宴，自古有之。再说，我就算上了台，也还是在我自己的世界里。我啊，自有我的玻璃罩，可以挡住一切。"

仲熙没有勇气开口再往深里追问——宋琛的这一决定，究竟是为重温民乐古风还是为了帮他一把？也许是兼而有之，特别是后者，她自知不可能呼应他的情感，故而只有这样回报？不，这样很不好，情感上，他可从没要求她什么，都怪昨天在茶馆里有些失态……可是再想想，也好，她若肯怜悯，便是懂他、体恤他！这与爱之间，便只是一步之遥了！

仲熙百感交集地看着宋琛，谢也不是，推也不是。这个困扰他多日的难题，此刻一下子有了好的结果，却又说不上是高兴还是失落，他多想能够轻轻地抱一下宋琛啊，知己一般的，难友一般的。

十

晚宴是六点半开始，但仲熙要求乐手们五点半就要吃了晚饭全都到场。这是一个仪式感的问题，也是一个心理问题，正因为全团上下对伴宴都极为不屑，仲熙愈加规定严格，以此做一个反方向的张力，不至于大家坐到台上都松塌塌的没个样子。

而这一次，仲熙去得尤其早，跟服务员们一样早。那些女孩子正在忙着布席，仲熙台上台下绕了好几遍。不管怎么说，这是宋琛头一次伴宴，仲熙希望不要出任何差错。同时，他还存着一分好奇，想早点看看这家公司的女老总，为什么偏偏要宋琛出场呢？这件事想想还是有些蹊跷的。

女老总当然不会早到，倒是宋琛，比其他乐手来得都早。仲熙趁机给她再打一个预防针："……最好的演奏，就是要做到目中无人，不管下面贩夫走卒人仰马翻，都只当是与己无关。"仲熙还是怕她适应不了，这可不是音乐厅或大剧院。

宋琛什么脑袋，自然听懂了，她笑起来："你放心。所有的情况，蜘蛛都跟我说过了。"蜘蛛是另一个琵琶手的绰号，因她十指特别修长，故得此号。"好了，待会儿我就去换衣服了。你不要笑话，我选了最吓人的大红。因蜘蛛说客人一般都爱看琵琶手穿红衣。"

看着宋琛似乎是很轻松的背影，仲熙感到一阵难过。是啊，今天这是她的头一次伴宴，但仲熙绝不敢说是最后一次。许多事情都是这样，既是有了第一次，为什么不能有第二次第三次……唉，从此，宋琛也会成为一个伴宴的乐手吗？

仲熙一时感到自责和怆然。但此时此地毕竟不宜抒情，不多久，乐手们都到了，各就各位，化妆、更衣、备谱、调弦，一阵琴动弦响。而外面大厅里的签到迎接之声也渐渐哗然起来。很快，钱主任匆匆引着一位咖啡套装、身形偏胖的女人过来——就是出钱的衣食父母啊，仲熙马上满脸是笑，介绍、寒暄、相互致谢，然后仲熙告退，指挥上台，在宾客们一阵阵涌入落座之际，当晚的伴宴，以一曲合奏《节日》开场了。

仲熙坐于后台一侧，所谓的台子，只有三级楼梯高，离席面也很近，他可以斜着看到台下。他再次打量那女老总。

的确，太平常了，胖得平常，女强人得也平常。看来，真的没有什么。就连宋琛上台演奏，她也没有多加留意，只忙着与客人应酬，中途还掏出手机，一边打一边带着淡笑瞟着宋琛。

这样看了两支曲子，仲熙不禁有些昏然，索性起身到后台。宋琛果然在那里，另外尚有几个独奏的乐手在候场，也有刚刚下来的在歇着。要在平常，这里往往是发牢骚的最好地点，今天，大约是因为宋琛的出场，倒显得有些静默。宋琛仍跟在团里一样，谁也不理会，只独坐一边抱着琵琶。

仲熙站在那里，却也无话，总不能祝贺宋琛演出成功吧。

本以为这一晚大概就是要这样无话下去，忽听得前台有人急急走来，是钱主任。见到仲熙，他急忙把他往边上一扯，眼神从宋琛那里虚虚地掠过。

"女老总说，她有个重要客人刚刚才到，而且她先前也没注意到宋琛上台，所以……要宋琛重来一遍，还弹《十面埋伏》！"钱主任脑门子上全是汗，他也知道这话说不出口。有这样的吗？事先不是都有节目单的吗？就算要演员返场也不是这样返的。

仲熙跑到侧台，照钱主任的指点看，主桌并没有增加任何人，只在靠门口的边桌上，有一个新来的男人。"就是他，我刚才问过迎宾小姐，只有他是刚刚赶到的。"

仲熙细看，那男人面容白净，衣着散淡，倒不像官场中人，且神色灼然，有点坐立不安。他左手拿手机，右手在上面不停地写信息，根本无暇往台上瞧一眼。

"什么鸟重要客人！别听她的！"仲熙一到后台，就放开嗓子骂了一句，一口回绝。几个乐手马上围上来打探。宋琛恰好临时走开了不在。

钱主任顾不上避人了，在一边急得高一脚低一脚："我当时就表示为难的。可女老总说，只要宋琛再登台，这次咱们团整个出场费翻倍，宋琛的红包另算。"

"有这等好事啊！"乐手们纷纷感叹，又惊又喜。"反正闭着眼就能拨拉一遍的，我要是宋琛，上去十几趟都可以啊。能叫返场，也是种荣耀嘛，只要每次费用都翻倍！"唉，听听这话，仲熙简直要发火，可也不能怪乐手们眼皮浅不晓得自重，而是，怎么说呢，"伴宴"这件事，本质上就是来赚钱的嘛，还有什么好矜持的！

不知什么时候，宋琛进来了，大约早听清楚原委，没有半点犹豫，就开始戴指套："行的，那帮我补一下妆，上去就是了。"她没什么表情，既不是委屈也不是高尚，反正，平常极了。

钱主任欢喜不尽地称谢不迭，一圈人也都捧场地哄笑，说要集体请宋琛吃饭之类，总之，人人都对宋琛刮目相看般的。

仲熙却嗒然无语，颓然若失，感到无颜再看宋琛。他往远处站了站，恨不能藏身至某个巨大的阴影里。他忽然想起宋琛说过的"玻璃罩子"，看来，今晚，她真是把自己罩得刀枪不入了，故而再怎么样她都是不在乎的。

这时有人冲着宋琛殷勤地提醒："你刚才出去时手机响的，响了好多声。会不会有急事啊！"宋琛这时已端坐到化妆台前，不领情地摇摇头："要上台了，再有急事，也顾不得了。"

钱主任早在那里绕着圈子等了，她捧着琵琶，静了一会儿，站起身便上去了。

十一

　　"叮叮叮"，一串清冽而凄绝的拨弦出来了，仲熙不由自主也跟了上去，站到钱主任一侧往台下瞧。

　　台下那女老总，却仍是随随便便瞟着台上，仍在跟人碰杯，毫不为意，神情举止中的轻慢，显得有些夸张，这让仲熙十分不解：她不是要死要活让宋琛重新上台的吗，怎的听也不好好听？其他各桌的客人也是依然故我，奔走敬酒，一波波把宴会推向高潮。仲熙于是往后头看，看那新来的客人——

　　那男子正泥塑般一动不动盯着台上的宋琛，虽说四周个个喝得面红耳赤，他却是脸色发白，且那表情全然不是欣赏与陶醉，而是无法形容的痛心，似乎不忍看，可又愈加要看，而愈看又愈是不忍。

　　仲熙忽然感到不妙，可不妙在何处，却也说不清楚。他回头看台上的宋琛，她全不知情，只是微眯着眼，面色恬然，半掩在琵琶之后，方然物外，超逸尘世……

　　七分十四秒。《十面埋伏》的七分十四秒过去了。

　　宋琛仍旧闭着眼，照以往的经验，这应当是掌声起来的时候，当然现在没有，但宋琛依着她的老习惯，静候了一分钟，等自己的魂魄从某处归来似的，然后才慢慢睁开眼，也不看台下，只一手提着裙边起立，一边向台下欠身致谢，打算移步下台了。

　　掌声这时突兀地响起，差点把仲熙吓了一跳。一看，竟然是女老总，她一个人站了起来，大声地拍着巴掌。仲熙惶惑不安地盯着，不知这是什么意思。

　　女老总兴致十分高涨的样子，走到她方才致欢迎辞的麦克风前，用一个很漂亮的外交手势示意宋琛仍旧回到台上坐下。

　　她拍拍手，又拍拍麦克风，下面于是静了许多，不少人的鲍汁泰米饭刚吃到一半，仍旧接着吃——凉了再用，味道就走样了。

　　女老总回过头，定睛看了会儿宋琛，接着隆重并充满激情地向所有的宾客介绍她：几岁开始操琴，几岁开始获奖，某年获某奖，某年到某国演出……简直像一个演出经纪人似的滔滔不绝，如数家珍。

仲熙愈发吃惊，身边的钱主任又在扯他的衣服，仲熙侧头，钱主任却冲台上努努嘴——台上的宋琛，表情有异，正目不转睛地盯着台下，仲熙顺着她目光看下去。

她看的，正是那新来的客人。后者也已情不自禁站起，与她呆呆地对看，半是哀告半是绝望。很显然，这位姗姗迟来的"贵客"，并不欣赏女老总所安排的这个"惊喜"。

仲熙移开目光，心中叹息一声，没有别的可能，此人，一定就是宋琛一直隐而不揭的"男女"事，她炽烈而秘密的爱……这是意料中的存在，可仲熙仍然感到莫大的苦涩。他曾一万次地好奇，宋琛的心灵归宿究竟何在，可真正看到了，却又觉得刺目和伤心，最后的幻想完全被打破了！

那台上，女老总演讲正酣："……各位各位，千载难逢，百年不遇，能有机会聆听到这样顶尖的艺术家为我们演奏。我建议，咱们每张桌子点一支曲子怎么样，一共来八首，这是很吉祥的数字！我相信，我们年轻漂亮的宋琛小姐一定不会让我们失望的，而同时我也可以保证，我的回报也绝不会让宋琛小姐失望的。请大家随意，尽情点你们最喜欢的曲子！一切我来买单……"

闹剧就此拉开序幕，为了给女老总面子，一群人嗷嗷大叫着表示赞同，并争先恐后地叫着曲名：《青藏高原》可以吗？周杰伦的《千里之外》！来一个《月亮代表我的心》……

仲熙只觉得全身燥热，想要冲上去拉宋琛下来，钱主任却拼死拽着，并在耳边说："你别急，她会弹的，我听蜘蛛说，她连通俗歌曲的谱子都一并要了去准备的。"

这不堪的场面，宋琛竟皆视若无物，只带着一种奇异的解脱般的微笑，穿越崇山峻岭般盯着台下的那人。而只要有人报出曲名，她便礼貌地点点头，两手抚弦，好像随时会应声而动。

嗨，这个钱主任，还当真要等着宋琛弹！仲熙愤然地甩开他，正打算冲上去。却看见下面的局势略有变化，那站在最后面的男子，缓慢而引人注目地行动起来，他穿过一桌桌酒席，一直走到女老总边，祈求般小声说了一句什么。那女老总却随意而坚决地摇摇头，反而一把拉住他，面带幸福微笑，用半倚半挽的方式绑架着他，把他逐一地介绍给主桌上的客人。那些客人立刻满面堆笑地向他们二人敬酒，而女老总，则亲昵地把自己的酒杯替男子一直端到嘴边……

直到这时，谜底才算真正揭开。仲熙绝不敢再看宋琛一眼！

看来还是钱主任最初的判断最为准确，这女老总，的确是看上了宋琛，早就看得好好的！她准确地抓住了要害啊，知道用什么最具破坏性的方式来对付宋琛……而他仲熙，又是个多么愚蠢的同谋，以拯救民乐的名义，以顾全大局的暗示，并夹缠着欲说还休的暧昧情意，一趟又一趟地，最终把宋琛拉到这里，让她穿上这样的大红纱裙，这样低下头颅，为心上人的妻子伴宴，弹奏这样一曲《月亮代表我的心》！

仲熙双目酸胀、气不可遏，只觉得脑袋里嗡的一声，他真想径直大步走上前去，真想去使劲敲打立杆话筒，发出刺耳的嚣叫声，然后尽他最可能的粗鲁，用最大的声音宣布：狗日的伴宴到此结束！永远结束！你们好好吃吧！

当然仲熙只是站在原处，两只手礼貌地对捏着，面带谦和的微笑，笑得甚至还挺像样子呢。

十二

深夜的大街，行人已是稀少。仲熙陪着宋琛默默地走。关于晚上的一切，她什么都没说。而他，也更是什么不好说了，难道说"对不起"？是谁发明了"对不起"啊，世界上还有比这更没用的话吗？

街对面的快餐店还开着，时髦的红橙色里有种隔世的温暖。仲熙想带宋琛过去坐坐。

进入长长的地下过街通道，仍有几个乞讨者在坚守，其中竟还有一个拉二胡的，穿得破破烂烂，手法极为流俗，拉的好像是刀郎的什么歌子，在带有回声的通道中撕扯，几近刺耳。按说，这种卖艺求乞的场景也不是头一次看到，但今晚，这会儿，更让仲熙感到巨大的沮丧，给打了两个耳光似的，又臊又恼，好像那个拉琴的就是他自己，如此委地成泥、令人羞耻！

想想这一个晚上吧，他们都品尝了什么？某种程度上，她与他，也都是乞讨者吧？乞讨爱，乞讨尊严，乞讨知音，以及一些不可能的幻梦……

宋琛默不作声地陪他站着，听那响亮的弦音，隔了一会儿，才慢慢地开口，仍是平常那若无其事的语气："想起来我有个亲戚，曾发痴想要改进民间器乐，因为总有人说民乐的发声不及西洋器乐精准，在音域及和弦上有诸多缺憾，无法表达深刻复杂的内涵云云。当然，他后来的研究不了了之，但倒发现一个有趣的现象，古器乐的材质，总取于天地自然，比如，笛与箫，乃竹；埙与缶，用的是土；鼓用了皮革；磬，为玉石；而响板，仅是两片脆木而已，此外，还有苇膜、蟒皮、马鬃……"

仲熙不知宋琛意在何指，但也不禁顺着往下想：也是，声无哀乐呀，这些古器，从来就是这么自在的，高居庙堂，或低在陋巷，都与它本身无关，正所谓近者自近，远者自远……推而言之，与物、与情、与人，世间万物，皆当如此——这样看来，宋琛的平静竟是真的。她日日与民乐厮磨，心智的弹性，已得其一二了。

念及此，倒让仲熙感到一种苦涩的欣慰。直听那二胡拉完一整支曲子，他们才走过去，淡然地走进混沌的夜色，跟别人一样，没有任何施舍。

鱼肠剑

阿袁

一

　　孟繁最初对吕蓓卡生出嫌隙，是因为一件和自己不相干的事情。

　　三间房，A、B、C，都是一样的大小，只是房A朝南，有一个小阳台，而房B和房C在北面，没有阳台的，这个区别她们三个人——孟繁、吕蓓卡和齐鲁，事先在物管那儿并不知道，所以都是随便签的字，齐鲁签了A，孟繁和吕蓓卡签了B和C。三把房间的钥匙，三把套间的钥匙，都圈在一个小铁环上，由吕蓓卡拿了，三个女人说说笑笑地，一起去博士公寓305。

　　然而，吕蓓卡竟然把她的拉杆箱包放进了A房，仿佛不经意地，把C房的钥匙给了齐鲁。孟繁当然注意到了，她是一个心细如发的人，一进305就发现了房A和房B房C的区别，也发现了吕蓓卡这个有意无意的小动作，然而齐鲁似乎没发现，或者发现了，不好意思说。因为孟繁看到齐鲁的表情一刹那间有一点点惊讶，然而也只是一点点，稍纵即逝了。之后便不声不响地接了C房的钥匙，进去打扫。房间里有许多灰尘，以及前任博士们留下的一些乱七八糟的杂物。她们足足打扫了一个多时辰，门口的垃圾堆成了一座小山，305房间，才有了一些女性化的清洁气质。

那天的晚饭是吕蓓卡请的。本来孟繁不肯去，她和孙东坡约好了，要去他那儿吃饭的。孙东坡在电话里说，他买了鲈鱼，四季豆角，西兰花，还有里脊肉，都是孟繁偏爱吃的，尤其是孙东坡做的清蒸鲈鱼和糖醋里脊，每次都能让孟繁吃出今兮何兮的幸福感来。而且还有一瓶张裕干红，他说，房间里的哥们儿今天出去了，我们俩可以放开来，喝几杯。

后面那句话，孙东坡是放低了声音说的，孟繁的心不禁一阵荡漾。

然而吕蓓卡不让孟繁走。吕蓓卡说，不就是老孙吗？已经在一起吃了十几年饭了，还要在一起吃上几十年，你烦不烦呀。如果是别的男人，我们还考虑考虑，但老孙绝对不行，你说是不是？齐鲁。

齐鲁笑笑。

孟繁其实知道那顿饭吕蓓卡是想请齐鲁。那样阴了人家，不找个由头弥补弥补，怎么好意思呢？但单请齐鲁，到底有些着痕迹了，所以需要孟繁在一边做个幌子。这层意思，孟繁看得一清二楚，虽然看清楚了，也不说破吕蓓卡，这是孟繁的性格，孟繁最不喜欢塌别人台的。何况吕蓓卡的台，也难塌。孟繁在电话里刚说一句，我可能过不去了，吕蓓卡就一把抢过了手机，说，不是可能过不去，是一定不过去了。姐夫，今儿晚上你就自斟自饮吧，学学人家李白，举杯邀明月，对影成三人。孟姐呢，您就别惦记了，属于我和齐鲁了。

二

孙东坡在另一个学校读博士。和孟繁一样，也是古典文学专业的，不过，他搞古典文学批评，主攻理论的，而孟繁呢，研究作品，重点是晚唐诗人李商隐的作品。

他比孟繁早一年读博。这是他们家一贯的前进模式。总是他冲锋在前，然后孟繁亦步亦趋。当年他们在中学教书，小城市的普通中学，那么一个小地方，人生自然和理想无关，但生活也是平静安逸的。她其实很耽溺那样的日子，和孙东坡恋爱，结婚，然后生儿育女——生儿育女他说是夸张了，因为没有儿，只有一个女。女儿叫桃子，长得和他一样眉清目秀。他很喜欢，这是自然的，哪个做父亲的不喜欢自己如花似玉的女儿呢？然而他的喜欢是有保留的有遗憾的喜欢——他是农村出来的，对儿子有一种根深蒂固欲罢不能的深情。所以，即使和桃子玩得昏天黑地的时候，他也会突然摇摇头，说，我们的桃子如果是个儿子多好哇。这是什么话呢？孟繁不爱听。更不爱听的还有孙东坡父亲的话。孙东坡的父亲说，要不，你们偷偷地，再生个儿子，放我们那儿带？

小城里的女人表达情绪时，一般都是很直接很激烈的。即使是受过高等教育的中学女老师，在小城生活几年之后，也入乡随俗地，变成铿锵激昂的豪放派。

但孟繁从来不这样。孟繁一开始就表现出了大城市女人的潜质，也表现出了研究李商隐诗歌的婉约潜质。

孟繁笑眯眯地对孙东坡说，我倒是想成全你父亲，假如我是个乡下女人，也不妨学一回宋丹丹，做个南征北战的超生游击队，可惜我不是。或者学《浮生六记》里的芸娘，给你纳个妾。——不过，孙东坡，你生不逢时呀，你如果和沈三白一样，是乾隆时候的人，这办法才可以的。要不，你休了我？

可孙东坡怎么会休了孟繁呢？他们是恩爱夫妻，当初他追她时就发过誓，这辈子要在天愿为比翼鸟，在地愿为连理枝。而且，孙东坡从来不是一个半途而废的人。

他们一直是比翼双飞的。说比翼，或者有些不准确，但至少是参差而飞。他教高三，她教高二，他是教研组组长，她是副组长。他考研去了外地——这下总该劳燕分飞了吧，然而只分飞了一年，她第二年就考上了他的学校，两人接着在省城比翼双飞。省城的天空更加广阔，而且又摆脱了孙东坡家人的纠缠，她更耽溺了，可孙东坡不耽溺，孙东坡是有野心的人。野心是孟繁的说法，孙东坡自己认为那是青云之志。有青云之志的孙东坡，在省城也待不住，三十五岁那年又考了博，是上海的一所高校。孟繁这次有些飞不动了——鸟和鸟的飞行能力原是不一样的，孙东坡是鲲，是鹏，喜欢南冥北冥，喜欢扶摇直上，而她是蜩，是学鸠，只喜欢榆树和枋树的高度，她这样对孙东坡说。孙东坡笑了，孙东坡说，你放心我一个人在外单飞三四年？上海那可是一个繁华世界，最容易让男人声色犬马的。我的几个师姐师妹，个个可是闭月羞花的。

孟繁才不相信孙东坡会声色犬马，也不相信他的师姐师妹闭月羞花，然而她最后还是考了博。三年的离别，对正当盛年的他们，确实是个很大的身心考验。她本来聪明，而所有的参考书孙东坡都替她准备好了，导师那儿也联系过了。闭关修行十二个月后，她和孙东坡又在上海比翼双飞了。

三

在住进博士楼305之前，孟繁和吕蓓卡的关系，严格一点说，还只能算是陌生人。

不过见过几次面，在学校招待所的食堂，和上上下下的电梯里。来考博的学生，几乎都住在学校招待所里。两人却从来没有过交往，点头之交都没有。

可吕蓓卡却把孟繁叫作孟姐，把孙东坡叫作姐夫。

孟繁第一次被叫出了一身鸡皮疙瘩。首先不说她们之间的关系到没到这程度，单就那称呼，孟繁也不习惯。也不是茶楼酒馆的，也不是引车卖浆的，叫什么姐姐姐夫呢。简单地叫孟老师和孙老师不就好了，高校里的人逮谁不是叫老师呀？关系生分的叫老师，关系亲密的也叫老师，敬重的叫老师，讨厌的也叫老师。老师的意蕴最丰富多义的，几乎和李商隐的诗歌一样丰富多义。言简而意丰，多合适的一个称呼！

可吕蓓卡偏要姐姐姐夫地叫。孟繁觉得吕蓓卡的做派简直不是学院风格的。学院里的女人哪个不懂远近不懂分寸呢。吕蓓卡竟然不懂。明明还是山远水远的关系，竟然一下子被她扯成了亲戚，还不是远亲，是半直系。

真是蛮有意思的一个女人。

第二天孟繁和孙东坡吃饭时，这样说起吕蓓卡。孙东坡和孟繁已做了多年的夫妻了，自然知道孟繁的"有意思"其实是骂人的话，是说吕蓓卡是"二百五"，也就是上海人嘴里的"十三点"，但饭桌上的另一个人却不知道，他就是孙东坡同宿舍的哥们儿老季。老季是北方人，长得也很北方，一米八几的个子，又黑又粗糙的皮肤。和孙东坡对比了来看，简直一个是老树枯藤昏鸦，一个是小桥流水人家。可这棵老树竟然是研究"花间词"的，孟繁有些忍俊不禁。孙东坡说，老季不仅研究花间词，老季的审美对象是世间一切妩媚风流的东西。妩媚的风月，妩媚的文字，妩媚的女人。

所以老季一听说吕蓓卡，就有些激动了，赶紧问孙东坡小姨子的形象如何。孙东坡虽然当了姐夫，却也没见过小姨子的。两个男人都转了脸，看孟繁。

孟繁沉吟半天，然后说，是个美女。

老季对这个答案很不满意。美女？现在哪个女人不是美女呢，系资料室的老冯还被学生叫作美女呢，可老冯不仅快五十岁了，而且满脸雀斑，而且有一个很俄罗斯的腰，学生们都担心沈老师抱不过来——沈老师是老冯的老公，也是中文系的教授，有名的红学家。学生们有事没事常常拿他的形象打趣，说他研究《红楼梦》研究得走火入魔了，生生把自己研究成了一个男林黛玉，闲静时似娇花照水，行动时如弱柳扶风。在高校，弱柳扶风的男教授倒也不少，关键是他和老冯的形象太反差了，老冯倒也是很古典文学的，只是那古典是《水浒》的古典，或者是苏轼的朋友陈季常家的河东狮吼式的古典，总之和本来意义上的美女是风马牛不相及的，然而也被叫作美女了。可见美女，是被用俗用滥了的一个概念。所以老季说，哪能这么敷衍我们呢。你是搞文学的，要用修辞。

修辞就修辞呗！孟繁笑笑，说，是个闭月羞花的美女。

这哪行呀，老季摇摇头说，闭月羞花在后现代语境下已经有了新的诠释，木子美还闭月羞花呢，芙蓉姐姐还闭月羞花呢。

老季显然多喝了两口酒，孙东坡被逗得乐不可支。孙东坡说，你别和老季绕了。老季研究词，你干脆就用词来比，她是北宋词，还是南宋词？是豪放词，还是婉约词？

孟繁放下筷子，斟酌半天，说，或许，她是五代花间词。

老季大喜过望，说，原来在我研究范畴之内，那我一定要认识认识。

行呀，孟繁说。

四

三个人的关系，是最具张力的关系。

如果三个人当中有两种性别，那张力就会到达无以复加的程度，有明争有暗斗，有爱情有阴谋，有背叛有嫉妒，绝对精彩跌宕如马丁·斯科西斯的《纯真年代》，或者周迅赵薇陈坤的《画皮》。

如果是一种性别，且是阴性，那依然会是紧张的戏剧性的关系，只是这戏剧性，不是好莱坞的路线，而是更曲折，更隐秘，外弛内张，外静内动。机关都藏在暗里，在姹紫嫣红的戏装下，在甩来甩去的水袖里，这意思，又有些像昆曲了。

孟繁觉得，吕蓓卡唱昆曲绝对是个旦角儿，刀马旦。

因为不动声色中算计了人家齐鲁，也因为谈笑风生中把孙东坡叫作了姐夫，孟繁以管窥豹见微知著。

所以她有些远着吕蓓卡，是心理意义的远，面上大家的关系还是一样的，或者说，她和吕蓓卡的关系看上去更亲密些。这亲密完全是吕蓓卡单方面造成的。吕蓓卡最喜欢有事没事到孟繁的房间里来串门，或者晚饭后约孟繁去散步——所谓散步，其实是出去拈花惹草，吕蓓卡对校园里所有的植物，都抱有空前的占有热情。她沙发边上的那个巨大无比的深褐色圆坛子，里面也因此总是插满了各种各样的花草。她甚至会让孟繁掩护她，拿个玻璃瓶去偷博士楼前的桂花，回来用蜂蜜腌了，做桂花糖吃。

应该说，如果没有齐鲁那件事，和吕蓓卡这个女人交往其实还是非常有意思的。她不仅喜欢搞点女人的小情趣，而且还无比热爱飞短流长。不过个把月，整个楼里的男博女博，和整个文学院里的博导们，吕蓓卡似乎都认识了，虽然他们未必认识吕蓓卡，但吕蓓卡却对他们有了提纲挈领的了解，谁是书痴，谁是花痴，谁是论文痴——"痴"是吕蓓卡的口头禅，但凡谁在哪方面有点过了，在吕蓓卡这儿就成了某某痴。有时她和孟繁走在路上，会突然捅捅孟繁的胳膊，黑眼珠一时变得十分流转。孟繁知道，她们一定又遇到某痴了。果然，等那人过去，吕蓓卡会说，她就是某某某耶。可某某某孟繁不认识。吕蓓卡说，花痴呀，201的花痴。

博士楼里，花痴有好几个，为避免混淆，吕蓓卡给每个花痴都加了定冠词，定冠词一般是房间号，也有的是地域，比如隔壁的女博，就被吕蓓卡叫作洛阳花痴。每个花痴的背后当然有许多典故，这些典故吕蓓卡能如数家珍。吕蓓卡的口才很好，而一旦说到与风月相关的话题，那更是眉飞色舞妙语如珠。孟繁其实也爱听这样的流言，哪个女人不爱流言呢？流言是暗夜里的璀璨烟火，是连天衰草中的斑斓蝴蝶，那缤纷秀色岂是枯燥的学问枯燥的论文能比的？

可孟繁偏做出不爱听的样子。这是故意怠慢了，借怠慢流言，来怠慢吕蓓卡。

当然也不是很明显的怠慢，而是有些含蓄的，有些消极的。女人之间飞短流长原是要相互激励的，要你来我往的。要同舟共济，要相濡以沫。高尚的行为不需要同志，千里走单骑，才能成就孤胆英雄。但堕落不一样——背后说人是非，这差不多就算堕落了，她们受儒家教育多年，对这一点心知肚明。但明知，也要故犯，因为堕落是更快乐更容易的事情。往上总是更吃力，而往下轻而易举，这是力学规律，大多数人不能逃脱于规律之外，女人更不能，因为体力不支，体力不支也会造成精神不支。而不支的结果就是需要堕落的共犯，一个人堕落让人不安，而两个人，或者更多，那不安的意味就会减弱甚至化为乌有。

但孟繁却不成人之美。无论吕蓓卡说什么，孟繁从来不插嘴，只是笑吟吟地听，间或嗯嗯哦哦几声。那嗯哦，只是礼貌上的，既不是推波助澜，也不是添枝加叶。这样一来，吕蓓卡的流言，就有些表演的意味了，且是自编自演自吟自唱的表演。

这是孟繁的刻薄处。

只是，孟繁的刻薄，是李商隐的《锦瑟》诗，很朦胧的。吕蓓卡或者没有看懂这《锦瑟》，或者对流言过于沉迷欲罢不能，每次一有新的八卦，仍然会急不可耐地往孟繁的房间跑。

偶尔也会让孟繁到她房间去。这一般是她买了新衣服，要孟繁帮忙赏析赏析——当然主要是赏，析其实无关紧要。因为吕蓓卡在服饰方面的理论，远比孟繁更为丰富的。然而，它山之石，可以攻玉，兴头上的吕蓓卡会这样说。这是客气话，孟繁不上当。吕蓓卡不是需要它山之石的人。然而孤芳自赏毕竟寂寞，所以还是需要孟繁。虽然孟繁和她，不是一条道上跑的车。

孟繁这个时候通常不作声，但偶尔，也会美言几句。这是礼貌，也是特定语境下的本然反应。因为吕蓓卡这个女人，穿衣服确实很好看的。她个子虽然不算高，却极玲珑窈窕，什么衣服往她身上一穿，都是横看成岭侧成峰。也因为这样，吕蓓卡在周末最热爱的娱乐和运动便是逛时代广场，或襄阳路和七浦路的服装店，一个人逛。因为孟繁不太爱逛街，孟繁最喜欢逛的是书店和宜家家居，或者学校门口的小菜市场。孟繁有个小电磁炉，有时孙东坡周末过来，他们会煎几块牛排，或者蒸上一些基围虾或大闸蟹，打牙祭。他们平日在食堂，基本上还是以素食为主，倒不是因为经济困难，而是他们觉得不合算。学校里的大荤，不仅价贵，而且看上去身世和品质十分可疑，所以孟繁更愿意自己去菜市场，亲自验证那些虾们蟹们的来历及新鲜活泼程度。吕蓓卡对此十分鄙夷，认为孟繁已经是标准的女博加家庭妇女。

女博在吕蓓卡那儿，基本是贬义词，经常用来嘲弄人的。她虽然也是女博，可她是个看上去不像女博的女博。这很关键，做女博可以，但不能做成齐鲁那样从形式到内容高度统一的女博。

吕蓓卡最看不上齐鲁的，并且在孟繁那儿，从不掩饰这种看不上。她在背后总是把齐鲁叫作书痴，后来干脆叫书蠹了。吕蓓卡说，一个女人，把学问做到了昆虫那样纯粹执着的境界，简直太恐怖了。

关于这一点，孟繁也有同感。她也不是很爱学问的人，之所以读博士，是身不由己。谁叫她有一个孙东坡那样的老公呢？只好嫁鸡随鸡了。吕蓓卡呢，读博的原因倒不是嫁鸡随鸡——她的鸡不在上海，在美国，而且还没嫁呢。她沦落为博士，完全是学校逼良为娼，吕蓓卡说，她那个学校，超变态的，竟然明文规定，1969年以后的老师，没有博士学位，取消评教授的资格。此文件一出，简直是平地惊雷，那些四十岁以下的老师们，一时间抱头鼠窜，纷纷往各个学校钻。不出去混个博士学位回来怎么对自己的人生做交代呢？总不能一辈子当副教授吧？好说不好听呀，而且工资还差那么一大截呢。即便吕蓓卡这种平日以不求上进自诩的老师，也扛不住，挣扎了半年，最后也是鼠窜上海了。有什么法子呢，在人屋檐下，不能不低头。

但齐鲁不一样，齐鲁看上去对学问，显然是甘之如饴的。

五

三个女人当中，齐鲁是最年轻的。她比吕蓓卡小三岁，比孟繁小两个三岁。她们年龄的数字关系，正好是一个等差数列。

这只是实际的年龄关系，如果按视觉年龄来排，齐鲁和吕蓓卡，要颠倒过来。

所以吕蓓卡一有机会就会让男人做猜谜游戏。谜面是：猜一猜我们的年龄关系？谜底应该答出谁是老大，谁是老二，谁是老小。猜中了有奖，奖品有时是吕蓓卡手里的一个话梅，有时是一个法式拥抱。

男人们很踊跃。吕蓓卡的法式拥抱，确实是很激动人心的奖品。

然而没有谁得到过这种奖品。因为百分之百的男人，都把老二和老三搞颠倒了。还有一些眼神不好的男人，甚至把老大看成了老二，而老三成了老大。

这个时候吕蓓卡总是笑得花枝乱颤。

一边的孟繁都有些看不过去，可齐鲁，却是没事人一样的。

偶尔吕蓓卡不在宿舍的时候，孟繁会挑几句，说吕蓓卡那个房间的阳台，阳台外夜晚的上海灯火，以及飘浮在阳台上的隐约的桂花香，还有男人对女人年龄的鲁钝。孟繁的言语，完全是李商隐的风格，意在言外的，曲折幽微的，而且还蜻蜓点水。也不知道齐鲁听不听得懂。

也可能听不懂吧，因为齐鲁从来没有接过茬儿，总是很安静地听孟繁讲，那姿态仿佛在课堂上听课一样。这也是齐鲁的本事，齐鲁总能把任何一种关系变成师生关系，把任何形式的言谈，变成上课与听课。有时孟繁觉得齐鲁这个女人真是个当学生当出了瘾的，吕蓓卡与其叫她书蠹，不如叫她学生蠹。可学生也不能当一辈子呀，博士毕业之后，怎么办呢？又去读另一专业方向的博士学位？这种情况也有的，孟繁听说，在国外，有一些留学生就这样，博士毕业之后，找不到工作，只好又去读另一个博士，最后把学校所有的博士学位都读了个遍。反正国外的奖学金高，干脆把读博职业化了。

或者齐鲁应该去国外，既可以把学位无休无止地读下去，又可以摆脱类似吕蓓卡这样的女人的欺负。外国人又不讲阴阳，又不讲太极，总归没有中国人复杂和厉害的。吕蓓卡的男朋友就让吕蓓卡毕业后赶快去美国，他说，美国人都像幼儿园的小朋友，超单纯，超好对付。

这当然是玩笑，却也是有几分当真的玩笑。如果那样，吕蓓卡去美国岂不是英雄无用武之地了吗？对付美国人，让吕蓓卡这样高段位的人去，不是杀鸡用牛刀？

而齐鲁，估计和美国人，是旗鼓相当的。

研究了那么多年的先秦文学，一天到晚琢磨几千年前的人，还能不把自己琢磨得更朴素和更单纯？不把自己琢磨成美国人那样子？

孟繁觉得挺有意思，或许一个人的研究真会影响到她的性格和思维，不然，她研究李商隐，就有李商隐的缜密和曲折，吕蓓卡研究明清戏剧，就有戏剧中小旦的长袖善舞，而齐鲁，整日读"关关雎鸠，在河之洲""上耶，我欲与君相知"这样的古朴诗文，不知不觉亦变得古朴了？

不是没有这种可能，然而也可能是另一种结论，那就是一个人的性格与思维决定了她的研究对象。或者她本来身体里就有李商隐，所以研究李商隐，吕蓓卡本来就是个小旦，所以研究戏剧，而齐鲁本来就是简单朴素的，所以她干脆返璞归真，回到几千年前的先秦文学里面去。

孟繁突然间有了一种灵感，她或许可以就这个问题写一篇论文的，论文的题目就叫作《略论文学研究者的性格和思维与研究对象的关系》。

六

齐鲁其实懂，懂吕蓓卡的偷梁换柱和反衬，也懂孟繁言此意彼的挑拨离间。

然而齐鲁不在意。房间朝南朝北有什么关系呢？比起南面明晃晃的房间，她更喜欢北面的阴暗。她向来忌惮明亮的东西，白天、太阳、玻璃，以及别人尖锐的注视，她都不喜欢，那些东西让人没有遮挡无处藏身。她喜欢更暗的感觉，至少要半明半暗。像鱼一样，有水的遮蔽，像藕一样，有荷和泥的遮蔽。小时候，她的那些小朋友都渴望成为一只鸟，在天空飞，或者成为祖国美丽的花朵，在阳光下灿烂开放。可她想做的，却是一只蚯蚓，同学几乎不能理解她。为什么做蚯蚓呢？那种黑不溜秋的东西，过那种暗无天日的生活。老师可能也是疑惑的，也问她为什么，她不说——她那时也确实说不清楚的。老师后来替她说了，老师说，齐鲁同学之所以想做一只蚯蚓，是因为蚯蚓能松土，让花儿苗壮成长。同学们恍然大悟，都热烈地为她鼓掌。她面红耳赤，十分羞愧。如果只是因为花儿的话，她为什么不做蜜蜂呢？不做蝴蝶呢？她想这样反问老师，然而没有。她打小就是个不喜欢反驳别人的人。不，应该说，她打小就是个不喜欢用言语反驳别人的人，她的反驳都在暗中完成，也就是在她的意念中完成。她面上对谁都百依百顺，暗里呢，却也有自己的想法的。

所以，对齐鲁来说，和南相比，她更喜欢北，和东相比，她更喜欢西，总之和飞蛾相反，飞蛾趋光，她趋暗。她是飞蛾的史前，是居蛹者。

至于阳台，她亦无所谓。阳台到底有什么好？也值得孟繁用那么诗意那么垂涎的语言来描述它？说白了，不过是半个戏台而已。卞之琳不是说过，你站在桥上看风景，看风景的人在楼上看你。明月装饰了你的窗子，你装饰了别人的梦。齐鲁可从来不想成为别人的风景，吕蓓卡看上去却是很风景的女人，既如此，换个房间，不是各得其所吗？

虽然吕蓓卡换房间的手段，有些不太磊落。

她也知道孟繁是好意，是好意的挑拨离间，是为她打抱不平。可她能做什么呢？莫说她本来喜欢北面的房间，即便不喜欢，她其实也没能力进行实际的反抗的。所有的反抗都只能是她的一篇意识流小说，在虚构的小说里，她像泼妇一样骂过街，也像鲁提辖一样一拳把人的脸打成了颜料铺；她甚至还杀过人，不是用砒霜，而是用鱼肠剑，欧冶子铸的名剑，专诸杀王僚的那把，杀了一个十分英俊的男人，男人叫北，沈北，是齐鲁高一届的师兄。她在研二那年无可救药地爱上了沈北，但沈北却没有爱上她，不仅没有爱上她，而且还十分残忍地在她眼皮底下爱上了另一个女人，外语系的一个女生。她十分痛苦，然而还心存指望，指望那个外语系的女生会水性杨花，或者沈北水性杨花——男人不都容易朝三暮四移情别恋的吗？可沈北却对那个外语系的女生死心塌地，研究生一毕业，他就生生地把自己变成了一个有妇之夫。她简直绝望，他怎么可以一点机会都不留给她呢？她本来是个在道德上极自律的人，为了他，已经有些破戒了，难不成还要她越走越远，和一个有妇之夫弄鸡鸣狗吠之事？挣扎了许久，她终于起了杀心，在一个花好月圆之夜，她用那把削铁如泥的鱼肠剑，结果了那个男人。

那以后，再看到那个男人和那个女人在学校里秩秩而行，她就只当见了鬼。

但她不会杀吕蓓卡的，虽然她的反衬手法有些恶劣。可吕蓓卡的恶劣，不是主观故意的恶劣，而是客观后果的恶劣。也就是说，吕蓓卡的真正目的，不在贬低齐鲁，而在抬高自己。她无非随手借来齐鲁这面镜子，在男人面前，搔首弄姿一番。拉康不是说过，人和人的关系，其实是人和镜子的关系。这镜子理论，齐鲁以为，完全是为吕蓓卡这个女人而量身打造的，吕蓓卡根本就是个镜痴。只是齐鲁不明白，那位1901年在巴黎出生的男人，怎么知道1975年才出生的东方吕蓓卡的呢？

这有些荒诞了。齐鲁几乎笑出了声。齐鲁常常这样自娱自乐的。这一点她和吕蓓卡截然不同，吕蓓卡是个事事依赖别人的女人，大事小事都一样，早点总是让齐鲁捎，作业总是让她的师兄师弟帮着做，窗户插销坏了，只要动动小指头就能张罗好的事，她会煞有介事地打电话找物管。甚至于她的快乐，也是寄生的，寄生于男人或者齐鲁这样的女人那里。男人谄媚几句，或挑逗几句，她立马激动得面若桃花眼若秋水身若飞燕口若悬河——真是身若飞燕口若悬河，即使男人走了，她还会在305飞来飞去飞半天，且喋喋不休半天，不，不止半天，应该是余音绕梁三日不绝。

但齐鲁却不是这样的女人，齐鲁极自立，尤其是精神层面，她基本处于自给自足的小农经济。想吃鱼了就养鱼，想穿绫罗绸缎了就种桑养蚕，偶尔想抽几口鸦片了，就种罂粟。

当然，也有些东西是种不了养不了的，比如男人。

如果和《山海经》里的类，或绢鱼一样，就好了，因为能自为牝牡。

或者干脆做南瓜、玉米、小麦，也行。

这是齐鲁在调侃自己了。偶尔齐鲁的思想或情感陷入困境时，会用这一招，给自己解围。

七

然而这一次的困境，齐鲁亦无可奈何了。

三十岁应该是女人的分水岭，至少齐鲁的父母这么认为。齐鲁的父母说，在博士毕业前，齐鲁无论如何也要给他们弄个女婿回去了，当然也要是博士，而且还是英俊的博士，齐鲁的母亲补充。不然，没法在左邻右舍和同事面前言语呀。人家的话音儿里，现在已经有些绵里藏针了。可不要绵里藏针吗？这么些年，齐鲁给人家带来了多少沉重的打击呀，又是考重点大学，又是考研究生，又是考博士，没完没了，简直连环腿一样，踢得他们晕头转向一身乌青。

人家能不恼吗？能不恨吗？能不专找齐鲁的死穴点？

齐鲁的父母十分理解别人的情感，他们都是人民教师，虽然只是中学人民教师，可依然具备教师善解人意的基本素质。

所以，当别人不怀好意地问起齐鲁的个人问题时，他们总谦虚地说，不急，不急，这孩子，一门心思还在学业上呢。

可暗地里，他们也急，都急成了热锅上的蚂蚁。

早在齐鲁读研究生时，他们的教育方针其实就有些改变了。但那个时候的改变还在改良阶段，有些优柔寡断左右为难的，有些犹抱琵琶欲说还休的。一面要齐鲁在学业方面再上一层楼，一面又暗示齐鲁可以开始恋爱了，前提当然是和十分优秀的男生。前面的意思是由父亲慷慨表达的，后面的意思是由母亲婉转表达的，合起来解读，就是要齐鲁双管齐下，鱼与熊掌都不耽误。这当然是很有难度的要求，对齐鲁来说。中文系的男生倒是热衷恋爱的，却不是热衷和齐鲁这样姿色平平的女生恋爱，而是和那些长相十分风花雪月的女生。也不管自己风流倜傥，还是歪瓜裂枣，都胸怀大志，且矢志不移。可学中文的女研究生尽管内心个个风花雪月，但长相呢，多数和齐鲁一样，正好是风花雪月的反义词。男生们于是不惜舍近求远，纷纷到外系去发展，或者发展那些刚入校门的本科生美眉。有些骁勇的男生，甚至会降贵纡尊地去发展学校美发店的女孩子。

齐鲁父母鱼与熊掌兼得的愿望落了空。父亲要的鱼她是抓住了，但母亲要的熊掌她连一个手指头也没碰着。

齐鲁的父母着急了，齐鲁已经三十岁了，事情变得迫在眉睫，从前改良的方式对书呆子女儿看来过于温和和含蓄了，非要通过激烈的革命才能拿下熊掌。老两口重新整理了教育齐鲁的格言，从前是"书山有路勤为径，学海无涯苦作舟""路漫漫其修远兮，吾将上下而求索"，现在他们不要齐鲁上下求索了，改走老庄路线了，"吾生也有涯而知也无涯，以有涯随无涯殆已"，简直有劝齐鲁放弃学业的意思。

他们以为，齐鲁之所以如今还形单影只，不是因为找不到，而是因为她不找，她的心思还在学业那儿呢，只要180度转身之后，不，哪怕是60度转身，找个理想的女婿，那不是易如拾豆拾芥？

门口书报亭里老顾家的小铃子，高中还没读完呢，还给老顾找了个在图书馆上班的大学生，人也长得十分精神。何况他们家博士齐鲁呢？

后面那句反问，是齐鲁加上去的，齐鲁知道父母的逻辑，依此类推吗。齐鲁的父母都是中学语文老师，最习惯演绎思维的。

可齐鲁最怕父母依此类推。

八

老季第一次来305的时候，见的是齐鲁。

是孟繁的有意安排。那天是周末，吕蓓卡正好外面有饭局，她师兄宋朝做东，宴请导师，由吕蓓卡作陪。这是明清文学博点的固定宴席模式，总是铁打的营盘流水的兵，师兄师弟们轮着来，而导师和吕蓓卡却是固定不变的。请导师当然要请吕蓓卡，不然，那顿饭不白瞎了？没有吕蓓卡在场的饭局，谁有本事把它撑下来？导师的冷脸嗖嗖地如一月的冰雪，生生能把几个衣衫单薄的弟子冻死。而吕蓓卡一旦在，那季节就完全不一样了，那是人间四月芳菲天，有时导师喝高了，兴起了，就到了七八月。老头会用筷子敲着碗碟，哼起明代的小曲儿：向晚来雨过南轩，见池面红妆零乱。渐轻雷隐隐，雨收云散。但闻荷香十里，新月一钩，此佳景无限。兰汤初浴罢，晚妆残。深院黄昏懒去眠。

导师唱曲儿的时候，其实从来不看吕蓓卡，不单唱曲儿时不看，喝酒时也不看，上课时也不看，然而他的弟子们，不管是男弟子，还是女弟子，全知道导师喜欢吕蓓卡。

孟繁也知道。吕蓓卡知道了的事情，孟繁还能不知道？尤其这事情还和风月相关，尤其这风月还和吕蓓卡自己相关——吕蓓卡最喜欢在孟繁面前谈的，就是男人对她明里暗里的迷恋。对吕蓓卡来说，男人的迷恋是一种幸福，而在其他女人面前，展示出这种迷恋，是另一种意义上的幸福。不然，那是锦衣夜行了。可吕蓓卡的锦衣，从来都要在明艳艳的灯光下的，要在笙管悠扬的戏台上的。什么时候甘心夜行呢？

孟繁不仅知道了导师喜欢吕蓓卡，而且还知道吕蓓卡那天的饭局不到夜里十一点散不了。

所以，孙东坡打电话来的时候，孟繁说，要不，你把老季带过来吧——老季之前，已经和孟繁强烈要求来她们这边做客好几次了。

自然是想见吕蓓卡，可孟繁偏给他安排齐鲁——这是杀富济贫，孟繁偷偷对孙东坡说，老季可能发生的爱情，于吕蓓卡的全部意义，不过是锦上添花，可于齐鲁，却是雪中送炭。

孟繁不喜欢锦上添花，尤其不喜欢为吕蓓卡锦上添花。

老季却不知情，还以为齐鲁就是吕蓓卡。趁孟繁到厨房洗葡萄的时候，也尾随过去，轻声问，她就是你说的花间词？孟繁知道他的意思，却不置可否，反问，她不像花间词？老季笑而不言，孟繁忍不住了，说，你笑什么？花间词原也有很多种的，有温庭筠那样香艳绮丽的，也有韦庄那样单纯朴素的，她是后者，属于"春日游杏花吹满头"那种。老季瞪圆了眼，说，文人之言，尤其是女文人之言，看来还真不能信。别说花间词了，她和词干脆都不沾边。词有长短，有韵味，她哪有？分明是格律诗，整整齐齐的格律诗。孟繁扑哧一声，笑出了声，却是半声，还有半声在中途夭折了，因为孟繁又把它生生憋了回去。倒不是怕齐鲁听见，而是有些不忍，若是笑吕蓓卡，她也就放肆笑了，可和一个男人在背后笑齐鲁，孟繁觉得太不厚道了，也实在有违自己的初衷——她是打算为他们牵线搭桥的，不能一开始，就由老季牵了鼻子，往错误的方向走。这么一想，孟繁的脸一下子变得有些严肃了，语气里亦有薄愠。孟繁说，大家不过做个朋友，你也不要这么说。

气氛陡然转了。老季一时也觉得自己饶舌和轻薄了，本来是自己上赶着来的，来了又这么损人家的朋友，难怪孟繁不高兴了。老季的神态亦有些讪讪的了。

孟繁见老季这样，又打圆场了，说，形式和内容往往相左的。有些女人看上去是五代词，但细品其精神，却是格律诗；有些女人正相反，看上去是格律诗，其实却是五代词。你要花时间，才能发现真相。

老季想想，也对。

九

通常情况下，305只有两个人。白天是孟繁和吕蓓卡，晚上是孟繁和齐鲁。

孟繁只要没课，总是待在宿舍的。待在宿舍多数时候也是伏案备课，从前做老师，倒不必这么辛苦的，反正讲什么，怎么讲，都由了自己的。中文系的课，本来随兴。一句李商隐的"一弦一柱思华年"，就能消磨好几节课，思完了李商隐的华年，还可以思思自己的，思完了自己的，又可以思哲学意义上的华年，这又扯到曹操的《短歌行》了，或者辛弃疾的《摸鱼儿》，这野马不知跑到哪儿去了，可学生们不在乎，学生最喜欢老师跑野马。别说跑到曹操那儿去，就是跑到曹操的父亲那儿去，跑到曹操的爷爷那儿去，也没关系。

但现在情况却不同。孟繁的导师，是个惜言如金的人，多数时候，他喜欢让学生自己讲，他听。每次课的最后几分钟，他会把下一次课的主题定了，然后让学生去准备。学生只有三个，想做鸵鸟，都不可能。而且导师上课时特别热衷于偷袭，有时明明是别的同学主讲，孟繁负责旁听的，导师亦会突然转脸，目光炯炯地向孟繁提问。这时孟繁的一张素脸，便涨得绯红。自然是答不上来的，即便能支吾几句，也被导师四两拨千斤地挡了回来。

所以只能老老实实地备课。老鸟先飞，孟繁在吕蓓卡和齐鲁面前自嘲道。她是305的老大，也几乎是中文系女博士的老大——说几乎，是因为文艺批评博点应该还有一个年纪更大的女人，可能已经四十了，也可能四十多了，还可能是三十几。版本极混乱，因为那女人在不同的场合下关于自己年龄的说辞都不同。甚至她的婚姻情况，在坊间也有好几种版本，有人说离异，有人说分居，也有人说人家一直还是待字闺中的一朵黄花——这一朵黄花的说法，因为形神兼备，最受女博们青睐。

女博男博都在私下里说，一朵黄花是中文系最扑朔迷离最具神秘色彩的女人。

但孟繁不喜欢玩这一套。她从不忌讳自己的年龄和婚姻状况，不仅不忌讳，而且还大张旗鼓地把自己称作老大。这在吕蓓卡看来，胸怀委实有些博大了。女人的年龄，那是一寸光阴一寸金，寸金难买小寸光阴呀，别说一年，即便是一个月，一天，都要锱铢必较的，哪能如此妄自称大呢？她那个点的陈燕子，就只比她大半个月，但她毫不含糊地把她叫作师姐，尤其有男人在的场合，她师姐师姐叫得格外亲热。陈燕子极恼火，却不好发作，只能笑靥如花，说，我们一般大，叫燕子就行了，叫什么师姐。那哪行呀？吕蓓卡更是笑靥如花，说，姐是姐，妹是妹，这是伦理，叫你燕子不是乱伦了吗？

莫说陈燕子，即使孟繁，这个时候也恨不得扇吕蓓卡一个大嘴巴子。倘若直呼其名也叫乱伦，那她和她的师弟们，还不知乱了几回伦呢？

背了人，孟繁有时会用后面那句话和吕蓓卡开开玩笑，但一旦有人时，孟繁从不说让吕蓓卡下不了台的话。这是吕蓓卡喜欢孟繁的地方，有分寸的女人总是让人尊敬的，吕蓓卡就很尊敬孟繁。

尊敬的方式是请孟繁喝咖啡。吕蓓卡的咖啡在博士公寓，是很有名气的。因为不是速溶，而是现煮。咖啡豆是男朋友从美国寄过来的，每次煮前，都要用十分漂亮的咖啡磨手工研磨。这活儿多数时候吕蓓卡都让男人干，偶尔兴致来了，或者要请的对象还有些生分，吕蓓卡就自己干了。活儿其实不重，之所以让男人磨，有撒娇的意思。比如吕蓓卡请师兄宋朝，吕蓓卡基本就袖了手，在边上看的。可请导师呢——导师当然不能常常来305，但偶尔有事，或者到别处有事，也会过来打个招呼，吕蓓卡这时就要亲力亲为了。从磨，到煮，到斟，吕蓓卡修长白皙的手指，都是盛开的玉兰花形状，极具观赏价值。

所以，吕蓓卡的咖啡是一种待遇。不仅于男人，于女人，即使于孟繁这样的女人，都是一种诱惑。在八月桂花飘香的夜晚，坐在吕蓓卡的阳台上，手握一杯醇香的咖啡，听极缠绵的《游园》或者《惊梦》，看对面闪烁迷离的城市灯火，孟繁也恍兮惚兮。

然而，孟繁恍惚的机会其实不多，一方面因为吕蓓卡对她的美国咖啡，十分吝啬；另一方面，也因为吕蓓卡昼伏夜出的作息习惯。吕蓓卡是博士楼的楼花，夜生活向来十分丰富的，自然没有多少时间陪孟繁坐在阳台恍惚。而大白天，两个女人点起酒精灯煮咖啡，到底又有些没意思了，不光吕蓓卡觉得没意思，就是孟繁，也一样。

有些事情，原是要夜里做的。

夜里却是齐鲁待在305。

白天的齐鲁是从不待在宿舍的。齐鲁的生活习惯几乎还是农耕时代的，日出而作，日落而息。整个大白天，她都会泡在系资料室或者图书馆里，为毕业论文做准备。她们的专业课到二年级，都不多了，导师要求学生开始撰写论文了。导师的话，在吕蓓卡那儿，是耳旁风，吹过了就吹过了，但到齐鲁那儿，却是要风吹草动的，这是齐鲁一贯的学业态度，和孟繁基本也是异曲同工。孟繁说自己是老鸟先飞，齐鲁呢，说自己是笨鸟先飞。

吕蓓卡于是常常拿这两只鸟的事儿打趣，说她们是两只鸟人，说她们从事的事业是两只鸟的事业。都是当了孟繁的面，不是齐鲁。因为齐鲁不是个喜欢开玩笑的人，齐鲁有些严肃——严肃是孟繁的评价，吕蓓卡的评价却是古板，以及乏味。

应该说，吕蓓卡的评价还是很客观的。有些夜晚，孟繁学习累了，会泡杯茶，主动去敲齐鲁的门，齐鲁的门总是关着的，她从来不和吕蓓卡一样，有事没事到孟繁这边来聊天，也不会带了朋友来，在客厅里喧哗。齐鲁在305的姿态，基本是一只蚌的姿态。孟繁本来也是爱安静的人，可齐鲁，未免也太安静了，安静到安静的孟繁忍不住也想过去生出些波澜和动静——可波澜总是孟繁的波澜，动静也总是孟繁的动静，齐鲁那儿，依然还是人闲桂花落，或者说，是鸟鸣山更幽。

即便这样，孟繁还是反感吕蓓卡用贬义词来描述齐鲁——她向来喜欢锄强扶弱，而在305，吕蓓卡就是强，齐鲁就是弱。所以，只要有机会，她总是会向吕蓓卡撂一撂她的鱼肠剑，当然极轻盈，极隐秘，完全是若有若无的样子，吕蓓卡或者看出来了，或者没看出来，她对孟繁，倒是始终如一地笼络。

齐鲁肯定是没看出来的，因为她的态度也是始终如一，无论是对吕蓓卡还是对孟繁，都是不偏不倚，都是不即不离。

十

孟繁有些恼。

恼齐鲁，也恼吕蓓卡。两个女人，简直是两个极端，精明的精明成王熙凤，老实的老实成傻大姐。明明在背后刚糟践过人家，一转脸，又是笑眯眯的。鲁，帮我还本书。鲁，帮我带个芝麻面包。吕蓓卡对齐鲁的称呼，那是变化多端的，当了孟繁面而背了齐鲁时，叫书痴或书蠹，有男人在场时，就半真半假地叫齐姐，而要让齐鲁帮她忙时，就十分亲热地叫鲁了。

但吕蓓卡从来不敢叫孟繁做事——其实一开始也叫过的，孟繁立刻礼尚往来，而且变本加厉。吕蓓卡去外面的时候更多，而孟繁，基本过着深居简出的生活。所以，几次之后，吕蓓卡就不惹孟繁了。但用齐鲁，却一直用得得心应手。齐鲁从不借故推诿，也从不反用吕蓓卡。这种姑息养奸的态度，让一边的孟繁都生气了。然而生气也是白生气，因为毕竟和自己不相关了，人家周瑜打黄盖，一个愿打，一个愿挨，她又能做什么呢？只能袖手旁观。

然而还是恼。

凭直觉，孟繁知道齐鲁一定没有谈过恋爱。

经历过男人的女人，不会木讷成这个样子。会更生动，更风情，更懂得那些眉里眼里的微妙意思。

像吕蓓卡，蛾眉宛转，一如行云流水，一如流风回雪。

但齐鲁却还是一棵榆树，生硬、紧致。

所以孟繁对老季说，你最好要有鲁班的本事，能在榆树上，雕花刻朵。

在上次见面之后，孟繁又安排了老季和齐鲁的第二次约会，当然，又是趁吕蓓卡出去赴宴的时候。反正吕蓓卡，几乎夜夜笙歌。

老季现在知道了齐鲁不是吕蓓卡，也从孟繁和孙东坡的弦外之音里，明白了吕蓓卡是个什么样的女人。

孙东坡语重心长，说，丑妻薄地家中宝。这话老季信，因为是酒后之言，也因为孙东坡自己身体力行——孙东坡和孟繁的长相差距，按他师妹的形容，那是天上人间。孙东坡凤眼剑眉，修长俊美，是中文系有名的大帅哥，而孟繁，却有唐代之风，面如满月，丰腰腴背，以时下的审美，不说丑妻，也接近丑妻了。

然而人家举案齐眉，伉俪情深。

榜样的力量无穷。而且老季现在手边一本书也没有，闲着也是闲着，读读格律诗，聊胜于无。

孟繁不是说，有些格律诗，骨子里其实是五代词，要多读，要专心地读，才能读出其中的旖旎韵味？

于是老季把格律诗带到学校附近的茶楼，是孟繁的建议。开始其实还是四个人，但茶喝到一半，孙东坡和孟繁就先撤了，孙东坡朝老季眨眨眼，然后对齐鲁说，我和孟繁还有点事，你们且喝着。老季起身送，孟繁悄声说，你别送了，回去慢慢读你的格律诗吧。老季转脸就对着齐鲁笑，开始还是意味深长的浅笑，几秒钟之后，竟然大笑了起来。齐鲁莫名其妙，问，笑什么？老季说，这两口子，狡猾着呢，明明是调虎离山，偏偏还装作做好人好事的样子。齐鲁不懂，问，什么调虎离山？老季愈发乐了，说，你是虎，我也是虎，把我们都调走之后，他们不就可以胡作非为了？

齐鲁这下终于明白了，明白了的齐鲁，刹那间面若冰霜。

十一

齐鲁其实那时候已经开始恋爱了，不是和老季，而是和一个叫墨的男人。

墨是那个男人的网名。齐鲁和他是在网上认识的，齐鲁的网名是白天不懂夜的黑。

墨说，我懂。

墨也是夜，所以懂夜的黑，不仅懂夜的黑，还懂《诗经》，懂《楚辞》。

最初的言语也是矜持和节制的，他们谈文学，谈电影，谈哲学及一切形而上的东西。墨知识渊博，又彬彬有礼，完全是齐鲁习惯的学院男人风格。

后来就有些放纵了——齐鲁本来不是放纵的人，但墨循循善诱，由形而上，开始犹抱琵琶地形而下了。

墨说，夜，今天我有些忧伤。

墨在网上把齐鲁叫作夜。

齐鲁说，因为冬天吗？冬天我也常常忧伤的。

墨说，和冬天没有关系，是电影。今天我看了杨德昌的《一一》。你看了吗？

齐鲁说，原来看过的。

墨说，还记得NJ和他恋人说的话吗？NJ说，本来以为，我再活一次的话，也许会有什么不一样，结果……真的没什么不同，突然觉得，再活一次的话，好像真的没什么必要。

齐鲁说，NJ说这样的话，他恋人要伤心的。

墨说，你呢？倘若我说这样的话？你会不会伤心？

齐鲁怦然心动。这是第一次，男人对齐鲁说这样暧昧的话——尽管是虚拟世界中的男人，但相对于从前意念中的虚拟，这一次的虚拟，却有一半真实了。从前意念里的情爱，男人虽然是真实存在的男人，比如她的师兄，那个被她暗杀了的英俊男人，他的一言一行，他的一颦一笑，都近在咫尺，然而却咫尺天涯，因为情爱是虚构的，他对她所有的风花雪月，所有的海誓山盟，都是她一个人黑暗中的作品，他完全不知情，她一厢情愿地创造了她和他的爱情。然而这爱情是私生子，见不得人。每次看到他和他的恋人在校园里恩恩爱爱如胶似漆，她都觉得十分羞辱，恨不得自己是只兔子，能一头撞死在路边的树上，或者是只蚯蚓，干脆躲在地底下生活。

但现在却颠倒过来，男人虚化了，情爱却是真的。他字里行间的爱意，让齐鲁感觉前所未有的幸福和真实。他似乎就在她耳边私语，用狎昵的语气，狎昵的眼神，齐鲁目眩神迷，水波潋滟。

以前是咫尺天涯，现在是天涯咫尺。

墨说，夜，我能抱抱你吗？

齐鲁不语。然而在这清冷的冬夜里，孤独的齐鲁如何能拒绝男人的拥抱？如何能拒绝一个男人的绵绵情意？隔壁孟繁的房间无声无息，孙东坡来过了，又走了。而吕蓓卡的房间里又隐约传来了杜丽娘的后花园之歌：

> 原来姹紫嫣红开遍，似这般都付与断井颓垣，良辰美景奈
> 何天，赏心乐事谁家院。朝飞暮卷，云霞翠轩，雨丝风片，烟
> 波画船，锦屏人忒看的这韶光贱。

每次夜宴归来，吕蓓卡都喜欢一边洗漱，一边放上一曲《游园》。三十三岁的吕蓓卡，对爱情，总有一种来日不多时不我待的紧迫。男友远在天边，电话虽然隔三岔五，但那种电话里的爱情，对吕蓓卡而言，即使不是形同虚设，也是画饼充饥望梅止渴。吕蓓卡的姹紫嫣红，怎能付与断井颓垣呢？所以有夜宴，有宋朝和导师。

可齐鲁有谁呢？

一无所有，三十年来，齐鲁一直单骑夜走。

那么，让墨抱抱又如何呢？

齐鲁终于半推半就，投入了那个亦真亦幻的墨的怀抱。

十二

宋朝现在是305的常客。

每次来了之后，就猫进吕蓓卡的房间。一猫，就是大半天。

孟繁有些不明白，不明白吕蓓卡怎么突然就专宠宋朝了。吕蓓卡对男人的态度，向来是阳光普照大地的那种——对哪个男人都好，但对哪个男人也不会特别好，好到能集三千宠爱于一身。那不太可能，尤其是对宋朝这样的男人，绝对不可能。

吕蓓卡说过，女人找男人——即使只是地下男人，也要有所图的。或者图钱，能让她肥马轻裘锦衣玉食；或者图权，能让她颐指气使张牙

舞爪；或者图色，能让她"承欢侍宴无闲暇，春从春游夜专夜"。

而宋朝，这三样都没有。没钱，没权，没色。

而且还肤白脸圆。吕蓓卡最忌惮圆脸男人了，因为像太监。和一个太监样的男人，怎么有兴趣上床呢？她也没有断袖之癖。从前她和孟繁坐在阳台上，聊男人的时候，她这样损过宋朝的。

这也是吕蓓卡的一贯风格，吕蓓卡对男人，基本上都是阳奉阴违的。在私底下，她对哪个男人，都是莺声燕语眼波流转的，所以男人窃喜，以为吕蓓卡对自己是情有独钟了，纷纷做飞蛾扑火状。但其实呢，吕蓓卡哪个也没有钟的，至少在孟繁这儿，所有的男人都只是作料，仅供吕美人在阳台上，和女友餍口舌之欲。所以，吕蓓卡和宋朝，应该不会有什么燕婉之事。

难道真饥渴了？可吕蓓卡的美貌，正是如日中天之时，即便饥渴了，也轮不上宋朝的。

那宋朝总来吕蓓卡这儿，为哪端呢？

事情颇有些蹊跷了，孟繁对蹊跷神秘之事，一向喜欢考据。可这事也不比李商隐的无题诗，可以放在案头，随手考据。人家房门紧闭，她就是想考据，也无从下手。只能拿张报纸，坐在客厅里，支了耳朵听。可吕蓓卡的房间里，除了永远的咿咿呀呀的昆曲外，什么声音也没有。

更吊诡的是，有时吕蓓卡自己都外出了，却把宋朝留在房间里。

孟繁泡了菊花茶，拿碟椒盐瓜子，去敲宋朝的门。孟繁说，吕蓓卡金屋藏娇，我过来看看，不搅扰吧？

宋朝正坐在电脑前忙着，听孟繁这样说，赶紧起身，哪能呢？孟姐光临，蓬荜生辉。

孟繁大笑，说，宋朝，蓬荜可是第一人称哦，是拙荆的意思。难道吕蓓卡已经成了你的拙荆吗？

宋朝也笑，说，我倒是想，可人家吕蓓卡不早就是别人的拙荆了吗？

那怕什么？孟繁说，近水楼台先得月，何况得一拙荆呢？

两人一边嗑着瓜子喝着茶，一边逗着嘴。孟繁一眼瞥见桌上的几本书，一本《汤显祖研究资料汇编》，一本《汤显祖与晚明戏剧的嬗变》，还有一本书是半卷的，孟繁随手翻转了过来，是《也说汤显祖戏曲研究与昆腔的关系》。

你不是研究李渔的吗，怎么又研究起汤显祖来了呢？孟繁闲闲地，问。

我研究什么汤显祖？是吕蓓卡的毕业论文，让我帮忙……看看。

孟繁恍然大悟。原来宋朝，是吕蓓卡的床头捉刀人。

孟繁冷笑。看来吕蓓卡真是在利用自己的钻石和石油了——以前吕蓓卡曾说过，女人的身体，是天然资源，和伊拉克的石油、南非的钻石一样，一定要开采利用，否则就暴殄天物了。

可一篇十几万字的博士论文，要开采多少石油和钻石来交换呢？

隔壁的陈燕子曾经暗示过，吕蓓卡之所以能来读博士，是因为在一次学术会议上搞定了导师。那时孟繁还是半信半疑。毕竟导师太老了，和吕蓓卡在一起，几乎是"一树梨花压海棠"的风景，而陈燕子，和吕蓓卡又是同门师姐妹，出于嫉妒，完全有诋毁吕蓓卡的可能。所以她们之间的流言斗争，说不定是狗咬狗的性质。

然而现在，孟繁倒是相信陈燕子的那个说法了。

十三

孙东坡在周末，很少到孟繁这边来过夜。

因为不方便。三个女人在一个屋檐下，且共用一个卫生间，突然杂进一个男人，总有些尴尬的。不说有在客厅里遇到穿睡衣的室友的可能，就是孙东坡自己，也觉得极麻烦，本来在床上时，他只穿一件短裤，或者什么都不穿。可每次出房门，孟繁都要求他穿戴整齐了。有时后半夜了，他想偷偷懒，几乎光着身子就想往卫生间冲。卫生间就在房间的对面，孙东坡冲过去，也就是一秒钟的时间，可孟繁坚决不允许，因为不怕一万，就怕万一。万一孙东坡半裸着被室友撞见了，或者孙东坡撞见了半裸的室友，那场面，于孟繁而言，不仅是尴尬，简直是灾难了。

撞见齐鲁也就罢了，撞见吕蓓卡，那和撞见聊斋里的狐狸也差不多。

吕蓓卡的睡衣，孟繁可是见识过的，统统都是花间词派的风格，极浓艳，极妖冶。让人一见之下，就有"暖风熏得游人醉，直把杭州当汴州"的耽溺冲动。

而且，吕蓓卡有时还会不穿睡衣，直接穿件小背心小裤衩就出来了。吕蓓卡的小裤衩，那更不得了，简直是花间词里的花间词。

虽说孙东坡在这儿的时候，吕蓓卡不太可能穿着花间词里的花间词出来，可也不排除她夜里会睡迷糊，或者假装睡迷糊——吕蓓卡这样的女人，什么花腔不会唱呢？

所以孟繁要防微杜渐，要未雨绸缪。

即使不戒备吕蓓卡，孟繁也觉得孙东坡在这边过夜不合适。毕竟隔壁房间里住了两个年过三十的单身女人，而公寓的墙隔音效果又不好，单人床又不结实，无论他们如何压抑，也还是会有一些十分暧昧的声音传出去——就算什么声音都没有，那也是此地无银三百两，此时无声胜有声。

那实在有些不人道。孟繁从来都是个善解人意的女人。

而且他们也还是能找机会过他们的夫妻生活的。有时老季出去了，或者吕蓓卡和齐鲁都不在。他们便会见缝插针。多是孙东坡打电话过来，说，老季出去了，你有时间过来吗？一般情况下，孟繁是有时间的。鲁迅先生不是说过吗？时间是海绵里的水，只要愿挤，总是有的。孟繁当然愿意为了孙东坡，挤一挤她的时间海绵。

有时隔得时间久了，十天半月孙东坡那边都没动静，孟繁也会主动给孙东坡打电话。孙东坡是个事业心很重的男人，有时忙起来，就忘了这档子事了。但孟繁不会忘，有时是身体没忘，有时是心理没忘。这时就会提醒他，当然也不会直接提醒，而是绕着圈儿地，在电话里和孙东坡闲聊。孙东坡便明白了，知道孟繁想他了，也知道吕蓓卡和齐鲁一定不在宿舍。这时孙东坡便也会挤一挤他的时间海绵。两所学校一东一西，又要乘地铁，又要倒公交车，最后留给他们缠绵的时间其实不多，好在他们结婚十多年了，是老夫老妻，对夫妻生活的态度，早也是繁花落尽，去芜存菁。

之后孟繁和孙东坡总会去学校西门口的"大娘水饺"店，孙东坡喜欢那里的荠菜虾仁饺子，和牛肉粉丝汤。孟繁也喜欢——即便不喜欢，她也会让自己逐渐变得喜欢的，这是她婚姻如此美好的秘诀。她愿意在一些生活细节上，让孙东坡有如沐春风的感觉。生活是由细节组成的，尤其是婚姻生活，女人要懂得集腋成裘聚沙成塔的道理。

偶尔他们也会奢侈一把，去更远一些的"张生记"，点上一钵老鸭煲，或酸菜芙蓉鱼，再配上一盘白灼芥蓝。这一般是过节的日子，或者孙东坡发了论文，申报到了课题经费。他们便偷着乐一乐。他们做人一向是很低调的，不像吕蓓卡，在校报上发篇论文，也要大宴宾客，那实在太张扬了——也不划算，一顿饭下来，怎么省，不要几百块甚至上千块呢？但吕蓓卡不在乎，吕蓓卡喜欢一掷千金，或者让男人为她一掷千金。

　　但孟繁不喜欢，不喜欢一掷千金，更不喜欢自己的男人为吕蓓卡一掷千金——虽然这可能性很小，因为孙东坡和孟繁一样，也是精打细算的人。而且孙东坡也不喜欢吕蓓卡这个女人，至少在孟繁面前，他对吕蓓卡的批评，从来是毫不留情的，说她不学无术，说她的行为简直像交际花——这其实是孟繁的意思，只不过孟繁提供论据，而孙东坡归纳论点。他们两个人，表面看起来，是夫唱妇随，其实呢，却是妇唱夫随。因为孟繁的妇唱，十分婉约，而孙东坡的夫随，却直白尖锐，所以让孙东坡错误地以为，他是他们家的领唱者，而孟繁，是唱和声的。

　　孟繁也鼓励孙东坡这么想。男人都有公鸡的理想，她不妨——至少在姿态上，成全孙东坡的理想。

　　比如孙东坡每次在305待的时间，表面是孙东坡做的决定，其实呢，却是在孟繁的控制之内。且这控制暗地里还和吕蓓卡相关——要在吕蓓卡走了之后来，在吕蓓卡回来之前走。

　　这也是孟繁每次和孙东坡鹊桥相会之后，总建议出去吃饭的原因——最初也是在孟繁房间里吃的，但吕蓓卡回来之后，总会找个由头过来串门，而且来了也不见外，兰花指一跷，孟繁二十几块钱一斤的基围虾五十几块钱一斤的螃蟹就在吕蓓卡的手上宽衣解带丢盔弃甲了，当然，倘若吕蓓卡只对基围虾螃蟹不见外也就罢了，关键是，她对孙东坡也不见外——虽然这种不见外，还不至于让孙东坡宽衣解带，可一个三十几岁的女人，逮着别人的老公，总姐夫姐夫地叫，孟繁不爱听。没奈何，惹不起只好躲了。

　　然而有些事情却躲不脱。有一次孟繁从外面回宿舍的时候，竟然发现孙东坡在吕蓓卡的房间里谈笑风生。

十四

应该说，是孙东坡和老季一起，在吕蓓卡的房间里谈笑风生。

事后孙东坡做了解释。那天是老季坚持要来，老季论文的开题报告出了点状况，所以有些郁闷，想到这边来散散心。正好孙东坡那天也没什么要紧事，就陪他来了。之前他给孟繁打过两个电话，但两次都关机。他本来要等打通了电话再说的，可老季等不及，老季说，路上还要花上个把小时呢，再等，就赶不上晚饭了。孙东坡想想也是。老季又说，反正你家孟繁是只蜘蛛精，一天到晚都守在自己的盘丝洞里的。即使我们不请自去，估计也不会扑空的。

偏偏那天孟繁就出洞了——她导师要去北京开一个学术研讨会，要走一个多星期，走之前，想给自己的弟子安排一些事情。孟繁便和师弟们应召去了导师家，师母那天心情好，竟然站在阳台上和他们聊了半天她的粉掌和龟背竹，之后又破天荒地留他们吃了一小碗酒酿汤圆，还加了桂花，加了枸杞。这让他们三个觉得受宠若惊，师母为人一向冷淡的，他们以前来这儿，别说酒酿汤圆，就是茶水，也难得喝到一口。这一次怎么变得如此热情呢？热情得十分反常。二师弟出门之后分析说，导师一定刚刚和师母敦伦过了，论据不仅是师母的热情，还有师母的温柔。二师弟说，女人在两种情况下，会由百炼钢变成绕指柔，一是男人给她买了钻戒，或许诺了要给她买钻戒，二是男人和她巫山云雨了。对导师来说，给师母买钻戒绝对不可能，人家在中文系是有名的铁公鸡，对外面红颜绿色的女人尚且能做到一毛不拔，何况对自家"菡萏香消翠叶残"的老妻。所以只剩下后一种情况，那就是和师母巫山云雨过了。快六十岁的老家伙了，平日对学问又是殚精竭虑的，能剩多少力气花费在师母那儿呢？不是说二十更更，三十夜夜，四十旬旬，五十月月，六十年年吗？一年才一次，也算是久旱逢甘霖了。你们说，逢了甘霖的师母能不温柔？能不赏我们一碗酒酿汤圆吃？

二师弟甚至把这种理论进一步推而广之到孟繁身上来了。说孟繁之所以能如此温柔，绝对和孙东坡的高超武功有关。因为男人如果武功不好，女人就会变得无比暴躁，甚至变成尖叫的蝴蝶。卫慧不是有篇小说叫《蝴蝶的尖叫》吗？蝴蝶一尖叫，就会扇动翅膀，就会产生蝴蝶效应，带来气候以及世界局势的动荡。第一次世界大战第二次世界大战发生的原因，表面看来是"萨拉热窝事件"，是"波兰事件"，其实呢，都是因为女人的性生活出了状况。所以他打算写篇论文，论文的题目作叫作《论性在人类和平史上的意义》。

如此的信口胡诌让孟繁又好气又好笑。然而论口才，她无论如何也不是二师弟的对手——人家在读大学时，就是校园辩论赛的辩手，还是主辩。不管多么南辕北辙风马牛不相及的事儿，到他那儿，都能发生丝丝入扣的联系。所以，孟繁从来不指望能在口舌上占这个师弟的上风，只好置"君子动口不动手"于不顾，直接把手上的一本杂志朝二师弟身上砸去，然而二师弟不仅脑子好用，身体的反应也异常敏捷，一闪，杂志像暗器一样，朝大师弟的脸上飞过去。大师弟一时没防备，眼镜应声而落，落入了路边的灌木丛里。大师弟是高度近视，八百多度，眼镜一掉，那样子就是盲人摸象的样子，十分喜剧，孟繁赶紧弯腰帮他把眼镜找了出来，竟然还没摔破。三个人一时笑岔了气。

所以说，孟繁那天在回到305之前，心情是极快乐的。

然而乐极生悲。孙东坡竟然会在吕蓓卡的房间。

那天晚上的饭局就变成了五个人的饭局。本来孟繁没打算叫上吕蓓卡的，她一直在自己的房间里收拾，临出门，才闲闲地问一句吕蓓卡，要不，你和我们一起去？这当然不是邀请，吕蓓卡其实明白，可明白了的吕蓓卡却装作不明白，只似笑非笑地，拿眼去睃老季，老季果然就挺身而出了，很热情地说，走走走，一起走。完全不看孟繁逐渐暗淡下来的脸色，也不看齐鲁。事实上，老季打一进了吕蓓卡的房门，就没出来过。即使孟繁回来了孙东坡离开了，即使齐鲁回来了，过去和他打招呼了，他也不管，只是陷在吕蓓卡房间里的玫瑰色懒人沙发里。

这让孟繁委实恼火，看来，这一次她是无论如何也撇不开吕蓓卡了。既然撇不开，那只好敷衍了，于是建议去学校小食堂——孟繁企图用食堂那个乱糟糟的环境，干脆把那个夜晚破坏了糟蹋了。然而老季不肯，老季的心思和孟繁正好相反，孟繁想破坏，老季想建设，孟繁想糟蹋，老季想珍惜。所以老季反客为主了，提出去"水中花"。老季十分抒情地说，如此良宵，如此佳人，怎么能在食堂那种地方蹉跎呢？还是"水中花"吧，我做东了。

孟繁觉得肉麻。因为吕蓓卡，一个普通的夜晚竟然升华成良宵了，因为吕蓓卡，在学校小食堂吃饭就成了蹉跎了。之前他们也不是没有一起出去吃过，老季从来不挑地方的，学校小食堂也罢，大排档小饭馆也罢，老季都乐得屁颠屁颠。尤其在老季自己请客的时候，更无比热爱那种地方。因为那种地方更有市井风情，更有人间烟火。真诗在民间，而真正的美食呢，也在民间，老季说。

而现在呢，老季不要市井风情了，也不要人间烟火了——原来那些是鬼话，单用来糊弄孟繁和齐鲁的。

依孟繁的心气，她是要拂袖而去的。然而终归没有拂袖——说到底，孟繁不是个耍小性子的女人，莫说在外人老季的面前，即使在孙东坡那儿，她也从来都是有礼有节的。再说，这委屈真要论起来，也不是孟繁的委屈，而是齐鲁的，毕竟齐鲁，才是他那种意义上的朋友——虽然还只是在意向中，但如果没有横生出的枝节，说不定，他们的关系，就真有可能发展成男女关系。所以，老季的这种行为，严格一点说，也属于变节了，齐鲁完全有理由生气的。然而齐鲁没有生气，齐鲁的脸上，一如既往地保持着那种置身事外的表情。这倒让孟繁觉得，自己有些越俎代庖了。

菜是吕蓓卡点的，虽然老季一开始也虚让了一回孟繁，可孟繁笑一笑，就推给了对面的吕蓓卡——这是识趣，更是借刀杀人，因为饭桌上宰男人，没有谁会比吕蓓卡更狠的。果然，吕蓓卡快刀如雪，点了冰糖木瓜炖雪蛤、七里香鲑鱼、鹅肝酱片、小笼牛肉，还有一瓶1992年的张裕解百纳。吕蓓卡每刀之后，还会看一眼老季，似有征询或不忍之意——这是吕蓓卡在舞水袖了，老季不懂，老季还傻乎乎地让吕蓓卡再接再厉，然而表情，却是风云变幻的，一会儿是李白的"五花马，千金裘，呼儿将出换美酒"的豪情，一会儿是"风萧萧兮易水寒，壮士一去不复返"的壮烈。一边的孟繁看得幸灾乐祸，活该呀，不是要献殷勤吗？男人向吕蓓卡献殷勤的下场都是这样的。

好不容易吕蓓卡放下了菜谱，孟繁又落井下石——石头是齐鲁递给她的，吕蓓卡点完了菜之后，老季又把菜谱给了另一边的齐鲁，这是做姿态了，因为齐鲁从来不点菜的，然而齐鲁也没把菜谱放回服务员的手上，而是顺手给了身边的孟繁。若是平常，孟繁一定会十分体恤老季的心情，但这一次，却成心使坏了。又加点了个冰糖茼蒿，和胭脂羹，菜虽是素菜，价却不素。老季的脸，刹那间，变成红艳艳的胭脂脸了——之前在吕蓓卡那儿，还是"痛并快乐着"，这下子，全剩下痛了。孟繁却不管，兀自笑着对吕蓓卡说，茼蒿这种菜，防记忆力衰退的，最适合我们这些三十多岁还在读书的老女人吃了。

这话听起来，是调侃，其实呢，却又是在剑挑吕蓓卡，且是心怀叵测同归于尽的暗挑。吕蓓卡没有反唇相讥，或者因为心情好，或者因为看明白了孟繁的恼羞成怒，再或者，她的心思现在全在男人那儿，对孟繁的言语偷袭，一下子没有反应过来——这也有可能的，因为一旦有男人在场，吕蓓卡对女人的反应，总是慢半拍的，笑容也罢，言语也罢，明显的有心不在焉的敷衍性质。但对男人，却是风生水起的流转，那眉眼之间的生动，以及言词里明亮的机锋，如戏台上的灯火一般绚烂。

老季在台下，果然被这绚烂迷得七荤八素。

吕蓓卡的这种绚烂，表面看，是因为老季，其实呢，却也是和老季无关的——换成另一个男人，吕蓓卡依然要绚烂的，说不定，会更绚烂。绚烂只是吕蓓卡的一种癖好。女人都是有癖好的，齐鲁癖好读书，隔壁的陈燕子癖好诋毁，而吕蓓卡呢，癖好在男人面前绚烂。这几乎是条件反射，是生理意义上的不由自主，和春风中花开蝶舞是一回事。

但老季不明白，老季以为，吕蓓卡的绚烂，单为他了。

这样的认识让老季无比亢奋了。饭桌上五个人，几乎是冰火两重天，一边是急鼓繁弦，来不及似的热闹，一边是冷冷清清，意兴索然。孟繁倒还好的，她边上有孙东坡。孙东坡平时，一般都由孟繁照顾的。但那个晚上，竟然一反常态地照顾起孟繁来了。斟茶、倒酒、搛菜，态度十分温婉细腻。不仅没落在老季的下风，反比老季，更周全的。

孟繁十分受用。她知道这是孙东坡在帮她了——孙东坡一定看出了孟繁的恼，他是搞理论的男人，最擅长阐释文本的深层意思。而孟繁这个文本，还是搁在他案头十几年的文本，他早就抽丝剥茧由表及里熟读过了的，所有的言外之言象外之象他都了然于心。所以，孟繁的轻声细语，以及笑吟吟的脸，在孙东坡那儿，都不过是女人的绣金屏风。那屏风背后所掩饰的零乱和窘境，别人看不见，孙东坡一定是看见了的。于是他就帮她了。这也是他们两口子的一贯作风——外侮当前，他们的枪口从来都是一致对外的。

这样一来，剩下的，只有齐鲁了。饭桌上的清冷，是齐鲁一个人的清冷。饭桌上的难堪，也是齐鲁一个人的难堪。这让孟繁，愈加同情齐鲁了。

但齐鲁看上去却一点儿也不需要同情。齐鲁脸上的表情，有些奇怪，不是故作矜持，亦不是强颜欢笑，而是呈现出一种沉迷的喜悦。对老季的冷落，以及吕蓓卡的风头，齐鲁似乎视而不见。齐鲁的状态，完全是刀枪不入的闭关者的状态。安静是心不在焉的安静，微笑亦是魂不守舍的微笑。

十五

那时候的齐鲁，正耽溺于自己的秘密之中。

确切地说，是和墨的秘密。博士公寓的人，没有谁知道，书痴齐鲁正过着黑白迥异的双重生活。白天她是一本正经的女博齐鲁，上课，写论文，形单影只地行走在繁华又凄凉的校园。晚上她摇身一变，成了白天不懂夜的黑，和墨缠缠绵绵双宿双栖。

他们的约会，总是在晚上十二点之后。这时整个博士楼都安静下来了，孟繁房间的灯，熄了，吕蓓卡那边的杜丽娘，也出了她的后花园，不再咿咿哦哦。齐鲁这才开始她的绮靡声色之夜——真是绮靡声色，因为一见面，墨就说，来，抱一个。

自那次半推半就的拥抱之后，墨的言语，就是这样轻薄和放纵的。

齐鲁从来不喜欢轻薄，轻薄是事物最坏的品质，东西一轻薄，就容易破碎，文章一轻薄，就容易低俗，男女一轻薄，就容易堕落。

齐鲁也不喜欢放纵。放纵亦是事物最坏的品质。花朵一放纵，就凋零了，果实一放纵，就腐朽了。女人一放纵，就成破鞋了。

放纵是可耻的，可是比放纵更可耻的，是孤独。这是歌手张楚说的。有段时间，吕蓓卡不知发什么神经，突然不听杜丽娘了，转而迷恋上了张楚。305房间便终日回旋着张楚的声音。孤独是可耻的，生命像鲜花一样绽开，我们不能让自己枯萎，没有选择我们都必须恋爱。

恋爱是耻辱的救赎。没有选择我们都必须恋爱。用不着吕蓓卡含沙射影，齐鲁也知道。可和谁恋爱呢？这是齐鲁最隐秘的疼。三十年来，没有哪个男人——哪怕是系里最声名狼藉的男人，女人们最不齿的男人——对她表示过异性的好感，男人们对她的态度，就如对学术书一样，总是很认真很严肃。再轻佻的男人，一面对她，就变端庄了。再暧昧的男人，一面对她，就变磊落了。即使在最孟浪的五月，整个校园都弥漫着一种雄性的气息，同宿舍的室友个个被追逐得面若桃花眼若流波，她也一直无人问津。她十分羞愧，且不明所以。按说，她不丑，至少不是最丑的。大学时同宿舍的老三，是8号女生楼公认的丑女，一只眼睛大一只眼睛小不说，双唇还因为地包天，像一条坏了的拉链一样，总合不上。可人家竟然也闹过绯闻，虽然男的长相也有些狰狞有些悲惨，在系里有加西莫多的绰号，可管他是人是鬼，她也恋爱过。读研究生时，隔壁房间的阿婵，也丑。可丑女阿婵却是研究生楼里最桃花的人物。她的桃花，不仅盛开在校园里，而且还盛开到了校园外。一到周末，传达室的大妈就会在楼下大喊大叫，阿婵，阿婵，有人找。女生们从窗口探出头去总会看到有小车停在研究生楼前，也总会看到花枝招展的阿婵从楼上袅袅娜娜地下来，钻进男人的小车，然后迤逦而去。

齐鲁十分迷惑，但室友汤毛却一点儿也不迷惑。女人丑怕什么？怕就怕不风骚。尤其是读书女人，一风骚，那几乎是所向披靡的，物以稀为贵呀。满桌鸡鸭鱼肉，单有一盘青菜，那青菜自然抢手，满桌萝卜青菜，单有一盘辣子鸡丁，那辣子鸡丁自然抢手。古龙老先生不也说过，良家妇女一风尘，或风尘女人一良家，都难得。意思是一样的。学校里萝卜青菜不少，鸡少，所以，阿婵当红，不奇怪。

汤毛这一套关于青菜和鸡的理论，在研究生楼很流行。女生们经常学赵传，扯着嗓子在走廊里唱，我很丑，可是我很风骚。有时又篡改林心如的歌，把"你是风儿我是沙"唱成"你是青菜我是鸡"，或干脆唱成"我是青菜你是鸡"。阿婵不知背后的典，还以为是她们装疯，恶搞流行音乐——她们常常这样恶搞当下文化的，中文系的女研究生，最擅长也最热衷于玩这种偷梁换柱移花接木的文字游戏，总是一字之变，意思就大变了。大雅被糟蹋成了大俗，风花雪月被糟蹋成了下三烂。所以阿婵压根没领会那歌里"鸡"的讽刺意味，还跟着别人哼。女生们一转身，个个笑得风摆杨柳。

可齐鲁从不起这样的哄，因为觉得无聊，也因为那玩笑过于轻佻过于邪恶了。齐鲁的本质，按汤毛的说法，是有些似苏东坡的。苏东坡在《咏桧树》里对宋神宗说，他是"根到九泉无曲处"，齐鲁也是，甚至比苏东坡还彻底，因为齐鲁不仅本质上"无曲处"，齐鲁的身体，也是"无曲处"。完全是中通外直，不蔓不枝。或者这才是原因所在。阿婵的身体，一波三折，且波折还不是一般的波折，是乱石崩云，惊涛拍岸的波折，是卷起千堆雪的波折。但齐鲁呢，莫说千堆雪了，一堆也没有，半堆也没有。

所以齐鲁的感情生活只能波澜不惊。这也是汤毛的理论。汤毛除了青菜和鸡的理论之外，还有"千堆雪"的理论。汤毛说，女人要先有身体的千堆雪，然后才有感情的千堆雪。物质决定意识，经济基础决定上层建筑。

这两个理论让齐鲁几乎悲观了。风骚于齐鲁，已是蜀道难，难于上青天；而千堆雪，那更是脱胎换骨的事儿，简直带有超现实主义的色彩。

只有虚构了。几千年前的庄周能把自己虚构成一只斑斓的蝴蝶，几千年后的齐鲁还不能把自己虚构成一个有千堆雪的女人？

当然能。齐鲁轻而易举地就把自己虚构成了阿婵。正如汤毛的理论所言，男人都是身体至上的，尽管迂回曲折，尽管犹抱琵琶，但墨还是会反复问到她的身体，尤其是一些关键部位，他几乎是一唱三叹式地问，老婆，你前面的玉兰花绽放了吗？不管他们是正谈着文学，还是电影，他都会百川归海地绕回到那儿，老婆，你前面的玉兰花绽放了吗？自从他们有了肌肤之亲之后，他就不叫齐鲁为夜了，而是改叫老婆了，并且总把齐鲁想象成一株盛开的玉兰花。墨说，他的窗外，有一株玉兰树。每次看到绽放的雪白的玉兰花，都让他不由自主地想到她，并因为这种联想，而让他的身体变得热血沸腾。你知道吗？墨说，昨天我站在窗前看玉兰花的时候，那含苞欲放的花朵，竟然让我到达高潮。齐鲁无地自容，有一种难言的羞耻，不仅因为他言语的情色和猥亵，也因为墨对她的狎昵的称呼。她竟然把她叫作老婆了，博士楼里的男男女女，很风行老公老婆瞎叫的，但没有哪个男人这样瞎叫过齐鲁，齐鲁永远只是齐鲁，然而现在，由于在虚构的世界，由于她虚构了自己的身体，她竟然第一次成了某个男人的老婆了，成了某个男人雪白的玉兰花了。

这让齐鲁对阿婵的身体欲罢不能。墨迷恋上了她的身体，而她迷恋上了他的迷恋。这感觉是毛尖的电影笔记，《非常罪，非常美》。墨的指尖，如一只艳丽的七星瓢虫，在她的身体间上下游走，她千娇百媚，落花流水。然而她身不由己了，她现在是阿婵，阿婵附身于她了，或者说，是她附身阿婵，总之齐鲁自己都有些分不清了，像几千年前的庄子一样，分不清自己是蘧蘧然的庄周，还是栩栩然的蝴蝶。齐鲁也分不清自己是风情万种的阿婵，还是书呆子齐鲁。前一秒钟她还是齐鲁，和墨谈论一些玄之又玄的问题，后一秒钟她就成了阿婵，在墨的指尖下花枝乱颤。只要墨一说，美人，我的玉兰花绽放了吗？齐鲁就摇身一变，开始用阿婵的声气说话，用阿婵的身体反应。玉兰花简直成了阿里巴巴的芝麻开门。

或许她的身体里本来就有一个阿婵的，齐鲁偶尔有些羞愧地想。以前汤毛说过，身体上有暗痣的女人，一般有淫荡的天性。而她，腹部的下端就有一颗痣，深红色，米粒般大小。

十六

自从"水中花"夜宴之后，孙东坡和老季就常常到这边来。

孟繁不高兴，因为老季明修栈道暗度陈仓的用心——表面是他陪孙东坡来看孟繁，其实是孙东坡陪老季来看吕蓓卡。可孟繁凭什么要做吕蓓卡的栈道呢？

但孙东坡却做得不亦乐乎，真的是不亦乐乎。孙东坡本来是个极其节俭的人，节俭金钱，也节俭时间。从来不会为了无谓的事情，靡费这两样东西——靡费这个词是孙东坡从他父亲那儿继承来的。孙东坡父亲最痛恨的品德是靡费，平日最爱用的批评话语也是靡费。他痛恨和批评的对象其实只是一个人，那就是孙东坡的母亲。孙东坡的母亲是个天真又爱繁华的乡下妇人，经常会被外面来的年轻货郎的甜言蜜语所迷。所迷的结果，就是买下一些家里用不着的花里胡哨的器皿。这种行为，在孙东坡的父亲看来，是十分靡费了。不仅如此，孙东坡的母亲还极好客，家里只要一来人，哪怕来的是个八竿子打不着的一个远亲，她也会激动地往菜市场冲，总是又买鱼、又买肉。这也让孙东坡的父亲痛心疾首，依他的意思，买了鱼就不必买肉，买了肉就不必买鱼，又不是过年节，又不是祭祖宗，那么铺张干什么？可客人还在呢，他不好把这话说出来，只能低声地嘀咕，又靡费，又靡费。

现在的孙东坡亦在靡费了。周末本来是孙东坡写论文的日子，或者上图书馆看书。可现在为了老季——至少孙东坡自己是这么诠释的，孙东坡说，老季死缠他，他没奈何，只好舍命陪君子。然而孟繁有些不信，且不说孙东坡的表情，不是舍命陪君子的表情。即使是，孟繁也怀疑他是否有这种舍命陪君子的美德。和孙东坡结婚也十几年了，他是什么人她孟繁能不清楚？就算他会为了朋友牺牲自己的时间，他也不会为了朋友牺牲自己腰包里的银子——在外面吃饭喝茶，都是老季和孙东坡轮着做东的。老季做东自然是应该的，他过来泡女人，且是泡吕蓓卡这样的女人，他不花钱谁花钱呢？可孙东坡为什么要做东呢？

孟繁有些不明白，不明白孟繁却也不问，每次都笑吟吟地，看着孙东坡买单。

只是那笑，有几分李商隐《锦瑟》的风格，颇意味深长的。

孙东坡自然懂。搞理论的孙东坡最擅长的，是曲径通幽，所以，孟繁意味深长的笑，在别人那儿，或许是李商隐的《锦瑟》，可一到孙东坡这儿，不过就是"鹅、鹅、鹅，曲项向天歌"了。

直白的解释在孙东坡和孟繁夫妇之间原是没有必要的，因为两人都太聪明，也因为他们一向的研究习惯——他们都习惯了意在言外的表达。然而这一次，孙东坡却为他的反常行为，向孟繁做了意在言里的诠释。

之所以做东请吕蓓卡，表面是为了帮老季，其实呢，却是孙东坡有求于吕蓓卡。孙东坡打算博士毕业后去吕蓓卡的学校。与他们夫妇现在待的三流学校相比，吕蓓卡的学校，显然能算二流大学了。二流大学不仅名气更大，关键的是，它更能为孙东坡建构更好的学术平台。

对一个野心勃勃的青年学者来说，这样的诱惑几乎是难以抵挡的。但吕蓓卡学校的门槛有些高，以孙东坡现在的条件，还很难迈进，除非利用吕蓓卡的关系。吕蓓卡说，她和主管人事的副校长很熟，和中文系的系主任关系也不错，活动活动，把博士孙东坡弄进去，应该没有什么大问题。

这就合乎逻辑了，合乎孙东坡靡费的逻辑。孟繁知道，对她的丈夫孙东坡而言，前程总是第一位的，比金钱重要，比时间重要，甚至比女人与操守重要。在锦绣前程面前，孙东坡会逢山开路，遇水搭桥，会披荆斩棘勇往直前。

十七

所以，孟繁一点儿也不嫉妒吕蓓卡，不仅不嫉妒，简直还有些幸灾乐祸了。

也不过是颗棋子罢了，她以为自己倾国倾城，她以为自己颠倒众生，却原来，也不过是男人手中玩弄的一颗棋子。

不光男人，甚至孟繁自己，也参与了这种玩弄。孙东坡现在，一有机会就谄媚吕蓓卡的，虽然那谄媚的方式有些隐秘，有些暧昧，和老季青天白日大张旗鼓的谄媚不同。——自然不同，人家老季是正角，而孙东坡，说起来，只是一个跑龙套的——至少在老季那儿，他只是一个帮朋友扛旗的龙套。

所以只能是暧昧的，且那暧昧，还不单单是地下的意思，是不光明的意思，它还有一种不清楚，是男人和女人之间的那种不清楚。孟繁知道，这是孙东坡在用美人计了，或者说，是孙东坡在反用美人计，吕蓓卡一旦避了孟繁的眼，对孙东坡，总会有意无意耍点小花招的，从前，孟繁提防着她，总在背后把她的那些小花招一招一式拆解了给孙东坡听，然而现在，她假装没看见，孙东坡不过是将计就计罢了，是顺水推舟罢了，这一点，他们两口子，都是心照不宣的。他们才是同志，是战友，是一起在十字坡开店的张青和孙二娘，吕蓓卡再妖娆再风情，到头来，也只是那人肉包子馅。这么想，孟繁心平气和了，心平气和之后的孟繁，对吕蓓卡也好，对孙东坡也好，态度间言语间，没有一丝拈酸吃醋，而是一如既往的温柔。不，是更温柔，她从前对吕蓓卡也是温柔的，但那温柔有时还是绵里藏针的温柔，可现在，绵里针不见了，完全是柔若无骨的姿态，至少在面上。这骗过了吕蓓卡，吕蓓卡以为孙东坡对她眉里眼里的好，是天知地知的事了，是你知我知的事了。所以愈加把自己轻浮成一只蝴蝶。世上还有什么事情比这个更让一个女人快活呢？在一个女人的眼皮底下，和她丈夫调情，那种强烈的刺激，实在比罂粟和性更让人迷乱。

这让孟繁觉得好笑。一个女人把自己退化成一只蝴蝶，竟然还沾沾自喜，还洋洋自得。她以为她自己是黑暗中的长袖舞者，其实呢，不过是一只在玻璃瓶里蹁跹的昆虫，纤毫毕现，丑态百出。

在枕上和孙东坡亲密的时候，孟繁这样说吕蓓卡。孟繁这样说的时候，孙东坡总是不开腔。只是身体的语言会有些变化，有时是更温存，有时却是更激烈。不管是温存还是激烈，孟繁知道，孙东坡都是在安慰她，怎么说，当了自己老婆的面，和另一个女人玩那眉来眼去的把戏，到底有些过了。孟繁虽然知书达理，虽然深明大义，可再知书达理再深明大义，也还是妇人，妇人的心性变不了。该委屈还是会委屈，该受伤还是会受伤。

伤不着的是老季，因为在四个人当中，老季其实是局外人。老季兴致勃勃，忙里忙外地张罗着，却不知道，自己一直是在为别人作嫁衣。

当然，最局外的，其实是齐鲁。

老季的局外是内容上的局外，形式上，人家也还是局里的。孙东坡和孟繁，怎么说，也还是为老季牵线；吕蓓卡呢，虽然暗地里在和孙东坡玩着猫腻，但面上，也和老季周旋得花枝招展。所以，老季倒是杵在戏台中心的一个人物——至少看上去是，虽然自己没有什么戏，但到底一直是端坐在中间的，而且周遭还灯火辉煌，还锣鼓喧天。

齐鲁却不同。齐鲁的局外是从形式到内容的局外，是最彻头彻尾的局外——说彻头，或许有些不准确，因为开头时，齐鲁也还是参加过一两次他们的聚会的，虽然是心不在焉的参加，是大隐隐于市式的参加。但后来就退出了——齐鲁虽然是书呆子，一般看不太出别人的眉高眼低，但一个人的眉高眼低如果越过了正常的分寸的话，齐鲁也还是会注意到的。何况还不止一个人的眉高眼底，是几个人的。老季显然是不欢迎她的，这个男人和她的交往打一开始就是骑驴找马的姿态，只是她这只驴他还没开始骑呢，吕蓓卡那只骏母马就出现了。他当然要转身，齐鲁知道，从他那个下午赖在吕蓓卡的房间里不出来她就知道了，从"水中花"夜宴之后她就知道了。但这个男人唯恐她不知道似的，总要找机会表达他对她的冷淡。这又何必呢？男女之间只有热过才需要冷，可他们什么时候热过呢？或者他是做给吕蓓卡看，把她牺牲为祭品，献给吕蓓卡了——这更是多余，因为吕蓓卡不会领这个情，倘若齐鲁是个美人，那样的献祭还有意义，可齐鲁和美人有什么关系，完全风马牛不相及的。

所以，对吕蓓卡而言，齐鲁这个女人，几乎是形同虚设的，在也罢，不在也罢，都不相干。

真正嫌弃她的，其实是孙东坡。别看孙东坡的态度一直是客客气气的，但那客气明显是敷衍，尤其在他买单的时候。毕竟多一个人，就多出一份花销，这一点，齐鲁理解。小地方出来的人，都务实，讲究一分耕耘一分收获。耕耘土地，能收获庄稼，耕耘吕蓓卡，能收获美色，可耕耘齐鲁能收获什么呢？什么也没有。

只有孟繁，总是笑吟吟地，前前后后地招呼她。可那笑，那招呼，仔细寻思，完全也是温柔版的嗟来之食的意味。

所以齐鲁干脆把自己从那个群体里放逐了出来。她本来也不喜欢群体生活的，更别说那种寄下篱下式的食客生活。她骨子里热爱的，是那种自由自在的黑暗生活。虽然黑暗的生活是寂寞和孤独的生活，但也是更有尊严的生活。何况现在齐鲁黑暗的生活也不寂寞了，因为有了墨的无休无止的纠缠。

这纠缠让齐鲁无比烦恼，也让齐鲁无比甜蜜。

墨说，我厌倦纸上谈兵了，老婆，我想要真正的爱情生活，以及性生活。

近一个月来，每一次耳鬓厮磨之后，墨都要这样说。

齐鲁也想。三十岁的齐鲁其实有些经不起男人这样撩拨的。但他们的关系一开始就是黑暗中的关系，如何能见光呢？所有的事物都有自己的宿命，光明的属于光明，黑暗的属于黑暗。鸟在天上飞，鸡在地上走，蚌安分守己地躲在深水里，躲在自己的蚌壳内。能开出鲜艳花朵的，是牡丹和芙蓉，不是榆不是樟，能散发芬芳香气的，是茉莉是桂花，不是桃不是李。什么东西能颠倒黑白呢？月亮到了白天，就不是月亮，而是太阳，飞蛾从蛹里出来，就不再是飞蛾，而是蝴蝶。但世上能美丽蝶变的怕只有飞蛾吧？倘若蚌从它黑暗的世界里爬出来，会有什么结果呢？不会变成一只死蚌？

即使齐鲁有不顾死活的勇气，她仍然不能出来，因为在墨那儿，她不是齐鲁，至少有一半不是齐鲁，而是阿婵。她和墨形而上的时候是齐鲁，在和墨形而下的时候是阿婵。她有阿婵丰满的身子，有阿婵的玉兰花，有阿婵的风情和淫荡。墨爱上的是她的哪一半呢？是形而上的那部分？还是形而下的那部分？墨说，他想要真实的爱情生活和性生活。这句话的重点应该是在后面吧？也就是说，墨爱的，其实是阿婵那部分。汤毛不是说过，男人在女人这个问题上，绝对是个马克思主义者，信仰物质基础决定上层建筑。而她和阿婵，正是物质基础和上层建筑的关系，阿婵是物质基础，而她是上层建筑。没有物质基础的上层建筑，是沙上的建筑，再堂皇再华美，最后都要土崩瓦解灰飞烟灭的吧？

可在土崩瓦解灰飞烟灭之前，齐鲁还想多醉生梦死一回。

十八

四月的时候，吕蓓卡先后出了两趟远门。

一次是去成都，为了吃陈麻婆豆腐，和宋嫂鱼羹面。学校门口有家四川风味小吃店，吕蓓卡爱死了那里的麻婆豆腐，以及宋嫂面里的芽菜和香菌。周末倘若没有宴席，吕蓓卡必邀了师姐陈燕子去那儿过把瘾。陈燕子是成都人，对那些红艳艳的麻辣食物几乎有间歇性的需要。两个女人的关系平日其实是不太好的，但因了感官上的共同爱好，这时候却也能不计前嫌，把酒言欢。陈燕子的酒量很好，一个人能喝下两瓶啤酒，或者半斤白酒。白酒总要文君酒，陈燕子说，四川女人里面，自古至今，她最折服的，就是卓文君了。又浪漫又骁勇。竟然为了一曲琴声，就和男人私奔了。私奔呀，多麻辣？陈燕子一喝白酒，言语就带四川腔，就带风月气。因为这个，同门的师兄弟们，一逮着机会就灌陈燕子白酒。吕蓓卡一向看不上陈燕子的酒后乱性，然而现在她也喝了酒，又没有旁人在边上，很容易地，两个女人就肝胆相照了。她们说卓文君，说崔莺莺，说杜丽娘，甚至还说起了《世说新语》里那个和韩寿偷情的贾午，直说得两颊云蒸霞蔚，双眼扑朔迷离，恨不得立刻就能学卓文君，私奔了去，或者学崔莺莺和贾午，教唆了男人来后花园爬围墙。——当然，上海男人一般不会爬围墙的，在上海读书的男博更不会，没有爬围墙的技术，也没有爬围墙的胆子，要找爬围墙的男人，还是要上四川去。吃陈麻婆豆腐也要上四川，青阳宫对面的陈麻婆豆腐，春熙路口的龙抄手，吃起来，才最安逸，陈燕子说。

另一次是去景德镇。为了买陶瓷器皿。博士楼202的廖小红和朱朱，三月份去婺源看油菜花的时候，绕道半日景德镇，买回来好几个古色古香的青花碗盏，和一套灰蓝色和烟红色细条纹相间的咖啡杯，把吕蓓卡迷得神魂颠倒。之后吕蓓卡就总往202跑，企图游说朱朱把那套咖啡杯转卖给她，可朱朱生死不卖。吕蓓卡用双倍的价格，甚至用三倍的价格来引诱她，朱朱还不卖。一向爱财如命的朱朱，这一次偏偏表现得十分清高。朱朱说，那可不是普通的咖啡杯，那简直是一次艳遇——她很偶然地逛进了一条小巷，很偶然地看见了一家私人作坊，很偶然地探头到一座屏风后面，然后很偶然地，觑见了这个美人儿。然后千里迢迢把她带到这儿，你说说，我如何能为了几两银子让这个美人儿卖身呢？吕蓓卡被朱朱气得要命，你朱朱又从不喝咖啡，要那么漂亮的咖啡杯干什么呢？就算是个倾国倾城的美人儿，在你那儿，不也华年虚度了？朱朱说，我现在不喝咖啡，并不见得将来我不喝咖啡。我先把她当童养媳养着行不行？吕蓓卡完全没辙，总不成要偷要抢？只能自己去景德镇了。她才不信朱朱的鬼话，什么小巷？什么私人作坊？说不定就是地摊货，只不过见她痴迷那些东西，故意编了故事来戏弄她的。搞现代文学的女人，本来就无比热衷于虚构的。

吕蓓卡从成都回来的那天晚上，请孟繁在她的阳台上喝了一回咖啡，从景德镇回来的那个晚上，又请孟繁喝了一回咖啡。一边喝一边聊，聊得就是上面那些话，那些话本来有些绕有些不着调，但孟繁还是听明白了，吕蓓卡无非想告诉孟繁，她之所以要去成都，是因为受了陈燕子的蛊惑，要去吃青阳宫对面的陈麻婆豆腐；之所以要去景德镇，是因为愤怒朱朱，要买套灰蓝色和烟红色条纹相间的咖啡杯回来报仇雪恨。青阳宫对面的陈麻婆豆腐味道怎么样呢？孟繁问。就那样，吕蓓卡说，至少在我吃来，和校门口的陈麻婆豆腐也差不多。什么东西原来都是经不起近距离审美的，传说中越美好的，现实中越让人失望。那让你神魂颠倒的咖啡杯呢？地摊上没有吗？孟繁十分关切地问。没有，——或者，是我没遇到。吕蓓卡起身，到房间倒磁带去了。

杜丽娘的声音，又如水般，弥漫而来。

袅晴丝吹来闲庭院，摇漾春如线。停半晌整花钿，没揣菱花偷人半面，迤逗的彩云偏。我步香闺怎便把全身现。

孟繁没动，一个人端坐在黑暗中。四月的空气里，有各种植物的气息氤氲。木棉的气味，苦楝的气味，还有吕宋荚迷的——孟繁最不喜欢的，是吕宋荚迷的气味，因为那气味太浓郁，有一种黏滞的、不洁的感觉。陈燕子曾经开玩笑地，把吕蓓卡叫作吕宋荚迷，因为那花也姓吕，且芬芳，且魅惑。或者潜意识里，是因为这个原因才讨厌吕宋荚迷的吧？以前那个学校的围墙边上，也种了一排吕宋荚，却一点儿也没觉得它讨厌。果真这样的话，那吕宋荚迷不是遭了一回池鱼之殃？

也是活该！谁叫它散发出那么强烈的体味呢？身为植物，难道不应该有植物的操守吗？不应该守身如玉散发出植物的清新气息吗？过于强烈的表现总是为了掩饰，掩饰某种缺陷，或者某种秘密，可一株植物有什么秘密呢？

吕蓓卡是有秘密的。所以吕蓓卡关于陈燕子和朱朱的故事就枝叶扶疏，就藤蔓缠绕，可再枝叶再藤蔓，又如何能绕过孟繁呢？孟繁早就知道了她既没去成都，也没去景德镇，她去的其实是另外一个城市，和孙东坡一起。

这事是孙东坡告诉她的，孙东坡说，因为调动的事儿，他们一起去了吕蓓卡的学校，第一次是去找副校长，第二次是去找中文系主任和试讲。吕蓓卡没有吹牛，她在那个学校真是很有能量的，和系主任能谈笑风生，和副校长也能谈笑风生，所以，他调动的事情估计没有什么问题了，就等博士学位一拿到，那边就可以拍板要人了，副校长甚至还说了，一年后，夫人孟繁也可以解决。夫人也是博士嘛，和一般的家属不同。不过，这事在办成之前，吕蓓卡希望不要惊动任何人，包括孟繁。

为什么呢？孟繁觉得这个女人莫名其妙。如果她和你出去是为了苟合，那当然要瞒了我，可你们不是去办正经事吗？那何必瞒呢？就算为了谨慎，怕横生枝节，也是瞒别人，不是瞒我。毕竟我们才是夫妻，她吕蓓卡只是一个外人，一个外人偏要做出内人的样子，不有些好笑吗？

孟繁这样质问孙东坡，也有调笑的意思。孙东坡没好气地白孟繁一眼，说，说什么呢？人家到底是在帮我们忙，你假装不知道就是了。

十九

四月的齐鲁，亦发生了一件莫名其妙的事情——她的胸竟然变大了，从前是 A 罩杯，现在成 B 罩了。

是商场导购小姐发现的。她去商场买内衣，和以往一样，很心虚地，要 A 罩杯，但漂亮的导购小姐瞄了她的胸一眼，之后说，A 罩会不会有点小呢？美女，要不，我给你量量？

齐鲁没让她量，齐鲁的胸自成人后还没让人碰过呢——除了偶然的两次，都发生在研究生时代，一次是在食堂，她刚打好饭菜，半转身，一个男生的手猝然从侧面斜插了过来，正好碰到齐鲁的左胸，齐鲁一时羞得乱云飞渡，仓皇间，她甚至没看清那个男生是谁，就逃跑似的挤了出来；另一次，是在电影院——不是真正意义上的电影院，而是学校礼堂。礼堂平日是给学校领导开会做报告用的，有时也有外校的学者在那儿搞学术讲座，但周末一般会用来放电影。那个周末放的是意大利导演塞尔乔·莱昂内的《美国往事》，她们同宿舍的几个女孩倾巢而出，因为据说那电影十分好看，而且还有很美丽很情色的镜头——虽然看后她们一点儿也没觉得那些镜头有什么特别情色的地方，毕竟都是二十五六的老姑娘了，个个都是曾经沧海。但齐鲁莫说沧海，就是小江小湖也是没经过的，所以不免有些心猿意马。就在她心猿意马往外走的时候，她的胸被人掠了一下，真是掠，完全若有若无的那种，倘若不是她的身体正处于极度敏感的当口，那小小的一次身体接触完全是可以忽略不计的。礼堂门口的灯光有些暗，借了暗的掩护，齐鲁抬眼看了那只手的主人，是个高个子男生，虽然看不清那张脸。

那两次的经历是齐鲁的鸿蒙初辟——说初辟，有些冤了，因为严格一点说，还没辟呢。从前汤毛和老大在洗澡时调笑，汤毛笑老大的胸，像洛阳的牡丹一样，饱满丰硕，完全是东北的熊掌伺候出来的。老大的男友，是东北人，有一双巨大无比的手。老大佯恼，跳起来作势要去摸汤毛的胸，汤毛躲闪着，说，我的胸还是黄花胸呢，哪能就这么让你糟蹋呢？老大嗤之以鼻，说，研究生楼里，除了齐鲁，哪还有黄花胸？

这句话是寓贬于褒了，对二十八岁的齐鲁而言，黄花不是什么光荣称号，和那些英雄佩戴在胸前的大红花的意义显然不同，它甚至还有反讽的意思——别人是江南三月蜂飞蝶舞，她呢，却是自开自落无人问津，这不是反讽是什么？但齐鲁知道老大不是有意反讽她，老大虽然最爱冷嘲热讽，但她从来不冷嘲热讽齐鲁的，因为齐鲁与世无争的性格，也因为老大没有恃强凌弱的不良习惯。她之所以说那句话，完全是无意识的结果。不仅是老大无意识，简直是集体无意识——整个中文系的女生，不，应该说，整个研究生楼里的女生，都相信齐鲁的胸是黄花胸。

可黄花胸现在却有些不像黄花了，齐鲁对镜自照，十分讶异。商场试衣间的镜子里的女人，齐鲁仔细打量，竟然有几分陌生了，样子要说也还是从前的样子，但却和从前又有些不一样了，也说不清是哪儿发生了变化，但就是变化了。眉眼是从前的眉眼，仔细了看，又有几分不是，仿佛是候鸟，从前住在北方，现在迁徙到多雨的南方了，有了南方的潮湿；唇呢，也是，从前是十一二月的，现在却是四五月的意思，有颜色了。当然，变化最大的，还是她的胸。眉眼和唇的变化，不过是地理的变化，是季节的变化，但胸呢，却变种了，从一个品种变成了另外一个品种，从黄花变成了玉兰。在商场试衣间明亮的灯光映照下的齐鲁的胸，真如玉兰一样洁白饱满——虽然那饱满，和阿婵的千堆雪不好比，和老大的洛阳牡丹也还有差距，但江南的流水，和江南的花朵，应该就是这个样子的吧？

可这变化也太诡异了。她三十岁了，不是十五岁，也不是十八岁，怎么还会发育呢？生理卫生书上不是说，女孩子的胸一般在十五岁时就会停止发育吗？汤毛说，她的胸，在十三岁那年就纹丝不动固若金汤了。难道齐鲁的胸是异数？是《铁皮鼓》里的那个侏儒，在停止成长之后的多年，有一天被石头砸了一下突然又开始成长了？

谁是那石头呢？或者是墨。然而她和墨甚至还没见过呢，老大的洛阳牡丹，如果说和她的东北男友有关系，那还不算荒诞，毕竟他们每天厮守在一起。可齐鲁呢，齐鲁连墨是圆是方都还不知道呢，是人是鬼都还不知道呢。虽然他们也拥抱过了，也抚摸过了——可那抚摸，是和聊斋一般虚幻的，或者连聊斋也比不上，人家到底也有朝来暮去，也有蛾眉燕婉，而他们，却是伸手不见五指的纯粹的虚拟，难道虚拟的亲密亦能让女人脱胎换骨成为两生花？

齐鲁从镜子里端详着自己的玉兰，有些恍惚，有些沉迷。以前的胸衣因为旧了，变得松松垮垮，竟然把她自己都瞒过了，以为自己还是 A 罩。可新的 A 罩杯的胸衣一上身，果真有些紧，尤其上半部分，不仅勒，而且还不能完全覆盖住，六片花瓣只有五片在里面，还有半片被挤在了腋下，半片被挤在了锁骨下方的二三寸处，看起来，简直是飞珠溅玉的效果。B 罩就正好，不大，也不小，是大珠小珠落玉盘的收敛，六片花瓣都被严严实实地囊括其中，没有一丝春光泄在外面。全罩杯的胸衣，一旦大小合适了，都这样内向的。虽然汤毛说，全罩杯只适合大胸女人，比如老大，比如阿婵，因为不好好包裹，就会过于波涛汹涌了。而汤毛和齐鲁这种小门小户小江小河，最好穿 3/4 或者 1/2 罩杯的，不然，就小题大做了，就防卫过当了——又没有动荡的浪潮，你筑那十里长堤干什么？又没有家财万贯，你弄出那深宅大院的光景干什么？笑话。所以，3/4 或 1/2 的罩杯，是谦虚，但也是策略，因为犹抱琵琶半遮面是女人最具艺术性的表达，艺术是要虚构的，或者说要创造。汤毛是最善于创造的女人，尤其在春天和夏天，汤毛会在她的胸衣里面创造出锦绣文章，当然，创造这样的锦绣文章其实也不难，无非在里面加两片半寸多高的内垫，内垫最初是海绵，但海绵的绵感是触觉上的，视觉上，却一点也不绵，看上去，简直如山般巍峨，又如磐石般坚定不移，太夸张了。所以汤毛很快就改用更有动感的水垫了，更有动感的水垫当然比海绵垫更贵，尤其汤毛还要穿名牌，黛安芬的，一副要三百多，汤毛一个女研究生，一个月的生活费也就是千把块，负担这样的开销，还是很紧张的。不过，汤毛情愿每天吃青菜萝卜，也要省下这水垫的钱。好钢都要用在刀刃上，而女人的胸，就是刀刃。刀刃一旦好了，才能在江湖上行走自如，才能遇佛杀佛，遇魔降魔。许多女人不懂这个秘密，齐鲁就不懂，汤毛之前在网上购买这种内垫时，曾游说过齐鲁的，因为多买几副，能打更多的折扣。且齐鲁的刀刃，看上去，战斗力显然不行。但齐鲁却不肯，齐鲁的钱，都用来买书了。这是最让汤毛哀其不幸恨其不争的地方，女人即便爱看书，不可以上图书馆吗？不可以问男同学借吗？再沦落了，不可以学学孔乙己吗？可见，齐鲁几乎连孔乙己都不如的。

这当然是汤毛的偏见。齐鲁哪里不知道刀刃的重要呢？齐鲁只是不想作弊罢了——在胸衣里面偷偷摸摸地塞上两片水垫，这在齐鲁看来，和学生考试时藏夹带性质完全一样。但齐鲁不批评汤毛，批评和反批评向来不是齐鲁的习惯，即使偶尔有不得不批评的人和事，齐鲁能做到的，也只是腹诽，那种黑暗中的批评方式，是齐鲁习惯的安全的方式。

现在的齐鲁却在明亮中，且十分欢喜和耽溺这样的明亮。胭脂红的胸衣，在她雪白肌肤的映衬下，是如此艳丽，艳丽到让她想起了《美国丽人》里的安吉拉一丝不挂地躺在玫瑰花瓣中的画面，她吓了一跳，被这种联想，安吉拉和她有什么关系呢？人家是那么年轻妩媚，是那么性感迷人，她呢，恰好是安吉拉的反义词——这是老大的语气，老大经常这样嘲弄别人的，汤毛不喜欢舒淇，说她太性感了，性感到让男人会退化，退化成一个纯粹生物意义上的人。老大意味深长地笑半天，然后说，那当然，你怎么会喜欢舒淇呢，你正好是人家的反义词。她的东北男友不喜欢梁朝伟，说他太阴郁，她意味深长地笑半天，然后说，那当然，你怎么会喜欢梁朝伟呢，你正好是人家的反义词。想起老大不怀好意又一本正经的样子，齐鲁差点笑出声来。倘若老大在这儿，一定也会这样说齐鲁的。齐鲁和安吉拉，正如汤毛和舒淇，正如老大的东北男友和梁朝伟，都是完全南辕北辙的东西。然而，是什么让齐鲁联想起安吉拉了呢？许是那胭脂色的胸衣？她本来想要白色的——她的胸衣，自十六岁以来，就全是白色的，但导购小姐却给她拿了这胭脂红，导购小姐说，红色的内衣最性感了。她顿了一下，还是接了过去。

或许真应该和墨见一面了。那个男人到底是个什么样子的男人呢？多大岁数呢？结没结婚呢？应该是未婚的吧？不然，怎么能半宿半宿地和她在网上泡？而且，他还曾经提出过要视频聊天，被齐鲁一口就拒绝了。如果是有老婆的，怎么可能和别的女人视频呢？要不是个离异的，被老婆半路撇下了？或者是个留守男人，老婆出国了，他一个人守着空巢？上海有很多这样的空巢男人。系里的孙轩老师就这样，老婆去爱尔兰研究爱尔兰民间文学去了，他留在家里研究汉乐府，也顺带着，研究研究楼下的杨玉环——这是吕蓓卡说的。杨玉环是历史系的博士，本来名字是杨红娜，因为身材极其丰腴，被她的师兄师弟们戏称为杨玉环了。吕蓓卡说，杨玉环那个女人才叫厉害，本来她搞历史，孙轩搞文学，两人风马牛不相及，但她偏要搞乐府历史，说是交叉研究，有事没事到孙轩老师那儿去请教和探讨，这一来二去，不但乐府和历史交叉上了，她和孙轩也交叉上了。两个还一起申请了个教育部的基金，吕蓓卡说，他那个在爱尔兰埋头研究民间文学的老婆再不回来，杨玉环肯定要鸠占鹊巢了。

这话齐鲁一般是不信的，因为在男男女女的事上，吕蓓卡绝对是捕风捉影的高手。听风即是雨，听雨即是雷电交加。只要事涉风月，她一定要用夸张来修辞的。还不是一般的夸张，是李白飞流直下三千尺的那种风格。然而，齐鲁有时也爱听听吕蓓卡胡说八道，有什么关系呢？女人之间的流言也不是学术论文，要那么严谨干什么？姑且当《聊斋》听了。

就算那是真的，就算墨也和孙轩一样，是个空巢男人，怕齐鲁也当不了杨玉环。女人的种类也不一样，有人天生是雀，有人天生是鸠。所以，齐鲁还是希望墨是个单身男人，最好也和她一样，是个单身的老男博。听墨的谈吐，这也是极有可能的，那样的话，说不定还能把父母的心愿了啦——这结局有点类似好莱坞《网络情缘》的路线，太超现实了，或者说，太现实了。然而这世上的事，谁说得定呢？

犹豫了几秒钟，齐鲁还是把那胭脂色的胸衣买了。

二十

孙东坡毕业了，毕业后的孙东坡没有回原来的单位，而是如愿以偿地去了吕蓓卡的学校。

孙东坡和孟繁又开始了分飞的日子。孙东坡不常来上海了，因为忙，新到一个单位，不好给领导留下吊儿郎当的印象，而且两个城市的空间距离也委实远，一个在江南之南，一个在江南之北，坐火车要二十个小时，坐飞机也要两个多小时，还不仅仅是花时间和精力的问题，还要花钱。这太靡费了，以孙东坡的逻辑。当然，倘若他们年轻，还在恋爱，或许逻辑也有管不住身体的时候，然而他们毕竟是老夫老妻了，身体的力量就不够强大，逻辑就把身体管理得很好。

孟繁也十分理解孙东坡的逻辑。瞎折腾干吗？有那劲头，还不如回去看看女儿。女儿桃子已经十三岁了，自他们两口子到上海读书之后，一直是孙东坡的父母在家里照顾着。孙东坡的父亲本来不愿意来省城带这个孙女儿的，老头子舍不下他瓜红葱绿的菜园，更舍不下他肥头大耳的孙子——孙东坡那个麻雀一样细小的弟媳妇，却极能生养，一嫁到孙家，就给孙家生了两个大胖小子。这个麻雀女人从此居功自傲恃宠而骄，尤其在孟繁和桃子回老家过年的时候，麻雀女人更过火，简直像做戏一样的，把老头子对她的宠做给孟繁看。孟繁自然是不屑看的——她一个大学女老师，哪会去和一个乡下女人争风？哪会在意一个乡下老头子的宠？然而，老头子厚此薄彼的态度也还是让孟繁极恼火——他厚麻雀女人她是不恼火的，她恼火的，是他薄她和桃子，尤其当了麻雀女人的面。孙东坡对此却无动于衷，他毕竟是农村出来的，能深刻理解父亲那种男尊女卑的思想。而且老头子也是极狡猾的，总是在背了孙东坡时，才把他那种厚薄的意思表达得更彻底。但这一次孙东坡却不由他老头子了，老头子不想到省城带孙女儿，老头子说，把桃子放乡下来呗，放乡下来养几年，不娇惯。孙东坡把脸一沉，不言语了。孙东坡一向是孝子，很少在父母面前沉脸的。这一沉，就把老头老太太沉到了省城。

但孟繁还是很担心的，不是担心桃子的生活起居，而是担心桃子的心理成长。十几岁的女孩了，正是风吹草动极敏感的阶段，而老头老太，几乎是被逼上梁山的，能全心全意地照顾桃子？肯定是身在曹营心在汉。但这意思，孟繁不能和孙东坡讲——有一次，她才开口讲了半句，孙东坡就急了，孙东坡说，桃子是他们嫡亲的孙女，他们能亏了她？你要不放心，让你父母来带？孟繁的父母哪里能过来带桃子呢，孟繁有弟弟，弟弟也生了儿子，他们也要在家带孙子的。但孟繁这时也不服软的，孟繁说，如果桃子姓孟，叫孟桃子，我就让我父母来带。这当然是气话——虽然是气话，孟繁却也是笑着说的，所以孙东坡不当真，孟繁也不当真。两人说一说，也就过去了。

孙东坡的学校现在离家里更近，所以孟繁情愿孙东坡多跑两趟家。女儿现在比孟繁更需要孙东坡——她在电话里这样对孙东坡说，孙东坡说，你就不需要我了吗？问得极促狭。孟繁一时变得十分软弱，差点让孙东坡飞过来了，或者自己飞过去。然而软弱也只是刹那间的事，一放下电话，那软弱也就不翼而飞了。

再说，她现在也忙，忙得昏天黑地。论文的撰写本来已接近尾声了，导师突然对她的一个分论点提出了质疑。这一部分她写了三万多字，如果删掉，不但字数不够，而且也会破坏整篇论文内在的有机性，从而使得文章的整个立论摇摇欲坠。孟繁十分愤怒，之前这观点她其实和导师是讨论过的，因为那观点有些过于标新立异，导师那时候不置可否，她以为他默认了，还沾沾自喜于自己的大胆设想，以为那部分是论文里最有光芒的。没想到光芒最后成了黑暗，成了孟繁最暗无天日的五月。孟繁焦头烂额，然而也只能不眠不休地硬着头皮在电脑前和论文死磕。她导师的翻云覆雨在学校是有名的，铁面无私在学校也是有名的，在他手上五六年才毕业的学生有不少，一直毕不了业的学生也不是没有——99级的周槐，就是个惨痛的前车之鉴。周槐现在早不叫周槐了，叫周槐花，因为做博士论文把头发都做白了，成了博士楼里最灿烂的一景。他的师妹总会无比惆怅地感慨，她眼睁睁地看着周槐，由直线变成了曲线，由一株红艳艳的海棠变成了一树雪白的槐花。

所以孟繁不能有任何侥幸的心理，一丝一毫也不能有。师弟斩钉截铁又幸灾乐祸地对她说，在论文完成之前，她只能过这种生不如死的日子。

但305只有她孟繁是生不如死的。齐鲁看上去还是常态，早上出去，中午回来；下午出去，晚饭前再回来。反正她的论文已经差不多了，导师也早就放了话，通过应该没有任何问题了，如果要得优，那还要做些锦上添花的活。所以齐鲁现在忙的，也就是给她论文绣绣花的小姐事儿。不像孟繁，可怜，还要像地主老财家的长工一样，鸡鸣即起，下死力气。

最逍遥的，还是吕蓓卡。那是自然，有宋朝在那儿卖命呢，她忙什么？孟繁有时累很了，看吕蓓卡在房间里晃来晃去莫名地就有些恼，就会十分关切地问问吕蓓卡的论文进展，吕蓓卡总是王顾左右，或者含糊其词几句。孟繁就笑笑，却从不追问的。点到即止是孟繁的一向风格，何况吕蓓卡还有恩于她和孙东坡，何况这也不干她的事，所谓蟹有蟹道，虾有虾道。横着走也罢，竖着走也罢，都是人家的事，她一旁人，吃饱了没事呀，管那么多！

　　而且吕蓓卡现在也不怎么待在上海了，她经常回去，因为她父亲。她父亲有慢性支气管炎，早晚总拼命地咳嗽，却不戒烟不戒酒。老头说，人生贵在适意，怎能为了多苟活几日，而战战兢兢如履薄冰地生活呢？老头从前也是搞文学出身的，最欣赏陶渊明和苏东坡的人生态度，吕蓓卡的母亲十分担心老头会咳嗽至死，又理论不过老头，只好向吕蓓卡求救了。老头虽然在老太太面前伶牙俐齿，但对了吕蓓卡，却也是无可奈何的。吕蓓卡管老头的方法是极简单粗暴的，总是不管三七二十一，把他的烟一股脑地往马桶里扔。——这办法老太太也盗版过的，却不管用，老太太这边刚扔了一盒，老头子那边又变本加厉地买了好几盒回来。扔掉的是港喜，再买回来的却是苏烟，四十六块一盒。老太太气得七窍生烟，却下不了手了。但吕蓓卡禁烟却是林则徐般铁腕的，老头知道。莫说是苏烟，就是熊猫，吕蓓卡也会眼都不眨一下照扔不误的。所以，每次吕蓓卡一回去，老头子就当不成陶渊明了，也做不成苏东坡，只能学王维，做居士，过佛教徒一样斋戒的日子。

二十一

　　在拒绝了墨无数次之后，齐鲁终于答应了墨见面的要求。

　　墨下了最后通牒。墨说，再不见面的话，就只好分手了。世上万事万物都是要往前发展的，花开了之后，就要结果；果熟了之后，就要蒂落。植物都明白这个道理，他们难道连植物都不如吗？生命何其短暂，所以曹操有对酒当歌人生几何的感叹，辛弃疾有树犹如此人何以堪的伤感，杜丽娘有似这般如花美眷都付与断井颓垣的不甘。杜丽娘一个古代的小脚女子，尚且有这样的见识，她呢，生活在二十一世纪的上海，身边有现成的柳梦梅，为什么还要踩了三寸金莲的碎步来蹉跎那樱花般的人生呢？

这是墨在引诱她，齐鲁知道。他们虽然在网上已经是老夫老妻了，但在网下，到底还是两个陌生的男女。一个陌生的男人，要把一个陌生的女人，勾搭上手，总要学孙悟空，一个跟斗翻出去，十万八千里之外了，再一个跟斗翻出去，又十万八千里之外了，云里雾里地翻上那么几个跟斗，女人绝对就晕了——汤毛从前这样教育过齐鲁，汤毛说，读过书的男人，自然不能和文盲阿Q一样。阿Q想女人了，就对吴妈说，我想和你困觉。这招太直白了，太简单了，简单到连女佣吴妈都觉得太寒酸。读过书的男人不会像阿Q那么蠢，他们会先做女人的思想工作：人生苦短，几十年之后，无论是英雄盖世，还是倾国倾城，都要灰飞烟灭。所以人生得意须尽欢，莫使金樽空对月；花开堪折直须折，莫待无花空折枝。这种话让女人多么悲伤呀，想到自己花朵一般的容颜，最后竟然会变成灰，变成烟，女人一下子就丢盔弃甲溃不成军了。

　　所以汤毛说，当男人对你说什么人生苦短的时候，你别以为他真和曹操的境界一样，狗屁，他不过是忽悠你，他真实的意思和阿Q其实是一样的，无非是想和你困觉。当然，如果你也想，那就不妨将计就计。如果不，那就让那个男人的哲学见鬼去吧。

　　可齐鲁不想让墨见鬼去——虽然也不能说自己想将计就计，但见一面也无妨吧。毕竟他们在网上也是如胶似漆的夫妻，他叫她老婆呢，她的胸因为他虚拟的抚摸，已经由A成长为B了呢。每次经过校门口那株玉兰树的时候，齐鲁的脸都会变得滚烫，仿佛玉兰枝上绽放的不是玉兰花，而是她一丝不挂的身子。这样亲密的关系，怎么能说分手就分手了？

　　见面的地点约在古籍书店，这是齐鲁的意思。墨本来想约在公园见面的，五月的公园，草绿了，花开了，很美的。但齐鲁不愿意，白天的公园太明亮了，齐鲁忌惮那种无遮无掩让人纤毫毕现的明亮；晚上的公园呢，自然好，有齐鲁喜欢的黑暗，但和一个陌生男人一起处在这黑暗中，又太鬼祟了，太可疑了，仿佛她也心照不宣地，和他直奔主题而去。

　　齐鲁不想直奔主题，尤其不想让他以为她想直奔主题。虽然在网上她早已和他谈风说月了，和他亦云亦雨了，但那是阿婵，而现在她是齐鲁。齐鲁有齐鲁的方式，齐鲁有齐鲁习惯的空间。

　　书店是齐鲁常去的地方，尤其是古籍书店。那儿安静，光线也是半明半暗的。二楼的楼梯拐角处还有一张旧沙发，齐鲁让墨在那儿等她，下午那儿一般没有人，店员也很少上二楼来。店员只有两个男人，一个鸡毛菜一样瘦弱的小伙子，斜眼，说话有气无力。另一个老头，也像鸡毛菜，只不过是霉干了的鸡毛菜。老头很少开口的，但偶尔有顾客问话，他也会十分简短地说一两句。半文半白的上海方言，却还带安徽腔。每次齐鲁都会被他吓一跳，因为他走路有些鬼魅，总是无声无息地，就到了齐鲁的身后。多数时候，老头都是那种老眼昏花的状态，但某个瞬间，从他的老花眼镜后，又会回光返照般，突然射出一种锐利的光芒。齐鲁总疑心，这个时候的老头，是不是被店里那些古老书中的某个人，或某种思想附体了。齐鲁是爱读《聊斋》的，也爱读纪晓岚的《阅微草堂笔记》，所以经常会有一些神神道道莫明其妙的想法。

二十二

　　孙东坡有一个阴谋。或者说，孙东坡和孟繁夫妇俩正酝酿一个阴谋。
　　阴谋是系主任陈季子教唆的，确切地说，是陈师母教唆的。孙东坡调到新学校之后，因为还要调孟繁，所以一直像蜘蛛一样，辛辛苦苦地编织各种关系，学校上上下下的领导，和孙东坡的私交，都十分圆融。尤其是中文系主任陈季子，几乎成了孙东坡的莫逆。甚至于陈师母，对孙东坡也不见外——他们的儿子在英国，她现在就把孙东坡当半个儿子了。家里水管出了状况，煤气灶打不着火了，或者电脑中了毒，都会让孙东坡过去。有时没事，只是因为师母只是做了几个好菜，陈季子想和孙东坡喝一杯，师母也会打电话过去。孙东坡现在不是一个人吗？作为领导，或者领导的家属，关心关心老师的生活，也是应该的。有一次，酒喝到半酣了，他们谈到学校的政策。学校因为明年要评估，眼下十分重视重点专业的博士的引进，每个新引进的博士会给安家费三十万。三十万哪！但孟繁拿不到这笔钱，因为她是孙东坡的老婆。按政策，一对博士夫妇只享受一次这待遇。可惜呀，陈季子说。但一边的陈师母笑了，陈师母说，曲线救国呗。怎么曲线救国法呢？两个男人问。这还不简单，世上的事都是变化的，单身的可以变成已婚的，已婚的呢，也能变成单身的。

话说了半句，师母打住了。但孙东坡还是听明白了那意思。

师母说的是假离婚。一旦离婚，孟繁就可以享受学校的这种政策了，就可以拿到三十万了。

孙东坡和孟繁说这事的时候，孟繁被惊出了一身冷汗。这犯不犯法呢？算不算欺诈？孙东坡说，夫妻间的分分合合，不犯法吧？这应该是个道德层面的问题。那就是说，从此之后，我们就沦为不道德的人？孟繁问。什么是道德？尼采认为，道德本身就是不道德的东西。

这是强词夺理，孟繁知道。但三十万的诱惑她也禁不起。邪恶的行为尤其需要理论的支撑，孙东坡需要，她也需要，否则，他们无法说服自己。他们是读书人，做任何事情都需要理论根据的。

人无横财不富，马无夜草不肥。孟繁的父亲一生困窘，意绪不平时，也常絮叨这句话。

既没有杀人越货，也没有谋财害命。他们也就是偷吃两口夜草的马儿，有什么关系呢？

只是，和孙东坡离婚了的孟繁，凭什么调进那所学校呢？之前副校长的承诺，是因为孟繁是孙东坡的家属，学校才考虑解决的。现在皮之不存，毛将焉附呢？

但这是孙东坡的事，孙东坡说，你安心准备你的论文答辩好了，至于其他，就交给我了。

也只能交给他，对这一类的事，孟繁从来都是匍匐在后的姿态。毕竟这事不仅有操作上的难度，还有心理上的难度，孟繁知难而退。但孙东坡这个人，和孟繁不一样，喜欢逢山开路，遇水搭桥。

离婚进行得极其隐秘。两人匆匆回了一趟原学校，之后，从法律意义上来说，就成了陌路人了。夫妻的关系，原来竟然是一张纸的关系。偶尔从论文的混沌状态里游离出来，想想这事，孟繁觉得十分恍惚和荒诞。

或者应该和吕蓓卡说说，说说孙东坡的不好，说说她和孙东坡感情的破裂，不然，怎么就离婚了？吕蓓卡迟早会知道这事的，先透透口风，造造声势，会不会好一些？

但孙东坡不同意。孙东坡说，那是欲盖弥彰，声色不动才是兵家最高境界。

孟繁想想，也是。

　　再说，她现在也没多少机会和吕蓓卡家长里短了。吕蓓卡原来在305的作息是昼伏夜出，而现在，几乎昼出夜出，或者干脆十天半月不见人影，行踪十分诡异神秘。美国男友的电话似乎日渐稀疏，难不成他们出了问题？原来吕蓓卡说过，她拿到博士学位后可能会去美国。但现在却看不出她要去美国的丝毫迹象。会不会那边有了新的女友？也是有可能的，虽然吕蓓卡是个美人，可毕竟远水救不了近渴，画饼也不能充饥。边上如果有个香喷喷的大饼，或者三明治，难保男人不会变节。一开始有可能只是解解燃眉之急，但那只大饼或三明治如果不依不饶纠缠不休的话，说不定就把自己奋斗成了男人一辈子的食物。

　　可吕蓓卡看上去却是一张春风四月桃花脸。那么，是吕蓓卡这边出了乱子？这更有可能。和谁呢？和导师？和宋朝？应该不是。在一个屋檐下已经三年了，吕蓓卡是什么人，孟繁还不了解？绝对是个兔死狗烹卸磨杀驴的主。只要她的论文一完成，学位一到手，她还会鸟那两个男人？一时的周旋甚至以身相许是可能的，一辈子呢，显然就小题大做了。

　　老季更不可能，老季回了东北。据孙东坡说，他在那边已经安营扎寨了。

　　那是谁呢？孟繁琢磨不透。要是以前，对琢磨不透的事孟繁一定要细加考据的，这不仅是习惯，而且是专业素养。但现在孟繁没有那个工夫了，论文答辩，迫在眉睫。也就是喝茶的时候，她允许自己的脑子走走神，权当犯人出来放风了。一旦手里的一杯茶喝完，她立刻又要回到晚唐的李商隐那儿去。

二十三

　　汤毛来上海了，来上外学习英语。十月份她要去美国，之前，她要通过国家公费出国留学的英语考试。

　　汤毛打电话给齐鲁的那个时候，齐鲁正在来回折腾那件胭脂红的胸衣，穿上了，又脱下来，再穿上，再脱下来。为什么要穿它呢？难道为了墨？这个下午是她和墨约了见面的日子。可见男人，为什么要穿上这样的内衣呢？按弗洛伊德的理论，她的潜意识似乎有些不健康。为了健康的考虑，齐鲁最后毅然决然地换上了一件白色胸衣。至少思无邪，这也是很重要的，对齐鲁而言。即使在法律上，主观故意，都会罪加一等的。这么想，齐鲁起伏跌宕的心一下子平静如水了。和墨约定的时间是下午四点，在这之前，还有好几个小时，齐鲁打算去一趟图书馆，书其实有些看不进去了，但她习惯了在图书馆消磨时间。可汤毛在电话里说她要来看齐鲁了，齐鲁支支吾吾地想让她改日。但改不了啦，因为汤毛已经到了齐鲁学校的大门口。

　　这是汤毛的作风，或者说，这是汤毛对齐鲁的一贯作风。在汤毛的意念里，见齐鲁永远不需要预约的。齐鲁只能去校门口接她。正是吃午饭的时间，汤毛说，她刚逛完街，肚子饿得咕咕叫呢。齐鲁带汤毛去了学校的小食堂。两个女人差不多三年没见面了，要说的话比食堂外面梧桐树上的果子还多。都是汤毛的果子，噼里啪啦没头没脑地落向齐鲁。齐鲁给她砸得有些晕头转向，然而也高兴。看汤毛肆无忌惮地朵颐美食，听汤毛肆无忌惮地朵颐男人，齐鲁有身在梁山大块吃肉大碗喝酒的快感。人生还是需要放纵呀，即使只是口舌的放纵，竟然也是这样美好。

　　等到杯盘狼藉酒足饭饱，等到汤毛这几年经历的男人被朵颐得差不多了，汤毛这才想起要问问齐鲁的爱情生活。齐鲁看上去有些鲜艳了，虽然也还是一棵榆树的样子，但至少是一棵春天的榆树，有青色葱茏的意思。以汤毛的经验，这应该是男人的作用。但齐鲁矢口否认，汤毛也就信了。说到底，汤毛其实不太相信齐鲁真会有什么男人的，之所以循循善诱，不过是一种习惯，或者说教养。

　　和墨约定的时间快到了，汤毛仍是意犹未尽。尽不了的，在汤毛这儿，话题一旦和男人相关，就有了衍生的能力，能一生二，二生三，三生无穷。言语如斑斓的蝴蝶，一只一只地从汤毛的嘴里飞出来，飞出来。指望她戛然而止是不现实的幻想，她才刚刚说到老大的男友，之后还有老三老四的。齐鲁决定和汤毛一起去古籍书店。或者和汤毛一起去更好，单刀赴会到底有些鲁莽了。而携女友同行就有了多义性。或者这是命运的安排，不然，为什么三年没有见过面的汤毛突然会从天而降呢？齐鲁没有说和墨见面的事，齐鲁只是说，古籍书店来了几本她要的书，要汤毛陪她去看看。汤毛嗤之以鼻，真是江山易移，本性难改。三十多岁的女人，周末竟然还要去古籍书店，世上还有比这更荒谬的事吗？汤毛一时气恼，几乎要拒绝她，但想想老同学的寂寞，她决定牺牲一回自己了。一个三十岁的女人在周五向晚的时候去书店是凄凉和悲伤的画面，但两个女人呢？感觉或许就有些温暖了。

她们到书店的时候差不多四点半了，晚了半小时。因为汤毛在经过街边一家服装店的时候，看上了橱窗里模特身上的一件绯红色的吊带裙，想买，但价格又实在太棘手了。犹豫不决间，齐鲁说，这衣服是不是有些太妖娆了？这话不说还好，一说，让汤毛更欲罢不能了。汤毛向来瞧不起齐鲁的审美——不仅汤毛，从前同宿舍的女友对齐鲁的品位，都持十分否定的态度。这是自然的，成者王，败者寇。一个没有男人觊觎的女人，只能成为别人的反面教材。

就因为齐鲁这句话，汤毛果断地买下了那件裙子。汤毛说，十月份她就要去美国了，这次到上海，有两个任务，一个任务是学好英语，通过考试；另一个呢，就是要多置办些带有中国风的衣服，而这裙子，就带有中国风，颜色是中国的，是东方红。张艺谋喜欢的东方红，让西方人神魂颠倒的东方红。

齐鲁知道汤毛的意思，不就是想去颠倒一个外国男人吗？以汤毛的样子，应该没问题。汤毛单眼皮，溜肩，皮肤象牙色，很东方的。读研时，学校的外教迈克就很喜欢她，每次一见面，总林美美林美美叫她的。迈克读过好几遍《红楼梦》，对大观园里的小姐丫鬟们，迷恋得不得了，尤其迷恋林黛玉和花袭人。他叫自己宝哥哥，叫汤毛林美美，叫宿舍的老三花姐姐。为这事老三十分恼火，凭什么汤毛是小姐而她是丫鬟呢？若是晴雯也就罢了，偏是一个她十分讨厌的丫鬟！

汤毛自然是有几分得意的，然而也仅止于几分得意，因为大鼻子宝哥哥不仅结了婚，而且是秃瓢，汤毛平生最恨的，就是秃瓢。或者是因为《三言二拍》的影响，汤毛对寺庙里的秃瓢男人印象特别糟糕，他们不仅利用宗教敛财，而且敛色。

书店和往常一样，十分清冷。那个鸡毛菜一样的小伙子，或者有事没来，或者提前下班了。他经常这样的，生意反正不好，也没有必要两个人守在这儿。安徽老头坐在桌子后面，埋头于一本线装《世说新语》。那本书老头至少看了好几年了，打从齐鲁进这家书店起，老头的鼻子下面，一直就是这本书。齐鲁看书也算是慢的，但和老头比，却是小巫见大巫了。或者是"弱水三千，我只取一瓢而饮"的意思？但忠贞于一本书，是不是有点太痴了？书也不是国家，也不是女人。

齐鲁差点笑出声来。这是齐鲁的毛病，总是一紧张，就爱胡思乱想，一胡思乱想，就想笑。

汤毛早习惯了齐鲁的古怪。女人和女人是不一样的，以前她们宿舍的老四，一看见食堂的熘肥肠，就会面若桃花两眼流波；老三呢，一看见忧郁的长头发男人，就成了一尾活蹦乱跳的鱼；而齐鲁的穴位是书，一看见书，呆若木鸡的齐鲁，立刻就如服了还魂丹一样，会有起死回生的变化。

但汤毛正相反，一进书店，她就无比萎靡了。刚刚还精神焕发，突然就觉得腰酸背疼。老头边上有一张方凳，汤毛问也不问一句，一屁股就坐下了。

老头抬起脸，是"卧榻之侧，岂容他人鼾睡"的表情。

齐鲁说，你先去二楼坐，二楼有沙发。我在楼下找两本书，就上去。

汤毛橐橐橐地上楼去了，齐鲁的心一下子怦怦跳了起来。

墨在那儿吗？他看到汤毛会有怎样的反应？汤毛亦没有阿婵的妖娆体态，亦没有吕蓓卡芙蓉花一样的脸，他看到后，会不会失望？会不会拂袖而去？

一时间，齐鲁的意念里，电闪雷鸣，飞沙走石。

然而什么也没发生。等到十分钟之后齐鲁上楼的时候，二楼空无一人，沙发上半倚的，只有似睡非睡的汤毛。

二十四

墨从此无影无踪。

仿佛错按了删除键一样，齐鲁的文档现在又是一片空白，形而上的诗歌没有了，形而下的玉兰花也没有了，真正的灰飞烟灭，或者连灰飞烟灭都算不上，灰和烟总还是物质，根据物质不灭定律，人家还存在于这个世界，只不过摇身一变换了一种存在的形式。而墨，以及墨所带来的那些旖旎夜晚，也如电脑屏幕上开放的那些姹紫嫣红的花朵一样，说消失就消失了，连烟和灰都没留下。

可为什么会突然消失了呢？

是不是那天墨见着了汤毛？可书店明明没有男人呀，别说男人，就是女人也没有。这甚至排除了墨男扮女装的戏剧性可能。

或者藏在书架后面偷窥了她们？弗洛伊德认为，人有偷窥欲，希区柯克的电影《后窗》，就是写男人偷窥的。那天齐鲁上楼后虽然也扫了书架几眼，但粗枝大叶，又慌里慌张，如果墨要存心隐匿在书架后面偷窥她的话，不是什么难事。

也有可能墨先走了。她们迟到了三十分钟，他或许以为她耍他，一生气，拂袖而去了。

但拂袖而去之后，一定还会到网上来找她的。哪里会从此杳如黄鹤呢？

所以，还是看见了汤毛。

齐鲁十分庆幸那天让汤毛代替了自己出面。一个会对汤毛的长相失望的男人，对齐鲁，也一定会失望。汤毛和齐鲁，长相其实属于同一科，都中通外直，都不蔓不枝——尽管汤毛经常用修辞手法，把这平直变得一波三折风生水起，但有经验的男人，应该能去芜存菁去伪存真。

真是那样的话，汤毛就替自己挡了一剑。好在她不觉，好在她是外地的，且就要去美国，和墨应该再没有相遇的机会。不然，齐鲁会内疚的。

我是一尾历尽千辛的鱼，沿途的剑，让我遍体鳞伤。以前，汤毛在宿舍里，没事爱吟唱这句诗。结果，于黑暗里，又挨了一剑。倘若齐鲁告诉她，她一定会惊呼，江湖险恶！江湖险恶呀！

但齐鲁不会告诉她，汤毛的伤，也是她齐鲁的伤。

她是弃妇了，竟然！在齐鲁作为女人的人生里，和男人还没有真正的恋爱过呢，就生生地被抛弃过两回了。

第一次是被沈北抛弃，这一次，是被墨。

她才是一尾历尽千辛的鱼，不，是比鱼还辛苦的蚌，在深水里，在无边的黑暗里，任沙石把自己内脏伤害到血肉模糊。

她的痛，没有人知道，包括她的父母。她父母还眼巴巴地等着她毕业前给他们带回一个体面的女婿，她之前是含糊其词不置可否的，因为想用那含糊安慰一下父母，也因为对墨存了万分之一的希望。然而，这万分之一的希望也还是成了泡影。

她要如何向父母交代呢？

或许只能虚构了！既然以前她能虚构出一个阿婵，那么现在，她也能虚构出一个墨。是的，墨，她的男友，高大，英俊，在另一个学校读博，本来打算毕业后就带回去见父母的，但出车祸了。他们周末约了在书店见面，他在来书店的路上，被一辆出租车撞了。

也不是没有这种可能，齐鲁想，或许墨真是在来书店的路上被撞了呢？

齐鲁突然心花怒放。虚构原来是多么迷人哪，它要风得风，要雨得雨，千姿百态，随物赋形。借助它的魔力，她的胸由A变成了B；借助它的魔力，她的暗伤，再一次不治而愈。

生命本来也不过是虚构的过程。

二十五

孟繁没有想到，她调动的事最后竟然也成了泡影。

之前一点端倪也没有，孙东坡一直说，事情进展得很顺利，很顺利。系里有陈季子关照，绝对没问题，学校主管人事的副校长，也点头了。现在只等孟繁的学位一拿到，就可以办手续了。孙东坡甚至说，他已经看好了一套房子，就在学校的不远处，坐地铁，只有五站路，十分钟不到的车程。房价虽然有点高，但也不是高不可攀，三室二厅的房子，九十几万，他们踮起一点脚后跟，也就够上了。他去年从学校拿了三十万的博士津贴，加上孟繁今年就要拿的，加上他们以前的积蓄，不用按揭都差不多能付清了。当然，他们也可以按揭一部分，留些钱用来装修。你想选几楼呢？孙东坡在电话里问孟繁。孟繁喜欢一楼，一楼有院子，可以种些花草，孟繁是个很喜欢侍弄花草的女人。但孙东坡想要顶楼，顶楼有阳台。在夏天的晚上，搬张躺椅躺在阳台上，离月亮和星星不是更近一些？

孟繁觉得好笑，三十八万四千四百公里的距离，十几层的楼高，应该可以忽略不计吧？在一楼的院子里和在十二楼的阳台上看月亮，又有什么区别？

怎么会没有区别呢？刘亮程在《一个人的村庄》里写到，住在村东头的人，总要比住村西头的人，更早沐浴到阳光。而且阳光更干净，也更纯洁。同样的道理呀，高处的月光当然也更干净更纯洁。

孟繁只能甘拜下风了，孙东坡的理论水平比她高，他一旦起了诡辩的兴，孟繁无论如何也不是他的对手。

但孟繁知道，孙东坡想住顶楼其实和月亮无关，而是看中了高处的象征意义。人往高处走，这是孙家的家训。体现在住房上，就是要想方设法住到别人的头顶上。孙家的人都相信，孙家之所以一直家运昌旺，之所以会出孙东坡这样的人物，就是因为孙东坡的祖父有远见卓识，把他家的房檐建造得比左邻右舍都高。隔壁的沈家陈家，都曾经借修房之机，在房檐的高度上做过文章。但魔高一尺，道高一丈，孙家从来不会让他们的阴谋得逞。孙东坡的父亲平时过日子虽然十分节俭，但在这样关系到家族生死存亡的大事面前，也是能一掷千金的。

所以关于住几楼的问题，孙东坡是姑妄问之，孟繁是姑妄答之，最后他们肯定会选最高层的。这事其实孙东坡都做不了主，孟繁早就领教过的。最初在县城中学，后来在省城大学，他们一直都是住最高层。孟繁一开始还不知晓其中缘由和利害，以为他们家的事由他们自己决定，纵然孙东坡父母有意见，以她一贯的以柔克刚，应该也能搞定——也果然搞定了，在孙东坡那儿，但老头死谏，最后没奈何，也只能高高在上了。

果然，孙东坡夫妇的人生，如芝麻开花般，节节高了。

怎么这一次就节外生枝了呢？

孙东坡自己也觉得莫名其妙，本来各方面都打理好了的，以为是十拿九稳的事，却不料，主管人事的副校长突然变了卦，说，孟繁博士的这个专业，暂时不能进人了，他们现在需要引进的，是搞外国文学的博士，因为明年这个专业要申报博士点，要加强他们的竞争力量。

倘若是孙老师的家属，或者还可以作为例外处理，但现在，他无能为力。

这是打官腔了。之前孙东坡和他觥筹交错时其实暗示过他的，他也闪烁其词地答应了他。不过是一种叙事策略嘛，经济系的欧阳夫妇也是这么弄的，就在进学校之前一个月离的婚，拿到博士津贴后不到半年就复婚了。谁都知道是怎么回事，可谁也不去戳破他们——人家欧阳可是皇亲国戚，嫡亲的舅舅是学校党委书记，谁吃饱了撑的，没事去撩老虎的尾巴玩？

孙东坡以为自己也可以学习一回，没想到，东施效颦了。

要么，再找找吕蓓卡？或者我们复婚？孟繁又气又急，她和孙东坡向来是亦步亦趋的，难道这一次，他们要劳燕分飞不成？

怎么会劳燕分飞呢？孙东坡说，只是现在复婚有点太那个了，毕竟离婚才半个多月。即便是唱戏，也要唱出个样子来。不然，学校会不会认为我们太明目张胆了？

找吕蓓卡怕也没有用，说白了，人家一个外人，顺水推舟的事，会帮一把。如果要她竭尽全力，或者就不会了。即使她侠肝义胆，豁出十成的功力来帮我们，也不一定就能帮。校长既然都变了卦，她还能有回天之力？

什么是偷鸡不成蚀把米？他们这个就是。孟繁现在，已无话可说，只能夹了尾巴，灰溜溜地回到原来的学校。

孙东坡说，最多一年，一年之内，我一定把你调进我们学校。

二十六

然而没有。

孙东坡没有把孟繁调进他们学校，孙东坡也没有和孟繁复婚。孙东坡说，他没有办法和孟繁复婚了，因为他爱上了另一个女人，另一个女人是谁呢？是吕蓓卡。

孟繁这才恍然大悟。

原来是明修栈道，暗度陈仓。美人计也罢，假离婚也罢，他们一直都是在假戏真做。她还在背后讥笑人家吕蓓卡是退化的蝴蝶，是玻璃瓶里的昆虫，做张做致，丑态百出，原来她自己才是那只玻璃瓶里的虫子，一只自以为是的蠢了吧唧的虫子！

孟繁恨不得一头撞死在那玻璃上。萨特说，他人即地狱，从前孟繁不信的，因为这理论太邪恶太极端，西方人总是把哲学和戏剧混为一谈。她还是喜欢东方的哲学，温暖，世情，中庸。人性善也罢，人性恶也罢，都在尺度之内。但现在她突然觉得还是人家萨特深刻，他人即地狱，是的，十八层地狱！

然而，吕蓓卡是她孟繁的地狱，她能理解，她们都是女人，根据物理学原理，同性相斥，异性相吸。可孙东坡为什么会成为她的地狱呢？为了那三十万的博士安家费？那笔钱吕蓓卡不是也没有吗？新引进的博士才有呢，而她是本校的土特产，除了五万块的科研启动费，剩下的，什么也没有。难道孙东坡会为了区区五万块就移情别恋了？不至于！那就是美色了，吕蓓卡窈窕，吕蓓卡妩媚，吕蓓卡风情万种，所以导师也好，宋朝也好，老季也好，一个个为美人折腰了。但孙东坡应该志不在此呀，倘若孙东坡真是爱美人不爱江山的温莎伯爵，当年哪里会爱上孟繁？

孙东坡的父母也成了孟繁的十八层地狱。孟繁本来还指望他们，把他们当作最后一根救命稻草，然而这稻草怎么会是她的稻草呢？他们不仅要袖手旁观，而且还要落井下石。对孙东坡的父亲而言，女人只有两种，能生儿子的，不能生儿子的。能生儿子的就是好女人，不能生儿子的就是不好的女人。不好的女人如田里的稗草，如趴窝的母鸡，留着有什么用？要拔了，要杀了，才能给正经的东西腾出地儿来。他从前想过让孙东坡休了孟繁，但那时小两口，你恋着我，我恋着你，他无从下喙。现在好了，老天有眼，不想绝了孙东坡那缕香火。桃子离婚时判给了孟繁，孙东坡现在要娶的，听说还是个未婚的妹头，那么根据法律，他们还可以生一个娃娃。他们这一次一定能生个孙子的，他已经找村里的葛半仙算过了，孙东坡命里是有子的。怎么会没有子呢？他弟弟西坡，那么个凡夫俗子，都有两个儿子了，东坡一个天上的星宿，老天还会薄待了他？

老头差不多要载歌载舞了，不，不只老头，是整个孙家差不多要载歌载舞了。尽管当了孟繁的面，他们假装出惋惜和沉痛的表情，但孟繁知道，孙家上上下下，老老小小，都已经做好了除旧纳新的准备。

谁也指不上，孟繁现在是亡命垓下的项羽，众叛亲离，四面楚歌。

天要亡我，非战之罪。萧瑟江边，项羽抚剑而悲。她又能做什么？除了和项羽一样，提剑上马，杀入重围。

二十七

只有宋朝了。

这是鱼死网破的一招。吕蓓卡的毕业论文孟繁是过了眼的，尽管吕蓓卡藏藏掖掖，但孟繁还是逮着机会很认真地翻了翻那论文。《从〈牡丹亭〉看汤显祖的女性观和性别意识》，十几万字的鸿篇巨制，纵横捭阖的引经据典，严谨规范的学术语言，这样的论文，吕蓓卡莫说写出来，就是把它当一个饭团消化了，都困难。吕蓓卡的学问有几斤几两，别人不清楚，室友孟繁还不清楚吗？

更清楚的当然是宋朝和导师。但导师和吕蓓卡肯定是沆瀣一气的，打从考博起，吕蓓卡和导师一定就玩了猫腻。考博是最容易玩猫腻的，特别是中文系的考试。一张专业卷子，就那么一两道论述题，论述题又不比数学，有一个客观标准，都是些主观的东西，好不好的，还不由导师说了算？满堂兮美人，忽独与余兮目成。你说这是匹劣马，我偏说它是汗血青；你说这是无盐，我偏说她是貂蝉，这是导师的特权，是国家和学校赋予导师的冠冕堂皇的特权！论文答辩也如是，一样有猫腻，答辩委员都是导师请来的，私交自然不错，无论如何也不会刁难导师的心爱弟子。他们当然能看出学生的妍媸，文章的良莠，都是眼光十分毒辣的老狐狸，看出这个还不是小菜一碟？但看出来了也不会一语道破，打狗要看主人面，这是人情世故，也是他们这行的规矩。一旦逾了规矩，下次谁还敢请你呢？区区千把块的答辩费没有了也就罢了，可为了卖弄学问而因此做不了答辩委员甚至答辩主席却是一件得不偿失的事情，学术界和娱乐界表面看是风马牛不相及，但出镜率同样都是重要的，尤其是一些重要场合下的出镜。躲在书斋里十年磨一剑的时代早已过去，现如今的学者，都要会轻功。要凌波微步，要日行千里。今天在此，明天又在彼，此起彼伏之后，你就成了腕了。这是自然的，现在是快节奏的时代，大家都惜时如金，看你的书当然不如看你的脸来得快。而且，你自己以后难道就没有要偏袒的学生？没有要别人高抬贵手放过一马的学生？到时别人也公事公办，你不也下不了台？当然，过场也还是要走走的，问几个蜻蜓点水又绵里藏针的问题，既表明答辩的严肃性，也表明自己的心里如明镜，要人家领情。

可就算吕蓓卡的考博有问题，论文答辩有问题，孟繁也奈何不了她——把柄在吕蓓卡的导师那儿，而导师和吕蓓卡，显然是一丘之貉。

能打主意的，只有宋朝了。

只要宋朝肯承认吕蓓卡的论文是由他代写的，吕蓓卡就吃不了兜着走。孟繁会在第一时间向学校举报，然后在网上公布出来。到时候，无论导师也罢，学校也罢，都没办法包庇吕蓓卡了。学位肯定是要被取消的，工作也是要被开除的，身败名裂之后的吕蓓卡，看孙东坡如何和她过幸福的生活。

但宋朝凭什么帮孟繁呢？

一篇博士论文的代写行情是十万左右，也就是说，当初宋朝和吕蓓卡如果只是交易的话，吕蓓卡应该付给宋朝十万了，就算是师兄妹，打个折，也要七八万吧？一个那么有才华的博士好几个月的脑力劳动，也应该有这个收成。但吕蓓卡显然没有付钱给宋朝的。那吕蓓卡对宋朝许诺了什么呢？有什么东西比十万块更珍贵？那应该是一个女人的爱情了吧，露水的情爱肯定不值这个价，即使是一个美人的露水情爱。有婚姻希望的爱情，才能把一个男博变成一只勤劳的工蚁吧？

那么宋朝也遭受了背叛？当初吕蓓卡一定许诺他，等和美国的男友了断后，再成为他公开的女友。然而论文完成了，吕蓓卡却和孙东坡双双孔雀东南飞了。

宋朝是哑巴吃黄连有苦难言，和孟繁一样。

然而宋朝什么也不说，博士毕业留校当了老师的宋朝对此事守口如瓶。

孟繁不急。

十年磨一剑。

敬告作者

为了保护有关作者的合法权益，我社曾多方联系本套书所涉及作者的版权事宜。但遗憾的是，由于种种原因，仍未能与少数作者取得联系。现谨对尚未取得联系的作者深表歉意，并请有关作者或著作权人见书后，尽快致函作家出版社，以便及时奉寄样书和稿酬。

通讯单位：作家出版社

通讯地址：北京市朝阳区农展馆南里10号

邮政编码：100125

联系电话（传真）：010-65925260

图书在版编目（CIP）数据

新生代小说：上下卷 / 陈晓明主编． —— 北京：作家
出版社，2018.12
（改革开放40年文学丛书）
ISBN 978-7-5212-0315-8

Ⅰ．①新… Ⅱ．①陈… Ⅲ．①小说集 – 中国 – 当代
Ⅳ．①I247

中国版本图书馆CIP数据核字（2018）第296079号

新生代小说（上下卷）

主　　编：陈晓明
统　　筹：兴　安　崔庆蕾
责任编辑：张　平
装帧设计：意匠文化·丁奔亮
出版发行：作家出版社有限公司
社　　址：北京农展馆南里10号　　邮　　编：100125
电话传真：86-10-65067186（发行中心及邮购部）
　　　　　86-10-65004079（总编室）
E-mail:zuojia@zuojia.net.cn
http://www.zuojiachubanshe.com
印　　刷：三河市兴博印务有限公司
成品尺寸：152×230
字　　数：700千
印　　张：46
版　　次：2018年12月第1版
印　　次：2018年12月第1次印刷
ISBN 978-7-5212-0315-8
定　　价：1200.00元（全20册）